GOLDMANN

D1867271

Buch

Die bildschöne Salena Hardwick ist auf der Flucht vor ihrem ungeliebten Vater, und sie versteckt sich als Kellnerin namens »Silver Jones« in einer Hafenspelunke an der Küste Georgias. Es dauert jedoch nicht lange, und die Lady mit den samtbraunen Augen und den Haaren wie gesponnenes Silber wird von ihren Verfolgern entdeckt. Gefangen an Bord eines Schiffes, das sie wieder zurück zu den Westindischen Inseln bringen soll, schwört Salena, bei nächster Gelegenheit erneut zu fliehen. Doch welche undurchsichtige Rolle spielt der auf den ersten Blick so gnadenlos scheinende Morgan Trask, der Kapitän des Schiffes? Ist er nur ein übler Kopfgeldjäger – oder ihr Beschützer?

Zwischen quälenden Zweifeln und hungrigem Verlangen hin- und hergerissen, kann Salena ihren Gefühlen bald nicht mehr trauen. Unter der heißen Sonne des Südens entbrennt schnell eine tiefe Leidenschaft zwischen dem Kapitän und seiner zauberhaften »Beute«, die er am liebsten nie mehr freilassen möchte.

Autorin

Kat Martin studierte Geschichte und Anthropologie an der University of California. »Ich war schon immer fasziniert von der Vergangenheit, von romantischen Liebesgeschichten und Schauspielern wie John Wayne, Clark Gable und Errol Flynn«, erzählte sie bei einem Interview.

Kat Martin lebt mit ihrem Mann Larry, ebenfalls Schriftsteller, in Bakersfield, Kalifornien.

Bei Goldmann liegen von Kat Martin bereits folgende Titel vor:

Kreolisches Feuer · Roman (42054)
Der Pirat und die Wildkatze · Roman (42210)
Heißer Atem · Roman (42224)
Hungrige Herzen · Roman (42409)
Duell der Herzen · Roman (42623)
In den Fängen der Leidenschaft · Roman (42699)

Demnächst erscheint:
Süße Rache · Roman (42826/April 1995)

KAT
MARTIN

Heißer als die Sonne

ROMAN

Aus dem Amerikanischen
von Sabine Ivanovas

GOLDMANN VERLAG

Originaltitel: »Savannah Heat«
Originalverlag: Dell Publishing, a division of
Bantam Doubleday Dell Publishing Group, Inc. New York

Umwelthinweis:
Alle bedruckten Materialien dieses Taschenbuches
sind chlorfrei und umweltschonend.
Das Papier enthält Recyclinganteile.

Der Goldmann Verlag
ist ein Unternehmen der Verlagsgruppe Bertelsmann

Deutsche Erstveröffentlichung Dezember 1994
© der Originalausgabe 1993 by Kat Martin
© der deutschsprachigen Ausgabe 1994 by
Wilhelm Goldmann Verlag, München
Umschlaggestaltung: Design Team München
Umschlagillustration: Pellegrino/Schlück, Garbsen
Satz: Uhl + Massopust, Aalen
Druck: Elsnerdruck, Berlin
Verlagsnummer: 42781
Lektorat: Silvia Kuttny
Redaktion: Karen Oßmann
Herstellung: Heidrun Nawrot
Made in Germany
ISBN 3-442-42781-9

1 3 5 7 9 10 8 6 4 2

1. Kapitel

Savannah, Georgia
1841

Flucht! Das war das einzige, woran sie denken und wovon sie träumen konnte. Das Wort verfolgte sie, fesselte ihre Gedanken und erfüllte all ihre Sinne, bis es zu einem Gefängnis wurde.

Silver Jones sank auf die flache hölzerne Pritsche in der Ecke des von Ratten wimmelnden Lagerraums. Ihr Herz raste noch nach ihrem letzten erfolglosen Versuch: Sie hatte Holzkisten und Kästen übereinandergestapelt und war dann den wackligen Turm hinaufgeklettert bis zu dem kleinen, schmutzigen Fenster hoch oben, vier Meter über ihrem Kopf.

Heute Morgen war es ihr glücklich gelungen, eine Seitentür aufzubrechen, und wenn sie damit auch keinen Fluchtweg gefunden und sich auch noch die Nägel eingerissen und die Finger blutig gestoßen hatte, waren im Nebenraum doch genug Kisten gewesen, um daraus ihre wacklige Leiter zu bauen.

Zum Teufel damit! Silver schlug mit der schmalen Faust gegen die Pritsche und fluchte dann noch einmal, weil sie sich dabei weh getan hatte.

Sie war sicher gewesen, daß, wenn es ihr nur gelänge, das Fenster zu erreichen, sie es auch schaffen würde, sich durch die Öffnung zu zwängen und so zu entkommen. Doch sie hatte einsehen müssen, daß sie trotz ihrer schlanken Gestalt einfach nicht durch die kleine Öffnung paßte. Und ihr stundenlanges Hilferufen hatte sie nur heiser gemacht.

Silver stieß einen müden Seufzer aus und sah sich in ihrer

elenden Umgebung um. Außer den schweren Holzkisten und der schmalen Pritsche stand ein abgestoßener rosa Wasserkrug in einer Schüssel auf einer umgekehrten Kiste neben einer halbabgebrannten Kerze. Der Raum roch modrig und verlassen. Fliegen summten um ein Tablett mit einem Stück Brot und einer leeren Schüssel, in der Hammeleintopf gewesen war.

Aus dem Augenwinkel sah Silver eine Ratte vorbeihuschen, die sich flink hinter einem dicken Faß in der Ecke versteckte, und sie biß die Zähne zusammen, um einen Schrei zu unterdrücken. Mein Gott, sie haßte die schmutzigen kleinen Wesen. Käfer und Spinnen konnte sie ertragen – wo sie herkam, gab es Unmengen davon. Und hier in dem feuchtheißen Klima von Savannah auch.

Aber Ratten – selbst winzige Feldmäuse – waren eine ganz andere Angelegenheit.

Silver schauderte, als die Ratte ganz in ihrer Nähe vorüberhuschte und schließlich verschwand. Sie versuchte nicht daran zu denken, daß sie wohl wiederkommen würde, fuhr sich mit den Fingern durchs Haar, zupfte hier und da an einer verwirrten Strähne und schaffte es, einige der Knoten zu lösen. Ihre lange, normalerweise silberblond glänzende Haarpracht, die der Grund für ihren Spitznamen war, hing in staubig grauen Strähnen um ihr Gesicht. Ihre tief ausgeschnittene, weiße baumwollene Bauernbluse und der einfache braune Rock, die zu ihrer Arbeitskleidung als Schenkenmädchen im Wirtshaus *Zum Weißen Pferd* gehörten, waren durch den Schmutz, der hier Wände und Boden bedeckte, voller schmieriger Flecken und an mehreren Stellen zerrissen.

Immerhin hatten sie sie wenigstens nicht mißhandelt. Sie hatten sie nur in dem Wirtshaus entdeckt und dann draußen auf der Gasse gewartet, bis sie mit ihrer Arbeit fertig war und sich auf den Weg zu ihrem kleinen Dachkämmerchen über dem Schuppen mit den Kutschen hinter dem Haus machte.

»Das ist sie, bestimmt«, hatte der größte der Männer geflüstert, kurz bevor sich seine Hand auf ihren Mund drückte. Mit Hilfe seines Körpergewichts hatte er sie gewaltsam an die Wand gedrückt. »Haar hell wie gesponnenes Silber, Augen wie weicher brauner Samt, Haut so zart und glatt, daß jeder Mann scharf drauf ist, sie zu berühren.«

»Das schlag dir aus dem Kopf«, warnte ihn Ferdinand Pinkard. »Du kennst die Abmachung – das Mädchen wird unbeschadet zurückgebracht. Wenn ihr etwas zugestoßen sein sollte, gibt es keine Belohnung.«

»Verdammter Mist!« fluchte Silver hinter den stinkenden Fingern des Mannes. Sie schlug um sich mit Händen und Füßen. Ein kräftiger Tritt traf eine schwere Wade und bewirkte einen Schmerzensschrei und einen Strom von Flüchen, während ihre freie Hand sich in die Wange des großen Mannes krallte. Mit wilder Entschlossenheit grub sie ihre Zähne in die Handfläche des Mannes.

»Verfluchtes Miststück!« Er schüttelte sie so kräftig, daß sie Angst hatte, ihr Hals würde brechen.

»Ihr solltet Euch besser ordentlich benehmen, Miss Jones«, warnte sie Pinkard. Der kalte Klang seiner Stimme ließ ihr einen angstvollen Schauder über den Rücken laufen. »Der Weg zurück ist weit – ausreichend Gelegenheit, daß ein paar kleinere blaue Flecken heilen können.«

Der Mann wischte sich das Blut von der Wange und sein Griff wurde fester. »Du verfluchtes Teufelsweib.« Er stieß seine Finger in ihr Haar und zog ihren Kopf nach hinten, bis ihr brennende Tränen in den Augen standen.

»Vorsichtig, Julian.« Pinkards Stimme klang leicht sarkastisch. »Wir möchten doch seine Lordschaft nicht unzufrieden sehen.« Sie waren zu viert: zwei bullige Matrosen, der lange, spindeldürre Mann, der sie festhielt, und Ferdinand Pinkard.

»Wie habt ihr mich gefunden?« fragte Silver mit zusammengebissenen Zähnen und versuchte, nicht auf den Schmerz in ihrem Arm zu achten, den der Mann namens Julian ihr hinter den

Rücken drehte. »Wie – wie wußtet ihr, wo ihr mich suchen mußtet?«

Einer der Matrosen, ein großer rothaariger Mann mit Schnurrbart, kicherte. »Pinkard könnte noch die letzte Ratte in 'nem sinkenden Schiff finden. Diese Haarfarbe – und auch noch das hübsche Gesicht dazu – das war 'ne Kleinigkeit.«

Silver spürte die Enttäuschung, die sie wie eine Welle überrollte. Sie war so weit gekommen und diesmal auch so sicher gewesen, daß sie es schaffen würde. Angst hatte sie eigentlich nicht; sie wußte genau, was diese Männer wollten. Und obwohl sie ihr Bestes getan hatte, um ihre Spuren zu verwischen, hätte sie wissen müssen, daß sie irgendwann doch jemand finden würde.

Sie hätte wissen müssen, daß er sie nie gehenlassen würde.

Mit hinter den Rücken gebundenen Armen und einem öligen Lappen als Knebel im Mund, der so festgezogen war, daß sie kaum atmen konnte, blieb Silver kaum eine andere Wahl, als sich von Pinkard und seinen Spießgesellen in die Dunkelheit einer wartenden Kutsche ziehen zu lassen. *Bleib ruhig*, sagte sie sich immer wieder. *Nur nicht irremachen lassen. Du bist schon viel zu weit gekommen, um jetzt noch zu scheitern.*

Sie gab sich große Mühe, ihr heftig pochendes Herz zu beruhigen, lehnte sich an die gepolsterte Wand der luxuriösen schwarzen Kutsche, horchte auf das Rasseln der Räder auf dem Kopfsteinpflaster, dann auf das Schwirren der hölzernen Speichen, sobald die Straße als staubiger Weg weiterführte. Sie hätte noch nicht aufhören dürfen, zu fliehen, hätte sich weiter aufmachen sollen ins Landesinnere.

Sie dachte an das Elend, das sie hinter sich gelassen hatte und schmeckte beinah noch das Blut im Mund, spürte die schweren Schläge seiner Fäuste. Wie oft hatte sie seine Quälereien erdulden müssen? Wie oft hatte sie sich schweigend in ihr Schicksal ergeben, in dem Glauben, daß dies ihr wohl irgendwie zu Recht geschah, in der Sicherheit, diesmal würde das letzte Mal sein?

Wie oft hatte sie rebelliert und sich gegen ihn gewehrt und dann schließlich noch viel Schlimmeres erdulden müssen?

Silver sah die Dunkelheit draußen vor dem Kutschenfenster vorbeiwirbeln. *Mein Gott, würde dieser Alptraum niemals enden?*

Es dauerte nicht lange, bis sie ihr Ziel erreicht hatten – ein altes, verlassenes Lagerhaus irgendwo abseits der Hafenanlagen. Pinkard schloß sie die Nacht über gefesselt und geknebelt ein, um ihr seine Autorität zu demonstrieren. Am Morgen fühlten sich ihre Arme und ihr Mund taub an und ihre Zunge war trocken und geschwollen. Sie wünschte, sie hätte weinen können, aber sie wagte es nicht. Es war nicht der richtige Augenblick für Schwäche und kein Platz für Tränen.

In den frühen Morgenstunden kehrte Pinkard mit einem seiner Männer zurück, brachte ihr Wasser und etwas zu essen und machte ihre Fesseln los. Seitdem waren sie jeden Tag gekommen, immer sehr vorsichtig, nie nur ein Mann allein, und ließen Silver nie zu nah an sich herankommen. Sie waren gut vorbereitet – der Mann, der sie für ihre Rückkehr bezahlen würde, hatte ihnen in deutlichen Worten klargemacht, wie verzweifelt sie war.

Major Morgan Trask ging über die lange, hölzerne Mole auf das Schiff *Savannah* zu, das gerade aus Charleston angekommen war. Wie immer bewunderte er die flachen, geraden Linien der *Savannah*, ihren graziösen Bugspriet, der sich übers Wasser hinausstreckte, die zwei hohen Maste aus kräftiger Fichte, die in den dunklen Nachthimmel ragten. Der Mond über ihm war von Wolken bedeckt, und dichter Nieselregen ließ ein leichtes Frühlingsgewitter erwarten.

Der fünfzig Meter lange Schoner gehörte Morgan schon seit sechs Monaten, doch als Kapitän kommandierte er das Schiff nur selten. Letztes Jahr hatte er sein unruhiges Wanderleben aufgegeben, denn durch langjährige Geschäfte und das Sparen der Gewinne war er ein reicher Mann geworden.

Bei dem Gang über die Mole entdeckte Morgan sein Spiegelbild im Wasser. Sein hochgewachsenes, breitschultriges Abbild schwankte mit der steigenden Flut, sein dunkelblondes Haar war vom Wind zerzaust. Im Laufe der Jahre hatte er sich an die zackige Narbe gewöhnt, die seine Wange zeichnete, doch die Militäruniform, die er jetzt trug, mit den goldenen Tressen und glänzenden Messingknöpfen, war ihm viel zu prunkvoll. Seine dunkelbraunen Hosen, die er sonst auf See trug, oft sogar ohne Hemd, waren ihm wesentlich lieber.

Aber die Texaner – wie die Zeitungen und sie sich selbst öfters nannten – hatten darauf bestanden, daß auch er formal seinem Rang entsprechend gekleidet war. »Es geht einfach nicht an«, hatte Stephen Pearson, der Vertreter Präsident Lamars, während seines eindrucksvollsten Besuchs gesagt, »daß ein Zivilist – ein Mann, der nicht einmal Bürger unserer Republik ist – eine Rolle in den Verhandlungen zum Thema Waffen mit den Briten spielt.«

Sie hatten sich also darauf geeinigt, daß er vorübergehend den Titel eines Majors bei der texanischen Marine bekam. Damit war sein Rang hoch genug, um ihn zur Respektsperson zu machen, aber nicht so hoch, daß sich die Briten dadurch eingeschüchtert fühlen könnten.

Das Angebot, das ihm die Texaner machten, hatte ihn von Anfang an fasziniert. Es gab ihm Gelegenheit, wieder zur See zu fahren, Gelegenheit, noch ein paar Abenteuer zu erleben. Aber der wahre Grund, warum Morgan das Angebot der Texaner angenommen hatte, war die Sorge um seinen Bruder.

Brendan Trask, der immer eigensinnig und vorwitzig gewesen war, hatten die wilde Landschaft und die grenzenlosen Möglichkeiten gefallen, die die junge Republik Texas zu bieten hatte. Vor zwei Jahren hatte er Georgia verlassen und sich sofort zur texanischen Marine gemeldet. Jetzt war er in Mexiko stationiert, wo seine Landsleute zum Schutz der föderalistischen Rebellen eintraten. Die Rebellen versuchten, die mexikanische Regierung zu stürzen, durch die sich die noch junge Republik Texas bedroht fühlte. Brendan war aller Wahrscheinlichkeit nach mittendrin. Diese Fahrt gab Morgan die Möglichkeit, ihn zu treffen und zu sehen, ob Brendan in Gefahr war.

Morgan kletterte über die Heckreling an Backbord auf das Deck der *Savannah*, deren Mannschaft fast ausschließlich auf Landgang war. Das Schiff hatte er damals aus einer plötzlichen Laune heraus gekauft – was nicht hieß, daß es nicht eine verdammt gute Investition gewesen war. Durch den Besitz des Schoners war es ihm gelungen, der Seefahrt verbunden zu bleiben, die so lange sein Leben gewesen war. Jetzt war er froh über seine Entscheidung.

Morgan schritt über das Deck auf das Ruderhaus zu, wobei er nach Solomon Speight Ausschau hielt, der normalerweise das Schiff auf seinen Fahrten entlang der Küste kommandierte. Morgan sprach nur kurz mit Sol, während der hochgewachsene, grauhaarige Mann seine Sachen packte, um an Land zu gehen.

»Ich werde es genießen, mal eine Weile freizuhaben«, sagte Sol mit einem Lächeln. Er schüttelte Morgan die Hand und ging mit dem wiegenden Gang des Seemannes auf die Reling zu. »Ab und zu braucht jeder mal die Gelegenheit, sich etwas zurückzuziehen.«

Morgan glaubte ihm kein Wort. Die See lag Sol im Blut, und er würde immer so bleiben. Morgan vertraute ihm völlig, aber die Texaner hatten darauf bestanden, daß Morgan das Schiff persönlich kommandierte. Er freute sich darauf, die Bequemlichkeiten seines Hauses in der Abercorn Street und die laufenden Anforderungen seines Baumwollhandels hinter sich zu lassen und wieder hinter dem Steuer zu stehen.

»Guten Abend, Major«, ertönte eine Stimme von der Leiter, die hinunter zum Salon führte, einem elegant ausgestatteten Raum, in dem der Kapitän, sein erster Maat und eventuelle Passagiere an Bord ihre Mahlzeiten einnahmen. Der Raum war mit Eichenholz getäfelt und in jeder Ecke mit geschnitzten, eingebauten Kästen versehen. In seiner Mitte stand ein schwerer

Eichentisch und passende Stühle dazu. Dahinter lag die gut eingerichtete Kajüte des Kapitäns und daran anschließend eine zweite, kleinere Kajüte, die für den Steward oder den Kajütenjungen gedacht war. »Ich bin Leutnant Hamilton Riley. Ich bin Euch für diesen Teil der Fahrt unterstellt.«

Riley stieg die Leiter herab und Morgan schüttelte ihm die Hand, wobei ihm der selbstbewußte Händedruck seiner schmalen Hand auffiel. »Ich freue mich, Euch kennenzulernen, Leutnant. Gibt es irgendwelche Neuigkeiten, die ich wissen sollte?«

»Nichts von Bedeutung. Die Fahrt scheint eher routinemäßig zu werden. Wir treffen uns in Barbados mit den Briten, tauschen die Baumwolle gegen Zucker, den Zucker gegen Waffen und transportieren diese dann nach Yucatán hinunter. Die texanischen Truppen halten ihre Stellung, aber die zusätzlichen Waffen werden ihnen sicher von Nutzen sein.«

Riley sah nicht älter als zwanzig aus, obwohl Morgan aus seinen Papieren wußte, daß er dreiundzwanzig war. Mit seinem sandfarbenen Haar und den hellblauen Augen wirkte Ham ausgesprochen unschuldig, was er nach der jahrelangen Ausbildung in Westpoint in manchen Beziehungen sicher auch war.

»Wir dürften in ungefähr zwei Tagen abfahrbereit sein«, erklärte ihm Morgan.

»Das ist in Ordnung. Wir haben genug Zeit bis zu unserer geplanten Verabredung. Höchstwahrscheinlich werden wir sogar eine ganze Weile vor den Briten ankommen.«

»Kommen noch andere Texaner an Bord?« fragte Morgan.

»Wir werden mit mir fünf sein. Wenn ich richtig informiert bin, besteht Eure Mannschaft aus fünfzehn Leuten.«

»So ist es. Wir haben hier zwar Platz für fünfzig, aber ich denke nicht, daß unsere Fahrt schwierig wird, und je weniger Leute wir dabeihaben, desto besser.«

Der junge Leutnant grinste, wobei ein Grübchen an seinem Kinn erschien, das ihn noch jünger wirken ließ. »Da habt Ihr recht, Sir.«

»Falls Ihr mich sonst noch brauchen solltet, könnt Ihr mich in meiner Kajüte finden.«

»Jawohl, Sir«, sagte der Leutnant mit einem eleganten militärischen Gruß.

»Und dieses ganze militärische Zeug könnt Ihr Euch in nächster Zeit sparen. Ein einfaches, ›Ja, Sir‹ ist völlig ausreichend für Euch und Eure Männer.«

»Ja, Sir«, erwiderte er und salutierte wieder. Dann wurde er rot vor Scham.

»Das ist alles, Leutnant.« Morgan unterdrückte ein amüsiertes Lächeln, als Hamilton Riley sich umdrehte und eilig die Leiter hinaufstieg.

Nachdem Morgan quer durch den Salon in sein Quartier gegangen war, setzte er sich an seinen Schreibtisch und begann, seine Befehle und die letzten Einzelheiten noch einmal durchzugehen, die möglicherweise noch von Bedeutung waren, bevor sie abfuhren. Sobald der Rum im Laderaum gelöscht und durch Baumwolle ersetzt worden war, würden sie aufbrechen. Morgan lächelte beinah. Nach dem hektischen Tempo, das sein Leben in letzter Zeit gehabt hatte, freute er sich auf ein paar ruhige Wochen auf See. Er konnte beinahe hören, wie die Leinwand in der kühlen Morgenbrise knallte, sehen, wie das klare blaue Wasser des karibischen Meeres unter dem Schiffsrumpf dahinrauschte. Morgan konnte es kaum erwarten.

»Wickelt Euch besser gut in die Decke da ein«, meinte der rothaarige Matrose. »'s regnet nämlich ganz schön.«

Obwohl die rauhe Wolle sie kratzte, tat Silver, was er sagte. Vielleicht würden sie ihr die Hände losbinden, damit sie die Decke halten konnte – dann würde sie die Möglichkeit finden, auf die sie gewartet hatte und die Männer in einem unbeobachteten Augenblick überraschen und entkommen.

»Keine Chance, Kleine«, sagte der Mann mit dem Namen Julian, zog ihr die Arme nach vorn und band ihr die Handgelenke zusammen. Er stopfte ihr sein schmutziges Taschentuch in den Mund und wickelte ihr ein zweites um den Kopf, so daß das erste festgehalten wurde.

Sie warfen ihr die Decke über die Schultern, ließen aber ihren Kopf dem Wind und dem Regen ausgesetzt, als sie sie aus der Tür zerrten. Sie wichen den schnell größer werdenden Pfützen auf der schlammigen, aufgeweichten Straße aus und gingen auf die in einiger Entfernung stehende Kutsche zu. Bis Silver dem völlig trockenen Ferdinand Pinkard gegenübersaß, war die Decke heruntergefallen und liegengeblieben, und ihre Kleider und ihr Haar klebten naß an ihrem Körper.

Obwohl die Augen der anderen Männer an den weichen Hügeln ihrer Brüste und ihrem an Hüften und Schenkeln klebenden Rock hingen, lächelte Pinkard nur.

»Ihr seht etwas feucht aus, meine Liebe. Wir wollen hoffen, daß der gute Major ein paar trockene Kleider für Euch hat.«

Zur Hölle mit dir! dachte Silver in zornigem Schweigen. Wenn es auf dieser Erde je einen Mann gegeben hatte, der den Zorn des Herrn verdiente, dann war es dieser. Die Haut unter dem bleistiftdünnen Schnurrbart des Spaniers war dunkel, und seine herzlosen Jagdmethoden hätten kaum schlimmer sein können. Zu Hause hatte sie seinen Namen öfters gehört. Er ließ sich seine Dienste gut bezahlen, und keine Aufgabe war ihm zu geschmacklos.

Die Kutsche hielt an der Mole, die Tür wurde geöffnet, und die drei Männer, die draußen mitgefahren waren, hoben sie auf die Straße. Pinkard zog sich den schmalkrempigen Hut tief in die Stirn und seinen langen, schwarzen Umhang fester zusammen und folgte ihnen.

»Paßt auf, wo Ihr hintretet«, warnte Julian sie und zerrte sie rauh über die Reling aufs Deck des Schiffes hinauf.

»Wir haben etwas mit dem Major zu besprechen«, erklärte Pinkard einem blonden Mann in dunkelblauer Uniform.

»Er ist in seiner Kajüte«, sagte der junge Mann. »Wen soll ich anmelden?«

»Ferdinand Pinkard. Sagt ihm, ich habe etwas recht Wertvolles, das einem Freund von ihm gehört.«

Der Soldat betrachtete sie neugierig, bemerkte ihre nassen Kleider, die gefesselten Hände und den Knebel in ihrem Mund. Mit einem mitleidigen Blick verschwand er unter Deck und kehrte nach ein paar Minuten wieder zurück. »Er sagt, Ihr sollt herunterkommen zu ihm.«

»Danke.« Pinkard wandte sich den anderen zu – »Ihr zwei wartet hier« –, dann Julian, der ihren Arm in einem eisernen Griff packte. »Gehen wir.«

Die Leiter hinunter, durch den Salon, ein kurzes Klopfen an der niedrigen Holztür und eine tiefe Stimme gebot ihnen einzutreten. Julian stieß sie ins Zimmer, so daß sie stolperte; Pinkard trat hinter ihr ein. Dann ging Julian wieder hinaus.

»Was zum Teufel ist denn hier los?«

Silvers braune Augen richteten sich auf den hochgewachsenen, dunkelblonden Mann mit der Narbe auf der Wange, der bei ihrem dramatischen Auftritt von seinem Stuhl aufsprang.

»Salena«, sagte Pinkard zu ihr, indem er sie bei ihrem Taufnamen ansprach, »dies ist Major Morgan Trask, seit kurzem in der texanischen Marine.« Er hob amüsiert eine dünne, schwarze Augenbraue und sah sie an, als erwarte er, sie würde eine formelle Antwort auf die Vorstellung geben. »Ich fürchte, Salena kann nicht antworten«, sagte er zu dem Major, »aber ich bin sicher, daß sie sich freut, den Mann kennenzulernen, der früher ein Freund ihres Vaters war.«

Silver fluchte hinter ihrem Knebel und versuchte, dem Spanier einen Tritt gegen das Schienbein zu geben. Als Erwiderung dafür gab er ihr eine schallende Ohrfeige mitten ins Gesicht. Der Major packte Pinkards Arm und warf ihm einen drohenden Blick zu, so daß sein zweiter Schlag verhindert wurde.

»Ich habe Euch gefragt, was hier eigentlich los ist«, sagte der Major. »Ihr werdet mir jetzt darauf antworten, oder ich binde das Mädchen los und sie wird es mir sagen.«

»Das würde ich Euch nicht empfehlen. Salena ist sehr launisch.«

»Das kann ich mir vorstellen.«

»Der Freund, von dem ich sprach, ist der englische Graf von Kent.«

Der Major schien sich über Pinkards Spiel zu ärgern. Er war hochgewachsen, gut gebaut und ohne jedes überflüssige Gramm Fett. Die Narbe auf der Wange gab seinem Gesicht einen harten Ausdruck, aber trotzdem wirkte sein Kinn markant und seine gerade Nase vornehm.

»Was hat sie mit William zu tun?« fragte er.

Pinkard lachte leise, und sein dünner Schnurrbart verzog sich zu einem einseitigen Lächeln. »Das dunkeläugige, bösartige Bündel, das Ihr hier vor Euch seht, ist niemand anderes als seine Tochter.« Er löste den Knoten an ihrem Knebel und zog ihn ihr aus dem Mund. Silver beschimpfte ihn fluchend und versuchte noch einmal, ihn gegen das Schienbein zu treten. »Major Morgan Trask, darf ich Euch Lady Salena Hardwick-Jones vorstellen?«

Morgan betrachtete sie mit geübtem Blick von oben bis unten. Sie war von durchschnittlicher Größe, aber die Art und Weise, wie sie das Kinn hob und die Schultern gerade hielt, ließen sie größer wirken. Ihr strähniges, graublondes Haar klebte an zwei wohlgerundeten hellhäutigen Brüsten, deren Ansatz sich über ihrem tief ausgeschnittenen Oberteil mit ihrem Atem hob und senkte.

»Mein Name ist Silver Jones«, sagte sie. »Ich arbeite im Wirtshaus *Zum Weißen Pferd* in der Bay Street. Dieser Mann ist verrückt.«

Morgans Mund zuckte in einer Bewegung, die unter anderen Umständen vielleicht ein Lächeln hätte werden können. Selbst angesichts ihres schmutzigen Gesichts und der aufgeweichten Kleidung waren Williams trotzige Haltung mit einer kräftigen Portion Arroganz und Marys große, braune Augen mit den dichten Wimpern unverkennbar. Die schlanke, gerade Nase und die feingeschnittenen Wangenknochen waren ausschließlich Silver Jones.

»Aha, also Silver? Nicht Lady Salena?« Als Morgan William das letzte Mal gesehen hatte, war er selbst ein fünfzehnjähriger Bursche gewesen. Der Graf von Kent war ein Freund seines verstorbenen Vaters und sein Mentor gewesen. Salena war damals erst ein Kleinkind, das lächelnd seinem Vater auf den Schoß kletterte.

Dann hatte William mit der Familientradition gebrochen und sich auf die Reise gemacht. Er hatte eine der kleinen Westindischen Inseln mit dem Namen Katonga gekauft, die er vorher nie gesehen hatte und war dorthin gefahren, um eine Plantage zu leiten. Morgan hatte gelegentlich an ihn gedacht, sich aber nie die Zeit genommen, ihn zu besuchen.

Jetzt sah es so aus, als würde er wohl Gelegenheit dazu bekommen.

»Ich habe Euch doch gesagt, daß ich Silver heiße. Ich arbeite im Wirtshaus *Zum Weißen Pferd*. Diese *Herren* irren sich.«

Morgan kümmerte sich nicht um sie und wandte sich wieder Pinkard zu. »Was soll ich mit ihr tun, Eures Erachtens?«

»Sie nach Hause bringen«, antwortete der Spanier einfach. »Und das wird, so versichere ich Euch, keine leichte Aufgabe sein.«

Morgan heftete seinen Blick auf Salena. Ihr Oberteil, das völlig durchnäßt war, ließ ein paar straffe rosa Brustwarzen erkennen, die vor Kälte aufgerichtet waren und eine so schmale Taille, daß er sie mit den Händen hätte umfassen können.

»Warum seid Ihr von zu Hause fortgelaufen?« Er zwang seinen Blick wieder zu ihrem Gesicht empor und bemerkte den Schmutz auf ihrem Kinn, der ein Grübchen in der Mitte bedeckte. Ihre Wangen bekamen einen Anflug von Rosa, als wüßte sie, wo seine Augen gerade gewesen waren.

»Sie will unbedingt einen Mann heiraten, den ihr Vater für unangemessen hält«, antwortete Pinkard an ihrer Stelle. »Irgendein Rauhbein, das ihr auf seinem Weg nach Amerika begegnet ist. Ihr Vater hat die Ehe verboten, also ist sie dem Kerl einfach nachgelaufen.«

»Ihr seid ein Lügner, Pinkard«, fuhr sie ihn an.

»Und Ihr seid nicht Lady Salena«, sagte Morgan ironisch. »Ihr seid nur einfach Silver Jones, eine hart arbeitende Wirtshausmagd, die nur irrtümlich hierher geraten ist.«

Silver antwortete nicht. Wenn Morgan Trask ein Freund ihres Vaters war, blieb ihr weiter nichts zu sagen.

»Warum kommt Ihr damit zu mir?« fragte der Major Pinkard.

»Ob Ihr es glaubt oder nicht, unter dem ganzen Schlamm ist Silver eine schöne junge Frau. Ich traue nur wenigen Männern zu, daß sie sie sicher nach Hause zurückbringen würden.«

»Ihr meint, es gibt nur wenige Männer, die sie unbeschadet nach Hause bringen würden, so daß Ihr Euer Geld bekommt.«

»So ist es.«

Morgan kannte Pinkard und sein Seelenverkäufergeschäft schon seit Jahren. Es überraschte ihn nicht, daß er für Geld jetzt ein davongelaufenes junges Mädchen zu ihren besorgten Eltern zurückbrachte – aber es überraschte ihn, daß die Ausreißerin ausgerechnet Lady Salena Hardwick-Jones war.

»Ich habe erfahren, daß Ihr auf dem Weg nach Barbados seid«, fügte Pinkard hinzu. »Nach Katonga zu fahren würde keinen großen Umweg für Euch bedeuten. Ihr könnt das Mädchen hinbringen und mein Geld abholen. Und William wird dafür sorgen, daß Ihr ebenfalls entschädigt werdet – außer natürlich, Ihr legt Wert darauf, daß ich mitkomme.«

»Ich glaube kaum, Pinkard. Ich glaube kaum, daß ich mehr als eine Stunde Eurer Gesellschaft ertragen kann.«

Pinkard sagte nichts dazu. »Dann werdet Ihr sie also zurückbringen?«

»Ich habe ja wohl kaum eine andere Wahl. Bei Euch und Euren Spießgesellen kann ich sie schlecht lassen. Sie mag vielleicht nicht Euer Geschmack sein«, er sah wieder zu der jungen

Frau hinüber, auf ihre schlanke Taille und die verlockenden Kurven ihrer Brüste und Schenkel – »aber zweifellos ist sie für die anderen sehr reizvoll. Es überrascht mich, daß es Euch bis jetzt gelungen ist, sie zurückzuhalten – vorausgesetzt, es ist Euch gelungen.«

»Ich versichere Euch, daß die Tugend der Dame nicht angetastet worden ist. Darauf hat William ganz besonderen Wert gelegt.« Er hob eine schwarze Augenbraue. »Und wenn wir schon beim Thema sind: Ich hoffe, ich kann mich auf Eure Freundschaft zu William verlassen, wenn es darum geht, Eure ausgeprägte Männlichkeit im Zaum zu halten, die Frauen an Euch so anziehend zu finden scheinen.«

Silver sah Morgan an, der ihr einen Blick zuwarf, aus dem genau zu erkennen war, wie wenig anziehend er sie fand. Sie war schmutzig und zerfetzt und völlig aufgeweicht. Und sie hatte schon seit einer Woche nicht mehr gebadet.

»Sagt lieber nichts«, warnte sie ihn, während sie zusah, wie seine Augen über ihre schmutzige Kleidung und ihr verfilztes Haar wanderten. Gutaussehend oder nicht – er war auch nur ein Mann. Es war völlig unerheblich, was er von ihr dachte.

Morgan lächelte nur.

»Seid vorsichtig, Major«, warnte ihn Pinkard, als er sich zum Gehen wandte. »Sie wird alles tun, um nicht nach Katonga zurückzumüssen. An Eurer Stelle würde ich mich vorsehen.«

»Ich werde daran denken.« Der Ausdruck im Gesicht des Majors ließ klar erkennen, daß Pinkards Warnung ihn nicht besonders interessierte.

Gut, dachte Silver. *Ein Mann, der seinen Gegner unterschätzt, ist am leichtesten zu besiegen.*

»Ihr wißt, wo Ihr mich finden könnt«, schloß Morgan ihr Gespräch. »Ich werde Euer Blutgeld für Euch bereithalten, wenn ich zurückkehre.«

»Ja, tut das, Major. Sowohl William als auch ich sind Euch sehr verbunden für Eure Unterstützung – selbst wenn Ihr nur widerwillig zugesagt habt.« Mit einem letzten Blick auf Silver ging Pinkard hinaus und schloß die Tür hinter sich.

Morgan wandte seine Aufmerksamkeit Silver Hardwick-Jones zu. Auch wenn sie den Kopf hochhielt, sah er dunkle Ringe unter ihren Augen, die ihre Müdigkeit verrieten, und ihre Handgelenke waren wund und rot von den zu stramm gebundenen Fesseln. Er runzelte die Stirn, als er den roten Fleck auf ihrer Wange betrachtete, den Pinkards Hand hinterlassen hatte. Der Schuft hatte nicht mal so viel Gewissen wie Gott es einer Schlange mitgab.

Er zog die Tür auf, beugte sich in den Flur hinaus und wandte sich an Hamilton Riley, der im Salon saß und wartete. Morgan informierte ihn über den neu hinzugekommenen Passagier und bat ihn dann, Cookie, dem Schiffskoch, mitzuteilen, er solle Wasser für ein Bad erhitzen.

»Sie wird auch ein paar trockene Kleider brauchen«, fügte Morgan noch hinzu. »Jordy ist ungefähr so groß wie sie. Holt ein paar Kleider von ihm.« Jordan Little war sein Kajütenjunge, der gerade dreizehn Jahre alt war.

Nachdem er diese Aufgaben verteilt hatte, kam Morgan wieder ins Zimmer und schloß die Tür. »Wir sollten uns unterhalten, Salena.«

»Mein Name ist Silver.«

Er sah sie einen Augenblick an, bemerkte das Heben und Senken ihrer runden Brüste, die Röte, die auf ihren Wangen stand. So müde und zerzaust sie auch sein mochte, und selbst naß bis auf die Haut, bewahrte sie doch bemerkenswert die Fassung. Morgan dachte an das aristokratische Erbe, auf das William so wenig gab, und doch...

»Wenn Euch dieser Name lieber ist –«

»Ich höre nur auf diesen Namen.«

Morgan kümmerte sich nicht um den Anflug von Ärger, den er plötzlich empfand. Wenn er ganz langsam vorging und dem Mädchen vorsichtig zu verstehen gab, daß ihr Vater nur ihr

Bestes wollte, würde es sich bald beruhigen und sich in das Unvermeidliche fügen.

»Wenn Ihr versprecht, Euch anständig zu benehmen, werde ich Euch die Fesseln abnehmen.«

Silver nickte. Morgan zog ein kleines Messer mit einem Horngriff aus der Scheide an seinem Gürtel und durchschnitt die Lederbänder, die ihre Handgelenke zusammenhielten. Sie schaute in Richtung Tür.

»Daran solltet Ihr nicht einmal denken«, warnte er sie.

»Ich hatte nur gehofft, das Bad würde bald kommen.« Das war eine Lüge, und beide wußten es.

»Euer Vater war ein Freund von mir«, erklärte er, in der Hoffnung, die Stimmung etwas zu entspannen. »Damals, in London.« Aber angesichts seiner Worte wurde sie nur noch verkrampfter. Einen Moment lang sah sie zur Seite. Dann heftete sich ihr Blick auf einen Punkt an der Wand über seinem Kopf.

»Was habt Ihr mit mir vor?«

»Ich werde Euch nach Hause bringen.«

Du wirst es versuchen, dachte Silver. »Es wird wohl kaum etwas geben, was ich sagen könnte, um Euch davon abzubringen.«

»Ich stehe in der Schuld Eures Vaters. Und das schon seit vielen Jahren. Das wenigste, was ich für ihn tun kann ist, ihm seine Tochter sicher zurückzubringen.«

Ein Schauder lief über Silvers Rücken.

»Ihr friert.« Morgan machte einen Schritt auf sie zu, aber Silver wich instinktiv vor ihm zurück. »Ich wollte Euch nur eine Decke holen.

»Das Bad wird mich ausreichend aufwärmen.«

Ein leises Klopfen ertönte an der Tür. Der Major öffnete, und zwei junge Matrosen kamen herein, der eine trug eine schwere Kupferbadewanne, der andere hatte unter dem einen Arm eine Portion trockener Kleider sowie in beiden Händen einen dampfenden Blecheimer. Der Kajütenjunge, ein Junge mit mahagonirotem Haar, Sommersprossen und großen, nußbraunen Augen, trat mit einer Kanne Tee, kaltem Hühnchen und Käse ein.

Silver mußte zugeben, daß das Bad und das Essen verlockend aussahen. Sobald sie sauber und trocken war und sich sattgegessen hatte, würde sie ihre nächste Aktion planen.

»Ich bin direkt draußen vor der Tür, falls Ihr irgend etwas brauchen solltet«, erklärte ihr Morgan, als die Männer gegangen waren. Er trat in den Flur hinaus.

»Vielen Dank, Major.« Sie mußte sich Mühe geben, nicht zu lächeln. Der Mann unterschätzte sie entschieden. Noch bevor er so recht bemerkte, wie ihm geschah, würde sie gebadet, angezogen und fort sein.

Und sie würde dafür sorgen, daß ihm etwas geschah. Sie würde ihm einen kräftigen Schlag über den Schädel geben, so daß er die ganze Nacht bewußtlos bleiben würde. Natürlich würde sie sich Mühe geben, ihn nicht ernsthaft zu verletzen, aber er ließ ihr ja keine andere Wahl.

Sie schauderte in ihren nassen Kleidern und betrachtete das dampfend heiße Wasser. Bis dahin allerdings würde sie die Wärme in der Badewanne genießen.

2. Kapitel

In ihrer Erinnerung gab es in der näheren Vergangenheit nichts, was sich so gut anfühlte wie das warme, schaumige Wasser. Silver tauchte den Kopf unter, wusch ihr Haar mit dem Stück Seife, spülte es ab und lehnte sich dann in der Wanne zurück.

Bald würde sie schon wieder fort sein, aber im Augenblick, in der warmen Wanne an dem kleinen Feuer, das in der Ecke der Kajüte brannte, mit einer Tasse Jasmintee in der Hand, fühlte sie sich wie im Himmel. Außerhalb dieses gemütlichen Raums würde sie sich wieder mit dem Regenwetter und der Notwendigkeit ihrer Flucht auseinandersetzen müssen. Wenn sie das erst geschafft hatte, würde sie sich die Haare braun färben, in Richtung Norden aufbrechen und sich in der Menschenmenge irgendeiner großen Stadt verlieren. Philadelphia – vielleicht sogar New York. Das kältere Klima dort würde ihr nicht so recht gefallen, aber das war ihre kleinste Sorge.

Silver seufzte ergeben und zwang sich, aus der Wärme der Wanne zu steigen. Sie trocknete sich mit einem weißen Leinenhandtuch ab und zog die Segeltuchhosen an, die der Matrose für sie mitgebracht hatte. Sie paßten ihr so genau, daß sie beinahe rot wurde. Als nächstes kam ein weißes Baumwollhemd. Dann nahm sie einen Kamm, der auf dem Schreibtisch lag, und kämmte sich ihr wirres Haar vor dem Feuer aus, so daß die silberne Fülle auch gleich trocknete.

Mein Gott, sie fühlte sich wie eine ganz andere Frau, jeder Herausforderung gewachsen, die sie erwarten würde.

Bei einer Durchsuchung des Raums stieß sie auf eine Pistole, die sie in den Bund ihrer Hosen steckte, sowie einen schweren hölzernen Belegnagel, der eine hervorragende Waffe abgeben würde. Jetzt brauchte sie nur noch den Major wieder hereinzulocken und ihm einen Schlag auf den Kopf zu geben.

Silver verzog angesichts dieses Gedankens das Gesicht, schob ihren Widerwillen aber schnell wieder zur Seite. *Du mußt es einfach tun*, sagte sie sich fest und wandte sich der vor ihr liegenden Aufgabe zu.

Nachdem sie die losen Schöße des Hemdes um die Taille verknotet und ihr Haar mit dem Lederband zusammengebunden hatte, das ihre Fessel gewesen war, zog Silver einen Stuhl hinter die Tür und stellte ihn so hin, daß sie aus dem besten Winkel zur Tat schreiten konnte. Dann schaute sie in den Flur hinaus.

Major Trask lehnte an der Rückenlehne eines kleinen gobelinbezogenen Sofas, seine in Stiefeln steckenden Füße vor sich gekreuzt, und las im gelben Licht der Messinglampe, die hinter ihm an der Wand hing. Er war wirklich ein gutaussehender Mann, dachte sie, auf eine feste, sachliche Art. Er besaß die grünsten Augen, die sie je gesehen hatte, und seine von der Sonne dunkel gebräunte Haut wirkte glatt außer an der zackigen Narbe, die seine Wange zeichnete.

Sie fragte sich flüchtig, was er wohl für ein Mann war, und dann, als ihr einfiel, daß er ein Freund ihres Vaters war, stellte sie sich vor, daß sie es vielleicht schon wußte.

»Entschuldigt, Major«, sagte sie warm, »könnte ich Euch wohl einen Augenblick sprechen?«

Trask legte die Zeitung weg und stand auf, so daß seine hohe Gestalt fast die niedrige Decke des elegant möblierten Salons berührte. Silver zog sich wieder in die Kajüte zurück und schloß die Tür. Dann hob sie den Belegnagel wie einen Knüppel, nahm ihren Platz auf dem Stuhl ein und wartete, bis sich die Tür öffnete.

Morgan sah genau in dem Augenblick auf, als Silver zum Schlag ausholte. Mit einem Fluch versuchte er auszuweichen, aber Silver sah seine Bewegung voraus. Der Schlag rutschte vom Kopf ab auf die Schulter Morgans, so daß er krachend zu Boden ging.

Verdammt! fluchte Silver und wünschte, der Schlag hätte ihn nachhaltiger getroffen, aber sie brachte es nicht fertig, ihn noch einmal zu schlagen. Morgan saß auf dem Boden und ächzte bei dem Versuch, sich von dem Schlag zu erholen. Silver kümmerte sich nicht um ihn und rannte durch die Tür in den Salon. Sie blieb kurz stehen, um nach den anderen Männern zu horchen, dann kletterte sie die Leiter zum Deck hinauf, rannte zur Reling und kletterte hinüber.

Das war doch nichts Besonderes, dachte sie mit plötzlicher Befriedigung und einem letzten Blick zurück auf das Deck, das sie hinter sich gelassen hatte. Dann holte sie plötzlich tief Luft beim Anblick von Morgan Trask, der mit entschlossener, zornerfüllter Miene hinter ihr herraste.

Verflucht, daß sie immer so viele Skrupel hatte! Immer machte ihr das Schwierigkeiten. Sie hätte sichergehen sollen, daß sie ihn auch wirklich bewußtlos geschlagen hatte.

Silver rannte schneller, wich Matrosen aus, die über die Mole schlenderten, vorbei an verflohten Kötern, die stinkende Abfallhaufen durchsuchten, und ein paar wenigen Huren, die eifrig ihre Ware anpriesen. Als sie eine Frau anrempelte, die sie nicht bemerkt hatte, fluchte diese lauthals hinter ihr her, aber Silver rannte einfach weiter. Sie mußte einen Platz finden, wo sie sich verstecken konnte, irgendeine dunkle Gasse, wo der Major sie nicht finden konnte.

Silver bog um die nächste Ecke, kämpfte mit den Seitenstichen, dem heftigen Pochen ihres Herzens und jedem brennenden Atemzug. Ihre Beine fingen an, vor Anstrengung zu schmerzen, und trotzdem rannte sie weiter. Mit einem Blick über die Schulter stellte sie fest, daß sie dem Major davongelaufen war, aber sie wagte nicht, langsamer zu werden.

Sie blieb erst stehen, als ein Arm aus dem Nichts auftauchte, sich um ihre Taille legte und sie gegen eine rauhe Ziegelwand preßte.

Morgan Trask stand riesig vor ihr, sein harter Körper ließ ihr keine Bewegungsfreiheit, seine grünen Augen glitzerten vor Zorn. Silver wehrte sich und wand sich unter den harten Muskeln seiner Brust, versuchte, unter seinem Arm hindurchzukriechen, die Pistole zu ziehen, bemühte sich, ihn zu treten und zu beißen – alles ohne Erfolg.

»Hat Euch das Bad gefallen, Milady?« fragte seine tiefe Stimme spöttisch, aber in seiner gnadenlosen Mimik lag keine Spur von Vergnügen.

Silver hob das Kinn. »Es war wirklich wunderbar.«

»Gut«, sagte er, riß ihr die Pistole aus dem Hosenbund und steckte sie nach hinten in den Gürtel, »denn jetzt werdet Ihr gleich noch einmal baden.« Mit einer schnellen Bewegung hob er sie in seine Arme, trug sie die wenigen Schritte zum Rand der Mole und ließ sie ins Wasser fallen.

Schuft! schimpfte Silver, als das eisige Wasser über ihr zusammenschlug, die Luft aus ihren Lungen drückte und sie viel mehr abkühlte als der Regen es getan hatte. Sie kam wieder hoch, spuckte Wasser, fluchte, versuchte ihre Haare von Nase und Mund zu wischen und drohte, unterzugehen. Morgan Trask stand auf der Mole, grinste, genoß ihre Qual und brachte damit ihren Zorn so zum Kochen, wie sie es selten erlebt hatte.

Also, dieser arrogante, üble – Silver holte schnell Luft und ging wieder unter.

Morgan sah zufrieden zu, wie sie noch zweimal wieder hochkam, mit den Armen wedelnd und nach Luft schnappend. Er würde abwarten, bis sie richtig schön müde war, dann würde er ihr ein Seil hinunterwerfen. Er war ein Narr gewesen, nicht auf Pinkards Warnung gehört zu haben. Aber sie hatte so verdammt mitleiderregend ausgesehen – und viel zu erschöpft, um ihm noch Schwierigkeiten zu machen.

Jetzt hatte er einen brummenden Schädel und eine Prellung

auf der Schulter, die ihn daran erinnern würden, diesen Fehler nicht noch einmal zu machen.

Morgan sah aufs Wasser hinunter. Wo Silver zum letzten Mal untergegangen war, stiegen nur noch ein paar kleine Bläschen auf. Sie hätte inzwischen längst wieder hochkommen müssen, wurde ihm plötzlich klar. Und wieder hieß er sich einen Narren.

Zur Hölle nochmal! Er rief sie mit jeder denkbaren Bezeichnung, die ihm in den Sinn kam, riß sich die Stiefel herunter, warf die schwere Uniformjacke und die Pistole ab, die sie gestohlen hatte, und sprang ins Wasser. Als er dort keine Spur von ihr fand, begann er sich ernsthaft Sorgen zu machen. Sein Pech, daß sie nicht einmal lange genug über Wasser bleiben konnte, um ihre Lektion zu lernen. Dann kam ihm plötzlich ein Verdacht. Er kam gerade in dem Augenblick hoch, als Silver grinsend in einiger Entfernung auf den Pier kletterte.

Verdammtes Weib! Er zog sich so schnell er konnte eine wacklige Holzleiter hinauf, raste hinter ihr her und holte sie einen Häuserblock später ein, überrannte sie regelrecht, so daß sie beide auf den Boden fielen.

»Lady, Ihr fordert wirklich Euer Glück heraus«, sagte er zwischen zusammengebissenen Zähnen hindurch. Sein Körper drückte sie schwer gegen die harten Holzbohlen der Mole, so daß sie nur unter Schwierigkeiten atmen konnte, aber das war Morgan egal. Er riß sie hoch, zog ihr einen Arm hinter den Rücken und strich dabei mit der Handfläche über eine feste, nasse Brustwarze. Ihr schlankes Hinterteil drückte sich verführerisch an seinen Unterkörper. Morgan spürte eine Anspannung in den Lenden und verfluchte den unglücklichen Augenblick, der sie seinem Schutz unterstellt hatte.

»Ihr werdet so oder so wieder zurück zum Schiff gehen«, sagte er, entschlossen, sich nicht die nächsten paar Wochen mit dieser schrecklichen Göre auseinanderzusetzen. Sie würde entweder lernen zu tun, was man ihr sagte, oder sie würde es verdammt bedauern. »Also könnt Ihr Euch genauso gut darein schicken.«

Silver kümmerte sich nicht darum, was er sagte, wehrte sich, wand sich und versuchte, sich loszureißen.

»Aufhören, Silver«, sagte er warnend, und seine Stimme klang so hart, daß sie schließlich den Widerstand aufgab. Morgan zog sein aufgeweichtes Halstuch herunter und band ihr damit die Hände hinter dem Rücken. Er schüttelte den Kopf angesichts der Situation, in die er sich gebracht hatte und machte sich langsam auf den Weg zurück zum Schiff mit ihr, wobei er unterwegs nur gerade so lange anhielt, um seine Uniformjacke und die Pistole aufzuheben.

Jordy, Cookie und Hamilton Riley standen an der Reling, als sie ankamen. Nur Cookie besaß den Mut, offen seine Bewunderung dafür zu zeigen, welches Stück Ladung Morgan hinter sich herzog.

»Mannomann«, sagte der alte Koch mit einem Grinsen, das sein wettergegerbtes Gesicht von der einen bis zur anderen Seite durchzog. Grandison Aimes war ein gedrungener, grauhaariger Seemann, aber auch mit seinen sechzig Jahren noch so zäh wie Leder.

»Ich schätze, Mr. Pinkard hat schon gewußt, warum er sie gefesselt hatte«, sagte Hamilton Riley, als wäre ihm gerade ein Licht aufgegangen.

Morgan drängte wortlos an ihnen vorbei und zerrte Silver die Leiter hinunter und durch den Salon. Sie sah schlimmer aus als vorher, nur daß ihr Gesicht diesmal sauber war und ihre zarte Haut und die edle Linie ihres Profils erkennen ließ. Ein Jammer, daß das Weib nicht auch den gesunden Menschenverstand ihres Vaters oder die Klugheit ihrer Mutter geerbt hatte anstatt nur die Launenhaftigkeit ihres Großvaters.

»Zieht die Kleider aus«, befahl Morgan, als sie seine Kajüte erreichten.

»Was?«

»Ich sagte, zieht die Kleider aus.«

»Pinkard scheint wohl nicht der einzige Verrückte zu sein.«

»Los doch«, sagte er warnend und machte einen Schritt in ihre Richtung, »sonst helfe ich Euch.« Zum ersten Mal seit sie in sein Leben gestolpert war erkannte Morgan einen Funken Angst in ihrem Blick. Es dauerte nur einen winzigen Augenblick lang, nicht mehr als einen Herzschlag. Den meisten Männern wäre nichts aufgefallen, doch Morgan sah es. Und das war genug, um seinen Worten die Schärfe zu nehmen.

»Eure Kleider brauchen eine Weile zum Trocknen, und ich bin es leid, hinter Euch herzujagen. Ihr könnt sie morgen früh wiederhaben.«

Sie betrachtete ihn mißtrauisch, zweifelte aber offensichtlich nicht an seiner Drohung. »Ich werfe sie in den Flur hinaus, sobald ich mich ausgezogen habe.«

Morgan nickte. »Ihr könnt Euch in eine Decke wickeln, bevor ich wieder hereinkomme.«

Silvers Kopf kam plötzlich hoch. »Was? Warum kommt Ihr wieder herein?«

»Weil das hier mein Schlafzimmer ist. Ihr könnt in der Koje nebenan schlafen.« Seine Lippen zogen sich aufwärts in einem bitteren Lächeln. »Ich hatte ursprünglich vor, Euch meine Koje zu überlassen, aber nach unserem kleinen... Abenteuer... habe ich mich anders entschieden. Wenn ihr Euch vernünftig benehmt, können wir wieder darüber reden.«

Silver zuckte die Schultern, als könne ihr das gar nichts ausmachen, und Morgan nahm ein paar trockene Kleider für sich selbst mit und ging hinaus. Sie war schon seltsam. Er war nie einer derart schwer zu verstehenden Frau begegnet. Auf jeden Fall hatte sie mehr Verstand als alle anderen. Er hatte noch nie eine Frau mit so viel Feuer und so viel Entschlossenheit getroffen.

Nur eines war sicher: Salena Hardwick-Jones war eine Schönheit. Das Gesicht eines Engels und einen Körper reif für alle Sünden. Gottseidank stand ihm der Sinn mehr nach ruhigen, folgsamen Frauen, die genau wußten, was sich gehörte oder die einem Mann Vergnügen bereiteten für das Geld, das er ihnen gab.

Mit ihnen war leichter umzugehen, und man hatte nicht so viel Ärger wie mit dieser.

Morgan lächelte im stillen. Wer auch immer der Mann gewesen war, dem sie gefolgt war – er mußte ihm eigentlich dankbar sein. Der arme Kerl hatte ja nicht die leiseste Ahnung, wie haarscharf er einem strapaziösen Leben mit Silver Jones entkommen war.

»Ist ja schon gut«, rief Silver, als es laut an die Kajütentür klopfte. Nachdem sie geprüft hatte, daß die Decke sie auch von der Brust bis zu den Füßen bedeckte, wartete sie darauf, daß die Tür aufging und warf dann ihre Kleider hinaus.

»Guten Abend, Mylady.« In ein Paar gutsitzende braune Hosen und ein sauberes weißes Hemd gekleidet, betrat Morgan Trask den Raum und verbeugte sich spöttisch vor ihr. Hinter ihm hob der sommersprossige Kajütenjunge ihre nassen Sachen auf und ging fort.

Wortlos deutete der Major auf eine kleine Tür an einer Seite der Kajüte. Silver öffnete sie und entdeckte darin eine schmale Koje an der Wand, eine Schiffskiste und einen Nachttopf.

»Eure Unterkunft, Mylady«, sagte Morgan sarkastisch.

»Seht Euch vor, daß ich Euch nicht eins über den Kopf haue«, gab sie zurück. Trask antwortete nicht, sondern ließ sie nur an ihm vorüber in den kleinen Raum gehen. Dann schloß er die Tür hinter ihr ab.

Silver sank auf das Bett. Sie war mit ihrer Moral ziemlich am Ende, aber noch nicht tot. Morgen würde ein neuer Tag kommen und mit ihm neue Gelegenheiten. So lange das Schiff noch im Hafen lag, gab es immer noch die Möglichkeit zu entkommen. Und wenn sie erst ihre Freiheit hätte, würde sie es bestimmt schaffen, endgültig zu fliehen. Mit diesen Gedanken rollte sich Silver in der Koje zusammen und schlief erschöpft ein.

Strahlend goldenes Licht, das durch das zwanzig Zentimeter große Bullauge hereinfiel, wärmte ihr Gesicht und weckte sie schließlich. Sie streckte sich und gähnte, wickelte sich in die Decke und versuchte, die Tür zu öffnen. Sie war erstaunt, sie unverschlossen vorzufinden.

In der Kajüte des Majors fand sie ein Tablett mit Essen: Haferbrei, eine dicke Scheibe Schinken, ein dampfender Becher Kaffee und ein paar warme Schiffszwiebäcke mit Butter. Neben dem Tablett lag eine zweite Portion Kleider, diesmal etwas abgenutzter als die letzten, sowie eine Waschschüssel und ein Krug mit Wasser.

Nachdem sie sich das Gesicht gewaschen und in die Wangen gezwickt hatte, um ihnen etwas mehr Farbe zu geben, schaute sie in den Spiegel und war überrascht, daß sie gut aussah. Selbst ihr Bad im Salzwasser hatte den Glanz ihrer Haare nicht verringert, und der Schlaf hatte ihrer Haut eine frischere Farbe verliehen.

Sie wandte sich um, als ein Schlüssel im Schloß gedreht wurde. Im gleichen Augenblick kam auch schon Morgan Trask herein. Er blieb sofort stehen, und sein Blick wanderte über die Rundung ihrer Hüften und ihre langen, schlanken Beine entlang, die in den engsitzenden Hosen mehr als deutlich sichtbar waren.

Silver spürte einen Anflug von Wärme auf den Wangen. »Ich versichere Euch, Major, wenn es etwas Sittsameres für mich zum Anziehen gäbe, würde ich die Gelegenheit gern wahrnehmen.«

»Sobald Eure anderen Kleider gewaschen und getrocknet sind, werdet Ihr sie zurückbekommen, doch was die Sittsamkeit betrifft, sind sie wohl kaum eine Verbesserung.«

»Das waren die Kleider, die ich bei der Arbeit getragen habe.«

»Beim Wirtshaus *Zum Weißen Pferd*, ist das richtig?«

»Ja.«

»Und Ihr würdet lieber hier in Savannah bleiben und in einer Räuberhöhle arbeiten als nach Hause zurückkehren«, – sein Mund verzog sich zu einem freundlichen Lächeln – »aber es ist ja wohl nicht unser tropisches Klima, das Euch hier hält, nicht wahr? Sondern Euer Geliebter ist es, der den Reiz dieser Stadt für Euch ausmacht.«

»Ich sagte Euch bereits, daß Pinkard ein Lügner ist. Ich habe keinen Geliebten. Ich wollte nur mein eigenes Leben leben.«

»Wie heißt er?« fragte Morgan, als hätte sie nichts gesagt. »Vielleicht kenne ich ihn.«

Silver ballte ihre Hände zu Fäusten. »Wenn Ihr es angemessen findet, einem Mann wie Pinkard zu glauben – bitteschön. Was auch immer ich sage ist Euch sowieso egal.«

Morgan verstummte. Seine Augen, die so unglaublich grün schimmerten, richteten sich auf ihr Gesicht. »Ihr werdet in dieser Kajüte bleiben, bis wir Segel setzen. Und das wird morgen früh bei Einsetzen der Flut sein.«

»Pinkard sagte, Ihr wäret auf dem Weg nach Barbados.«

»Erst Katonga, dann Barbados«, verbesserte sie Morgan, und Silver biß die Zähne zusammen. »Könnt Ihr lesen?« fragte er, indem er das Thema wechselte.

»Natürlich kann ich lesen.«

»Auf den Borden über meinem Bett stehen Bücher.«

»Ich weiß«, sagte sie, aber angesichts von Morgans hartem Blick wünschte sie, sie hätte es nicht gesagt.

»Ich würde es sehr zu schätzen wissen, wenn Ihr nicht in meinen Sachen wühlen würdet. Es sind keine Waffen mehr hier im Raum. Die Pistole habt Ihr schon gefunden und meinen Säbel habe ich heute morgen entfernt. Ihr werdet also kaum noch etwas Interessantes finden können.«

Silver antwortete nicht. In einer Stunde würde sie mehr über Morgan Trask in Erfahrung bringen, als er selbst über sich wußte. *Kenne deinen Feind.* Sie hatte sich dieses Motto für ihr neues Leben zu eigen gemacht.

»Wenn Ihr irgendetwas braucht, laßt es mich wissen«, schloß Morgan kühl. »Ihr werdet nicht besser behandelt werden als der Rest der Mannschaft – mögt Ihr nun aristokratisches Blut haben oder nicht.«

»Ich habe nicht darum gebeten, Major Trask. Und ich habe auch nicht die Absicht, es zu tun.«

Überrascht hob er eine dunkelblonde Augenbraue. Einen Augenblick lang betrachtete er sie scheinbar prüfend. »Morgen, wenn wir abgefahren sind, könnt Ihr Euch zum Abendessen zu uns setzen.«

Er tut es schon wieder, dachte sie. *Er glaubt tatsächlich, daß ich hier herumsitzen und nichts tun werde.* »Ich freue mich darauf, auch die anderen kennenzulernen«, konnte sie nicht widerstehen zu sagen. Aber angesichts von Trasks plötzlich geweckter Aufmerksamkeit wurde ihr klar, daß sie besser hätte schweigen sollen.

»Benehmt Euch, Salena. Ich bin älter und klüger – und viel zäher als Ihr. Tut was ich sage und wir werden prima miteinander auskommen.«

»Mein Name ist Silver.«

Morgan biß die Zähne zusammen. »Wie Ihr meint.« Aber seine grünen Augen machten klar, daß, sobald sie auf See waren, er sie nennen würde, wie auch immer es ihm Spaß machte, verdammt.

Silver verhinderte eine schnippische Antwort, indem sie sich auf die Zungenspitze biß. Sie hatte Wichtigeres vor. Sobald der Major sie einschloß, machte sie sich ans Werk.

Während sie die Borde und Schränke durchsah, stellte sie fest, daß Trask ordentlicher war als die meisten Männer, die sie kannte. Ordentlich und übersichtlich waren seine Sachen, kein Vergleich allerdings zu der Art ihres Vaters, einen Diener dafür zu bestrafen, daß er ein Buch nicht an den richtigen Ort gestellt oder ein Flöckchen Asche auf dem Kaminsims übersehen hatte. Öfter als einmal hatte sie gesehen, wie er einen sauberen, weißen Handschuh nahm und damit über einen Tisch strich, nur um sicherzugehen, daß die Dienerschaft auch ordentlich arbeitete.

Trask kleidete sich auch gut, fand sie, als sie einen Wandschrank durchsah. Sie mochte die maßgeschneiderten Linien seiner Kleidung, nicht geckenhaft, sondern männlich. Mehrere Paar Stiefel aus feinem, spanischem Leder waren auf Hochglanz poliert. Teure Kleidung, fiel ihr auf. In Morgan Trasks Garderobe gab es nichts Billiges oder Schäbiges. Auch an der Art, wie er darin aussah, war nichts Schäbiges.

Was Bücher betraf, war sein Geschmack eindrucksvoll, falls er sie wirklich las. Er hatte alles, von Dichtung bis zu den neuesten medizinischen Journalen. In einer Schublade lag eine wunderschöne Triton-Muschel, und ein Gürtel aus schwerem, spanischem Silber. In seiner Seemannskiste am Fußende des Bettes fand sie eine herrliche Perlenkette, die offensichtlich ein Geschenk werden sollte, und fragte sich, für welche seiner Frauen sie wohl gedacht war.

Silver spürte einen kleinen Anflug von Ärger, auch wenn sie nicht wußte, warum. Pinkard hatte die Bettgeschichten des Majors erwähnt. Dieses Thema erfüllte sie gewöhnlich mit Abscheu, doch in Morgans Fall fand sie es interessant.

Instinktiv glaubte sie, daß Pinkard wohl recht hatte, was Morgans erotische Qualitäten betraf. Sie wußte, daß es Frauen gab, denen so etwas gefiel, und Morgan Trask war zweifellos ein anziehender Mann. Sie erinnerte sich noch gut an die harten Muskeln auf seiner Brust, als er sich auf der Mole gegen sie gedrückt hatte, auch an die sehnige Kraft seiner Arme. Eine seltsame Empfindung war dabei in ihr erwacht, über die sie noch nachdenken würde, wenn sie erst in sicherer Entfernung war.

Bei ihrer weiteren Suche fand Silver nichts Erwähnenswertes mehr. Nur Karten von Mexiko und mehrere von der Halbinsel Yucatan, die zusammengerollt in einem Korb neben seinem Schreibtisch standen. In einem Umschlag fanden sich seine Befehle. Silver las sie sorgfältig durch.

Baumwolle gegen Zucker, Zucker gegen Waffen. Der Major half den Texanern. Wahrscheinlich für Geld, denn er lebte ja nicht in Texas, sondern in Georgia. Auch nur ein Blutsauger.

Wahrscheinlich unterschied er sich nur unwesentlich von Ferdinand Pinkard – nur daß er viel besser aussah als der.

Silver dachte daran, wie gut er ausgesehen hatte, als er dort in der Tür stand. Seine Kleidung saß vollendet, nicht zu enganliegend, aber dennoch ließ sie keinen Zweifel an der Männlichkeit ihres Trägers.

Sie schüttelte den Kopf, erstaunt über die Richtung, die ihre Gedanken nahmen. Sie hatte sich bisher nur selten durch einen Mann angezogen gefühlt. Die meisten erinnerten sie an ihren Vater: herrisch und grausam, selbstsüchtig und diktatorisch. Es war nur so, daß sie gar nicht viele Männer kannte, eigentlich nur ihren Vater und seine Freunde und ein paar der Diener.

Natürlich war Quako ganz anders. Mochte er auch schwarz sein und arm und ungebildet, so war er doch ein Mann. Ihn zu kennen, hatte ihr eine kleine Hoffnung gegeben, daß nicht alle männlichen Wesen wertlose Schürzenjäger waren.

Silver schloß den Deckel der Seemannskiste und sank auf Trasks breites Bett. Sie hatte nun fast alles durchgesehen und doch nichts gefunden, das irgendwie nützlich für sie war. Dann kam ihr ein Gedanke, und sie ließ ihren Arm zwischen die Matratze und das Kopfende des Bettes gleiten. Als sich ihre Finger um den Griff einer Pistole schlossen, lächelte Silver zufrieden. Ein Mann wie Trask mußte einfach mehr als nur eine Waffe besitzen. Er hatte sie nur schon vor so langer Zeit versteckt, daß er nicht mehr an sie gedacht hatte.

Silvers Lächeln verbreitete sich zu einem Grinsen und ihr Herzschlag beschleunigte sich, als ein neuer Plan in ihrem Kopf entstand. Mit einer kurzen Bewegung warf sie ihr schweres, helles Haar über die Schulter zurück. Verflucht sei Morgan Trask. Dieses Mal würde sie entkommen!

»Glaubt Ihr, daß sie sich jetzt beruhigen wird, Major?« Hamilton Riley saß ihm im Salon gegenüber und schlürfte aus einer Tasse starken schwarzen Kaffee. Der größte Teil der Mannschaft war vom Landgang zurück und half beim Entladen und den letzten Vorbereitungen zum Aufbruch. Der Rest würde bei Einbruch der Nacht zurück sein.

»Hoffentlich hat sie inzwischen begriffen, wie sie es nicht machen darf.«

»Ich habe noch nie etwas derartiges erlebt.« Riley schüttelte sein sandfarbenes Haar. »Die meisten Frauen, die ich kenne, wären schon beim Anblick der drei Männer in Ohnmacht gefallen, die sie hergebracht haben.«

»Sie hat wirklich Mumm, das muß ich zugeben, auch wenn sie ihn mit nicht so viel Verstand gebraucht wie in eine Nußschale paßt.«

»Sie sieht aus wie eine Frau, aber sie benimmt sich wie ein Mann.«

»Es ist kaum zu glauben, daß sie Marys Tochter sein soll. Mary Hardwick-Jones war die sanfteste und netteste Frau, die mir je begegnet ist.« Morgan sah finster drein. »Ich glaube, in Salenas Körper existiert keine Spur von Sanftheit.«

»Das mag schon sein«, sagte Ham leise, »aber was den Körper betrifft, fehlt es ihr sicher an nichts.«

Morgans Blick heftete sich auf den jungen Leutnant. »Ich erwarte, daß Ihr und Eure Leute sich Miss Jones gegenüber sehr zurückhaltend benehmen. Sie ist eine Lady, auch wenn sie sich nicht so benimmt.«

Hamilton Riley wurde ernst. »Von unserer Seite habt Ihr nichts zu befürchten, Major, aber wie steht es mit der Mannschaft?«

»Mit der werde ich schon fertig.« Morgan stand auf. »Ich muß mich noch um ein paar Sachen kümmern, bevor wir aufbrechen. Bis es dunkel ist, bin ich wieder hier. Was immer Ihr auch tun mögt, laßt Silver nicht aus meiner Kajüte heraus.«

»Nein, Sir. Ihr könnt Euch darauf verlassen, Sir.« Riley wollte wieder salutieren, aber Morgans strenger Blick hielt seine Hand auf halbem Weg zurück.

»Ich werde so bald wie möglich wieder hier sein.«

Silver wartete bis zum Beginn der Dämmerung, bevor sie ihren Plan auszuführen begann. Während des ganzen Tages hatte sie allerdings in dem Feuerplatz in der Ecke des Raums ein kleines Feuer unterhalten und dann und wann ein Stückchen Kohle nachgelegt, um es nicht verlöschen zu lassen. Sie hatte erwartet, jemand würde ihr zu Essen bringen oder irgendwie auf ihr Klopfen reagieren, aber nichts geschah.

Trask war diesmal vorsichtiger.

Aber schon nach kurzer Zeit würden Trask und seine Männer keine andere Wahl haben.

Silver sah zu, wie es draußen vor den kleinen Fenstern über Morgans breitem Bett dämmerte und das verblassende Licht dem Horizont ein schwaches, orangenes Glühen verlieh, das langsam verschwand. In den Kleidern des Kajütenjungen kniete sie vor dem Feuer, legte die letzte Kohle aus dem Blecheimer darauf und pustete, bis die Flammen zum Rost hinaufleckten.

Dann nahm sie Stücke von einem Lumpen, den sie gefunden und kleingerissen hatte, tauchte sie in Wasser und legte sie vorsichtig über das Feuer. Rauch begann sich zu kräuseln und zu ballen, dann kroch er über den Fußboden, als das Stoffstück heißer wurde, aber noch nicht richtig anbrannte. Sie legte noch mehr feuchte Stoffstücke dazu und fachte das Feuer weiter an, bis sich der Raum mit Rauch füllte und sie zu husten begann.

»Feuer!« schrie sie, drückte sich ein Taschentuch auf die Nase und begann, mit den Fäusten gegen die Kajütentür zu hämmern. »So helft mir doch!« Silver pustete den Rauch, so daß er unter der Tür hindurch auch in den Flur drang und hämmerte noch lauter an die Tür. Schritte erklangen auf der Leiter, ein Schlüssel knirschte im Schloß und die Tür flog auf.

»Um Himmels willen!« Der schlanke junge Leutnant, den sie am vergangenen Abend gesehen hatte, trat herein und versuchte sie durch den dichten Rauch zu erkennen, was ihm aber nicht gelang. »Miss Jones, wo seid Ihr?« Dann spürte er den kalten Stahl des Pistolenlaufs, den sie unter sein Kinn hielt.

»Keine Bewegung«, warnte ihn Silver. »Nicht einmal einen einzigen Muskel.«

Riley hustete ein paarmal, aber der Rauch hatte schon angefangen, sich durch die offene Tür zu verziehen. »Bitte, Miss Jones. Der Major wird furchtbar wütend sein, wenn Ihr bei seiner Rückkehr nicht hier seid.«

»Zum Teufel mit dem Major. Der Mann ist eine arrogante Landplage. Ich wünsche ihm, daß er so sauer wird, daß er an seinen eigenen schicken goldenen Epauletten erstickt.« Silver trat näher an ihn heran, sorgsam darauf bedacht, die Waffe dauernd an den Hals des jungen Mannes gedrückt zu halten. »Geht jetzt los, Leutnant, und versucht nicht, Dummheiten zu machen. Ihr könnt ganz sicher sein, daß ich nicht zögern werde, diesen Abzug zu betätigen.«

Hamilton Riley schluckte so schwer, daß der Lauf der Pistole an seiner Kehle sich hob und senkte. »Was ist mit dem Feuer? Ihr wollt doch sicher nicht, daß das Schiff in Flammen aufgeht.«

»Es gibt kein Feuer. So, und jetzt geht ganz vorsichtig durch die Tür, Leutnant. Wenn jemand versucht, uns aufzuhalten, befehlt ihm aus dem Weg zu gehen.«

Riley nickte und sie traten in den Flur hinaus. Mehrere Männer aus der Mannschaft, die herbeigekommen waren, weil sie ihre Schreie gehört hatten, kletterten über die Leiter wieder auf das Deck hinauf, während sie mit dem Leutnant durch den Flur ging. Sie hatten den Salon durchquert und waren bis zur Leiter gekommen, als Morgan Trasks stahlharte Stimme sie zum Stehen brachte.

»Wollt Ihr einen Spaziergang machen, Mylady?« Er trat aus einer Tür, die in einen Lagerraum führte.

Silver blieb stehen. »Das könnte man so sagen«, antwortete sie kühl, obwohl sie sich alles andere als ruhig fühlte.

»Wir dachten, in der Kajüte wäre ein Feuer ausgebrochen«, versuchte der Leutnant zu erklären. »Alles war voller Rauch, und –«

»Ist schon gut, Leutnant. Es scheint, daß Lady Salena intelligenter ist, als wir gedacht hatten.«

Sie kümmerte sich nicht um die Provokation, auch wenn es ihr schwerfiel. »Sagt Euren Leuten, sie sollen aus dem Weg gehen, wenn Ihr wollt, daß dieser hier am Leben bleibt.«

»Ihr seid sogar bereit, einen Mord zu begehen? Einen Mann kaltblütig niederzuschießen, nur um nicht nach Hause zurück zu müssen?«

Silvers Hand zitterte. Sie befeuchtete ihre Lippen, die ihr plötzlich trocken vorkamen und drängte den jungen Mann weiterzugehen. »Wenn ich muß. Aber Ihr werdet es sein, der auf den Abzug drückt.« Selbst im schwachen Licht der Lampe erkannte Silver den Zorn in Trasks attraktivem Gesicht. Ein Muskel zuckte an seinem Unterkiefer und er ballte die Hände zu Fäusten.

Gott im Himmel, laß ihn glauben, daß ich es tun würde. Laß ihn glauben, daß ich wirklich das rücksichtslose Weib bin, für das er mich hält.

Morgan lächelte, aber das Lächeln drang nicht bis in seine grünen Augen vor. »Wenn Ihr so dringend fort wollt« – er machte eine ausladende Verbeugung – »will ich Euch nicht im Wege stehen.«

Er ließ sie an sich vorübergehen, Stück für Stück stiegen sie die Leiter hinauf, der junge Leutnant vorn, Silver hinter ihm, den Lauf der Pistole nach wie vor fest an seine Kehle gedrückt.

Sie hatte gerade die oberste Sprosse erreicht, als Morgans Fuß vorschnellte, ihr die Beine von der Sprosse trat und sie hart auf den Boden drückte. Die Pistole ging mit betäubendem Krachen los, und einen Augenblick später war Morgan schon über ihr. Er riß sie auf die Beine und zerrte sie in seine Kajüte zurück. Silver ballte die Hand zur Faust und schlug ihn. Morgan wehrte den Schlag ab, und die Narbe auf seinem Gesicht spannte sich vor Überraschung und Zorn.

Nein! schrie es in ihrem Gehirn. Sie holte wieder nach ihm aus und zielte auf sein Kinn, aber Morgan schnappte ihr Handgelenk und zwang ihr den Arm hinter den Rücken. »Laßt mich los!« kreischte sie und verlor immer mehr die Beherrschung. »Was macht es Euch schon aus, wenn ich verschwinde? Was macht das schon?«

Morgan schob sie in seine Kajüte, schlug die Tür zu und stieß sie zu seinem Bett, auf dem sie unsanft landete. Quer durchs Zimmer, in dem jetzt kein Rauch mehr hing, funkelten sie seine Augen vor Zorn leuchtendgrün an. Doch mit Silvers Zorn konnte er sich nicht messen.

»Das geht Euch alles überhaupt nichts an!« wütete sie. »Warum könnt Ihr mich nicht einfach gehen lassen?«

»Ihr täuscht Euch, Silver, es geht mich wohl etwas an. Spätestens seitdem Ihr selbst dafür gesorgt habt, indem Ihr einen meiner Männer bedroht habt.«

Silver griff sich eines der ledergebundenen Bücher von dem Bord über Morgans Bett und warf es nach ihm. Morgan duckte sich, und es krachte an die Wand. »Ich bin nicht Eure Gefangene! Ich bin eine erwachsene Frau! Ich will einfach nur in Ruhe gelassen werden!«

»Eine erwachsene Frau?« fragte er spöttisch, als sie ein zweites Buch in seine Richtung warf. Es traf den Spiegel, der zu Boden fiel und in tausend Stücke zerbrach. »Eine Frau benimmt sich nicht so wie Ihr. Eine Frau wütet und schimpft nicht und versucht nicht, sich wie ein Mann zu benehmen.« Morgan machte einen Schritt in ihre Richtung. Silver rutschte auf die Seite des Bettes, an der der Schreibtisch stand, griff nach dem leeren Porzellankrug und warf ihn nach Morgans Kopf. Das Klingen der Scherben vermischte sich mit ihrer zornigen Stimme.

»Ihr werdet nach Hause gehen, Silver. Nach all dem Ärger, den Ihr mir hier gemacht habt, könnte man mich durch keine Summe davon abhalten, Euch dort hinzubringen. Ich hoffe nur bei Gott, daß William auf meinen Rat hören und Euch seine Hand spüren lassen wird, denn das habt Ihr dringend nötig.«

Als der Name ihres Vaters erwähnt wurde, verlor Silver endgültig die Beherrschung. »Ich werde nicht wieder dorthin zurückgehen! Weder Ihr noch sonst irgend jemand wird mich dazu bringen!« Sie stürzte sich auf Morgan und kratzte ihm die Nägel über das Gesicht, bis er blutete, hämmerte mit ihren schmalen Fäusten gegen seine Brust. Morgan versuchte, ihre wirbelnden Arme zu greifen, aber sie riß den einen wieder los und gab ihm eine knallende Ohrfeige mitten ins Gesicht.

»Verfluchtes Weib.« Er starrte sie ungläubig an. »Was für eine Frau seid Ihr eigentlich?«

Als Antwort darauf trat ihn Silver gegen das Schienbein und versuchte noch einmal, sich loszureißen. Ihr Haar, das sich gelöst hatte, flog wild um ihre Schultern. Morgan griff mit den Fingern hinein und zog ihren Kopf nach hinten. Während sie trat und schrie und ihn verfluchte, zerrte er sie zum Bett.

»Kleine Hexe«, knurrte er mit zusammengebissenen Zähnen und zog sie sich über den Schoß. »Jetzt wird gutes Benehmen gelernt, und wenn es das letzte ist, was Ihr tun werdet!« Mit diesen Worten schlug er seine Handfläche kräftig auf ihren Hintern, so daß es durch die enge Leinwandhose ordentlich brannte. Silver kreischte zornig, ihre Wut war so groß, daß sie die Schläge kaum spürte.

Immer wieder fiel Morgans schwielige Hand herunter, aber jedes Geräusch wurde durch Silvers wütende Flüche übertönt. Ungefähr in dem Moment, als er das Gefühl hatte, es wäre jetzt genug, bohrten sich ihre Zähne in sein Bein. Morgan fluchte laut und schlug noch einmal kräftig zu.

»Ich halte länger durch als Ihr«, warnte er sie, aber genaugenommen begann er sich zu fragen, ob es wirklich so war. Wie als Antwort auf seine Gedanken erneuerte Silver ihren Widerstand, wand sich und strampelte, bis Morgan sie von seinem Schoß zog und sie unter sich auf dem Bett begrub.

»Hört auf damit, Silver!« Seine warnende Stimme klang so hart, daß sie innehielt. »Es tut mir nicht leid, Euch den Hintern versohlt zu haben – kein Mensch hat das je so verdient wie Ihr – aber Ihr scheint ja wirklich finster entschlossen zu sein, dafür zu sorgen, daß ich Euch ernsthafte Schmerzen zufüge, und das werde ich nicht tun!«

Dunkel und trotzig sahen Silvers Augen zu ihm auf. »Warum nicht, Major Trask? Mir scheint es, als würdet Ihr nichts lieber tun!«

Morgan fluchte tonlos. »Weil ich doppelt so groß bin wie Ihr. Weil ich ein Mann bin und Ihr eine Frau. Weil Männer Frauen beschützen sollen, nicht ihnen weh tun.«

Silver hörte auf, sich zu wehren. Ihre Augen, deren Braun plötzlich weicher geworden war, füllten sich mit Tränen und ihre volle Unterlippe begann zu zittern. »Die Männer, die ich kenne, sind da anders.« Ihre dichten Wimpern senkten sich, und feuchte Tropfen rannen über ihre Wangen.

Morgan starrte auf sie hinab und spürte plötzlich einen Anflug von Reue – er wußte, daß das ein Fehler war – und noch etwas anderes, das er nicht recht bezeichnen konnte. Einen Augenblick lang war die kleine Hexe verschwunden und er hatte die Frau darunter wahrnehmen können – oder war das nur eine Illusion gewesen?

Morgan ließ ihre Handgelenke los. »Ihr werdet zurück nach Hause gehen, Silver. Findet Euch damit ab. An Bord dieses Schiffes sind einundzwanzig Männer. Nach dem, was heute abend geschehen ist, werden sie sich alle vor Euch und Euren Tricks in acht nehmen.«

»Ihr seid ein harter Mann, Major Trask.« Sie wischte mit dem Handrücken die Tränen aus ihren Augen. »Ihr könnt sicher sein, daß mein Vater sich freuen wird.«

Morgan sah sie noch einen Moment länger an. »Ihr solltet Euch eine Weile hinlegen«, sagte er schließlich und fragte sich, warum ihm ihre Worte das Gefühl vermittelten, irgendwie unsauber zu sein. »Wir werden morgen früh Segel setzen.« Sie wandte den Kopf ab und Morgan ging zur Tür. Als er die Kajüte verlassen hatte blieb er stehen und horchte auf das Klatschen des Wassers gegen den Schiffsrumpf.

Das Geräusch, das er als nächstes hörte, war so leise, daß er erst glaubte, er hätte es sich eingebildet. Dann erkannte er, was es war – das unterdrückte Weinen einer Frau.

Morgan strich sich mit einer Hand durch sein dunkelblondes Haar und stieg hinauf auf Deck. Er brauchte frische Luft und etwas Zeit zum Nachdenken.

Vorher ging es dir besser, sagten ihm seine Gedanken. Bevor dieser nagende Verdacht begann, an ihm zu zehren. Bevor er angefangen hatte, sich zu fragen, ob Silver Jones nicht unter ihrer harten Schale doch eine richtige Frau war.

3. Kapitel

Wie lange war es schon her, seit sie zum letzten Mal das Weinen einfach zugelassen hatte? Sie hatte ganz vergessen, wie gut es sich anfühlte, wie sehr dadurch der Schmerz gelindert wurde. Eigentlich hatte sie es nicht tun wollen, besonders nicht vor *ihm.*

Was für eine Frau seid Ihr eigentlich? hatte er sie gefragt. Ja, was war sie für eine Frau? Auf jeden Fall lange nicht so zäh und gefühllos wie er glaubte. Lange nicht so hart und lange nicht so furchtlos.

Eigentlich sollte es ihr völlig egal sein, was er von ihr dachte, aber es war ihr nicht egal. Wenn er sich nur nicht eingemischt hätte. Wenn er nicht zurückgekommen wäre, dann würde sie jetzt frei sein. Wenn sie nur nicht so völlig die Beherrschung verloren hätte. Verdammte Kerle, an all dem war er schuld. Morgan Trask brachte es fertig, daß sie einfach durchdrehte.

Manchmal passierte so etwas mit ihr. Öfter, als sie gern zugeben wollte. Ihre unbeherrschte Art empfand sie als Untugend, auf die sie nicht sehr stolz war. Sie arbeitete ständig daran, ihre Unfügsamkeit in den Griff zu bekommen, und meistens gelang es ihr auch.

Quako hatte ihr klargemacht, daß es verrückt war, die Beherrschung zu verlieren. Er hatte sich meisterlich im Griff. Das mußte er auch. Denn unter seinem bescheidenen Äußeren war Quako ein Mann, der sich keinem anderen unterordnete außer seinem Gott. Er war als Massaikrieger geboren worden. Und wenn man ihn auch schon als Kind gefangen, verschleppt und in Jamaica als Sklaven verkauft hatte, war es keinem Herrn je gelungen, sich seinen Geist unterzuordnen. Wenn Silver an

Quako und seine Frau Delia dachte, gab ihr das immer neuen Mut – sie hatten unter den Händen ihres Vaters viel mehr gelitten als Silver.

Sie wusch sich die letzten Tränen vom Gesicht und trocknete sich an einem feuchten Leinenhandtuch ab. Dann klopfte es, und Jordy, der sommersprossige Kajütenjunge, stand vor der Tür, als sie öffnete.

»Der Käpt'n ist oben auf Deck und paßt auf, falls Ihr versuchen solltet, Schwierigkeiten zu machen.« Er stand zögernd genau vor der Tür und machte den Eindruck, als könnte er jeden Augenblick die Flucht ergreifen.

»Kapitän? Ich dachte, er wäre Major?«

»Für mich un' Cookie, den Schiffskoch, wird er immer der Käptn bleib'n.«

»Aha, ich verstehe.«

»Ich un' Cookie fahr'n schon seit fünf Jahren mit dem Käpt'n. Im Herbst hat er dann die Seefahrt drangegeb'n – aufgegeben«, korrigierte er sich. »Er is' nur für diese Fahrt wieder an Bord gekommen.« Jordy schloß die Tür hinter sich und wagte sich vorsichtig weiter ins Zimmer vor. »Bloß keine Tricks.«

»Ich glaube, ich habe im Moment keine Tricks parat.« Sie warf ihm ein mattes Lächeln zu.

Jordy sah sie mit einem seltsamen Blick an. Er war ungefähr gleichgroß wie sie, das heißt klein für sein Alter, und sein kastanienrotes Haar war etwas zu lang, aber seine nußbraunen Augen wirkten intelligent, und die sanfte Form seines Mundes war angenehm. »Ich hab' noch nie 'ne Frau gesehn, die sich prügelt – mit Fäusten schlägt wie 'n Mann.«

So wie er sie ansah, als wäre sie gar kein Mensch, bekam Silver das Bedürfnis, noch einmal zu weinen. »Ich bin sonst nicht so. Ich muß nur einfach von diesem Schiff herunterkommen.«

Jordy machte vorsichtig einen Bogen um sie und legte ein langes, weißes Männernachthemd auf das Fußende der Koje, dann drehte er sich um und begann, die Glasscherben von ihrer

Auseinandersetzung mit dem Major aufzuheben. Flüchtig kam ihr der Gedanke, daß sie eine der scharfen Scherben als Waffe hätte behalten sollen.

Morgen, dachte sie, *morgen hast du wieder genügend Willenskraft, um neu anzufangen.* Sie kniete sich auf den Boden und begann ihm beim Aufsammeln zu helfen, aber sobald sie das erste Stück berührte, machte Jordy einen Satz zur Seite.

»Bleibt Ihr nur da drüben«, sagte er warnend und deutete auf die gegenüberliegende Seite des Raums. Ganz offensichtlich hatten Jordy und der Rest der Mannschaft genug von ihrem Kampf mit Trask gesehen und gehört, um zu wissen, was hier vorgegangen war. »Ich räum' das hier schon weg«, fuhr Jordy fort, und Silvers Zorns wuchs wieder.

»Und wie willst du wissen, daß ich nicht schon ein Stück habe? Daß ich nicht nur auf den richtigen Augenblick warte, dir die Kehle aufzuschlitzen?«

Jordy schluckte schwer und betrachtete sie vorsichtig. »Der Käpt'n sagt, Ihr würdet nich' echt ein' umbringen. Er meint, Ihr seid wahrscheinlich nich' so schlimm wie Ihr tut.«

Silver war nicht sicher, ob das ein Kompliment sein sollte. »Und wie, bitte schön, kann er das denn wissen?«

»Der Käpt'n weiß einfach alles. Er durchschaut 'n Kerl – einen Mann – mit eim' Blick.«

Was für eine Frau seid Ihr eigentlich? »Und du glaubst, daß das auch für Frauen gilt?«

»Der Käpt'n hat 'n besonderen Ruf, was Damen betrifft.« Jordy grinste. »Natürlich nich' solche wie Ihr. Er hat gern Frauen, die sich gut benehmen könn'.«

Silver ärgerte sich, sagte aber nichts.

»Also mög'n ihn die meisten Frauen«, fuhr Jordy fort. »Natürlich ham' – haben – manche auch Angst vor ihm. Von wegen der Narbe un' so.«

»Nun, ich habe keine Angst«, sagte sie und warf den Kopf in den Nacken.

»Solltet ihr aber. Wenn er Euch so gehau'n hätte wie er mich mal gehau'n hat... das war mir echt und endgültig genug.«

»Er hat dich geschlagen?« fragte sie erschreckt.

Jordy grinste wieder und sah sie mit jungenhaftem Gesichtsausdruck an. »Er hat's mir gegeb'n, weil ich 'n alten Mann angepflaumt hab'. Das hatte der Alte nich' verdient. Ich schon.«

Darüber mußte Silver lächeln. Sie sah sich in der Kajüte um und betrachtete die Scherben und die Bücher auf dem Boden und was sie sonst angerichtet hatte. »Ich schätze, ich hatte es auch verdient.«

Jordy sammelte die letzten Scherben des Wasserkruges und des zerbrochenen Spiegels auf und hängte den restlichen Spiegel wieder an die Wand. Er ging hinaus und schloß sorgfältig die Tür ab, kehrte dann nach ein paar Minuten aber noch einmal mit einem Besen zurück, um die ganz kleinen Scherben zusammenzufegen. Silver hob unterdessen die ledergebundenen Bücher auf, mit denen sie geworfen hatte und stellte sie wieder ins Bord über dem Bett zurück.

Jordy beobachtete sie aus dem Augenwinkel, offensichtlich überrascht, daß sie ihm half.

»Ich hab' auch noch nie kein' echten Blaustrumpf – eine wirkliche Lady – gesehen«, sagte er.

Silver bemerkte durchaus, wie sehr er sich bemühte, seine Art zu sprechen zu verbessern. Sie hielt das für eine gute Voraussetzung für seine Zukunft und fragte sich, wer ihm wohl bisher dabei geholfen hatte. »Das ist nur ein Titel. Für mich bedeutet er nichts.«

Sie sah zum Fenster. Morgen würde das Schiff abfahren, sie zu jenem anderen Leben zurückzubringen, in dem sie die wohlerzogene adelige Tochter eines Aristokraten und reichen Plantagenbesitzers gespielt hatte. Heute abend war die letzte Gelegenheit, um zu entkommen, aber es schien unmöglich zu sein. Draußen blinkten hell die Sterne und prahlten mit ihrer Freiheit. Wenn nur die kleinen Fenster groß genug wären, daß sie sich durchzwängen könnte. Wenn sie nur ein bißchen schmaler wäre...

Wenn sie nur nicht solche Angst hätte, nach Hause zurück zu müssen.

»Der Käpt'n wird bald kommen«, erinnerte sie Jordy. »Ihr solltet Euch jetzt besser umzieh'n und in Eure Koje geh'n.«

Silver nickte. »Danke, Jordy.«

»Woher kennt Ihr meinen Namen?«

»Ich trage doch deine Kleider, oder?«

Jordy grinste, und sein jugendlicher Blick wanderte mit so etwas wie Hochachtung über ihre Kurven. »Ihr seht echt besser darin aus als ich, Madam.«

Silver lachte. Wieder lachen zu können fühlte sich noch besser an als Weinen. »Sobald ich meine eigenen Kleider zurückhabe, werde ich dir deine wiedergeben.«

»Ihr werdet ja auch mal was zum Wechseln brauchen. Ihr könnt se – sie – behalten, bis Ihr wieder zu Hause seid.«

Silvers Lächeln verblaßte. »Gute Nacht Jordy.«

»Gut' Nacht, Madam.«

»Ich find' se – finde sie – gar nich' so übel«, sagte Jordy.

Morgan, der an dem geschnitzten Eichentisch im Salon saß, grunzte nur.

»Sie hat gesagt, daß sie die Abreibung verdient hat.«

Morgan hob plötzlich den Kopf. »Ach wirklich?«

»Und daß sie einfach vom Schiff 'runterkommen mußt'.«

»Mußte«, korrigierte ihn Morgan und legte die Papiere zur Seite, die er überflogen hatte.

»Mußte«, wiederholte Jordy. »Warum will se denn so dringend weg, Käpt'n?«

»Ich weiß es nicht genau.« Morgan sah Jordy an, der schuldbewußt rot wurde und mit den Füßen scharrte. »Hast du nicht ein Segel zu flicken?«

»Aye, Käpt'n.« Etwas bedrückt kletterte Jordy die Leiter aufs

Deck hinauf und ließ Morgan allein. Morgan seufzte. Er war müde und doch ruhelos. Er brauchte eigentlich Schlaf, wußte aber, daß es ihm schwerfallen würde einzuschlafen. Denn Silver Jones war nur ein paar Schritte von ihm entfernt. Er hatte ihr das Nachthemd gegeben, damit er sich nicht vorstellen mußte, wie sie nackt im Bett lag.

Verdammt, diese Frau war schwieriger in den Griff zu kriegen als ein Dutzend Männer. Morgan kannte Silver erst zwei Tage, und schon jetzt hatte sie sein Leben auf den Kopf gestellt. Die folgenden zwei Wochen würden ihm wie eine Ewigkeit vorkommen.

Morgan seufzte bei dem Gedanken. Mit einem ergebenen Knurren machte er sich auf in seine Kajüte. Er würde sich dort die Karten noch mal ansehen, auch wenn er sie schon beinah auswendig kannte; vielleicht würde er danach schlafen können.

Morgen würde er dann mit Silver reden und ihr zu erklären versuchen, daß es nur in ihrem Sinne war, wenn sie zurück nach Katonga ging. Wenn William irgendwelche Schwierigkeiten machte, konnte er ja vielleicht ein Wort für sie einlegen. Er würde ihr regelrecht seine Hilfe anbieten.

Morgan fühlte sich jetzt schon besser. Wenn sie erst draußen auf See wären, würde alles wieder normal weitergehen. Silver würde begreifen, daß sie dort nicht weglaufen konnte, würde seine Hilfe annehmen und sich irgendwann ordentlich benehmen. Morgan gähnte. Vielleicht würde er doch schlafen können.

Geweckt wurde er von Schreien, die durch seine Kajüte hallten und sofort den Nebel seiner Träume durchdrungen hatten. Morgan rannte sofort in Richtung auf die kleine Nachbarkajüte zu und bemerkte gerade noch, daß er kein einziges Kleidungsstück am Leib hatte. Fluchend zog er hastig seine Hosen an, knöpfte sie zu und schloß die Tür auf.

Das Schreien hatte aufgehört, aber Silver saß mit angezogenen Beinen am Ende der Koje. Das Mondlicht erleuchtete die Kajüte und glänzte in ihrem vom Schlaf zerzausten hellblonden Haar, das um ihre Schultern floß.

»Was ist los?« Morgan stellte sich vor sie, die Beine leicht gespreizt, wegen des Schaukeln des Schiffes. »Sagt mir, was los ist.«

»R-Ratten.« Silver deutete in die Ecke, wo ein pelziges, graubraunes Nagetier neben dem Nachttopf saß und quietschte.

»Was?« fragte er ungläubig.

»Da drüben, in der Ecke.«

»Ihr habt Angst vor Mäusen?«

Silver hob das Kinn und gab sich Mühe, würdevoll zu erscheinen. »Das ist keine Maus, das ist eine Ratte. Ich hasse Ratten.« Aber sie sah ihn dabei nicht an.

»Ihr haßt Ratten«, wiederholte Morgan. Dann hob er eine Augenbraue und seine Mundwinkel hoben sich amüsiert. Dann fing er an zu lachen. Erst leise, dann laut und schallend.

»Hört auf damit, verdammt! Ich finde das überhaupt nicht komisch!«

Morgan lachte, bis ihm der Bauch weh tat und Tränen in seinen Augen standen. »Ihr nehmt es mit einer Mannschaft von zwanzig Mann auf, wollt einen Leutnant der texanischen Marine entführen, laßt Euch auf einen Faustkampf mit mir ein – und habt Angst vor einer Maus?«

Er fing wieder an zu lachen, und Silver schob sich etwas weiter weg von ihm, wütend und fest entschlossen, hier herauszukommen.

»Wohin wollt Ihr denn?« Morgans Stimme wurde scharf.

»Ich bleibe nicht hier zusammen mit Euch und dieser – diesem Tier.«

Morgan lachte wieder. »Das braucht Ihr auch nicht. Kommt mit.« Er nahm ihre Hand und geleitete sie bis in seine Kajüte. »Ich bin sofort wieder da.«

Er kam schon nach kurzer Zeit mit einer orangefarbenen

Katze wieder zurück, deren zerrauftes Fell sicher schon bessere Tage gesehen hatte.

»Ihr habt doch nicht auch vor Katzen Angst, oder?«

»Ich liebe Katzen«, sagte sie indigniert.

Morgan faßte an den Kratzer, den sie neben der Narbe auf seiner Wange hinterlassen hatte. »Wer hätte das gedacht.« Er trug die Katze durchs Zimmer bis zu Silver, die neben der Tür zu ihrer kleinen Kajüte stand. »Das ist Sogger. Er wird die Angelegenheit für Euch erledigen.«

Mit diesen Worten ging Morgan durch die Tür, setzte die Katze auf ihre Koje und schloß dann die Tür, so daß die Katze drinnen blieb. Schon nach wenigen Minuten ertönte Kreischen, Scharren und Kampfgetümmel; dann herrschte Schweigen.

Morgan öffnete die Tür, und Sogger kam mit einem graubraunen Fellbündel im Maul herausgelaufen, wobei der dünne, nackte Schwanz der Ratte auf dem Boden schleifte.

»Mein Gott«, ächzte Silver und machte einen Satz rückwärts.

Morgan grinste. »Wißt Ihr, Silver, ich glaube langsam, daß Ihr nicht ganz so hartgesotten seid, wie Ihr uns weismachen wollt.«

Sie durchbohrte ihn mit einem harten, braunen Blick. »Darauf würde ich mich nicht verlassen.« Mit diesen Worten stürmte sie an ihm vorüber in ihre Kajüte und knallte die Tür hinter sich zu. Morgans herzliches Lachen schallte durch die Wand.

Erstaunlicherweise konnte sie wieder einschlafen. Erst das Schwanken und Schaukeln des Schiffes und das Knarren und Quietschen des Holzes, als die *Savannah* aus dem Hafen auslief, weckten sie wieder. Sie rieb sich den Schlaf aus den Augen und sah durch das winzige Bullauge hinaus. Verdammt! Es wurde schon hell, und die Flut hatte begonnen. Sie hatten schon den Anker gelichtet und waren fast an der Hafeneinfahrt angekommen.

Silver rannte aus ihrer kleinen Kajüte in Morgans größere, aber wie sie erwartet hatte, war die Tür zum Flur verschlossen.

Mit pochendem Herzen eilte sie zu den Fenstern über seinem Bett, um ihre letzte Gelegenheit zur Freiheit verschwinden zu sehen.

Wenn nur die Fenster größer wären. Verdrossen schlug sie kräftig mit der Faust gegen das schmale Teakholzfensterbrett und fluchte wegen des scharfen Schmerzes, der ihre Hand durchfuhr.

Silver holte tief Luft, als ihr genauso heftig eine Idee in den Sinn kam. Jedes einzelne der kleinen Fenster über der Koje war zu klein, aber wenn sie die hölzernen Balken dazwischen zerbrechen konnte, würde sie sich vielleicht durchzwängen können.

Ein kurzer Blick durchs Zimmer machte ihr klar, daß es nur wenige Dinge gab, die sich für diesen Zweck eigneten. Sie würde es mit dem dreibeinigen Hocker versuchen müssen. Da die Küste sich jeden Augenblick weiter entfernte, packte Silver hastig den Hocker, ging zurück zum Fenster, kniete sich auf die Koje und ließ den Hocker durch die Fenterscheiben krachen.

Obwohl das Lärm machte, waren die Geräusche von Meer und Wind, das Rufen der Männer beim Hissen der Segel noch lauter. Silver schlug immer und immer wieder mit dem Hocker zu, bis schließlich das Holz splitterte und eine Öffnung entstand, die gerade so groß war, daß sie durchpassen würde. Es blieb ihr keine Zeit, ihr Nachthemd auszuziehen; sie rollte Jordys Kleider einfach zusammen, klemmte sie sich unter den Arm und drängte sich durch die Öffnung.

So schlank sie auch sein mochte, sah es doch einen kurzen, entsetzlichen Moment lang so aus, als könnte sie steckenbleiben und Silver stellte sich vor, wie Morgan Trask hereinkam und sie so eingeklemmt vorfand, die obere Körperhälfte draußen und die untere seiner Gnade überlassen noch innen im Raum.

Gott sei Dank schaffte sie es, sich die letzten paar Zentimeter auch noch hindurchzuzwängen und ließ sich leise ins Wasser gleiten. Es war weit bis zum Ufer – weiter als ihr bewußt war – und ganz bestimmt weiter, als sie je geschwommen war. Trotzdem wußte sie, daß sie es schaffen konnte, wenn sie Jordys Kleider losließ. Widerstrebend ließ sie sie untergehen und begann, mit langen, anmutigen Zügen auf die ferne Uferlinie zuzuschwimmen.

»Mein Gott, Major!« Hamilton Riley sah mit weit aufgerissenen Augen in Richtung Strand. »Sagt mir, daß ich nicht wirklich sehe, was ich da sehe.«

»Laßt ein Landungsboot ins Wasser!« rief Morgan. »Und zwar so schnell wie möglich!« Um ihn herum hasteten die Männer, um seinen Befehl auszuführen, und drehten mit stetigen, bestimmten Bewegungen die Winden. In der Ferne sah Morgan Silvers kleine, helle Gestalt das Wasser teilen, so daß kaum eine Welle hinter ihr sichtbar wurde. Verdammtes Weib! Sie versuchte wirklich bei jeder Gelegenheit, ihn hereinzulegen. Aber diesmal hatte sie sich selbst hereingelegt.

Verfluchter Mist! Er hätte wissen müssen, daß sie es noch einmal versuchen würde – genauso wie er ohne jeden Zweifel wußte, daß sie es nie schaffen würde. Er könnte es vielleicht schaffen, wenn die Flut nicht zu stark war, aber sie konnte von Glück sagen, wenn sie die Hälfte des Weges schaffte. Morgans Magen zog sich zusammen. Es gab keine Sekunde zu verschwenden, und selbst jetzt würde er es vielleicht nicht mehr rechtzeitig schaffen, bis zu ihr zu gelangen.

Das Boot landete mit einem schweren Klatschen im Wasser. »Fertig, Käpt'n.«

»Willis, Gordon, Flagg und Benson, macht euch an die Ruder.« Die vier Männer kletterten die Strickleiter hinunter und setzten sich auf die Ruderbänke, während Morgan auch hinabstieg. »Leinen los!« befahl er. Sobald das Boot losgemacht war, begannen die Männer mit voller Kraft zu rudern. Keinem von ihnen mußte erklärt werden, daß sie mit dem Tod um die Wette ruderten.

Vor ihnen schwamm Silver eilig auf das Ufer zu, und Morgan

war erstaunt, daß sie so weit gekommen war. Es würde nichts nützen, ihr zuzurufen und ihr klarmachen zu wollen, daß sie zu ihnen her anstatt von ihnen weg schwimmen mußte.

So deutlich wie er wußte, daß sie der sichere Tod erwartete, wußte er, daß sie bis zum letzten Atemzug versuchen würde zu entkommen.

»Wir tun unser Bestes, Käpt'n«, rief einer der Männer.

»Ihr seid die einzige Chance, die sie hat, Jungs«, erklärte ihnen Morgan. Sie begannen mit versetztem Rhythmus zu rudern, legten ihre ganze Kraft in Arme und Rücken wie sie es noch nie zuvor getan hatten. Keiner von ihnen wollte zusehen, wie die junge Frau starb.

Keiner von ihnen – und ich am allerwenigsten. Morgan stand barfuß im Bug des Bootes, nackt bis zur Taille, bereit, ins Wasser zu springen, sobald sie anfing unterzugehen. *Sie ist immer noch zu weit weg, verdammt*, dachte er, fand ein schlimmes Schimpfwort nach dem anderen für sie, schwor, daß er sie diesmal windelweich hauen würde und wußte, daß er wahrscheinlich so dankbar sein würde, wenn sie überlebte, daß er sie statt dessen eher küssen würde.

»Sie läßt langsam nach, Käpt'n.«

»Weiterrudern. Bringt mich so nah zu ihr, wie ihr könnt.«

Silver tat noch einen brennenden Atemzug und zwang ihre Arme noch einmal durchs Wasser. Sie hatte nicht damit gerechnet, daß das Meer so kalt sein würde, hatte nicht geglaubt, daß das Ufer wirklich so weit weg war. *Ich will nicht sterben*, dachte sie, und zwang sich, noch einmal zu atmen und noch einen Schwimmzug zu machen. *Ich will leben*.

Aber ihr Bein verkrampfte sich in der ungewohnten Kälte und bei der furchtbaren Anstrengung, zu der sie ihren Körper zwang. Der Schmerz wiederholte sich, diesmal stärker, schoß hinauf bis zu ihrem Bauch. Trotzdem schwamm sie weiter. *Ich gebe nicht auf, ich tue es nicht*, dachte sie, aber der Schmerz in ihrem

Schenkel verkürzte die Muskeln, und ihre Arme allein schienen den Kopf nicht über Wasser halten zu können. Sie holte noch einmal Atem und ging dann unter, kam hoch, um nochmals Atem zu holen, und ging wieder unter.

Einen winzigen, flüchtigen Augenblick lang dachte sie, sie hätte jemanden ihren Namen rufen hören, aber der verrückte Gedanke war sinnlos. Andererseits war es vielleicht der Herr im Himmel gewesen, denn dieser nächste, zerreißende Atemzug würde bestimmt ihr letzter sein. Silver versuchte noch einmal, bis an die Oberfläche zu kommen, sah das schwache Licht über sich, aber schaffte es einfach nicht mehr, es zu erreichen. Ihre Lungen schienen dem Bersten nah, sie konnte nicht mehr länger den Atem anhalten.

Morgan stieß sich durchs Wasser, benutzte jeden Muskel, den er besaß, jedes bißchen Kraft, das er aufbringen konnte. *Komm noch mal hoch, Silver*, flehte er schweigend, aber ihr heller Kopf erschien nicht noch einmal über dem Wasser. *Wage es nicht, einfach zu sterben, verdammtes Weib*.

Der Gedanke daran, wie ihre schlanken Rundungen leblos im Wasser trieben, brachte ihn voran und gab ihm eine Kraft, die er vorher nicht gekannt hatte. *Wo zum Teufel bist du*? In der Hoffnung, daß er die Stelle gefunden hatte, an der sie untergegangen war, tauchte Morgan tief hinunter. Zweimal kam er mit leeren Händen wieder hoch. Beim dritten Versuch berührten seine Hände die langen, seidigen Strähnen ihres Haars, und zogen sie an die Oberfläche. Er verfluchte ihre leblose Gestalt und dankte gleichzeitig Gott, daß er sie gefunden hatte.

Das Landungsboot trieb wartend im Wasser, und die Männer beeilten sich, ihm dabei zu helfen, ihren bewußtlosen Körper an Bord zu heben. Sie legten sie mit dem Gesicht nach unten auf eines der Dollborde und Morgan machte sich dran, das Salzwasser aus ihrem Körper zu drücken.

»Atme endlich, verdammt noch mal.«

Einen Augenblick lang geschah nichts, und Morgan fluchte noch einmal. Dann tat Silver zum ersten Mal seit er sie kannte das, was er ihr gesagt hatte. Sie hustete und würgte und erbrach sich auf dem Boden des Bootes, holte zwischendurch tief Luft und Morgan atmete erleichtert auf.

»Gib mir die Decke rüber«, sagte er zu dem schlaksigen, braunhaarigen Seemann namens Flagg, der der zweite Maat an Bord der *Savannah* war. Silver, die jetzt auf dem Dollbord saß, folgte Morgan mit den Augen, als er die warme, graue Wolldecke um ihren zitternden Körper wickelte.

»Ihr wart das doch, oder?« fragte sie leise.

»Wenn Ihr meint, daß ich so dumm war, Euch zu retten, dann ja. Obwohl der Herr im Himmel allein weiß, warum ich das getan habe.«

Silver starrte auf das Meer hinaus. »Das Wasser ist hier viel kälter.«

Während die Männer zurückruderten, stellte Morgan einen Fuß auf den Sitz neben ihr, die Hände auf die Hüften gestützt, und beugte sich mit einem zornigen Blick zu ihr hinunter. »Ist das alles, was Ihr zu Eurer Verteidigung zu sagen habt: Das Wasser ist hier kälter?«

»Ich hatte einen Krampf im Bein.«

»Verdammt noch mal!« Morgan wandte sich von ihr ab und dem Bug des Bootes zu. Wenn sie noch so etwas sagte, würde er sie wahrscheinlich erdrosseln. Sie erreichten das Schiff, und die Männer kletterten die Strickleiter hinauf und über die Reling. Silver zog die Decke fest um sich in dem Versuch, ihr fast durchsichtiges Nachthemd zu bedecken und wollte hinter ihnen herklettern, aber ihr Fuß verfehlte die erste Sprosse, und sie stolperte in Morgan hinein.

Mit einem Fluch legte er sie sich über die Schulter und kletterte die Leiter hinauf, als wäre sie gar nicht da. Er blieb nicht stehen, bis er in seiner Kajüte angekommen war.

»Ich glaube, Fräulein Jones«, sagte er gepreßt, »wir zwei

haben jetzt genug Zeit im Wasser verbracht.« Er stellte sie auf die Füße und versuchte, die Rundung ihrer Hüfte und ihres Schenkels unter dem nassen Nachthemd nicht zu sehen. »Zieht die nassen Kleider aus und meinen Morgenmantel an.« Er wandte sich von ihr ab und der Tür zu. »Ihr könnt heute Nacht hier schlafen. Wir werden etwas finden, um das kaputte Fenster zu schließen.«

Silver nickte. Sie war in ihrem ganzen Leben noch nie so erschöpft gewesen. »Ich fürchte, ich habe Jordys Kleider untergehen lassen.«

Morgan verlor die Beherrschung. Er stürmte durchs Zimmer, packte ihren Arm und zog sie zu sich heran. »Ihr kleine Hexe, Ihr hättet gerade beinah Euer Leben verloren! Wann werdet Ihr endlich begreifen, daß Ihr nach Hause zurückgehen werdet?«

»Nicht, so lange ich auch nur die geringste Chance sehe zu entkommen!«

Morgan biß die Zähne zusammen und zerrte sie hinüber zu den zerbrochenen Fenstern. »Wenn Ihr Euch unbedingt umbringen wollt, bitte schön. Diesmal werde ich Euch nicht davon abhalten.«

Silver riß sich los. »Ich hätte es fast geschafft. Wenn es nur nicht so kalt gewesen wäre ...« Sie versuchte, ihren Blick auf sein Gesicht zu konzentrieren, aber das Bild verschwamm plötzlich. Sie schwankte und stützte sich mit einer Hand auf seiner Brust ab. *Seltsam, wie sich die Brust eines Mannes anfühlt*, dachte sie. So hart, und doch schien jedes feste, dunkelblonde Löckchen an ihren Fingerspitzen zu kribbeln. Der Raum fühlte sich plötzlich so heiß an, und die Stimme des Majors kam aus weiter Ferne.

»Morgan«, flüsterte sie, und ihre Knie gaben in dem Augenblick nach, als er sie in seine Arme hob.

Morgan fluchte ausgiebig. Er hätte wissen müssen, daß das passieren würde. Früher oder später mußte sich ihre Unvorsichtigkeit rächen.

Er ging durchs Zimmer, legte sie mit sicheren, ruhigen Bewegungen sanft auf das Bett und zog ihr das durchnäßte Nachthemd aus. Seine Hand zitterte, als er ihre Haut unter der schweren Fülle ihres Haars berührte. Er hob die feuchten Strähnen und breitete sie über seinem Kopfkissen aus.

Mein Gott, sie war wunderschön. Jeder hellhäutige Zentimeter sanft gerundet und selbst für einen Mann mit starkem Willen eine Versuchung. Er hatte noch nie so schöne Brüste, eine so unglaublich schmale Taille gesehen. Obwohl sie bewußtlos dalag, spürte Morgan, wie sein Begehren nach ihr wuchs und heißer brannte, als es ihm je passiert war, seit Charlotte Middleton.

Charlotte, die süße Charlotte. Schön und unschuldig, überall weich und weiblich. Sanft und freundlich – und eine Lügnerin.

Morgan zog das Laken über Silvers nackten Körper, während sein Begehren nach ihr schon zu schwinden begann. Sie war auch nur eine Frau – so hart im Nehmen und so mutig sie auch sein mochte. Selbst jetzt, wo ihre Stirn fiebrig glühte. Sie fing schon an zu husten und sich im Bett zu wälzen; bald würde die Lungenentzündung anfangen, das war bei einem solchen Fall von Unterkühlung nichts Ungewöhnliches. Und doch wirkte Silver so stark und unbesiegbar, er hatte es bisher noch gar nicht in Betracht gezogen, daß auch ihr so etwas zustoßen könnte.

Morgan ging zur Tür, durch den Salon und stieg über die Leiter aufs Deck. Er würde Cookie zu ihr schicken. Er war der Kapitän dieses Schiffes und Major in der texanischen Marine. Es war nicht seine Aufgabe, sich um irgendeine sture, dickköpfige Frau zu kümmern – egal wie jung und süß sie sein mochte.

Aber als er die Kombüse durchschritten und den grauhaarigen Schiffskoch erreicht hatte, der über seine dampfenden Töpfe gebeugt stand, konnte Morgan es nicht aussprechen. Möglich, daß Cookie schon älter war, aber alt war er noch lange nicht. Und so zuverlässig sein Freund auch sein mochte, so war er doch immer noch ein Mann. Der Gedanke daran, wie er Silvers nackte Haut anstarrte und mit einem feuchten Tuch über ihre herrlichen nackten Brüste strich, war zuviel für Morgan.

»Sie wird eine Lungenentzündung bekommen. Bring mir die Sachen, die ich brauche, um sie zu pflegen – und irgendwas, um die zerbrochenen Fenster über meinem Bett zu reparieren.«

Der Koch mit der breiten, runden Brust sah von seinen Töpfen auf. »Bist du sicher, daß ich das nicht machen soll?«

»Ich bin für sie verantwortlich, nicht du. Ich werde mich um sie kümmern.«

»Aye, Käpt'n.« Cookie sagte weiter nichts, aber Morgan erkannte den wissenden Blick in seinen harten, alten Augen. Es war kein Seemann an Bord, der inzwischen noch nicht begriffen hatte, was Silver Jones einem Mann zu bieten hatte – das heißt jedem Mann, der stark genug war, es zu ertragen. Es überraschte ihn nicht im geringsten, daß Morgan Trask dieser Mann sein würde.

4. Kapitel

Es wurde doch keine richtige Lungenentzündung. Nur ein Erschöpfungsanfall mit einer Lunge, die vom Salzwasser angegriffen war. Zu Morgans großer Erleichterung war das Fieber bis zum nächsten Morgen schon wieder zurückgegangen.

Er hatte den ganzen Nachmittag und Abend ihre heiße, trokkene Haut mit feuchten Tüchern etwas kühler zu halten versucht. Nachdem ihr Haar getrocknet war, hatte er es ausgekämmt und dabei seine seidige Beschaffenheit bewundert, die vor seiner dunkel gebräunten Hand so hell wirkte. Selbst im schwachen Schimmer der Laterne neben dem Bett glänzte es verführerisch.

Genauso wie ihre weiche, elfenbeinerne Haut und ihre hohen, runden Brüste mit den schattenrosafarbenen Brustwarzen.

Er hatte sein zunehmendes Begehren nach ihr dadurch vertrieben, daß er an Charlotte dachte, sich vorstellte, wie Silver mit ihrem Geliebten im Bett läge, die Beine weit gespreizt, ihren Mund voll und feucht von den Küssen eines anderen Mannes. Er stellte sich vor, wie sie log und betrog, wie Charlotte es getan hatte.

Morgan hatte seine Liebste in einem Hotelzimmer in Savannah so vorgefunden, durch reinen Zufall, nur wenige Tage nachdem der Tag für die Hochzeit festgelegt worden war. Charlotte war in die Stadt gekommen, um für ihre Aussteuer einzukaufen. Aber der Sohn des Händlers hatte sich als unterhaltsamer erwiesen.

An jenem Tag war Morgan Jordy begegnet, der damals nur ein dünner kleiner Waisenjunge auf der Suche nach etwas zu Essen war. Morgan hatte ihn hinter dem Hotel bemerkt, wo Charlottes Kutsche stand und hatte ihn gefragt, wo die hübsche junge Dame, die darin gefahren war, denn hingegangen sei. Jordy erzählte ihm ahnungslos von dem Zimmer, das sie und Tom Hadley im oberen Stockwerk gemietet hatten.

Ganz sicher, daß es noch eine andere Erklärung geben mußte, ging Morgan die Treppe hinauf und klopfte an die Tür. Toms Stimme, rauh vor Leidenschaft, gebot ihm zu verschwinden kurz bevor Morgan die Tür eintrat.

Es war ein Wunder gewesen, daß Morgan sie nicht umgebracht hatte. Er hätte es gern getan, mein Gott, ja. Statt dessen hatte er sich nur umgedreht und war fortgegangen. Wenn er auch nur eine Faust gehoben hätte, hätte er nicht mehr aufhören können, bevor Tom Hadley tot vor ihm gelegen hätte. Charlotte war vernünftig genug, nicht hinter ihm herzukommen. Er war einfach die River Street hinuntergewandert, mit einem elenden Gefühl im Bauch an Bord seines Schiffes gegangen und hatte sich betrunken. So war er geblieben, bis sie sechs Tage später ausgelaufen waren. Drei Tage später hatte man Jordy im Lagerraum versteckt gefunden.

Silver bewegte sich und lenkte Morgans Aufmerksamkeit auf sich. Ob sie wirklich wie Charlotte war? Das erschien ihm unwahrscheinlich. Silver Jones hatte mit keiner Frau Ähnlichkeiten, die er je kennengelernt hatte. Was war ihr Geheimnis? fragte er sich, denn sie mußte einfach eines haben.

Ob Pinkard die Wahrheit sagte, was ihren Geliebten betraf – oder war da noch etwas anderes?

Morgan hob die Hand und strich ein paar leichte, silberne Haarsträhnen von ihrer Wange. Silvers Augen öffneten sich langsam. Ihre Augenbrauen und Wimpern, die viel dunkler waren als ihr helles Haar, betonten noch die samtbraunen Augen, die unsicher zu ihm aufsahen.

»Ihr hattet Fieber«, erklärte er, und es fiel ihm wieder ein, wie sie seinen Namen gerufen hatte, kurz bevor sie ohnmächtig geworden war. Der Klang ihrer Stimme mit seinem Namen hatte ihm besser gefallen als gut für ihn war. »Wir hatten Angst, es würde eine Lungenentzündung werden, war es aber nicht.«

Silver wollte sich aufsetzen, bemerkte erst jetzt, daß sie unter dem dünnen, weißen Laken nackt war, und errötete tief. Das war das erste Mal, daß er sie hatte wirklich erröten sehen, und Morgan fand es bezaubernd.

»Seid Ihr – habt Ihr Euch um mich gekümmert?«

»Hättet Ihr jemand anderen vorgezogen?«

»Nein«, sagte sie, schüttelte nachdrücklich den Kopf und rutschte tiefer unter ihr Laken.

Morgan lachte leise. »Das fasse ich als Kompliment auf.«

Silver sah weg und bemühte sich, die Röte von ihren Wangen zu vertreiben. Es kam nicht leicht dazu, daß sie so unerwartet betroffen war, aber schließlich hatte sie sich noch nie in einer solchen Lage befunden. »Ich nehme an, ich sollte Euch danken... und doch, angesichts der Tatsache, daß ich wieder Eure Gefangene bin, finde ich das sehr schwierig.«

»Ich möchte Euch lieber als meinen Gast betrachten«, sagte er. »Aber unter den gegebenen Umständen verstehe ich Eure eher widerwillige Dankbarkeit.«

Sie saßen eine Weile lang schweigend zusammen, und Morgan bemühte sich, die Spitzen ihrer Brüste nicht zu bemerken, die sich gegen das Laken drängten, während Silver versuchte, sich nicht an das Gefühl der dunkelblonden Locken auf seiner Brust unter ihren Fingern zu erinnern.

»Liebt Ihr ihn denn so sehr?« fragte Morgan schließlich, um das Schweigen zu brechen.

Ich hasse ihn so sehr. »Ich sagte Euch doch schon, ich habe keinen Geliebten... und würde das etwas ändern, wenn es so wäre?«

»Gestern hätte ich noch nein gesagt. Heute... bin ich nicht mehr ganz so sicher.«

»Was soll das denn heißen?«

»Das heißt, daß ich Euren Mut bewundern würde, wenn Ihr ein Mann wäret.«

»Aber ich bin eine Frau, und so bin ich nicht mutig, sondern dumm.«

Morgan antwortete nicht.

»Da es keinen Ort mehr gibt, zu dem ich davonlaufen könnte, dürfte ich dann vielleicht nachher etwas auf's Deck hinaufgehen? Die frische Luft würde mir sicher guttun.«

»Cookie hat die Kleider, die Ihr bei Eurer Ankunft hier getragen habt, gewaschen und getrocknet.« Er deutete auf den Stuhl, auf dem sie ordentlich zusammengefaltet lagen. »Ruht Euch noch eine Weile aus und ruft mich dann, wenn Ihr so weit seid, dann führe ich Euch herum.«

»Ist gut«, sagte sie. Als Morgan zur Tür ging und sie öffnete, setzte sich Silver mit bis ans Kinn hochgezogener Bettdecke auf. »Kann ich mich auf Euer Wort verlassen, Major Trask?«

Morgan drehte sich um und sah sie an. »Ja.« Er sagte das einfache Wort ohne jede Überheblichkeit, und Silver glaubte ihm.

»Dann sagt mir doch bitte: Wart Ihr in der vergangenen Nacht ein Gentleman oder habt Ihr meine Bewußtlosigkeit ausgenutzt?«

»Ich habe es lieber, wenn meine Frauen wach sind, Miss Jones.« Morgans Mundwinkel hoben sich amüsiert. »Obwohl es kaum einen Zoll an Euch gibt, den meine Hand nicht berührt hat.« Er deutete auf die Schüssel mit dem Wasser und das feuchte Tuch auf dem Tisch neben dem Bett.

Die Röte kehrte in ihre Wangen zurück und ergoß sich dann glühend über ihren Hals und ihre Schultern. »Ich glaube, ich werde mir das Schiff etwas später ansehen«, sagte sie, »wenn ich mich wieder kräftiger fühle.«

Morgans Stimme wurde sanft. »Es gibt nichts, dessen Ihr Euch schämen müßtet, Silver. Auch für mich nicht. Ruft mich, wann immer Ihr bereit seid.« Mit diesen Worten ging er hinaus.

Silver saß am Bettrand und hatte die Arme fest um den Körper gelegt. Es war nicht kalt im Zimmer, aber sie fröstelte etwas. Morgan Trask hatte sie nackt gesehen, hatte sie berührt – am ganzen Körper. Und doch glaubte sie ihm – er hatte die Situation nicht ausgenutzt.

Wie von allein glitt eine ihrer Hände über ihre Brust und an ihrer Seite abwärts. Sie dachte daran, wie Morgans breite Hand dieselbe Haut berührt hatte, und Hitze kreiste durch ihren Bauch. Wie war es möglich, wenn ihr sonst immer schlecht wurde bei dem Gedanken daran, daß ein Mann sie berühren könnte?

Sie dachte zurück an ihre Arbeit im Wirtshaus, die Art, wie die Männer sie angesehen hatten. Allzuoft hatte einer von ihnen ihr einen Klaps auf den Hintern gegeben oder versucht, ihre Brust zu umfassen. Sie hatte dafür schallende Ohrfeigen und saftige Strafpredigten ausgeteilt.

Was hatte Morgan Trask nur an sich, daß sie versucht war, ihm zu vertrauen? Er war doch auch nur ein Mann, oder? Schon das allein sollte sie vorsichtig machen. Und dann war er auch noch ein Freund ihres Vaters. Und sie kannte die Art Leute, die William Hardwick-Jones sich als Freunde suchte: Menschen, die er beherrschen konnte – oder Menschen, die er ausnutzen konnte.

Morgan schien in keine der Kategorien zu passen, aber schließlich kannte sie ihn kaum. Und es gab ja auch die Möglichkeit, daß Trask irgendetwas hatte, das ihr Vater wollte. Er konnte recht charmant sein, wenn er einen Vorteil davon hatte.

Als sie ihren einfachen braunen Rock und die saubere weiße Bauernbluse wieder angezogen hatte, machte Silver die Kajütentür auf, wobei sie dankbar feststellte, daß sie nicht mehr abgeschlossen war. Sie war erst ein paar Schritte in den Salon gegangen, als ihr einfiel, daß sie vergessen hatte, ihr Haar zusammenzubinden. Und sie hatte es deswegen vergessen, weil es ordentlich gekämmt und glatt um ihre Schultern hing.

Ob Morgan Trask so etwas tat? Ein so harter und unbeugsamer Mann wie der Major würde sich doch nicht für eine bewußtlose Frau zur Kammerzofe machen. Oder doch? Es war schwierig, sich einen Reim auf seinen Charakter zu machen, aber irgendwie mußte es ihr doch gelingen. Sie hatte nur eine Chance, Katonga zu entkommen, und das war Major Trask.

Irgendwie mußte sie ihn davon überzeugen, daß er sie mit nach Barbados nehmen sollte. Er mußte sein Versprechen, sie zurückzubringen, vergessen und sie statt dessen freilassen. War sie bereit, genau jenen Teil von sich dafür auf's Spiel zu setzen, um dessen Schutz sie sich bisher so bemüht hatte?

Nein, sagte sie sich fest. Ihre Jungfräulichkeit würde sie nicht freiwillig verschenken. Und sie würde genauso hart darum kämpfen, wie sie darum kämpfte, frei von ihrem Vater zu sein. Sie war ihr wertvollster Besitz, und sie würde ihn bewachen, bis derjenige kam, dem sie ihn gern geben wollte.

Aber sie könnte sich ja auf einer dünnen, verführerischen Linie bewegen, die ihm die Möglichkeit gab zu denken, was er wollte. Sie hatte nicht viel Übung darin, aber der Instinkt war vorhanden. Wenn sie das Spiel mit Sorgfalt spielte, würde sie womöglich gewinnen.

Gegen ihren Willen kam ihr in den Sinn, wie Morgan Trask ausgesehen hatte. Halbnackt hatte er sie sich über die Schulter gelegt, und sie hatte seine festen Muskeln gespürt, die sich unter ihr anspannten und entspannten.

Es war ein gefährliches Spiel – gefährlich und verführerisch. Sie wünschte bei Gott, daß sie es auch gewinnen würde.

Silver stieg die Leiter hinauf an Deck. Der steife Wind fühlte sich sauber und belebend an. Unter ihren schlammbespritzten Schuhen, die inzwischen getrocknet und so gut wie möglich geputzt waren, spürte sie die Holzplanken fest und verwittert und irgendwie ermutigend.

Das Meer war immer noch dunkel und unruhig, aber der

Regen war inzwischen ganz vorüber. Ihre Beine hatten sich noch nicht ganz an das Schwanken und Kippen gewöhnt, so hielt sie sich im Vorübergehen an einer Kiste mit Regenausrüstung fest. Um sie herum saßen Seeleute in weiten Hosen und handgestrickten Pullovern und reparierten Taue, andere scheuerten das Deck und hißten die großen, weißen Segel, die im Wind über ihrem Kopf knallten. Sie sahen nur flüchtig zu ihr herüber, offensichtlich hatte der Major sie angewiesen, sich gut zu benehmen.

Morgan Trask stand am Bug und sah aufs Meer hinaus. Hier draußen zwischen der Mannschaft wirkte er sogar noch größer, seine Schultern noch breiter, seine Beine lang und schlank. Die Sonne glänzte auf seinem welligen, dunkelblonden Haar, eine angenehme Ergänzung zu der golddunklen Bräune seiner Haut. Als er sich zu ihr umdrehte, sah sie seinen konzentrierten Gesichtsausdruck und dann das weiße Blitzen seines Lächelns.

Und das war atemberaubend.

Morgan kam über das Deck auf sie zu, war schon fast zu schnell bei ihr angekommen. Sie brauchte Zeit, um sich zu festigen, ihren rasenden Herzschlag zu beruhigen und ihr beherrschtes Äußeres wiederherzustellen.

»Guten Morgen, Miss Jones.«

»Guten Morgen, Major.«

»Geht es Euch wieder besser?«

Der Wind blies ihr ein paar Haarsträhnen ins Gesicht. Sie fing sie ein und schob sie hinter ein Ohr. »Ich hatte ganz vergessen, wie es sich anfühlt auf hoher See.«

»Also gefällt es Euch auf einem Schiff?«

»Nicht im Laderaum, das heißt nicht so, wie ich Katonga verlassen habe, aber auf einem Schiff wie diesem schon.«

Morgans grüne Augen verdunkelten sich. »Ihr seid unter Deck nach Georgia gefahren?«

Silver zuckte in einer Geste der Achtlosigkeit die Schultern. »Ich hatte keine andere Wahl.«

Aber aus Morgans Blick konnte sie entnehmen, daß er genau wußte, was sie auf jener Fahrt erlitten haben mußte. Die Passagiere waren zu viert oder fünft in winzige Kammern mit zwei Kojen gepfercht, die wenige Nahrung, die es gab, war beinahe ungenießbar, und selbst für die grundlegendsten Körperfunktionen gab es kaum so etwas wie eine Intimsphäre. Die Passagiere aus dem Laderaum durften nicht an Deck. Wenn rauher Seegang war, hatte sich die Luft mit dem Geruch von Erbrochenem gefüllt, bis sie kaum noch atmen konnte.

Unbewußt schauderte Silver.

»Friert Ihr?« Morgan trat näher zu ihr. »Ich kann Euch einen Umhang von unten holen.«

»Danke, es geht mir gut. Es ist wirklich sehr schön hier draußen.« Außerdem hatte sie auf dem Tisch im Salon eine warme, schwarze, gehäkelte Stola gefunden, die jemand dort für sie hingelegt hatte. Sie zog sie sich enger um die Schultern. »Vielen Dank für die Stola.«

»Einer der Männer hatte sie als Geschenk gekauft. Er brachte sie mir heute morgen für Euch.«

»Würdet Ihr ihm bitte in meinem Namen herzlich danken?«

»Natürlich.« Sie gingen schweigend weiter über das Deck. Als das Schiff wieder einmal stärker als erwartet schwankte, stolperte Silver und fiel gegen Morgan, der schützend seinen Arm um sie legte.

»Ich denke, meine Beine sind noch nicht sicher genug für die See.«

»Das wird schon noch kommen. Ihr seid wahrscheinlich noch etwas schwach von dem Fieber.«

Morgan führte sie zum Steuerhaus, wo der junge Leutnant, den sie mit der Waffe bedroht hatte, neben einem bulligen, dunkelhaarigen Seemann stand, den Trask mit dem Namen Gordon ansprach. Seine fleischigen, schwieligen Hände hielten das Teakholzsteuerrad. Der Leutnant kam auf sie zu.

»Darf ich Euch Leutnant Hamilton Riley vorstellen«, sagte

Morgan, als hätten sie einander noch nie zuvor gesehen. Auf seinen fein geschnittenen Lippen spielte dabei ein amüsiertes Lächeln. Sie wußte, daß diese Lippen auch grausam wirken konnten, aber jetzt erschienen sie sinnlich. »Ich nehme an, Ihr erinnert Euch an Miss Jones«, sagte er zu Riley, dessen jungenhaftes Gesicht sich purpurn verfärbte. Natürlich kannte er sie, ganz offensichtlich hatte er nicht vergessen, wie sie einen Narren aus ihm gemacht hatte.

Silver hob das Kinn und richtete sich ganz auf. »Sehr erfreut«, begrüßte sie ihn, als handelte es sich hier wirklich um die formelle Vorstellung, die Morgan angedeutet hatte.

»Miss Jones.« Riley berührte mit den Fingern die Stirn an der Stelle, wo seine Mütze gewesen wäre, wenn der Wind es erlaubt hätte. Er trug die gleiche dunkelblaue Uniform, die er am Vortag getragen hatte, während Morgan lässig und viel attraktiver wirkte in seinen enganliegenden Hosen und dem schneeweißen Leinenhemd.

Morgan sprach kurz mit Riley, dann begleitete er Silver die Leiter im Vordeck hinunter, die zur Kombüse führte, wo Jordy neben einem kurzen, kräftigen Seemann mit dichtem grauem Haar arbeitete.

»Dies ist Grandison Aimes«, sagte Morgan. »Wir nennen ihn Cookie. Und Jordan Little kennt Ihr bereits.«

»Ja.«

»N'Morgen, Madam«, sagte Cookie etwas brummig, wobei er kaum in ihre Richtung nickte.

»Er ist genauso hartgesotten wie er aussieht«, sagte Morgan und erzählte ihr dann, er wäre dem wettergegerbten kleinen Seemann in einer lauten Spelunke in Spanien begegnet. Es hätte damals den Anschein gehabt, als sei er ein ziemliches Rauhbein gewesen, als er sich bei einer Auseinandersetzung auf Morgans Seite schlug, obwohl die Mehrheit gegen ihn war.

»Damals waren wir ein gutes Team«, sagte Cookie etwas sehnsüchtig.

»Sind wir auch immer noch«, stimmte ihm Morgan zu, und Grandison Aimes schien sich darüber zu freuen.

Er pfiff ein Seemannslied, das alle drei Männer komisch zu finden schienen, wandte sich wieder der Holztheke zu, an der er arbeitete, nahm einen schweren, stählernen Fleischklopfer zur Hand und ließ ihn mit schallendem Klatschen auf eine Schafskeule herunterfallen. Auf dem großen eisernen Herd neben ihm kochte es in einem riesigen, schwarzen Kessel, und Dampf stieg daraus empor, so daß der Raum mit dem köstlichen Duft der kleinen, weißen Bohnen erfüllt war, die darin garten.

Jordy wandte seine Aufmerksamkeit Silver zu. »Ihr könnt aber echt – wirklich – gut schwimmen, Miss Jones«, sagte er, und diesmal wurde Silver rot. »Ich hab' 'ne Zeitlang allen Ernstes gedacht, Ihr würdet's schaffen.«

Silver lächelte matt. »Ich habe es auch eine Weile lang geglaubt.« Sie spürte Morgans Hand auf ihrem Arm, und sein Griff war etwas fester als eigentlich nötig.

»Nun ist es aber genug, Jordy«, sagte er warnend. »Wir wollen wieder zurück auf Deck gehen«, sagte er zu Silver und drehte sie entschieden zur Leiter um, so daß sie keine andere Wahl hatte als mitzugehen. Silver stieg hinauf und Morgan folgte ihr.

»Jordy ist jung und leicht zu beeinflussen«, sagte er, als sie wieder auf Deck waren. »Ich hoffe sehr, daß Euer Verhalten kein schlechtes Vorbild für ihn ist.«

Silver ärgerte sich. »Mein Verhalten, Major, geht weder ihn noch Euch etwas an.«

»So lange Ihr an Bord meines Schiffes seid, geht mich alles an, was Ihr tut.«

Silvers Lippen wurden schmaler, aber sie widersprach ihm nicht. Sie mußte den Major für sich gewinnen, und bisher hatte Widerspruch dabei keinen Erfolg gehabt. Als Morgan ihren Arm losließ, trat sie näher an die Reling und schaffte es in dem kurzen Moment, bis er wieder neben ihr war, ihre Beherrschung zurückzugewinnen.

Über ihnen kam die Sonne hinter einer Wolke hervor, und Himmel und Meer erstrahlten in einem leuchtenden Azurblau. Möwen schwebten kreischend über dem Schiff, und der Mast knirschte gemütlich, was sie etwas beruhigte. Silver zwang sich, zu lächeln. »Jordy sagt, er kennt Euch schon seit fünf Jahren.«

»So ungefähr.«

»Er hält viel von Euch.«

Morgans steife Haltung entspannte sich etwas. Er lehnte sich lässig an die Reling und sah sie aus Augen an, die leuchteten wie die Smaragde in dem alten Halsschmuck ihrer Mutter, den sie früher zu Hause einmal getragen hatte.

»Vor fünf Jahren hat er sich als blinder Passagier an Bord meines Schiffes *Meerjungfrau* geschmuggelt. Er war eine achtjährige Waise ohne Heim, für die sich absolut niemand interessierte, was er auch tat.«

»Also habt Ihr ihn miterzogen?«

»Das Leben an Bord eines Schiffes ist hart. Jordy hat sich weitgehend selbst erzogen.«

»Er scheint ein netter Junge zu sein.«

»Er hat auch Schwierigkeiten gehabt«, erklärte ihr Morgan. »Aber ich glaube, jetzt wird er langsam erwachsen.«

»Und das bedeutet?«

»Das bedeutet, daß ich mir eine Weile lang Sorgen um ihn gemacht habe. Er hat sich im Hafen von New Orleans mit ein paar finsteren Kerlen eingelassen. Männer aus der Mannschaft haben ihm ein paarmal ein ziemlich schlechtes Vorbild gegeben. Er hat sich in jedem Hafen auf Streitereien eingelassen, hat angefangen zu stehlen und Leute zu belästigen, die sich nicht wehren konnten.«

»Und was ist geschehen?«

»Wir... haben uns verständigt.«

Diesmal war Silvers Lächeln echt. »Ich glaube, er hat da so etwas erwähnt.«

Morgan lächelte auch. »Manchmal erforderte es eine ganze

Menge mehr, ein Kapitän zu sein als nur ein Schiff zu kommandieren.«

Sie mochte es, wenn seine Lippen diesen leichten Schwung nach oben bekamen. Seine Züge wurden dadurch weicher, obwohl sein Gesicht nie so allzu gefällig aussehen konnte, wie es manche Frauen attraktiv fanden. Ihr Blick richtete sich auf das dunkelblonde Haar auf seiner Brust, das sich über dem obersten Knopf seines weißen Leinenhemdes ringelte, und ihre Finger kribbelten bei der Erinnerung daran, wie sich diese Löckchen an ihrer Haut anfühlten.

»Seid Ihr auch derjenige, der ihm dabei hilft, seine Sprechweise zu verbessern?«

Morgan nickte. »Vor ungefähr einem Jahr kam er zu mir – er sagte, er wolle ›von Mann zu Mann‹ mit mir sprechen. Dann erklärte er mir, er wolle eines Tages sein eigenes Schiff kommandieren und fragte mich, was er dazu tun müsse. Ich erklärte es ihm, und seitdem gibt er sich große Mühe – arbeitet an seiner Fähigkeit zu lesen und zu schreiben. Er hat noch viel zu tun, aber ich denke, er kann es vielleicht wirklich schaffen.«

»Das hoffe ich für ihn.«

Morgan sah sie mit einem Blick an, dem nichts entging. War es so schwer zu glauben, daß sie die Zukunft eines Jungen interessierte? Morgan interessierte sich sehr für Jordy und die anderen Menschen in seiner Umgebung. Silver bemerkte, daß sie es gern gehabt hätte, wenn er sich auch für sie interessierte, verdrängte den Gedanken aber schnell wieder.

Morgan sah ihr in die Augen, und unter diesem durchdringenden Blick begann ihr Herz drängender zu schlagen. »Ich werde langsam etwas müde«, log sie. »Ich gehe wohl besser wieder hinunter in die Kajüte.«

Morgan folgte ihr über das Deck und half ihr, die Leiter in den Salon hinunterzusteigen. »Um sieben Uhr gibt es Abendessen«, sagte er. »Wir werden mit Leutnant Riley und Wilson Demming, meinem gegenwärtigen ersten Maat, zusammen essen.«

»Warum ›gegenwärtig‹?«

»Sobald wir in Barbados sind, wird ein großer, massiger Mann namens Hippolyte Jacques Bouillard seine Aufgabe übernehmen. Er fährt schon seit Jahren mit mir zusammen zur See.«

Silver dachte an den Umweg über Katonga, von dem sie Trask abzubringen hoffte und versuchte, enttäuscht zu wirken. »Tut mir leid, daß ich ihm ja wohl kaum begegnen werde.«

Morgan bemerkte Silvers Gesichtsausdruck, und seine lässige Haltung verschwand. Statt dessen spürte er einen Schwall von Ärger, der ihm durchaus angenehm war. Es war ihm nicht entgangen, wie wenig einfühlsam sie versuchte, ihn zu manipulieren. Wenn sie es mit Argumenten nicht schaffte, war sie offensichtlich entschlossen zu versuchen, ihm Honig um den Bart zu streichen. Er dachte an ihre weichen, verlockenden Rundungen, ihre samtbraunen Augen. Das letzte was er von Silver wollte, waren süße Worte.

»Vielleicht sollte ich den Kurs ändern«, sagte er sarkastisch, »und zuerst in Richtung Barbados fahren. Dann könntet Ihr Jacques kennenlernen und ihn vielleicht dazu überreden, Euch zu helfen. Wie würde Euch das gefallen?«

Silver erstarrte, aber ihr Lächeln blieb unverändert. »Ich wollte nur höflich sein.«

»Das Wort höflich paßt nicht in Euren Wortschatz, Miss Jones.«

Zum Teufel mit dir, dachte sie. »Vielleicht werde ich Euch noch überraschen, Morgan Trask.«

»Nichts was Ihr tut, kann mich noch überraschen.«

Verdammter Kerl! Daß er sie so einfach durchschauen konnte! »Vielen Dank für den Rundgang, Major. Ich freue mich auf heute Abend.«

Trask ging fort, und Silver machte sich auf den Weg zurück in seine Kajüte. Nachdem sie die Tür geschlossen hatte, schlug sie mit der Faust gegen die Schiffswand und fluchte tonlos. Zur Hölle mit ihm! Der Mann war ein arroganter, gefühlloser Hundesohn! Gutaussehend, zugegeben, männlich, zugegeben, manchmal konnte er sogar charmant sein, aber er war auch herrschsüchtig und ein absolutes Ärgernis. Sie dachte an die Dinge, die er vorhin gesagt hatte, und ihr Zorn wuchs. Er hoffte, sie würde kein schlechtes Vorbild für Jordy sein. Ein schlechtes Vorbild! Sie hätte ihn am liebsten erwürgt. Trotzdem hatte sie es geschafft, sich zu beherrschen, und sie hoffte, daß Morgan nicht bemerkt hatte, wie nah sie daran war, die Kontrolle zu verlieren.

Zumindest würde sie keine Schuldgefühle bekommen. Heute Abend würde die Ausführung ihres Plans weitergehen, auch wenn sie nicht zu schnell vorgehen durfte. Morgan war viel zu klug, um zu glauben, daß sie sich über Nacht ändern konnte, und sie wollte nicht sein Mißtrauen wecken. Aber es gab auch keine Zeit zu verlieren. Sie wünschte, sie wüßte besser darüber Bescheid, was das Wesentliche bei einer Verführung überhaupt war. Auch wenn sie die besten Lehrer gehabt hatte, die für Geld zu haben waren und alles gelernt hatte, was eine wirkliche Dame können sollte, hatte sie kaum Gelegenheit gehabt, ihre Wirkung als Frau kennenzulernen. Ihr Vater lud nur selten jemanden nach Heritage ein und reiste auch selbst wenig.

Einmal hatte er sie mitgenommen zu einem Ball auf der Pflanzung eines Freundes auf der nahegelegenen Insel St. Vincent. Die jungen Männer waren interessiert gewesen, und sie hatte wirklich getanzt. Sie hatte herausgefunden, daß ihr Tanzen Spaß machte und sehr viel Freude daran gehabt, bis sie mit dem jungen Michael Browning auf die Terrasse hinausgegangen war, um etwas frische Luft zu schöpfen.

»Ihr seid schöner als die Sterne am Himmel, Lady Salena«, hatte Michael gesagt. Das war banal und zweifellos schon reichlich abgenutzt, aber dennoch waren es die ersten schmeichelhaften Worte von einem gutaussehenden jungen Mann, die Silver je gehört hatte.

»Ich danke Euch, Michael.« Etwas schüchtern zupfte sie am Oberteil ihres dunkelgrünen Satinballkleides, dessen Farbe genau zu den Smaragden paßte, die ihr Vater sie hatte tragen lassen. Auch wenn das Kleid eigentlich nicht gewagt war, hatte sie doch diesen Eindruck, als sich Michaels Augen auf das kleine Stückchen ihres Busen hefteten, das über dem Ausschnitt zu sehen war.

»Nur eines könnte diesen Abend noch schöner machen«, flüsterte er.

Dann beugte er sich zu ihr herab, um sie zu küssen, und Silver beschloß, es ihm zu erlauben. Sie wollte wissen, was das Geheimnis daran war, wollte wissen, wie sich die Lippen eines Mannes anfühlten. Michaels Arme legten sich um sie und zogen sie an ihn. Sein Mund fühlte sich weich und warm an, und sie roch sein rauchiges Rasierwasser. Dann zerschnitt die Stimme ihres Vaters, bebend vor Zorn, die schwüle Sommerluft.

»Ich hätte wissen müssen, daß ich dir nicht trauen kann. Jetzt nehme ich dich das erste Mal irgendwohin mit, und du blamierst mich vor meinen Freunden.«

In seiner Wut bedachte er sie mit jedem üblen Schimpfwort, das ihm in den Sinn kam, wütete und tobte, bis der verstörte Michael Browning fast gezwungen gewesen wäre, ihn zum Duell zu fordern. Gott sei Dank tat er es nicht. William Hardwick-Jones hätte ihn umgebracht.

Statt dessen zerrte ihr Vater sie schmachvoll nach Hause, so daß überall auf der Insel böse Zungen Anlaß hatten, über sie zu sprechen, und genauso dann auch in Katonga. Sie war nie wieder aus Katonga weggekommen.

Und hatte auch ihre weiblichen Künste an keinem anderen Mann erprobt.

Silver sank matt auf Morgans breite Koje. Ganz plötzlich fühlte sie sich wirklich müde. Müde und unsicher. Sie dachte an die Zeit, die sie in dem Wirtshaus gearbeitet hatte. Im Wirtshaus *Zum Weißen Pferd* hatte sie ganz andere Methoden gesehen, wie eine Frau sich einem Mann nähert. Die lüsternen Wirtshaushuren, die mit ihr dort gearbeitet hatten, waren direkt, mutig und schamlos und drängten ihre Kunden dazu, sich Freiheiten herauszunehmen, an die Silver auch nicht eine Sekunde denken würde. Mehr als einmal war sie den Huren irgendwo in einer dunklen Ecke des Wirtshauses begegnet, die Röcke hochgeschoben, während irgendein betrunkener Mann sich rammelnd zwischen ihren Beinen zu schaffen machte.

Wenn das nötig war, um Morgan Trask dazu zu überreden, ihr zu helfen, dann konnte er gleich zum Teufel gehen.

Trotzdem mußte es irgendetwas geben, das sie tun konnte, ohne sich zu erniedrigen. Wenn sie nur eines der hübschen Satinkleider hätte, die in ihrem geschnitzten Rosenholzschrank zu Hause hingen. Dort hatte sie sie nur ungern getragen. Hier hätten sie ihre Erscheinung betonen können und Morgan Trask dazu verleiten können, sie nur als Frau zu sehen, die voller Verzweiflung seine Hilfe brauchte – und so war es ja auch.

Der Abend verlief sehr angenehm, wenn auch anders, als Silver es geplant hatte. Sowohl Wilson Demming als auch Hamilton Riley waren sehr nett zu ihr, aber Morgan blieb zurückhaltend. Als das Abendessen beendet war und sie fragte, ob einer der Herren sie vielleicht auf des Deck hinauf begleiten würde, lehnte der Major ab mit der Erklärung, er habe noch zu tun. Er bat – nein befahl – Leutnant Riley an seiner Stelle zu gehen, was Riley nur sehr ungern zu tun schien.

Silver nahm an, daß er befürchtete, sie würde ihn über Bord werfen – oder es wenigstens versuchen.

Statt dessen lächelte sie ihm freundlich zu, fragte nach seiner militärischen Laufbahn, fragte nach seiner Familie und hinterließ so schließlich einen ganz anderen Eindruck als den, den er ursprünglich von ihr gehabt hatte. Überraschenderweise bekam sie auch von ihm einen anderen Eindruck. Riley war von ganzem Herzen Offizier und ein ausgesprochener Gentleman. Er war freundlich und rücksichtsvoll – ganz anders als Morgan. Aber Riley konnte ihr nicht helfen. Das konnte nur Trask.

Der nächste Abend verlief nicht anders. Trask übergab die

Aufgabe, auf sie aufzupassen, an Wilson Demming, dessen Gesprächsstil schal wie Spülwasser war. Er war ein kurzbeiniger, unauffälliger Mann mit sich lichtendem braunen Haar, dessen Aussehen zu seiner Persönlichkeit paßte. Dennoch lächelte sie und heuchelte Interesse an seinen konservativen politischen Ansichten, die sie fast alle im stillen ablehnte. Schließlich kamen sie auf das Thema seiner Reisen zu sprechen und Wilson überraschte sie mit spannenden Berichten von fernen Ländern. Schließlich wurden sie Freunde, und sie war sicher, daß er sich dem Major gegenüber nur lobend über sie äußern würde.

Das entsprach nicht direkt ihrem Plan, aber wenigstens konnte Trask daran erkennen, daß sie nicht so wüst war, wie er annahm.

Und die Tage verliefen zudem günstiger als die Abende. Wann immer sie den Major auf Deck sah, begann sie ein Gespräch mit ihm. Als Gentleman – so fraglich diese Bezeichnung auch sein mochte – war es seine Pflicht, darauf zu antworten. Einmal fragte er sie nach ihrer Mutter. Offensichtlich hatte er erst Jahre nach ihrem Tod davon gehört. Silver bestätigte nur, daß sie gestorben war, denn sie hatte keine Lust, mehr als unbedingt notwendig über ihre Familie zu sprechen.

Sie gab sich die größte Mühe, offen und freundlich zu sein, lächelte viel – auch wenn ihr das nicht sehr leicht fiel – und betrachtete Morgan unter ihren dichten, dunklen Wimpern hervor in einer Weise, von der sie annahm, daß sie zumindest sein Interesse wecken mußte.

»Habt Ihr das schöne Wetter extra für mich bestellt?« Sie ging zu ihm hinüber an die Reling, wo er stand, den einen Stiefel auf ein niedrig gespanntes Seil gestellt, und aufs Meer hinaussah, wobei seine Hemdärmel sich im Wind bauschten. Sein wildes dunkelblondes Haar lockte sich etwas über seinem Kragen.

Morgan biß die Zähne zusammen. Wo, zum Teufel, war sie jetzt schon wieder hergekommen? Er hatte den Eindruck, als würde jedesmal, wenn er aufsah, plötzlich Silver Jones neben ihm stehen, ihn anlächeln und mit einem Paar warmglänzender brauner Augen ansehen, die ihn entschieden an ein Reh erinnerten, während ihr Haar lose um ihre Schultern fiel und so hell wirkte, daß es tatsächlich an Silber erinnerte. »Wenn wir Glück haben«, erwiderte er etwas säuerlich, »bleibt das Wetter auf der ganzen Fahrt nach Katonga schön.«

Das ließ ihr Lächeln verlöschen – was ihm auch lieber war, dachte Morgan. Wenn sie vorher hübsch gewesen war, in ihrer düsteren und zornigen Art, schimpfend und mit Dingen um sich werfend, hatte sie jetzt eine absolut unglaubliche Wirkung, wenn sie lächelte oder ihn so süß ansah.

»Katonga«, wiederholte sie, und ihre Stimme klang etwas tonloser als vorher. »Wart Ihr schon einmal dort, Major?«

»Nein. Aber ich kann es kaum erwarten hinzukommen.« Er benahm sich schlecht und wußte das auch, aber ihre wenig subtilen Versuche, ihn zu manipulieren ermüdeten ihn ebenso wie das ständige Bemühen zu verhindern, daß er sich von ihr angezogen fühlte. Silver Jones war nicht friedlicher als zuvor, nicht sanfter, nicht wärmer, nichts. Sie war nur verzweifelter.

»Nun, sehr lange werdet Ihr da ja nicht warten müssen«, sagte sie.

»Ja, nächste Woche werden wir ankommen, falls wir nicht in eine Flaute kommen, was um diese Jahreszeit nicht sehr wahrscheinlich ist.« Als Morgan sich zu ihr umdrehte, stand sie so dicht neben ihm, daß er die Wärme ihres Körpers durch die dünne Baumwolle ihrer Bluse spüren konnte. Bevor er weitersprach, mußte er sich räuspern. »Wenn wir dort sind werde ich mit William reden, falls Ihr das wünscht. Vielleicht hat er in bezug auf den Mann, den ihr heiraten möchtet, seine Meinung geändert. Wenn nicht, und wenn Ihr immer noch derart entschlossen seid, werde ich ihn vielleicht überreden können.«

»Es gibt keinen solchen Mann, Major. Ich habe schon mehrmals versucht, Euch das zu erklären, aber Ihr wollt mir ja nicht zuhören.«

»Warum seid Ihr dann von zu Hause weggelaufen?«

Silver sah über das Meer hinaus. Ihre Finger griffen fester nach dem geteerten Hanfseil, an dem sie sich sicherheitshalber festhielt. Ihr Atem schien flacher zu gehen als vorher. »Mein Vater ist ein sehr starker Mann«, sagte sie. »Er will mein Leben beherrschen. Ich dagegen möchte unabhängig sein, mein Leben so leben, wie ich es möchte.«

Sie log, und das wußte er. Silver war gut darin, ihre Gefühle zu verbergen, aber ihre Augen verrieten sie.

»Wie ich schon sagte, ich werde mit ihm sprechen. Vielleicht wird es etwas nützen. Wenn Ihr mich jetzt bitte entschuldigen wollt, ich werde eine Weile ans Steuer gehen.«

Silver legte eine Hand auf seinen Arm und zwang ihn so stehenzubleiben. »Nett von Euch, daß Ihr mir helfen wollt, Major.«

Morgan antwortete nicht, sondern drehte sich nur um und ging fort. Verdammte Hexe! Die Berührung ihrer schlanken Finger brannte noch immer wie ein heißer Feuerhaken auf seinem Arm. Die Sonne hatte ihre Nase und ihre Wangen rosa getönt, so daß sie strahlend und unwahrscheinlich verführerisch wirkte. Wenn sie sich einen Gefallen hätte tun wollen, wäre es verflucht besser gewesen, etwas Abstand zu ihm zu halten. Morgan schüttelte den Kopf. Als Verführerin hatte sie offensichtlich nicht viel Erfahrung. Und doch waren es gerade diese ungeschickten Versuche, ihre offensichtliche Unerfahrenheit, die sie so besonders anziehend machten.

»Gott soll mein Zeuge sein, William«, murmelte er tonlos, »daß ich hiermit absolut meine Schuld an dich abtrage.« Aber er konnte nicht widerstehen, noch einen letzten Blick zurück zu Silver zu werfen, die an der Reling stehengeblieben war.

Sie starrte in das schäumende blaue Wasser hinunter, und Morgans Worte klangen in den Ohren. *Warum seid Ihr dann von zu Hause weggelaufen?* Er hatte natürlich recht mit dieser Frage, aber sie konnte es ihm nicht sagen – ihm nicht und auch sonst niemandem. Jetzt nicht, niemals. *Verführung,* dachte sie zum hundertsten Mal, *ist die einzige Möglichkeit, die du hast.* Aber selbst diese Anstrengung schien zum Scheitern verurteilt.

Was in Teufels Namen mache ich nur falsch? Silver biß sich verzweifelt auf die Unterlippe. Sie war höflich gewesen, auch wenn es ihr furchtbar schwerfiel, hatte sich nett benommen, auch wenn sie lieber den Zorn Gottes auf Morgans Kopf heruntergewünscht hätte. Sie hatte geglaubt, sie könne wenigstens ein bißchen verführerisch sein. Trask nahm ihr das alles nicht ab. Trotzdem wußte sie, daß er sich für sie interessierte. Sie hatte lange genug in einem Wirtshaus gearbeitet, um den heißen Ausdruck in Morgans Augen verstehen zu können, wann immer sie in der Nähe war oder ihn ›zufällig‹ berührte.

Der Major war ganz sicher nicht immun gegen sie. Unglücklicherweise sie auch nicht gegen ihn.

Je mehr Zeit sie mit ihm verbrachte, desto mehr fiel ihr auf, wie gut er aussah. Sie hatte noch nie einen interessanteren Mann gesehen. Obwohl sie nicht kleiner war als die meisten anderen Frauen – wenn sie neben Morgan stand, dicht an seinen breiten, muskulösen Schultern, fühlte sie sich winzig. Und diese Augen! Sie waren so grün, daß sie bodenlos wirkten. Und an den Augenwinkeln entstanden kleine Fältchen, wenn er lächelte, was er allerdings in letzter Zeit nicht oft getan hatte.

Silver seufzte und fragte sich, wer hier wen verführte. Und was die Sache schlimmer machte: Die Zeit wurde knapp. Bis zum Ende der Woche würden sie in Katonga ankommen. Sie mußte sich einfach mehr Mühe geben.

Entschlossen, ihren Plan zur Ausführung zu bringen, verstärkte Silver ihre Anstrengungen, verbrachte immer mehr Zeit auf Deck und immer mehr Zeit in seiner Gesellschaft. Sie stand immer so dicht neben ihm, wie sie es wagte, berührte ihn dann und wann, nur damit er sich ihrer Anwesenheit bewußter wurde. Dennoch kam er ihr nie entgegen und verbrachte kaum je mehr als ein paar Minuten mit ihr.

Im Gegenteil, je mehr Tage vergingen, desto abweisender schien er zu werden. Sie bewunderte seine entschiedene Haltung als Gentleman, obwohl ihre Eitelkeit doch darunter litt und ihre Pläne dadurch ziemlich durcheinander gerieten. Sie wußte, daß sie irgend etwas tun mußte, und zwar bald.

Am zehnten Abend nach ihrer Abfahrt hatte Silvers Enttäuschung einen Höhepunkt erreicht. Major Morgan Trask mußte einfach ihrem schillernden Charme erliegen – so oder so.

»Das Essen war köstlich«, sagte sie am gleichen Abend, als sie ihre Mahlzeit beendet hatten und schob sacht ihren schweren Porzellanteller von sich. »Ihr müßt Cookie sagen, wie gut es mir geschmeckt hat.« Sie warf dem Major ein Lächeln zu. »Jetzt würde ich gern –«

»Ich begleite Euch mit Vergnügen, Miss Jones.« Hamilton Riley sprang mit bewunderndem Gesichtsausdruck auf.

»Ich glaube, ich bin dran.« Wilson Demming griff nach ihrer Hand.

»Wenn Ihr mich bitte entschuldigen würdet«, sagte Morgan. »Ich habe noch zu tun.« Obwohl aus seinem dunklen Blick Kritik zu erkennen war, sagte er nichts weiter. Er schob nur seinen Stuhl zurück und machte sich auf den Weg zu seiner Kajüte.

»Major Trask?« sagte Silver herzlich. »Ich würde gern etwas Wichtiges mit Euch besprechen. Hättet Ihr vielleicht einen Augenblick Zeit für mich?«

Morgan drehte sich um, und sein Gesichtsausdruck war noch finsterer als zuvor. Seine grünen Augen blieben an der Rundung ihrer Brüste über dem tiefen Ausschnitt ihrer Bluse hängen, denn sie hatte den Rand noch tiefer heruntergezogen als sonst.

»Natürlich.«

»Es tut mir leid, Wilson.« Silver warf ihm ein warmes, weiches Lächeln zu. »Wir sehen uns dann morgen.« Sie wandte sich dem Leutnant zu. »Ich wünsche Euch eine gute Nacht, Hamilton.«

»Gehen wir?« sagte Morgan angespannt und griff etwas fester

nach ihrem Arm als ihr recht war. Er half ihr, die Leiter ans Deck hinaufzusteigen und zog sie dann gleich zur Reling am Bug hinüber. Keiner der Männer war in der Nähe. Es war ruhig und dunkel, nur der Mond schien und zeichnete eine glänzende Spur aufs Wasser, der Besanmast knarrte und die Leinen knirschten.

»Also gut. Was gibt es?«

Silver sah zu ihm auf. Warum machte er es ihr so schwer? »Ich wollte Euch nur sagen, wie leid es mir tut, daß ich Euch so viel Ärger gemacht habe.« Sie trat noch etwas näher zu ihm. »Ich weiß, daß Ihr mir immer noch böse seid, und jetzt, wo ich genug Zeit habe, alles zu überdenken, kann ich Euch das nicht übelnehmen.« Sie hängte sich bei ihm ein und spürte, wie sich die Muskeln unter ihrer Hand anspannten.

»Jetzt seht Ihr also, wie falsch Ihr die Sache angefaßt habt«, sagte er spöttisch, und Silver hätte ihn am liebsten verprügelt.

Statt dessen ließ sie seinen Arm los und legte die Hände auf die Reling. Sie wünschte, sie hätte sie zum Zittern bringen können. »Oh, ich hasse den Gedanken, zurückgehen zu müssen immer noch – nein, es ist sogar undenkbar für mich, wieder dorthin zurückzukehren – aber ich verstehe jetzt, daß Ihr Euch meinem Vater verpflichtet fühlt und deshalb nicht anders handeln könnt. Ihr tut nur, was Ihr für nötig haltet.«

Ein Muskel zuckte in Morgans Wange. »Es ist doch erstaunlich, wie Ihr Euch in den letzten Tagen verändert habt. Nicht mehr die eigenwillige kleine Hexe, sondern nur noch die süße Salena Jones, die hofft, ihre Fehler wiedergutmachen zu können.«

»So etwas ähnliches«, sagte Silver.

Morgan sah hinab auf die weichen runden Wölbungen ihrer Brüste, die über ihrem Ausschnitt sichtbar waren. Der Stoff war vom vielen Waschen etwas fadenscheinig geworden, aber doch sauber und weiß – und ließ viel zu viel Haut frei. Und was am schlimmsten war: Sie hatte den Ausschnitt absichtlich so tief heruntergezogen. Mein Gott, er müßte sie eigentlich erwürgen.

Morgan hätte am liebsten laut geächzt, als er sie so sah. Noch ein solcher Abend mit ihren ungeschickten Verführungsversuchen, und er würde durchdrehen. Das Mondlicht glänzte in ihrem Haar, und ihre Haut wirkte fast durchsichtig. Es kostete ihn große Anstrengung, sie nicht auf der Stelle auf das Deck hinunterzuziehen und sie dort zu nehmen.

Gott sei Dank hatten weder Demming noch Riley die Möglichkeit, den Kurs des Schiffes zu ändern – wenigstens nicht, ohne dabei eine Meuterei anzuzetteln. Und er hoffte, daß auch sie nicht so weit gehen würde.

Aber andererseits war er sich da nicht so sicher.

5. Kapitel

Es wird langsam kühl«, sagte Morgan. »Ich glaube, es ist Zeit, unter Deck zu gehen.«

Silver verfluchte ihn im stillen. Der Mann war schwerer zu erstürmen als die Mauer einer Festung. Sie lächelte weich zu ihm auf. »Mir ist es nicht kalt«, sagte sie. »Im Gegenteil, es ist mir eher etwas zu ... warm.« Sie trat noch einen Schritt näher an ihn heran, schlang ihre Arme um seinen Hals, legte den Kopf in den Nacken und schloß die Augen. Genau so war es mit Michael Browning gewesen in dem Augenblick bevor er sie küßte. Wenn ihr Vater sie nicht unterbrochen hätte, wäre es eine angenehme Erfahrung gewesen. Was konnte schon Schlimmes dabei sein, wenn sie Morgan einen kleinen Kuß gab? Vielleicht würde das seinen Widerstand brechen.

Silver wartete einen Augenblick, genoß sein seidiges Haar unter den Fingern und hoffte, sie würde jetzt Morgans Lippen auf den ihren spüren. Als nichts geschah, öffnete sie die Augen.

Und wünschte beinah, sie hätte es nicht getan.

Der Major sah mit einem Glanz in den Augen auf sie herab, den sie nicht so recht einschätzen konnte. Er griff mit beiden Händen in seinen Nacken, faßte ihre Handgelenke und zog ihre Hände weg. »Kommt mit mir«, sagte er mit angespanntem Unterkiefer.

Zögernd ließ sich Silver von ihm unter Deck führen. Was in Gottes Namen hatte sie getan? Er fand sie doch bestimmt nicht derart abstoßend? Silver stolperte neben ihm her und versuchte mit seinen langen Beinen schrittzuhalten. Er zog sie die Leiter hinunter und durch den Salon.

»Entschuldigt uns, meine Herren«, sagte er zu Riley und Demming, die an dem polierten Eichentisch saßen und Dame spielten. Er warf ihnen einen vielsagenden Blick zu und zerrte Silver auf seine Kajüte zu. »Wir möchten nicht gestört werden – außer wenn das Schiff untergeht.« Mit diesen Worten öffnete er die Tür, zog sie ins Zimmer und schloß die Tür fest hinter sich.

»Was – was habt Ihr vor?«

Morgan zog sein Hemd aus dem Hosenbund und begann, die Knöpfe seines Hosenlatzes zu öffnen. »Euch zu geben, was Ihr schon die ganze Woche haben wolltet.«

Silver schluckte schwer. »Ich glaube, da habt Ihr mich mißverstanden.«

Morgan wand sich aus seinem Hemd und warf es über einen geschnitzten Holzstuhl. Als er sich neben sie stellte, und sie sah, wie sich die Musklen in seiner Brust im weichen, gelben Licht der Messinglampe bewegten, fiel es Silver schwer, den Blick wieder zu seinem Gesicht zu heben.

»Also ich habe Euch mißverstanden, ja? Als wir oben auf Deck waren, hatte ich den Eindruck, Ihr wolltet von mir geküßt werden.« Morgan strich ihr mit einem Finger sanft über die Wange, und der Puls in ihrer Halsgrube schlug schneller. Dann legte er einen Arm um ihre Taille und zog sie langsam näher an sich heran, bis sich seine Schenkel an sie drückten und ihr eine Gänsehaut über den Rücken lief. Ihr Herz, das schon heftig schlug, begann wie wild zu hämmern.

»Ihr seid ein gutaussehender Mann... Vielleicht hatte ich daran gedacht zuzulassen, daß Ihr –«

Morgans Mund legte sich auf den ihren und unterbrach ihre Worte. Silver schnappte nach Luft angesichts der brennenden Empfindungen, den Strom von Hitze, der durch ihren Bauch floß. Seine Lippen fühlten sich warm und voll an, seine Haut heiß unter den Händen, die sie auf seine Brust drückte.

Morgans Zunge spielte mit ihren Mundwinkeln, und eine Welle von Schwindel überrollte sie. Sie spürte seine Finger auf ihrem Rücken ausgebreitet liegen und genoß die Bewegung seiner Muskeln in seinen kraftvollen Armen und Schultern. Sie schmeckte den Weinbrand, den er getrunken hatte und öffnete unter seinem sinnlichen Drängen den Mund. Als Morgans Zunge über ihre Lippen strich und sich hineindrängte, wallte ein Strom von Lava durch ihren Körper, und ihre Knie wurden plötzlich so weich, daß sie nicht sicher war, ob sie noch länger stehenbleiben konnte. Mein Gott, es war nicht ihre Absicht gewesen, daß es sich so anfühlte!

Silver begann zu zittern. Sie spielte mit dem Feuer, und sie wußte es. Aber es stand zu viel auf dem Spiel, um jetzt Angst zu bekommen. So lange sie die Sache nicht zu weit gehen ließ...

Morgan vertiefte den Kuß, und Silver legte ihre Arme um seinen Hals.

Dies hatte keinerlei Ähnlichkeit mit dem, was sie bei Michael Browning kennengelernt hatte – wirklich nicht die geringste!

Morgan riß sich von ihr los, und sie versuchte, den Ausdruck in seinem Gesicht zu verstehen. Seine Brust hob und senkte sich, und sein Atem ging beinahe ebenso rauh wie ihrer. »War es das, was Ihr Euch vorgestellt hattet, Silver?«

Unbewußt hob sie die Hände zu den Lippen und berührte sie, denn sie waren noch immer warm und kribbelten nach der Wärme von Morgans Mund. »Da – da bin ich nicht so sicher.« Es kam selten vor, daß ihr die Worte fehlten oder daß sie sich unsicher fühlte, aber diesmal fühlte sie sich unsicher.

Morgans Augen schienen zu glitzern. Sie wußte nicht genau warum.

»Vielleicht«, sagte er, »würdet Ihr auch etwas mehr Leidenschaft vorziehen?« Er festigte den Griff um ihre Taille und drückte sie gegen seine ganze Länge. Dann küßte er sie hart, so daß ihr Mund schmerzte und ihre weichen, rosa Lippen flachgedrückt wurden. Als sie sich zu wehren versuchte, drängte er rauh seine Zunge zwischen ihre Zähne, und Silvers Augen wurden groß.

Sie versuchte, sich loszumachen, aber Morgans Arme legten

sich fest um sie und hielten sie wie zwei Stahlbänder. Eine Hand preßte sich auf ihren Rücken, und die andere glitt immer weiter hinab und legte sich um die Rundung ihres Hinterns, um sie noch enger an ihn zu drücken. Sie spürte etwas Hartes und Pochendes, das heiß und stramm an ihr lag und keinen Zweifel daran ließ, worum es sich handelte.

Silver verspannte sich, und ihre Unsicherheit verwandelte sich in Angst. Als sie noch einmal versuchte, sich mit einer Wendung zu befreien, verlagerte Morgan sein Gewicht, hob sie hoch, und einen Augenblick später schon lag sie flach auf dem Bett unter ihm.

»Laßt mich los!«

»War es das, was Ihr wolltet, Silver?« Eine große Hand legte sich auf ihre Brust und knetete sie gnadenlos. Mit einem seiner langen sehnigen Beine hielt er ihre beiden Beine fest und zog ihr dann die Hände nach oben über den Kopf. Mit einer Hand schob er ihren Rock und Unterrock hoch, und seine Finger fanden schnell das Taillenband ihrer dünnen Baumwollunterhosen. Er zog die Schleife auf und schob den Stoff mit einem Ruck hinunter, so daß die weiche, weiße Haut ihres Bauches bloßlag.

»Soll ich weitermachen?« sagte er verlockend, und seine Handfläche streichelte die glatte, flache Oberfläche unter ihrem Nabel, drohte tiefer zu rutschen, zu dem Dreieck weicher blonder Löckchen, das nur noch Millimeter unterhalb seiner Hand begann. »Hat Euer Vater Euch außer als Hexe auch als Hure erzogen?«

Angesichts des haßerfüllten Tons in seiner Stimme gab es einen Kurzschluß in Silvers Kopf. Ein Schutzinstinkt wurde in ihr wach, der sich aus ihrem früheren Leben entwickelt hatte und der so wild und so ursprünglich war, daß sie das Gefühl hatte, sie würde zerspringen.

»Laßt mich los!« kreischte sie. »Nehmt Eure Hände weg, verdammter Hundesohn, sonst bringe ich Euch um, das schwöre ich.«

Morgans Mund, von dem kaum mehr als eine schmale, entschlossene Linie übrig war, verzog sich zu einem vorwurfsvollen, unechten Lächeln. »Na also, da haben wir sie ja. Die süße Salena macht der herzlosen Hexe Silver Jones Platz.«

Unter ihm wand und sträubte sich Silver und versuchte, sich von ihm zu befreien, aber Morgan hielt sie fest. Er lachte leise und herzlos. »Was ist denn, Süße? Haben Euch meine Küsse doch nicht so gut gefallen?«

»Wenn Ihr mich noch einmal anfaßt, bringe ich Euch um.«

»Das habt Ihr schon gesagt, aber...« Seine Finger bewegten sich lässig von ihrem Bauchnabel zum Rand ihrer Unterhosen, glitten über ihre nackte Haut und brachten sie zum Kribbeln. »Vielleicht ist es mir das Risiko wert.«

Silver wand sich und bog ihren Rücken durch, konnte sich aber aus seinem Griff nicht befreien. »Ich hasse Euch!«

Morgan lachte laut, was in der Enge des Zimmers rauh und hart klang. »Wißt Ihr, Silver, ich glaube, so gefallt Ihr mir besser. So wissen wir wenigstens, woran wir sind.«

»Ihr habt es also gewußt, stimmt's? Ihr habt die ganze Zeit gewußt, was ich vorhatte.«

»Ich denke, ich habe ein oder zweimal gehofft, ich hätte mich getäuscht.«

Was meinte er denn damit?

»Ich bringe Euch nach Katonga zurück, Silver. Und nichts was Ihr tut, kann daran etwas ändern.« Morgan zog ihre Unterhose wieder über die Hüften hinauf und schlug die Röcke wieder hinunter.

Ihr Gesicht wurde sehr rot, aber sie zwang sich, ihn anzusehen. »Wenn ich eine herzlose Hexe bin, Morgan Trask, dann seid Ihr ein grausamer Hundesohn.«

Morgan knurrte nur. »Manche Leute würden wahrscheinlich sagen, daß wir hervorragend zusammenpassen.«

Morgan ließ ihre Handgelenke los und stand lässig auf.

Er machte sich nicht die Mühe, die dicke, harte Schwellung

vorn an seiner Hose zu verbergen, sondern nahm nur sein Hemd und zog es an. Er ging ohne einen weiteren Blick hinaus und schlug die Tür hinter sich zu. In diesem Augenblick wurde Silver klar, daß Hamilton Riley und Wilson Demming sie hatten in die Kajüte gehen sehen. So wie er sich benommen hatte, vermuteten sie jetzt sicher das Schlimmste.

Zum Teufel mit ihm! Sie haßte ihn dafür, daß er so mit ihr umgegangen war, und sich selbst haßte sie sogar noch mehr.

Tränen standen brennend in ihren Augen, aber sie blinzelte sie schnell weg. Trask war ein Mann, sonst nichts. Es war nicht von Bedeutung, was er machte; sie würde sich nicht von ihm unterkriegen lassen. Genaugenommen war der Ärger, den sie spürte, mehr gegen sich selbst gerichtet als gegen ihn. Trask hatte sie nur in dem gefährlichen Spiel, das sie spielten, übertroffen. Ein anderer Mann hätte vielleicht nicht an der gleichen Stelle aufgegeben. Ein anderer Mann hätte vielleicht die schrecklichen Dinge getan...

Silver schauderte angesichts der schmerzlichen Erinnerung und schwang ihre Füße seitlich von Trasks Bett. Sie fühlte sich leer und gedemütigt, aber doch seltsam aufgedreht. Vielleicht sollte sie dem Major sogar dankbar sein, dachte sie mit einer Spur von Bitterkeit. Denn in jenen kurzen Augenblicken, bevor sein Kuß grausam geworden war, hatte Trask etwas in ihr geweckt, von dessen Existenz sie nichts gewußt hatte.

Trask hatte Leidenschaft fühlen lassen.

Nach all dem, was in Katonga geschehen war, war sie nicht sicher gewesen, ob sie diese Art von Gefühl jemals würde empfinden können. Michael Browning hatte kaum mehr als ein angenehmes Kribbeln in ihr hervorgerufen. Und eine einfache Berührung von Morgans Lippen hatten ihre in Feuer verwandelt.

Verfluchter Kerl! Warum mußte es ausgerechnet ein launischer, arroganter Grobian wie Morgan sein? Ein Mann, den sie eindeutig haßte. Die Art und Weise, in der er mit ihr umging war unentschuldbar. Er war einer von der übelsten Sorte. Aber was hätte sie anderes erwarten sollen? Er war ein Freund ihres Vaters. Offensichtlich waren sich die beiden ziemlich ähnlich.

Morgan löste Jeremy Flagg, den schlaksigen zweiten Maat mit den schrägen Zähnen, ab und übernahm das Steuer selbst. Das glatte, verwitterte Holz fühlte sich gut an unter den Händen, zuverlässig und solide und fest. Ein Schiff war etwas, worauf ein Mann zählen und sich verlassen konnte, selbst bei rauher See. Nicht so wie eine Frau. Und überhaupt nicht wie diese Hexe Silver Jones.

Er hätte sie nicht küssen sollen. Wenigstens nicht so, wie er sie zuerst geküßt hatte. Er hatte es auch nicht vorgehabt, als er sie die Leiter hinunter zu seiner Kajüte zerrte. Er hatte sie bestrafen wollen, ihr eine Lektion erteilen wollen darüber, was geschehen konnte, wenn man mit einem Mann wie ihm zu spielen versuchte.

Und dann hatte sie zu ihm aufgesehen, und er hatte jenen eigentümlichen Funken in ihren Augen gesehen. Wie betrügerisch auch immer die Spiele sein mochten, die sie spielten, jene beiden dunklen Seen sagten immer die Wahrheit. Und er hatte Begehren in ihren Augen gelesen – ohne Schauspielerei, ohne Trick – Begehren, einfach und klar.

Und Morgan mußte einfach versuchen, wie es sich anfühlte. Er konnte einfach nicht anders. Und was noch viel schlimmer war – dieses Gefühl, sie in den Armen zu halten und seinen Mund auf ihren zu drücken war so faszinierend gewesen, daß er es nie mehr vergessen würde. Lippen so zart wie Rosenblütenblätter, Haut so weich und glatt wie Seide. Er konnte immer noch ihren weiblichen Duft wahrnehmen, der an seinen Kleidern hing.

Morgan bereute kaum, wie er mit ihr umgegangen war. Sie hatte Glück, daß sie an ihn geraten war und nicht an jemand anderen. Jeder andere Mann hätte sich nicht damit zufriedengegeben, ihre Röcke durcheinanderzubringen! Genaugenommen hatte auch Morgan einen eisernen Willen aufbringen müssen, um nicht noch weiterzugehen. Wenn nicht die Erinnerung an William wäre, hätte er wahrscheinlich nicht von Salena abgelassen, bis er mit ihr geschlafen hatte.

Andererseits fragte er sich immer wieder: Hätte sie ihn denn gewähren lassen, wenn sie ihr Spiel ungehindert hätte weiter spielen können?

Morgan fluchte laut, voller Ärger darüber, daß eine so eigensinnige Frau wie Salena ihn in ihr Netz hatte locken können. Was würde William sagen, wenn er wüßte, was Morgan dachte?

Vor fünfzehn Jahren war es nur der schnellen Intervention von William Hardwick-Jones zu verdanken gewesen, daß er nicht im Gefängnis von Newgate gelandet war. Morgans Vater, einst Berater des Königs, war gestorben, als Morgan zwölf war, und seine Mutter hatte nur wenig länger gelebt. Morton Praxton, der Bruder seiner Mutter, war gezwungen gewesen, sich um Morgan und Brendan zu kümmern.

Morgan biß angesichts der Erinnerung die Zähne zusammen, auch wenn sein Ärger eigentlich hätte längst verraucht sein müssen. Praxton war ein bösartiger, geiziger Mann, der Morgan fortlaufend provozierte. Wie hart auch immer er an seinen Schularbeiten saß, es war nie genug. Wie lange er auch arbeiten mochte, es war immer zu kurz.

Morgan, der an diese Art der Behandlung nicht gewöhnt war, hatte verbissen zu rebellieren begonnen, wobei er in eine Auseinandersetzung nach der anderen geriet. Die jungen Männer, mit denen er zu tun hatte, tranken zu viel und duellierten sich bei jeder Gelegenheit. Eines Nachts dann, als er mit seinen Freunden in einer Kneipe auf den Putz haute, beleidigte der Erbe der Marquise von Devon die Kneipenmagd, auf die Morgan es abgesehen hatte, und Morgan forderte ihn zum Duell.

In einem Säbelduell, das am folgenden Morgen stattfand, tötete der fünfzehnjährige Morgan Trask den Viscount Halsey.

Der einzige Mann, der Morgan als möglicher Helfer in den Sinn kam, war William Hardwick-Jones, ein alter Freund seines Vaters, den Morgan immer bewundert und respektiert hatte. Ein Mann, der ihm sicher helfen würde. William zögerte nicht. Er besorgte für Morgan und Brendan Plätze auf dem nächsten Schiff, das aus Liverpool England verließ, und gab ihnen genügend Geld, um in Amerika ein neues Leben zu beginnen.

Morgan Trask stand in der Schuld des Grafen von Kent und war verpflichtet, ihm zu helfen.

Und entsprechend würde er Salena nach Hause bringen, egal wie.

Das ruhige Gleichmaß ihres Lebens, an das sich Silver gewöhnt hatte, veränderte sich drastisch nach ihrem Zusammenstoß mit Morgan. Sowohl Leutnant Riley als auch Wilson Demming gingen ihr aus dem Weg. Sie waren freundlich, ja, aber in ihren Augen war sie jetzt eben die Frau des Majors. Silver fand den Gedanken sehr ärgerlich, wollte sich aber dem allen nicht beugen. Sie sollten doch denken, was sie wollten. Wenn sie erst in Katonga waren, würde sie sie sowieso alle nie wiedersehen.

Morgan ging ihr jetzt noch mehr aus dem Weg als vorher, und das war Silver durchaus recht. Oh, er war schon höflich – viel zu höflich. Jedesmal, wenn er den Mund zu einem herzlichen »Hallo« öffnete, hätte ihm Silver am liebsten eine Ohrfeige gegeben. Denn jedesmal, wenn sie jene schöngeschnittenen, oh so sinnlichen Lippen ansah, erinnerte sie sich daran, wie sie sich auf den ihren anfühlten. Sie erinnerte sich an die seidige Wärme seiner Zunge, den männlichen, mit Weinbrand aromatisierten Duft seines Atems.

Die Erinnerung schien wie eingebrannt in ihr Gehirn. Und doch war sie sicher, daß ihre Begegnung für Morgan nur ein weiteres Mittel gewesen war, seine Autorität zu beweisen. Aus dem was Jordy gesagt hatte, entnahm sie, daß er in jedem Hafen Frauen hatte. Ein Kuß bedeutete nichts für ihn.

Unbewußt ballte Silver die Fäuste. Sie saß auf einer Kiste an Deck, die Sonne schien hell über ihr, sie sah über das Meer hinaus und war so in Gedanken versunken, daß sie das Schwirren der fliegenden Fische kaum wahrnahm, die neben dem Schiff aus dem Wasser auf- und wieder eintauchten. Wahrscheinlich war ein ganzer Schwarm in der Nähe, dachte sie, und im selben Augenblick landete einer mit einem Plumps auf dem Deck.

Das arme, schuppige Wesen sah so unglaublich hilflos aus, wie es da zu ihren Füßen auf den Holzplanken lag und nach Luft schnappte. Der Gedanke, das glitschige Tier anzufassen, gefiel ihr nicht besonders, aber sie konnte es nicht ertragen, es leiden zu sehen.

Ein leises Maunzen ganz in der Nähe ließ sie schließlich schnell handeln. Silver hob den Fisch an seiner durchsichtigen, drahtigen Flosse hoch, rannte zur Reling und warf ihn genau in jenem Augenblick ins Wasser, als Sogger eilig die Leiter hinaufgestiegen kam.

»Entschuldige, mein Freund«, sagte sie mit einem mitleidigen Lächeln. »Du wirst dich noch eine Weile mit Ratten zufriedengeben müssen.« Sie fühlte sich beinah schuldig. Jeder genoß schließlich ein gutes Fischessen ab und an, warum nicht auch Sogger? Sie streckte die Hand nach seinem zerrauften, orangegestreiften Fell aus und kratzte ihn hinter einem seiner arg mitgenommenen zerfetzten Ohren, die wahrscheinlich das Ergebnis einer der Schlachten waren, die er gekämpft hatte.

»Wenigstens *du* hast mich noch nicht verlassen«, sagte sie, und bemerkte dann erst die glänzenden braunen Stiefel, die in ihrem Gesichtsfeld auftauchten. Ihr Blick folgte ihnen nach oben bis zu einem Paar langer schlanker Beine. Sie hob den Blick zu seinem Gesicht.

»Und Ihr glaubt, ich habe es getan?«

Silver wurde rot, auch wenn sie sich die größte Mühe gab, es nicht zu tun. »Genaugenommen bin ich Euch dankbar dafür, Major. Je weniger ich von Euch sehe, desto besser.«

Trask antwortete nicht. Von hinten beleuchtet durch die grelle Sonne der Karibik sah er noch größer aus als sonst. Sie hatte noch nie einen Mann mit so breiten Schultern und so schmaler Taille gesehen. Die Beine leicht breitgestellt weil das Schiff schaukelte, spannten die Muskeln seiner Schenkel den Stoff seiner engen Hosen. Und ebenso das volle Gewicht seines Geschlechts.

»Dann wird es Euch freuen zu erfahren«, sagte er, »daß wir übermorgen in Katonga ankommen werden. Und dann seid Ihr mich endgültig los.«

»Es gibt immer einen Grund, dankbar zu sein.«

»Ja…« Trask wollte fortgehen, drehte sich dann aber noch einmal um. »Da ist nur eines, was ich noch gern wissen würde.«

Silver betrachtete ihn mißtrauisch. »Und zwar?«

»Was in meiner Kajüte geschehen ist… Ich habe mir Gedanken über jenen Kuß gemacht…«

Silver spannte sich. Sie hätte wissen müssen, daß der Grobian niemals den Gentleman spielen und das Ereignis einfach vergessen würde. Dann kam ihr aber noch ein anderer Gedanke: Immerhin hatte der Major auch darüber nachgedacht. »Und, was ist damit?«

»Am Anfang… war das Theater, oder ist es möglich, daß es Euch Spaß gemacht hat, ein wenig zumindest?«

Verdammter Kerl! Mit seiner verfluchten Arroganz! »Wie Ihr schon deutlich festgestellt habt, Major Trask, bin ich eine herzlose Hexe. Natürlich war das Theater.«

»Natürlich«, sagte er kalt. »Und ich wünsche viel Vergnügen auf dem restlichen Stück der Reise.«

Silver sah ihm nach und fragte sich, warum der Gedanke, daß sie ihn nie wiedersehen würde so etwas wie einen Schatten auf ihre Laune warf. Er war ihr egal; warum sollte es anders sein? Sie war ihm sicher egal. *Das liegt nur daran, daß du wieder zurückgehst,* versicherte sie sich, an dem schrecklichen Wissen, daß sie nur noch zwei Tage Freiheit vor sich hatte – unter diesen Umständen.

»Guten Tag, Miss Jones.« Jordy schlenderte zu ihr, die Augen scheu gesenkt.

»Hallo, Jordy.«

»Netter Tach heute, nich'?«

»Tag«, korrigierte sie ihn.

»Tag.«

Silver seufzte und sah auf das Meer hinaus. »Vermutlich.«

»Euch geht's schlecht, weil Ihr wieder nach Hause müßt, stimmt's – nicht wahr?«

»Ja, Jordy, genau.«

Einen Moment lang wirkte er unsicher. »Ich denk', Ihr müßt doch froh sein, daß Ihr so was habt – ich mein', ein Zuhause. Käpt'n Trask sagt, Euer Papa ist ein Graf. Also seid Ihr reich. Wahrscheinlich wohnt Ihr in einem schicken großen Haus wie ein Käpt'n.«

Also hatte Trask Geld. Kein Wunder, wenn ihr Vater ihn Freund nannte. »Ein Haus ist nicht unbedingt ein Heim, Jordy, egal, wie elegant es sein mag. Du hast an Bord dieses Schiffes mehr Menschen, denen etwas an dir liegt als ich in meinem ganzen Leben je hatte.«

Darüber dachte Jordy eine Weile nach. »Euer Vater bezahlt 'n Haufen Gold, um Euch zurückzukriegen. Das muß doch heißen, daß ihm was an Euch liegt.«

Silver spürte ein unwillkommenes Brennen hinter den Augen. *Wenn es nur so wäre.* »Du kannst das nicht verstehen, Jordy. Cookie und der Major kümmern sich um dich, weil sie wollen, daß es dir gutgeht.«

»Ich bin schon fast erwachsen«, sagte Jordy mit einem festen Zug um das Kinn, den sie noch nicht an ihm gesehen hatte. »Sie werden sich nich' mehr lange um mich kümmern können. Ich muß 'ne Möglichkeit finden, mich um mich selbst zu kümmern.«

Silver griff nach seiner Hand. »Ich weiß genau, was du meinst.« Sie spürte die Schwielen in seiner Hand. Dann zog er sie weg.

»Eine Frau sollte sich nicht um sich selbst kümmern müssen«, sagte er und sah plötzlich älter aus. »Wenn Ihr einen hättet, der sich um Euch kümmert, würdet Ihr vielleicht nicht rumlaufen müssen und Euch benehmen wie ein Mann.«

»Genug damit, Matrose«, sagte Jeremy Flagg, und Silver war dankbar, daß er ihr Gespräch unterbrach. »Cookie braucht deine Hilfe in der Kombüse.«

»Aye, Mr. Flagg.« Mit einem letzten Blick auf Silver drehte er sich um und ging fort.

»Tut mir leid, Madam. Jordy hat's nicht böse gemeint; er ist jung, das ist alles.«

Silver nickte nur. »Vielen Dank, Mr. Flagg.« Sie zwang sich zu einem Lächeln, nach dem sie sich nicht fühlte. »Ich denke, ich gehe unter Deck.«

Dort blieb sie auch eine Weile, las, versuchte vergeblich, ihre Gedanken abzulenken. Als alle Versuche scheiterten und die Kajüte sich von der Nachmittagssonne erhitzte, kehrte sie auf das Deck zurück.

Sie war noch nicht lange dort, als der Ausguck ein Schiff hart vor Steuerbord ausmachte. Es war ein schlanker, weißer Schoner von etwa derselben Größe wie die *Savannah*. Der Wind hatte sich gelegt und das Meer war ruhig, so daß die beiden Schiffe sich nur sehr langsam aufeinander zu bewegten. Offensichtlich kannte Trask das andere Schiff, denn als die *Rivalin* sich näherte, refften beide Schiffe die Segel, um längsseits zu gehen.

Silver sah zu, wie die Matrosen auf beiden Schiffen metallene Enterhaken über die Reling warfen und dicke Hanfstoßdämpfer herunterließen; dann begannen sie, die Schiffe zueinanderzuziehen.

Silver gefiel die schmale Form der *Rivalin*, und sie sah den Männern an Bord zu, wie sie hastig den Befehlen ihres Kapitäns nachkamen. Sie war ein sauberes, gut in Schuß gehaltenes Schiff, ganz ähnlich wie die *Savannah*. Nur daß sie in die entgegengesetzte Richtung fuhr.

Silvers Herz tat einen schweren Extraschlag. Die *Rivalin* fuhr Richtung Westen, zurück nach Amerika. Wenn sie eine Möglichkeit fand, an Bord zu gehen, sich zu verstecken, ohne daß es jemand bemerkte, würde sie vielleicht doch noch gerettet werden.

»Und solltet Ihr auch nur daran denken, hinübergehen zu wollen«, warnte sie Trask, indem er sich neben sie stellte, »dann werde ich Euch in meiner Kajüte einschließen, bis sie wieder fort ist.«

Silver unterdrückte ein schuldbewußtes Erröten. »Ich bin nicht verrückt, Major Trask. Es ist doch ganz offensichtlich, daß Ihr mich schon in dem Augenblick sehen würdet, in dem ich auch nur einen Fuß über die Reling setze.«

»Da ist ja noch das Wasser«, sagte er sarkastisch.

»Wäre möglich, wenn es dunkel wäre, aber ich bezweifle, daß ich es am hellichten Tage schaffen könnte.«

Trask betrachtete sie prüfend. »Das solltet Ihr nicht vergessen. Ich habe keine Lust zum Schwimmen.«

Er ging fort, und Silver seufzte ergeben. Selbst wenn es ihr gelingen sollte, auf die andere Seite zu kommen, ohne entdeckt zu werden, fand sie wahrscheinlich keine Möglichkeit, an Bord zu klettern. Während sie das dachte, trat Morgan über die Steuerbordreling und kletterte mit knappen Bewegungen die wenigen Stufen der Strickleiter hinauf, die an der Seite der *Rivalin* hing. Da sie offensichtlich weniger schwere Ladung an Bord hatte als die *Savannah*, ragte das andere Schiff weiter aus dem Wasser.

Verdammt, wenn sie nur irgendwie heimlich hinüber könnte! Silver schaute zur Reling. Sowohl Demming als auch Riley standen dort, offensichtlich auf Wache. Ein Pelikan kreischte über ihren Köpfen, und Silver sah auf. Die hohen doppelten Masten der *Savannah* schwankten sanft vor und zurück. Nur ein kleines Stück daneben hoben und senkten sich auch die Masten und die Takelage der *Rivalin*, wobei sie die des anderen Schiffes gelegentlich beinahe berührten.

Silvers Augen weiteten sich in einem plötzlichen Hoffnungsschimmer. Vielleicht gab es doch eine Möglichkeit! Sie zögerte nur ganz kurz und rannte dann sofort unter Deck. In ihrer kleinen Kajüte fand sie Jordeys fadenscheinige Hosen und sein Hemd – die ersten, die er ihr geliehen hatte – gewaschen, getrocknet und zum Anziehen bereit, was sie eilig tat. In Trasks Kajüte wühlte sie in einer Truhe und fand eine enge Seemannskappe, unter die sie ihr langes Haar stopfte, so daß es verschwand. Sie band das Hemd um die Taille mit einem Stück Schnur zusammen und betrachtete sich dann in dem zerbrochenen Spiegel. Sie konnte ihr Gesicht unter dem Rand der Kappe kaum sehen, und auch wenn sie den Rest ihrer Kleidung nicht betrachten konnte, nahm sie an, daß sie vermutlich unbemerkt zwischen der Mannschaft hindurchgehen konnte, da die Männer alle beschäftigt waren.

In gehörigem Abstand von der Steuerbordreling, an der Demming und Riley Wache hielten, machte sich Silver an Deck auf den Weg nach Backbord. Die waagerechten, geteerten Hanfverstrebungen der Webeleine würden sie hinauf bis zum Rahnock tragen, jenem großen Querbalken, der über die Seiten des Schiffes hinausragte. Auch an anderen Stellen arbeiteten Seeleute in der Takelage, also achtete niemand auf sie, als sie hinaufzuklettern begann.

Gott sei Dank herrschte nur eine leichte Brise, dachte sie, als sie immer höher und höher hinaufstieg. Sie haßte es fast genauso, an hohen Plätzen zu sein, wie sie Ratten haßte. Bei kräftigem Wind würde das Schwanken und Schaukeln, das bei jedem ihrer ängstlichen Schritte aufwärts schlimmer wurde, sogar ein beherzteres Gemüt als das ihre zum Wanken bringen.

Obwohl Silver sich viel Zeit ließ und vorsichtig weiterkletterte, rutschte plötzlich einer ihrer nackten Füße von den Streben, und nur ihr eiserner Griff an den Seilen verhinderte, daß sie herunterfiel. Der harte, geteerte Hanf schnitt in ihre weiche Haut, und das Schaukeln des Schiffes verursachte ihr Schwindel.

Nicht hinuntersehen, sagte sie sich fest, zwang sich, einen Fuß vor den anderen zu setzen und kümmerte sich nicht um das Deck unter sich, das inzwischen schon mehr wie ein Spielzeugschiff in der Flasche aussah und nicht wie ein Schoner von fünfzig Meter Länge. An Bord der *Rivalin* schien alles in Ordnung zu sein. Matrosen arbeiteten, schrubbten die Decks oder flickten die Segel. Dann sah sie Morgan Trask unter Deck hervorkommen, neben sich einen gedrungenen Mann.

Sorg dafür, daß er weiterredet, betete sie im stillen und erreichte endlich den massiven Fichtenmast, der direkt unter dem Topsegel hing. Über ihr schwankte der weit hinausragende Rahnock mit dem Schiff in der Dünung, und die Takelage knirschte in der auffrischenden Brise. Silver schlang beide Beine um den schweren Balken, legte auch ihre Arme darum herum und rutschte ganz langsam auf das Ende zu, das über das Wasser hinausragte. Es schien Stunden zu dauern, bis sie die Mitte erreicht hatte, auch wenn es eigentlich nur Minuten waren.

Sie hatte keine Zeit zu verlieren, also holte sie tief Luft, um sich Mut zu machen und bewegte sich weiter nach vorn, Stückchen für Stückchen. Am letzten Stück des Rahnock angekommen, wartete sie einen Augenblick. Der Fockmast der *Rivalin* reichte fast gleich hoch in die Luft hinaus wie der der *Savannah*, vielleicht ein winziges Stückchen höher. Der Rahnock befand sich einen knappen halben Meter rechts von ihr. Wenn unten eine Welle das Schiff schaukelte, senkte sich der Rahnock etwas und war nur ein paar Zentimeter außerhalb von Silvers Reichweite.

Sie griff nicht danach.

Ihre Hände waren schlüpfrig von Schweiß, und ihr Körper hatte angefangen zu zittern. Wenn sie danebengriff, erwartete sie der sichere Tod zwanzig Meter unter sich. Silver wischte sich die Hände an Jordeys Segeltuchhosen ab, schloß die Augen und holte noch einmal tief Luft. Als sie die Augen wieder öffnete, sah sie Morgan Trask wieder zurück an Bord der *Savannah* steigen, während die Enterhaken losgemacht wurden. Das bedeutete: Jetzt oder nie.

»Wo ist Silver?« fragte Morgan Riley, sobald er das Deck der *Savannah* wieder betreten hatte.

»Sie ist unter Deck gegangen«, sagte Riley.

»Käpt'n Trask!« Jordy raste auf ihn zu, seine nußbraunen Augen waren weit vor Angst. »Da ist Miss Jones!« Als er neben Morgan stand, hielt er sich die Hand schützend über die Augen und zeigte in die Takelage hinauf. »Ich glaube, sie sitzt da oben und versucht gerade, zum andern Schiff rüberzusteigen.«

Als Morgan hinaufsah zu der winzigen Gestalt, die sich da oben krampfhaft am Rahnock festhielt, zog sich sein Magen so heftig zusammen, als hätte ihn jemand getreten. Er hatte keinen Augenblick Zweifel daran, daß das Silver war.

»Ich hab' diesen Mann da oben in der Takelage gesehen«, sagte Jordy gerade. »Irgendwas an seinen Bewegungen kam mir komisch vor.«

»Herr im Himmel«, sagte Hamilton Riley, als er ihrem Blick nach oben gefolgt war. »Was tun wir jetzt?«

»Ihr müßt sie da runterholen, Käpt'n!« flehte ihn Jordy an.

»Keine Zeit«, sagte Morgan. Und er hatte recht. Zu ihr hinaufzurufen würde sie nur ablenken und die Gefahr für sie vergrößern. Morgan konnte außer dastehen und hinaufsehen wirklich nichts tun. Seine Brust fühlte sich an wie aus Brei, und sein Magen krampfte sich sogar noch fester zusammen. Die nächsten paar Sekunden würden zeigen, ob Silver Jones leben oder sterben würde.

Jetzt oder nie, wiederholte sie noch einmal. Als der Rahnock wieder auf sie zukippte und so gerade in ihre Reichweite kam, biß Silver die Zähne zusammen und streckte die Hände danach aus, in der Hoffnung, ihre Finger würden Halt finden. Sie spürte den massigen Holzbalken unter den Fingern, griff noch fester zu und zog sich hinüber, vom Schaukeln des Schiffes unterstützt und getragen.

Mit so schwer klopfendem Herzen, daß sie es hören konnte,

klammerte sie ihre Beine um den Rahnock und hielt sich fest, so gut sie konnte. Das Schiff schwankte nach Steuerbord und Silvers Griff hielt. *Ich habe es geschafft! Herrgott, ich habe es geschafft!*

Sie hatte nur wenige Sekunden Zeit, bis die Mannschaft der *Rivalin* wieder in die Takelage klettern würde, um die Segel zu setzen und zur Abfahrt bereitzumachen. Sie mußte über die Webeleine wieder hinunterklettern und sich unbemerkt unter die Leute mischen. Und dann würde sie sich ein Versteck suchen.

Sie konnte kaum glauben, daß sie es schon bis hierhin geschafft hatte. *Bitte, lieber Gott*, betete sie, *du mußt mir meine Freiheit geben*!

6. Kapitel

Morgan bemerkte nicht, daß er die Luft angehalten hatte, bis er erleichtert aufatmete. Silver war immer noch in Gefahr, aber der schlimmste Augenblick war vorüber. Abgesehen davon, fluchte er im stillen, würde er sie persönlich erwürgen, falls sie nicht herunterfiel und sich den Hals brach.

»Gebt der *Rivalin* Zeichen – sie sollen wieder längsseits kommen«, befahl Morgan. »Und dann laßt ein Landungsboot ins Wasser.«

»Zu Befehl, Käpt'n.« Wilson Demming wandte sich einem der Männer zu, gab den Befehl weiter und sah zu, wie die farbigen Fähnchen entrollt wurden, mit denen das Signal an das andere Schiff weitergegeben wurde.

Inzwischen starrte jeder Mann an Deck wie gebannt hinüber zu der kleinen Gestalt, die eilig durch die Takelage der schnell verschwindenden *Rivalin* abwärts kletterte. Es gab niemanden mehr, der noch nicht gehört hatte, wer das war und wie genau sie dorthingekommen war. Und jeder von ihnen bewunderte ihren Mut, selbst wenn er sich dachte, daß sie doch reichlich verrückt sein müsse.

»Benson und Gordon sollen rudern«, sagte Morgan zu Jeremy Flaggs und ging auf die Steuerbordreling zu, als das Landungsboot zu Wasser gelassen wurde und mit einem Klatschen unten ankam. Er stieg mit den anderen über die Reling, kletterte die Strickleiter hinunter und das Landungsboot machte sich auf den Weg zu dem anderen Schiff. Als Morgan schließlich die *Rivalin* erreichte, war er so unglaublich wütend, daß er kaum sprechen konnte.

»Was ist los?« fragte Call McWhorther, als Morgan über die Reling stieg. Der mächtige Kapitän war nur wenig kleiner als Trask, untersetzt und mit lockigem braunen Haar. Er war freundlich und gescheit, und seine Männer mochten ihn. Morgan kannte ihn schon seit Jahren. Auf sämtlichen Meeren gab es keinen besseren Mann.

»Ihr habt etwas, das mir gehört«, sagte Morgan, obwohl er die Worte kaum herausbrachte, weil er sich so sehr beherrschen mußte.

»Wie kann das sein?«

»Sie ist über den Rahnock hinübergeklettert.«

»Sie?« wiederholte der andere ungläubig.

Morgan knurrte nur.

»Wo ist sie jetzt?« fragte Call eindringlich.

»Irgendwo muß sie sein, wahrscheinlich unten im Laderaum.« *Und ich hoffe, das verfluchte Ding ist voller Ratten!* fügte er im stillen hinzu.

»Ich lasse die Männer das Schiff durchsuchen.«

Schon nach wenigen Minuten wurde eine erstaunlich friedliche Salena von drei kräftigen Matrosen an Deck gebracht. Morgan erkannte, daß der bittere Ausdruck in ihrem Gesicht Entmutigung bedeutete. Sie blieb wie angewurzelt stehen, als sie ihn neben dem Kapitän stehen sah.

»Wie habt Ihr – was habe ich getan, daß Ihr mich so sehr haßt?«

»Was Ihr getan habt?« wiederholte er. »Was habt Ihr nicht getan?«

Silver wandte sich an McWhorther, ihre großen braunen Augen waren voller Flehen. »Kapitän, ich bitte Euch. Dieser Mann hält mich gegen meinen Willen gefangen. Ich bitte Euch inständigst, mir zu helfen.«

McWhorther lachte leise und mit einem schweren Grollen in der Brust. Seine Augen prüften Silvers engsitzende Hosen, hoben sich zu dem Stück Schnur, das sie um ihre Taille gebunden hatte, dann weiter aufwärts zu der Rundung ihrer Brüste, die kaum durch das fadenscheinige Hemd verborgen wurden.

»Ich würde Euch vielleicht glauben, Mädchen, wenn es sich nicht gerade um diesen Mann hier handeln würde. Er mag seine Frauen gern sanft und wohlerzogen. Ihr seid wohl kaum seine Kragenweite.« Er lachte noch einmal. »Andererseits dürfte dieser reife kleine Körper, den Ihr da habt, schätzungsweise jeden Mann reizen, das muß ich schon zugeben.«

»Ich bringe sie zu ihrem Vater zurück«, erklärte Morgan. »Sobald wir in Katonga sind, werde ich diese eigenwillige kleine Last ein für allemal lossein.« Er packte Silver am Arm und zerrte sie so heftig herüber, daß ihr die Kappe herunterfiel. Ihr wildes, blaßblondes Haar fiel lose um ihre Schultern, und der Kapitän zog eine Augenbraue hoch.

»Sagt es lieber nicht«, warnte ihn Morgan, denn er wußte, daß sein Freund bemerken wollte, daß sein Appetit auf diese junge Frau weiter zunahm. »Außerdem kennt Ihr sie nicht so gut wie ich. Sie ist die Mühe nicht wert.«

Diesmal lachte der Kapitän herzlich. »Ich weiß nicht, ob ich Euch da zustimmen kann, mein Freund. Aber ich wünsche Euch Glück.«

Morgan zog Silver auf das Landungsboot zu, half ihr die Strickleiter hinunter und beim Hinsetzen. Auf dem ganzen Weg zurück zu seinem Schiff wuchs sein Zorn weiter. Ein Problem nach dem anderen, und das alles nur wegen einer sturen jungen Frau, die finster entschlossen war, sich umzubringen. Kein Trick war ihr zu faul, kein Fluchtweg zu gefährlich. Sie kümmerte sich nicht im geringsten darum, was sie ihm für Schwierigkeiten bereitete, und noch weniger um ihr eigenes Wohlergehen.

Als er sie schließlich zu seiner Kajüte hinunterzerrte und die geflüsterten Bemerkungen der Matrosen nicht zu hören versuchte, die ihr auf dem ganzen Weg voller Hochachtung nachsahen, war er so wütend, daß er das Gefühl hatte, gleich zu explodieren.

Silver sagte nichts. Sie ging nur quer durchs Zimmer und ließ sich auf den Rand seines Bettes sinken. Sie sah ihn nicht mal an.

Morgans Ärger nahm zu. »Wie oft muß ich das noch sagen, bevor Ihr mich endgültig versteht? Ihr geht nach Hause, Salena.«

Silver starrte nur vor sich hin, als hätte er gar nichts gesagt.

»Ihr könnt nichts tun, um das zu verhindern, nichts sagen, und auch niemanden mehr dazu verführen, Euch zu helfen.«

Sie blinzelte nicht einmal.

»Ihr seid ohne jeden Zweifel das sturste, das eigensinnigste, das kopfloseste und verrückteste Weib, das ich je getroffen habe, verdammt noch mal.« Als Silver ungerührt schien, packte Morgan sie an den Schultern und riß sie auf die Beine. »Ihr seid wirklich wahnsinnig, Kleine! versteht Ihr denn nicht, daß Ihr Euch hättet umbringen können?«

Silvers Gesicht wurde dunkelrot. Mochte sie auch bisher in den Tiefen der Verzweiflung gesteckt haben, jetzt brach sie in weißglühenden Zorn aus. »Ich weiß genau, was ich für ein Risiko eingegangen bin, Major. Und ich weiß sehr gut, daß ich hätte umkommen können. Was Ihr nur nicht versteht, ist, daß ich lieber tot wäre, als dorthin wieder zurückzugehen!«

»Von allen verdammten –«

»Ihr wißt nicht, wie es dort ist. Ihr könnt es Euch nicht einmal entfernt vorstellen.« Tränen des Zorns brannten in ihren Augen. »Ihr wißt nicht, wie es ist, so behandelt zu werden. Ihr wißt nicht – und Ihr braucht es auch nicht zu wissen!« Sie schlug ihre Fäuste gegen seine Brust, erst die eine, dann die andere. »Ich hasse Euch, weil Ihr das mit mir macht. Ich hasse Euch!« Morgan griff nach ihren Handgelenken, aber sie riß sich los und begann wieder verzweifelt, ihn mit den Fäusten zu bearbeiten.

»Ich hasse Euch!« schrie sie. »Ich hasse Euch!« Jetzt weinte sie wirklich heiße, salzige Tränen, die über ihre Wangen rannen und vorn auf ihr geborgtes Hemd tropften. Wieder und wieder schlug sie ihn, auch wenn ihre Schläge keine Wirkung hatten und eher ein Ausdruck ihrer Verzweiflung waren.

Morgan versuchte nicht, sie daran zu hindern. In ihrem Gsicht war etwas so Tieftrauriges, so Niedergeschlagenes, daß er sie einfach ihren Zorn zum Ausdruck bringen ließ, bis sie erschöpft in seine Arme sank.

»Bitte, bringt mich nicht wieder dorthin«, flehte sie ihn an. Ihre Finger krallten sich vorn in sein Hemd, ihr Gesicht drückte sich an seine Brust. »Bitte.« Ihr Körper wurde von der Gewalt ihrer Tränen geschüttelt, große, tiefe Schluchzer, die Morgan das Herz zerrissen. Er schob einen Arm unter ihre Knie, trug sie hinüber zum Bett und setzte sie sich auf den Schoß, so daß er sie wie ein Kind in seinen Armen halten konnte.

Sie weinte, bis sein Hemd völlig aufgeweicht war und hörte dann immer noch nicht auf. Was war nur mit ihr geschehen? fragte sich Morgan. Was hatte ihr so viel Schmerz zugefügt?

Schließlich begannen ihre Tränen nachzulassen, und sie bekam einen leichten Schluckauf. Morgan zog ein Taschentuch aus seiner Hose. »Hier. Putzt Euch die Nase.«

Diesmal widersprach sie ihm nicht.

»Warum erzählt Ihr mir nicht alles?« drängte er sie sanft. »Vielleicht kann ich Euch helfen.«

Wenn ich das nur könnte, dachte sie. Das war jetzt noch ihre einzige Hoffnung. Und doch brachte sie es nicht fertig, es auszusprechen, sie konnte den Gedanken nicht ertragen, ihn je wieder anzusehen, wenn er erst die Wahrheit kannte. Sie fühlte sich plötzlich so müde, so bis auf die Knochen erschöpft. Morgan schien das zu spüren. Er hob sie von seinem Schoß und legte sie auf die Koje, dann zog er die Steppdecke bis zu ihrem Kinn hinauf.

»Wann immer Ihr bereit seid, es mir zu erzählen – ich bin bereit zuzuhören«, sagte er.

Als er sich umdrehte, um fortzugehen, klammerte sie sich plötzlich an seine Hand und ließ sie dann widerstrebend wieder los. Morgan sah noch einmal kurz von der Tür zu ihr hinüber, sein Gesicht wirkte unsicher. Dann ging er hinaus und ließ sie allein.

Allein und aufgewühlt.

Wie war es möglich, daß sie so vollständig die Beherrschung verloren hatte? Sie wußte, daß das von der Anspannung kam, von der Angst und der Todesgefahr, als sie sich am Rahnock festgeklammert hatte, der so hoch über dem Deck aufs Wasser hinausragte. Es war auch die Hoffnung, die Freiheit zu erlangen und dann die Erkenntnis, daß auch diese letzte Hoffnung vergeblich gewesen war.

Und es war auch Morgan Trask selbst.

Schon wenn sie nur in seiner Nähe war, schien sie deshalb durchzudrehen. Sie hatte wieder mit ihm gekämpft, obwohl sie beide wußten, daß ihr das nicht von Herzen kam. Trotzdem hätte er sie schlagen können, sich wehren, wenn er nur gewollt hätte, und niemand hätte etwas dagegen sagen können. Statt dessen hatte er sie einfach nur im Arm gehalten und getröstet, wie es nie mehr jemand getan hatte, seit ihre Mutter tot war. Aber dadurch hatte sie sich nur noch schrecklicher gefühlt.

Zum ersten Mal seit Jahren dachte Silver an ihre Mutter. Mary Hardwick-Jones war bei der Geburt ihrer Schwester Elizabeth gestorben. Damals war Silver erst fünf Jahre alt gewesen, und so konnte sie sich jetzt kaum noch an sie erinnern. Aber die Erinnerung an Bethy war immer in ihr wach geblieben. Sie war das süßeste, freundlichste und zarteste kleine Mädchen, das Silver je gekannt hatte.

Ganz anders als sie. Nicht eigensinnig, nicht stur, nicht bokkig. Sie hatten sich nicht einmal ähnlich gesehen. Bethy hatte hellbraunes Haar und große blaue Augen, ihre Haut war noch heller als Silvers, schon beinahe durchsichtig.

Und wie sehr ihr Vater Bethy geliebt hatte. Und Silver liebte sie ebenso. Bethy war so süß und rein und vertrauensvoll. Silver hatte sich die größte Mühe gegeben, sie zu beschützen. Aber schließlich hatte sie versagt. Silver war zehn, Bethy erst fünf Jahre alt gewesen, als das Gelbfieber die Insel heimsuchte.

Die meisten Toten hatte es bei den Sklaven gegeben, deren Quartiere überfüllt waren und wo die medizinische Versorgung am schlechtesten gewesen war. Bethy und Silver bekamen beide die Krankheit. Aber Silver hatte überlebt, Bethy nicht. Und ihr Vater hatte ihr nie vergeben, daß sie diejenige gewesen war, die überlebt hatte.

Es sah so aus, als wolle er sie in alle Ewigkeit dafür bestrafen.

Morgan stand allein am Steuer, umgeben von Dunkelheit, Wasser und seinen immer noch aufgewühlten Empfindungen. Der Himmel über ihm funkelte von Sternen, die noch heller schimmerten als sonst, weil kein Mond schien. Salena war ihm seit der Auseinandersetzung in seiner Kajüte aus dem Weg gegangen, und morgen würden sie Katonga erreichen. Er würde sie endlich loswerden. Sein Leben konnte wieder normal weitergehen; die friedliche Reise, die er sich vorgestellt hatte, konnte endlich beginnen.

Etwas schlankes, glänzendes erhob sich über der Wasseroberfläche. Was auch immer es sein mochte, es war groß. Wahrscheinlich ein Delphin oder ein Hai. Morgan sah hinter ihm her, bis er außer Sicht kam.

»Guten Abend, Major.« Der weiche, klare Klang ihrer Stimme riß ihn aus seinen Gedanken.

»Hallo, Silver.«

»Ich bin gekommen, um Euch zu danken ... dafür, was Ihr vor ein paar Tagen für mich getan habt.«

»Ihr meint, daß ich Euch von der *Rivalin* zurückgeholt habe?« Er machte einen Witz, aber Silver schien nicht darauf eingehen zu wollen.

»Ihr wart nett zu mir. Es ist schon lange her, daß jemand nett zu mir gewesen ist.«

Morgan versuchte, ihre Augen zu sehen, aber sie lagen im Dunkeln verborgen. »Soll ich daraus entnehmen, daß William Euch schlecht behandelt hat?«

Silver sah über das Wasser hinaus. »Wie lange ist es schon her, seit Ihr ihn zuletzt gesehen habt?«

»Fünfzehn Jahre.«

»Ein Mann kann sich in fünfzehn Jahren sehr verändern.«

»Manche Männer.«

»Aber nicht mein Vater«, sagte sie tonlos, indem sie seine Worte vorwegnahm.

Morgan antwortete nicht. Diese Möglichkeit bestand natürlich, aber er konnte das einfach nicht glauben. Ein Mann wie der Graf war jemand, auf den man sich verlassen konnte, ein Mann, dem man sein Leben anvertrauen konnte. Die Jahre veränderten solche Charakterzüge nur selten.

»Wovor lauft Ihr denn davon?« fragte Morgan schließlich, als Silver nicht weitersprach.

Sag es, dachte sie. *Das ist deine letzte Chance*. Was machte es schon, was Morgan Trask von ihr dachte? Es war wichtiger, sich zu schützen. Sie öffnete den Mund, um etwas zu sagen, aber keine Worte kamen ihr in den Sinn.

»Sagt es mir«, drängte sie Morgan sanft.

Silver räusperte sich, entschlossen, es noch einmal zu versuchen. *Sag es*, befahl sie sich, aber sie schaffte es einfach nicht. »Mein Vater ist... ein harter Mann«, sagte sie statt dessen und wußte, daß das nicht ausreichen würde. »Er kann grausam, sogar sadistisch sein. Wenn ich dorthin zurückgehe, wird er mich nie wieder fortlassen.«

»Das ist doch lächerlich. Jeder Mann will, daß seine Tochter glücklich wird. William will nur Euer Bestes. Eines Tages werdet Ihr einen netten jungen Mann treffen, heiraten, Kinder haben. Wenn das bedeutet –«

Sie unterbrach ihn. »Ihr täuscht Euch, Major. Ihr kennt ihn nicht mehr. Seine Strafen sind oft... sehr hart. Mein Vater hat die Absicht, mich bei sich zu behalten. Wenn die Lage anders wäre, könnte ich mir das vielleicht schon vorstellen, aber so...« Silver spürte einen dicken Kloß im Hals. Das Gesicht ihres Vaters stand plötzlich vor ihr. Sein haßerfüllter Ausdruck, das brennende Klatschen seiner Handfläche auf ihrer Wange, einmal, zweimal, dann der Geschmack von Blut in ihrem Mund, das

Ziehen in den Rippen, während sie hoffnungslos auf dem Boden lag. Sie dachte an die roten Striemen auf ihrer Haut, die er mit seinem Gürtel hinterlassen hatte –

»Entschuldigt mich«, flüsterte sie. »Mir ist es etwas kalt. Ich hätte nicht ohne das Umschlagtuch heraufkommen sollen.«

»Silver –«

»Gute Nacht, Major.«

Sie war fort, bevor er sie aufhalten konnte. Was ihm sowieso bei ihr noch nie gelungen war. Konnte er sich derart täuschen, was William betraf? Er bezweifelte es. Eher war es wahrscheinlich, daß Salena nur wieder ihre alten Tricks versuchte. Sie wollte sich durchsetzen, und sie würde alles tun oder sagen, um das zu erreichen. Wenn Silver wieder bei ihm zu Hause war, hatte William auf jeden Fall alle Hände voll zu tun.

Wenigstens würde Morgan seine Schuld getilgt haben – und das war auch höchste Zeit.

Morgan betrachtete prüfend das Heben und Senken des Meeres und suchte das Wasser nach dem großen, grauen Fisch ab, den er beobachtet hatte, bevor Silver gekommen war. Sie hatte heute Abend sehr hübsch ausgesehen, wie immer, auch wenn sie nur ihre mitgenommenen Wirtshauskleider trug. Er sah noch den Ausdruck ihres Gesichts im schwachen Schimmer der Sterne vor sich, die großen dunklen Augen, die helle Haut, das kleine Grübchen, das sie im Kinn hatte.

Er hatte gehofft, daß heute abend etwas anders werden würde, daß sie sich ihm endlich eröffnen würde. Aber sie hatte kaum mehr als vorher gesagt. Er verdrängte die Erinnerung an ihren gehetzten Ausdruck und die Blässe ihres Gesichts, als sie von ihrem Vater gesprochen hatte und unterdrückte ihm unangenehme Befürchtungen, die sich immer wieder in seine Gedanken zurückstahlen.

Es würde sich schon alles regeln, beruhigte er sich. Er würde morgen mit William sprechen, und dabei seine Zweifel ausräumen.

Morgen würde er versuchen, sicherzugehen, daß die Lüge, die er in Silvers Augen gesehen hatte, nicht doch ein Stückchen von der Wahrheit war.

7. Kapitel

Ist es nicht schön?« Silver stand an der Reling, und der Wind ließ Strähnen ihres wilden hellen Haars fliegen. Rechts von ihr lag Katonga wie ein leuchtend grünes Juwel in der türkisfarbenen Karibik.

»Wunderschön.« Morgan stand neben ihr, sehr groß und etwas abweisend. Sie konnte seine kraftvolle Gegenwart spüren – fast als würde er sie berühren, obwohl er beinahe zwei Meter Abstand von ihr hatte. Heute trug er seine Uniform, deren goldene Epauletten die Breite seiner Schultern betonten.

»Äußerlichkeiten können täuschen«, sagte sie, und Morgan zog eine Augenbraue hoch. Er sah so gut aus wie immer. An die Narbe auf seiner Wange hatte sie sich schon so gewöhnt, daß sie sie kaum noch bemerkte. »Seht Ihr zum Beispiel dort das Wasser rechts vom Kanal?« Sie deutete auf eine Stelle hart steuerbord. »Dort drüben gibt es ein Riff auf einer felsigen Untiefe rings um die Südostseite der Insel. An einem Tag wie heute, wenn das Meer keine Wellen hat, kann man es nicht einmal sehen. Die meisten kennen es, aber es heißt, daß ein Pirat, dem früher einmal die Insel gehört hat, dort Laternen angebracht hatte, um diejenigen anzulocken, die das Riff nicht kennen. Die Schiffe liefen darauf auf, der Pirat tötete die Überlebenden und stahl ihre Ladung.«

»Ja«, sagte Morgan, »von solchen Praktiken habe ich auch schon gehört.«

Sie lächelte, aber ihre Augen lächelten nicht. »Daran könnt Ihr erkennen, Major, daß ein Ort, der schön aussieht, manchmal auch tödlich sein kann.«

Morgan antwortete nicht, sondern sah sie nur an, als versuche er, ihre Gedanken zu lesen.

Das Schiff fuhr weiter durch den schmalen Kanal, der durch Bojen gut kenntlich gemacht war. Am anderen Ende der Insel gab es noch weitere Riffe, die allerdings leichter zu erkennen waren. Schwarze Sandstrände, die an die vulkanische Herkunft Katongas erinnerten, säumten die Insel, die an ihrer höchsten Stelle nicht mehr als gute einhundert Meter über das Meer hinausragte. Palmen wiegten sich einladend in der sanften Nachmittagsbrise.

»Pfeilwurzeln und Bananen sind die hauptsächliche Einkommensquelle der Insel«, sagte Silver. »Auf Heritage werden auch Kaffee und Tabak angebaut.«

»William war immer fleißig, aber es hat mich doch überrascht, als ich hörte, daß er unter die Farmer gegangen ist.«

»Er muß wohl irgendeine Auseinandersetzung mit meinem Großvater gehabt haben. Er ist nie wieder nach England zurückgegangen, auch nicht, nachdem Mutter und Großvater gestorben waren. Ich glaube auch nicht, daß seine Besitzungen dort sehr viel Wert hatten.«

»Katonga scheint da ganz anders zu sein.« Morgans leuchtendgrüne Augen waren auf den Strand geheftet. Von einem sanft gewölbten Hügel aus überschaute das Herrenhaus der Plantage den Hafen wie ein Wächter. Seine stattlichen weißen Säulen und breiten, luftigen, rundumlaufenden Balkone bildeten einen malerischen Kontrast zum satten Grün der Landschaft. Zahlreiche Nebengebäude umgaben das Haupthaus, und winzige Hütten für die Arbeiter übersäten das offene Gelände dahinter.

»Mein Vater war sehr erfolgreich, was Euch nicht überraschen dürfte, Major. Er gehört zu jener Sorte von Männern, die sich nichts in den Weg stellen lassen.«

Morgan warf ihr einen Blick zu und wechselte das Thema. »Wir nähern uns dem Ankerplatz. Bitte entschuldigt mich ...«

Er drehte sich um und ging zum Steuerhaus hinüber, wo Wilson Demming schon bereitstand, um seine Befehle an die Mannschaft weiterzugeben.

Da das Hauptsegel und die anderen großen Segel schon gerefft waren, ließ Morgan jetzt auch das Vorsegel einziehen. Die Männer machten sich eilig an die Arbeit und zogen im Rhythmus des Seemannsgesangs die mächtigen weißen Segeltuchflächen herunter.

»Heckanker los«, befahl er, als sie sich ihrem endgültigen Ankerplatz im ruhigen Wasser des Hafens näherten. »Topsegel einziehen. Hinteres Ruder festmachen.«

Das Schiff knarrte, als sich die Kette des hinteren Ankers spannte, während Mannschaft und Ausrüstung in ihrer uralten Partnerschaft zusammenarbeiteten, die sich schon auf zahlreichen Reisen bewährt hatte.

»Vorderen Anker los, Taue spannen.« Nach wenigen Sekunden lag das Schiff mit einem kurzen Rucken fest, und nur noch das sanfte Klatschen der kleinen Wellen an den Rumpf war zu hören. Die Männer entspannten sich etwas angesichts der Ruhe und weil sie wußten, daß sie vorerst ihr Ziel erreicht hatten.

Mit wachsender Angst sah Silver vom Achterdeck aus zu, wie Morgan befahl, das Landungsboot zu Wasser zu lassen und der zweite Maat und ein weiterer Mann die Strickleiter hinunterstiegen, um die Ruder zu besetzen.

Sowohl Hamilton Riley als auch Wilson Demming kamen zu ihr herüber und gaben ihr die Hand zum Abschied in Erinnerung an ihren früheren freundlichen Umgang. Offensichtlich hatte Morgan Trask ihnen klargemacht, in welchem Verhältnis er und Silver zueinander standen, wofür sie ihm dankbar war.

Wenn ihr nur einer von den beiden helfen könnte.

Aber sie wußte, daß sie es nicht tun würden.

Jordy sah aus einiger Entfernung zu ihr herüber und wartete, bis sie die wenigen Schritte zu ihm zurücklegte und ihre Hand ausstreckte. »Ich habe mich gefreut, dich kennengelernt zu haben, Jordy. Ich weiß, daß du es ganz sicher schaffen wirst, eines Tages selbst Kapitän eines Schiffes zu sein, genau wie du es vorhast, wenn du so fleißig weitermachst wie bisher.«

Jordy nahm ihre Hand und schüttelte sie. »Es wird Euch doch gutgehen, oder? Ich meine, keiner tut Euch was oder so, nicht?«

»Es wird schon alles klargehen.« Sie wünschte, sie könnte es selbst glauben.

»Ihr seid gar nicht so übel, Miss Jones. Und laßt Euch bloß nichts anderes einreden.«

Aus einem Impuls heraus drückte Silver ihn an sich. »Vielen Dank, Jordy.« Mit einem letzten matten Lächeln drehte sie sich um und ging weg. Doch schon nach ein paar Schritten kam Sogger mit einem durchdringenden Maunzen die Leiter heraufgeklettert. Sein orangegestreiftes Fell sah genauso schütter aus wie immer, aber sein Bauch war wohlgefüllt. Er schnurrte sofort zufrieden, als Silver sich neben ihn kniete, um ihn zu kraulen.

»Ich werde dich vermissen.« Sie kratzte ihn hinter seinem zerfetzten rechten Ohr. »Ich hatte früher in Katonga einen Kater, der so ähnlich aussah wie du, aber Vater hat behauptet, er würde Flöhe ins Haus bringen.«

Sogger strich an ihren Beinen entlang. Silver streichelte ein letztes Mal mit der Hand über seinen haarigen Rücken.

»Fertig?« drängte Morgan vorsichtig. Er hatte ihr schweigend von der Reling aus zugesehen.

Silver nickte nur. Ihr Gesicht war genauso bleich wie am vergangenen Abend. Er versuchte, das leise Wogen ihrer Brust über dem Ausschnitt ihrer fadenscheinigen Bluse und ihre schmale Taille nicht wahrzunehmen. Er versuchte, nicht an ihre weichen Lippen zu denken, mit denen sie ihn geküßt hatte oder an ihre schlanken Rundungen, die unter ihrem Rock verborgen waren. Ihre Augen, die immer so dunkel und bodenlos schienen, waren fest auf das riesige weiße Haus am Hügel gerichtet. Als er ihre Hand nahm, um ihr über die Reling zu helfen, fiel ihm auf, daß sie zitterte.

»Es mag ja sein, daß William schwierig ist, Salena, aber ich bin sicher, daß er ein Einsehen haben wird. Ich –«

»Mein Name ist Silver«, sagte sie mit einer hochmütigen kleinen Aufwärtsbewegung ihres Kinns. »Und Ihr braucht Euch keine Sorgen zu machen. Ich werde mich um mich selbst kümmern, wie ich es immer getan habe.«

Morgan biß die Zähne zusammen. Wenn sie es unbedingt so haben wollte, bitte sehr. Er war wirklich froh, sie loszuwerden.

Das kleine Boot durchschnitt in ungestörter Stille das Wasser, bis sie den Strand erreicht hatten. Scharen von Schwarzen sammelten sich am Rand der Bananenpflanzungen, um nach ihnen zu schauen. Die Frauen trugen glatte, gestreifte Baumwollhängerkleider, die meist zu irgendeiner unscheinbaren Farbe verblichen waren, und die Männer hatten lose schwarze Hosen aus festem Twill unter lockersitzenden grobgewobenen Hemden an. Manche zeigten auf Silver, deren helles Haar in der Sonne glänzte und jeden Zweifel ausräumte, wer sie wohl sein mochte.

»Ihr Männer bleibt hier«, ordnete Morgan an und wandte sich dabei Flagg und Gordon zu, die gerudert hatten. »Ich bin in einer Stunde zurück.«

Er wünschte, er hätte mehr Zeit gehabt, aber die Sache mit dem Tauschgeschäft Baumwolle gegen Waffen drängte ebenso wie seine Sorge um seinen Bruder und die Briten, die seine Ankunft in Barbados erwarteten. Vielleicht konnte er bei der Rückfahrt nochmals hier haltmachen. Das würde zwar mehrere Tage Umweg bedeuten, aber schließlich waren er und William einst Freunde gewesen, verdammt. Und dann konnte er auch gleich sichergehen, daß es Silver gutging. Aus der Ferne rollte ein Wagen auf sie zu und wirbelte den Staub der mit kleinen Lavabrocken bedeckten Straße auf, die von dem großen weißen Herrenhaus herunterführte.

»Sieht so aus, als wenn uns jemand kommen sehen hat«, sagte Morgan. Silver ging nur mit hocherhobenem Kopf den Pfad entlang, ohne nach rechts oder links zu sehen.

Schließlich löste sich aus einer Gruppe von schwarzen Arbeiterinnen eine Frau, die gerade Wasser aus einem großen Tonkrug geschöpft hatte und kam zu ihr. »Ich dachte, Ihr wäret endgültig fortgegangen, Miss Silver«, sagte sie in der warmen, klingenden Sprechweise der Karibik.

Silver wandte sich der untersetzten Frau mit dem flachen Gesicht zu, die kaum zwanzig Jahre alt zu sein schien. Ein kleiner, lockenköpfiger schwarzer Junge mit sanften braunen Augen klammerte sich an ihr Bein, und ein Baby trug sie an der vollen, milchgefüllten Brust.

»Das dachte ich auch, Tomora.«

»Miss Delia vermißt Euch seit Ihr weg seid, aber Quako sagt, er weiß, daß Ihr glücklich seid.«

»Geht es ihnen gut?«

»Prima ... ist das Euer Mann?«

Silver errötete und schüttelte den Kopf. »Nein, er ist ein Freund von meinem Vater.«

Tomoras warmer Blick kühlte ab. »Ich gehe jetzt. Ich sag Miss Delia und Quako, daß Ihr wieder daheim seid.« Sie nahm die Hand des kleinen Jungen und zog ihn auf die Bananenpflanzung zu, deren breite, flache Blätter in der Ferne schwankten. Arbeiter waren dort mit Hacken und Rechen beschäftigt, und zweirädrige Karren folgten schmalen Pfaden zwischen den Feldern.

»Eine Freundin von Euch?« fragte Morgan.

»Eine der Sklavinnen meines Vaters«, antwortete sie mit leiser Bitterkeit.

»Aber als britischer Staatsbürger hat er die Sklaven doch sicherlich nach der Beseitigung der Sklaverei 1833 freigelassen, oder?«

»Katonga gehört nicht zu Großbritannien. Hier regiert mein Vater.« Mit diesen Worten hob sie ihren abgetragenen braunen Rock und ging auf den Wagen zu, der nur ein paar Meter entfernt stehenblieb.

»Sie haben das Schiff in den Hafen einlaufen sehen«, sagte der schlanke schwarze Junge auf dem Fahrersitz. »Massa Knowles hat mich geschickt. Er war überrascht, Euch zu sehen, Miss Silver.«

»Warum sollte er das sein? Mein Vater hat jedem Strolch von hier bis Jamaika Geld versprochen, wenn er mich zurückbringt.« Ihr eindringlicher Blick auf Morgan machte klar, daß er genau so ein Mann war.

Morgan spürte einen Anflug von Ärger, unterdrückte ihn aber sofort. Mit festem Griff an ihrem Arm half er Silver auf den Sitz des Wagens hinauf und steig dann selbst hinterher. Er konnte die Wärme ihres Körpers durch die dünne Baumwolle ihrer Kleider spüren. Seine Finger schienen zu brennen, wo er ihre warme Haut berührt hatte. Er wußte, daß er sie jeden Tag mehr begehrte. Und sein Anstandsdenken begann zu schwinden. Ein Glück, daß er sie bald los sein würde.

»Das ist Major Trask, Thadeus«, sagte sie zu dem schlanken schwarzen Jungen. »Er ist gekommen, um die Belohnung abzuholen.«

»Es ist Pinkards Belohnung, nicht meine«, korrigierte sie Morgan und spürte, wie sein Ärger wuchs. Es war nur in Silvers Interesse, daß er sie zurückbrachte, verdammt, ob sie es nun begreifen wollte oder nicht. »Ich begleite nur die *Lady* nach Hause.«

Silver biß schweigend die Zähne zusammen. Sie war froh, daß Morgan sie in Wut brachte. Die brauchte sie, um die nächsten paar Stunden zu überstehen. Trask würde bald fortgehen, und sie würde dann allein dem Zorn ihres Vaters gegenüberstehen, mit dem er Risse und blaue Flecken auf ihrem Körper hinterlassen würde. Und sie wäre wieder dem Brennen seiner Blicke ausgesetzt. Sie hätte eigentlich inzwischen daran gewöhnt sein müssen, aber irgendwie würde es diesmal schlimmer sein.

Unter den Wimpern hervor beobachtete sie Trask, wie er neben ihr saß, bolzengerade, den Unterkiefer eisern angespannt, mit jenem Ausdruck, den sie in den vergangenen Wochen so gut kennengelernt hatte. Zum ersten Mal kam ihr der Gedanke, wie sehr sie ihn vermissen würde, mochte er zornig sein oder nicht, seine Wut zeigen oder auch nett zu ihr sein. Irgendwie war es geschehen, daß sie ihn gern mochte, vielleicht sogar ein wenig Vertrauen zu ihm hatte.

Bald würde es niemanden mehr geben.

Der schwere Wagen, gezogen von einem kräftigen Paar Maultieren, fuhr die staubige Landstraße hinauf an Oleander- und Frangipanibüschen vorüber, zwischen denen duftender Jasmin und leuchtendrosa Bougainvilleen wuchsen. Ihre süßen Düfte zogen durch die Luft, aber für Silver bedeutete dies den bedrükkenden Geruch ihres seidenbespannten Gefängnisses.

Morgan stieg vom Sitz des Wagens und hob sie herunter. Die schwere Mahagonitür auf der breiten Veranda öffnete sich weit, aber nicht ihr Vater begrüßte sie. Ergeben überquerte Silver die Auffahrt und stieg die Treppen hinauf, während Morgan hinter ihr herging.

»Salena, ein Glück daß Ihr in Sicherheit seid.«

»Major Trask, darf ich Euch Sheridan Knowles vorstellen, den Verwalter meines Vaters.« Knowles faßte ihre Hand zwischen seine beiden Hände in einer Geste des Willkommens. Silver entzog sie ihm.

Er wandte sich dem Major zu und streckte seine Hand aus. »Major Trask.« Morgan erwiderte den Händedruck des Mannes. »Wir können Euch gar nicht genug danken. William war schon ganz krank vor Sorgen.«

Sheridan Knowles war ein großer, hagerer Mann Mitte Vierzig, hatte kaffeebraunes Haar, feine Gesichtszüge und helle Haut. Seine Kleider waren von einem guten Schneider gemacht: schwarze Hosen aus Wollstoff, eine silbergraue Brokatweste und ein dunkelgrauer Rock. Seine breite, weiße Halsbinde war vollendet gebunden.

Knowles machte durchaus einen freundlichen Eindruck, und doch hatte er etwas an sich, das Morgan unangenehm fand.

Irgend etwas in seinem Lächeln, das etwas Unseriöses ausstrahlte, etwas Unsauberes. Andererseits war Morgan gereizt und wollte fort, vielleicht bildete er es sich nur ein.

»Ihr müßt Ferdinand Pinkard danken. Er erwartet, daß er die Belohnung bekommt. Ich habe die Dame nur nach Hause begleitet.«

»Ich bin sicher, daß William wünschen würde, daß auch Ihr entschädigt werdet«, sagte Knowles, während er sie in den eleganten Salon geleitete.

Über ihnen klingelte ein riesiger Kristallkronleuchter in der Nachmittagsbrise. Das Haus war im georgianischen Stil gebaut, mit weiten, hohen Räumen und stuckverzierten Türfüllungen und Messingleuchten an den Wänden. Dicke Aubussonteppiche bedeckten die mit Einlegearbeiten verzierten Parkettböden, und goldene Seidenstores verkleideten die Fenster. Bei stürmischem Wetter konnte man die prachtvoll gearbeiteten, mit schmalen Schlitzen versehenen Fensterläden schließen.

»Ich möchte nicht mehr von William als ein wenig seiner Zeit. Wo ist er?«

»Leider ist er im Moment nicht hier«, sagte Knowles. »Als wir von Salena nichts hörten, ist er nach Barbados aufgebrochen in der Hoffnung, sie selbst zu finden. Er entdeckte, daß sie an Bord der *Lawrence* verschwunden war, einem Einwandererschiff, das hier wegen Reparaturarbeiten angelegt hatte. Von Barbados aus wollte William dann weiter nach Amerika, denn er wußte, daß die *Lawrence* dorthin unterwegs war.«

»Das tut mir leid zu hören«, sagte Morgan. »Ich hatte mich darauf gefreut, ihn wiederzusehen.« *Und ein paar von diesen verfluchten Zweifeln ausräumen zu können, die mich noch verrückt machen.* »William und ich kennen uns seit vielen Jahren.«

»Erstaunlich, daß wir uns noch nie begegnet sind«, sagte Knowles.

»Vor fünfzehn Jahren habe ich ihn zum letzten Mal gesehen. Ich war noch nie in Katonga.«

»Dann bitte ich Euch, unsere Gastfreundschaft anzunehmen und Euch von meiner Frau und mir die Insel zeigen zu lassen.« Er sah Silver eindringlich an. »Ich bin sicher, daß Salena müde ist. Sie wird bestimmt baden und sich wieder ordentliche Kleider anziehen wollen.« Morgan hörte deutlich seine Geringschätzung angesichts von Silvers schäbiger Kleidung – beziehungsweise dem Mangel an Kleidung. Aber schließlich billigte Morgan selbst sie auch nicht.

»Ich fürchte, dazu habe ich keine Zeit«, sagte er, Knowles' Einladung ablehnend. »Bitte teilt William mit, daß ich bei meiner Rückkehr hier haltmachen werde. Wir haben einige Dinge zu besprechen.«

»Ich gehe davon aus, daß er sich mit Pinkard in Verbindung setzen wird, sobald er die Vereinigten Staaten erreicht hat. Wenn er von Salenas Rückkehr erfährt, wird er sofort zurückkommen. Inzwischen werden meine Frau Rebecca und ich uns um sie kümmern.«

»Ihr könnt beruhigt sein, Major«, warf Silver ein, »daß Sheridan dafür sorgen wird, daß mir nichts zustößt. Er ist der Angestellte, den mein Vater am höchsten schätzt. Er wird gut dafür bezahlt, daß er in seinem Sinne handelt.«

Morgan überhörte nicht die Bitterkeit in ihren Worten.

»Ich glaube, es ist Zeit für Euch, nach oben zu gehen, Salena«, sagte Knowles, und zu Morgans Überraschung widersprach Silver nicht, sah den braunhaarigen Mann nur resigniert an und machte kehrt, um fortzugehen. Morgan hielt sie mit einem sanften Griff am Arm auf.

»Würdet Ihr uns wohl für einen Augenblick alleinlassen?« sagte er zu Knowles.

»Ich werde die Belohnung für Mr. Pinkard holen gehen.«

Morgan nickte. Er nahm Silvers Hand, die ihm bemerkenswert kalt erschien dafür, daß es so ein warmer Tag war, und führte sie hinüber zur offenen Eingangstür. Ein schmalgesichtiger, kleiner schwarzer Butler in einem untadeligen schwarzen

Anzug sah sie kommen und trat diskret ein paar Schritte zur Seite.

»Ich komme wieder, Silver«, versprach ihr Morgan. »William wird bis dorthin zurück sein, und wir werden uns alle drei zusammensetzen und die Angelegenheit besprechen.«

Silver lächelte, aber das Lächeln war nicht echt. Als sie zu ihm aufsah, schien sie sein besorgter Gesichtsausdruck zu überraschen. Für was für ein Monster hielt sie ihn eigentlich?

Sie sah ihn eine Weile unter ihren dichten Wimpern hervor an, ohne etwas zu sagen, ihre Augen fest auf sein Gesicht geheftet. Dann hob sie die Hand zu der Narbe auf seiner Wange. Ihre Berührung war zärtlich, fast verehrend, als sie die dünne weiße Linie mit einem zarten Finger nachzog. Angesichts seines verblüfften Ausdrucks bemerkte sie erst, was sie da tat und zog schnell die Hand weg, vergrub sie tief in den Falten ihres Rocks.

»Ich wünschte, es wäre so einfach«, sagte sie leise.

»Verdammt, Silver, wenn es etwas gibt, das Ihr mir sagen wollt, dann tut es.« Er spürte immer noch die Wärme ihrer Hand auf seiner Wange. Warum hatte sie das getan?

Sie zwang sich ein zweites Mal zu lächeln, was diesmal seltsam verloren wirkte. »Ich werde schon zurechtkommen. Wirklich.«

»Ihr werdet zurechtkommen«, wiederholte er, und begann, wieder ärgerlich zu werden. Warum sah sie ihn so an? So daß er sich fühlte, als werfe er sie in eine Art höllisches Gefängnis, anstatt sie in einem wunderschönen Herrenhaus auf einer der schönsten Inseln, die er je gesehen hatte, zurückzulassen. »Ich sagte Euch doch, daß ich wiederkommen werde. Und ich werde es auch tun.«

»Woran ich niemals gezweifelt habe, Major Trask, ist Euer Wort.«

Morgans Mund wurde schmal. »Was soll das denn bedeuten?«

»Es bedeutet, daß mein Vater sehr zufrieden sein wird. Ihr habt Eure Schuld mit Zinsen beglichen.«

Morgan fluchte. »Verdammt noch mal, Ihr seid wirklich nicht einfach, Salena.«

»Silver«, korrigierte sie ihn, und begann selbst auch, sich zu ärgern. Warum, zum Teufel, verschwand er nicht einfach? Jeder Augenblick, den er länger blieb, machte nur alles noch schwerer. Jeden Augenblick konnte es passieren, daß sie ihren Stolz vergaß, und ihn anflehte, sie nicht zu verlassen.

»Ich werdet wohl nie anders werden, oder?« Er lächelte finster. »Ich schätze, Ihr müßtet mir leidtun, aber ehrlich gesagt, tut mir William leid.«

Noch bevor Silver sich bremsen konnte, traf ihre Handfläche seine Wange, und das Klatschen hallte im Salon wider. Morgan biß die Zähne zusammen, so fest, daß an seinem Unterkiefer ein Muskel hervortrat. Er rieb die Stelle, die sie vorher gestreichelt hatte und die jetzt deutlich rot den Abdruck ihrer Finger zeigte.

»Auf Wiedersehen, Salena.« Er verbeugte sich etwas spöttisch, und seine grünen Augen glitzerten.

»Auf Wiedersehen, Major Trask.« Silver begegnete direkt seinem harten Blick, und ihr Gesichtsausdruck war ähnlich finster. Dann wurden ihre feinen Züge wieder weicher. Ihre dunkelbraunen Augen wanderten über sein Gesicht, suchten hinter seinem Zorn, sahen dort noch etwas anderes, auch wenn sie nicht wußte, was es war.

Einen Augenblick lang stand sie nur da. Dann drehte sie sich um und ging fort. Mit hoch erhobenem Kopf ging sie durch den Salon, hob ihren verschossenen braunen Rock etwas und ging die im Bogen nach oben führende Treppe hinauf. Am oberen Treppenabsatz öffnete sie die Tür zu ihrem Zimmer, trat hinein und schloß sie dann lautlos hinter sich.

Morgan fluchte noch einmal, als Sheridan Knowles mit einem Lächeln auf ihn zukam. Er überreichte Morgan eine pralle Lederbörse, die schwer mit Goldmünzen gefüllt war.

»Hier in der Börse ist die ganze Summe, Major. Zweitausend Dollar. Und Ihr seid sicher, daß Ihr für Euch selbst keinerlei Entschädigung annehmen wollt?«

Morgan steckte die Börse ein. »Ich stehe tief in Williams Schuld. Ihm seine Tochter zurückzubringen, ist das geringste, was ich tun kann.«

Knowles streckte eine schmalknochige Hand aus, und Morgan schüttelte sie. »Es hat mich gefreut, Euch kennenzulernen, Major.« Er nickte dem Butler zu, der an die Tür zurückgekehrt war, um sie zu öffnen. »Ich wünsche Euch eine gute Reise.«

»Vielen Dank.« Morgan trat auf die Veranda hinaus.

»Thadeus wird Euch wieder zum Hafen hinunterfahren.«

Morgan nickte. Mit einem letzten Blick zurück zum Haus drehte er sich um und ging fort.

Silver ging zu dem Fenster ihres Zimmers, das an der Rückseite des Hauses lag und starrte durch das schwere eiserne Gitter, das den Blick ebenso behinderte wie jede Möglichkeit, hinauszukommen. In dem Hof unter ihr arbeiteten Leute in der hellen Nachmittagssonne, und etwas weiter entfernt wiegten sich die Bananenpflanzungen in der sanften Frühlingsbrise. Jenseits der Insel, in der Ferne, lockte das türkisgrüne Wasser und zeigte den Weg an, den die *Savannah* auf ihrer Fahrt nach Barbados segeln würde, jenen Weg, der für sie in die Freiheit hätte führen können.

Plötzlich spürte Silver einen Druck in der Kehle. Der Major würde wiederkommen, na gut, daran zweifelte sie nicht, aber was würde das schon ändern? Seine Rückkehr war erst in mehreren Monaten zu erwarten. Monate, die sie mit ihrem Vater leben mußte, der sicherlich bald wiederkommen würde. Monate erzwungener Nähe, Monate, in denen sie seinen Annäherungsversuchen aus dem Weg gehen mußte – und dem Bösen, das sie in seinen Augen sah, wann immer er sie anschaute.

Jahrelang hatte sie jeden Abend beim Einschlafen auf seine

Schritte gehorcht, hatte gebetet, daß nicht dies die Nacht sein würde, in der er wieder in ihr Zimmer kam. Das war nur einmal geschehen, aber sie würde es niemals vergessen.

Sie konnte sich immer noch gut an den Rumgeruch seines Atems erinnern, an die Hitze seiner schweißigen Hände auf ihrem Körper, an die Art, in der er sie aufs Bett gedrückt und ihr weiches Baumwollnachthemd zerrissen hatte. Sie war damals erst dreizehn gewesen, aber ihre Unschuld hatte ihn nicht abgehalten. Er begehrte sie, er hätte sie mit Gewalt genommen, wenn nicht eine der Bediensteten ihre schreckerfüllten Schreie gehört hätte und eilig in ihr Zimmer gestürzt wäre.

Die schöne schwarze Frau, Delia, die widerwillig die Geliebte ihres Vaters war, hatte nicht an die Gefahr gedacht, in die sie sich begab. Sie warf sich dazwischen und brachte William dazu, Silver in Ruhe zu lassen. Am nächsten Tag wurde Delia verprügelt und voller blauer Flecke in die Feldarbeit zurückgeschickt, und alle waren klug genug, sich nicht weiter einzumischen.

Seit damals hatte William zwar weiterhin den Körper der dunkelhäutigen Frau, die sein Besitz war, für sich beansprucht, aber es war Salena gewesen, die er in Wahrheit begehrte, Salena, die er eines Tages vergewaltigen würde, egal wie sehr sie sich wehrte.

Seitdem war er mehrmals nahe daran gewesen, hatte ihr selbst noch in jener letzten Nacht aufgelauert, als sie endlich fortlief. Nur das Messer, das sie aus der Küche gestohlen hatte, hatte ihn gehindert, seinen Willen durchzusetzen. Und das auch nur vorübergehend, denn ganz sicher hätte er sie am nächsten Morgen hart geschlagen für irgendein Vergehen, das er sich ausgedacht hätte.

Statt dessen war sie geflohen und hatte sich an Bord des Schiffes geschlichen, das endlich repariert und segelfertig gleich außerhalb des Hafens lag. Gott sei Dank, daß die *Lawrence* ein gebrochenes Ruder gehabt hatte, so daß sie gezwungen gewesen waren, hier haltzumachen. Wenn das Schiff nicht gekommen wäre, wäre Silver auf Gedeih und Verderb ihrem Vater ausgeliefert gewesen.

Sie spürte die Tränen in ihren Augen brennen. Sie war wieder am Ausgangspunkt ihrer Flucht. Vielleicht war es jetzt sogar noch schlimmer, denn diesmal würde seine Wut keine Grenzen kennen. Daß er sie schlagen würde stand für sie außer Zweifel. Aber das konnte sie ertragen. Das andere war es, vor dem sie Angst hatte. Jenes andere, unaussprechliche Verbrechen, das sie fürchtete.

Tränen traten ihr in die Augen, und sie unterdrückte einen Schrei, der ihr in der Kehle steckte. Sie wußte plötzlich, daß William beim nächsten Mal ohne Zweifel Erfolg haben würde, wenn er wieder zu ihr kam.

Es sei denn, sie brächte ihn um.

Silver spürte die Tränen auf ihren Wangen und machte sich nicht die Mühe, sie wegzuwischen. *Was für eine Frau seid Ihr eigentlich*? hatte Morgan sie gefragt. Was für eine Frau war sie denn? Was für eine Frau erweckte fleischliche Lust in ihrem eigenen Vater? Was für eine Frau ermordete den Mann, aus dessen Lenden sie in das Licht dieser Welt gekommen war?

Silver stand da und starrte auf das Wasser hinaus, wartete, suchte nach den Segeln der *Savannah*, so daß sie einen letzten Blick auf das Schiff werfen konnte, das ihre einzige Hoffnung gewesen war.

Was Morgan wohl von ihr denken würde, wenn er alles wüßte? Was würde er von ihrem Vater denken? Warum in Gottes Namen war ihr das so wichtig?

Morgan fuhr nachdenklich den ganzen Weg bis zum Hafen hinunter. Vor sich sah er schon das Landungsboot auf dem glatten, schwarzen Sand liegen und Flagg und Gordon in der Nähe stehen. Möwen kreisten am Himmel und die *Savannah* zerrte leise an ihrem Anker in dem leuchtend türkisfarbenen

Wasser. Die Reise, auf die er sich so gefreut hatte, konnte endlich beginnen.

Der Wagen holperte dahin, die Maultiere gingen bergab schneller. Der schlanke schwarze Fahrer sprach kein Wort. Draußen in den Feldern entdeckte Morgan die Frau mit dem flachen Gesicht, die Silver angesprochen hatte.

Silver. Salena. Der Name erweckte Erinnerungen in ihm an eine leidenschaftliche Frau, die er am liebsten hätte vergessen wollen. Er war fertig mit ihr. Er hatte sie heil und sicher zurückgebracht. Wenn er seine Reise beendet hatte, würde er zurückkommen und mit William sprechen. Sichergehen, daß es ihr auch gutging. Das gleiche würde er auch für Jordy oder Cookie oder Jacques tun.

Inzwischen gab es die Mission, die er zu erfüllen hatte: Sein Bruder und die Waffen, die die Texaner in Yucatán brauchten. Er war Major der texanischen Marine. Er hatte Pflichten, Verantwortung. Das letzte, worum er sich Sorgen zu machen brauchte, war eine unerzogene, unfeine, eigenwillige Frau wie Silver Jones.

Er war froh, daß sie ihn verärgert hatte, froh, daß sie ihm die Ohrfeige gegeben hatte. Er wollte sie nicht bedauern. Er *würde* sie nicht bedauern, versicherte er sich im stillen. Silver brauchte sein Mitleid wirklich nicht. Würde es auch nicht annehmen, wenn er es ihr anböte.

Er berührte den immer noch brennenden Fleck auf seinem Gesicht, wo sie ihn geschlagen hatte. Verdammtes Weib, sie hatte wirklich vor nichts Respekt. Kein Wunder, daß William nicht mit ihr klarkam. Welcher Mann konnte das? Und abgesehen davon war sie eine Lügnerin. Die Dinge, die sie über ihren Vater gesagt hatte, konnten unmöglich wahr sein. William war ein Ehrenmann. Silver war wild und rücksichtslos und verzogen. Sie war eigensinnig, sie war stur –

Morgans Zähne bissen sich wieder zusammen, als eine Stimme in seinem Inneren die Worte sprach, die er lieber nicht hören wollte: Silver war schön und klug und mutig. Sie war allein und hatte Angst, und vielleicht brauchte sie seine Hilfe.

»Herrgott nochmal«, fluchte er und ballte die Faust fast ebenso hart wie er die Zähne zusammenbiß. »Dreh den verdammten Wagen um, wir fahren zurück.«

»Aber ich dachte, Ihr –«

»Ich sagte, dreh ihn um. Und zwar schnell, bevor ich es mir wieder anders überlege.«

Zum ersten Mal seit er den schwarzen Jungen getroffen hatte, grinste Thadeus. »Ja, Sir, Massa Trask.« Er zog die Zügel an, schnalzte mit der Zunge und bemühte sich, bis die Tiere gehorchten und sie wieder zurück den Hügel hinauffuhren.

»Warte hier«, befahl Morgan, als sie die runde Auffahrt vor dem Haus erreicht hatten. »Ich bin sofort wieder da.« Morgan sprang vom Wagen, ging über die Auffahrt und die Stufen zur Veranda hinauf. Die Tür öffnete sich, noch bevor er sie erreicht hatte.

»Ist sie noch oben?« fragte er den Butler.

»Ja, Sir.«

Morgan schritt an dem kleinen Mann vorbei ins Haus. Sheridan Knowles hörte seine Stiefel auf dem harten Parkett und kam angelaufen.

»Was ist los, Major?« fragte er mit besorgt in Falten gelegter Stirn.

»Ich habe es mir anders überlegt.« Er begann die Stufen hinaufzusteigen, aber Knowles' Hand bremste ihn auf der ersten Stufe.

»Ich glaube kaum, daß Ihr dort hinaufgehen solltet, Major. William würde das wohl kaum billigen.«

»Das kann er mir persönlich sagen, wenn ich wieder zurückkomme.« Er riß seinen Arm los und ging weiter die geschwungene Treppe hinauf, vorbei an der erstaunten Zofe, die ihn mit weit aufgerissenen schwarzen Augen anstarrte, den Flur entlang.

»Ich muß darauf bestehen, daß Ihr sofort umkehrt«, rief Knowles zu ihm hinauf.

Morgan kümmerte sich nicht um ihn, ging den Flur weiter entlang und riß die Tür zu Silvers Zimmer auf, ohne auch nur zu klopfen. Bei seinem unerwarteten Eintreten wirbelte sie erschreckt herum, der Ausdruck auf ihrem Gesicht war das pure Erstaunen.

»Holt Eure Sachen«, befahl er. »Ihr kommt mit mir.«

»Was?«

Hinter ihr sah er die Gitter, die ihr Fenster versperrten, erkannte, daß sie hinausgesehen hatte, um einen letzten Blick auf das Schiff werfen zu können. Er sah, daß es ein letztes ›Auf Wiedersehen‹ gewesen war, und etwas rührte sich in seiner Brust. Silvers Gesicht war feucht von Tränen, mit einem Ausdruck von Verzweiflung, und ihre Wangen so blaß, daß sie durchsichtig schienen.

»Ich sagte, holt Eure Sachen.« Gefühle machten seine Stimme rauh. Er ging hinüber zu dem riesigen Rosenholzkleiderschrank, der das mit weißer Spitze verzierte Schlafzimmer beherrschte, und machte die Tür auf. Er war gefüllt mit schönen Seidenkleidern, Samtschuhen, und teuren, satingefütterten Umhängen. Es gab Musselinkleider für den Tag, Spitze zum Tee, Organdy für den Abend, verzierte Hauben, bestickte Sonnenschirme, handbemalte Fächer.

»Nehmt etwas von diesen Sachen mit. Ich bin es leid, Euch immer nur in Lumpen zu sehen. Ich schicke jemanden herauf, um Euren Koffer abzuholen.«

»Ist gut«, sagte sie leise, und ihr Herz schien zerspringen zu wollen. Morgan war zu ihr zurückgekommen. Er war zurückgekommen! Ihre Kehle war wie zugeschnürt, so daß sie sich abwenden mußte.

»Ich warte unten.« Mit diesen Worten trat er aus dem Zimmer.

Wenn sie nicht Angst gehabt hätte, daß er es sich doch wieder anders überlegte, hätte sie sich auf das Bett sinken lassen, um sich zu sammeln. Statt dessen eilte sie im Zimmer umher, zog einen Koffer hervor und füllte ihn bis zum Rand mit den Kleidern, die sie bis jetzt immer nur angstvoll getragen hatte.

Aber jetzt würden nicht die Augen ihres Vaters auf ihren nackten Schultern liegen und über die Rundungen ihrer Brüste streifen. Es würden Morgans Augen sein. Endlich würde er sie als wirkliche Dame sehen. Sie würde ihm zeigen, daß sie genauso wohlerzogen sein konnte, wie jene Damen, die er so anziehend fand.

Nun gut, *beinahe* so wohlerzogen.

Eilig packte sie Krinolinen, bestickte Nachthemden, Spitzenunterwäsche. Wie lange war es her, daß sie etwas so Weibliches getragen hatte? Sie legte ihre silberne Haarbürste dazu, einen Kamm und einen Spiegel und warf auch Kristallfläschchen mit Parfüm hinein. Unten konnte sie die tiefe, ärgerliche Stimme Morgans hören, im Gespräch mit Sheridan Knowles.

Ein kleines Lächeln flog über ihre Lippen. Sie hatte keinen Zweifel, wer den Wortwechsel gewinnen würde.

Als sie endlich fertig war, rannte sie zur Tür, riß sie auf und eilte zum Treppenabsatz. »Ich bin fertig, Major.«

Thadeus stand neben ihm. Mit Ned, dem Butler zusammen kam er die Treppe herauf, um ihren Koffer abzuholen. Silver ging fast schüchtern hinunter.

»Ich verbiete Euch fortzugehen, Salena. Euer Vater wird außer sich sein vor Zorn. Es war schon schlimm genug, daß Ihr ohne Anstandsdame mit diesem Mann über den halben Ozean gereist seid, jetzt geht Ihr auch noch mit ihm wieder fort.«

»Sagt William, daß ich gut auf sie aufpassen werde. Sie wird bei meiner Rückkehr wieder hierherkommen.«

»Ihr bringt Euch in Schwierigkeiten, Major. Der Graf ist ein mächtiger Mann. Er wird diese Angelegenheit nicht auf die leichte Schulter nehmen.«

»William hat mir schon einmal vertraut. Er wird es wieder tun müssen.«

Mit diesen Worten packte er ihren Arm und zerrte sie zur Tür hinaus. Die Hände, die sie auf den Wagensitz schoben, waren nicht zärtlich, aber Silver kümmerte sich nicht darum. Sie würde die Insel verlassen, endlich entkommen. Noch besser – der Mann, der sie gerettet hatte, war Morgan Trask.

Morgan setzte sich neben sie auf die harte Holzbank, während Ned und Thadeus ihren Koffer einluden. Morgan drehte ihr Gesicht mit einem festen Griff unter ihrem Kinn zu sich herum.

»Ich brauche ein Versprechen von Euch, Silver. Ich möchte, daß Ihr beim Grab Eurer Mutter schwört, daß Ihr nicht versuchen werdet, zu fliehen. Anders nehme ich Euch nicht mit.«

»Und Ihr würdet meinem Wort glauben?«

»Versteht Ihr denn nicht? Ich versuche, Euch zu helfen!«

Sie sah ihn an, und gegen ihren Willen traten wieder Tränen in ihre Augen. All diese Tränen sahen ihr so gar nicht ähnlich, aber sie konnte sie nicht aufhalten. »Ihr werdet es nicht bereuen«, sagte sie. »Ich werde tun, was immer Ihr wollt und werde nicht versuchen davonzulaufen.«

Er wischte mit den Fingern die Tränen von ihren Wangen. »Ich tue Euretwegen Dinge, die mir sonst völlig fernliegen. Sorgt dafür, daß ich sie nicht später bereue.«

Sie schüttelte den Kopf, so daß sich ihr schweres Haar bewegte. Sie fühlte sich so sicher wie noch nie in ihrem Leben. Sicher und beschützt – und da war noch etwas anderes, das sie nicht benennen konnte.

Morgan wandte sich von ihr ab und fuhr mit einer Hand durch sein welliges, dunkelblondes Haar. Mein Gott, er mußte verrückt sein. Dann fiel ihm wieder ein, wie sie ihn angesehen hatte, als er in ihr Zimmer geplatzt war. Als wäre er eine Art Ritter in glänzender Rüstung. Sein Herz zog sich zusammen. Er hätte sie am liebsten in seine Arme gezogen, um sie zu trösten, um den schrecklichen Schmerz zu vertreiben, den er in ihren Augen gesehen hatte.

Was war ihr Geheimnis? dachte er und fragte sich, ob er es wohl je erfahren würde. Nur eines war sicher. Er würde noch mehr schlaflose Nächte haben, sich noch öfter unruhig im Bett wälzen und von ihrem vollendeten Körper träumen.

Ich muß verrückt sein, dachte er. Aber insgeheim wußte Morgan, daß er sie, egal welche Schwierigkeiten vor ihm lagen, für allen Frieden und alle Ruhe der Welt nicht wieder zurückschikken würde.

8. Kapitel

Ich weiß, daß dies nicht der richtige Zeitpunkt ist, Euch um einen Gefallen zu bitten«, sagte Silver, während der Wagen dahinrumpelte, »aber ich frage mich, ob es wohl etwas ausmachen würde, wenn wir kurz anhalten, bevor wir zum Schiff fahren.«

Morgans Gesichtsausdruck ließ erkennen, daß er sie ganz schön dreist fand. »Weswegen?«

»Ich war schon so lange nicht mehr zu Hause ... Ich dachte, ich könnte vielleicht ein paar Worte mit meinen Freunden wechseln?«

Er sah sich auf der Insel um, hielt Ausschau nach anderen Häusern, sah aber nur kleine Arbeiterhütten, sattgrüne Felder und das Meer. »Wo sind sie?«

»Quako arbeitet gewöhnlich beim Tabak. Und Delia ist bestimmt nicht weit von ihm entfernt.«

Er zog eine Augenbraue hoch, was ihr zeigte, daß er sich von der Begegnung mit der Sklavin auf der Hinfahrt an den Namen erinnerte. »Macht es möglichst kurz.«

»Vielen Dank.« Silver warf ihm ein warmes, herzliches Lächeln zu. Thadeus bog an der nächsten Weggabelung ab und der Wagen rollte auf ein Feld mit hüfthohen, dunkelgrünen Tabakpflanzen zu. Arbeiter waren mit Hacken über die Furchen zwischen den Pflanzen gebeugt und jäteten, doch einer der Männer unterschied sich deutlich von den anderen, denn sein Körper war so riesig, daß sie neben ihm klein wirkten.

»Quako!« rief Silver zu dem massigen Schwarzen hinüber, und er grinste. Nicht weit entfernt lächelte Delia in ihre Richtung. Sie trug einen Krug Wasser auf dem Kopf und winkte. Als sie sich jetzt auf den Wagen zubewegte, blieb der Wasserkrug über ihren anmutigen Bewegungen vollständig im Gleichgewicht. Die schöne, kakaobraune Frau hatte feine Gesichtszüge, sehr kurzes Haar und intelligente Augen, und auch ihr weiter Kittel konnte die graziösen Formen ihres schlanken Körpers nicht verbergen.

Thadeus zog die Bremse an und Morgan sprang vom Wagen und half Silver beim Absteigen. Er betrachtete sie eigenartig, offensichtlich überrascht, daß ihre besten Freunde Sklaven waren.

»Alles in Ordnung, Silver?« fragte der schwarze Mann mit offensichtlicher Sorge, als er mit langen, kräftigen Schritten bei ihr ankam. Er betrachtete Morgan vorsichtig. »Ich meine... Miss Silver.«

»Ist schon gut, Quako. Dies ist Major Trask. Er nimmt mich mit sich, fort von hier.« Quako lächelte und grinste dann. Er war noch ein Stück größer als Morgan und mindestens fünfzehn Kilo schwerer, obwohl ihre Körper die gleiche männliche V-Form hatten. Sie hatten beide breite, starke Schultern, aber Quakos Arme waren massig, und seine Schenkel hatten das Format von Baumstämmen. Doch so groß er auch sein mochte, wenn er so grinste, dachte Silver, sah er eher wie ein kleiner Junge aus.

»Ich hab' Delia doch gesagt, daß du den Mann finden würdest, den du verdienst.«

»Sie kommt nur mit mir, bis ihr Vater zurückkommt«, verbesserte Morgan. »Ich werde sie zurückbringen, und wenn dann alles erst einmal geregelt ist, wird sie wieder hierbleiben.«

Silver hörte, was er sagte, aber es war ihr egal. Morgan war ihretwegen zurückgekommen. Über kurz oder lang würde sie einen Weg finden, ihm alles zu erklären.

Quako sah ihn sich von oben bis unten an, betrachtete Silver, deren Wangen sich rosa tönten, schaute dann wieder zurück. Sein Grinsen wurde nur noch breiter, teilte sein Gesicht durch das weiße Leuchten seiner großen Zähne. »Sie ist 'ne gute Frau«, sagte er, und Silver versuchte, nicht zu lächeln – obwohl Morgan keinen sehr vergnügten Eindruck machte.

Delia sprach und verhinderte so jede mögliche ruppige Antwort, die er hätte geben mögen. »Wir haben von der Belohnung gehört, Silver. Wir haben uns solche Sorgen um dich gemacht.«

»Ich bin schon in Ordnung, Delia. Wie ist es mit euch beiden?«

»Die Arbeit ist immer noch hart, aber wir kommen schon zurecht.«

Quako lächelte wieder. Er streckte die Hand aus und tätschelte Delias Bauch, der nicht mehr flach, sondern sanft gerundet war. »Bald haben wir wieder ein Baby.«

Silver jauchzte erfreut und drückte sie beide. »Das ist ja wunderbar!« Sie hatten es schon einmal versucht, aber Delia hatte das Baby drei Monate vor der Geburt verloren. Silver spürte einen Stich angesichts der schlimmen Erinnerung.

»Ihr habt diese junge Frau einfach zu hart herangenommen«, hatte der Arzt zu Silvers Vater gesagt. »Irgendwie sind dabei ihre weiblichen Teile zu Schaden gekommen. Wenn sie das nächste Mal schwanger wird, braucht sie eine Menge Ruhe.« Silver glaubte, daß die brutale Behandlung ihres Vaters damals schuld an Delias schlechtem Gesundheitszustand gewesen war, aber sie sagte nichts.

Beim letzten Mal hatte sie versucht, sich für ihre Freundin einzusetzen, aber danach hatten sie nur beide eine Tracht Prügel bekommen.

»Herzlichen Glückwunsch«, sagte Morgan und Quako betrachtete ihn noch einmal.

»Silver ist 'ne gute Frau«, wiederholte er. »Aber sie braucht 'nen starken Mann.« Er lächelte Delia zu, und man sah deutlich die Liebe in seinem Blick. »Silver denkt, alle Männer sind schlecht. Früher war meine Delia auch so. Jetzt weiß sie's besser. Kommt der richtige Mann, wird Silver es auch wissen.«

Silver errötete. »Ich glaube, wir gehen jetzt.«

»Ja, es wird spät.«

»Paß gut auf dich auf«, sagte sie zu Delia, die wußte, daß damit auch eine Warnung gemeint war. Silver drückte sie beide noch einmal an sich. »Ich wünschte, ihr könntet mit mir kommen.«

»Paßt gut auf sie auf«, sagte Quako zu Trask.

Morgan nickte nur. Er sah hier eine Seite von Silver, die er nicht vermutet hatte. Es war offensichtlich, daß sie ihre Freunde liebte, und es war ihm nicht entgangen, daß sie mit ihr sprachen, als wenn sie sich gleichwertig fühlten. Offensichtlich wollte Silver es so haben, und dafür bewunderte Morgan sie.

Obwohl er in Georgia lebte und sein Geld mit Baumwollhandel verdiente, besaß er selbst keine Sklaven und hoffte, daß die Sklaverei eines Tages abgeschafft werden würde. Auf den meisten der Westindischen Inseln waren die Sklaven befreit worden, und sie hatten trotzdem wirtschaftlich überlebt. Es würde schon noch einige Arbeit kosten, aber auch im Süden der Vereinigten Staaten war eine Veränderung des Systems nicht unmöglich.

Nach einem letzten ›Auf Wiedersehen‹ half Morgan Silver wieder auf den Wagen hinauf, und sie fuhren das restliche Stück des Weges schweigend zum Hafen hinab. Flagg und Gordon bekamen beide vor Staunen den Mund kaum zu, als sie Silver vom Wagen steigen und auf sie zukommen sahen.

»Miss Jones hat sich entschieden, uns nach Barbados zu begleiten«, sagte Morgan schlicht. »Helft doch Thadeus mit dem Koffer.«

Flagg und Gordon grinsten. »Aye, Käpt'n«, sagten sie einstimmig. Zum ersten Mal wurde Morgan klar, was er gerade Unglaubliches getan hatte. Den Männern wurden jetzt schon immer die Hosen zu eng, wenn sie sie auf Deck spazierengehen sahen. Die neuen Kleider würden möglicherweise etwas nützen, aber sie würden doch die Erinnerung daran nicht auslöschen, wie sie im völlig aufgeweichten, fast durchsichtigen Nachthemd oder in den knappsitzenden Hosen von Jordy ausgesehen hatte, die ihr festes kleines Hinterteil so deutlich hatten sehen lassen, als sie in die Takelage geklettert war.

Morgan fluchte laut. Er mußte wirklich verrückt gewesen sein. Absolut durchgedreht und wahnsinnig. Denn die Männer in seiner Mannschaft waren nicht die einzigen, die solche Vorstellungen hatten.

Der Rest des Nachmittags war schnell vergangen. Demming, Riley und besonders Jordy hatten Silver warm und herzlich begrüßt. Jordy schien drauf und dran, sie in seine reichlich zusammengewürfelte Familie aufzunehmen. Nur der Major machte den Eindruck, als gefalle es ihm nicht, sie an Bord zu haben.

Für Silver war das egal. Das einzige was zählte war, daß sie Katonga verließ, Barbados erreichte und zumindest vorübergehend in Sicherheit war.

Als der Abend nahte, zog sich Silver zum Abendessen um, wobei sie sich viel mehr Mühe als bisher gab. Heute abend würde sie ihr dunkelblaues, mit Wasserlinien verziertes Seidenkleid tragen, eines ihrer Lieblingskleider. Es saß tief auf den Schultern und senkte sich vorn zu einem weiten V-Ausschnitt. Bevor sie es anzog, hatte sie in Süßwasser gebadet, da die Vorräte wieder aufgefüllt worden waren, und ihr Haar zu eleganten Silbertuffs neben jedem Ohr aufgesetzt. Kleine Saphirohrringe, geschätzte Erinnerungsstücke an ihre Mutter, glitzerten im Lampenlicht.

Mit einem letzten Blick in den zerbrochenen Spiegel über Morgans Eichenschreibtisch nahm sie ihren bemalten Fächer und ging zur Tür. Eine frische Brise blies vom Wasser herüber, und der Himmel über ihr wirkte wie eine sternenbesetzte Robe. Als Silver in den Salon trat, stellte sie erstaunt fest, daß der Tisch mit teurem Porzellan und Kristall gedeckt war.

»Das Meer ist ruhig.« Morgan trat aus dem Schatten hervor. »Ich dachte, Ihr würdet Euch zur Abwechslung über ein etwas stilvolleres Abendessen freuen.« Seine Augen umfaßten ihre Gestalt, die vollen Seidenröcke des blauen Kleides, durch das ihre schmale Taille und die hohen, festen Rundungen ihrer Brüste noch besser zur Geltung kamen. Durch das nach hinten gesteckte Haar sah man besser die wohlgeformten Konturen ihres Gesichts mit dem kleinen Grübchen am Kinn.

Verflucht nochmal! Er hätte sich nie träumen lassen, daß sie so kultiviert aussehen konnte – und so atemberaubend schön.

»Das war sehr aufmerksam von Euch, Major. Danke sehr.« Sie schien seit ihrer Rückkehr anders geworden zu sein, weicher, fast schüchtern.

Morgan spürte eine Enge in der Brust und ein Drängen etwas weiter unten im Körper. Mein Gott, er begehrte sie – wahnsinnig. Aber sie setzten sich nur auf das geschnitzte Eichensofa und unterhielten sich angeregt, während er sich bemühte, sein wachsendes Verlangen zu beherrschen und dringend wünschte, die anderen würden endlich kommen.

Schließlich kamen Demming und Riley herein, Demming in seiner Seemannsuniform, Riley in der Uniform der texanischen Marine. Das Lampenlicht spiegelte sich auch auf den polierten Messingknöpfen von Morgans Uniform.

»Ihr seht wunderhübsch aus, Miss Jones.« Hams jugendliches Gesicht wurde sogar etwas rot, als er das sagte.

»Ich danke Euch.« Silver erhob sich von ihrem Sitz und ging anmutig auf sie zu.

»Ihr seid wir eine Vision, Miss Jones«, meinte Wilson Demming dazu und küßte ihr die Hand. »Schöner als ich mir je hätte träumen lassen.«

Morgan schaute finster drein, denn es tat ihm schon wieder leid, daß sie gekommen waren. »Warum bietet dann nicht einer der Herren Miss Jones einen Stuhl an?« Beide Männer machten sich eilig ans Werk und zogen einen Eichenstuhl mit hoher Rückenlehne unter dem Tisch hervor, so daß sie sich setzen konnte.

Silver lächelte ihnen warm zu. Der Abend ging weiter, als wenn die vier zum ersten Mal zusammen zu Abend essen würden. So, als könne die schöne Frau, die ihnen hier gegenübersaß, unmöglich der abgerissene, schmutzige Fratz sein, der den Leutnant mit der Pistole bedroht, mit Morgan einen Faustkampf ausgetragen und bei einem Fluchtversuch seine Kletterkünste in der Takelage bewiesen hatte.

Morgan sah zu, wie Silver vollendet die Rolle der Dame spielte und bewunderte im stillen ihren Stil. Er hätte wirklich nicht geglaubt, daß sie zu so etwas in der Lage wäre – aber schließlich hatte er sie von Anfang an unterschätzt.

»Wir dürften ungefähr bei Morgengrauen in Barbados ankommen«, sagte Morgan, als Jordy ihnen Mokka und ein Stück warmen Apfelkuchen mit Sahne servierte. »Ich werde mich so früh wie nur möglich mit Owen Moore, dem Mann, der die meisten der Handelskontakte geknüpft hat, treffen.«

»Wie lange werden wir dort bleiben, Major?« fragte Silver.

»Nur bis die Briten ankommen, wenn sie nicht schon dort sind.« Er wollte ihr nicht sagen, daß sie bis zu seiner Rückkehr aus Mexiko in Barbados bleiben sollte. Davon würde sie erst kurz bevor er abfuhr erfahren – und hoffentlich hielt sie wenigstens diesmal ihr Wort. Allerdings war der Gouverneur ein persönlicher Freund von ihm, der ihm noch einen Gefallen schuldete. Von ihm würde er sicher mit Freuden einen Wachhund bekommen, und Morgan wollte dafür sorgen, daß es auch wirklich einer war.

»Wilson, Ihr könnt von Bord gehen, sobald Jacques ankommt. Ich möchte Euch noch sagen, daß ich Eure Arbeit geschätzt habe. Und falls Ihr je eine Koje brauchen solltet, werde ich Euch jederzeit behilflich sein, eine zu finden.«

»Vielen Dank, Sir«, sagte Demming.

»Was ist mit mir, Major?« fragte Riley.

»Ihr könnt auch gehen und Euch amüsieren. Es gibt nichts für Euch zu tun, bis wir wieder abfahren.«

Hamilton grinste, und Morgan wußte genau, was er dachte. Genaugenommen hatte er ganz ähnliche Pläne. Lydia Chambers, Lady Grayson, die schöne schwarzhaarige Witwe des Grafen von Grayson, eines wohlbekannten Politikers, erwartete seine Ankunft. Sie war seit Jahren immer wieder seine Geliebte gewesen. Keiner von ihnen beiden verlangte viel vom anderen, ihre Beziehung war kaum mehr als eine Befriedigung körperlicher Bedürfnisse.

Lydia war eine ruhige Person, wenn auch etwas gekünstelt, und tat immer gern, worum Morgan sie bat. Sie war ein Muster einer Frau von Stand, die immer genau wußte, wo sie hingehörte.

Als Gegensatz dazu schaute er zu Salena hinüber, die gerade in einem lebhaften Gespräch mit Hamilton Riley war. Obwohl sie heute abend so aussah, konnte Silver kaum weiter entfernt sein von einer wohlerzogenen Dame. Sie hatte keinerlei Ähnlichkeiten mit Lydia, keinerlei Ähnlichkeiten mit irgendeiner Frau, die er sonst auswählte, um sie mit ins Bett zu nehmen.

Also warum, zum Teufel, fühlte er sich von ihr so angezogen? Sicherlich war es einfach ihre körperliche Schönheit und der enge Raum, auf dem sie miteinander zu leben gezwungen waren.

Silver lachte, mit einem weichen, klingenden Laut über etwas, das Ham gesagt hatte, und Morgan spürte eine unerwartete Regung von Ärger. Als sie sich bückte, um ihre Serviette aufzuheben, die auf den Boden gefallen war, drohten ihre vollen weißen Brüste aus dem Oberteil ihres Kleides zu springen. Es mochte wohl nach der neuesten Mode geschnitten und in jeder Gesellschaft akzeptiert sein, aber Morgan hätte sie am liebsten vom Tisch weggezerrt und darauf bestanden, daß sie etwas anderes anzog.

Verdammt noch mal, eine solche Frau konnte einen Mann dazu verleiten, das Trinken anzufangen.

Morgan schob seinen Stuhl etwas fester als nötig zurück, ging zur Anrichte hinüber und goß sich einen Weinbrand ein. Er trank einen langen, beruhigenden Schluck und goß erst dann auch den anderen ein Glas ein. Demming und Riley tranken ebenfalls Weinbrand, Silver nahm Sherry.

Im warmen Leuchten der Lampen sah Morgan zu, wie ihre Zunge über ihre Unterlippe strich, um einen Tropfen der bernsteinfarbenen Flüssigkeit aufzufangen und bemerkte, daß ihre Haut den gleichen Schimmer wie ihr Haar zu besitzen schien. Ihr Hals erhob sich anmutig über ihre schlanken Schultern, und ihre Finger legten sich feingliedrig um den kristallenen Stiel ihres Glases. Morgan erinnerte sich daran, wie zärtlich sie sich auf der Narbe an seiner Wange angefühlt hatten und daran, wie sie damit durch sein Haar gestrichen hatte, als er sie küßte.

Verdammt noch mal! Das Begehren durchschoß ihn wie ein weißglühender Blitzstrahl. Morgan rückte auf seinem Stuhl zur Seite. Zum Teufel mit ihr! Er ballte seine Hände zu Fäusten, wegen jenes bittersüßen Drängens, das seine Lenden gespannt und schwer machte, denn er haßte die Macht, die sie ohne es zu wissen über ihn hatte.

Im stillen dankte er Gott für Lydia. Morgen würde er sie sehen und seinen Tagen der Qual ein Ende machen.

Sie näherten sich Barbados aus dem Südwesten mit einem sorgfältigen Bogen um das Riff vor South Point. Selbst aus der Ferne sah Silver die schroffen, felsigen Klippen sich zwanzig Meter über dem Meer erheben.

Sie fuhren die Küste entlang und zur Carlisle Bay südlich von Bridgetown, dem besten Ankerplatz der Insel. Silver war selbst nie in Barbados gewesen, nur ihr Vater ein oder zweimal. Durch ihn und seine wenigen Freunde hatte sie Geschichten von der hier ansässigen, reichen Gesellschaft von Zuckerrohrpflanzern gehört, von ihren luxuriösen Häusern und Galabällen. Sie dachte an die teuren Kleider, die Morgan sie gedrängt – nein, ihr befohlen – hatte mitzunehmen und war plötzlich dankbar deswegen. Wenigstens würden ihre schäbigen, ausgeblichenen Kleider keine Schande für sie sein.

Der Tag versprach mild und sonnig zu werden. Nur ein paar zarte Wölkchen waren am Himmel, und eine sanfte Brise blähte die Segel.

»Barbados ist eine Koralleninsel, nicht vulkanischen Ursprungs wie Katonga.« Morgan stellte sich neben sie an die Reling. Sie stand bei einer der beiden großen Fünf-Pfund-Kanonen des Schiffes. »Deswegen sind die Strände rosa und weiß.«

»Wie groß ist sie?«

»Etwas über zwanzig Meilen lang und vierzehn Meilen breit. Es ist die am dichtesten bevölkerte Insel der Westindischen Inselgruppe ... Ich habe den Eindruck, Ihr wart noch nie hier.«

»Ich war noch nirgendwo, Major. Außer in Katonga und – Georgia.«

Morgan betrachtete sie prüfend und fragte sich offensichtlich, warum William sie nie hierher mitgenommen hatte, wo die Insel doch nur einen Tag entfernt war. »Dann müssen wir dafür sorgen, daß Ihr eine Gelegenheit bekommt, Euch Barbados anzusehen.«

Als Bridgetown näherkam, entschuldigte sich Morgan, kehrte zum Steuer zurück und begann die Befehle zum Segelreffen auszugeben. Sie durchfuhren die Bucht, kamen in den inneren Hafen, der Careenage hieß, und legten sanft an der Mole an. Normalerweise gab es eine Quarantäne für hereinkommende Schiffe, aber da seine Geschäfte den Briten dienten, ließen die Behörden absichtlich den formalen Weg außer acht.

Obwohl es noch früh am Morgen war, summte der Hafen vor Geschäftigkeit. Dutzende von Schiffen säumten die Mole, und Matrosen in der unterschiedlichsten Kleidung – von weiten Bundhosen und grobgewobenen Hemden bis zu gestreiften britischen Seemannsuniformen – eilten entschlossen über die hölzernen Planken, um das eine oder andere Ziel zu erreichen.

Meistens handelte es sich dabei um eines der Wirtshäuser, die den Kai säumten. Auf breiten, offenen Veranden sangen betrunkene Männer Seemannslieder und Huren boten ihre Dienste feil.

Viele von ihnen waren dunkelhäutig, andere schienen mit ihren hellen Haaren und Sommersprossen eher britischer Herkunft zu sein, manche waren sogar Orientalinnen. Das geringste, was man über sie sagen konnte, war, daß sie nur spärlich bekleidet waren, denn sie ließen ihre Beine und den größten Teil des Busens sehen.

»Gehen wir«, sagte Morgan, der wieder seine Uniform trug, als er sich neben Silver stellte. Mit einem Blick auf die Wirtshäuser und dem zweiten Blick auf sie wurde ihm klar, wie genau er sich noch daran erinnerte, daß sie in genau so einem Haus gearbeitet hatte. Mit mißbilligendem Gesichtsausdruck griff er nach ihrem Arm und drängte sie in Richtung Laufsteg.

»Wohin gehen wir?« Silver kümmerte sich nicht um seinen plötzlichen Stimmungswechsel und ging neben ihm her. Heute war es ihr völlig egal, was Morgan Trask von ihr dachte. Sie war frei von ihrem Vater, endlich in Sicherheit, und es versetzte sie in Hochstimmung, an einem so interessanten, belebten Ort zu sein.

»Ihr werdet im Haus einer Freundin wohnen, der Witwe des verstorbenen Lord Grayson.«

Silver zog eine Augenbraue hoch. »Wart Ihr mit ihrem Mann befreundet?«

»Ich habe den Herrn nie gekannt.« Morgans sicherer Griff gab ihr Halt, als sie zur Mole hinübergingen. Hinter ihnen her schlenderte Jordy und trug die Taschen, die sie für ihren kurzen Aufenthalt gepackt hatte.

Heute trug sie ihr bestes rosaseidenes Tageskleid, dessen glokkiger Rock vorn offen war und den Unterrock aus schwerer, bestickter, dunklerer Seide sehen ließ.

Silver schaute Morgan an und versuchte, den Ausdruck auf seinem Gesicht zu verstehen. Wo sie vorher Mißbilligung gesehen hatte, war jetzt eher Verschlossenheit zu erkennen, so als wäre da noch etwas, das er nur nicht aussprach. Sie wollte ihn nach der Frau fragen, die er erwähnt hatte, tat es aber nicht, denn sie würde sicher bald mehr erfahren.

Jenseits der Mole mietete Morgan eine Kutsche und setzte

Silver hinein, während Jordy ihre Sachen in den Gepäckraum lud.

»Wiedersehen, Miss Jones«, sagte er mit einer solchen Endgültigkeit in der Stimme, daß Silver blaß wurde.

»Es ist nur für ein paar Tage, Jordy. Paß gut auf dich auf.«

»Ihr auch, Miss Jones.« Er drehte sich um und ging fort.

Morgan setzte sich auf den Sitz neben sie, streckte seine langen Beine vor sich aus, und die Kutsche fuhr los. Sie spürte die Wärme seines Körpers, wo seine Schulter sie berührte, und so viel Mühle sie sich auch geben mochte, nicht darauf zu achten, begann ihr Herz doch heftiger zu schlagen. Morgan räusperte sich und rückte sich auf dem engen Sitz zurecht in dem Versuch, etwas mehr Abstand zwischen ihnen zu schaffen. Seine Bewegung machte die Muskeln in seinen Armen deutlicher sichtbar, Silver spürte, wie sie sich anspannten, und plötzlich war es ihr in der Kutsche viel zu warm.

»Wie weit ist es noch?« fragte sie.

»Nicht weit.« Seine Stimme klang seltsam belegt.

Vor dem Kutschenfenster flossen die Straßen von Bridgetown über von Menschen. Elegante Damen schritten unter rosa fransenbesetzten Sonnenschirmen einher, während die Männer Zylinder, lange Rockschöße und dunkelgestreifte Hosen trugen. Barbadische Frauen trugen Körbe auf den Köpfen, und Straßenhändler boten ihre Waren feil – alles von Yamswurzeln bis zu Zuckerrohrstücken.

»Holt Euch Maubey, süßes, süßes Maubey«, rief eine alte Frau immer wieder. Dabei handelte es sich um ein bittersüßes Getränk, das aus einer getrockneten Rinde gemacht wurde, die man von den Nachbarinseln importierte. Die Rinde wurde gekocht und die Flüssigkeit mit Zucker und Gewürzen aromatisiert.

Sie fuhren über den Trafalgar Square, auf dem vor fast dreißig Jahren eine Statue von Lord Nelson errichtet worden war. Riesige immergrüne Bäume überragten die Statue, und alles war üppig bewachsen.

Sie fuhren bei einem Barbiergeschäft vorbei, wo im Freien ein langbeiniger, grauhaariger Mann rasiert wurde. Sein Gesicht war fast völlig unter einer dicken weißen Schicht von Rasierschaum verborgen. Ein paar Minuten später deutete Morgan aus der Kutsche auf ein Haus in der Chelsea Road in der Nähe der Bay Street.

»Dort ist unser Ziel.«

Das Haus schien in verschiedenen Stilrichtungen gebaut worden zu sein, die sich eine nach der anderen ergänzt hatten. Es war heiß, seine Fensterläden waren geschlossen, und auch wenn seine Architektur eher zusammengewürfelt wirkte, so war es doch reizvoll mit seinem spitzen Dach, dem schmiedeeisernen Zaun und einem Vorgarten voller bunter Blumen. Auch kleine ordentliche Reihen von Hecken waren darin gepflanzt, zusammen mit gelbem Hibiskus und rosa Begonien.

»Es ist sehr hübsch«, sagte Silver, und Morgans Blick wandte sich fest zu ihr herüber.

Zum ersten Mal an jenem Tag lächelte er. »Ihr auch. Das wollte ich Euch gestern abend schon sagen, aber da Riley und Demming Euch so gründlich mit Komplimenten versorgt haben, hielt ich es nicht weiter für bedeutsam.«

Silver erwiderte sein Lächeln. Sie mochte es sehr, wenn er sie so ansah. Seine Augen lagen warm auf ihrem Gesicht, und ihr leuchtendes Grün ließ ihre Wangen sacht erröten. »Doch, es ist bedeutsam«, sagte sie. »Vielen Dank.«

Die Kutsche hielt an, und Morgan öffnete die Tür. Er stieg hinunter, legte seine Hände um ihre Taille und hob sie zu sich herunter. Der Fahrer lud ihre Taschen aus, und Morgan trug sie über den mit Blumen gesäumten Pfad zum Haus hinüber. Morgan klopfte, und ein untersetzter schwarzer Bediensteter in schwarzer Kleidung und weißen Handschuhen öffnete ihnen. Er grinste, als er Morgan sah, so daß sich die Haut an seinen großen runden Augen in Fältchen legte.

»Käpt'n Trask, gut Euch zu sehen.«

»Wie geht's, Euphrates?«

»Prima, Käpt'n. Bin sofort wieder da.« Der Bedienstete sah Silver an, sagte aber nichts, ließ sie nur hereinkommen und ging fort, um seine Herrin zu holen.

»Morgan –« Lady Grayson kam mit wirbelnden rubinroten Seidenröcken herein. Das elegante, schwarzbesetzte Kleid mit besetzten Saum war auf der Höhe der neuesten Mode und des guten Geschmacks – und noch mehr die Frau, die es trug. Klein aber wohlproportioniert hatte sie eine klare Haut und wunderschöne, leuchtendblaue Augen. Sie lächelte strahlend und küßte Morgan auf die Wange. »Ich freue mich, Euch zu sehen. Da ich Euch kenne, hatte ich schon damit gerechnet, daß Ihr tatsächlich zu dem Zeitpunkt kommen würdet, den Ihr in Eurem Brief erwähnt hattet.«

»Ich freue mich auch, Euch zu sehen.« Morgan hielt immer noch die Hände der kleinen Frau in den seinen. »Hier ist jemand, den ich Euch vorstellen möchte.« Er wandte sich zu Silver um, die bis hierhin unbemerkt geblieben zu sein schien. »Lady Grayson, dies ist Salena. Ihr Vater ist der Graf von Kent.« Seine grünen Augen warnten sie, ihm nur ja nicht zu widersprechen.

»Ich bin erfreut, Euch kennenzulernen, Lady Grayson.« Sie neigte leicht den Kopf.

»Ich ebenfalls, meine Liebe.«

»Meine Freunde nennen mich Silver. Ich würde mich geehrt fühlen, wenn Ihr das ebenfalls tätet.« Morgans einer Mundwinkel zuckte amüsiert, und eine dunkelblonde Augenbraue hob sich bewundernd.

»Dann müßt Ihr mich Lydia nennen, denn jede Freundin von Morgan ist auch meine Freundin.«

Silver war sich da nicht so sicher. Die Art, in der die Frau Morgan ansah, machte deutlich, daß die beiden mehr als nur flüchtige Bekannte waren. Sicherlich konnte diese Dame von Stand nicht eine der Geliebten Morgans sein. Aber als sie einen der intimen Blicke auffing, der zwischen den beiden ausgetauscht wurde, begann Silver ihre Zweifel zu haben.

»Ich möchte Euch um einen Gefallen bitten, Lydia«, sagte Morgan. »Ich kümmere mich um Silver, bis ihr Vater nach Katonga zurückkehrt. Inzwischen braucht sie einen Platz, an dem sie wohnen kann.«

»Aber gern. Ich habe viel Platz, und bin sicher, daß wir uns angenehm Gesellschaft leisten werden.« Ihre Augen allerdings schienen anderer Meinung zu sein.

»Warum schickt Ihr dann nicht jemand, um Silver ihr Zimmer zu zeigen?« schlug Morgan vor und machte damit klar, daß er gern mit der Frau einen Augenblick allein sein würde. Lady Grayson wirkte angenehm überrascht.

»Aber natürlich.« Mit einem wesentlich wärmeren Lächeln wies sie die Haushälterin an, Silver nach oben zu begleiten, während sich einer der Bediensteten um ihr Gepäck kümmerte. Als Silver auf dem obersten Treppenabsatz stand, warf sie einen letzten Blick auf Morgan. Sein Gesichtsausdruck blieb undurchschaubar, während Lady Grayson nur so strahlte. Sie flüsterte etwas in sein Ohr, lachte weich, und Morgan lachte auch.

Verdammter Kerl! Silvers Finger schlossen sich fester um das Geländer. Möglich, daß sie etwas naiv war, aber dumm war sie nicht. Morgan hatte die Absicht, ein Schäferstündchen mit der Frau zu verbringen – während Silver unter demselben Dach schlief!

Sie raffte ihre Röcke zusammen in der ersten undamenhaften Bewegung, seit sie ihre eleganten Kleider angezogen hatte, hob das Kinn, warf Morgan einen hochmütigen, mißbilligenden Blick zu und folgte dem Bediensteten den Flur entlang zu ihrem Zimmer. Als sie es erreicht hatte – es war eine mit Spitzen verzierte eisblaue Suite in barbadischem Mahagony und sehr geschmackvoll – kochte sie vor Wut.

Verdammter Misthund! Offensichtlich hatte sie doch die

ganze Zeit recht gehabt mit ihrer Einschätzung von Morgan Trask. Schließlich war er ein Mann, nicht wahr? Für Männer bedeuteten Frauen nichts. Und für Trask, der seine Frauen gern *wohlerzogen* hatte, bedeutete Silver Jones sozusagen nichts. Er hatte ihr aus Mitleid geholfen, Katonga zu verlassen, sie als arme, hilfsbedürftige Gestalt betrachtet, die allein auf einer Insel zurückblieb mit lediglich ein paar Sklaven als Freunde. Selbst ihre elegante Kleidung hatte nicht dazu beigetragen, daß er eine Dame in ihr sah. Und das brachte sie absolut zur Weißglut.

Du hast kein Recht, dich so zu ärgern, sagte sie sich fest. *Morgan schuldet dir nichts*. Und doch konnte sie die wachsende Wut in ihrem Innern nicht beherrschen.

Und auch nicht ihre wachsende Entschlossenheit, sein Vorhaben zu verhindern.

Warum ihr das so wichtig war, wollte sie gar nicht wissen. Sie wußte nur, daß sie nicht dastehen und in aller Ruhe zusehen konnte, wie Morgan Trask in ihrer Anwesenheit in das Bett einer anderen Frau stieg. Sie würde fast alles tun, um das zu verhindern.

Verdammter Hund! wütete sie und ging auf dem dicken karierten Teppich hin und her. *Zur Hölle mit ihm*! Sie setzte ihre Wanderung fort und schimpfte, verfluchte ihn – und jedes andere männliche Wesen von Trinidad bis Jamaika. Aber noch bevor eine Stunde vergangen war, hatte Silver einen Plan.

9. Kapitel

Ihre Idee begann Gestalt anzunehmen, als das junge, schmalgesichtige Hausmädchen kam, um ihr beim Auspacken zu helfen. Sie war so schwarz wie Quako, ihr Lächeln ebenso warm. Silver hatte während der letzten halben Stunde an einem Plan in dieser Richtung gearbeitet und als sie das Mädchen Marnie sah, fand sie das fehlende Mosaiksteinchen dazu.

»Marnie«, fragte Silver vorsichtig, »ist es möglich, daß du vielleicht eine Frau kennst, die... Heiltränke macht?«

Marnie hängte Silvers gelbes Musselinkleid in den geschnitzten Mahagonischrank und sah sie dann mit einem vorsichtigen Ausdruck auf dem Gesicht an. »Ich verstehe nicht.«

»Ich muß eine Voodoo-Mama finden.« Sie wünschte, sie hätte sich daran erinnern können, wie Delia die Sklavin nannte, die in Katonga schwarze Magie betrieb. »Kannst du mir helfen?«

»In Barbados gibt es kein Voodoo. Nur in Haiti.«

»Ich muß etwas kaufen, Marnie. Ich verspreche dir, daß ich keinem sage, wer mir geholfen hat, es zu bekommen.«

»Kein Voodoo«, sagte Marnie und schüttelte nachdrücklich den Kopf.

Silver betrachtete die Kristallflasche ihres Parfüms, die sie aus Katonga mitgebracht hatte. Wo es Afrikaner gab, gab es auch Voodoo. »Gefällt dir das hier?« Sie hielt die schöne, geschliffene Kristallglasflasche hoch. Das Sonnenlicht, das durchs Fenster hereinschien, verwandelte sie in ein Prisma, und Regenbogenfarben tanzten an den Zimmerwänden.

»Das ist wirklich schön«, sagte das Mädchen atemlos und streckte die Hand aus, um die Flasche anzufassen.

»Sie soll dir gehören, Marnie, wenn du mich zu einer Voodoo-Frau bringst.«

Einen Augenblick lang wirkte das Mädchen unsicher. Dann berührte sie das schimmernde Glas, schnappte sich die Flasche und grinste. »Mama Kimbo. Sie lebt nicht weit von hier. Wir gehen besser jetzt gleich, bevor die Lady merkt, daß wir weg sind.«

Silver grinste auch, denn das kleine, zu dünne schwarze Mädchen gefiel ihr. »Ich brauche nur eine Minute, um mich umzuziehen.«

Mit Marnies Hilfe zog Silver das hübsche rosa Tageskleid aus und zog statt dessen das einfach gelbe Musselinkleid an. Sie stiegen die Bedienstetentreppe hinten am Haus hinunter und gingen durch den Hinterhof hinaus, am Garten und der zweistöckigen, außerhalb liegenden Küche vorbei, die abseits des Haupthauses gebaut war, um jeder möglichen Feuergefahr für das Haus vorzubeugen. Eine Gruppe von schwarzen Frauen, die dort an einem großen eisernen Herd arbeitete, betrachtete sie neugierig, als sie vorübergingen, aber Marnie schien sich nicht darum zu sorgen.

»Sie werden nichts sagen.«

Was Marnie als kurzen Weg bezeichnet hatte, entwickelte sich zu einem kräftigen Mittagsspaziergang. Aber das war Silver egal. Sie liebte die turbulenten Straßen von Barbados, die Farben und die Geräusche und die Freundlichkeit der Leute hier. Ihr wurde klar, daß es für die Einwohner der Insel keinen Fremden gab. Sie waren ganz anders als die reservierten, feindseligen Männer und Frauen, die in Katonga hart für ihren Vater arbeiteten. Delia und Quako könnten hier glücklich sein, dachte sie traurig, und wünschte von ganzem Herzen, sie könnte ihnen das Geschenk ihrer Freiheit geben.

Sie eilten durch die schmalen Straßen an kleinen, mit Fensterläden vor der Sonne geschützten Häusern vorüber, durch grüne Felder, manche mit Zuckerrohr bepflanzt, bis sie schließlich bei

Mama Kimbo ankamen. Marnie zog die Tür zu dem Blechschuppen mit Schindeldach auf.

»Die Dame braucht einen Zaubertrank, Mama«, sagte Marnie ohne weitere Einleitung, und eine überraschend breithüftige Frau grinste sie nur an.

»Nein, keinen Zaubertrank«, verbesserte Silver. »Etwas, das mein Gesicht rot macht, eine Nessel oder so etwas, das rote Flecken hinterläßt. Ich will, daß jemand mich für krank hält, aber ich möchte nicht wirklich krank sein. Versteht Ihr?«

Mama Kimbos umfangreicher Bauch wackelte und ihre riesigen Brüste bebten. »Ihr seid ein hübsches Mädchen. Das ist wohl ein Spiel mit Eurem Geliebten, oder?«

Silver sah schuldbewußt zur Seite. »Genaugenommen hoffe ich eher, ein Spiel mit einem Geliebten zu verhindern.«

Mama Kimbo lachte noch lauter. Sie erhob sich mühsam aus ihrem Schaukelstuhl und wanderte durch das kleine Zimmer. An der Wand hinter ihr standen reihenweise Flaschen, und Tiegel mit Flüssigkeiten und Pulvern darin, Büschel von getrockneten Blumen und Kräutern und seltsame, häßliche Dinge, von denen Silver nicht einmal wissen wollte, was sie waren.

»Eine Nessel«, sagte die Mama und reichte ihr eine langstielige, grüne Pflanze mit gesägten Blättern. »Eine Art Brennessel. Wo sie die Haut berührt, brennt es wie vom Stich einer Biene, aber der Schmerz läßt schnell nach. Wir trocknen sie und verwenden sie für das, was ihr Rheumatismus nennt. Der Samen ist gut gegen Husten.«

»Ich habe kein Geld. Ich hoffe, Ihr nehmt auch dies hier an.« Silver gab der fülligen Frau mehrere Satinbänder in Blau, Rosa und Grün.

»Sehr hübsch.« Die Mama nahm die Bänder mit einer molligen Hand. »Verwendet die Nesseln vorsichtig«, sagte sie warnend. »Und viel Glück mit Eurem Mann.«

Silver lächelte. »Danke sehr.«

Sie verließen die Hütte und trugen die Nesseln in einer handgeflochtenen Strohtasche, die Marnie zurückzugeben versprach. Auf dem Rückweg zu dem Haus in der Chelsea Road blieb das kleine Mädchen stehen, als es etwas weiter vorn in der schmalen Straße eine Ansammlung von wenig vertrauenerweckenden Schwarzen sah.

»Wir gehen hier lang.« Marnie führte sie über einen abgetretenen Pfad in dichtem Gebüsch zurück in Richtung Hafen.

So mußten sie jetzt durch die Gassen im Hafenviertel gehen, in denen ein Wirtshaus neben dem anderen stand. Sie waren noch nicht weit gekommen, als eine der doppelten Schwingtüren aufsprang und ein Mann rückwärts auf die Straße fiel. Blut strömte aus seiner Nase über sein Gesicht und auf seine Brust, wo es Flecken auf seinem rotkarierten Hemd hinterließ.

Einen Augenblick lang lag er da und ächzte, und Silver mußte sich beherrschen, um nicht zu ihm zu gehen und zu sehen, ob ihm etwas fehlte. Sie war kurz davor, doch noch schwach zu werden, da kam er mühsam auf die Beine. Mit einem unsicheren Blick auf das Wirtshaus entdeckte er den großen, bärtigen Mann, der ihm gefolgt war. Mächtig und muskulös stand der schwarzhaarige Sieger da und grinste unter seinem dichten Schnurrbart hervor, breitbeinig stehend und die Hände auf die Hüften gestemmt. Er trug dunkelblaue Leinenhosen in der Farbe seiner Augen, ein breitgestreiftes Hemd und hatte das Aussehen eines Seemannes.

»Das nächste Mal, wenn du jemanden im Spiel betrügst, *anglais*, such' dir einen, der eher deine Größe 'at.« Der massige Mann mit dem schweren, französischen Akzent klatschte sich laut auf den fleischigen Schenkel und lachte dröhnend. Der Mann auf der Straße schlug den Staub von seinen Kleidern und bewegte den Unterkiefer hin und her, um zu sehen, ob er gebrochen war. Als der Franzose einen drohenden Schritt in seine Richtung machte, ergriff der Engländer eilig die Flucht.

Da die Unterbrechung vorüber war, wollte Silver gerade weitergehen, als sich die Schwingtür noch einmal öffnete und Jordy hinaustrat, mit einem breiten, wohlwollenden Grinsen auf dem jungenhaften Gesicht. Sie entdeckten einander im gleichen Augenblick und Jordys nußbraune Augen weiteten sich.

»Miss Jones! Was, zum Teufel, tut Ihr hier?«

»Ich – ich –« Silver sah schuldbewußt zu Boden und versuchte angestrengt, eine glaubhafte Geschichte zu finden. »Marnie hat mir etwas von der Stadt gezeigt.« Sie deutete auf das schmale schwarze Mädchen neben sich, die Mama Kimbos Strohtasche in den Falten ihres bunten Baumwollrockes hielt. Marnie nickte und lächelte.

»Hallo.« Jordy zog höflich seinen Schlapphut, so daß sein dichtes kastanienbraunes Haar sichtbar wurde.

»Jordy«, mischte sich der Franzose ein und wandte sich ihnen zu, wobei er wieder mit schwerem Akzent sprach. »Du mußt mich dieser *belle femme* vorstellen – dieser schönen Dame, deiner Freundin.«

»Verzeihung.« Jordy drehte den Hut in den Händen. »Miss Jones, dies ist Hippolyte Jacques Bouillard. Erster Maat an Bord der *Savannah*, der beste Mann, der je zur See gefahren ist.«

»M'sieur Bouillard! Ich habe das Gefühl, als würde ich Euch schon kennen.« Ernsthaft streckte Silver die Hand aus. Aus dem Bemerkungen, die Jordy gemacht und dem herzlichen Lob, das Morgan über ihn geäußert hatte, war sie sicher, daß Hippolyte Jacques Bouillard ein bemerkenswerter Mann war.

»Miss Jones ist die Tochter von einem –«

Silvers Ellenbogen bohrte sich in Jordys Rippen. »Mein Vater ist Plantagenbesitzer in Katonga.« Sie warf ihm einen warnenden Blick zu.

»Es ist mir ein Vergnügen, Miss Jones.« Er hob ihre Hand und streifte ihren Handrücken sacht mit den Lippen. Sein schwerer schwarzer Bart kitzelte, so daß sie lächeln mußte.

»Das Vergnügen ist ganz meinerseits, M'sieur.« Sie sagte das Wort in perfektem Französisch und war endlich einmal froh, daß sie diese Sprache gelernt hatte.

»Ihr müßt mich Jacques nennen.«

»Dann müßt Ihr mich Silver nennen.«

»Silver«, wiederholte er. »Die Farbe Eures 'aars. Ich fühle mich geehrt, *chérie*.«

»Sie ist das Mädchen, von dem ich dir erzählt habe«, sagte Jordy. »Die auf den Rahnock geklettert ist.«

Silver verzog das Gesicht und unterdrückte den Drang, ihm einen Tritt zu versetzen.

»Nein!« Jacques Mund blieb offen stehen. »Aber das ist unmöglich.«

»Hat sie wirklich getan!.Sie kann auch schwimmen wie 'n – ein – Fisch. Du hättest sie sehen müssen.«

»Jordy«, sagte Silver süßlich, konnte aber nicht verhindern, daß ihre Stimme doch etwas drohend klang. »Ich bin sicher, M'sieur Bouillard ist daran überhaupt nicht interessiert.«

»*Qui*, aber ja doch. Ihr seid sicherlich nicht die Frau, von der Jordy spricht.«

»Bitte, Jacques, ich möchte wirklich lieber nicht darüber reden.«

»Dieselbe Frau, die sich auch mit Morgan Trask angelegt hat?« Er schien es nicht fassen zu können.

»Ich wollte fliehen«, sagte Silver und fing an, sich zu ärgern. Was, zum Teufel, ging ihn das an? Sie hob das Kinn und warf ihm einen entmutigenden Blick zu.

Jacques Bouillard sah an ihr hinauf und hinunter, nahm ihre schlanke Figur und ihre mittlere Größe zur Kenntnis und schien weiterhin nicht glauben zu können, daß dies die Frau sein sollte, die bei der Mannschaft der *Savannah* solch ein Durcheinander hervorgerufen hatte.

Dann fing er an zu lachen. Erst leise, dann eher grollend, und schließlich laut dröhend und ganz tief aus dem Bauch, so ausgelassen, daß er kaum noch aufhören zu können schien. »Ihr –« er deutete zwischen zwei neuen Lachanfällen auf sie. »*Une petite*, nicht größer als ein Mädchen.«

»So klein bin ich auch wieder nicht, und wenn Ihr nicht aufhört zu lachen, zeige ich Euch vielleicht genauer, wie ich das gemacht habe.«

Das brachte das Lachen zum Verstummen. Zumindest für eine oder zwei Sekunden. »Es tut mir leid. Ich wollte nicht respektlos sein.« Er versuchte, ein kleines Lachen zu unterdrücken, aber es entkamen ihm noch ein paar Gluckser. »Es ist nur, daß *capitaine* Trask... Er ist ein Mann, den nur wenige Männer unterkriegen. Daß ein 'übsches junges Ding wie Ihr das geschafft 'at – das wird er nie verkraften.« Bouillard lachte wieder leise.

Silver wünschte, sie hätte mitlachen können, aber die Erinnerung an ihre Kämpfe mit dem Major waren noch viel zu frisch. »Ich habe ihn eigentlich nicht besiegt. Ich bin hier, weil er so freundlich war, mich mitzunehmen.« Sie sah Jacques flehend an. »Ich könnte Euch nicht vielleicht davon überzeugen, zu vergessen, daß wir uns schon begegnet sind?«

»Tut mir leid, das ist unmöglich.« Er lachte noch einmal, dann änderte sich sein Gesichtsausdruck. »Wo geht Ihr hin, *chérie*? Ihr solltet nicht in diesem Teil der Stadt unterwegs sein.«

»Ich wohne bei Lady Grayson. Und es ist Zeit, daß wir zurückgehen.«

»Ich gehe mit Euch.«

»Das ist wirklich nicht nötig.«

Jacques kicherte noch einmal. »Natürlich nicht, Silver Jones, aber ich werde trotzdem mit Euch gehen.«

Und das tat er auch, und ging erst wieder fort, als sie den Hinterhof des Hauses erreicht hatten. Er fragte nicht danach, warum sie nicht zur Vordertür hineinging, wie es jede anständige Dame getan hätte. Bouillard schien ein Mann zu sein, der das Privatleben der anderen respektierte und die Freundschaft eines anderen nur aufgrund seiner Taten annahm. Offensichtlich hatte sie ihn überzeugt, und Silver war froh darüber.

Sie begann jetzt schon, den großen bärtigen Franzosen Hippolyte Jacques Bouillard zu mögen.

Morgan verließ die *Savannah* in einer frisch gewaschenen Uniform und einem Paar glänzender schwarzer Stiefel. Eine tropische Brise zerzauste sein ordentlich gekämmtes Haar, und er konnte immer noch das würzige Eau de Cologne riechen, das er benutzt hatte. Die Sonne hinter ihm bildete eine leuchtende Halbkugel am Horizont und glitt langsam weiter dahinter.

Morgan überquerte den Laufsteg zur Mole, ging sie entlang und stieg an der Ecke in die Kutsche, die Lydia für ihn geschickt hatte, eine hübsche, schwarze Kalesche mit heruntergelassenem Verdeck, die von einem Paar grauer Pferde gezogen wurde. Morgan lehnte seine hohe Gestalt an die gepolsterte Rückenlehne und dachte an die Nacht, die vor ihm lag. Er freute sich jetzt schon seit drei Wochen auf diesen Abend mit Lydia. Um so mehr seit seinen beunruhigenden Begegnungen mit Silver.

Wie Jacques, der ihr am Nachmittag begegnet war, es so treffend bezeichnet hatte – sehr zu Morgans Leidwesen – das Mädchen war eine echte Versuchung. Jacques' wohlwollende Bemerkungen und Witze über sie hörten gar nicht auf, bis der massige Franzose Morgan etwas zu weit gegangen war. Morgan wußte, daß sein Temperamentsausbruch nicht nur ungewöhnlich, sondern auch unerwartet gewesen war. Dadurch hatte Jacques jetzt eine Vorstellung davon, wie aufgewühlt Morgans Gemüt war.

»Mir scheint, *mon ami*, daß dies keine Sache zum Lachen ist«, hatte Jacques gesagt und war ernst geworden. »Diese silber'aarige Frau bedeutet mehr für dich, als du zugeben willst.«

»Du irrst dich, Jacques. Diese Frau ist eine Belastung, und keine unerhebliche. Ich fühle mich verantwortlich für sie, sonst nichts.«

»Sie ist schön, *n'est-ce-pas*?«

»Und außerdem eigenwillig, stur und bockig.«

»Dann sollte ich mich vielleicht mal etwas um sie kümmern. Genau diese Eigenschaften finde ich an einer Frau nämlich besonders anziehend.«

Morgan warf ihm einen durchdringlichen Blick zu. »Von mir aus«, sagte er knapp, aber sie wußten beide, daß er in gewissem Sinne das Mädchen für sich beanspruchte. Jacques würde sich da nicht einmischen.

Er lachte leise. »Ich glaube, vielleicht 'at Major Trask endlich sein Gegenstück gefunden.«

»Ich habe dir doch schon gesagt, daß sie nicht mein Typ ist.«

»Denk nur an die prima Söhne, die du mit ihr 'aben könntest – solche, wie du sie immer wolltest.«

»Ich gebe zu, daß es mir eine Menge bedeutet, einmal Kinder zu haben. Aber das heißt auch heiraten – und dazu bin ich einfach noch nicht bereit.«

»Nicht alle Frauen sind wie deine Charlotte. Ich habe sehr viel Glück gehabt mit den Frauen, die mich geliebt haben.« Jacques hatte zwei bemerkenswerte Söhne, von zwei verschiedenen Ehefrauen. Die erste war bei der Geburt gestorben, die zweite an einem Fieber, das Frankreich heimgesucht hatte. Da er mit sechzehn zum ersten Mal geheiratet hatte, waren seine Söhne fast erwachsen und schon selbst Seeleute.

»Das mag ja durchaus sein«, sagte Morgan, »aber darum geht es mir überhaupt nicht. Falls ich einmal heiraten sollte, wird es eine Frau sein, die weiß, wo sie hingehört. »Meine Frau wird genau das tun, was ich ihr sage – und ich habe die Absicht, ihr das von Anfang an klarzumachen.«

Jacques schüttelte den Kopf. »Das 'ört sich für mich wirklich langweilig an. Ich 'abe meine Frauen lieber feurig, so wie deine Silver.«

»Sie ist nicht *meine* Silver.«

Jacques grinste nur. »Es ist ein Jammer, *mon capitaine*, eine so schöne Frau zu verschwenden.«

Da Morgan in dem Zusammenhang etwas ganz ähnliches gedacht hatte, antwortete er darauf nicht.

Mit schwirrenden Rädern rollte die Kutsche durch die langsam dunkler werdenden Straßen, vorbei an Händlern, die die

Läden vor ihren Geschäften schlossen, und an kleinen Jungen, die eilig Leitern hinaufkletterten, um die Gaslaternen anzuzünden. Das Haus an der Chelsea Road war schon fast erreicht.

Morgan rückte auf dem Kutschensitz zur Seite. Er hatte sich auf diese Begegnung mit Lydia gefreut. Jetzt, wo es endlich so weit war, stellte er fest, daß er sich davor fürchtete.

Sie würden heute abend zusammen ausgehen. Er würde mit ihr in einem ruhigen Restaurant essen. Lydia hatte Silver auch eingeladen und ihr angeboten, auch einen passenden Begleiter für sie zu finden, aber Silver hatte abgelehnt.

Morgan war erleichtert gewesen.

Was er und Lydia für danach in ihrem Schlafzimmer planten, sollte Silver eigentlich besser nicht wissen. Eigentlich ging es sie ja nichts an. Er hatte genau den vorwurfsvollen Ausdruck bemerkt, mit dem sie ihn angesehen hatte, als er sie verließ. Er war ihr keine Erklärungen schuldig. Ganz im Gegenteil. Trotzdem hatte er Schwierigkeiten mit seinem Gewissen und weigerte sich, nach dem Grund zu forschen.

»Ihr seht wunderbar aus, Lydia«, sagte Morgan, als sie ihn am Fuß der großen Treppe mit dem weißen Geländer empfing.

Heute abend trug sie ein dünngestreiftes, schwarzsilbernes Kleid, das mit schwarzer belgischer Spitze besetzt war. Zarte schwarzsilberne Schuhe schauten unter dem Saum der weiten Röcke hervor. Ihre Schultern waren bloß, ihre Brüste hoben und senkten sich sacht mit jedem Atemzug.

»Und Ihr, mein verehrter Morgan, seht besser aus denn je.«

Unbewußt sah Morgan zum oberen Stockwerk hinauf, beinah als erwarte er, Silver mit mißbilligendem Blick zu ihm herunterschauen zu sehen.

»Es geht ihr gut, Morgan«, sagte Lydia knapp, die ihm ansah, was er dachte. »Nach so langer Zeit auf See brauchte sie wahrscheinlich die Ruhe.«

Das konnte er sich kaum vorstellen. Silver hatte mehr Energie als drei normale Menschen. »Wir sollten besser gehen.«

Der Abend verging viel langsamer, als Morgan es sich vorgestellt hatte. Warum hatte er sich nicht daran erinnert, daß Lydias Gesprächsstoff hauptsächlich aus dem Tratsch der Plantagenbesitzer und der neuesten Pariser Mode bestand? In der Vergangenheit hatten sie zu Hause gegessen und die meiste Zeit miteinander im Bett verbracht. Lydia wirkte auf den ersten Blick zurückhaltend, aber sie war eine leidenschaftliche Geliebte. Er hoffte sehr, daß es ihr gelingen würde, zu diesem Thema mehr Interesse in ihm zu erwecken als zu den anderen.

Als das elegante Abendessen beendet war, brachte sie die Kutsche nach Hause zurück und Morgan ging mit ihr zur Tür. Als sie drinnen war, wartete er ein diskretes Weilchen und ging dann zum Hintereingang und die Treppe hinauf, die zum Balkon vor ihrem Zimmer führte. Lydia öffnete hastig die Tür und zog ihn herein, dabei legten sich ihre Arme um seinen Nacken, so daß sie ihn zu sich herunterziehen und küssen konnte.

»Das wollte ich schon seit Stunden tun«, flüsterte sie an seinem Mund, ihre Lippen waren weich und feucht unter den seinen, ihre Finger öffneten eifrig die glänzenden Messingknöpfe, die vorn seine Uniform schlossen. Lydia trug ein durchsichtiges, weißes Organdynachthemd, mit Spitze besetzt, durch das ihre schweren Brüste deutlich sichtbar waren.

Morgan sagte nichts, sondern drängte nur seine Zunge zwischen ihre Zähne und versuchte, nicht darauf zu achten, wie anders sich ihre kühlen Lippen im Vergleich zu Silvers warmem Mund anfühlten. Seine Hände streichelten ihre Brüste, und er dachte, wie voll und schwer sie doch waren, nicht hoch und fest und so prall, als wollten sie die Hand eines Mannes füllen. *Kleine Hexe*, dachte er, noch entschlossener, sich seine Lust nicht durch das Eindringen ihres Bildes verderben zu lassen. Er zog Lydia noch fester an sich und füllte seine Hände mit ihren schweren Brüsten.

Verdammter Kerl! Silver verließ stürmisch das Fenster. Morgan hatte genau das getan, was sie erwartet hatte. Sie hatte ihn im Garten und auf dem Weg nach oben gesehen. Jetzt war er in Lydias Zimmer, um mit ihr zu schlafen.

Verdammter Kerl! Silver gab sich die größte Mühe, nicht die Beherrschung zu verlieren und berührte dabei noch einmal vorsichtig mit der Nessel ihre Wange. Vor Schmerz machte sie ein leise zischendes Geräusch. *Das ist es fast nicht wert*, dachte sie und machte auch am Hals und auf der Brust noch ein paar brennende rote Flecke. Aber das Brennen dauerte nicht lange, und die roten Flecke blieben und sahen gefährlich und schmerzhaft aus.

Gekleidet in ein weißes Baumwollnachthemd, das Haar zu einem einzelnen dicken Zopf geflochten, zog Silver eilig ihren Morgenmantel an, schob ihre Füße in Hausschuhe, öffnete die Tür und trat in den dunklen Flur hinaus. Marnie hatte ihr gezeigt, welches Lydias Zimmer war, das ihr jetzt meilenweit entfernt am anderen Ende des Flurs zu liegen schien. Als sie dann vor der Tür stand, hörte sie im Innern des Zimmers Geräusche und leise geflüsterte Worte, aber sonst nichts.

Silver biß die Zähne zusammen. Mit weiter wachsender Entschlossenheit klopfte sie leise an die Tür. Keine Antwort. Sie klopfte noch einmal. Immer noch keine Antwort. Noch ein paarmal Klopfen, diesmal etwas lauter, und dann rief sie noch Lydias Namen dazu. Nach wenigen Sekunden schon öffnete sich weit die Tür, und eine sehr aufgewühlte und leicht errötete Lady Grayson stand vor ihr.

»Was ist los, Silver?« Ihre Stimme klang deutlich gereizt.

»Es tut mir leid, wenn ich Euch störe, ich weiß, daß es schon spät ist...« Unter einer Hand hervor, die Silver an die Stirn hob, versuchte Silver Morgan zu entdecken, aber er war nirgendwo zu sehen. Lydia schnappte erschreckt nach Luft, als sie die häßlichen, roten Flecken sah, und Silver schwankte und hielt sich am Türrahmen fest. »Ich glaube, es geht mir nicht gut.«

Nackt bis zur Brust trat Morgan aus dem kleinen Ankleidebereich an der Seite des Zimmers hervor. Lydia drehte die Augen zum Himmel, als sie ihn kommen sah.

»Was ist los?« fragte er, und kümmerte sich nicht um ihr Unbehagen angesichts des Skandals, den er gerade provozierte.

»Morgan –« Silver sank an seine Brust. »Was – was tust du hier?« Mit diesen Worten wurde sie ohnmächtig, und Morgan hob sie auf die Arme. Nur in seinen Stiefeln und Hosen trug er sie durch den Flur und legte sie auf das tiefe Federbett in ihrem Zimmer.

»Holt einen Arzt«, befahl er, und Lydia ging sofort nach unten, um seiner Anweisung zu folgen.

Silvers dunkle Augen öffneten sich. »Es – es ist bestimmt nicht schlimm.«

Morgan fühlte an ihrer Stirn, ob sie Fieber hatte, dann öffnete er ein paar Knöpfe ihres Nachthemdes, um zu sehen, ob dort noch mehr von den roten Flecken waren, die ihr Gesicht röteten. Auf der zarten Haut an ihrem Hals und ihren Schultern fanden sich noch ein paar.

»Vielleicht habt Ihr irgendetwas gegessen, das dies hervorgerufen haben könnte?«

Silver befeuchtete ihre Lippen, als fühlten sie sich trocken an. »Nicht daß ich wüßte.«

»Bleibt einfach ruhig liegen.« Die Sorge um sie stand in seinen Augen geschrieben, und ein wenig von Silvers Ärger verflog.

Lydia kehrte wenige Augenblicke später zurück. »Euphrates ist gegangen und holt den Arzt. Er wohnt ganz in der Nähe, also dürfte es nicht allzu lange dauern.«

Lydia runzelte die Stirn angesichts von Morgans bloßer Brust, deren Anblick Silver sich nicht wahrzunehmen bemühte. Morgan folgte ihrer Blickrichtung und bemerkte den ernsten Zug um ihren Mund. Er entschuldigte sich und fluchte im stillen. Ein paar Augenblicke später kehrte er zurück, wieder ordentlich in seine Uniform gekleidet und das Haar ordentlich gekämmt.

»Ich wäre Euch dankbar, für Eure Diskretion«, sagte er zu Silver, die mit unschuldiger Miene zu ihm aufsah.

»Aber natürlich, Major Trask.«

Als der Doktor dann eintraf, war auch Lydia wieder voll bekleidet. Sie ließen Silver mit dem Arzt allein, der ein paar Minuten später wieder in den Flur hinaustrat.

»Ich komme nicht so recht dahinter«, sagte er und kratzte sich den schon recht gelichteten Kopf. Er schob den Zwicker, den er getragen hatte, in die Tasche seines Rockes und stopfte sein Stethoskop zurück in seine schwarze Ledertasche. »Sie hat kein Fieber. Der Ausschlag geht nicht tiefer als bis zu ihren Schultern...« Er schüttelte den Kopf. »Ich kann mir nicht vorstellen, was das sein könnte.«

Morgans Unterkiefer wurde hart, als ihm ganz plötzlich ein Verdacht kam. »Dann glaubt Ihr also, daß sie nicht in Gefahr ist?«

»Ich vermute, daß es ihr bis morgen wieder gut geht.«

»Vielen Dank, Doktor.« Er wandte sich Lydia zu, die wieder ruhig wie immer war. »Ich möchte einen Augenblick allein mit ihr sprechen.«

»Aber gern«, sagte Lydia süßlich. »Gehen wir doch hinunter in den Salon und trinken wir eine Tasse Tee«, schlug sie dem Arzt vor.

Während sie fortgingen, schob Morgan die Tür zu Silvers Zimmer auf und ging zum Bett, wo sie in den Kissen lag, den dicken Zopf über ihre Schulter gebreitet. Jetzt, wo seine Besorgnis vergangen war, bemerkte er, daß sie wirklich gesund aussah – bis auf die kleinen roten Flecken.

»Wie fühlt Ihr Euch?« Morgan zog einen Stuhl zum Bett und setzte sich neben sie.

»Leider etwas schwach.«

»Der Arzt sagt, daß es Euch bis morgen sicher wieder gutgeht.«

»Da hat er bestimmt recht«, stimmte sie ihm zu.

»Aber er meint, Ihr solltet eine ordentliche Portion Rizinusöl nehmen, nur um ganz sicher zu gehen.«

Silver setzte sich schlagartig aufrecht hin.

»Rizinusöl! Aber – aber das ist für Magenbeschwerden, nicht für einen Ausschlag wie diesen!«

»Vielleicht ist es etwas gewesen, das Ihr gegessen habt. Lydia ist gerade hinuntergegangen, um es zu holen.«

»Aber ich –« Sie kannte ihn inzwischen gut genug – er würde sie auch mit Gewalt festhalten, falls nötig. »Morgan, bitte ... Ich hasse dieses gemeine Zeug. Mir geht's bestimmt morgen wieder besser, das verspreche ich.«

Morgans harter Blick bohrte sich in sie. »So, es wird Euch bestimmt wieder besser gehen«, wiederholte er.

»Ja.«

»Wie könnt Ihr das so genau wissen?«

»Ich, äh, ich habe schon einmal so etwas gehabt. Es hat nicht lange gedauert, nur ein paar Stunden.«

Morgan erhob sich aus seinem Stuhl und beugte sich über sie, sein Blick war kalt wie Eis. »Warum habt Ihr das nicht gleich gesagt?«

»Nun, ich, äh, ich hatte das ganz vergessen. Das ist schon lange her, wißt Ihr, und ich –«

Morgan griff nach ihren Handgelenken und riß sie vom Bett hoch. »Ihr kleine Betrügerin. Ihr habt nicht das geringste, stimmt's?«

»Wie könnt Ihr das sagen? Schaut Euch diese schrecklichen Flecken an.«

»Kein Fieber, keine Übelkeit. Ihr habt nichts, und trotzdem versetzt Ihr den ganzen Haushalt in Unruhe, beschämt Lady Grayson, zerrt den armen Doktor mitten in der Nacht aus dem Bett – Warum habt Ihr das getan, Silver? Warum wolltet Ihr mich unbedingt von Lydias Bett fernhalten?«

»Das wollte ich gar nicht. Es ging mir schlecht, und ich – ich brauchte ihre Hilfe.«

»Was Ihr wirklich braucht, ist eine ordentliche Tracht Prügel.«

Silver erstarrte in seinem Griff, ihre ganze Haltung drückte Herausforderung aus, nur ja nichts Derartiges zu versuchen.

»Warum, Silver?« drängte sie Morgan. »Warum habt Ihr Euch all diese Mühe gemacht?«

Das Spiel war vorüber. »Ich weiß es nicht«, flüsterte sie voller Verzweiflung.

Morgan betrachtete sie noch einen Augenblick. »Nun, ich schon.« Er riß sie hoch, und sein Mund drückte sich fest auf den ihren. Es war kein zärtlicher Kuß, aber brutal war er auch nicht. Es war der Kuß eines Mannes, heiß und fordernd, ein Kuß der ihr bis in die Knochen fuhr. Silver spürte den Druck seines Mundes, gab dem Drängen seiner Zunge nach und öffnete die Lippen, dann erbebte sie, als seine Zunge die glatten Innenseiten ihres Mundes berührte. Sein Atem schmeckte heiß und männlich, sie roch noch einen Hauch von seinem würzigen Rasierwasser. Als er ihre Handgelenke losließ, schlossen sich ihre Finger um die Aufschläge seiner Uniform und hoben sich dann zu seinem Nacken, um ihn näher zu sich heranzuziehen.

Silver lehnte sich an ihn, und Morgan vertiefte den Kuß, wobei seine Hände über ihren Körper abwärts wanderten, bis die eine breite Handfläche sich um ihr Hinterteil legte, um sie fester an sich drücken zu können. Muskulöse Schenkel boten ihr Widerstand und seine harte, straffe Männlichkeit.

Oh Gott, flüsterte sie im stillen, als weißglühendes Feuer ihren Körper durchströmte. Als sich eine von Morgans Händen aufwärts bewegte, um ihre Brust zu streicheln, glaubte Silver, ihr Herz würde stehenbleiben. Was in Gottes Namen geschah mit ihr? Sie müßte eigentlich angewidert, entsetzt sein. Statt dessen bog sie sich ihm entgegen, wollte mehr. Wie als Antwort darauf strichen seine Finger über ihre Brustwarze unter dem dünnen Baumwollnachthemd. Sie pulsierte, wo er sie streichelte, bebte und spannte sich. Er hob die ganze Brust in seiner Hand, wog sie, umfaßte sie, streichelte sie...

Morgan stöhnte. Silver bebte noch mehr. *Herrgott im Himmel.* Sie fühlte sich atemlos und voller Verlangen, am ganzen Körper warm und zerfließend. Morgan zog ihr Nachthemd hoch, dann setzte seine warme Hand die Berührung fort, bewegte sich über ihren Schenkel nach oben und legte sich wieder um die Rundung ihres Hinterteils. Als Morgan das weiche, feste Fleisch zu kneten begann, spürte Silver einen Feuerstrahl in ihrem Innern, der so heiß war, daß sie das Gefühl hatte, ihr Blut könnte zu brennen anfangen. *Morgan*, schrie es in ihrem Innern. *Morgan, Morgan, Morgan.*

Sie drückte ihre Lippen an seine, strich mit ihren Fingern durch sein Haar und sagte leise seinen Namen. Nicht sie war es, sondern er, der sich von ihr löste.

»Hier ... ist ... nicht ... der richtige Ort«, sagte er, und seine Stimme klang nicht nur belegt, sondern rauh.

Silver berührte ihre Lippen und starrte ihn ungläubig an. Sie konnte nicht glauben, was geschehen war. Ihre Brust kribbelte immer noch, und zwischen ihren Beinen war es feucht und heiß.

»Es tut mir leid«, sagte sie, ohne zu wissen, warum ihr das in den Sinn kam. »Ich wußte nicht, daß das geschehen würde.«

Morgan schob sie etwas von sich weg. »Ich auch nicht.« Er holte zur Beruhigung einmal tief Atem und strich sich mit einer Hand durchs Haar. »Wir reden morgen darüber.«

Silver sank auf das Bett, immer noch eher verwirrt als beschämt. »Können wir nicht einfach so tun, als wäre nichts gewesen?«

Zum ersten Mal lächelte Morgan. Mein Gott, sie sah so verdammt reizend aus mit diesen verrückten roten Flecken auf den Wangen und dem ordentlichen, weißen Nachthemd. Er hätte nie gedacht, daß er einmal solche Dinge über eine Frau wie Silver Jones denken würde. Aber er hätte auch nie geahnt, daß sie ihn so von Grund auf erschüttern könnte.

»Ich persönlich werde es wohl kaum vergessen können, aber

Ihr könnt es ja versuchen, wenn Ihr wollt. Es wäre sicher die klügere Lösung.«

»Ihr werdet Lydia nichts sagen.« Ihre großen braunen Augen sahen ihn flehend an.

»Wohl kaum.« Er rückte seine Hose zurecht und fluchte über seine Lage, dann sah er Silver wieder an. Diesmal wirkte sie beschämt und zum ersten Mal etwas unsicher.

Morgan spürte plötzlich einen Anflug von Schuldbewußtsein angesichts der Freiheiten, die er sich herausgenommen hatte. Verdammt noch mal! Er würde den Teufel tun und sich jetzt auch noch entschuldigen! Sie hatte mit dem Spiel angefangen, er hatte es nur fortgesetzt. Sie konnte von Glück sagen, daß Lydia und der Doktor noch in der Nähe waren. »Ihr solltet Euch ausruhen, Silver.«

»Ihr werdet doch nicht... hierbleiben... oder?«

Morgan schüttelte den Kopf. »Nein.« Warum war er so froh darüber, daß sie sich eingemischt hatte, zum Teufel? Genaugenommen war er wirklich froh, daß er fortgehen konnte, obwohl er nicht direkt sagen konnte, warum. Er hatte wieder eine qualvolle Nacht vor sich, denn sein Körper war straffer angespannt als eine Ankerkette. Aber es war einfach so, daß er Lydia nicht begehrte, sie nicht einmal begehrt hatte, seitdem er dieses Haus betreten hatte.

Vielleicht sollte er sich mit einer der dunkelhäutigen Frauen am Hafen Erleichterung verschaffen. Morgan seufzte. Vielleicht sollte er sich auch der Wahrheit stellen und aufhören, sich etwas vorzumachen. Silver war die Frau, die er begehrte.

Aber eines wußte er jetzt ganz genau: Als er Silver Jones damals in seiner Kajüte geküßt hatte, hatte sie doch nicht nur Theater gespielt.

10. Kapitel

Silver schlief nicht besonders gut. Sie drehte sich die ganze Nacht im Bett hin und her und fragte sich, was eigentlich zwischen ihr und Morgan Trask geschehen war, konnte sich nicht entschließen, ob sie abgestoßen sein sollte von dem, was sie getan hatte oder begeistert davon, wie sie sich in seinen Armen gefühlt hatte.

Delia hatte ihr gesagt, daß so etwas möglich war – mit dem richtigen Mann. Silver hatte nicht geglaubt, daß ihr das auch geschehen könnte, aber sie hatte sich getäuscht. Und auch wenn sie nicht so hätte handeln dürfen, wie sie es getan hatte, tat es ihr nicht leid.

Entschlossen, doch noch etwas zu schlafen, knuffte sie ihr Kopfkissen und versuchte noch einmal, es sich bequem zu machen. In den letzten wenigen Stunden vor Morgengrauen schlief sie schließlich ein. Erst spät am nächsten Morgen erwachte sie, weil es an ihrer Tür klopfte.

»Ich bin es, Miss Jones«, ertönte die dünne, hohe Stimme durch die Tür. »Ich bin es, Marnie.«

»Komm herein, Marnie.« Silver streckte sich und gähnte, fühlte sich viel erfrischter, als sie für möglich gehalten hätte.

»Dieser Junge, Jordy – er ist unten, Miss. Er sagt, der Käpt'n hätte ihm aufgetragen, Euch heute die Stadt zu zeigen.«

Das hatte Morgan getan? »Vielen Dank, Marnie. Sagt ihm, er soll in der Halle auf mich warten. Ich komme gleich hinunter.«

Kurze Zeit später kam sie die Treppe herunter in einem zarten, eisblauen Tageskleid mit kleinen Sträußchen, die um den Saum appliziert waren. Jordan Little saß etwas steif auf dem Brokatsofa in der Eingangshalle, seinen Schlapphut in der Hand. Er lächelte, als sie hereinkam, sprang auf und strich sich das Haar zurück.

»Der Käpt'n sagt, Ihr wärt noch nie in Barbados gewesen. Er dachte, es würde Euch vielleicht gefallen, wenn ich Euch 'was – etwas – herumführe.«

»Das wäre wirklich nett, Jordy. Macht es dir tatsächlich nichts aus?«

»Ich tue es wirklich gern, Miss Jones.« In saubere Segeltuchhosen und ein frisches, weißes Leinenhemd gekleidet, sein braunes Haar ordentlich gekämmt, sah Jordy so aus, als würde er es wirklich ernst meinen, und Silver lächelte.

»Dann wollen wir damit anfangen, daß du mich Silver nennst.« Sie griff nach seinem Arm, hängte sich bei ihm ein und führte ihn zur Tür.

»Oh nein, Madam, das kann ich nicht, schließlich seid Ihr eine Aristo-Aristo-«

»Aristokratin?« schlug sie vor.

»Ja, genau.«

Der Butler öffnete die Tür und sie traten hinaus in die warme tropische Luft.

»Ich möchte es aber gern. Ich hatte nie einen Bruder. Wenn du Silver zu mir sagst, dann ist es beinah, als wären wir verwandt.«

Jordy sah sie erstaunt an, dann wandte er den Blick ab. Was war das für ein Gefühl, das sie gerade in seinen Augen entdeckt hatte?

»Ich hatte nie 'ne Familie«, sagt er. »Nur der Käpt'n, Cookie und Jacques.«

»Nun, jetzt hast du mich auch noch.«

Jordy lächelte, so daß die Sommersprossen auf seiner schmalen, geraden Nase breiter wurden. Einen Augenblick lang sah er sie nur an. Dann verschwand sein Lächeln, und sein Gesicht wurde ernst. »Ich wünschte, ich wäre alt genug, um mich um Euch zu kümmern, Miss – ich meine Silver.«

»Nun, das wirst du – wenigstens heute.«

Jordy schien sich darüber zu freuen. Er brachte sie zu einer Mietkutsche mit Fahrer, die Morgan besorgt hatte, und half ihr einzusteigen. Sie schauten sich die Sehenswürdigkeiten von Bridgetown an und fuhren dann hinaus zu den Zuckerrohrfeldern in der Ferne.

Sie machten in einem kleinen Dorf halt, das Bannatyne hieß, und setzten sich zum Essen auf die Veranda eines kleinen Dorfgasthauses. Dort gab es Seeigel, fliegende Fische – die Silver ausdrücklich nicht bestellte – und Languste sowie barbadischen Hummer, den Silver zu probieren beschloß. Dazu gab es Yamswurzeln und Taroknollen, und als Nachtisch Papaya. Jordy probierte zum ersten Mal eine Ananas und erklärte sie zur besten Frucht, die er je gegessen hatte.

»Genau wie damals George Washington«, sagte Silver und lachte.

»Was meint Ihr damit?«

»Ich habe mal gelesen, daß er genau das gesagt haben soll, als er zum ersten Mal hierherkam und die Frucht gekostet hat.«

»Das muß bedeuten, daß wir uns sehr ähnlich sind«, sagte Jordy spöttisch.

»Unbedingt – nur daß du viel besser aussiehst.«

Die Mahlzeit und der Tag, den sie miteinander verbrachten schuf eine Nähe zwischen ihnen, die Silver sehr zu schätzen wußte. Sie hatte wirklich gemeint, was sie sagte, als sie ihm gestand, daß sie ihn gern zum Bruder gehabt hätte.

Jordy, dem es offensichtlich ganz ähnlich ging, wirkte, als sie das Gasthaus verließen, lockerer als sie ihn je gesehen hatte. Während der Weiterfahrt in der Kutsche erfuhr Silver, daß er schon so jung zur Waise geworden war, daß er sich überhaupt nicht an seine Eltern erinnerte. Er verehrte Morgan Trask und Jacques Bouillard und erzählte auch einiges von Cookie, zum Beispiel davon, wie sich der zähe alte Seemann um ihn gekümmert hatte, seit er ein kleiner Junge war.

»Ich schätze, von jetzt an wird wohl alles anders werden«, schloß er dann, und begann, nachdenklich zu werden. »Der Käpt'n fährt nicht mehr zur See, Cookie macht einer Frau den Hof, und Jacques will, sobald wir nach Hause kommen, auf einer Brigantine anheuern. Ich muß mich langsam selbst um mich kümmern.«

»Major Trask wird dich sicher nicht alleinlassen.«

»Natürlich nicht. Aber irgendwann muß ein Mann ja auch erwachsen werden.«

»Ich denke, da hast du recht.« Aber es war doch sehr früh, wenn er schon mit dreizehn Jahren beginnen wollte, sich dem Leben allein zu stellen. Silver kannte sich mit diesem Thema besser aus, als eigentlich gut gewesen wäre. Vielleicht konnte sie mit dem Major darüber sprechen. Silver dachte an den großen, gutaussehenden Mann, und weiche Wärme breitete sich in ihrem Bauch aus. »Ich kümmere mich auch schon ziemlich lange um mich selbst«, sagte sie und lenkte ihre Gedanken auf einen weniger gefährlichen Weg. »Es ist eigentlich gar nicht so schlimm.«

»Wart Ihr nicht manchmal einsam?«

»Doch, Jordy, das schon.« Die Kutsche rasselte dahin, nur das Klappern der Hufe unterbrach das gleichmäßige Geräusch. »Manchmal bin ich es auch jetzt noch.«

Sie kehrten am späten Nachmittag nach Bridgetown zurück. »Ich nehme an, der Major hat heute abend schon etwas vor.« Silver gab sich Mühe, ihre Stimme ganz unbeteiligt klingen zu lassen.

»Er geht mit Owen Moore zu einer Veranstaltung am Gun Hill. Da ist heute abend ein großer Hahnenkampf auf einer der alten Pflanzungen. Der Käpt'n und Moore woll'n – wollen – noch besprechen, wie es mit ihrem Auftrag weitergehen soll.«

»Ein Hahnenkampf.« Silver hatte davon schon gehört, doch noch nie einen gesehen. »Willst du auch hingehen?«

Jordy grinste. »Ja. Ich und Jacques.«

»Kann ich mit euch kommen?«

Jordy wirkte unsicher. »Ich glaub' nicht, daß das dem Käpt'n gefallen würde.«

»Ach bitte, Jordy. Wenn ich bei dir und Jacques bliebe, ist das bestimmt kein Problem. Und vielleicht merkt der Major ja nicht einmal etwas davon.«

»Ich weiß nicht recht, Silver.«

»Wo ist Jacques? Warum fragen wir ihn denn nicht einfach?«

Diese Idee schien etwas besser anzukommen. »Also gut. Er ist entweder unten bei der *Savannah* oder drüben im Wirtshaus *Stier und Krähe*.«

»Dann wollen wir es zuerst im Wirtshaus versuchen.« Dort war es weniger wahrscheinlich, daß sie Morgan begegneten. Der Fahrer wirkte etwas überrascht, als Silver ihm ihr neues Ziel sagte, doch kurze Zeit später erreichten sie dasselbe wenig einladende Gebäude, bei dem sie Jacques schon einmal begegnet war. Jordy lief hinein, um ihn zu suchen. Ein paar Minuten später kamen beide Männer wieder zu ihr hinaus.

»Also, *chèrie*, Ihr wollt die 'ühner kämpfen sehen?« Der Franzose roch zwar recht würzig nach Bier, war aber überhaupt nicht betrunken.

»Das hört sich interessant an.«

»Ich bin mir nicht sicher, ob Ihr das wirklich finden werdet.« Er griff in seine Hosentasche und zog ein zerknülltes Stück Papier mit einer Art Zeichnung und einem Aufdruck heraus. »Und es gibt auch noch ein anderes Problem.«

Silver schnappte nach Luft, als sie ihr eigenes Bild auf dem Plakat mit der von ihrem Vater ausgeschriebenen Belohnung sah, das auf verschiedenen Inseln verteilt worden war. »Verfluchter Kerl. Er findet immer einen Weg, mir das Leben zur Hölle zu machen.«

»Ihr seid viel 'übscher als die Zeichnung«, sagte Jacques, »aber zweitausend in Gold ist eine Menge Geld.«

»Pinkard hat die Belohnung schon für sich beansprucht. Können wir denn gar nichts unternehmen?«

»Ich kann versuchen, dafür zu sorgen, daß sich das herumspricht. Aber bis sich das durchgesetzt hat, wird es eine Weile dauern.« Er sah auf Silver hinab, und eine seiner prankenartigen Hände hob sich zu ihrer Wange. »Vielleicht solltet Ihr gerade deshalb 'eute abend mit uns kommen. Zumindest seid Ihr bei Jacques Bouillard in Sicherheit.«

Silver grinste in freudiger Überraschung. »Ich wußte ja, daß wir Freunde werden würden.«

»Es werden auch noch andere Frauen dort sein. Nicht viele, aber doch ein paar. Ihr werdet Euch nicht fehl am Platze fühlen. Jordy und ich werden Euch um sechs Uhr abholen.«

»Ich werde auf Euch warten«, sagte Silver. Sie würde Lady Grayson erklären, daß Morgan das Programm für den Abend arrangiert hatte. So, wie diese Frau jede seiner Anweisungen sofort befolgte, würde sie sicher keine Schwierigkeiten haben, das Haus zu verlassen.

»Ihr solltet nicht allein ausgehen«, warnte er sie noch.

»Tue ich bestimmt nicht.«

Jacques hob ihre Hand zu seinen Lippen. »Dann bis heute abend, *Chèrie*.«

Einige Stunden später hielt ihr Mietwagen vor einer riesigen Scheune mit Schindeldach, die etwas abseits vom Haupthaus der Pflanzung stand. Das Gelände ringsum war voll von Pferden, verschiedenen Arten von Kutschen, Wagen, Pritschenwagen – jeder Art von Fortbewegungsmittel, das nur geeignet war, jemand zu dem Ereignis des Abends zu transportieren.

»Das ist ja richtig aufregend hier«, sagte Silver.

»Es wird eine Menge Wetten geben«, erklärte ihr Jacques. »Mit hohen Einsätzen.«

Silver runzelte die Stirn. Sie ärgerte sich, daß sie kein eigenes Geld hatte.

»Macht Euch keine Sorgen, Silver«, sagte Jordy, der ihren Gesichtsausdruck sah. »Jacques wird auch für Euch eine Wette abschließen.«

»Das wäre nicht richtig, Jordy. Was ist, wenn ich verliere?«

»Ihr werdet mir *bonne chance* bringen, *ma chère*, – Glück. Wir werden alle gewinnen.«

Silver lächelte über diese Bemerkung und fand Jacques Bouillard von Minute zu Minute sympathischer. Sie nahm seinen fleischigen Arm und ließ sich von ihm durch die dichten Trauben von Menschen geleiten, die auf dem Weg in die Scheune waren. Silver trug an jenem Abend ein türkisfarbenes Kleid, das mit dunkleren Biesen besetzt war. Es war wunderschön, auch deshalb, weil es ganz schlicht geschnitten war. Wie Jacques schon richtig vorausgesagt hatte, waren auch noch andere Frauen von Niveau hier, nicht viele, aber doch ein paar, und jede von ihnen hielt sich fest am Arm ihres Begleiters.

Naürlich waren genauso viele Leute von zweifelhafterer Natur hier – Matrosen, Spieler, grobe Kerle jeder Rasse und Farbe. Männer aus dem Hafen, Arbeiter aus den Zuckerrohrfeldern, Händler, Bauern, Huren. Alle mischten sich zu einer bunten Fülle von Geräuschen und Farben, die Silvers Kopf zum Schwirren brachten.

»Vielen Dank, daß ich mit Euch kommen durfte«, sagte sie zu Jacques, als sie das Innere der Scheune erreicht hatten.

»Ihr solltet mir jetzt noch nicht danken«, meinte Jacques warnend, sagte aber weiter nichts.

Unter dem Dach der Scheune, deren Wände nach allen Seiten offen waren, versammelten sich die eher elegant gekleideten Herrschaften alle in einer Ecke, die weniger Wohlhabenden ihnen gegenüber in einer anderen. Jacques, der ein einfaches, sauberes weißes Hemd und dunkelblaue Hosen trug, geleitete sie zu einem Platz irgendwo in der Mitte. Sie suchte die Menge nach Morgan ab, konnte ihn aber nirgendwo ausmachen.

Vor ihnen, im mittleren Bereich der Scheune, lag eine mit einem niedrigen Zaun umgebene Arena, die von allen ›Cockpit‹, Hahnengrube, genannt wurde. Auf der einen Seite gackerte und kreischte es, dort nahmen die Besitzer ihre Hähne hier und da aus den Käfigen, in denen die Kämpfer untergebracht waren. In der ganzen Scheune ging es laut und gedrängt zu, der Geruch von frischem Stroh und Sägemehl erfüllte die Luft. Dunkelhäutige Männer hoben immer wieder Krüge mit Teufelstöter, einem starken barbadischen Rum, an die Lippen, andere tranken einfach gebrannten Zuckerrohrschnaps.

Silver bemerkte, daß Jacques heute abend überhaupt nicht trank.

»Was tut der Mann dort oben?«

Sie deutete auf einen Mann mit vorstehenden Augenbrauen, der in einem Korb über der Mitte des Rings hing.

Jacques lachte leise. »Der Kerl ist ein Betrüger, der seine Wettschulden nicht bezahlen konnte. Er muß den Rest des Abends dort oben drin bleiben.«

Silver lachte. Das wirkte wie eine eher harmlose Strafe, bis jemand einen Bierkrug hob und ihn ihm beinahe übergezogen hätte.

»Nun, *ma belle*, welcher wird gewinnen?« Jacques deutete auf die beiden Vögel, die gerade in den Ring gehoben wurden. Der eine war ein weißer, mit schwarzen Punkten gesprenkelter Hahn, der andere ein riesiger rotbrauner Hahn von einer Farbe, die man Ingwer nannte – dessen schönes Gefieder im Licht der über der Arena hängenden Laternen glänzte.

»Bestimmt der große rote.«

»Der schwarzweiße ist der Favorit«, warnte sie Jacques. »Er 'at schon viele Kämpfe gewonnen.«

»Aber er sieht so abgerissen aus.«

Jacques kicherte und lächelte unter seinem großen, schwarzen Schnurrbart hervor. »Ich denke, ein alter Krieger ist oft der 'ärtere. Aber wir setzen auf den roten.« Damit verließ Jacques sie, offensichtlich eifrig darauf bedacht, seine Wette unterzubringen. In dem Augenblick, als die beiden Kämpfer den Boden berührten, sträubten sie die Nackenfedern und nahmen die Kampfhaltung ein, wobei sie einander vorsichtig beobachteten.

Zum ersten Mal bemerkte Silver die großen silbernen Messer, die an ihren dünnen, schwarzen Beinen befestigt waren.

»Wozu sind diese Metalldinger, die sie tragen, Jordy?«

»Die nennt man Sporen. Die Besitzer ziehen sie ihnen an, damit sie besser kämpfen können.«

Silver sah wieder auf den Ring hinunter. Genau in diesem Augenblick entschied sich der gefleckte Hahn, hochzuspringen und seine Messer in die Brust des großen roten Hahns zu bohren. Silver schnappte nach Luft angesichts des Bluts, das aus den tiefen, häßlichen Schnitten stömte, die die scharfen Schneiden hinterlassen hatte. Der große rote Hahn flatterte mit den Flügeln und wandte sich ab, nur um sich wenige Sekunden später seinerseits auf seinen Gegner zu stürzen. Seine ebenfalls glitzernden Waffen bohrten sich gemein in den Unterbauch des gefleckten Vogels, und noch mehr Blut tropfte in das Sägemehl der Arena. Silver drehte sich der Magen um.

Obwohl die Tiere beide verwundet waren, gackerten und kreischten sie angriffslustig und waren nicht gewillt aufzuhören oder davonzulaufen. Wieder und wieder stürzten sie sich aufeinander, bohrten ihre metallenen Klauen abwechselnd ineinander, rissen dem anderen das Fleisch auf, stachen auf ihn ein, entschlossen, ihn zu besiegen.

Silver klammerte sich an die Holzbank, auf der sie saß und sah zur Seite. Warum hatte ihr niemand gesagt, was hier geschah?

Auf der anderen Seite der Arena hob Morgan, der im Gespräch mit Owen Moore war, den Blick. Sie hatten fast alles schon draußen vor der Scheune besprochen, aber Moore hatte darauf bestanden, daß sie doch noch hineingingen, und Morgan hatte ihm widerstrebend zugestimmt. Hahnenkampf war kein Sport, der ihm besonders sympathisch war. Er war blutig, und, egal wie sich die anderen dazu stellen mochten, seines Erachtens unnötig grausam.

Er sah zu, wie die beiden Vögel einander zerfleischten, so daß die Federn stoben und Blut aus den Rissen und Schnitten strömte, die ihre kleinen Körper bedeckte. Der rote Hahn hatte einen gebrochenen Flügel, der auf dem Boden schleifte. Der gefleckte Hahn hinkte, weil er sich das andere Bein verletzt hatte. Es war noch zu früh, um sagen zu können, wer gewinnen würde, aber Morgan hatte genug gesehen.

Er war gerade drauf und dran, hinauszugehen, als er aus dem Augenwinkel eine Frau in türkisfarbenem Kleid entdeckte. Sie hob den Kopf, und der Lampenschein schimmerte auf ihrem blonden Haar. Silver. Er hatte nie eine andere Frau mit so hellem Haar und so dunklen Augen gesehen.

Was, zum Teufel, tat sie hier? Dann sah er Jordy neben ihr sitzen, und sein Blut begann zu brodeln. Er hatte sie zwar dem Jungen anvertraut, aber ganz sicher hatte er nicht erwartet, daß er sie zu einem solchen Ort bringen würde! Morgan erhob sich von der harten Holzbank und machte sich auf den Weg zu Silver hinüber, entschlossen, die Sache möglichst schnell in Ordnung zu bringen. Erst würde er Jordy mehr als nur kräftig die Meinung sagen, und dann würde er sich Silver vornehmen.

Er hatte erst die Hälfte des Weges zu ihr geschafft, als sie aufstand und sich in Richtung auf die andere Seite der Scheune bewegte. Wo, zum Teufel, wollte sie eigentlich hin? Für eine Frau in Begleitung eines Jungen war der Ort hier schon nicht sicher, aber erst recht nicht für eine Frau allein.

Morgan verfluchte sie gründlich und drängte sich durch die dichte Menge, die ihm den Weg versperrte. Als er es erst einmal bis nach draußen geschafft hatte, versuchte er mit den Augen die Dunkelheit zu durchdringen, konnte sie aber trotzdem nicht sehen. Dann entdeckte er ihren türkisfarbenen Seidenrock, der hinter dem breiten, runden Stamm einer uralten Palme hervorschaute.

Morgan biß die Zähne zusammen und ging zu ihr hinüber. Als er sie erreicht hatte, packte er sie am Arm und hörte sie nach Luft schnappen, als er sie schwungvoll zu sich herumdrehte.

»Was, zum Teufel, tut Ihr hier?« Seine Augenbrauen zogen sich finster zusammen.

Silver sah zu ihm auf, ihr hübsches Gesicht war aschgrau. »Verzeiht, Major«, sie versuchte, sich loszureißen. »Leider fühle ich mich nicht besonders wohl.«

»Das habe ich, glaube ich, schon einmal gehört.«

Silver sah ihn nur an. »Ich ... ich wußte nicht, daß es so ...so blutrünstig werden würde.« Silver drückte sich eine Hand auf den Mund und wandte sich ab, dann beugte sie sich vor und erbrach sich in das Gebüsch hinter der Palme.

»Mein Gott.« Morgan zog ihre Röcke etwas nach hinten aus dem Weg und hielt ihren Kopf, während sie sich noch mehrmals erbrach. Dann bat er sie, kurz zu bleiben, wo sie war. Innerhalb weniger Minuten kehrte er mit einem feuchten Tuch und einem Tonkrug mit Wasser zurück.

Silver spülte sich den Mund aus und nahm Morgans Hilfe an, als er ihr den Schweiß vom Gesicht wischte.

»Verdammt, Silver, wie konntet Ihr nur auf den Gedanken kommen, allein einen solchen Ort aufzusuchen?«

»Ich bin gar nicht allein.« Sie drückte das kühle, feuchte Tuch an ihre Wangen. »Jacques und Jordy sind mit mir gekommen.«

»Jacques hat Euch hergebracht?«

»Ich habe ihn darum gebeten. Ich dachte, es würde Spaß machen.«

»Offensichtlich war es nicht so.«

»Nein, wirklich nicht.« Sie ließ sich von ihm zu einer hölzernen Bank hinübergeleiten und sank erschöpft darauf nieder. »Diese armen, schönen Vögel.«

Morgan seufzte. »Ich weiß, daß Ihr es mir nicht glauben wollt, Silver, aber es gibt einfach Dinge, die eine Frau nicht tun sollte.«

»Aber Ihr würdet so etwas doch bestimmt auch nicht als Vergnügen empfinden.«

»Um die Wahrheit zu sagen nein, aber –«

»Gut«, sagte sie und hob ihr Kinn mit dem Grübchen darin.

Morgan kämpfte gegen ein Lächeln an. »Wie wäre es, wenn ich Euch nach Hause bringen würde?«

Silver sah ihn erleichtert an. »Dann wäre ich Euch für immer dankbar.«

»Ich gehe und sage es Jacques.«

Als er zurückkam, hatte er das zerknüllte Plakat dabei, das Jacques ihr am Nachmittag gezeigt hatte. »Jacques läßt ausrichten, daß es ihm sehr leid tut.« Er erklärte ihr nicht, daß es sich hier wahrscheinlich um Jacques' Versuch handelte zu prüfen, was für eine Art von Frau Silver war, und daß Silver dies mit ihrem unpassenden Mitleid bereits gezeigt hatte.

Morgan entfaltete das Plakat und überflog die großen Buchstaben, die für ihre Rückkehr zweitausend in Gold versprachen. »Das gefällt mir nicht, Silver. Überhaupt nicht. Wenn Euch einer von diesen Männern hier erkennen würde – was nicht allzu schwierig ist – würde er Euch vielleicht zwingen wollen, nach Katonga zurückzukehren.«

»Das macht wirklich nichts. In ein paar Tagen sind wir schon wieder unterwegs.« *Falsch*, dachte er und spürte eine Mischung aus Sorge und Schuldbewußtsein. »So lange ich vorsichtig bin, wird mir bestimmt nichts geschehen.«

»Bei Euch kann alles mögliche geschehen«, knurrte Morgan und Silver richtete sich ganz gerade auf. Mein Gott, sie sah unglaublich aus, wie sie so im Mondlicht stand. Ihr Kleid, das vorn tief ausgeschnitten war, zeigte die oberen Rundungen ihrer hohen, festen Brüste. Er konnte sich an ihre weiche Haut erinnern, an die zarten Formen ihres Körpers. »Wir sollten jetzt besser gehen«, sagte er und zwang seine Gedanken in eine sicherere Richtung.

Morgan war zu Pferd zum Hahnenkampf gekommen. Er überließ es der Sorge von Jacques und Jordy, die mit Owen Moore zurückreiten und es dem Mietstall zurückbringen sollten, so daß Morgan den Wagen nehmen konnte.

Er schwieg fast den ganzen Weg, bis er Silver damit überraschte, daß er an einem kleinen Wirtshaus am Wege haltmachte, das ganz in der Nähe des Meeres lag. »Fühlt Ihr Euch wieder gut genug, um etwas zu essen? Wenigstens einen Toast und dazu etwas Tee?«

»Das klingt wunderbar.« Sie tranken ein paar Tassen Tee, aßen heiße Brötchen mit Butter und leckten sich die Ananasmarmelade von den Fingern. Das Gespräch verlief locker, sie fühlten sich beide entspannt.

»Erzählt mir von Eurer Mutter«, sagte Morgan, als sie ihre Mahlzeit beendet und eine Weile schweigend am Fenster gesessen hatten. »Ich habe immer sehr viel von Mary gehalten.«

»Da gibt es eigentlich nicht viel zu erzählen. Ich kannte sie kaum. Sie starb als ich fünf war bei der Geburt meiner Schwester.«

Morgans Augen hefteten sich auf ihr Gesicht. »Ich wußte gar nicht, daß Ihr eine Schwester habt.«

»Ich habe sie auch nicht mehr.« Silver sah hinab auf die winzigen gestickten Blumen auf der weißen Leinentischdecke und zeichnete das Muster mit dem Zeigefinger nach. »Sie hieß Bethy. Sie war ein ganz süßes kleines Mädchen. Sie starb, als das Gelbfieber die Insel heimsuchte.«

Morgan hob mit seiner Hand ihr Kinn und zwang sie damit, ihn anzusehen. »Ihr habt Eure Mutter und Eure Schwester verloren ... Es tut mir leid, daß Ihr schon so viel Trauer erleben mußtet.«

Seine leuchtendgrünen Augen waren voller Mitgefühl, seine Finger strahlten Wärme aus. Genau diese starke Hand hatte sie in der vergangenen Nacht in ganz andere Weise berührt, dachte sie und wünschte dann, sie hätte es nicht gedacht. Nach all dem, was zwischen ihnen geschehen war, hätte es ihr eigentlich peinlich sein müssen, auch nur hier zu sitzen. Statt dessen stellte sie fest, daß sie wünschte, er würde sie noch einmal diese wunderbaren Dinge fühlen lassen.

»Wie ist es bei Euch?« fragte sie. »Jordy hat mir erzählt, Ihr wäret ganz allein für Euren Bruder verantwortlich gewesen. Ihr hattet also auch keine Familie.«

»Ihr habt eine Familie, Silver. Ihr habt Euren Vater.«

Silver sagte nichts.

»Mein Bruder bedeutet mir sehr viel«, fuhr Morgan ohne weiteres fort. »Alles. Brendan ist wild und ein Draufgänger, manchmal zu temperamentvoll, aber er wird schon noch irgendwann erwachsen werden.« Er lachte leise. »Als Junge hatte er immer nur Unsinn im Sinn. Ein paarmal hat er sich ziemlich in Schwierigkeiten gebracht, aber meistens hat er über alles gelacht.« Morgan lächelte. »Er ist nicht andeutungsweise so ernst wie sein älterer Bruder.«

»Das klingt, als würde ich ihn mögen.«

Morgan nickte. »Brendan ist intelligent, arbeitet hart und man kann ihm vertrauen. Er ist wirklich ein guter Mann.«

Ganz wie du dachte es plötzlich in ihrem Innern. »Jordy sagt, daß er ein Leutnant ist. Und daß er in Mexiko stationiert ist. Fahren wir nicht genau dorthin?«

Morgan zog die Augenbrauen zusammen, und sein Blick wurde dunkel. »Woher wißt Ihr das? Jordy weiß nicht, wohin wir fahren, und Riley hat es Euch bestimmt nicht gesagt.«

Silver wurde dunkelrot. Sie hätte lügen können, aber er würde es wahrscheinlich bemerken. »Ich habe Euren Marschbefehl gelesen.« Sie sah den mörderischen Ausdruck in seinem Gesicht und griff nach seinem Arm. »Bitte, seid nicht wütend. Ich kannte Euch damals noch nicht. Ich habe nur versucht zu überleben. Ich habe niemals ein Wort darüber verloren und werde es auch in Zukunft nicht tun.«

Morgan sah sie einen Augenblick an, dann entspannten sich die Muskeln in seinem Arm. »Ich hätte es wissen müssen.« Er sah etwas genervt aus, aber sein Zorn war verflogen. »Ich denke, heute ist es sowieso nicht mehr wichtig. Abgesehen davon wäre es wahrscheinlich leichter, Riley zum Reden zu bringen als

Euch.« Silver war nicht ganz sicher, wie sie das verstehen sollte. »Kommt, gehen wir«, sagte Morgan.

Sie fuhren mit dem Wagen zu einem weißen Sandstrand hinunter, wo die Wellen weich ans Ufer klatschten. Das Mondlicht zeichnete eine glänzende Spur aufs Wasser, und eine Brise zupfte ein paar dünne Strähnchen aus Silvers Haar. Sie zog erst ihre Schuhe aus und wandte dann Morgan den Rücken zu, um die Strumpfhalter zu lösen und ihre Strümpfe herunter zu rollen. Der Sand drängte sich warm zwischen ihre Zehen. Die Luft roch frisch und sauber und salzig. Morgan hielt sie an der Hand und ging mit ihr den Strand entlang.

»Wegen gestern abend«, sagte er, blieb unter einer riesigen Palme stehen und drehte sie zu sich, damit sie ihn ansehen mußte.

Silver drückte einen Finger auf seine Lippen, um ihn zum Schweigen zu bringen. »Ich bin keine Frau, die ihre Tugend leicht verschenkt, Major. Was zwischen uns geschehen ist, war... unerwartet, um nicht noch mehr zu sagen. Aber es tut mir nicht leid.«

»Ich wünschte, ich könnte Euch sagen, daß es mir leid tut, aber dann müßte ich lügen. Ich begehre Euch, Silver. Ich weiß, daß ich es nicht tun sollte, aber es ist so.«

Silver legte ihre Arme um seinen Hals und stellte sich auf die Zehenspitzen, um ihn zu küssen, zuerst ganz zart, dann mit wachsender Leidenschaft. Morgan legte seine Arme um sie und zog sie an sich. Er schmeckte so unglaublich männlich, fühlte sich so fest und sicher an. Hitze durchströmte sie bei der Berührung seiner glatten, feuchten Zunge, dem fordernden Druck seiner Lippen. Die Muskeln auf seinem Rücken spannten sich, als er seinen Kopf hinabbeugte, um den Kuß noch zu vertiefen, und Silver spürte das schwache Aroma von dem Tabak, den er im Wirtshaus geraucht hatte. Sie schob ihre Finger durch sein welliges dunkelblondes Haar, lehnte sich an die Hitze seines Körpers, spürte seine Hände über ihren Rücken abwärts wandern und sich um ihr Hinterteil legen, damit er sie noch fester an sich drücken konnte.

Morgan ächzte und entzog sich ihr.

»Was – was ist los?« fragte sie atemlos.

»Wir sollten das nicht tun.« Er nahm ihre Hände und drückte sie an seine Brust, wo sie sein schnell schlagendes Herz spüren konnte. »Ich werde bald abfahren, Silver. Man hat die Briten schon gesichtet. Sie werden gegen Morgen ankommen. Wir werden unser Geschäft abwickeln, und schon am kommenden Morgen bin ich fort. Und ich werde nicht zurückkommen, bis meine Mission beendet ist.«

»Aber ich komme doch mit Euch.«

»Ihr werdet hierbleiben. Owen Moore hat sich einverstanden erklärt, sich um Euch zu kümmern. In Mexiko ist Krieg – das ist sicher nicht der richtige Ort für eine Frau.«

»Aber Ihr habt doch gesagt –«

»Ich habe gesagt, daß ich Euch bei meiner Rückkehr wieder zurück nach Katonga bringen werde, und genau das habe ich auch vor. Inzwischen werdet Ihr bei Lydia bleiben. Und ich erwarte, daß Ihr Euer Wort haltet und hier seid, wenn ich zurückkehre.«

»Aber –« Morgan beugte sich herab und küßte sie, um ihre Proteste zum Schweigen zu bringen.

Ihre Berührung endete schon viel zu bald wieder, fand Silver.

Er fuhr sich mit der Hand durchs Haar und sah sie eindringlich an. »Ich habe nicht die Absicht, Euch Eure Unschuld zu rauben und Euch dann zu verlassen – obwohl das im Augenblick genau das ist, was ich gerne täte.«

»Wenn Ihr versuchen würdet, meine Tugend zu *rauben*, Major, dann hättet Ihr nicht die geringste Chance.«

»Ich bin kein Mann, dem der Sinn nach Ehe steht, Silver.«

»Gut.«

»Gut! Was, zum Teufel, soll das denn bedeuten?«

»Heiraten ist das letzte, was ich möchte. Damit würde ich nur einen Gebieter gegen den anderen tauschen, und mich ständig dem Willen eines Mannes unterordnen müssen. Das will ich auf keinen Fall.«

Erstaunlicherweise sah Morgan ärgerlich aus. »Also, was wollte Ihr denn dann, zum Teufel?«

»Im Augenblick will ich nur, daß Ihr mich küßt.«

Morgans Blick bohrte sich in den ihren. Er schien einen inneren Kampf zu fechten. »Ihr seid zweifellos die verfluchteste –« Er packte ihren Arm und zerrte sie über den Sand zum Wagen zurück. »Es ist Zeit, daß Ihr nach Hause kommt«, sagte er mit zusammengebissenen Zähnen.

Silver widersprach ihm nicht. Wenn Morgan sie nicht küssen wollte, war das sein Problem. Sie hatte andere Dinge, über die sie sich Gedanken machen mußte – zum Beispiel, wie sie es schaffen konnte, sich unbemerkt an Bord seines Schiffes zu verstecken.

11. Kapitel

Silver ließ den Gedanken fast sofort wieder fallen. Die unglaublichen Dinge, die sie bisher getan hatte, waren aus Notwendigkeit geschehen, aus dem unerbittlichen Drang, zu überleben. Sie mußte aus Katonga entkommen, und sie hatte alles in ihrer Macht stehende getan, damit ihr das gelang.

Aber wenn sie sich an Bord der *Savannah* versteckte, die Bequemlichkeit des Hauses in der Chelsea Road verließ, um mit Morgan Trask nach Mexiko zu fahren – diese Idee war nicht einmal die Zeit wert, die es brauchte, um sie zu denken.

In ihr weiches, weißes Baumwollnachthemd gekleidet saß Silver vor dem Spiegel an dem geschnitzten Toilettentisch aus Mahagoni und begann, ihr Haar zu bürsten. Morgan hatte sie vor ein paar Stunden schon zurückgebracht, und eine überaus kühle Lady Grayson hatte sie an der Tür begrüßt.

»Also … habt Ihr beide … Euch schließlich doch noch gefunden«, hatte sie gesagt.

»Jacques wollte noch nicht gehen, also habe ich Silver nach Hause gebracht.« Morgan lächelte sie an.

»Möchtet Ihr nicht auf einen Brandy hereinkommen?« Die Art, in der Lydias Augen über seinen Körper wanderten, ließen erkennen, daß Brandy nicht das einzige war, was er bekommen konnte.

»Ich fürchte, ich habe keine Zeit. Die Ladung, auf die wir warten, kommt morgen früh an. Ich habe heute nacht noch einiges an Arbeit zu erledigen.«

»Ich verstehe«, sagte die kleine Frau nur.

Silver erinnerte sich an die zärtliche Art, in der Morgan sich von ihr selbst verabschiedet hatte, an den darauf folgenden bitteren Blick von Lydia, und ihr schauderte plötzlich. Wenn Morgan fort war, würde Silver gezwungen sein, mehrere Wochen bei Lady Grayson zu verbringen, deren Verhältnis zu ihr irgendwo zwischen Feindschaft und ausdrücklicher Verachtung lag. Seit Silver sich in Lydias Affäre mit Morgan eingemischt hatte, sprach die Frau kaum ein Wort mit ihr.

Außerdem war da noch die Sache mit ihrem Vater. Die Plakate, die demjenigen, der sie zurückbrachte, eine Belohnung versprachen, waren nicht nur auf Barbados, sondern auf den ganzen Westindischen Inseln verteilt worden. Jeder Matrose, dem sie begegnete, konnte eines davon gesehen haben. Silver war nicht sicher, ob ihr Beschützer, wer immer es wäre, ständig auf sie aufpassen können würde, und bei dem Gedanken, nach Katonga zurückzumüssen, zog sich ihr alles zusammen und ihr Magen drehte sich um. Katonga erinnerte sie an ein anderes Problem: Früher oder später wollte Morgan sie zu ihrem Vater zurückbringen. Das stellte sie vor zwei Alternativen: Sie konnte ihr Wort brechen und Morgan davonlaufen – was für sie ein schrecklicher Gedanke war – oder sie konnte ihm die Wahheit sagen und beten, daß er sie verstehen würde.

Bei diesem Gedanken wurde ihr noch übler. Sie konnte sich nicht vorstellen, was Morgan sagen würde, wenn er die Wahrheit über William Hardwick-Jones erfuhr. Er würde ihr wahrscheinlich kein Wort glauben, und selbst wenn er ihr glaubte, was würde er denken? Die Vorstellung, daß er sie voller Abscheu ansähe – und was sollte er sonst tun – ließ ihren Magen zu einer kleinen, harten Kugel werden.

Es mußte eine Möglichkeit geben, ihn zu überzeugen, ohne ihm ihr ganzes schreckliches Geheimnis zu offenbaren. Doch was immer ihr auch einfiel, sie würde doch einige Zeit benötigen, um es ihm näherzubringen.

Jedenfalls länger als die eintägige Fahrt nach Katonga.

Silver bürstete ihr Haar und flocht es zu einem langen Zopf.

Wenn ihr der Gedanke, sich an Bord der *Savannah* zu verstekken, zuerst verrückt erschienen war, gewann er doch zusehends mehr an Überzeugungskraft. Und dann gab es da noch einen Faktor, den sie berücksichtigen mußte, etwas, das sie schon vermutet, aber im Verlauf des heutigen Abends immer deutlicher gespürt hatte: Silver war auf dem besten Wege, sich in Morgan Trask zu verlieben.

Er liebte sie ganz sicher nicht – zumindest noch nicht. Aber sie war sicher, daß er sie gern hatte. Vielleicht mehr als er es selbst wußte. Sie wußte nicht, wozu eine solche Anziehung noch führen konnte, aber sie wollte unbedingt genug Zeit haben, um es herauszufinden.

Als Silver sich schließlich in ihr großes Himmelbett unter das Moskitonetz legte und die Decke hochzog, ging sie wie üblich in Gedanken alle Für und Wider Dutzende Male durch und gelangte schließlich zu einer Entscheidung.

Was auch immer geschehen würde, wenn die *Savannah* Barbados verließ und sich auf den Weg nach Mexiko machte: Silver Jones würde mit an Bord sein.

Wie Morgan schon vorausgesagt hatte, lief das britische Schiff *Horatio* am kommenden Morgen in die Carlisle Bay ein.

Morgan traf sich mit Kapitän Bartholomew und Owen Moore, der sie bekannt machte, und Vorbereitungen zum Austausch der Ladung begannen – die Baumwolle der *Savannah* gegen barbadischen Zucker, der dann gegen die Waffen der *Horatio* getauscht werden sollte.

Das Auf- und Abladen ging ohne weitere Behinderung vonstatten, bis am Nachmittag ein zweites Schiff, die kleine amerikanische Brigantine *Adversity*, in den Hafen einlief. Morgan arbeitete in seiner Kajüte, las die Frachtbriefe und prüfte die anderen Papiere zum letzten Mal. Insgeheim lobte er sich für sein bewundernswertes Verhalten Silver gegenüber am vergangenen Abend.

Natürlich war nur ein Teil von ihm stolz darauf, daß er so

reserviert geblieben war – ein anderer Teil machte ihm immer wieder klar, daß er ein riesiger Dummkopf war.

»Verzeihung Major«, ertönte eine sonore Stimme vor der offenen Tür seiner Kajüte und unterbrach seine Gedanken, was ihm recht angenehm war.

Als er einen großen, dunkelhaarigen Mann in der gleichen blauen Uniform wie er selbst sie trug sah – auch mit dem gleichen breiten, goldenen Flechtabzeichen eines Colonels – schob Morgan seinen Stuhl zurück, stand auf und ging ihm bis zur Tür entgegen.

»Constantine Buckland.« Der Colonel streckte eine Hand aus, die Morgan ergriff. »Ich bin gerade an Bord der *Adversity* aus Texas gekommen.«

»Major Morgan Trask. Freut mich, Euch kennenzulernen.«

»Unter gewöhnlichen Umständen würde ich Euch zustimmen. Ich fürchte jedoch, daß ich recht unangenehme Nachrichten mitbringe.« Buckland sprach ohne das übliche weiche Rollen der Südstaatler. Er war offensichtlich gebildet.

»Vielleicht kommt Ihr besser herein, Colonel.«

Buckland machte sich unbewußt noch etwas gerader. Er war ein kräftiger Mann, nicht so groß wie Morgan, aber schwerer, etwas weniger gut in Form. Er sah etwa zehn Jahre älter aus als er, sein Haar begann grau zu werden, aber er war immer noch ein gutaussehender Mann. Er nahm sich einen Stuhl, und Morgan setzte sich zurück an seinen kleinen Eichenschreibtisch.

»Es ist nicht leicht zu sagen, was gesagt sein muß: Leider sind unsere Truppen in Yucatán in Schwierigkeiten. Überlegene mexikanische Kräfte haben unsere Leute auf eine kleine Anzahl reduziert. Mehr als die Hälfte unserer Soldaten ist gefangengenommen worden. Es tut mir leid, Euch mitteilen zu müssen, daß Euer Bruder ebenfalls darunter ist.«

Aus Morgans Lungen entwich die Luft zischend. »Wo halten die Mexikaner sie gefangen?«

»Irgendwo außerhalb von Campeche. Unsere beiden Schiffe

mit Verstärkung sind in der Nähe stationiert und warten auf weitere Befehle. Euer Auftrag ist jetzt nicht nur, Waffen zu transportieren, sondern irgendwie müssen wir auch einen Weg finden, unsere Männer zu befreien.«

Morgan dachte einen Augenblick nach. »Wie viele Soldaten habt Ihr mitgebracht?«

Buckland wirkte unbehaglich. »Die *Adversity* ist kein Transportschiff, Major, nur ein Kurierschiff. Ich habe zehn Männer und die Vollmacht, noch zehn weitere Söldner anzuheuern, wenn ich welche finde.«

Morgan biß die Zähne zusammen und sprang auf, während seine Hände sich unbewußt zu Fäusten ballten. »Worüber redet Ihr, zum Teufel? Wollt Ihr mir etwa sagen, daß die fünf Männer, die mit mir gekommen sind plus die paar Leute die Ihr habt, alles ist, was sie geschickt haben, um die Hälfte der texanischen Armee aus der Gefangenschaft zu befreien?«

»Was ich Euch zu sagen versuche, Major, ist, daß der Aufstand in Mexiko zur Zeit scheitert. Unsere Truppen sind für die unabhängige Republik von Texas plötzlich unangenehm geworden. Wir können es uns nicht erlauben, diese Angelegenheit weiter eskalieren zu lassen.«

Morgans Unterkiefer wirkte noch härter. »Das kann ja wohl nicht Euer Ernst sein, Colonel. Die Männer dort haben die Befehle ihrer Regierung ausgeführt, und jetzt wollt Ihr sie einfach sich selbst überlassen?«

»Ganz so schlimm ist es nicht. Wir haben immer noch die andere Hälfte unserer Truppen. Mit den Waffen, die Ihr transportiert, können wir erfolgreich Widerstand leisten.«

Morgan strich sich mit einer Hand durchs Haar. Er wußte, daß weiterer Widerstand seinerseits sinnlos war und begann, sich mit den Tatsachen abzufinden. Er atmete mit einem Seufzer aus. »Jacques Bouillard kann dabei helfen, die Söldner zu beschaffen, die wir brauchen. Morgen früh mit Beginn der Flut sind wir mit dem Laden fertig und bereit zum Segeln.«

»Wie lange, glaubt Ihr, werden wir bis Campeche brauchen?«

»Drei Wochen. Wenn wir Glück haben, geht es vielleicht auch schneller.«

Zum ersten Mal wirkte Buckland unsicher. »Ich hoffe, bei Gott, daß die Männer aushalten können, bis wir dort sind.«

Morgan sank auf seinen Stuhl zurück. *Hörst du das, kleiner Bruder? Du sollst aushalten, verdammt noch mal.*

Morgan dachte an die langen Monate nach seiner Trennung von Charlotte, an die zwei schrecklichen Wochen, die er und Cookie in einem Gefängnis in Barcelona verbracht hatten, weil sie in Santiogos Kneipe eine Schlägerei angefangen hatten. Das Gefängnis war ein Höllenloch gewesen. Und da Bucklands Nachricht, bis sie nach Texas gelangt war, auch schon eine ganze Zeit gebraucht haben mußte, stellte sich Morgan vor, daß Brendan jetzt schon seit Monaten im Gefängnis in einer ähnlichen Lage war. Brendan war zwar hart im Nehmen, das wußte Morgan, aber ein solcher Ort konnte die härtesten Männer brechen.

Morgan fluchte tonlos. Er mußte alles aus seinen Männern und dem Schiff herausholen und so schnell wie der Wind und Gott es erlaubten dorthin gelangen. Dann fand er schon einen Weg um hineinzukommen und die Männer herauszuholen.

Er betete nur, daß Brendan bis dahin noch am Leben war.

»Auf Wiedersehen, Major.« Silver lächelte zu seinem gutaussehenden Gesicht hinauf.

»Auf Wiedersehen, Silver. Paßt gut auf Euch auf und denkt an Euer Versprechen.«

»Ich weiß, daß Ihr es schaffen werdet, ihn herauszuholen.« Morgan hatte ihr von Brendans Gefangennahme und der Dringlichkeit ihrer Mission erzählt, da er davon ausging, daß sie sowieso das meiste schon wußte. Silver stellte sich auf die Zehenspitzen, um ihn auf die Wange zu küssen.

Sie standen auf der Mole neben dem Schiff zwischen all dem

Drunter und Drüber der Vorbereitungen. Schiffsteile knirschten und klirrten, und Möwen kreischten und segelten hoch oben im Wind. Morgan hatte sich schon im Haus von Lydia verabschiedet, ihre Haltung war jedoch wenig herzlich gewesen. Silver hatte darauf bestanden, mit ihm zum Hafen zurückzufahren. Morgan war einverstanden, aber nur weil einer von Owen Moores Leuten in der Kutsche wartete, um sie wieder nach Hause zu bringen.

»Wann werdet Ihr abfahren?« fragte Silver.

»In weniger als einer Stunde. Wir sind fast fertig.«

»Dann sollte ich jetzt wohl besser gehen.«

»Ja«, sagte er, aber keiner von beiden bewegte sich von der Stelle.

»Ich werde Euch vermissen, Morgan Trask.« Seine Augen wirkten so grün wie die edelsteinfarbene Karibik.

Morgan legte eine Hand an ihre Wange, wobei sein Daumen sacht über ihr Kinn strich. Sie empfand die federleichte Zärtlichkeit wie das Streicheln von Flügeln, und flüssige Hitze wirbelte in ihrem Bauch. Dann tat er das Unglaubliche. Vor Gott und den Dutzenden von Menschen, die an der Mole standen, zog er sie in seine Arme und küßte sie, und sein Mund berührte sie so heiß und hart, daß Silver die Knie weich wurden. Als er sie schließlich losließ, mußte sie sich an ihm festhalten, um nicht zu fallen.

Morgan lächelte schelmisch. »Wenn ich zurückkomme, werden wir uns weiter unterhalten.«

Silver nickte nur und sah ihn mit aufrechtem Gang über die hölzerne Mole fortgehen. Dann drehte sie sich um und ging zurück zu der Kutsche, in der diskret auf sie gewartet wurde.

»Ich bin bereit«, sagte sie und stieg in die Kutsche ohne auf Hilfe zu warten.

Sie brauchten nur wenige Minuten zurück zum Haus in der Chelsea Road, doch jede Sekunde war wertvoll. Silver verabschiedete sich eilig von ihrem Beschützer, versicherte ihm, daß sie heute das Haus nicht noch einmal verlassen würde und eilte in ihr Zimmer hinauf. Dort angekommen, zog sie Jordys Hemd und Hosen an, voller Dankbarkeit dafür, daß ein verrückter Instinkt sie darauf gebracht hatte, die mit hierherzunehmen.

In Vorbereitung für ihren längeren Aufenthalt war auch der Rest ihrer Kleidung zum Haus gebracht worden. Silver nahm so viel von ihren Sachen mit, wie sie tragen konnte, auch wenn die Bündel schwer waren, denn sie hatte nicht vor, sie weit zu tragen. Jacques würde an der Straßenecke auf sie warten.

Wie sie es geschafft hatte, ihn davon zu überzeugen, daß er ihr half, war ihr immer noch ein Rätsel. Vor allem hatte sie an seine Sorge um ihre Sicherheit appelliert und ihm klargemacht, daß niemand außer ihm oder dem Major überhaupt Manns genug war, um sie vor all den üblen Burschen zu beschützen, die ganz sicher den Steckbrief gesehen hatten.

Ob er nun seine eigenen Gründe hatte, um ihr zu helfen, war ihr nicht ganz klar, aber in seinen Augen war ein eigenartiges Zwinkern gewesen.

Wie versprochen wartete Jacques geduldig an der nächsten Straßenecke – er wirkte groß und fest wie ein Eichbaum. Eingehend betrachtete er Jordys engsitzende Kleider und gab ihr eine dunkelblaue Matrosenkappe, unter die sie eilig ihr Haar stopfte. Als er ihr die schweren Ledertaschen abnahm und sich auf den Weg zur Mole machte, schien er zu lächeln – aber in einer Weise, die für Silvers Geschmack viel zu selbstgefällig war. Doch sie sagte natürlich nichts.

»Ich werde ihn ablenken, während Ihr an Bord kommt«, versprach ihr Jacques. »Ihr müßt dann aber wenigstens für ein paar Tage im Laderaum außer Sicht bleiben. Ich glaube zwar nicht, daß Morgan Euch zurückbringen würde, aber sicher ist sicher. Ich werde Euch Decken und etwas zu Essen bringen.«

»Vielen Dank, Jacques. Mit Euch beiden werde ich mich hier doch viel sicherer fühlen.«

»Diese Worte, *chèrie*, sprach das Schaf zum Wolf.«

Wie versprochen ging Jacques zuerst an Bord, versteckte ihre

Sachen und machte sich auf den Weg, Morgan zu suchen. Dabei machte er ihr ein Zeichen, an Bord zu kommen, solange er fort war. Silver stieg mit gesenktem Kopf über die Reling. Diesmal war an Bord des Schiffes mehr los, viele Männer in Uniform, aber auch die rauhen Gesellen, die Jacques als Söldner angeheuert hatte, liefen herum.

Da es jetzt mehr Menschen zu ernähren galt, standen an Deck zusätzlich ein Verschlag mit Schweinen und mehrere Käfige mit Hühnern. Alles in allem war es eine chaotische Szenerie, durch die Silver sich leichter unbemerkt über das Schiff bewegen konnte. Sie eilte über die geschrubbten Fichtenbretter direkt zu der Leiter, die hinunter in den Lagerraum führte. In dem niedrigen Raum war es dunkel und feucht und roch nach Brackwasser. Silver hörte in der Ecke etwas rascheln und schauderte, weil sie wußte, daß es Ratten sein mußten.

Als sie ein brauchbares Versteck neben einem gutbefestigten Stapel von Gewehrkisten gefunden hatte, machte sie es sich auf den kalten hölzernen Planken zwischen den Rippen des Schiffsbauches so gemütlich wie möglich. Es dauerte nicht lange, da spürte sie ein Schwanken und hörte das Knarren und Knirschen der Hölzer, das Schiff lief aus dem Hafen aus.

Wie lange sollte sie sich wohl versteckt halten? fragte sie sich, und hoffte wider besseren Wissens, daß es ihr nicht allzu lang werden würde. Was würde Morgan tun, wenn sie auf Deck erschien?

Morgan war genauso stur wie sie, genauso eigenwillig und genauso entschlossen. Aber aus Gründen, die sie nicht ganz erklären konnte, vertraute sie ihm. Obwohl er oft gute Gründe dazu gehabt hätte, hatte Morgan ihr niemals weh getan. Und sie glaubte auch nicht, daß er so etwas je tun würde.

Sie schränkte diese Vermutung leicht ein. Wenn er sie an Bord seines Schiffes entdeckte, würde er ganz sicher durchdrehen. Sie durfte ihm nicht sagen, daß Jacques ihr geholfen hatte. Das wäre nicht fair nach all dem, was Jacques für sie getan hatte. Silver wurde unheimlich, wenn sie nur daran dachte, wie sie dem Major begegnen würde. Mein Gott, er würde zorniger sein als diese wahnsinnigen, bösartigen Kampfhähne.

Am frühen Abend brachte Jacques ihr Decken und etwas zu Essen, wie er es versprochen hatte, und dazu eine kleine Lampe mit Walöl. Er blieb nicht lange. Er hatte seine Arbeit und wollte vermeiden, daß jemand herunterkam, um ihn zu suchen. Da Silver nicht viel zu tun hatte, schlief sie für eine Weile. Hauptsächlich aber versuchte sie, ihre Unruhe zu besiegen, die immer wieder hochkam, wenn sie daran dachte, daß ihr sicherlich irgendwann, wenn sie gerade einmal nicht hinsah, eines der kleinen, pelzigen Wesen, die in der Nähe quietschten, auflauern würde.

Mein Gott, wie sie sie haßte!

Silver drehte sich auf der Decke um, die sie unter sich gelegt hatte als kleine Isolierung gegen die feuchte Kälte der Schiffswand. Der Raum roch nach nassem Holz, Teer und Moder, aber sie hatte sich schon daran gewöhnt. Wenn alles klappte, war es die Sache wert. Der Gedanke gab ihr neuen Mut, und sie schlief schließlich kurz vor Anbruch des Morgengrauens ein, das sie wegen der Dunkelheit des Lagerraums sowieso nichts sehen konnte.

Jacques kam einige Stunden später wieder zurück, hatte wieder etwas zu Essen für sie dabei und die letzte Ausgabe des *Barbados Advocate*, da sie ihn um etwas zum Lesen gebeten hatte. Als er wieder fort war, beschäftigte sie sich eine Weile mit der Zeitung, aber das Lampenlicht war so schwach, daß sie nur mit Mühe die kleinen Buchstaben der Zeitung entziffern konnte. Silver kramte herum, ging in der Enge des Schiffsbauches auf und ab und erduldete entschlosssen ihr feuchtkaltes, kleines Quartier. Sie war sicher, daß es draußen dunkel war, aber aus Langeweile hatte sie wieder während des Tages geschlafen und jetzt war sie nicht müde.

Silver rieb sich den verspannten Nacken und drehte sich anders herum, so daß sie ihren Rücken gegen einen Stapel von Holzkisten lehnen konnte. In der Ferne hörte sie Schritte auf der Leiter, dann erleuchtete eine Laterne das andere Ende des langen Raums. Das war sicher Jacques, Silver machte sich keine Sorgen.

Was allerdings besser gewesen wäre.

Die Schritte wurden lauter und der hohe Schatten eines Mannes erschien vor den Schiffsplanken, schien riesig im herannahenden gelben Licht. Silver sah ihn näherkommen, sah ihn Form und Charakter annehmen und wußte sofort, daß diese vollkommene V-Form nicht Jacques gehörte.

»Was zum –« Morgan kam um die Kisten herum und hielt die Laterne hoch, wobei er Silver in verblüfftem Unglauben anstarrte. Sein Unterkiefer wurde hart, als er die Lampe auf die Holzkisten stellte und sie mit vor Zorn glitzernden Augen ansah.

Silver schluckte schwer. »Guten . . . Abend, Major.«

Morgans Hand schoß nach vorn und packte sie am Arm, riß sie rauh auf die Beine. »Was, in Teufels Namen, macht Ihr hier? Wie seid Ihr an Bord gekommen?« Seine Hände preßten ihre Oberarme, bis sie vor Schmerz zusammenzuckte.

»Ich habe mich an Bord geschlichen, als Ihr beschäftigt wart.«

»Warum?«

Silver wurde steif in seinem Griff. »Wenn Ihr glaubt, ich wäre dort sitzengeblieben und hätte während der nächsten zwei Monate ausgiebige Gespräche mit Eurer Geliebten geführt, dann habt Ihr Euch gewaltig getäuscht.«

»So? Nun, wenn Ihr glaubt, daß ich Euch mitnehme, dann habt *Ihr* Euch gewaltig getäuscht.«

»Was wollt Ihr tun, das Schiff wenden und mich zurückbringen?«

»Genau.« Er nahm die Lampe wieder in die Hand und zerrte sie auf die Treppe zu, so daß ihre stolpernden Schritte im Hohlraum des Lagers widerhallten. »Und wenn ich herausfinde, wer Euch geholfen hat, dann wird er mit Euch zusammen auf der Insel abgesetzt.«

»Und was ist mit Eurem Bruder?« drängte ihn Silver. »Jeden

Tag, den Ihr länger braucht, wird die Gefahr für sein Leben größer.«

Morgan blieb bei diesen Worten wie angenagelt stehen und drehte sich mit düsterem Gesichtsausdruck zu ihr um. »Ihr habt das von dem Augenblick an geplant, als ich Euch gesagt habe, ich würde allein fortgehen, stimmt's?«

»Ja, ich meine, nein. Ich habe damals kurz daran gedacht, aber ich war mir nicht sicher. Ich nahm mir Zeit, alles genau zu überlegen und unter den gegebenen Umständen schien mir dies die einzig vernünftige Lösung.«

»Vernünftig? Was, in Gottes Namen, ist vernünftig daran, wenn eine junge Frau sich an Bord eines Schiffes voller Soldaten versteckt, das eine gefährliche Mission in Mexiko vor sich hat? Das ist doch kein Spiel, Silver. Ein Krieg ist dort im Gange.«

Ich kämpfe meinen eigenen Krieg, dachte sie. *Und das war immer schon so.* »Ich werde Euch nicht im Weg sein, das verspreche ich. Wenn wir anlegen, bleibe ich auf dem Schiff. Vielleicht finde ich sogar eine Möglichkeit, Euch zu helfen.«

»Verdammtes Weib.«

»Bitte, Morgan. Es wird gar nicht so schlimm werden mit mir wie Ihr denkt.«

Seine grünen Augen umfaßten sie von oben bis unten, nahmen jede ihrer Rundungen wahr, die Jordys ausgeblichene Kleidung erkennen ließ. Obwohl er immer noch wütend wirkte, ließ die Anspannung in seinem Gesicht langsam nach. »Ich hoffe, in Teufels Namen, daß Ihr auch noch etwas anderes zum Anziehen mitgebracht habt.«

Silver grinste, weil sie nicht glauben konnte, daß er sie so leicht davonkommen lassen würde. »Doch, habe ich.«

»Ich muß völlig verrückt sein«, murmelte er und fing an zu glauben, daß es wirklich so war. Denn genaugenommen war er verdammt froh, sie zu sehen. Abgesehen von seinen Sorgen um seinen Bruder, hatte Morgan sich nämlich auch um sie ständig Gedanken gemacht, seit er sie auf der Mole verlassen hatte.

Besonders störte ihn die Sache mit der verfluchten Belohnung, die William demjenigen versprach, der sie zurückbrachte. Er hatte Angst gehabt, irgendein Hafenarbeiter würde sie womöglich erkennen und sich in den Kopf setzen, sie zu entführen, wie es auch Pinkard getan hatte. Und seine Sorge war gewesen, daß ihre weiblichen Reize jede Belohnung uninteressant machen würden, wenn dieser Mann erst mit ihr allein war.

Er hatte auch befürchtet, sie würde womöglich davonlaufen und sich in noch größere Gefahr bringen. Sie hatte ihm zwar ihr Wort gegeben, aber er war nicht sicher, ob sie es auch halten würde. Wenn sie wirklich versuchte, zu entkommen, würden Moores Männer Schwierigkeiten haben, sie zurückzuhalten, das wußte er aus eigener Erfahrung. Er traute ihr immer noch nicht ganz, er war sich noch nicht einmal sicher, ob sie nicht doch aus Katonga geflohen war, um sich mit ihrem Geliebten zu treffen, wie Pinkard es anfangs behauptet hatte.

Morgan schaute auf sie hinunter und sah, wie sie zu ihm auflächelte, während ihr helles Haar im Schein der Lampe glänzte. Sie sah so unwahrscheinlich reizvoll aus in diesen Jungenkleidern – so unglaublich begehrenswert, wie es nur Silver konnte. Natürlich waren jetzt mehr Leute auf dem Schiff. Und fast ein Dutzend Söldner schliefen auf Deck. Morgan schauderte, wenn er daran dachte, wie sie Silvers rundes Hinterteil begutachteten.

»Wo sind Eure Kleider?«

»Drüben in der Ecke.«

»Dann tut uns beiden einen Gefallen und zieht Euch etwas weniger Enthüllendes an.« Er dachte an Colonel Buckland. Was würde Buckland sagen, wenn sie noch eine Frau bei sich hatten? Morgan fluchte. »Ich warne Euch, Silver, benehmt Euch ja gut. Und wenn ich herausfinde, daß Jordy hinter dieser Sache steckt, dann könnt Ihr sicher sein, daß er diesmal nicht so gut davonkommt wie beim letzten Mal.«

»Jordy weiß nichts davon.«

Morgan seufzte. »Manchmal glaube ich, daß Ihr wirklich fest entschlossen seid, mir das Leben zur Hölle zu machen.«

Silver lächelte nur. »Da täuscht Ihr Euch, Major.« Eigentlich glaubte sie sogar, daß sich die Dinge genau zum Gegenteil wenden würden, wenn sie sich durchsetzte.

Silver lehnte Morgans Angebot ab, in seiner Kajüte zu wohnen und richtete sich wieder in Jordys Zimmerchen ein. Sie schüttelte ihre Kleider und hängte sie auf, und bis zum nächsten Morgen hatte die feuchte Luft alle Knitterfalten geglättet. Da sie wußte, daß Morgan gleich hinter der Tür nur wenige Meter entfernt war, schlief Silver fest. Sie fühlte sich sicher und beschützt, und jetzt hatte sie auch die Zeit, die sie brauchte. Es würde schon alles werden, sagte sie sich entschlossen. Alles würde zum richtigen Zeitpunkt geschehen.

Und dann begegnete sie Colonel Buckland, und alles kam anders, als sie erwartet hatte.

Vom Augenblick ihrer ersten Begegnung an war Buckland hingerissen von Silver. Morgan erklärte ihre Gegenwart, indem er von den ›Steckbriefen‹ erzählte und der Gefahr, in der Silver dadurch schwebte.

»Es war falsch, daß sie von zu Hause fortgelaufen ist«, erklärte ihm Morgan und warf Silver einen harten, grünen Blick zu, um ihr klarzumachen, daß sie ja nicht widersprechen solle. »Aber das weiß sie jetzt. Unglücklicherweise gefährden diese Plakate sie aber sehr und sie hatte Angst um ihre Sicherheit.« Silvers Lippen zuckten. »Sie hatte das Gefühl, daß sie unseren Schutz brauchte, also hat sie sich an Bord versteckt. Ich bin sicher, daß sie uns keine Schwierigkeiten bereiten wird«, schloß er mit einem letzten eindringlichen Blick.

Silver, die neben Buckland an dem runden Eichentisch im Salon saß, lächelte süß. »Ich habe es wirklich nicht böse gemeint, Colonel. Major Trask versprach, mich sicher nach Katonga zurückzubringen. Ich dachte, wenn ich mitkäme, wäre das der sicherste Weg, ihm auch Gelegenheit dazu zu geben. Und jetzt, wo ich Euch auch noch kenne, fühle ich mich noch sicherer. Ich hoffe, das stört Euch nicht.«

»Es war eine dumme Idee, Miss Jones«, sagte er mit knurrender Autorität, »aber ich kann natürlich Eure Ängste verstehen ... eine Frau allein und ohne Schutz. Ihr könnt Euch darauf verlassen, daß Ihr an Bord der *Savannah* in Sicherheit seid.«

»Vielen Dank, Colonel.« Silver sah Morgan an, der sich nicht entscheiden zu können schien, ob er die Sache komisch oder empörend finden sollte. Als Buckland sich zu ihr herüberbeugte und ihr die Hand tätschelte, änderte sich Morgans Gesichtsausdruck noch einmal.

»Warum machen wir nicht einen kleinen Spaziergang an Deck, meine Liebe?« schlug ihr Buckland vor.

»Nun, ich bin nicht sicher –«

Er schob seinen Stuhl zurück und drängte sie aufzustehen. »Ihr braucht Euch keine Sorgen zu machen. Ich bleibe immer an Eurer Seite. Die Männer werden sich schon benehmen.«

»Das hatte ich eigentlich nicht gemeint.« Doch trotz ihrer Prosteste begleitete sie Buckland an Deck. Sie sah Morgan mehrere Stunden nicht, und bei ihrer nächsten Begegnung wirkte er seltsam zurückhaltend und still.

An jenem Abend trug Silver ein modisches rostbraunes Seidenkleid und die Männer ihre Uniformen, was Silver auf die Anwesenheit des Colonel zurückführte. Während ihrer Mahlzeit, die sehr viel einfacher zusammengestellt war als bisher, war Morgan freundlich, aber nicht übermäßig herzlich. Auch Hamilton Riley war anwesend und begrüßte sie in seiner üblichen warmen Art, woraufhin ihn Buckland mit einem ernsten Blick bedachte. Jacques aß zusammen mit der Mannschaft.

Nach dem Essen genossen die Männer einen Weinbrand und Zigarren, worauf Silver bestand, weil ihr der aromatische Geruch angenehm war. Die Unterhaltung verlief ruhiger, und Silver wandte sich Morgan zu in der Hoffnung, er würde vielleicht mit ihr auf Deck spazierengehen. Aber Buckland machte ihr das Angebot.

»Ein kleiner Spaziergang nach dem Essen ist oft genau das Richtige«, sagte er.

»Ich würde gern mit Euch gehen, Colonel, wirklich, aber– « Silver sah Morgan an und hoffte, er würde einschreiten, aber er entschuldigte sich nur und ging fort.

Buckland nahm ihren Arm und half ihr, die Leiter auf das Deck hinaufzusteigen. Die Nacht war tropisch warm und leichte Wellen schaukelten das Schiff. Das Mondlicht spiegelte sich im Meer, eine kühle Brise erfrischte die Luft. Buckland lächelte ihr warm zu und legte eine Hand an ihre Taille, um sie zu geleiten. Als höchster Offizier schien er sich für sie verantwortlich zu fühlen und nahm immer die Rolle ihres Begleiters und Beschützers an, wenn sie in der Nähe war.

»Wollen wir, meine Liebe?« Buckland neigte den Kopf in Richtung Bug.

Silver wollte ablehnen, wollte sagen, daß sie Morgan vorzog, aber Buckland war Morgans Vorgesetzter. Sie war sich nicht sicher, welchen Druck er womöglich auf ihn ausüben konnte.

Während sie das Deck entlangwanderten, gingen ihnen die Männer, denen sie begegenten diskret aus dem Weg. Das heißt alle außer den Söldnern, die sie dreist beäugten, obwohl Buckland jedem von ihnen einen warnenden Blick zuwarf. Er war gutaussehend, dachte Silver, aber doch etwas zu reif für ihren Geschmack. Trotzdem war er intelligent und ein interessanter Gesprächspartner. Sie fanden heraus, daß sie beide gern Schach spielten und Silver erklärte sich zu einer Partie am folgenden Tag bereit.

»Ihr seid wirklich gut, meine Liebe«, sagte der Colonel am kommenden Nachmittag, obwohl er zwei der drei Spiele gewonnen hatte.

Silver lachte leise. »Ihr habt mich gründlich geschlagen. Ich glaube kaum, daß ich das Kompliment verdiene.«

Buckland legte seine Hand auf die ihre und beugte sich vor, um ihr etwas ins Ohr zu flüstern.

Ausgerechnet in diesem Augenblick trat Morgan aus seiner Kajüte. Er stand in der Tür, die Beine leicht gespreizt, und Silver erkannte das harte Glitzern seines Ärgers. Obwohl sie sich bei Buckland keinerlei Schuld bewußt war, wurde Silver rot.

»Gefällt Euch die Reise, Colonel?« sagte Morgan zu Buckland und lehnte seine starke Schulter an die Wand.

»Lady Salena hat sie schon zum besonderen Ereignis für mich gemacht.«

»Ich bitte Euch, Colonel«, sagte sie, ohne weiter nachzudenken, »ich hatte gehofft, Ihr würdet mich Silver nennen.« Als Morgans dunkler Ausdruck noch finsterer wurde, fluchte Silver im stillen über ihre unbedachten Worte.

»Ihr solltet der Bitte der Dame nachkommen, Colonel. Man weiß nie, was sie sonst noch für Wünsche hat.«

Der spöttische Ton in Morgans Stimme deutete darauf hin, daß ihm gerade in den Sinn gekommen war, welchen Wunsch sie als letztes ihm gegenüber geäußert hatte: *Im Moment möchte ich nur, daß Ihr mich küßt.*

Silvers Wangen wurden noch wärmer.

Der Colonel lächelte ihr zu. »Ich würde Euch mit Freude Silver nennen, meine Liebe, wenn Ihr Euch entschließen könntet, mich Connie zu nennen.«

Silver hätte sich in die Zunge beißen können. »Aber gern ... Connie.«

Morgan drehte sich um und schritt aus dem Zimmer.

Noch mehrere weitere Tage bemühte sich Connie Buckland um sie, beschäftigte sie und vertrieb ihr die Zeit. Und wohin auch immer sie gingen, erschien Morgan. Wenn sie auf Deck spazierengingen, stand er an der Reling, während sie im Salon Karten spielten, arbeitete Morgan in seiner Kajüte. Und doch war es, wann immer er in ihre Richtung schaute, als wäre sie gar nicht da.

Verflucht, wenn ihr nur eine Möglichkeit eingefallen wäre, die

Aufmerksamkeiten des Colonels zurückzuweisen, aber außer der Möglichkeit, ihm einfach zu sagen, daß sie sich eher für Morgan interessierte, fiel ihr nichts ein. Sie war unglaublich dankbar, daß der Mann bei der Mannschaft in der Kajüte des Maats schlief.

Wenigstens sah sie Morgan jeden Abend bevor sie ins Bett ging für einen kurzen Augenblick. Er war immer höflich – übermäßig höflich – aber ansonsten kühl und abweisend. Sie wünschte, sie würde einen Weg kennen, die Schale zu durchbrechen, die er um sich errichtet hatte.

12. Kapitel

Es ist schon schrecklich spät, Colonel. Sollten wir jetzt nicht hinuntergehen?« Die meisten der Soldaten schliefen schon, manche an Deck, manche in unter Deck gespannten Hängematten. Nur die Steuerbordwache, die Nachtschicht hatte, war noch unterwegs, und auch der Steuermann im Steuerhaus am Heck schlief nicht.

»Es ist eine so wunderbare Nacht«, sagte Buckland. »Es wäre doch eine Schande, wenn wir sie jetzt schon unterbrechen würden.«

»Aber–«

Buckland, der wie immer seine makellose blaue Uniform trug, nahm ihren Arm und ging in Richtung Bug. An diesem Ende des Schiffes schlief gewöhnlich niemand, und so gab es mehrere dunkle Ecken, denen sie besser aus dem Weg gehen sollte.

Silver zog an seinem Arm, so daß er stehenbleiben mußte. »Ich möchte jetzt wirklich gehen, Connie. Ich bin gern in Eurer Gesellschaft, aber–«

»Unsinn, meine Liebe. Ihr könnt ja morgen früh einfach etwas länger schlafen.«

Silver entging nicht, wie sein Blick hinunter zu den Rundungen ihrer Brüste glitt. Obwohl das Kleid, das sie heute trug, aus einfachem, hellgrünem Batist gemacht war, betonte doch das tief ausgeschnittene Oberteil die hohen, runden Wölbungen, und die passende, breite, grüne Schärpe ließ ihre Taille unglaublich schmal wirken. Bucklands Hand bewegte sich besitzergreifend in jene Richtung, und er drängte sie mit fester Bewegung voran. Silver bemühte sich um Abstand. Bis jetzt waren die Annäherungen des Colonels immer zurückhaltend gewesen, aber er wurde jeden Tag dreister.

Ihr Gehirn arbeitete fieberhaft daran, noch eine Ausrede zu finden, als Jacques Bouillard in dreiviertellangen Hosen und einem breitgestreiften Hemd an Deck kam. Silver hätte ihn küssen können.

»Ach, Colonel Buckland«, sagte er, und sein französischer Akzent war deutlich zu hören, »gut, daß ich Euch endlich gefunden habe. Die Männer 'aben gewettet, ob Eure Republik Texas wohl in die Vereinigten Staaten aufgenommen wird oder nicht. Sie brauchen Eure Erfahrungen und Eure Meinung, um die Angelegenheit zu regeln.«

Buckland lächelte. Silver war klar, daß er Schmeicheleien wesentlich leichter unterlag als alle anderen Männer, die sie kannte.

»Bitte geht doch schon voraus«, meinte Jacques. »Ich werde Mademoiselle Jones sicher unter Deck geleiten.«

Buckland nahm die Hand von ihrer Taille. »Ich fürchte, meine Liebe, die Pflicht ruft.« Er hob ihre schlanke Hand an den Mund und küßte ihre Finger mit etwas zu feuchten Lippen. Als er fort war, seufzte Silver erleichtert auf.

»Ich weiß nicht, was ich mit diesem Mann machen soll.«

»Ihr solltet es auf jeden Fall möglichst bald herausfinden«, meinte Jacques warnend, »bevor der *capitaine* es für Euch tut.«

»Was meint Ihr damit?«

»Wenn Ihr das nicht seht, *chèrie*, wie sollte ich es da erklären können?«

»Aber ich–«

»Kommt, es ist Zeit, daß Ihr ins Bett geht.«

Silver ließ sich von Jacques bis in den Salon begleiten. Während er noch am Fuß der Leiter stand, klopfte sie leise an die Tür zur Kapitänskajüte und wartete, bis Morgan geöffnet hatte.

»Es tut mir leid, daß ich so spät komme, aber der Colonel–«

Noch bevor sie den Satz beenden konnte, zerrte Morgan sie ins

Zimmer und schloß die Tür. Kein Zweifel, daß er sehr ärgerlich war.

»Ihr wart wohl wieder mit Buckland auf einem Mitternachtsspaziergang, wie?« Durch den Ton klangen seine Worte so unanständig, daß sich Silver die Haare sträubten.

»Was interessiert es Euch? Seit ich hier bin, habt Ihr mir nicht einmal guten Tag gesagt.«

»Wie hätte ich das tun können? Ihr verbringt doch jede mögliche Minute mit Buckland!«

Silvers Augen richteten sich auf Morgans Körper. Er stand da, nackt bis zur Taille, seine Hose saß tief auf seinen muskulösen Hüften. Sie versuchte, nicht darauf zu achten, wie das Licht der Lampe in den blonden Locken auf seiner Brust glänzte, wie es sich in der Form eines Pfeils zu seinem Bauch hinunter verengte und dann als schmale Linie unter dem Bund seiner Hose verschwand.

»Er denkt, er paßt auf mich auf.«

»Er paßt auf Euch auf? Das ist ein Witz. Connie Buckland ist auch nicht anders als alle anderen Männer auf diesem Schiff. Er begleitet Euch überall hin, weil er hofft, daß Ihr ihn irgendwann in sein Bett begleitet.«

»Ihr seid verrückt.«

»Ach ja? Wie oft habt Ihr ihn schon geküßt?« Er stand breitbeinig da und starrte zu ihr herab, die Narbe in seinem Gesicht wirkte weiß und gespannt. Es konnte doch nicht möglich sein, daß er eifersüchtig war!

»Ich habe ihn noch nie geküßt – falls Euch das etwas angeht – und ich habe auch nicht die Absicht, es in Zukunft zu tun. Ich habe es Euch schon einmal gesagt, Major, ich bin nicht so leicht zu haben. Ich vergebe meine Zuneigung nicht so ohne weiteres.«

»Nein?« fragte er spöttisch, was sie überraschte. »Das würde mich genauer interessieren.« Er trat näher heran, sein Arm legte sich um ihre Taille und zog sie an seine Brust. Noch bevor sie ihm widersprechen konnte, preßte sich sein Mund hart auf den ihren. Morgan drückte sie nach hinten an die Wand, hielt sie mit dem Gewicht seines Körpers dort fest, drängte seine Hüften gegen die ihren. Doch obwohl seine Zunge sich gewaltsam zwischen ihre Zähne schob, spürte Silver das unruhige Sehnen, das sie schon einmal erlebt hatte.

Morgans Hand glitt über ihren Körper abwärts, umfaßte ihren Hintern und drückte sie fest an sich. Sie spürte seine Erregung, heiß und schwer, darüber die Knöpfe, die seine Hose schlossen, und weiche Hitze durchströmte sie. Er schmeckte etwas nach Brandy, eine Locke seines Haars fiel ihm in die Stirn, und die Muskeln spannten sich hart über seiner Brust. Unabsichtlich klammerten sich Silvers Finger an seine heiße, feuchte Haut und in die rauhen Haare der blonden Löckchen auf seiner Brust. Sie spürte die flüssig gleitende Wärme seiner Zunge, den fordernden Druck seiner Lippen und stöhnte. Da hielt Morgan in seinen Bewegungen inne.

Er trat einen kleinen Schritt zurück und sah sie an. Ihr wurde klar, daß sie sich eigentlich hätte ärgern sollen – das erwartete er zumindest. Statt dessen waren ihre Augen voller Begehren und ihre Lippen waren leidenschaftlich gerötet. Sie hätte sich wehren müssen, ihn kratzen und schlagen, von ihm verlangen, daß er aufhörte. Statt dessen sah sie zu ihm auf und ließ ihn genau erkennen, was sie dachte. Ließ ihn sehen, daß ihre feurigen Gedanken ganz den seinen entsprachen.

Mit einem besiegten Ächzen umfaßte Morgan ihr Gesicht mit den Händen und küßte ihre Augen, ihre Nase, ihren Mund. Silver legte ihre Arme um seinen Hals. Morgan küßte sie zärtlich, seine Zunge war jetzt vorsichtig, kostend, fast als bitte sie darum, ihm zu geben, was er wollte. Mit einer Hand zog er die Nadeln aus ihrem Haar, und die schwere silberne Masse fiel über ihre Schultern hinunter.

Er fuhr mit seinen Fingern hinein, zog ihren Kopf leicht nach hinten und vertiefte den Kuß noch. Seine Hand legte sich über ihre Brust, streichelte ihre fleischige Rundung durch den Stoff hindurch, schob sich dann in ihr Mieder, umfaßte die ganze Fülle, und seine Finger streichelten die rosa Spitze, bis sie hart wurde. Jede seiner Berühungen entflammte sie weiter. Silvers Brustwarzen klopften und spannten, und heiße Wellen überströmten sie.

»Morgan«, flüsterte sie, und das eine Wort klang beinah wie ein Flehen.

Er küßte ihren Halsansatz, knabberte an ihrem Ohr, ließ seine Lippen eine feurige Spur hinunter bis zu ihrer Halsgrube legen. Dabei schob er das Kleid über eine Schulter hinunter und senkte dann den Kopf zu dem weichen, weißen Fleisch, das seine Hand füllte. Silvers Knie wurden weich, ihr Körper schien zu brennen. Morgan saugte an ihrer Brust, und das sinnliche kleine Zupfen ließ einen glühendheißen Blitz durch ihren Körper zucken. Als sie bebte und sich ihm entgegenwölbte, entzog sich ihr Morgan.

»Bitte«, flehte Silver ihn an und wußte genau: Das war es, was sie wollte – das war der eigentliche Grund, warum sie sich an Bord seines Schiffes versteckt hatte.

Morgan schien unsicher. »Ihr habt von Zuneigung gesprochen, Silver. Jetzt will ich mehr von Euch als Zuneigung. Seid Ihr sicher, daß Ihr bereit seid, mir mehr zu geben?«

Silver sah zu ihm auf. Die Leidenschaft, die in seinen Augen glühte, ließ keinen Zweifel darüber offen, was er meinte. »Ja«, flüsterte sie leise.

Mit einem Ächzen tief unten in der Kehle senkte Morgan den Kopf wieder zu ihr und küßte sie. Eine seiner Hände schob sich unter ihre Knie, und er hob sie in seine Arme empor. Silver schlang ihre Arme um seinen Hals und lehnte sich an ihn. Er trug sie zum Bett hinüber, setzte sie sanft darauf und begann, sie auszuziehen. Sie zitterte jetzt am ganzen Körper, aber vor Erwartung, nicht vor Angst. Sie begehrte Morgan Trask, wollte seine harte Gestalt ganz nah bei sich spüren, wollte die seltsamen und wunderbaren Empfindungen näher erkunden, die er in ihrem Körper erweckte.

Morgan öffnete die Knöpfe an ihrem Rücken, zog ihr das Kleid aus, küßte ihre Schultern. Seine Lippen berührten heiß ihre Haut mit einem Gefühl, fast wie Verehrung. Er umfaßte ihre Brüste, und seine starken Hände kneteten und streichelten sie, ließen Hitzeschauer durch ihre Glieder strömen.

In wenigen Minuten hatte er ihr die Unterröcke und das Mieder ausgezogen, so daß sie nur noch mit Höschen, Strumpfhalter und Hemd bekleidet war. Dann stützte er ihre Beine nacheinander auf seinem Schenkel ab und rollte ihre Strümpfe hinunter. Er küßte ihre Wade, das Grübchen an ihrem Knie und wanderte dann ganz langsam über ihr Bein nach oben, bis sie sich wand vor Begehren.

»Schneller«, flüsterte Silver, aber Morgan lächelte nur.

»Darauf habe ich schon zu lange gewartet, du kleine Hexe. Ich habe nicht die Absicht, mich gerade jetzt zu beeilen.« Mit einer Gründlichkeit, die sie nicht erwartet hatte, küßte sie Morgan überall, bedeckte sie dann mit seinem langen, harten Körper und drückte sie aufs Bett zurück. Während sein Mund und seine Zunge ihren Zauber auf sie ausübten, streichelte seine Hand gleichzeitig ihre Brustwarze, und eine neue Woge von Hitze überrollte sie.

Morgan schob ihr Hemdchen nach oben und drückte seinen Mund auf ihre Brust. Zuerst saugte er nur sanft, dann knabberte und zupfte er, leckte und umkreiste die Spitze mit der Zunge, bis Silver kaum noch atmen konnte. Feuer schien durch ihren Körper zu rasen. Ihre Finger gruben sich in sein Haar, sie strich ihm mit den Fingernägeln über den Rücken und wölbte sich ihm entgegen.

»Morgan«, flüsterte sie, und zwischen ihren Beinen begann es zu brennen.

Mit jetzt etwas weniger sicheren Händen zog ihr Morgan das Hemdchen über den Kopf, öffnete das Band, das ihr Höschen in der Taille hielt und schob es dann über ihre Hüften nach unten, bis das Nest über ihrem Geschlecht freilag. Seine Hand glitt über ihr Fleisch, knetete ihre Brüste, streichelte die flache Haut gleich unterhalb des Nabels.

Erst als seine langen, geschickten Finger langsam tiefer wanderten und sich in ihr Höschen schoben, um ihren Schenkel zu streicheln, spürte Silver den leichten Anflug eines Gefühls, das anders war als nur Leidenschaft.

»Ich will dich«, flüsterte Morgan, sein harter Körper drückte sie auf das Bett, sein schweres Gewicht hielt sie unbeweglich. Seine Hand glitt bestimmt über ihre Haut abwärts in das flaumige, blonde Dreieck von Haar in ihrer Mitte, und Silver spannte sich.

»Keine Sorge«, sagte er beschwichtigend, doch die Worte schienen aus weiter Ferne zu kommen. Morgan küßte sie noch einmal, lang und hart, dann glitt sein Finger zwischen die weichen, feuchten Falten ihres Fleisches.

Silver spürte die heiße, prüfende Berührung... und irgendetwas in ihrem Kopf setzte aus. Plötzlich sah sie vor ihrem inneren Auge nicht mehr Morgan, spürte nicht mehr seine Lippen und nicht mehr seine sanften Finger zwischen ihren Beinen, sondern etwas Dunkles, Bedrohliches, das böse und abstoßend war. Etwas, wogegen sie ankämpfen mußte, koste es was es wolle. Sie begann, sich zu wehren, versuchte zu schreien, aber Morgans harter Kuß brachte sie zum Schweigen.

Silver kämpfte gegen das Bild an, das sich vor ihr erhob, bemühte sich um die Erinnerung an das gutaussehende Gesicht des Mannes, der sie in den Armen hielt, aber sie sah weiterhin nur das häßliche Gesicht des Teufels in Person. *Halt*! versuchte sie zu rufen, ihr Körper wurde starr und sie begann, sich unter dem schweren Gewicht, das sie niederdrückte, zu winden. *Laß mich los*!

Aber die Worte kamen nicht heraus, und die Finger drängten sich tiefer in sie. Silver spürte, wie der Zorn sie übermannte. Sie wußte nicht mehr, wo sie war noch warum. Sie wußte nur, daß sie nicht einen Augenblick länger ertragen konnte, wußte, daß sie entkommen mußte. Silver verkrampfte sich und wand sich und begann zu kratzen und zu schlagen, sich wirklich zu wehren. Mit einem Wimmern der Angst riß sie sich schließlich von den Händen los, die sie hielten und erkannte im gleichen Augenblick das verblüffte Gesicht von Morgan Trask über sich.

Tränen füllten ihre Augen, und ein leises Schluchzen ertönte aus ihrer Kehle. Oh Gott, wie hatte sie dies geschehen lassen können? Morgans Worte drangen mit Nachdruck wieder in ihr Gedächtnis vor. *Was für eine Frau seid Ihr?* Was würde er jetzt von ihr denken?

Voller Furcht bei dem Gedanken daran, was sie jetzt wohl in seinem Gesicht sehen würde, wollte Silver ihn nicht anschauen. Aber sie spürte sein schweres Gewicht, als er sich an die Seite des Bettes rollte, die Füße auf den Boden stellte und sich neben sie setzte. Dann zog er sie in seine Arme.

»Ist ja schon gut, Süßes. Ich werde dir nicht weh tun.« Morgan war bei seiner Berührung ihre Jungfräulichkeit nicht entgangen, die er eigentlich kaum vorzufinden erwartet hatte. Er hätte vorsichtiger sein müssen, aber zarte, unerfahrene Jungfrauen waren eigentlich nicht sein Stil. »Es tut mir leid, daß ich dir angst gemacht habe. Ich wollte eigentlich nicht so eilig sein.«

Silver schüttelte den Kopf. »Das liegt nicht an dir.« Sie sah durch die Tränen zu ihm auf. »Ich hatte schon befürchtet, daß so etwas passieren würde.« Die Qual in ihren weichen, braunen Augen war so intensiv, wie er es noch nie gesehen hatte. »So sehr ich dies auch wollen mag, jetzt weiß ich, daß ich es nicht kann.«

»Du hast nur Angst.« Morgan strich eine Haarsträhne von ihrer tränennassen Wange. »Es gibt nichts, wovor du Angst zu haben brauchst.«

Silver schüttelte nur den Kopf. »Du verstehst das nicht.«

Und jetzt sah Morgan es zum ersten Mal – dort in ihren Augen. Jenes unnatürliche Glänzen, das nicht die Angst vor ihm war, sondern etwas anderes, ein düsteres Gefühl, das an die Oberfläche zu gelangen versuchte, aber doch im Innern verschlossen blieb. »Erzähl es mir«, sagte er. »Erzähl mir, was dir passiert ist.«

Sie sah nur ins Leere, ihr Blick heftete sich auf irgendeinen Punkt an der Wand gegenüber.

Morgan legte seine Hand um ihr Kinn und hob ihr Gesicht zu sich herum. »Sag es mir.«

Einen Augenblick lang sagte Silver nichts. Dann erschien plötzlich eine Entschlossenheit in ihrem Ausdruck, und etwas, das nach Resignation aussah.

Sie schluckte die Tränen hinunter und schaute weg.

»Ich war erst dreizehn«, flüsterte sie und starrte wieder ins Leere. »Da war ein Mann...«

Morgan spürte, wie sich sein Magen zusammenkrampfte.

»Er kam in mein Zimmer. Er –« Sie brach mit einem bitteren Schluchzen ab.

»Ist schon gut, Süßes. Laß dir ruhig Zeit.«

»Ich will nicht darüber reden. Ich habe Angst davor, was du sagen wirst.«

Morgan richtete sich auf. »Du warst doch erst dreizehn, um Himmels willen. Was immer auch geschehen sein mag, kann man dich wohl kaum dafür verantwortlich machen.«

Silver sagte nichts.

»Ich möchte, daß du es mir erzählst, Silver.«

Silvers Augen schlossen sich, denn eine Welle von Schmerz überflutete sie. Als sie sie wieder öffnete, waren ihre Wimpern mit Tränen besetzt. »Er riß mir das Nachthemd herunter.« Ihre Zunge strich über ihre zitternden Lippen. »Er war so schwer, er drückte mich auf das Bett hinunter. Ich weiß noch genau, wie heiß und feucht seine Hände waren, wie sie zitterten, als er mich festhielt und sie über meinen Körper wandern ließ. Er berührte mich... an der gleichen Stelle wie du... Oh Gott, ich fühlte mich so schmutzig...so ekelhaft, grauenhaft schmutzig.«

Morgan zog sie enger an sich, legte seine Arme um sie und wünschte, er könnte ihr den Schmerz nehmen.

»Delia hat ihn schließlich aufgehalten«, fuhr sie fort. »Sie hat ihr Leben für mich aufs Spiel gesetzt.«

»Jetzt wird dir nichts mehr passieren«, sagte Morgan tröstend. »Niemand wird dir weh tun.« Er wollte sie fragen, wer der Mann gewesen war, wollte wissen, ob sie es William erzählt hatte. Aber sie sah so verzweifelt aus, daß er sie nicht weiter bedrängen wollte.

Silver lehnte ihre Wangen an seine Brust, und ihre zitternden Finger legten sich über sein Herz. »Ich habe dich so sehr begehrt. Ich war ganz sicher, daß ich bei dir nicht mit meinen Erinnerungen kämpfen muß. Jetzt werde ich nie erfahren, wie es ist, mit einem Mann zusammenzusein.« Warme Tränen benetzten seine Haut und glänzten in dem Haar auf seiner Brust.

»Das stimmt nicht, Silver. Du brauchst nur den richtigen Mann, ein wenig Geduld ... und etwas Vertrauen.«

Morgan verstand plötzlich, daß das wirklich so war und traf eine Entscheidung. Durch die plötzliche Unterbrechung hatte er eine letzte Chance bekommen, diese wahnsinnige Beziehung zu Silver abzubrechen, solange es noch Zeit war.

Aber Morgan wollte sie nicht nutzen. Silver hatte mit so feuriger Leidenschaft auf ihn reagiert, wie er sie selten gesehen hatte. Selbst jetzt noch war sie spürbar, ganz dicht unter der Oberfläche. Morgan hatte genug Erfahrung mit Frauen, um genau zu wissen, was er tun mußte, um diese Leidenschaft zum Ausbruch zu bringen.

Sie wischte die Tränen von ihren Wangen und sah zu ihm auf mit Hoffnung und noch etwas anderem im Blick. »Meinst du wirklich?«

Morgan beugte den Kopf hinunter und küßte sie, mit einem weichen, zärtlichen Kuß, der ein wenig von ihrer Wärme entfachen sollte. »Nun?« fragte er vorsichtig, als der Kuß geendet hatte. Ihr Gesicht war sanft gerötet, ihre Lippen rosig und voll.

»Vielleicht ist es wirklich möglich.« Sie schien sich immer noch nicht ganz sicher zu sein.

»Das, was du mir heute abend erzählt hast, gibt dir deine Freiheit zurück, Silver. Du hattest nichts mit dem zu tun, was geschehen ist. Kein Mann wird dir daran eine Schuld geben – und ich ganz bestimmt nicht.« Er hob ihr Kinn mit den Fingern. »Vertraust du mir?«

Braune Augen, die keine Angst mehr zeigten, schauten fest in sein Gesicht. »Mehr als jedem anderen Mann, den ich je gekannt habe.«

Aus Gründen, die Morgan nicht erklären konnte, berührten ihre Worte einen tiefen Punkt in ihm. Er traf noch eine zweite Entscheidung. Bis dahin jedoch hatte er eine Aufgabe vor sich, die er mit seiner ganzen Kraft angehen wollte.

Wenn sein und Silvers Körper sich zum ersten Mal miteinander verbanden, sollte es in ihren Gedanken keinen Platz mehr für einen anderen Mann geben.

Morgan verließ das Bett und ging zu seinem Schreibtisch hinüber. Dort nahm er den schweren Glasstöpsel aus einer Weinbrandkaraffe, goß ein wenig von der bernsteinfarbenen Flüssigkeit in einen Schwenker und kehrte zu Silver zurück, die auf der Bettkante saß. Sie hatte immer noch ihr Höschen an, das wieder bis in die Taille hinaufgezogen war, doch nur ihr schweres, silbernes Haar bedeckte ihre schönen Brüste.

»Trink das«, befahl Morgan.

Silver wurd bleich, als der Weinbrand brennend durch ihre Kehle strömte, doch sie trank noch ein paar Schlucke, und die Spannung in ihrem Körper schien etwas nachzulassen. Morgan küßte sie zärtlich und genoß den Geschmack des Weinbrands auf ihren süßen Lippen. Als er nach dem Band griff, das ihr Höschen schloß, hob sie schnell die Hand, um ihn aufzuhalten.

Widerstrebend löste sie den Griff an seinem Handgelenk. »Entschuldige.« Offensichtlich wollte sie bei ihrem Entschluß bleiben und sich von ihm verführen lassen.

Morgan schob die weiße Baumwollhose über ihre Beine hinab, so daß Silver nackt war und drückte sie dann vorsichtig aufs Bett zurück.

»Weißt du eigentlich, wie schön du bist?« Silver errötete und schaute weg. »Du solltest stolz auf deinen Körper sein, Silver. Ich habe selten einen schöneren gesehen.«

Silver sagte nichts, aber sie schien sich noch etwas mehr zu entspannen. Diesen Augenblick nutzte Morgan, um seine Stiefel auszuziehen und seine Hosen aufzuknöpfen und herunterzustreifen. Silver betrachtete ihn mit schweigender Faszination, als er nackt auf sie zuging, denn sein Schaft war immer noch hart vor Verlangen.

Er stand ungehemmt vor ihr. »Berühre mich, Silver, damit du spürst, wie sehr ich dich begehre.«

Einen Augenblick lang schien sie unsicher, dann streckte sie mit zitternden Fingern die Hand nach ihm aus und schloß sie warm um ihn, zuerst zögernd, dann mit mehr Mut. Langsam erschien ein Lächeln auf ihren hübschen rosa Lippen.

»Das ist genug«, sagte Morgan etwas rauher als er eigentlich beabsichtigt hatte. Er berührte ihre Wange. »Es gibt heute abend noch einiges für uns zu erkunden; wir müssen langsam vorangehen. Du hast genauso viel Macht über mich wie ich über dich.« *Mehr*, dachte er. Er begehrte sie jetzt schon schmerzlich bei jedem Herzschlag, und sie hatten noch gar nicht richtig angefangen.

Morgan kam zu ihr ins Bett und streckte sich lang neben ihr aus. Dann griff er nach ihr und küßte sie, erst ganz vorsichtig, bis er ihre weiche Erwiderung spürte, dann mit mehr Drängen. Er brauchte nur wenige Minuten, um ihre Erregung wieder zu wecken, noch ein paar Sekunden, da spürte er, wie ihr Körper sich an ihm wand, ihn weiterdrängte. Nach dem was geschehen war, hätte er nicht geglaubt, daß sie so schnell wieder auf ihn reagieren würde, aber schließlich war dies Silver, und nicht einfach irgendeine Frau. Er hätte es wissen müssen.

Silver spürte seine Hände auf ihrem Körper, spürte die sanfte Geschicklichkeit, mit der er sie berührte, und die Hitze, die er in ihr erweckte, schien brennend ihre Glieder zu durchdringen. Sein Mund berührte jede Stelle, an die auch seine Hände gelangten, kostete, knabberte, entflammte sie. Nur Morgan konnte diese wachsende Flut von Leidenschaft in ihr erwecken. Nur Morgan. Sie sah nur noch sein Gesicht, seinen warmen grünen Blick, sein Lächeln, seine Narbe, die so sehr ein Teil von ihm war. Morgan hob eine ihrer Brüste in seiner Hand, neigte den Kopf und umspielte ihre Brustwarze auf so eindringlich sinnliche Art, daß Silver stöhnte.

Auch ihre Hände wanderten ruhelos von den Muskeln auf seinen Schultern hinunter zu der weichen, dunklen Haut auf seinem Rücken und dann zu seinem festen runden Hintern. Sie knetete die sehnigen Halbkugeln genau wie er es bei ihr getan hatte und hörte sein tiefes, leidenschaftliches Ächzen. Sein harter Schaft drängte sich heiß an ihren Schenkel.

Morgan legte sich etwas bequemer auf die Seite und setzte seine geduldige Erkundung fort, ließ seine Hand zu der glatten Fläche unter ihrem Nabel wandern, während seine erregte Männlichkeit sich gegen ihr Bein drückte. Seine Finger kneteten und lockten, so daß sie vor Wonne eine Gänsehaut bekam, doch weiter abwärts ließ er sie nicht gehen.

»Das gefällt dir doch, Silver, nicht wahr?«

Silver wand sich unter seiner Berührung, wollte mehr, hatte aber doch Angst vor den Folgen.

Morgan stützte sich auf einen Ellenbogen und sah zu ihr herab. »Nimm meine Hand, Silver.« Seine Stimme klang rauh und dunkel. »Dein Körper braucht Zärtlichkeit. Ich kann sie dir geben.«

Das war doch genau was sie wollte, oder? Sie beide wußten das. Ohne weitere Unsicherheit griff Silver nach seiner Hand und schob sie weiter abwärts, durch die hellblonden Haare in ihren Schoß. Morgan streichelte mit sanften Händen die Innenseite ihrer Schenkel, aufwärts durch das flaumige Nest, teilte dann die seidigen Hautfalten und schob seinen Finger dazwischen.

Silver stöhnte, als eine Hitzewelle sie überrollte.

»Ich bin es, Silver, kein anderer.« Seine Finger glitten wieder heraus und wieder hinein, zärtlich und doch entschieden, und diesmal wußte Silver genau, wer es war. »Spüre mich, Silver, vertraue mir.« Lockend und sanft, mit leicht dehnenden Bewegungen bereitete er sie auf das vor, was kommen würde. Silver wand sich in der wachsenden Hitze immer höher aufflammender Lust. Sicher, daß sie vor Lust sterben würde, preßte sie sich gegen seine vorsichtigen Finger.

»Bitte«, flüsterte sie.

»Bitte was, Silver? Bitte, Morgan, hör auf damit?« Seine Hand hielt inne – und damit auch die feurigen Empfindungen.

»Oh Gott, nein.« Morgans erfahrene Finger glitten hinein und wieder heraus, streichelten und berührten sie, bis ihre Haut in Flammen zu stehen schien und sie am ganzen Körper zitterte. Irgendetwas in ihrem Innern begann zu wachsen, etwas sehr Flüchtiges. Aber es war nicht dunkel und bedrohlich, sondern süß und einladend, lockte sie zu fernen Höhen.

Gerade als sie dachte, sie würde sie erreichen, hielt Morgan inne.

»Bitte«, flehte Silver. »Oh Gott, Morgan, bitte.«

»Das hier ist es, was du brauchst, Silver.« Er drückte ihre Hand gegen seine pulsierende Erregung. Sie spürte seine Männlichkeit so dick und hart und heiß, daß sie das Gefühl hatte, ihre Hand könnte versengt werden. Sie spürte die Macht in jenem glatten, harten Organ – Macht und Beherrschung. Aber es versprach ihr auch Lust und eine viel süßere Belohnung als sie sich je zu erträumen gewagt hatte.

»Ja«, flüsterte sie. »Ja.«

Morgan hob sich über sie, brachte seinen harten Schaft zum Eingang in ihr weiches, feuchtes Fleisch und schob die Spitze sanft in sie. Als er dort stoppte, schluchzte Silver fast vor Verlangen.

»Willst du mich wirklich, Silver?«

»Ja, ich will dich. Ich brauche dich, Morgan, bitte.«

Morgan küßte sie und schob sich dann so weit wie möglich in sie hinein, hielt erst inne, als er ihr Jungfernhäutchen erreichte.

»Es wird dir weh tun, Süßes, aber nur für einen Augenblick.«

Ihr Schoß schien in Flammen zu stehen. »Bitte«, flüsterte sie. Der Schmerz war nicht wichtig – was sie jetzt erlitt, war sicher schlimmer als alles, was er tun konnte.

Und das stimmte, denn der reißende Schmerz dauerte nur einen Augenblick. Morgan schob seine volle Länge hinein und hielt dann inne, damit ihr Körper sein Eindringen ganz erfassen konnte.

»So gut?«

»Ja.«

»Keine Alpträume mehr?«

Sie lächelte ihm sanft zu. »Dieser Traum hat keinerlei Ähnlichkeit mit dem anderen.« Morgan neigte den Kopf und küßte sie, seine Zunge schob sich in ihren Mund, lockte ihre, das gleiche zu tun, erregte sie so wie vorher. Der Schmerz war völlig verschwunden. Sie konnte seine ganze harte Länge spüren, als er sich zurückzog und dann zum zweiten Mal in sie hineinglitt. Wieder und wieder stieß er in sie, wurde schneller und schneller, drang hart und tief vor, bis Silver dem kopflosen Wirbel der Leidenschaft nachgab. Sie kam jedem seiner Stöße entgegen, schlang ihre Beine um die seinen und hob ihren Körper zu ihm empor.

Seine machtvollen Stöße verzehrten sie, drängten sich in ihr weiches Fleisch, trieben ihn immer und immer wieder in sie hinein, und ihre Hüften wölbten sich hoch, um jedem seiner Stöße entgegenzukommen. Jeder Nerv in ihrem Körper wurde in Schwingung versetzt, jede Sehne, jede Faser. Sie klammerte sich an seine Schultern, schrie laut seinen Namen, und etwas Süßes, Heißes überrollte sie. Ihre Gedanken wirbelten, ihr Körper spannte sich an, glänzende Sonnenstrahlen leuchteten hinter ihren Augen. Es war so unglaublich süß, so köstlich durchdringend. Sie war voller Erstaunen, fühlte sich in unerklärlicher Weise voller Demut.

Morgan spannte sich wenige Sekunden später an. Silver klammerte sich an ihn, als er seine Leidenschaft in sie ergoß, und er hielt sie fest in den Armen. Es war ein süßer Augenblick, als sie so an ihm lag, ein Augenblick, in dem sie ihm in einer Weise nah war, wie sie es noch nie mit einem anderen Menschen erlebt hatte. Als sie in langsamen Spiralen wieder zur Erde herabkamen, küßte Morgan sie zärtlich, während ihr Fleisch noch fest miteinander verbunden war und er immer noch schwer atmete. Dann legte er sich neben sie und hielt sie in seinem Arm.

Vielleicht war sie kurz eingeschlummert, sie war sich nicht ganz sicher. Kurze Zeit später bewegte sie sich jedoch wieder.

Morgans Hand hob eine Strähne ihres wirren blonden Haars. »Nun, wie geht es dir?«

»Du warst wunderbar.« Sie spielte mit der Hand in dem lockigen Haar auf Morgans Brust. »Vielen Dank.«

Er lachte leise. »Das ist eine echte Neuerung. Eine junge Frau verliert ihre Jungfräulichkeit und dankt auch noch dem Schuft, der das vollbracht hat.«

»Ich meine es wirklich so. Wenn du nicht gewesen wärest...«

Morgan sah sie an. »Das liegt jetzt alles hinter dir, Silver. Die Vergangenheit ist vorüber.«

Silver lächelte weich. »Delia hat mir einmal gesagt, daß es so sein könnte, aber ich habe es ihr nicht geglaubt.«

»Du magst die beiden sehr gern, nicht wahr?«

»Sie sind wunderbare Menschen. Quako kenne ich schon seit meiner Kinderzeit. Er hat mich gelehrt, daß ein Mann auch sanft sein kann, selbst ein starker Mann wie er... oder ein Rauhbein wie du.«

Morgans Augen, deren Grün jetzt besonders leuchtete, streiften zärtlich über ihr Gesicht. »Er liebt seine Frau sehr.«

»Delia ist nicht seine Frau. Quako möchte sie gern heiraten, aber mein Vater ist nicht für Heirat unter den Sklaven. Er hält sie für kaum mehr als Tiere.«

Morgan zog eine Augenbraue hoch. »Ich hätte nie gedacht, daß William solche Vorurteile haben könnte.«

»Vielleicht gab es für ihn noch keine Gründe dafür, als er in England lebte. Hier ist alles anders.«

Morgan schob ein paar Strähnen ihres wirren Haars hinter ihr Ohr. »Wenn wir schon von deinem Vater reden – du hast ihm wohl nie von dem Mann erzählt, der dich überfallen hat, oder?«

Dies war ihre Gelegenheit. Der Magen drehte sich ihr um. Was würde er von ihr denken, wenn er es wußte? Jetzt wo sie nackt in seinen Armen lag, noch warm vom Nachglühen ihrer innigen Begegnung, fühlte sie sich ihm so nah. Sie konnte den Gedanken nicht ertragen, diese Nähe schon so bald wieder zu verlieren.

»Ich habe nicht angenommen, daß er mich verstehen würde.«

»Silver –«

Sie drückte ihre Finger auf seine Lippen, so daß seine nächsten Worte nicht ausgesprochen wurden. »Nicht heute abend«, flüsterte sie leise. »Der gehört nur dir und mir.«

Morgan lächelte. »Ich wäre ein Narr, wenn ich darüber mit dir streiten wollte.« Er rollte sich auf sie und küßte sie langsam und entschlossen. Seine Erregung drückte sich wieder heiß und fest an ihren Schenkel.

Diesmal liebten sie sich langsam, lernten den Körper des anderen besser kennen, genossen einander. Und später in der Nacht erwachte Morgan, wieder hart vor Begehren. Silver war schon wach und erfreute sich an der Gelegenheit, ihn zu beobachten.

»Bist du nicht müde?« Sein kühner grüner Blick glitt über die Rundungen ihres Körpers unter dem dünnen weißen Laken.

Sie schüttelte den Kopf. »Nein.«

»Gut.« Er drückte sie in die Matratze. »Ich habe genau das richtige Schlafmittel für dich.«

Silver lachte leise. Sie legte ihre Finger um seinen festen Schaft und führte ihn zu ihrem Inneren. Sie paarten sich freudig und voller Freude, doch als sie am Morgen erwachte, war Morgan fort.

Silver zog sich eilig an, während sie sich doch ein paar Sorgen um den vor ihr liegenden Tag machte. Sie fühlte sich anders an diesem Morgen, fraulicher. Sie betete, daß Colonel Buckland das nicht sehen würde. Oder auch Jacques oder Riley – genaugenommen nicht einmal Morgan. Sie fragte sich, was er wohl sagen würde, konnte es sich aber beim besten Willen nicht vorstellen.

Schließlich war er immer noch ein Freund ihres Vaters. Er würde Bedenken haben, falls William etwas erführe. Und Morgan war ein Mann, der auch ein Gewissen hatte. Wenn Silver ihn nicht förmlich dazu gedrängt hätte, sie zu lieben, wäre vermutlich nie etwas passiert.

Silver lächelte, als sie darüber nachdachte. Morgan hatte ihr ein unwahrscheinlich wertvolles Geschenk gemacht: sie wußte jetzt um Mann und Frau. Was auch immer geschah, das würde sie immer schätzen. Aber wie empfand sie für Morgan? Die Antwort war einfach – sie hatte sich in ihn verliebt.

»Also, was mache ich jetzt damit?« fragte sie sich laut. Morgan liebte sie nicht – zumindest glaubte sie das. Und was sollte sie mit einem Mann, der sie nicht ganz und gar wollte.

Vielleicht war *wollen* in diesem Zusammenhang nicht das richtige Wort. Silver bezweifelte sein Interesse an ihr nicht im geringsten. Genaugenommen war die Lust, die sie einander bereitet hatten genau das, was Silver von Morgan wollte und auch genau das, was er von ihr wollte. Sie wollte nicht an die Zukunft denken, an eine Zeit, wo sie sich vielleicht trennen würden. Über jenen Tag würde sie sich Sorgen machen, wenn er kam.

Silver beugte sich über den Schreibtisch und prüfte ihr Abbild im Rest des zerbrochenen Spiegels, rückte das Mieder ihres weichen, pfirsichfarbenen Tageskleides zurecht, betrachtete erfreut die zarte Spitze am Saum. Da die Fenster über Morgans

Koje in Barbados repariert worden waren, ging sie durch die Kajüte hinüber und schaute hinaus.

»Verdammt«, flüsterte sie, als sie sah, daß die Sonne schon hoch am Himmel stand. Warum hatte Morgan sie nicht geweckt? Fast wie eine Antwort darauf ertönte ein leichtes Klopfen an der Tür und Morgan kam herein, in der Hand ein Tablett mit Frühstück: lockeres Rührei, gesalzenes Schweinefleisch, Schiffszwieback und starker, schwarzer Kaffee.

Er stellte das Tablett auf seinen Schreibtisch, kam zu ihr herüber und küßte sie auf die Wange. »Du machst dich auch in Kleidung nicht schlecht, stelle ich fest. Du siehst wunderschön aus.«

Silver lächelte. »Danke sehr.« Sie ging hinüber und betrachtete das Tablett. »Das sieht ja köstlich aus – ich verhungere bald – aber was hast du den anderen gesagt?«

»Daß du immer noch in deiner Kabine warst, als ich hinausging – wahrscheinlich etwas erschöpft von deinem spätabendlichen Spaziergang mit Connie.«

Silver lachte ein leise klingendes Lachen. »Ich bin sicher, er hat sich aufgeblasen wie ein Pfau.«

Morgan lachte mit ihr. »Aber das tut er doch sowieso immer.«

Sie setzte sich an Morgans Schreibtisch und nahm einen Bissen vom Rührei, von dem appetitlicher Dampf aufstieg.

Morgan blieb, bis sie fertiggegessen hatte und fing ein Gespräch über das Wetter an, erzählte ihr, daß es vielleicht einen Sturm geben könnte. Als sie an ihrem Kaffee nippte, fiel ihr auf, daß er etwas nervös wirkte.

»Da ist etwas, worüber wir reden müssen, Silver.«

Morgan stand auf und stellte sich neben sie. Sie mußte den Kopf in den Nacken legen, um ihn anzusehen. »Ich habe das erst einmal getan, also verzeih mir, wenn ich es nicht besonders gut mache.«

Silver sah ihn nur an und fragte sich, worauf er wohl hinauswollte.

»Ich möchte dich bitten, mich zu heiraten.«

Silver lächelte nachgiebig. Sie hätte so etwas erwarten müssen. »Das ist sehr galant von dir, Major, aber du hast mir doch selbst gesagt, daß du kein Mann fürs Heiraten bist. Dieser Antrag ist wirklich nicht notwendig.«

»Was meinst du damit ›ist nicht notwendig‹?« Er hob beide Augenbrauen, und sein unsicherer Ausdruck wurde ungläubig.

»Ich meine, du willst doch gar nicht heiraten, und ich auch nicht. Ich dachte, das hätten wir beide so besprochen.«

»Das war, bevor die Dinge... zwischen uns... anders wurden. Jetzt ist es nicht mehr dasselbe.«

»Liebst du mich denn?« fragte sie.

»Nun, ich – ich empfinde wirklich sehr viel für dich.«

Das war ja schon mal ein Anfang, dachte sie, aber sicherlich nicht genug als Grundlage für eine Ehe – falls sie daran überhaupt interessiert war, und dessen war sie sich noch nicht ganz sicher. »Nun, ich empfinde auch sehr viel für dich. Aber wir sind doch beide zu einem solchen Schritt noch gar nicht bereit.«

Morgans grüne Augen schienen zu glühen. »Du warst noch Jungfrau, um Himmels willen. Du kannst doch nicht einfach mit einem Mann schlafen und dann so tun, als wenn nichts passiert wäre.«

»Warum nicht? Dasselbe hattest du doch auch bei Lydia vor.«

Morgan ballte die Hände zu Fäusten, sein Ausdruck war finster. »Heißt das, du lehnst ab?«

»Das ist nicht persönlich gemeint. Ich bin nur noch nicht bereit zu heiraten.« *Besonders niemanden, der mir aus Pflichtgefühl einen Antrag macht.* »Vielleicht werde ich es überhaupt nie tun.«

»Das kann nicht dein Ernst sein.«

»Oh doch. Ich habe gesehen, zu welcher Art von Leben es führen kann, verheiratet zu sein. Ich bin nicht davon überzeugt, daß ich überhaupt so leben will.«

»Aber deine Eltern waren doch sicherlich glücklich.«

»Soweit ich mich erinnern kann, nein. Aber darum geht es nicht. Ich bin einfach noch nicht so weit, daß ich heiraten möchte, und du auch nicht. Ich weiß deine Geste durchaus zu schätzen, aber wir wollen es dabei belassen.«

Morgan biß so stark die Zähne zusammen, daß man in seiner Wange die Muskeln schwellen sah. *Verdammter Mist*! Die Hälfte aller Frauen von Savannah würden sich niemals die Gelegenheit entgehen lassen, seine Frau zu werden. Er hatte Geld, Macht, eine gute gesellschaftliche Stellung, ein schönes Haus in der Abercorn Street. »Wenn es das Geld ist, um das du dir Sorgen machst oder die Zustimmung deines Vaters, ich versichere dir, daß das kein Problem sein wird.«

Silver lachte jetzt wirklich. »Sei nicht dumm. Ich weiß, daß du ein wohlhabender Mann bist. Und selbst wenn du es nicht wärest, bedeutete das mir nichts. Es geht darum, daß ich nicht heiraten will. Da du es auch nicht willst, verstehe ich nicht, wo das Problem liegt.«

Morgan knirschte mit den Zähnen. Sie hatte natürlich recht. Er machte ihr den Antrag, weil er ihn – für die ehrenhafteste Lösung hielt. Tatsächlich war er noch nicht bereit für eine Frau, noch nicht bereit, sich zu binden. Also warum, zum Teufel, ärgerte es ihn so, daß sie ihn nicht haben wollte?

»Ganz wie du möchtest«, sagte er. »Du bist sowieso nicht ganz die Art von Frau, die ich eigentlich im Sinn hatte.«

Das saß. »Das glaube ich gern. Du hättest lieber ein süßes Weibchen, das dir zu Füßen liegt. Jemand wie Lydia, charmant und lieb und voller süßer Worte. Mit einer Frau, die ihren eigenen Kopf hat, würdest du gar nicht fertig werden.«

»Oh, ich glaube fertig werden würde ich schon mit ihr.« Morgan stützte die Hände in die Hüften und beugte sich über sie. »Ich würde sie barfuß gehen lassen, dafür sorgen, daß sie ständig schwanger ist, und dann und wann würde ich ihr zum Sport den Hintern versohlen.«

»Hundesohn!« Silver sprang auf und war so wütend, daß sie dabei das Tablett umstieß. Die schweren Porzellanteller landeten klirrend auf dem Boden und zersprangen in kleine Stücke. Der letzte Rest ihres Eis lag in einem fettigen gelben Häufchen dazwischen, und Kaffeespritzer sprenkelten den Saum ihres pfirsichfarbenen Kleides.

»Silver ist und bleibt so süß wie immer«, spottete Morgan. »Wenn du nicht gerade mit Sachen wirfst, läßt du sie fallen.«

»Verfluchter Kerl!« Sie hob den leeren Kaffeebecher auf und warf ihn nach Morgan, der auf dem Weg zur Tür war. Er duckte sich, und der Becher zersplitterte an der Wand.

»Schönen Tag noch«, meinte er ironisch und schlug die Tür hinter sich zu.

Silver sank aufs Bett, betrachtete die Zerstörung zu ihren Füßen und fragte sich, was jetzt eigentlich schiefgelaufen war. Morgan wollte sie gar nicht heiraten, also warum war er so verärgert? Sein Stolz war schuld, dachte sie, sein verdammter männlicher Stolz.

Sie gestand sich ein, daß sie vielleicht auch etwas geschickter hätte sein können, aber sie hatte eben nicht erwartet, daß er sich so aufregen würde. Schließlich hatte sie ihm einen Gefallen getan. Er liebte sie nicht, sie war nicht einmal entfernt die Art von Frau, die er wollte. Sie betrachtete das Bett, das wieder ordentlich gemacht war, aber die graue Wolldecke, die darüberlag, konnte doch nicht die Erinnerung daran auslöschen, was unter den Laken geschehen war.

In drei kurzen Minuten hatte Silver alles zerstört, was sie so mühsam in die Wege geleitet hatte. Jetzt gab es kaum noch etwas, das sie tun konnte, um seinen Stolz zu besänftigen – außer ihn zu heiraten, und das wollten sie beide nicht. Silver schlug mit der Faust auf die Matratze. Was war es nur, das immer wieder alles um sie herum in Unruhe versetzte? Nur eines war sicher – was sie in der vergangenen Nacht mit Morgan verbunden hatte, war sicher noch nicht abgeschlossen.

Selbst Morgan würde das zugeben müssen.

Und sobald er das tat, würde sich alles regeln.

Silver kniete sich auf den Boden und begann die Scherben und die Essensreste ganz vorsichtig einzusammeln, damit sie sich nicht in die Finger schnitt. Sie griff gerade nach dem letzten Stück Glas, als das Schiff seitlich von einer höheren Welle erfaßt wurde, die sie daran erinnerte, daß noch eine längere Reise vor ihr lag – und daß es immer noch die Insel gab, die sie hinter sich gelassen hatte.

Was auch immer zwischen Silver und Morgan geschehen mochte, die dunkle Existenz ihres Vaters lag wie eine dunkle Wolke zwischen ihnen. Was würde William tun, wenn er herausfand, daß sie mit Morgan gefahren war? Er würde nicht einfach auf sie verzichten, das wußte sie, jetzt nicht und auch in Zukunft nicht.

Vielleicht sollte sie Morgan doch heiraten. Wenigstens würde sie bei ihm in Sicherheit sein.

Oder nicht?

William würde wissen, wo er sie finden konnte. Daß ihr Ehemann wohlhabend und mächtig war, würde ihn nicht abhalten. Es gab kaum etwas, das der Graf nicht riskieren würde.

Silver seufzte. Es gab keine leichte Antwort. Es gab nicht das eine Wunder, das alle ihre Sorgen beseitigen würde. Im Moment war sie fern von William, und dafür war sie dankbar. Bis sich eine Lösung fand, war es am besten für sie, wenn sie versuchte, sich auf möglichst freundschaftliche Art mit Morgan zu arrangieren – und Connie Buckland höflich auf Abstand zu halten.

13. Kapital

Bring den Nigger 'rein.« William Hardwick-Jones stand vor dem dunklen Marmorkamin in seinem Arbeitszimmer. Er war eine eindrucksvolle Gestalt in seinem makellosen dunklen Anzug, der cremefarbenen Brokatweste und seinem weißen Hemd mit Halstuch darunter.

»Er wartet im Flur.« Sheridan Knowles öffnete die schwere Holztür und winkte dem großen Schwarzen, den sie Quako nannten, hereinzukommen. Quako, der so groß war, daß er den Kopf beugen mußte, um durch die Tür zu treten, schien den mahagoniverkleideten, mit Büchern angefüllten Raum durch seine massige Gegenwart kleiner wirken zu lassen.

Angesichts der schmutzigen Kleider des großen Sklaven hob William mißbilligend eine Augenbraue, verzichtete aber darauf, etwas dazu zu sagen. »Ich höre, daß man dir gratulieren kann«, sagte er mit etwas spöttischem Lächeln. William war hochgewachsen, größer als Sheridan, mit breiter Brust und großen Händen und Füßen. Er hatte ergrauendes, ehemals schwarzes Haar, obsidiandunkle Augen, olivfarbene Haut und einen schmallippigen Mund mit einem grausamen Zug darum.

»Ja, Sir.« Quako drehte seinen fleckigen Hut mit der weichen Krempe in den großen Händen mit den rosa Handflächen. Er trug ausgebeulte graue Leinenhosen und ein verblichenes Hemd aus grober Baumwolle, das über seiner massiven Brust spannte.

»Kinder sind doch eine wahre Freude.« William hob den Deckel einer Dose auf seinem geschnitzten Rosenholzschreibtisch, in der seine Rauchwaren vom Austrocknen bewahrt wurden, und holte eine lange, dicke Zigarre heraus. Dann strich er ein Streichholz an, hielt es an die Spitze der Zigarre und zog, bis sie zu glühen begann. »Man hat mir gesagt, du hättest dich mit Salena unterhalten, als sie hier war... du und deine süße Frau Delia. Hat Salena gesagt, wo sie mit dem Major hinfahren würde?«

»Nein, Sir.«

»Nein? Aber ihr drei seid doch... *Freunde*, oder?« Sheridan bemerkte deutlich seine Abscheu, als er dieses Wort in Zusammenhang mit seiner Tochter gebrauchte.

»Ja, Sir.«

»Ihren Freunden würde sie doch sicher sagen, wohin sie fahren will.«

»Sie sagte nur, daß sie mit dem Major fährt. Er sagte, er bringt sie zurück, wenn seine Reise zu Ende ist.«

William blies eine blaue Rauchfahne in die Luft. »Du solltest besser hoffen, daß er das auch wirklich tut, Quako. Denn wenn nicht, glaube ich, daß du und deine Frau womöglich doch wissen, wo sie ist. Und daß du gelogen hast. Und dann werdet ihr es mir sagen – so oder so.«

Quako sagte nichts, richtete sich nur ganz gerade auf und starrte an die Wand mit den beiden gekreuzten Säbeln über Williams Schreibtisch. In seinem Blick blitzte ein unausgesprochener Haß auf. Sein unseliger Wunsch, die großen Hände um den Griff des Säbels zu legen und seinem Herrn die Klinge ins Herz zu stoßen, war als jäher Funke sichtbar.

Wie immer sah William das – sagte jedoch nur kalt: »Das ist alles. Für heute.«

Quako stand noch einen Augenblick länger als unbedingt notwendig gewesen wäre da und starrte auf die Säbel, dann drehte er sich um und ging hinaus.

Als sich die Tür hinter ihm geschlossen hatte, wandte sich William an Sheridan, der ganz in der Nähe stand. »Laß ihn die Peitsche spüren. Sein Widerstand bleibt zwar unausgesprochen, aber wir wissen beide, daß es ihn gibt.«

Sheridan nickte. »Trask muß wieder nach Barbados kommen«, sagte er, zum wichtigeren Thema zurückkommend. »Er muß die Söldner zurückbringen, die er angeheuert hat.« Es war leicht gewesen, den Weg der *Savannah* nachzuvollziehen – zumindest bis nach Barbados. Salena hatte während ihres Aufenthaltes auf der Insel bei Lady Grayson gewohnt, während Trask und seine Männer die nächste Fahrt vorbereiteten. Aber als die *Savannah* den Hafen verließ, war Salena verschwunden.

»Bist du sicher, daß sie bei ihm ist?« drang William in ihn. »Kann es da keinen Irrtum geben?«

»Bei Salena kann man nie wirklich sicher sein. Das solltet Ihr viel besser wissen als ich. Aber ich glaube wirklich, daß sie bei ihm ist.«

»Wie kannst du da so sicher sein?«

Sheridan betrachtete seinen Arbeitgeber. Er kannte Williams Besessenheit. Es gab wenige Menschen auf der Insel, die sie nicht kannten.

Sheridan war das egal. Er war das Gehirn, das Katonga führte, der Mann, der die riesige Pflanzung leitete, der Mann, der es zu dem gemacht hatte, was es heute war. Und William war klug genug, seine Fähigkeiten anzuerkennen. Der Graf bezahlte ihm ein königliches Gehalt, schon seit zehn Jahren.

Bald würde Sheridan Knowles genug Geld haben, um sich seine eigene Pflanzung zu kaufen. Sollte der Graf doch seine kranke Leidenschaft für seine Tochter haben – oder was sie sonst sein mochte – Sheridan war sich da nicht ganz sicher. Seitdem er sie kannte, war Salena ein Teufel, mischte sich ständig in seine Anordnungen ein, sorgte für Unruhe unter den Sklaven. Es kümmerte ihn nicht im geringsten, was William mit dem eigenwilligen Biest tat. Wenn er Glück hatte, würde er vielleicht ihren Widerstand brechen und ihr beibringen, wo eine Frau hingehörte.

»Das Mädchen ist bei Trask«, wiederholte Knowles. »Da war so etwas in der Art, wie sie ihn angesehen hat. Sie vertraut ihm und denkt, daß er ihr vielleicht zur Flucht verhelfen wird.«

Williams schmale Lippen wurden noch schmaler. »Dann wollen wir uns auf sie vorbereiten. Ich werde keinerlei Risiko eingehen. Ich will, daß die besten Männer, die du finden kannst, sie in Bridgetown erwarten. Verdoppele die Belohnung. Ich will, daß sie wieder nach Hause kommt.«

Du willst sie in deinem Bett haben, dachte Sheridan, sagte aber nichts. »Was ist mit dem Nigger? Soll ich sichergehen, daß er nichts weiß, was uns nutzen könnte?«

»Wir wollen noch eine Weile warten. Wenn Salena nicht an Bord der *Savannah* ist, werden wir uns ihn und seine Frau vornehmen. Dann wird er uns schon sagen, was er weiß.«

Silver hatte nicht damit gerechnet, daß sie Morgan so sehr vermissen würde. Jetzt, wo sie ihm so nahe gekommen war, fiel es ihr schon schwer, in der Nacht zu schlafen, ohne daß er an ihrer Seite war.

Sogger machte Morgans Abwesenheit nichts aus. Er hatte sich den Platz am Fußende von Silvers Koje ausgesucht und war immer schon eine Weile da, bevor sie die kleine Tür schloß. Nachdem sie ihn wie jeden Abend hinter den Ohren gekrault hatte, rollte er sich zu einem struppigen orange-roten Knäuel zusammen und vertiefte sich in lautes Schnurren. Während Silver wach im Bett lag und horchte, was Morgan auf der anderen Seite der Tür tat, wünschte sie sich nur, sie könnte auch so ruhig schlafen.

Morgan schien überhaupt keine Probleme damit zu haben. Genaugenommen beachtete er sie eigentlich kaum noch. Oh, natürlich war er herzlich, fast schon freundlich an der Oberfläche, aber darunter war seine Mißbilligung ihr gegenüber deutlich zu spüren. Es kränkte sie, daß ihre Ablehnung seines eher widerstrebend gemachten Heiratsantrags dazu führte, daß er sie für unmoralisch hielt – aber deswegen dachte sie noch lange nicht daran, seinen Antrag anzunehmen und ihrer beider Leben zu ruinieren. Wahrscheinlich würde Morgan ihr eines Tages noch dankbar dafür sein, daß sie abgelehnt hatte, aber dieser Gedanke war so deprimierend, daß sie ihn beiseite schob.

Sie hatte jedoch in den folgenden Tagen ein ernsthaftes Gespräch mit Connie Buckland, in dem sie ihm vorsichtig erklärte, daß es nicht ihre Absicht gewesen war, ihn für sich zu interessieren und daß sie es für angebracht hielte, wenn sie in beiderseitigem Interesse etwas mehr Abstand hielten. Connie stimmte ihr mißmutig zu, obwohl nicht abzusehen war, wie lange er zu seinem Wort stehen würde. Jetzt, wo sie etwas mehr Zeit hatte, ergab sich für Silver die Gelegenheit, ihre Freundschaft zu Jordy und sogar zu Hamilton Riley zu erneuern.

»Jordy hat mir erzählt, daß Eure Familie am Red River Baumwolle anbaut«, sagte Silver eines Tages zu Ham, als sie unter einem provisorischen Sonnenzelt an Deck saßen, um sich vor der allzugroßen Hitze der karibischen Sonne zu schützen.

»Wenn meine Militärzeit erst zu Ende ist, werden ich zu unserer Plantage zurückkehren. Eines Tages wird *Evergreen* mir gehören. Ich hoffe, es noch gedeihen zu sehen.« Riley trug seine Uniformhosen, hatte aber schon seit Tagen auf die Jacke verzichtet. Sein Hemd, das er jetzt bequem aufgeknöpft trug, flatterte leicht in der Brise.

»Ich bin sicher, Ihr werdet kräftig dazu beitragen«, sagte Silver und meinte das wirklich ernst. Ham hatte etwas zugenommen, bemerkte sie, so daß seine schlanke Gestalt voller wurde, und sein Gesicht war von der Sonne gerötet. Insgesamt sah er deutlich männlicher aus.

Während der Leutnant sie mit Geschichten aus seiner Kindheit unterhielt, zupfte Silver abwesend an einem Teerflecken, der irgendwie auf ihren rosa Batistrock geraten war. Wenn man das Chaos bedachte, das an Deck herrschte, die zusätzlichen Männer, Vorräte und sogar die Tiere, war sie froh, daß ihre Kleidung bisher so gut in Ordnung geblieben war. Sie betrachtete die Matrosen – einige waren hoch oben in der Takelage, andere flickten die Seile oder reparierten andere Schiffsteile.

Vorn beim Bug blieb ihr Blick an zwei rauhen Seeleuten hängen, Söldnern, die Jacques in Barbados angeheuert hatte und die jetzt nackt bis zur Taille rittlings auf einer Holzkiste saßen.

»Was ist denn da drüben los?« fragte sie Ham. Jordy stand grinsend neben dem größten der beiden, einem rothaarigen Mann mit hartem Gesicht und einer Brust wie ein Faß, der sie immer dreist betrachtete, wenn er sie an Deck sah.

»Sie führen eine Art Boxkampf – mit offnen Händen. Dabei ist die Gefahr kleiner, daß man jemanden ernsthaft verletzt, aber es tut genauso weh wie andere Schläge. Hauptsächlich vertreiben sie sich die Zeit damit, aber manchmal wetten die Männer auch, wer länger rittlings auf der Kiste bleiben kann.«

»Ach so.« Die beiden Männer hörten auf zu kämpfen und schienen beide bester Laune zu sein. Dann setzte sich Jordy einem schlanken Mann gegenüber, der nicht viel größer war als er, aber fast doppelt so alt zu sein schien. »Jordy wird das doch wohl nicht auch versuchen wollen.«

»Er wird schon klarkommen.«

»Aber er ist doch noch ein Junge.«

»Er wird schon ziemlich bald ein Mann werden. Er spricht über nichts anderes. Ich schätze, er macht sich Sorgen über seine Zukunft.« Jordy holte aus und schlug um sich, empfing die gleichen Ohrfeigen, und sein sommersprossiges Gesicht rötete sich durch die scharfen Schläge. Er war dem älteren Mann nicht gewachsen, der dieses Spiel offensichtlich nicht zum ersten Mal spielte.

»Das ist doch nicht fair, wenn ein Junge gegen einen Mann mit so viel Erfahrung antreten muß«, sagte Silver betroffen und stand auf in der Absicht, das Spiel zu unterbrechen, bevor Jordy zu Schaden kam. Ham griff nach ihrem Arm.

»Laßt ihn, Miss Jones. Er wird lieber noch ein paar Schläge einstecken, als sich vor den anderen Männern beschämen zu lassen.«

Silver schaute von Jordy zu Ham und wieder zurück. Ihre

Schultern sanken. »Ich denke, Ihr habt recht, trotzdem gefällt mir die Sache nicht.«

Glücklicherweise endete das Spiel bald darauf, und Silver atmete erleichtert auf. Der massige Mann, der vor ihm drangewesen war, legte einen fleischigen Arm um Jordys Schultern, flüsterte etwas in sein Ohr und lachte dann brüllend. Aus dem Ausdruck auf Jordys Gesicht war deutlich abzulesen, daß der Mann schon die Bewunderung des Jungen für sich gewonnen hatte. Angesichts der wüsten Erscheinung des Söldners mit dem gemeinen Gesicht in seinen schmuddeligen Segeltuchhosen hatte Silver die Befürchtung, daß das nichts Gutes bedeutete.

Sie wünschte, sie hätte mit Morgan darüber sprechen können, aber unter den gegebenen Umständen war das wohl kaum möglich. Verdammt noch mal, sie war sicher gewesen, Morgan würde sich beruhigen und vernünftig werden. Statt dessen war er abweisend geblieben, entschlossen, ihre Beziehung nicht wieder aufzunehmen. In den letzten Tagen war er finster und grüblerisch geworden und mehr als nur schlecht gelaunt.

Im weiteren Verlauf des Tages überließ Ham sie der Gesellschaft von Jacques. Es schien ein ungeschriebenes Gesetz zu sein, daß Silver an Deck nicht alleingelassen wurde, was angesichts der Art, wie manche der Männer sie ansahen, vielleicht auch besser war.

»Ein schöner Tag heute, *n'est-ce pas*?« Der massige Franzose setzte sich neben sie auf eine Kiste. »Der Wind 'at wieder aufgefrischt – wir 'aben bisher Glück ge'abt.«

Silver sah zu Morgan hinüber, der neben dem Steuer im Heck des Schiffes stand und mit dem Steuermann redete. »Ich finde es auch ganz gut.«

Jacques lachte leise. »Ihr seid einsam, hm? Ich hätte nicht gedacht, daß eine schöne Frau mit so vielen Bewunderern einsam sein könnte.«

Sie zwang sich zu einem Lächeln, das nicht echt war. »Eigentlich bin ich nicht einsam.«

»Es ist *le capitaine* – ich meine der Major«, verbesserte er sich. »Ich glaube, er ist auch nicht sehr glücklich.«

»Ich finde, er sieht ganz normal aus«, sagte sie etwas schnippisch.

»Wenn Ihr ihn besser kennen würdet, würdet Ihr es auch sehen.« Jacques strich sich über den Schnurrbart, dann über seinen dichten schwarzen Bart. Sein mächtiger Bizeps bewegte sich unter dem grobgewobenen Hemd.

»Ich bin einfach nicht sein Typ, wißt Ihr. Er mag seine Frauen lieber ganz süß und erwartet, daß sie genau tun, was er sagt, ob es ihnen paßt oder nicht. Und so kann ich nun mal nicht sein.«

»Ach, Ihr seid aber doch süß, *chèrie*, und Morgan weiß das auch. Er fühlt sich zu Euch 'ingezogen , aber er 'at auch Angst.

»Angst! Angst wovor?«

»Er war schon einmal verliebt – vor fünf Jahren – in die Tochter eines reichen Pflanzers. Sie war wunderschön. Sie 'ieß Charlotte Middleton.« Jacques sah über das Meer hinaus und betrachtete die kleinen weißen Hauben aus Gischt auf den Wellen, in denen sie sich brachen. »Sie wollten 'eiraten. Ganz zufällig fand Morgan sie im Bett eines anderen Mannes.«

»Oh, nein«, sagte Silver und dachte an die Nacht, als er bei Lydia gewesen war. Sie wußte aus eigener Erfahrung, wie er sich gefühlt haben mußte. »Warum hat sie das getan? Wenn sie ihn liebte –«

»Liebe bedeutet für jeden etwas anderes. Ich glaube schon, daß Charlotte Morgan liebte, aber sich selbst 'at sie mehr geliebt. Ihr 'at das so gefallen. Am Schluß 'at es ihr vielleicht auch leid getan, aber für Morgan war es da schon zu spät. Er will nicht noch einmal eine Frau lieben, wie er damals Charlotte geliebt 'at, also 'ält er sich zurück.«

»Er hat mich gebeten, ihn zu heiraten.«

Jacques betrachtete sie prüfend, als könne er erraten, was zwischen ihnen geschehen war. Silver spürte, wie ihre Wangen heiß wurden.

»Warum 'abt Ihr nicht ja gesagt?«

»Woher wißt Ihr, daß ich es nicht getan habe?«

Jacques grinste. »Weil Ihr dann glücklich wäret, und nicht traurig.«

»Er wollte mich in Wirklichkeit eigentlich gar nicht heiraten.«

»Vielleicht, vielleicht auch nicht. *Le capitaine* ist zwar ein Mann mit viel Ehrgefühl. Er tut immer, was er für richtig 'ält. Aber er würde niemals eine Frau 'eiraten, wenn er es nicht wirklich wollte.«

»Ich will keinen Mann heiraten, der mich nicht liebt. Genaugenommen weiß ich nicht einmal, ob ich überhaupt je heiraten will.«

Jacques kicherte und tätschelte ihre Hand. »Morgan – er 'at in einem Punkt wirklich recht ge'abt. Ihr seid keine einfache Frau. Ob er das nun weiß oder nicht, ich glaube, Ihr seid womöglich genau die richtige Frau für ihn.«

Im weiteren Verlauf des Tages frischte der Wind auf, und die großen, aufgeblähten Wolken über ihnen wurden immer grauer und dichter. Wellen, die sich am Bug brachen, spritzten salzige Gischt aufs Deck und jeder, der nicht aufpaßte, wurde naß. Morgan schien das zu gefallen.

»Wenn die See nich' noch rauher wird, könn' – können – wir ziemlich gut vorankommen«, erklärte ihr Jordy. »Der Käpt'n macht sich wirklich Sorgen um sein' Bruder... ich schätze, deswegen war er in letzter Zeit auch so schlecht gelaunt.«

»War mir gar nicht aufgefallen«, sagte Silver.

»War doch kaum zu übersehen«, sagte Jordy und grinste.

Silver antwortete nicht.

»Ihr mögt ihn gern, oder?«

»Manchmal.«

»Ich glaub', er mag Euch auch gern.«

»Da solltest du nicht so sicher sein –« Ihr fiel auf, daß Jordys Blick auf die beiden rauhen Kerle geheftet war, mit denen er am

Mittag schon beschäftigt gewesen war. »Diese beiden Männer, zu denen du schaust, Jordy, die scheinen mir nicht sehr vertrauenswürdig ... bist du dir sicher mit ihnen? Ich meine –«

»Der große heißt Farley Weathers – sie nennen ihn Stormy, weil er so jähzornig ist. Der andere heißt Dickey Green.«

»Sei lieber vorsichtig«, warnte ihn Silver. »Solche Männer sorgen oft für Schwierigkeiten.«

»Die sind in Ordnung, Silver. Sie sind nur rauhbeiniger als die meisten anderen, das ist alles.«

Silver nickte und hoffte, daß Jordy recht hatte und ihr Instinkt sie trog. »Ich denke, ich werde für eine Weile unter Deck gehen«, sagte sie. »Vielen Dank für deine Gesellschaft.«

An diesem Abend erschien Morgan nicht zum Abendessen. Er hatte in seiner Kajüte noch zu tun – das sagte er wenigstens Ham, der ihn bei den anderen entschuldigte. Verärgert darüber, daß er sie so einfach im Stich ließ und auch etwas gelangweilt nahm Silver Connie Bucklands Einladung zum Spaziergang nach dem Essen an. Dies war das erste Mal, daß sie einen Abendspaziergang mit ihm machte, seit sie in Morgans Bett gewesen war.

»Ihr macht einen nachdenklichen Eindruck heute, meine Liebe«, sagte Buckland. »Ich hoffe, alles ist in Ordnung.« Makellos gekleidet wie immer, in einwandfrei gebügelter Uniform, war Constantine Buckland ein Bild von Männlichkeit. Er war charmant und höflich – und angeberisch und herablassend.

»Natürlich, Connie.« Silver zog ihr schwarzes Wolltuch fester um ihre Schultern. Die Brise war den ganzen Nachmittag über stetig geblieben, das Schiff durchschnitt die Wellen in Rekordtempo, aber es war kaum kühler geworden. »Ich glaube, ich freue mich bloß noch darauf, daß wir wieder an Land kommen. Das scheint unter Menschen, die zur See fahren, überall gleich zu sein.«

Connie tätschelte ihre Hand, die in seiner Armbeuge lag. »Noch eine Woche vielleicht. Aber Ihr solltet nicht vergessen, daß es in Mexiko sehr gefährlich ist. Ihr müßt die ganze Zeit an Bord des Schiffes bleiben.«

»Das werde ich auch«, versprach sie ihm, aber doch nur halbherzig. Es wäre schön, einfach wieder einmal auf festem Boden zu gehen, und sei es auch nur für eine oder zwei Stunden.

Sie wanderten über das Deck aus Kiefernbrettern, redeten über Texas, seine wachsende Zurückhaltung gegenüber Mexiko, den dringenden Wunsch, den Konflikt ein für allemal zu beenden, aber Silver hatte Schwierigkeiten, dem Gespräch zu folgen. Statt dessen suchten ihre Augen das Deck nach Morgan ab. Sie verfluchte sich von Herzen und schimpfte sich eine Närrin. Sie hätte sich keine Gedanken um einen Mann wie Morgan machen sollen, einen Mann, der sie bei der ersten kleinen Provokation sitzenließ. Trotzdem machte es ihr etwas aus, und sie vermißte ihn.

Das Schiff durchteilte das Wasser, am Himmel stand ein abnehmender Mond, es wurde langsam spät, aber Silver hatte noch keine Lust, unter Deck zu gehen. Sie hatte in den vergangenen drei Nächten nicht gut geschlafen, heute würde es auch nicht anders werden. Statt dessen ließ sie sich von Connie zum Bug begleiten, während sie mit den Gedanken ganz woanders war. Erst als es schon zu spät war, fiel ihr auf, daß er sie hinter das kleine Häuschen mit der Küferei bugsiert hatte.

»Silver«, flüsterte er, senkte im selben Augenblick den Kopf und küßte sie. Obwohl sie versuchte, sich abzuwenden, traf sein großer Mund auf ihre Lippen und seine Zunge drängte sich gewaltsam zwischen ihre Zähne.

Silver riß sich los. »Hört auf damit, Connie. Dies ist wohl kaum der richtige Ort.« Sie drückte ihre Hände gegen seine Brust und versuchte so, etwas mehr Abstand zwischen ihnen zu schaffen, aber der Colonel festigte seinen Griff nur noch.

»Wenn Ihr mir nur eine Chance geben würdet.« Er drückte sie nach hinten an die rauhe, hölzerne Wand und küßte sie, seine Lippen hart auf die ihren gepreßt, seine Zunge besitzergreifend und nicht die Spur von aufregend.

Als er sie nicht loslassen wollte, ballten sich Silvers Hände in zornigem Widerstand an seiner Brust zu Fäusten, aber noch bevor sie die Gelegenheit fand, sich loszureißen und anzugreifen, hörte sie Schritte hinter ihnen, gefolgt von Morgans Stimme, die mit bitterem Klang die Stille der Nachtluft durchschnitt.

»So so, Mylady ist auf der Jagd auf neues Wild«, sagte er provozierend.

Silver riß sich aus Bucklands Griff los und wirbelte herum, damit sie ihn ansehen konnte. Ihre Brust hob und senkte sich schnell, ihr Herz schlug heftig. »Was soll das denn heißen?«

»Das heißt, kaum höre ich auf, Euch nachzustellen, schon habt Ihr eine größere Beute im Auge. Ich hätte mir denken sollen, daß ein Colonel mehr nach Eurem Geschmack sein würde als ein Major.«

»Ich bitte Euch, Trask –« mischte sich Buckland ein.

»Wollt Ihr damit andeuten, daß dies meine Idee war?« fragte Silver zornig, als hätte der Colonel gar nichts gesagt.

»Ihr seid schließlich eine Frau, nicht wahr?«

»Verdammter Mistkerl!«

»Seht Euch vor, Salena, Ihr wollt doch sicher nicht, daß der Colonel sieht, wie ekelhaft jähzornig Ihr sein könnt.«

»Oh, du –« Silver holte aus, traf ihn aber nicht. Ihre Unterröcke verfingen sich zwischen den langen Beinen des Colonels, und nur sein Arm, der um ihre Taille lag, verhinderte, daß sie umfiel.

Morgan lachte nur. Er drehte sich auf dem Absatz um und ging fort. »Schönen Abend noch, Colonel«, rief er über die Schulter zurück.

Silver hätte ihn am liebsten umgebracht. Statt dessen richtete sie die ganze Kraft ihres Zorns auf Constantine Buckland, dem sie eine scharfe Ohrfeige gab, so daß er beinahe zu Boden gegangen wäre. Dann raffte sie ihre rosafarbenen Batiströcke zusammen und stürmte davon, während er wortlos hinter ihr her starrte.

Silver marschierte über das Deck, stieg die Leiter zum Salon hinunter und machte die Tür zu Morgans Kajüte auf. Sie wußte, daß er nicht da war, ging direkt in ihre kleine Kammer und begann, ihre Kleider auszuziehen. Zornig wie sie war, hätte sie dabei beinah die kleinen, stoffüberzogenen Knöpfe abgerissen. Obwohl ihre Hände vor Ärger zitterten, gelang es ihr schließlich doch, sie zog Kleid, Unterröcke, Höschen und Hemd aus und das Nachthemd über. Als sie Soggers vertrautes Maunzen vor der Tür hörte, öffnete sie und ließ den zerrauften Kater herein.

»Er ist wirklich ein Hundesohn«, sagte sie laut, hob den pelzigen kleinen Kerl in ihre Arme und streichelte sein mitleiderregendes, orange gestreiftes Fell. »Wie konnte ich mich nur ausgerechnet in einen solchen Mann verlieben?«

Als Sogger nicht antwortete, seufzte Silver und ließ sich auf ihre Koje sinken. *Warum denkt er immer das Schlimmste von mir?* fragte sie sich, und das nicht zum erstenmal. Dann fiel ihr ein, welche Meinung sie persönlich vom anderen Geschlecht hatte, die keineswegs besser gewesen war – mit Ausnahme von Quako – und sich erst geändert hatte, als sie Morgan kennenlernte.

Entschlossen, wieder richtig zu schlafen aber mit der Befürchtung, daß es doch nicht recht klappen würde, schüttelte sie ihr Kopfkissen auf und deckte sich zu. Sie wollte es sich wenigstens bequem machen. Aber sie schlief erst ein, als sie Morgans schwere Schritte auf der anderen Seite der Tür hörte.

»He, Jordy!« Farley Weathers rauhes Flüstern tönte über das stille Deck. Obwohl es spät war, waren er und Dickey Green immer noch wach. Sie hatten Jordy entdeckt, der gerade auf dem Weg zur Reling war, um sich zu erleichtern. Jordy hatte, seit die *Savannah* Barbados verlassen hatte, mit den anderen Matrosen und Söldnern zusammen auf Deck geschlafen.

Jordy schlenderte schließlich zu ihnen hinüber. »Was ist los, Stormy?«

Im schwachen Mondlicht leuchteten die Augen des rauhen Kerls dunkel und gefährlich unter seinem dichten roten Haar hervor. »Ich und Dickey ham' gerade gedacht... wir ham' das Mädchen geseh'n – deine Freundin – in Bridgetown auf einem Steckbrief. Ihr Papa bietet dem 'ne große Belohnung, der sie wieder nach Hause bringt. Wir ham' uns gedacht, vielleicht könnten wir, nach dieser Fahrt, die Sache übernehmen und uns die Belohnung abholen. Wo du doch ihr Freund bist und so, würde sie sicher überall mit dir hingeh'n und das wäre alles kein Problem.«

Jordy trat unbehaglich von einem Bein aufs andere und hockte sich neben die beiden aufs Deck. »Da gibt's keine Belohnung mehr zu holen. Der Käpt'n war schon in Katonga. Hat das Geld für Ferdinand Pinkard abgeholt – das ist der Typ, der sie gefunden hat.«

Stormy Weathers knurrte. »Ich wußte, das war zu schön um wahr zu sein.«

»Warte mal 'n Moment, Stormy«, warf Dickey Green ein. Er war ein magerer, kleiner Engländer mit zerzaustem, mausbraunem Haar, das seinen eiförmigen Kopf nicht ganz bedeckte. »Wenn Trask das Geld hat, wird die Sache doch noch einfacher für uns. Wir schnappen uns die Moneten und gehen 'runter vom Schiff, sobald wir in Campeche sind.«

Jordy spürte, wie das Blut aus seinem Gesicht wich. »Ihr wollt es doch dem Käpt'n nicht stehlen?«

Stormy kicherte. »Nein, wollen wir nicht. Das wirst du für uns erledigen.«

Jordy schüttelte den Kopf und wollte aufstehen. Weathers packte seinen Arm mit so hartem Griff, daß Jordy zusammenzuckte.

»Du hast uns doch erzählt, daß du nach dieser Fahrt nicht weißt, wo du hin sollst«, erinnerte ihn Weathers. »Du hast gesagt, du wärst ganz auf dich gestellt. Nun, mit dem Geld wirst du allein für dich sorgen können.«

»Ich tu's nicht«, sagte Jordy und schüttelte nachdrücklich den Kopf.

Weathers Stimme wurde hart. »Du wirst es tun, du kleine Kanalratte, sonst erlebst du das Ende der Fahrt nicht mehr.« Seine freie Hand verschwand in der Tasche seiner Segeltuchhose. Jordy erkannte das Glitzern von Stahl, als sich das Mondlicht in der Messerschneide spiegelte. »Hab' ich mich klar genug ausgedrückt?«

Jordy schluckte schwer. »Ja.«

»Gut.« Er klappte das Messer wieder zu und stopfte es in die Hosentasche zurück. »Also, wo bewahrt es der Major auf?«

»Woher soll ich das wissen?«

Weathers Hand schoß wieder hervor, packte Jordys Hemd am Kragen und riß ihn hoch zu seinem dicklippigen Gesicht. Mit seiner wettergegerbten Haut und den kalten, dunklen Augen mit den schweren Lidern wirkte sein Gesichtsausdruck dämonisch.

»Du weißt es, weil du sein Kajütenjunge bist. Du räumst für ihn auf und so.«

Jordy spürte die Hitze der massigen Faust des Mannes unter seinem Kinn. Ein kräftiger Schlag und er wäre ein toter Mann. »Er hat es in seiner Seemannskiste«, krächzte Jordy, um ihn zu beruhigen und fing an, nach einer Fluchtmöglichkeit zu suchen. Weathers ließ ihn langsam los und glättete scheinbare Falten auf der Brust von Jordys Hemd.

Jordy wartete, bis Weathers seine Hand weggenommen hatte. Dann sprang er auf mit den Worten: »Aber ich stehl's nicht, egal, was ihr mit mir macht!« und lief davon.

Weathers kicherte nur. »Das macht gar nix. Jetzt wo wir wissen, wo es versteckt ist, tun wir's besser selber. Der Junge würde sich sowieso nur erwischen lassen.«

»Meinst du nicht, er wird reden?«

»Nee. Der versucht gerade, ein Mann zu werden. Er würde keinen Schiffskameraden verraten, selbst wenn sie ihm das Herz rausreißen.«

Dickey Green lächelte, und sein schmales Gesicht zerriß dabei fast in zwei Hälften. »Ich wollte immer schon mal 'ne Reise ins alte Me-chi-ko tun«, sagte er und imitierte dabei die spanische Aussprache. »Ich hab' gehört, da kann man für ein paar Kröten leben wie ein König.«

»Ich werd' mir eine von den knackigen Señoritas besorgen.« Weathers legte sich auf seinem Bettzeug zurück und schob die Hände unter den Kopf. »Und die bleibt dann flachgelegt, bis ich mit ihr fertig bin.«

»Ein Jammer, daß wir nicht auch das kleine silberhaarige Ding mitnehmen können – ich wette, die is' 'ne echte Sause im Bett.«

»Zu riskant«, sagte Weathers. »Der Major is' selber scharf auf die Tussi. Er wird schon verdammt sauer sein, wenn wir mit sei'm Geld abhauen. Wenn wir ihm auch noch die Frau abnehmen, jagt er uns bis ans Ende der Welt.«

Dickey Green lachte nur. »'ne dunkelhaarige Tussi ist mir ganz recht. Wann stehlen wir das Geld?«

Zwei Tage vergingen, und Silver und Morgan gingen im besten Fall kühl und sachlich miteinander um. Jedesmal wenn er sie ansah, hätte sie schwören können, daß er sich über sie lustig machte. *Na gut*, dachte sie, *wenn er unbedingt das Schlimmste denken will, soll er doch.*

Trotzdem störte sie sein harter Ausdruck, und sie hatte Schwierigkeiten zu schlafen. Unter den Augen hatte sie schon dunkle Ringe bekommen, und ihr schlechter Appetit begann, sich bemerkbar zu machen. Heute nacht würde sie auf jeden Fall schlafen, sagte sie sich, egal was Morgan machte.

Um ganz sicher zu gehen, trank Silver ein paar Gläschen Brandy nach dem Abendessen und genoß die entspannende Wärme und Schläfrigkeit, die das bewirkte. Sie weigerte sich, auch nur einen Augenblick länger über Morgan Trask nachzudenken. Sie würde den Schlaf der Gerechten schlafen, denn schließlich hatte sich Silver absolut nichts vorzuwerfen.

Wie sie gehofft hatte, dämpfte der Alkohol ihre Sinne, beruhigte ihre Gedanken und machte sie schläfrig. Sie schlief schon bald nachdem sie ins Bett gegangen war ein. Heute nacht würde sie sich nicht unruhig im Bett wälzen. Sie genoß den tiefen, alkoholschweren Schlaf, der sie gefangen hielt, und so bekam ihr Körper doch endlich die langersehnte Ruhe.

Erst in den frühen Morgenstunden vor dem Sonnenaufgang kam sie wieder etwas mehr an die Oberfläche ihres Bewußtseins. Sie träumte einen häßlichen Alptraum, der sie schon öfters gequält hatte – das war ihr von weit her bewußt. Sie wollte sich zwingen, die Augen aufzumachen, damit die schrecklichen Visionen, die aus den Tiefen ihrer Gedanken auftauchten, verschwanden, aber sie war einfach zu kaputt.

Statt dessen fiel sie immer tiefer in den Traum, der aus einer Mischung von Vision und Erinnerung bestand. Sie fiel so tief, daß die Bilder schließlich so wirklich schienen, als würde sie sie gerade erleben.

Sie hörte, wie ihr Nachthemd zerriß, spürte die warmen, feuchten Finger auf ihrer Haut. Eine Hand legte sich um ihre Kehle und drückte ihr die Luft ab, womit ihr Schrei lautlos wurde, hielt sie fest auf das Bett gedrückt. Obwohl sie nur noch undeutlich sehen konnte und der Dunkelheit am Rande der Bewußtlosigkeit immer näher kam, sah sie seine herben Züge, den erhitzten Blick in seinen kalten, schwarzen Augen.

Es war ihr Vater – aber das konnte doch nicht sein! Sie kannte diesen Mann nicht, der sich verhielt wie ein Fremder. Dieser schreckliche Mann, dessen feuchte Hände ihr Fleisch streichelten, so daß sich ihr der Magen umdrehte. Silver riß einen Arm los und krallte nach seinem Gesicht, ihre Nägel bohrten sich in seine Haut und zerkratzten sie blutig. Wenn es ihr nur gelingen würde, den Griff um ihre Kehle zu lösen, wenn sie nur –

Sie wußte gar nicht, daß sie wirklich schrie, bis Morgan ins Zimmer gestürmt kam, so daß die kleine Tür krachend gegen den Schiffsrumpf schlug. Schon im nächsten Augenblick stand er neben ihr, kniete sich nieder und zog sie in seine Arme.

»Ist ja schon gut, Silver«, sagte er tröstend. »Ist ja gut. Du hast einen Alptraum.« Er wischte die feuchten Haarsträhnen von ihrem Gesicht und drückte ihren Kopf an seine Brust.

Silver kam mühsam wieder zu Bewußtsein, blinzelte mehrmals und versuchte, ihre wirren Gedanken zu ordnen. Sie sah, daß Morgans Gesicht ernst wirkte, seine Stirn in Falten lag vor Sorgen. Sie glätteten sich, als sie zu ihm aufsah.

»Entschuldigung«, flüsterte sie, endlich ganz erwacht, und fühlte sich genauso lächerlich, wie sie der Major sicher fand. Sie bemerkte, daß er nur seine Hosen trug. Seine nackte Brust drückte sich hart an ihre Wange, und sein dunkelblondes, vom Schlaf zerzaustes Haar lockte sich weich im Nacken. Silver hatte das Bedürfnis, ihre Finger durch die glänzenden Locken zu schieben.

Morgan sah sie an, als denke er etwas ganz Ähnliches. Er wollte etwas sagen, da unterbrach ihn ein entschiedenes Klopfen an seiner Tür. Morgan legte sie mit festem Griff wieder auf ihr Bett und ging zur Tür, wo er den Männern, die ihre Schreie gehört hatten, versicherte, daß es ihr gut ging.

Silver schauderte, weil sie anfing zu frieren. Sie hörte, wie er die Kajütentür wieder schloß und fragte sich, ob er wohl in ihr kleines Kämmerchen zurückkehren würde. Sie redete sich ein, daß sie das eigentlich gar nicht wollte. So, wie er sie behandelt hatte, wollte sie nichts mehr mit ihm zu tun haben. Trotzdem konnte sie nicht vergessen, wie zärtlich er sie gerade eben in den Armen gehalten hatte.

»Alles in Ordnung?« fragte Morgan jetzt von der offenen Tür zwischen den beiden Kajüten aus.

»Ich wollte es wirklich nicht«, sagte sie. »Tut mir leid, daß ich für so viel Unruhe gesorgt habe.«

Seine Augen strichen über sie hinweg, nahmen ihre Rundungen unter dem dünnen, weißen Nachthemd wahr, aber sein zärtlicher Gesichtsausdruck war verschwunden. Statt dessen stieg ein harter Ausdruck in seine Augen.

»Es scheint ja endlos viele Dinge zu geben, die du nicht tun willst, Silver. Du wolltest dich im Wirtshaus *Zum Weißen Pferd* nicht entführen lassen, du wolltest dich nicht an Bord meines Schiffes verstecken, du wolltest nicht mit mir schlafen, du wolltest Colonel Buckland nicht küssen –«

»Ihr täuscht Euch, Major«, sagte Silver und hob trotzig das Kinn. »Ich wollte durchaus mit Euch schlafen. Und es tut mir absolut nicht leid!« Mit diesen Worten schlug sie die Tür zu.

»Verdammter Mist!« fluchte Morgan und ballte die Hände zu Fäusten. Diese Frau machte ihn noch verrückt. Er wußte, was sie geträumt hatte – er hatte die Qual in ihrem Gesicht gesehen, sah ihre Hände wie Krallen in die Luft schlagen im Kampf mit ihrem eingebildeten Angreifer.

Er konnte nicht verhindern, daß sie ihm leid tat, obwohl er das verdammt hätte lassen sollen. *Warum mußte sie so allein und ängstlich aussehen? Warum mußte er sie im Nachthemd sehen, während ihr Haar lose um ihre Schultern fiel?*

Warum mußte sie so verdammt schön sein?

Noch Tage, nachdem sie sich geliebt hatten, waren seine Gedanken nur mit ihr beschäftigt gewesen. In der Nacht war es ihm fast unmöglich gewesen einzuschlafen. Aber er würde nicht nochmal mit ihr ins Bett gehen – nicht nachdem sie ihn so abgewiesen hatte.

Das eigenwillige kleine Stück hatte ihm seinen Heiratsantrag förmlich ins Gesicht zurückgeworfen. Jede andere Frau wäre geschmeichelt gewesen, hätte sich ein Bein ausgerissen, um ihn sich zu angeln. Jede andere Frau außer Silver. Und dann war da natürlich noch William zu bedenken. Was, zum Teufel, würde der sagen, wenn er Silver zurück nach Katonga brächte und drei Monate später stellte sich heraus, daß sie ein Kind von ihm bekam?

Morgan ging zu seinem geschnitzten Eichenschreibtisch und goß sich einen Weinbrand ein. Ohne ihn erst in den Händen aufzuwärmen, hob er ihn an die Lippen und goß ihn hinunter.

Die feurige Flüssigkeit brannte in seinen Eingeweiden, aber schon bald begann die entspannende Wirkung einzusetzen. Ein zweites Glas nahm einen Teil der Spannung aus seinen Schultern. Er wünschte, auch das schwere Drängen weiter unten würde davon besänftigt werden.

Morgan verfluchte Silver zum zehnten Mal an jenem Tag. Er mußte zugeben, daß er überrascht gewesen war, als er sie versunken in den Kuß mit Buckland gefunden hatte. Vor wenigen Tagen noch war sie unschuldig gewesen – neugierig, aber doch voller Angst vor den Leidenschaften eines Mannes.

Aber schließlich hatte Silver immer schon eine gute Auffassungsgabe gehabt und schnell gelernt.

So sehr er sich auch bemühte, es niederzukämpfen, es stieg doch immer wieder das Bild ihrer hohen, runden Brüste und ihrer schlanken Hüften vor ihm auf. Er konnte beinahe die seidige Oberfläche ihrer Haut unter seinen Handflächen spüren. Der Gedanke daran, wie Silver mit Buckland zusammen war, wie die breiten Hände des Colonels über ihren Körper wanderten, ließ Morgan schaudern.

Zur Hölle mit den Frauen, fluchte er tonlos und schwor, sich nie wieder mit einer von ihnen einzulassen. Er hätte beim ersten Mal schon begreifen müssen, wie sie waren, hätte wissen müssen, daß Salena auch nicht besser als die anderen war.

Wenigstens hatte er die Wahrheit noch rechtzeitig herausgefunden – bevor er sich in sie verliebte.

14. Kapitel

Also gut, wo ist es, zum Teufel?«

Silver blieb direkt vor seiner Kajütentür stehen. »Wo zum Teufel ist was, Major?«

»Das Geld, die Belohnung für Pinkard, zweitausend Dollar in Gold. Es war unten in meiner Seemannskiste.«

Silver hob das Kinn. »Ihr glaubt, ich hätte Euer Geld gestohlen?« Morgan sah durchaus den flüchtigen, verletzten Ausdruck in ihrem Gesicht, den verwunderten Blick in ihren dunkelbraunen Augen. »Eure Meinung von mir muß ja noch schlechter sein, als ich dachte.«

Morgan atmete erschöpft aus und zwang sich, den Blick nicht abzuwenden. »Ihr und Jordy seid die einzigen, die Zugang zu diesem Zimmer haben.«

»Wenn Ihr so sicher seid, daß ich es habe, dann legt mich doch einfach in Eisen und die Sache ist erledigt.«

Morgan zwang sich, nicht zu lächeln, weil er jetzt sicher wußte, daß sein Instinkt richtig gewesen war und Silver nichts damit zu tun hatte. Er dachte auch, daß er sie ganz gern in Eisen legen und an sein Bett ketten würde, wenn sie nicht eine solche Hexe wäre.

Silver drehte sich um und wollte fortgehen. »Falls Euer kleines Verhör damit abgeschlossen ist, Major, würde ich gern an Deck gehen. Und falls Euch die Wahrheit interessiert: Ich habe Pinkards verdammtes Blutgeld nicht.«

Sie versuchte, an ihm vorbeizugehen, aber Morgan griff nach ihrem Arm. »Ich weiß.«

»Ihr wißt es?«

Morgan lächelte angesichts ihres erstaunten Gesichts. »Ich habe nie ernsthaft angenommen, daß Ihr es wart, aber, ehrlich gesagt, habe ich beinah gewünscht, Ihr wärt es gewesen.«

Silvers Hand schloß sich um seinen Unterarm, ihre Finger drückten sich in den Muskel unter der Haut. »Ihr meint doch wohl nicht, daß Jordy es gestohlen hat?«

»Ich fürchte doch.«

»Aber er würde so etwas nie tun, und selbst wenn er es war, er ist doch noch ein Junge.«

Als Morgan nichts weiter sagte, ließ Silver ihn los und trat einen Schritt zurück.

»Ich möchte mich entschuldigen, Silver«, sagte Morgan. »Ich hätte Euch nicht in dieser Weise ansprechen dürfen. Aber ich –«

»Es ist nicht so schlimm, Major. Jordy bedeutet mir auch sehr viel.«

Morgan sah sie noch einen Augenblick an und bemerkte die Besorgnis, die ihr hübsches Gesicht verdüsterte. Dann drehte er sich um und ging zu seinem Schreibtisch, auf dem das offene Logbuch lag, mit einer Feder in einem Tintenfaß daneben.

»Seid vorsichtig, Morgan«, sagte Silver aus der offenen Kajütentür. »Wenn Ihr Jordy fälschlicherweise beschuldigt, wird er das nicht so leicht verzeihen wie ich.«

Morgan sah ihr nach, als sie fortging und bedauerte, wie er die Sache angegangen war. Genaugenommen tat es ihm leid, das Geld überhaupt angenommen zu haben. Aber in seiner Eile, Silver von Katonga fortzubringen, hatte er das ganz vergessen. Seitdem Salena fauchend und kratzend in sein Leben getreten war, schien es ihm grundsätzlich schwerzufallen, einen klaren Kopf zu behalten.

Er lächelte und dachte daran, was für ein kleiner Teufel sie sein konnte. Sie war ganz anders als andere Frauen. Mutig, feurig, entschlossen – mit mehr Leben und Leidenschaft in sich als jede andere Frau, die ihm je begegnet war.

Morgans Lächeln verblaßte. Silver war anders – und doch war

sie es nicht wirklich. Er hatte sie schließlich in Bucklands Armen wiedergefunden. Ganz wie er es hätte erwarten müssen. Wenigstens hatte sie das Geld nicht genommen – was aber bedeutete, daß Jordy es höchstwahrscheinlich gewesen war.

Mit diesem beunruhigenden Gedanken setzte sich Morgan wieder an seinen geschnitzten Eichenschreibtisch, nahm die weiße Schreibfeder in die Hand und tauchte sie in die Tinte. Dann sah er hinunter auf den unfertigen Eintrag, den er gemacht hatte und schrieb noch ein paar Worte über das Wetter, die Schiffsposition und seine geplante Ankunft in Campeche gegen Ende der Woche hinein. Dann stellte er die Feder wieder in den Ständer zurück.

Indem er dem Problem des Diebstahls auswich, würde es sich auch nicht lösen.

Morgan schob seinen Eichenstuhl zurück und stand auf. Er würde Jacques und Riley die Sachen der Männer durchsuchen lassen. Es gab ja immer noch die Möglichkeit, daß jemand unbemerkt in seine Kajüte geschlichen war. Aber außer dem fehlenden Geld war alles an seinem Platz. Wie, zum Teufel, sollte einer der Männer wissen, wo es war?

Die Sache sah nicht gut aus für Jordy, und doch wünschte Morgan, daß Jordy es nicht getan hatte. Die anderen hielten Jordan Little für einen Mann, sie würden erwarten, daß seine Strafe genauso ausfiel, wie sie für jeden anderen Mann an Bord aussehen würde.

Die erste Runde der Durchsuchung – die Kojen und Fächer und die Sachen in den Hängematten der Männer unter dem Vorderdeck – brachte kein Ergebnis. Inzwischen wußte jeder an Bord von dem gestohlenen Geld, alle Matrosen waren gereizt und verärgert und tauschten untereinander flüsternd Gedanken darüber aus, wer wohl der Schuldige sein mochte.

Morgan nahm an, daß der Dieb nicht damit gerechnet hatte, daß so schnell auffiel, daß das Gold gestohlen worden war. Sie würden schon bald Mexiko erreichen. Wer immer das Gold gestohlen hatte, mußte vorgehabt haben, das Schiff zu verlassen, wenn sie in Campeche ankamen.

Es sei denn, Jordy hatte es gestohlen in der Hoffnung, es würde unbemerkt bleiben, bis sie wieder in Savannah waren. Dann wäre die Tat im nachhinein einem der Söldner oder einem der texanischen Marinesoldaten zugeschrieben worden.

Jacques durchsuchte das Zwischendeck und Hamilton Riley die Männer und ihre Sachen auf dem Achterdeck, wo auch Jordys Sachen aufbewahrt wurden. Mit wachsender Furcht sah Morgan zu, wie Riley arbeitete, sah die finsteren, verärgerten Gesichter der Männer, die sich auf dem Deck um ihn versammelt hatten. Als Ham Jordys Sachen erreicht hatte, hielt er inne, die Hand tief in den Falten von Jordys Bettzeug vergraben. Als er die Hand wieder herauszog, hielt sie den ledernen Beutel, in dem das Gold gesteckt hatte – aber er war leer.

Verdammt! Morgan biß die Zähne zusammen und trat mit finsterer Entschlossenheit vor. Aus dem Augenwinkel sah er Silver, deren Augen dunkel vor Sorge waren und die ihre Hand nervös an ihren Hals gelegt hatte.

Jordy stand schweigend neben seinen Bettsachen und starrte Ham an, als könne er seinen Augen nicht trauen. Morgan nahm die Börse aus der ausgestreckten Hand des Leutnants.

»Wie erklärt Ihr bitte dies hier, Master Little?« fragte Morgan und hielt dabei den fraglichen Lederbeutel hoch.

Jordys Augen wirkten wie zwei haselnußbraune Monde. »Ich war es nicht, Käpt'n, das schwöre ich.« Inzwischen begannen die Männer an Deck zu flüstern und in Jordys Richtung zu deuten.

»Und wie ist dann dieser Beutel in Euer Bettzeug geraten?«

Jordy sah zu Morgan auf, sein Blick war flehend. Seine Augen wanderten hinüber zu den Männern der Mannschaft, Männer, mit denen er täglich arbeitete und die er respektierte. Bis zu diesem Augenblick hatten sie ihn auch respektiert.

Irgend etwas veränderte sich plötzlich in Jordys Ausdruck, schien sich zu schließen. »Ich bin mir nicht sicher.«

»Ihr seid Euch nicht sicher?« wiederholte Morgan. »Aber Ihr seid ganz sicher, daß Ihr das Geld nicht gestohlen habt?«

»Ich habe es nicht gestohlen«, wiederholte Jordy.

Morgan sah, wie sich sein Gesichtsausdruck veränderte, wie die Unsicherheit sich mit Angst mischte. »Aber Ihr wißt, wer es war.«

Jordy biß die Zähne zusammen. Er sah zu Cookie hinüber, der ein Stückchen abseits stand, mit besorgt zusammengezogenen buschigen Augenbrauen. Und Jordy sagte nichts.

»Würdet Ihr uns einen Augenblick entschuldigen, Leutnant?«

»Natürlich, Major.« Ham trat zur Seite, hinüber zu der Reihe von Männern, die mit finsterem Interesse zusahen. Manche von ihnen wirkten erleichtert, andere mißbilligend, wieder andere schienen sich Sorgen um ihren Freund zu machen.

Morgan sprach mit Jordy, so daß die anderen es nicht hören konnten. »Hör mir gut zu, Junge. Ich weiß, du glaubst, daß du tust, was man von dir erwartet, daß es männlich ist, wenn du nicht sagst, wer sonst noch an der Sache beteiligt war, aber –«

»Aber ich habe euer Gold wirklich nicht gestohlen, Käpt'n.«

»Verdammt, Jordy, es geht doch nicht nur um das Geld. Wenn du weißt, wer es war, bist du genauso schuldig wie er. Sag mir seinen Namen.«

Jordy sagte nichts.

Morgan betrachtete den entschlossenen Ausdruck seines Kinns und war sich sicher, daß kein Druck, den er ausüben konnte, den jungen Mann umstimmen würde. In gewissem Sinne bewunderte er ihn dafür. Unter den gleichen Umständen hätte er selbst wahrscheinlich dasselbe getan.

»Du weißt doch, was ich jetzt tun muß?« fragte ihn Morgan.

Jordy trat einen Schritt zurück, die Schultern ganz gerade aufgerichtet. »Jawohl, Käpt'n.«

»Also, Männer, versammelt euch!« rief Morgan, und die Männer auf Deck schlossen sich enger um sie. »Ihr alle wißt, was hier gerade geschieht. Aus meiner Kajüte sind zweitausend Dollar in

Gold verschwunden. Das Geld ist nicht gefunden worden, aber offensichtlich ist Master Little irgendwie an dem Diebstahl beteiligt. Da er sich geweigert hat, mir zu helfen und mir den Namen des gesuchten Mannes zu nennen, muß er bestraft werden.«

Die Männer raunten und aus Jordys Gesicht schien das Blut zu weichen.

»Die Strafe für Diebstahl steht fest. Der Schuldige legt die Arme um die Kanone und bekommt zwei Dutzend Peitschenhiebe, nicht mehr und nicht weniger.« Jordy schien auf einmal zu schwanken, er griff nach dem Mast, um sich festzuhalten. Morgan wollte weitersprechen, hielt dann aber inne, als er plötzlich wirbelnde gelbe Röcke von der Seite auf sich zuhasten sah.

Verdammter Mist!

»Morgan, das dürft Ihr doch nicht tun!« Silver drängte sich bis zu ihm vor, und ihre dunklen Augen waren weit aufgerissen vor Angst. Sie stellte sich zwischen ihn und Jordy, als könne sie ihn durch ihre Gegenwart irgendwie beschützen.

»Verdammt, Silver, haltet Euch da raus.«

»Er ist nur ein Junge, Major. Zwei Dutzend Peitschenhiebe, das ist – das ist barbarisch! Nicht einmal Ihr könnt wirklich so grausam sein.«

Morgan biß die Zähne zusammen, denn ihre Bemerkung hatte ihn härter getroffen als ihm lieb war. Er griff fest nach ihrem Arm und führte sie ein Stückchen abseits. »Hört mir zu, Silver. Jordy muß bezahlen für das, was er getan hat. Er muß bestraft werden.«

»Ich werde es für ihn zurückzahlen, ich werde eine Möglichkeit dazu finden – gebt mir nur etwas Zeit.«

Morgan hob eine Augenbraue. »Ihr würdet zweitausend Dollar in Gold für einen Kajütenjungen abarbeiten, den Ihr kaum kennt?«

»Jordy ist mein Freund. Ich habe so wenige Freunde, daß sie mir alle sehr viel bedeuten.«

»Wo würdet Ihr so viel Geld herbekommen wollen?« fragte Morgan weiter, obwohl er wußte, daß er das nicht tun sollte, aber er konnte es nicht lassen.

Silver hob das Kinn. »Ich werde mir etwas einfallen lassen. Ich kann es schaffen, Major. Ich weiß es.«

Morgan betrachtete ihren ernsten Gesichtsausdruck, und einer seiner Mundwinkel hob sich. »Das bezweifle ich wirklich nicht. Aber ich glaube kaum, daß das nötig sein wird.«

»Bitte, laßt –«

»Laßt mich nur machen, Silver.«

»Aber er ist erst dreizehn!«

»Ihr habt doch bei anderer Gelegenheit schon einmal gesagt, daß Ihr mir vertraut.«

Etwas von ihrer Anspannung schien nachzulassen. »Das war einmal so.«

Morgan fühlte einen Stich, sagte aber weiter nichts. »Bleibt hier«, befahl er, und zum ersten Mal gehorchte sie ihm.

Morgan kehrte zu Jordy und der Mannschaft zurück. »Master Little hat seine Unschuld beteuert, und ich glaube ihm. Er weigert sich jedoch, den Schuldigen zu nennen. Obwohl er damit tut, was er für seine Pflicht hält, ändert das nichts.«

Morgan hörte, wie Silver tief Luft holte und hoffte, sie würde sich nicht wieder einmischen. Er warf ihr einen harten, warnenden Blick zu und bemerkte dabei, daß ihre Hände so sehr zitterten, daß sie sie in den Falten ihres Rockes verbergen mußte. Ihre Augen waren fast so groß wie Jordys geworden.

»Die meisten von euch betrachten Jordan Little als Mann«, fuhr er fort. »An Bord eines Schiffes ist der Übergang vom Jungen zum Mann kaum spürbar, aber es gibt ihn doch.« Er richtete seinen Blick fest auf Jordy, der wie angewurzelt zu stehen schien. »Jordan Little, du wirst für den Rest der Reise doppelten Dienst leisten, jede schmutzige Arbeit tun, die Cookie oder Jacques sich ausdenken können, und du wirst es mit einem Lächeln und einem Dankeschön tun.«

Jordys erleichtertes Gesicht wirkte so voller Eifer, daß Morgan gerührt war.

»Zu Befehl, Käpt'n«, sagte Jordy leise.

»Männer, habt ihr irgendwelche Einwände gegen diese Entscheidung?« fragte Morgan die Mannschaft.

»Nein, Sir«, lautete die gemurmelte Antwort, ebenfalls mit einem Gefühl von Erleichterung im Ton. Die Männer hatten Jordan Little gern, und sie glaubten ihm. Sie würden Ausschau halten nach dem Mann oder den Männern, die Jordy in diese Schwierigkeit gebracht hatten. Vielleicht würde der wirkliche Schuldige ja doch noch auftauchen.

»Das ist alles, meine Herren.« Die Seeleute, Söldner und Soldaten gingen schweigend fort.

Jordy sagte etwas zu Silver, und bevor er es verhindern konnte, umarmte sie ihn. Er warf ihr ein dankbares Lächeln zu. Jacques deutete auf Cookie, der in Richtung Kombüse zeigte, und Jordy verschwand dorthin.

»Vielen Dank, Major.« Silver trat mit einem weiten, offenen Lächeln zu ihm.

»Überrascht?«

»Etwas.«

»Wir haben beide ein paar Überraschungen hinter uns.«

»Und das soll heißen?«

»Das soll heißen, daß Eure Sorge um Jordy mich auch überrascht hat.«

»Wenn Ihr Euch die Zeit nehmen würdet, Major, dann könntet Ihr vielleicht noch ein paar Überraschungen erleben.«

»Zum Beispiel?«

»Fürs erste könntet Ihr herausfinden, daß ich gar nicht so hartherzig bin, wie Ihr annehmt.«

Morgan sah von Silver zu Constantine Buckland hinüber, der an der Reling auf sie zu warten schien. »Ich muß sagen, das wäre wirklich eine Überraschung.« Mit diesen Worten drehte er sich um und ging fort.

Silver spürte einen harten Kloß in ihrer Kehle wachsen. Dieser Mann war ein herzloses Ungeheuer, und doch hatte er eine Macht über sie, die sie nicht erklären konnte. Fest entschlossen, nicht auf die Tränen zu achten, die so dicht hinter ihren Augen standen, biß Silver die Zähne zusammen. Schon seit Tagen hatte sie gehofft, er würde vielleicht in sich gehen und die Wahrheit sehen – oder sie sich wenigstens erklären lassen.

Statt dessen blieb er entschlossen, das Schlimmste zu glauben. Was auch immer sie tun oder sagen mochte, änderte nichts. Sie sammelte ihren ganzen Ärger, um den Schmerz zu verdrängen und verfluchte Morgan gründlich, gab ihm jede gemeine Bezeichnung, die ihr nur einfiel. Er war den Kummer nicht wert, den er ihr bereitete, er war nicht einen einzigen Augenblick davon wert.

Und er war es ganz sicher nicht wert, daß sie ihn liebte.

Und genau in diesem Augenblick entschied sich Silver. Sie würde Morgan Trask vergessen. Einst hatte sie ihren Vater geliebt, jetzt wußte sie es besser. Trask war eben doch nicht anders. Trask war auch nur ein Mann.

An jenem Abend kleidete sich Silver sehr sorgfältig zum Abendessen um. Sie würde Morgan Trask beweisen, daß er ihr nichts bedeutete. Sie war es leid, immer nett zu ihm zu sein, war es leid, zu hoffen, er würde endlich ein Einsehen haben oder ihre Nähe wünschen, und sei es auch nur in seinem Bett.

Nachdem sie ihr Haar in glänzenden Silberlöckchen hinter den Ohren hochgesteckt hatte, zog sie das schöne türkisfarbene Kleid an, das sie auch beim Hahnenkampf getragen hatte, eines der zwei eleganten Kleider, die sie mitgebracht hatte. Sie würde mit Connie flirten, mit Jacques und mit Ham. Sie würde Trask beweisen, daß er recht hatte in seiner Meinung über sie – und sie würde ihn dabei auslachen.

»Guten Abend, Gentlemen.« Sie warf von der Tür aus ein strahlendes Lächeln in den Salon. Die Männer schoben ihre

Stühle zurück und standen auf – alle außer Morgan. Sein Lächeln wirkte spöttisch, als auch er schließlich langsam aufstand.

Hamilton Riley half ihr, sich zu setzen. »Ihr seht wunderschön aus, Miss Jones.«

»Vielen Dank, Ham.«

»Eure Gegenwart im Zimmer ist wie ein Lichtstrahl, meine Liebe«, sagte Connie.

»Belle extraordinaire«, sagte Jacques.

»Es gibt doch sicherlich einen besonderen Anlaß für Euer außergewöhnliches Erscheinen«, spottete Morgan. »Seid doch so lieb und sagt es uns, Miss Jones.«

Silver lächelte nur. »Es ist der Anlaß meiner Befreiung aus dem Joch der gesellschaftlichen Zwänge.«

»Ah, das hört sich aber wirklich interessant an.«

»Ich fürchte, der Rest ist mein Geheimnis. Ihr, meine Herren, solltet nur wissen, daß die Konventionen von jetzt ab keine Bedeutung mehr in meinem Leben haben. Ich werde genau das tun, was ich gern tun möchte.«

Morgan hob eine Augenbraue. »War das bisher denn nicht so?«

Silver kümmerte sich nicht um ihn. Im weiteren Verlauf des Abends flirtete sie nach Herzenslust, lachte laut, betrank sich ein wenig und amüsierte sich ganz rundherum hervorragend. Die Männer schienen hingerissen zu sein – alle außer Morgan, dessen Stimmung von Stunde zu Stunde düsterer wurde.

Schließlich entschuldigte er sich und verschwand in seiner Kajüte. Silver freute sich über ihren Triumph. Es gab keinen Zweifel, daß sie ihm den Abend verdorben hatte. Mit einem eindringlichen Blick auf Connie, durch den sie ihn warnte, ja nichts zu sagen, nahm sie Hams Angebot an, mit ihm an Deck spazierenzugehen und kehrte schließlich kurz nach Mitternacht unter Deck zurück.

Morgan öffnete die Tür noch bevor sie klopfte. »Na, wenn das nicht Lady Salena ist. Zurück von ihrem Abend auf dem Ball.«

Silver schaute finster. »Geht mir aus dem Weg.« Mit mehr Kraft als nötig gewesen wäre, schob sie die Tür auf und Morgan damit zur Seite. Anhand des leichten Brandygeruchs und seines etwas glasigen Blicks bemerkte sie, daß er getrunken hatte. Sein Haar war wirr und sein Hemd bis zur Taille aufgeknöpft, so daß es offenstand. Silver bemühte sich, nicht darauf zu achten wie dunkel seine Haut war, wie beeindruckend die Muskeln seine Brust formten.

Sie ging auf die Tür zu ihrer Kajüte zu, aber Morgan griff nach ihrem Arm.

»Wie wäre es mit einem Brandy?« fragte er. »Mylady ist doch sicher noch nicht so müde, daß sie sich zurückzuziehen wünscht?«

»Seid Ihr einsam?« fragte sie spöttisch. »Auf keinen Fall kann sich ein Mann mit so hohen moralischen Werten herablassen, mit der Gesellschaft einer Dame von so wenig Prinzipien wie mir vorlieb zu nehmen.«

Seine Augen wanderten über ihren Körper abwärts, berührten sie förmlich mit seinem heißen Blick, so daß sie die Hitze in ihrem Bauch spürte. »Vielleicht doch.«

»Ihr seid ein Hundesohn, Morgan Trask.«

»Und ihr seid eine Kokette und ein Plagegeist.« Morgan zog sie schwungvoll an sich. »Ich habe Euch schon einmal gezeigt, was geschieht, wenn Ihr Euch so verhaltet. Offensichtlich seid Ihr aber genau darauf aus.« Morgan drückte sie nach hinten an die Wand. Seine Hände schlossen sich fest um ihre Handgelenke und hielten sie ohne Mühe neben ihrem Gesicht.

»Laßt mich los!«

»Willst du vielleicht dies hier, Silver?« Morgan preßte seine Hüften gegen sie, und seine Erregung war heiß und hart.

»Nein.«

»Sag es. Sag mir, daß du es willst, und ich gebe es dir.«

»Ich will nur, daß du mich losläßt.«

»Das glaube ich dir nicht.« Morgans Mund legte sich hart auf den ihren, bedeckte ihre weichen rosa Lippen, und seine Zunge tauchte dazwischen. Silver bemühte sich angestrengt, ihrer aufwallenden Leidenschaft zu widerstehen, jenem Hunger, der ihr Blut heißer durch die Adern strömen ließ. Morgans Körper drückte sich an sie. Sie spürte, wie sein Schaft noch härter, dicker und heißer wurde. Mein Gott, sie begehrte ihn so.

Morgan zog sich zurück, nur sein Atem blieb noch warm und männlich neben ihrem Ohr zu hören. »Sag es, Silver, sag mir, was du willst.«

»Ich hasse dich«, flüsterte sie.

»Zeig es mir. Zeig mir, wie sehr du mich haßt.«

Ein Schluchzen entstand in Silvers Kehle. Morgan legte eine Spur aus heißen Küssen über ihren Hals und ihre Schultern abwärts, dann senkte er den Kopf noch weiter zu der bleichen, fleischigen Schwellung über dem Ausschnitt ihres Kleides. Als er ihre Handgelenke losließ, flüsterte Silver seinen Namen. Ihre Arme glitten um seinen Nacken und sie schob ihre Finger in sein Haar. *Morgan*, dachte sie, begehrte ihn von Sekunde zu Sekunde mehr, haßte sich dafür und verachtete ihr ständig wachsendes Begehren. Sie gab sich mit einem Ächzen geschlagen und küßte ihn, genauso wild, wie sie es empfand, mit all ihrem Schmerz, all ihrem Ärger. Sie drückte ihre Lippen auf die seinen, schob ihre Zunge in seinen Mund und forderte eine Reaktion von ihm, die so leidenschaftlich wie die ihre sein sollte.

Morgan gab sie ihr. Seine Zunge rang mit der ihren, wild, dann lockend, mutig, dann unnachgiebig. Er küßte ihre Augen, ihre Wangen, kehrte wieder zu ihrem Mund zurück, knabberte, kostete, probierte, machte sie verrückt.

»Sag es mir«, forderte er, und seine Finger zogen die Nadeln aus ihrem Haar, ließen die schwere Fülle um ihre Schultern fließen. »Sag mir, was du willst.«

Als Silver nur seufzte, schob Morgan ihr das Kleid von der einen Schulter herunter und legte eine Brust frei, umfaßte sie mit der Hand, hob sie empor und senkte dabei den Mund, um ihn auf die Spitze ihrer Brust zu drücken. Silver schwankte, nur noch sein Arm um ihre Taille hielt sie aufrecht.

Als Morgans Zunge die steife Spitze umkreiste, sie umspülte und schmeckte, wurde sie von heißen Empfindungen überrollt. Silver ließ ihre Handflächen über seine Brust wandern, spürte die festen, verführerischen Löckchen seines Brusthaars, und seine Muskeln, die sich unter ihren Händen spannten.

Morgans Mund kam wieder hoch zu dem ihren, erforschte, erregte sie. Dann zog er sich zurück. »Sag es, Silver. Sag mir, was du willst.«

Silver befeuchtete die Lippen, wünschte sich flehentlich, er möge weitermachen, wünschte, es wäre ihr egal. »Ich brauche dich«, flüsterte sie.

»Das ist noch nicht genug.« Er küßte sie wieder, machte sich daran, die Knöpfe an ihrem Rücken zu öffnen, löste ihr Mieder, schob ihr Hemd herunter bis sie nackt bis zur Taille dastand. Seine Augen verzehrten sie, brannten sich in ihr Fleisch. Seine Hände folgten seinen Augen, glitten über ihre Haut, umfaßten und kneteten ihre Brüste, rieben eine Brustwarze zwischen Daumen und Zeigefinger, ließen sie ganz fest werden. Sein Mund wanderte tiefer, saugte wild, ließ seinen Zauber wirken bis ihre beiden Brüste schwer und voll waren und der Ort zwischen ihren Beinen pulsierte und brannte.

»Sag's mir«, forderte er mit belegter Stimme.

Sie würde es nicht sagen, schwor sie sich, sie würde ihm diese Befriedigung nicht gönnen.

Morgan hob ihren Rock, seine Hand wanderte über ihren Schenkel, ihre Hitze schien Silvers Haut zu versengen. Er umfaßte ihr Hinterteil, knetete es, fand dann den Schlitz in ihrer baumwollenen Untertaille. Seine langen, braunen Finger teilten die Falten ihres Geschlechts und schoben sich in sie.

»Sag es, verdammt noch mal!«

Silver leckte sich über die Lippen. Morgans Finger glitt weiter hinein, heraus und wieder hinein, und der Rhythmus ließ weiße

Glut durch ihren Körper fließen. Silver unterdrückte ein Schluchzen.

»Sag es, Silver.«

»Ich will dich«, flüsterte sie. »Bitte.« Sie haßte sich dafür, daß sie ihn bat, aber es ging nicht anders. »Ich will dich in mir spüren.«

Morgan lächelte mit finsterer Befriedigung. Während er sie fester gegen die Wand drückte, öffneten seine Hände die Knöpfe an seiner Hose, und sein harter Schaft sprang heraus. Er hob sie hoch, legte sich ihre Beine um die Taille, küßte sie hart und drang in sie.

Silver schnappte nach Luft, als die Glut durch ihren ganzen Körper rauschte. Morgan stöhnte ganz tief in der Kehle, und Silver spürte sein Herz unter ihrer Hand schwer schlagen. Auch ihr Herz pochte wie wild.

»Sag mir, daß du mich willst«, befahl ihr Morgan. »Sag mir, daß es dir gefällt so.«

Sie befeuchtete ihre Lippen. »Ich will dich.«

Eine von Morgans Händen lag um ihren Hintern und hielt sie fest, die andere streichelte die Spitze einer Brust. Sie bebte am ganzen Körper, heiß und feucht und angespannt von ungelebter Leidenschaft. Morgan bewegte sich in ihr, sein harter Schaft pulsierte, füllte sie aus. Jetzt umfaßte er sie mit beiden Händen, hielt ihren Hintern fest und tauchte immer tiefer in sie. Silver bewegte sich ihm entgegen, lodernd in feurigen Gefühlen. Sie hob und senkte schwungvoll ihre Hüften und rieb sich so an ihm, knetete ihn mit ihrem Innern, bis er ächzte.

»Silver«, flüsterte er, und seine Finger gruben sich in ihr langes, dichtes Haar.

Sein Körper spannte sich, seine Muskeln zogen sich zusammen, sein Drängen war so wild wie das ihre. Er stieß fester zu, tiefer, schneller, pfählte sie immer wieder. Silver fühlte sich von Leidenschaft verzehrt, und die Spannung war so groß, daß sie glaubte, in tausend glitzernde Scherben zerspringen zu müssen.

»Komm mit mir«, lockte er sie, und mit heiß aufwallender Glut löste sich Silvers straff gespannter Knoten der Leidenschaft. Glänzende Spiralen der Süße überströmten sie, ein Meer verbotener Freuden, das sie im Genuß zu ertränken drohte. Als die lustvollen Gefühle ihren Gipfel erreichten, rief sie laut Morgans Namen. Sie war nicht sicher, wann er sie in seine Arme hob, spürte nur die Weiche des Bettes unter sich, sah seinen harten Körper über sich, wußte, daß ihre Lust noch immer anhielt und Morgan weiter in sie eindrang.

Mit einem letzten, heftigen Stoß warf er den Kopf in den Nacken und hielt inne, sein Körper sank auf sie herab, und die glänzende Schweißfeuchte seiner Haut mischte sich mit der ihren. Morgan küßte sie zärtlich, sanft, seine Hände umfaßten ihr Gesicht, und er sah ihr in die Augen. Dann lagen sie schweigend da, ihre Glieder umschlungen, ihr Zorn und ihre Leidenschaft waren verklungen, durch eine glühende Wärme ersetzt. Als ihr Herz sich langsam beruhigte, legte er sich neben sie und zog sie in seine Arme.

Zum ersten Mal seit Tagen wußte Silver, daß alles in Ordnung war, spürte einen Frieden, den sie noch nie empfunden hatte. Als sie in einen ruhigen, traumlosen Schlaf sank, erfüllte Morgan ihre letzten Gedanken – und das undeutliche Bewußtsein, daß sie genau da war, wo sie hingehörte.

15. Kapitel

In jener Nacht liebten sie sich noch zweimal, nicht voller Zorn, sondern mit einer Zärtlichkeit, die keiner von ihnen erklären – oder verleugnen – konnte.

Obwohl sie sich vor den Folgen fürchtete, spürte Silver, wie ihre Liebe zu Morgan von Stunde zu Stunde wuchs. Wenn sie so neben ihm lag, empfand sie, daß es genau so sein mußte, fühlte eine Einheit zwischen ihrem Körper und der Welt, die sie umgab. Obwohl Morgan sie nicht verstand und es sicherlich auch nicht zugab, glaubte sie, daß auch er etwas für sie empfand.

Gegen Morgen erwachte Silver, als sie ihn in der Kajüte herumgehen hörte. Sie setzte sich mit dem Rücken an das Kopfende seiner Koje und schob ihr vom Schlaf zerzaustes Haar aus dem Gesicht hinter ein Ohr.

»Guten Morgen«, sagte Morgan. Er stand vor dem zerbrochenen Rest des Spiegels und hielt seinen Rasierbecher in der Hand.

Silver sah fasziniert zu, wie er den Rasierpinsel über das Seifenstück am Boden des Bechers kreisen ließ und dann den dikken, weißen Schaum auf seinem Kinn und ein Stück den Hals hinunter verteilte. Dann nahm er sein Rasiermesser und kratzte mit langen, geraden Bewegungen die in der Nacht gewachsenen Bartstoppeln von seinem Gesicht. Es hatte etwas Intimes, Sinnliches, ihn dabei zu beobachten, und sie hätte am liebsten mit den Fingern die gleiche Spur über die harten Flächen und Täler seines Gesichts nachgezeichnet und dabei die Narbe auf seiner Wange berührt.

Wie er so dastand, nackt bis zur Taille, die Hosen eng an seinen harten, muskulösen Hüften anliegend, erinnerte sie Morgans breiter Rücken und seine schmale Taille an die vergangene Nacht, und weiche Hitze wirbelte durch ihren Bauch.

»Wie hast du diese Narbe bekommen?« fragte Silver plötzlich.

Morgans glatte, sichere Bewegungen wurden nicht langsamer. »Ich war damals fünfzehn ... und lebte bei meinem Onkel. Wir verstanden uns nicht besonders.« Er zog das Rasiermesser durch das Wasser in dem Porzellanbecken auf dem Tisch und begann, die andere Seite seines Gesichts zu rasieren. »Ich versuchte, mich als Mann zu beweisen, schätze ich – so ähnlich wie die Sache mit Jordy.«

»Erzähl' weiter«, drängte sie, als er nicht weitersprach.

»Ich bin in einem Wirtshaus in London in eine Schlägerei geraten. Die endete in einem Säbelduell mit einem Edelmann. Ich bekam dabei die Narbe – und er kam ums Leben.« Er wusch die restliche Seife von seinem Gesicht und trocknete sich mit einem weißen Leinenhandtuch ab. »Ich bin nicht stolz auf die Angelegenheit, aber damals war ich ziemlich hitzköpfig.«

Silver lächelte. »Während du jetzt ein ganz sanfter Mann geworden bist?«

Morgans Mund verzog sich zu einem Grinsen. »Na ja, sagen wir mal, ich habe mich etwas beruhigt.« Er zog sich das Hemd über und begann die Knöpfe zu schließen. »Dein Vater hat mich dann auf einem nach Amerika fahrenden Schiff aus England geschleust. Ich bin nie wieder dorthin zurückgekehrt.«

»Das soll mein Vater getan haben?« Sie konnte es nicht glauben. »Warum?«

»Weil er und mein Vater Freunde waren. Edward Trask war ein Minister des Königs.«

»Wieviel hast du ihm dafür bezahlt?«

»Es war eine Geste der Freundschaft, Silver, er erwartete kein Geld dafür. Im Gegenteil, er gab mir sogar genug Geld als Anfangskapital für mich und Brendan in Amerika.«

»Also deshalb fühlst du dich ihm jetzt noch verpflichtet.«

»Ja.«

»Er muß damals ganz anders gewesen sein«, meinte sie nachdenklich und eher zu sich selbst als zu ihm.

Morgan kam zu der Koje herüber und setzte sich neben sie, wobei sein Gewicht die Gurte unter der Matratze zum Knarren brachte. Dann beugte er sich vor und streifte sacht ihre Lippen mit den seinen. »Wir müssen über die vergangene Nacht reden, Silver.«

Sie hatte gewußt, daß so etwas kommen würde, so gut kannte sie ihn inzwischen schon. »Du machst dir Sorgen, weil du mit mir geschlafen hast.« Ihre Stimme klang jetzt ein wenig scharf. Sie hatte gewußt, daß er das Thema anschneiden würde – nur wußte sie nicht, was er sagen wollte.

Morgan lächelte. »Ich denke, so könnte man es ausdrücken.« Seine Hand legte sich um ihre Wange. »Ich weiß, daß ich mich eigentlich entschuldigen müßte, aber das fällt mir schwer, scheint mir unmöglich zu sein. Vielleicht wäre es nicht passiert, wenn ich nicht vorher Brandy getrunken hätte. Doch so –«

»Willst du damit sagen, daß es dir leid tut, daß es überhaupt dazu gekommen ist?«

»Nein«, sagte er fest. »Es sei denn, dir tut es leid.«

Silver lächelte. »Nicht im geringsten.«

Morgan wirkte erleichtert. »Ich begehre dich, Silver. Wenn ich dich nur anschaue, spüre ich schon wieder mein Verlangen.«

Silver hob ihre Arme und lud ihn ein, sie zu umarmen.

»Erst müssen wir unsere Situation klären.«

Immer ganz der Praktische.

»Du hast meinen Heiratsantrag schon abgelehnt«, fuhr er fort. »Nach der Sache mit dem Colonel –« Morgan verstummte angesichts des Ausdrucks auf Silvers Gesicht. *Er glaubte doch wohl nicht immer noch, daß sie hinter seinem Rücken auch mit dem Colonel ein Verhältnis hatte?* »Also sagen wir so: Ich glaube dir, daß du zu dieser Art von fester Bindung noch nicht bereit bist. Da du auch gar nicht heiraten zu wollen scheinst –«

»Ich heirate keinen Mann, der mich nicht liebt«, sagte Silver direkt. »Aus keinem anderen Grund.«

»Und wenn du schwanger von mir wirst?«

»Dann ist das mein Problem.«

Morgan wirkte ungläubig. Er schien nicht fassen zu können, daß sie sich ihm so ohne jede weitere Verpflichtung hingab.

»Wir werden über diesen Fall sprechen, wenn er eintreten sollte«, sagte er etwas knapp. »Inzwischen ... wenn du mit diesem – Arrangement – zufrieden bist, bin ich es auch.«

»Ich begehre dich auch, Morgan.« *Und ich werde auch deine Liebe gewinnen.* Diesen Entschluß hatte sie im ersten Morgengrauen gefaßt. Vielleicht hatte sie das allerdings auch schon die ganze Zeit vorgehabt.

»Da ist nur noch eine Sache.« Die Wärme verschwand aus seinem Gesicht. »Ich werde dich nicht teilen, Silver. Weder mit Buckland noch mit irgendeinem anderen Mann. Ich muß wissen, ob du in seinem Bett gewesen bist. Wenn ich die Wahrheit kenne, kann ich sie vergessen, aber ich muß es wissen.«

Silver schnappte nach Luft. *Wie konnte er nur?* Sie setzte sich im Bett auf und griff nach dem Laken vor sich. »Wie kannst du mich nach allem, was in der vergangenen Nacht geschehen ist, so etwas fragen?«

»Ich muß es wissen.«

»Warum?«

Weil ich mich schützen muß. Wegen Charlotte. Weil ich einfach Angst habe, dir zu glauben. »Weil ich wissen muß, wie die Dinge liegen. Wenn du auch mit Buckland geschlafen hast –«

»Zum Teufel mit dir!« fauchte Silver. Sie hatte versucht, es ihm klarzumachen, hatte trotz der Aussichtslosigkeit ihrer Hoffnung geglaubt, er würde sie endlich verstehen. »Du würdest die Wahrheit nicht einmal erkennen, wenn sie dir auf den Kopf fiele, Morgan Trask! Ich muß wirklich verrückt gewesen sein, als ich mit dir geschlafen habe. Verrückt – und naiv! Ich werde denselben Fehler nicht noch einmal machen.«

Silver stürmte aus dem Bett, schnappte sich ihre Kleider auf dem Weg in ihre Kajüte, stolperte in ihrer Hast, davonzukommen, wäre beinah gefallen, und ihr Haar flatterte wild um ihre Schultern.

»Ich muß es wissen, Silver«, rief Morgan hinter ihr her, erreichte sie kurz bevor sie an ihrer Tür ankam und hielt sie fest.

Silver wirbelte zu ihm herum, ihr Körper war vor Ärger ganz steif. »Darauf könnt Ihr Gift nehmen, Major. Und ich werde es auch jederzeit wieder tun, wann immer mir danach zumute ist!«

Morgan ballte die Hände zu Fäusten. Er stand breitbeinig da, die Zähne fest zusammengebissen.

»Und was Euch betrifft«, schloß Silver, »solltet Ihr je wieder in meine Nähe kommen, werde ich Buckland sagen, Ihr hättet mich vergewaltigt. Dann wird er ein Verfahren gegen Euch einleiten, und ich selbst werde gegen Euch aussagen. Ich bin die Tochter eines Grafen, woran Ihr mich ja auch ständig zu erinnern pflegt. Sie werden Euch einsperren und den Schlüssel wegwerfen!«

Die Tür schlug so heftig zu, daß Morgan befürchtete, sie würde aus den Angeln fallen. *Verdammter Mist! Dieses betrügerische kleine Ding würde so etwas wahrscheinlich wirklich tun.* Aber es waren nicht ihre Drohungen, die ihm Sorgen machten. Es war, daß er jetzt von Buckland wußte. Er hatte es natürlich geahnt, seitdem er sie zusammen gesehen hatte, schließlich war sie eine Frau. Eine Frau, die genau tat, was sie wollte. Aber er hatte wirklich gehofft, sie würde seine Frage verneinen, hatte sich innigst gewünscht, daß er unrecht hatte.

Er hätte nehmen sollen, was sie ihm anbot: Sie so hart und so oft nehmen, wie er Lust hatte. Statt dessen hatte er sie verärgert und sich jede Chance verdorben, daß sie freiwillig zu ihm kam. Was, zum Teufel, war nur los mit ihm? Warum hatte er sie so gedrängt? Was kümmert es ihn, ob sie mit Buckland geschlafen hatte oder nicht? Bei Lydia hätte ihm das nichts ausgemacht.

Er dachte über die Nacht nach, die er mit Silver verbracht

hatte. Keine Frau hatte ihn je so tief berührt. Er begehrte sie mit einer Leidenschaft, die endlos wirkte, und er wußte, daß sie ihn auch begehrte. Er fragte sich, wie lange sie ihm wohl diesmal fernbleiben würde, fragte sich, wie lange *er* es schaffen konnte – egal ob sie ihm drohte oder nicht – oder ob sie sich in ihrem Ärger wieder dem Colonel zuwenden würde. Schon wenn er nur über Silver und Buckland nachdachte, bekam er schon ein bleiernes Gefühl in der Brust.

Einerseits verfluchte Morgan sich, andererseits aber lobte er sich dafür, daß er es geschafft hatte, die Affäre zu beenden, noch bevor sie überhaupt richtig begonnen hatte. Er hatte schon genügend Dinge im Kopf: die Mannschaft, den Krieg, und vor allem die Sicherheit seines Bruders. Soweit es Morgan betraf, konnte Silver Jones ruhig zur Hölle fahren.

Daß er sich fühlte, als wäre er bereits dort, war ihr ja bereits gelungen.

»Haste gut gemacht, *Master Little*.« Stormy Weathers lehnte seine massive Gestalt achtlos an die Reling, und Dickey Green stand neben ihm.

»Laßt mich in Ruhe«, sagte Jordy, der heftig aufsah, als er Weathers tiefe Stimme hörte.

»Na, na, Jordy, alter Junge.« Dickey Green griff nach seinem Arm, als er fortgehen wollte. »Ich und Stormy waren echt stolz auf dich. Du has' die Strafe eingesteckt wie'n Mann, da beißt keine Maus 'n Faden ab.«

»Das war gar nicht meine Strafe, sondern eure. Ihr zwei habt das Geld gestohlen, nich' – nicht – ich.«

»Aber du has' uns gesagt, wo's war«, brachte ihm Stormy in Erinnerung.

Jordy betrachtete ihn vorsichtig. »Was wollt ihr diesmal?«

»Wir wollten dir nur auch was abgeben für all den Ärger, den du has'.« Stormy sah sich vorsichtig um, weil er sichergehen wollte, daß sie auch niemand beobachtete, dann öffnete er seine

Hand, und drei glänzende Goldmünzen kamen darin zum Vorschein. »Nimm se'«, sagte er. »Du has' se' verdient.«

Jordy machte einen Schritt rückwärts. »Ich will nichts von euch. Bleibt mir nur einfach vom Leib.« Jordy ging langsam noch etwas weiter rückwärts, dann drehte er sich um und eilte zur vorderen Leiter, die in die Kombüse hinunterführte.

Stormy Weathers kicherte leise, als er ihn verschwinden sah.

»Ich hab' dir doch gesagt, daß er die Kohle nich' nimmt«, sagte Green. »Warum wollt'st du es ihm eigentlich so dringend geben?«

Stormy kratzte sich seinen leuchtendroten Bart und betrachtete die Wellen am fernen Horizont, wo Seevögel nach Fischen tauchten. »Das Gold zu kriegen war verdammt viel einfacher als ich gedacht hatte. Jetzt denk' ich ... wir ham' das Geld ohne weiteres gekriegt, warum nehm' wir nich' auch das Mädchen? Sie's so ziemlich das hübscheste Ding, das ich je geseh'n hab'. Man kriegt ja schon 'n Steifen, wenn man sie nur übers Deck geh'n sieht.«

»Aber du has' doch gesagt, Trask würd' uns aufs Dach steigen, wenn wir ihm die Frau klau'n.«

»Es steht fest, daß er sie hatte, okay, aber man sagt, er hätt' sie nich' dauernd im Bett. Vielleicht is' sie ihm doch nich' so wichtig, wie ich dachte. Außerdem ham' wir jetzt 'ne Menge Geld. Also könn' wir jederzeit abhau'n, wenn wir wollen. Das mit dem Mädchen wär' dan so 'ne Art Extrabonus.«

»Und was hat Little damit zu tun?«

»Wenn er uns hilft, krieg'n wir 'se leichter. Du has' doch geseh'n, wie sie ihn verteidigt hat. Die paßt wirklich auf ihn auf. Wenn 'se denkt, daß der Junge sie braucht, dann kommt 'se überallhin. Wenn Little hilft, wird's echt einfach, sie zu kriegen.«

»Nu' hat der Junge aber klar gesagt, daß er uns nich' helfen will.«

»Vielleicht will er, vielleicht auch nich'.«

Dickey Green kicherte rauh. »Weiß'te, Stormy, du has' immer

schon mehr Grips gehabt. Sag mir, was ich tun soll und ich tu's. Wir geben der hochnäsigen Kleinen 'ne Vorstellung, die sie nich' so schnell vergißt.«

»In ein, zwei Tagen sind wir in Mexiko. Dann lassen wir die Sache steigen. Bis dahin müssen wir uns nur noch bißchen die Zeit vertreiben.«

Silver blieb fast den ganzen Tag in ihrer Kajüte. Wenn sie bloß an Morgan und seine gemeinen Anschuldigungen dachte, hatte sie schon Lust zu weinen – oder zu toben – oder beides. Aber sie tat es nicht. So war es immer bei ihr. Wenn der Schmerz zu groß war, zog sie sich in eine Welt des dumpfen Dahindämmerns zurück. Dann fiel ihr das Leben leichter, es war nicht mehr so schön, gab ihr aber auch den nötigen Schutz.

Also versteckte sich Silver in ihrer schützenden Schale und ging den anderen aus dem Weg, sogar Jordy und Jacques. Sie brauchte Zeit, mit ihren Gefühlen klarzukommen und ihre Gedanken zu ordnen. Sie hätte Morgan nicht anlügen sollen, doch unter den gleichen Umständen täte sie es sicher wieder. Er mußte lernen, ihr zu vertrauen, mußte die Frau schätzen, die sie wirklich war und nicht irgendein Phantasiegebilde, das er sich ausdachte, eine Frau, die tat, was er wollte. Oder was er zu wollen glaubte.

Er mußte an sie glauben.

Wenn er das nicht tat, wollte sie ihn nicht.

Natürlich war sie mit ihren Drohungen in bezug auf den Colonel weiter gegangen, als sie eigentlich beabsichtigt hatte. Buckland war der letzte, an den sie sich wenden würde – egal was Morgan tat. Gern hätte sie ihre Worte zurückgenommen, wenn sie könnte. Verfluchter Jähzorn!

Voller Aufruhr stand Silver an der Reling der *Savannah*, allein und mehr als nur einsam, und sah die ferne Küste langsam näherkommen.

»Wir sind nur noch ein paar Meilen nördlich von Campeche.«

Hamilton Riley kam zu ihr herüber, und Silver lächelte seit Tagen zum ersten Mal wieder.

»Wart Ihr schon einmal hier?«

»Ja, einmal. Die texanische Marine kommt schon seit Jahren immer wieder zu Manövern nach Yucatán. Der Major kennt sich hier recht gut aus. Er ist oft zu Geschäften hiergewesen.«

Sie sah zur Küste hinüber, die endlos flach und sumpfig wirkte. Während sie weiter nach Süden segelten, hob sich die Küstenlinie leicht, und Silver entdeckte etwas, das wie eine Festung aussah.

»Es sind insgesamt sechs«, sagte Hamilton, der ihrem Blick gefolgt war. Sein Gesicht war jetzt nicht mehr rot, sondern gebräunt, und sein sandfarbenes Haar hatte durch die Sonne helle Strähnen bekommen. »Fort Soledad ist in der Nähe von Puerta del Mar, die Einfahrt. Seht Ihr die Mauer?«

Silver betrachtete die Festung in der Ferne genauer und entdeckte, daß die ganze Stadt von einer sechseckigen, massiven Mauer umgeben war. Die eigentliche Stadt lag in einer Ebene, die auf drei Seiten wie ein kleines Amphitheater von Hügeln umgeben war. »Herr im Himmel, es muß ja Jahre gebraucht haben, diese Mauer zu errichten.«

»Achtzehn, habe ich mir sagen lassen. Sie wurde in den achtziger Jahren des siebzehnten Jahrhunderts begonnen, um die Stadt vor Piraten zu schützen. Es heißt, in Fort San Carlos gäbe es geheime unterirdische Gänge, die zu vielen der Häuser führen. Sie haben dort immer die Frauen und Kinder versteckt, wenn die Stadt belagert wurde.«

»Hört sich ja schrecklich an.« Silver versuchte sich vorzustellen, wie es war, wenn man sich in feuchtkalten, dunklen Gängen verstecken mußte, in denen es sicher Scharen von Ratten gab.

»Eine der Festungen am Stadtrand ist von einem Wassergrabem umgeben, der voller Krokodile ist.«

Silver schauderte. »Das klingt ja wirklich ungemein einladend.« Sie fragte sich, ob wohl Morgans Bruder und die anderen

Texaner an einem solchen Ort gefangengehalten wurden, sagte aber nichts.

»Die Föderalisten – das sind die Widerstandskämpfer, zu deren Hilfe wir hierherkamen – haben vor ungefähr einem Jahr die Stadt übernommen und eine eigene Regierung eingesetzt. Bis jetzt ist es ihnen gelungen, ihre Stellung zu halten, aber die Zentralisten bedrängen sie sehr.«

»Warum sind wir nach Campeche gekommen? Werden die Gefangenen hier in der Nähe festgehalten?«

Riley betrachtete sie einen Augenblick. »Ich vermute, Ihr wißt sowieso alles, was hier vorgeht. Und da Ihr schon dabei seid, habt Ihr wohl ein Recht, auch den Rest zu erfahren.« Ham sah zu der schwer befestigten Stadt hinüber, die jetzt an backbord schnell näherkam. »Major Trask wird sich mit General Canales treffen. Canales soll uns dann über die Verhältnisse bei den Zentralisten informieren und uns die Position der verbleibenden texanischen Truppen sowie den Aufenthaltsort der Gefangenen mitteilen.«

»Ist nicht Colonel Buckland der leitende Offizier? Er hat doch einen höheren Rang als der Major.«

»Theoretisch ja. Aber Buckland war noch nie in Mexiko und spricht auch nicht Spanisch. Da Trask der Kapitän des Schiffes ist, hat er die Sache bis jetzt weitgehend geleitet. Von hier an wird es alles etwas anders laufen.«

»Aha.«

Als das Schiff durch die Puerta del Mar in den Hafen segelte, entschuldigte sich Ham und ging unter Deck. Es machte den Anschein, als wenn jetzt alle außer Silver irgend etwas zu tun hatten.

»Haltet Euch etwas abseits, damit Ihr nicht im Weg seid«, sagte Morgan im Vorbeigehen zu ihr. Er war schon den ganzen Morgen etwas unfreundlich gewesen, aber seine Laune schien eher eine Folge seines Bemühens um den korrekten Fortgang seiner Arbeit zu sein, als eine Nachwirkung ihrer Auseinandersetzung. Genaugenommen schien Morgan, ganz in seine Pflicht versunken, ihren Streit überhaupt ganz vergessen zu haben. Es ärgerte Silver aber, daß er die Sache so leicht hinter sich lassen konnte, aber daraus konnte sie ihm keine Vorwürfe machen. Schließlich stand das Leben seines Bruders auf dem Spiel, und sie wußte, wie es war, jemanden zu verlieren, den man liebte.

Als sie die Mole erreicht hatten und das Schiff festgemacht wurde, gingen Morgan, der Colonel und eine Gruppe von Matrosen in Begleitung eines Trupps mexikanischer Soldaten von Bord. Ihre Uniformen waren etwas heruntergekommen und lange nicht so elegant wie die der Texaner, aber sie marschierten aufrecht, was ein Zeichen ihres spanischen Stolzes in Verbindung mit dem Mut und der Kraft der Indianer war.

Als sie am späten Nachmittag zurückkehrten, überraschte Morgan Silver, indem er sie in ihrer kleinen Kajüte aufsuchte. Da ihre Tür offenstand, sprach er sie an, anstatt zu klopfen.

»Was tut Ihr hier unten?« fragte er. »Hat Ham Euch nicht ausreichend unterhalten?«

»Was wollt Ihr?« knurrte sie und sah von dem Buch auf, in dem sie gelesen hatte – ironischerweise ein Buch mit dem Titel *Zwei Jahre vor dem Mast*.

Morgans Mund verzog sich zu einem Lächeln, das nicht echt war. »Der Gouverneur von Campeche bittet um die Ehre Eures Besuches, Mylady. Ihr werdet heute abend an einem Ball teilnehmen, der zu Ehren des Generals gegeben wird.«

Silver warf das Buch aufs Bett und stand auf. »Wir gehen auf einen Ball? Was ist mit Eurem Bruder und den Gefangenen?«

»Offensichtlich sind sie etwas weiter von hier fortgebracht worden. General Canales versucht, so viele Männer wie möglich zusammenzustellen, dazu die notwendigen Pferde, den Proviant und natürlich die Waffen, die wir mitgebracht haben. Wir werden übermorgen aufbrechen. Inzwischen kann ich mich wohl kaum weigern, einen Ball zu Ehren des Generals zu besuchen.«

Silver versuchte, seinen Gesichtsausdruck zu verstehen. »Und Ihr bittet mich darum, mit Euch zu kommen?«

Morgan sah sie spöttisch an. »Wohl kaum. General Canales hat Euch eingeladen. Seine Männer haben Euch wohl an der Reling stehen sehen. Als er mich fragte, wer Ihr seid, erzählte ich ihm von Eurem Vater und der Belohnung, die er *irrtümlich* auf Euch ausgesetzt hat. Da Ihr unter meinem Schutz hierhergekommen seid, hat er darauf bestanden, daß ich Euch mitbringe.«

»Das hätte ich mir denken können«, sagte Silver und spürte die Wärme in ihren Wangen. »Ihr würdet Euch wohl kaum Gedanken um meine Unterhaltung machen.«

»Der Colonel wird auch mit dabeisein. Ich würde es begrüßen, wenn Ihr diskret vorgehen würdet.«

Silvers Arm schoß hervor, um ihn zu ohrfeigen, aber er schnappte ihr Handgelenk, bevor sie seine Wange erreicht hatte. »Benehmt Euch, Silver. Ich habe auch ohne Euch schon genug Dinge im Kopf.«

Silver biß die Zähne zusammen.

»Wir werden bis zu unserer Abfahrt Gäste des Generals sein, also packt zusammen, was Ihr braucht und seid um acht Uhr fertig zum Aufbruch.«

»Selbstverständlich, Major Trask.«

Silver zog ihr elegantes türkisfarbenes Kleid an. Es würde sicher sehr viel einfacher sein als das der meisten spanischen Damen, aber es war das beste, das sie bei sich hatte. Um die Wirkung noch zu steigern, rollte sie einzelne Strähnen ihres Haares auf dem Oberkopf zu Löckchen, ließ den Rest aber wie einen glänzenden Wasserfall auf den Rücken herabfallen. Ihre Schultern waren nackt, und der tiefe V-Ausschnitt des Kleides betonte die bleichen Halbmonde ihrer Brüste.

Als Morgan um Punkt acht Uhr klopfte, stand sie an der Tür. Er stand aufrecht dort, tadellos gekleidet in seine marineblaue Uniform mit im Lampenschein glänzenden, polierten Messingknöpfen und betrachtete sie mit eindringlich grünem Blick, seinen federbesetzten Hut unter dem Arm.

»Ich bin fertig«, sagte sie steif.

»Das sehe ich.« Morgans Augen bewegten sich über sie hinweg. *Mein Gott, sie war wunderschön.* Obwohl er das Kleid schon mehrmals gesehen hatte, war ihm noch nie wirklich aufgefallen, wie schön sie darin aussah. Aber vielleicht wirkte sie jetzt auch anders auf ihn, weil er die Geheimnisse ihrer Weiblichkeit kannte. Während er das Heben und Senken ihrer weichen, vollen Brüste beobachtete, wußte er um das vollendete Rosa ihrer Brustwarzen, die nur gerade eben unter dem tiefausgeschnittenen Oberteil versteckt lagen. Er wußte genau, wie köstlich sie schmeckten, wie er sie dazu bringen konnte, hart zu werden und wie er schließlich das Verlangen stillen konnte, das er so wecken konnte.

Er wußte auch, daß er, selbst ohne das Fischbeinkorsett, das sie trug, ihre Taille mit den Händen umfassen konnte. Er kannte die volle Rundung ihres Hinterteils, die gutgebauten Kurven ihrer Hüften und Schenkel. Er wußte, wie es sich anfühlte, in ihr zu sein...

Morgans Körper regte sich, sein Schaft begann hart zu werden, und im stillen verfluchte er den vor ihm liegenden Abend. Er mußte weiterhin überlegen bleiben, sich nicht um den schweren Druck des Begehrens kümmern, der ihn den ganzen Abend begleiten würde. Und das würde nicht leicht werden.

Silver beobachtete die flüchtig vorbeihuschenden Gefühle auf seinem Gesicht, erst der weiche Ausdruck, der sich durchgesetzt hatte, dann das Verlangen. Er sah so unglaublich gut aus, wie er so dastand, daß es ihr das Herz umdrehte. Als er ihren Arm nehmen wollte, hinderte sie ihn daran. »Bevor wir gehen, möchte ich Euch noch etwas sagen.«

Morgan zog eine schmale, dunkelblonde Augenbraue hoch.

»Vor ein paar Tagen... als wir morgens gestritten haben... diese Drohungen habe ich nicht so gemeint. Ich würde nie so etwas tun. Ich war nur ärgerlich.« *Und ich wollte dir weh tun, wie du mir weh getan hast.* »Manchmal geht einfach mein Temperament mit mir durch.«

»Manchmal?«

»Ich wollte Euch das nur sagen.« Sie fühlte, daß sie ihm auch die Wahrheit wegen des Colonels sagen sollte, aber er würde es wahrscheinlich sowieso nicht glauben, und ein Bekenntnis pro Abend war schon genug für ihren Stolz. Sie machte sich auf den Weg zur Tür.

»Einen Moment noch.« Morgan ging hinüber zu der Seemannskiste am Fuß seines Bettes, kramte zwischen den Decken und Kleidern, die er dort verstaut hatte und zog die Perlen hervor, die er Lydia hatte geben wollen. Er hatte sie bei einem Seemann in Spanien erstanden, einfach so, zum Trotz und wegen des Handelns, weil er angenommen hatte, daß sich irgendeine seiner Freundinnen sicher darüber freuen würde. Als er dann in Barbados war, hatte er es sich anders überlegt und sie behalten, auch wenn er nicht so genau wußte, warum.

»Dieses Kleid braucht noch eine kleine Ergänzung«, sagte er und legte die Perlen um Silvers Hals. »Das hier dürfte genau das Richtige sein.« Er schloß die Kette in ihrem Nacken und gab ihr zwei zarte kleine Perlenohrstecker, die genau dazu paßten.

»Sie sind wunderschön«, sagte Silver und spielte mit der Kette, ließ ihre Finger über die glatten, runden Kugeln streichen. Sie steckte die Ohrringe in ihre Ohrläppchen und drehte sich zu ihm um, damit er seine Meinung sagen konnte. »Wem gehören sie?«

Morgan betrachtete die Art, in der sie unter ihrer Halsgrube lagen, das Cremeweiß ihrer Haut, die fast dieselbe Tönung und Glätte wie die Perlen hatte. »Euch«, sagte er. »Und keine andere Frau könnte ihnen so gerecht werden wie Ihr.«

»Aber ich kann doch nicht –«

»Wir sollten jetzt besser gehen«, sagte er und unterbrach damit ihre Weigerung. »Wir wollen doch nicht zu spät kommen.« Es erschien ihm ganz richtig, daß sie sie bekam, auch wenn er nicht so genau wußte, warum. Er legte sich ihren Arm auf den seinen, nahm ihre und seine Tasche in die andere Hand und geleitete sie hinaus. An Deck standen Hamilton Riley und Constantine Buckland zum Gehen bereit neben der Reling.

»Meine Liebe, Ihr seht wunderbar aus«, sagte der Colonel.

Silver lächelte. »Ich danke Euch, Colonel.«

»Ich hoffe, Ihr werdet mir einen Tanz gewähren«, sagte Ham.

Morgan unterdrückte den Drang, ihnen zu erklären, daß ihre Tanzkarte bereits voll war. Verdammt, diese Frau schaffte es einfach immer wieder, ihn einzuwickeln. Was auch immer sie tat, mit oder ohne Buckland, er begehrte sie. Es war sinnlos, das zu bestreiten. Trotzdem würde er sie sich nicht nehmen.

Er füchtete, dann nur noch mehr zu wollen.

Am Kai erwartete sie die Kutsche, elegant und schwarz, gezogen von zwei glänzenden schwarzen Pferden. Das Dach war heruntergelassen, und ein Diener mit roter Livree saß auf dem Kutschersitz. Morgan half Silver beim Einsteigen, kletterte dann selbst hinein und lehnte sich neben sie an die gesteppte Lederrücklehne des Sitzes. Riley und Buckland folgten.

Die Kutsche rollte auf der ungepflasterten Straße den Hafen entlang, wo Fischerboote an den Ankern schaukelten.

»Garnelenfänger... *camaroneros*«, sagte Morgan. »Das ist hier eine wichtige Einkommensquelle.« Der starke Fischgeruch vermischte sich mit dem Staub von der Straße. Noch war Trokkenzeit in Yucatán, doch in den nächsten Tagen würde sie ein Ende nehmen. »Die meisten Leute bauen hier Hanf an, die Pflanze, aus deren Fasern man Seile macht. Ihr werdet noch viel davon sehen, bevor wir wieder abfahren.«

Sie fuhren durch die Straßen an vielen Campechanos vorüber, wie man die gewöhnlich ruhig dahinlebenden Einwohner dieser Stadt nannte. Silver fand, daß die Stadt durch ihre Parks und die vielen freien Flächen aussah wie europäische Stadtansichten, die sie auf Gemälden gesehen hatte.

»Das hier ist die älteste Klosterkirche auf der Halbinsel Yucatán«, erklärte ihr Morgan und deutete auf ein riesiges steinernes Gebäude. »Die Kathedrale der Franziskaner, die 1540 erbaut worden ist.«

»Sehr eindrucksvoll«, warf Ham ein.

»Ich finde, sie wirkt etwas verstaubt«, sagte der Colonel.

Die Straßen waren nicht bevölkert, nur hier und da waren ein paar Tagelöhner, die nach ihrer Arbeit zu ihren Familien zurückkehrten, und einige betrunkene *paisanos* vor den Spelunken zu sehen. In den Straßen gingen Soldaten spazieren, aber auch elegant gekleidete Damen und Herren, sogenannte *gente de razón*, die auf dem Weg zum Essen in einem der feinen Restaurants von Campeche waren.

»Garnelen und Fisch sind hier Spezialitäten«, sagte Morgan. »Aber sie essen auch gern *cochinita pibil*, in Bananenblättern gebackenes Schweinefleisch, gewürzt mit *achiote*, einer Art Paste aus gemahlenen roten Samen.«

»Wo habt Ihr Spanisch gelernt?« fragte Silver, die an Hams Worte dachte und Morgans fließende Aussprache bewunderte. Sie war entschlossen, genauso herzlich zu sein wie er, wie auch immer ihre Differenzen aussehen mochten.

»Ich habe einige Zeit in Spanien gelebt.«

»Und hier wart Ihr natürlich auch.«

»Ich war in den meisten der mexikanischen Handelsstädte.« Morgans Blick wanderte über ihr Gesicht. Obwohl er sich große Mühe gab, freundlich zu sein, bekamen seine Lippen einen härteren Zug, wann immer er sie ansah. Es war mehr als offensichtlich, daß er sie nicht freiwillig begleitete.

Dennoch war sie froh um das Gespräch. So krampfhaft es auch vonstatten ging, so konnte sie sich doch etwas entspannen dabei.

»Ich mag die Mexikaner recht gern«, sagte Morgan. »Aber ich bin sicher, Leutnant Riley und Colonel Buckland haben ihnen gegenüber gemischte Gefühle.«

»Warum sollte ich auch nicht!« sagte Buckland zur Verteidigung. »Sie haben in Alamo hundertundsiebenundachtzig unserer Männer geschlachtet, ganz zu schweigen von den dreihundert armen, unglücklichen Hundesöhnen – Verzeihung, meine Liebe – bei Goliad. Weiß der Himmel, was sie mit den fünfzig Marinesoldaten gemacht haben, die sie bis jetzt festhalten – einschließlich Eures Bruders – oder habt Ihr das vergessen?«

Morgans Kinnlade wurde hart. »Wohl kaum, Colonel. General Santa Anna steht nicht auf der Liste meiner Freunde, aber General Canales ist ein guter Mann. Ich brauche Euch wahrscheinlich nicht daran zu erinnern, daß wir heute abend seine Gäste sind – und daß wir seine Hilfe brauchen.«

»Ich versichere Euch, Major, daß ich mir über unsere Lage völlig im klaren bin.«

Morgan sagte nichts weiter, bis sie bei der Residenz des Gouverneurs ankamen – einem dreistöckigen, blaßrosa Gebäude mit schwarzen, schmiedeeisernen Balkonen und massiven, geschnitzten Doppeltüren. Das Haus war, wie auch die meisten anderen Wohnhäuser hier, auf einen Innenhof hin ausgerichtet.

Silver lehten sich aus der Kutsche. »Was für ein schönes Domizil.«

»Es gibt sehr viele schöne Häuser in dieser Stadt«, sagte Morgan beiläufig.

»Wenn Euch dieser verdammte Ort so gut gefällt«, warf Buckland ein, »solltet Ihr Euch vielleicht den Föderalisten anschließen.«

Morgan biß die Zähne zusammen, erwiderte aber nichts. Während Bedienstete ihr Gepäck nahmen, öffnete der Fahrer die Kutschentür. Morgan stieg hinunter und half Silver beim Aussteigen. Sie nahm seinen Arm und lächelte süßlich, obwohl sich das Lächeln ebenso gewollt anfühlte wie Morgans Worte. Er hatte sie nur mitgenommen, weil er mußte, glaubte immer noch, sie hätte ein Techtelmechtel mit Buckland, und hatte überhaupt ganz andere Dinge im Kopf als sie.

»General Canales.« Morgan begrüßte in dem eleganten Foyer

einen Mann, der unter einem kristallenen Leuchter stand. Die mit rosa Brokat tapezierten Wände und die schwarzweißen Marmorböden reflektierten das warme Licht. Silberne Wandleuchter, mit Kristall verziert, flackerten neben dem bogenförmigen Eingang zum Hauptsalon. »Darf ich Euch Lady Salena Hardwick-Jones, die Tochter des Grafen von Kent, vorstellen?«

»Señorita.« Der General beugte sich über ihre Hand. »Es ist mir eine Freude, die Dame kennenzulernen, die meine Truppen *Dama de Luz* nennen.«

Morgan hob eine Augenbraue. »Dame des Lichts«, übersetzte er leicht amüsiert – aber da war noch ein anderer Ausdruck in seinem Gesicht, den sie nicht recht benennen konnte.

»Die *soldados* haben Euch an Bord Eures Schiffes gesehen«, erklärte ihr der General. »Sie sagten, Euer Haar sei bleich wie Mondlicht und Eure Augen vom weichen Braun eines Rehs.« Er beugte sich über ihre Hand. »Sie haben nicht gelogen.«

»Es ist mir eine Ehre, Euch kennenzulernen, General Canales.« Er war ein eindrucksvoller Mann, nicht so hochgewachsen wie Morgan, aber mit blitzenden Augen und einem intelligenten Lächeln. Auf seiner Brust glitzerten unzählige Reihen von Medaillen und bunten Bändern, und eine glänzende Satinschärpe reichte von seiner Schulter zur Taille hinunter.

»Dies ist Leutnant Riley«, sagte Morgan. »Und Colonel Buckland kennt Ihr bereits.«

»Leutnant Riley, Colonel Buckland.« Die Männer schüttelten sich die Hände. Im Hintergrund spielten leise Gitarren und Fideln. »Der Tanz hat schon begonnen, *señores*«, sagte der General zu den Herren. »Ich hoffe, Señorita Jones wird mir *un baile* schenken.«

»Ich würde mich freuen, wenn Ihr –« *mich Silver nennen würdet*, wollte sie sagen, doch Morgans Griff um ihren Arm wurde warnend fester. Offensichtlich wollte er den General nicht auf allzu freundlicher Ebene wissen. Diesmal widersprach sie ihm nicht. »Ich würde mich freuen, mit Euch zu tanzen,

General Canales«, sagte sie statt dessen und erriet richtig das spanische Wort.

»Ich freue mich schon darauf, Señorita.«

Nach einem letzten warmen Lächeln des Generals geleitete Morgan sie schwungvoll unter den Bogen hindurch in den Hauptsalon, einen riesigen, wunderschön ausgestatteten Raum, dessen Möbel zum größten Teil weggeräumt worden waren, um Platz für die Tanzfläche zu schaffen. Einige der Männer trugen die Offiziersuniform der föderalistischen Armee, andere trugen eher europäische Kleidung: schwarze Abendgarderobe mit breiten weißen Halstüchern und Hemden mit einer breiten großen Rüsche auf der Brust.

Die Frauen trugen Seide und Satin oder farbenfrohe Spitzenkleider nach der neuesten Mode, in den Haaren Schildpattkämme und Spitzentücher, die Morgan *Mantillas* nannte. Sechs Männer in Anzügen mit so kurzen Jacken, wie sie sie noch nie gesehen hatte, spielten an einem Ende des Raums auf Violinen und Gitarren. Die Musik war temperamentvoll, bis auf einen Walzer hier und da waren die Tänze ganz anders als das, was sie mit Michael Browning damals auf St. Vincent kennengelernt hatte.

»Wie heißen denn diese Hosen mit den weiten Hinterteilen und den silbernen Kreisen am Bein?« fragte Silver Morgan, als das Orchester gerade wieder eine neue, lebhafte Melodie anstimmte. Um sie herum bewegten sich Paare in sinnlichen Rhythmen, den Rücken nach hinten gebogen, die Füße erst in eine, dann in die andere Richtung gewandt.

»Sie heißen *calzoneras*.« Seine Worte waren knapp, sein Ton etwas ruppig. Er nahm ihre Hand und führte sie auf die Tanzfläche, doch Silver entzog sich ihm.

»Ich kann nicht so tanzen.«

Morgan wirkte ärgerlich. »Das ist nicht schwer. Ich führe, Ihr folgt mir, genau wie bei jedem anderen Tanz.« Je länger sie zusammen waren, desto distanzierter wirkte er. Eine wachsende

Anspannung schwelte unter seiner oberflächlichen Ruhe. Silver sah sich bei den prachtvoll gekleideten Männern und Frauen der Umgebung um, betrachtete die luxuriöse Ausstattung der Residenz des Generals und wünschte, Morgan würde nicht verhindern, daß sie diesen seltenen, wundervollen Abend genoß. Als sie den Druck seiner Hand spürte, und er sie auf die Tanzfläche ziehen wollte, hielt sie ihn noch einmal kurz auf.

»Ich habe in meinem ganzen Leben erst einmal getanzt«, gab sie zu. »Und das ist lange her. Ich weiß nicht einmal mehr, wie man anfängt.«

Morgan drehte sie um, so daß sie ihm gegenüberstand, und seine Augen drückten Überraschung aus. Sein Blick war grün und eindringlich auf sie gerichtet. Die Härte seines Gesichtsausdrucks ließ nach. »Ihr habt erst einmal getanzt? Aber Euer Vater hat doch sicher in Katonga Feste und Soirees veranstaltet?«

Sie schüttelte nur den Kopf. »Mein Vater lebt sehr zurückgezogen.«

Morgan zögerte einen Augenblick, als ränge er um eine Entscheidung. Dann berührte seine Hand ihre Wange. »Also gut, Silver, nur für den heutigen Abend wollen wir so tun, als stünden die Dinge anders zwischen uns. Ihr seid Lady Salena und ich bin Morgan Trask, Euer ergebener Bewunderer. Wir werden tanzen, als gäbe es nichts Wichtigeres für uns auf der Welt. Wie klingt das?«

Silver grinste so breit, daß das Grübchen in ihrem Kinn verschwand. »Das klingt wunderbar.«

Morgan legte ihre behandschuhte Hand in seine Ellenbeuge, und sie schritten auf die Tanzfläche. Der lebhafte Tanz war gerade zu Ende, und einer der Musiker kündigte einen *vals* an, das spanische Wort für Walzer.

»Gott sei Dank« flüsterte Silver, obwohl ihr selbst dieser einfache Tanz plötzlich fremd vorkam. Morgan drehte sie zu sich herum, legte eine ihrer Hände auf seine Schulter, ergriff sanft die andere und legte seine Handfläche auf ihre Taille. Die Hitze schien an dieser Stelle durch Silvers Kleider zu brennen. Als er seine Füße dem Rhythmus entsprechend zu bewegen begann, trat ihm Silver zweimal auf die glänzenden schwarzen Stiefel, aber dann hatte sie die richtige Schrittfolge heraus. Die Tanzstunden, die sie gezwungen worden war zu ertragen und der eine Abend mit Michael halfen ihr dabei.

»Ich war noch niemals bei einer so eleganten Veranstaltung. Vater hat mich einmal mitgenommen auf einen Ball nach St. Vincent, aber –«

»Aber was?« fragte Morgan leichthin.

»Der Abend verlief nicht sehr glücklich.«

»Warum nicht?«

Wenn sie ihm die Wahrheit sagte, dachte er sicher noch schlechter von ihr als bisher.

»So schlimm kann es doch gar nicht gewesen sein«, sagte Morgan mit einem Lächeln, als sie nicht antwortete. »Wie alt wart Ihr damals?«

»Fünfzehn.«

»Also Ihr wart mit fünfzehn auf einem Ball in St. Vincent – und weiter?«

Silver hob das Kinn. »Ich ließ mich von einem Jungen küssen, und mein Vater sah ihn. Er nannte mich eine Schlampe und eine Hure. Das war der schlimmste Abend meines Lebens.« Tränen stiegen ihr in die Augen und sie mußte sich abwenden.

Morgans Griff um ihre Taille wurde fester, aber er ließ keinen Schritt aus, wirbelte sie unbeirrbar weiter durch den Raum als wäre er abgesehen von ihnen leer. »Das hätte er nicht tun dürfen, Salena«, sagte er weich. »Ihr wart damals noch ein Kind.«

Er hat noch viel schlimmere Dinge getan, dachte sie. Sie sah Morgan an, war überrascht, daß kein Vorwurf in seinem Gesicht zu erkennen war und schaffte es sogar, zu lächeln. »Ich hätte es wahrscheinlich gar nicht gemacht, wenn ich nicht einfach hätte wissen wollen, wie es sich anfühlt.«

»Und wie hat es sich angefühlt?«

»Überhaupt nicht so wie Eure Küsse«, gab sie zu, und Morgan lachte. Er sah unwahrscheinlich gut aus, wenn sein Gesicht entspannt war.

»Es gelingt Euch immer wieder, mich zu erstaunen, Salena.«

Diesmal fiel Silver das Lächeln leicht. »Ich habe meinen Namen immer gehaßt, bis ich ihn aus Eurem Mund gehört habe. Irgendwie klingt er bei Euch anders.«

»Es ist ein wunderschöner Name«, sagte er.

»Wirklich?«

»Ja... ein wunderschöner Name für eine wunderschöne Frau.«

Silver spürte, wie ihr die Hitze in die Wangen stieg. Der Tanz endete, und der nächste, lebhaftere begann. Sowohl Riley als auch Buckland standen mit eifriger Miene wartend am Rand der Tanzfläche, aber Morgan brachte sie nicht dorthin zurück.

»Dieser Tanz heißt ›El Capotín‹, das Regenlied. Ein *capotín* ist ein alter Regenumhang, ein Gewand aus Blättern, das man sich um die Schultern legt.«

Silver sah Morgan an – sie entdeckte eine charmante Seite an ihm, die sie bisher bei ihm nur vermutet hatte. Rund um sie herum tanzte man bereits wieder.

»Wollen wir es versuchen?« fragte Morgan.

»Ich hoffe, daß ich Euch dabei nicht auf die Füße trete.« Schon nach wenigen Sekunden hatte sie jedoch den temperamentvollen Rhythmus verstanden, lachte und ließ sich herumwirbeln, als sei es ganz selbstverständlich. Sie hätte sich nie träumen lassen, daß der Ball ihr so viel Spaß machen würde.

Unter den Wimpern hervor sah sie Morgans gelenkigen und doch männlichen Bewegungen zu. Sein Lächeln blieb warm, und sein Gesichtsausdruck auch. Machte es ihm wirklich so viel Spaß wie es den Anschein hatte? Oder tat er nur so als ob? Wenn sie nur wüßte, was er dachte!

16. Kapitel

Bailecitos caseros, sagte Morgan. »Ein Hausball mit Tanz.«

Silver lachte. »Ich würde doch sagen, daß es etwas mehr als das ist.« In ihrer eleganten Seiden- und Satinkleidung, unter kristallenen Leuchtern tanzend, wirbelten die Menschen auf dem Ball herum, sangen sogar manchmal zur Musik des Orchesters. Ab und zu riefen sie »*Bamba*!«

Der Walzer war allgemein bekannt, ebenso die Polka und die Mazurka. Es gab witzige Volkstänze und den wunderschönen Fandango, in dem nur ein Mann und eine Frau mit ihren sinnlichen, anmutigen Bewegungen die Aufmerksamkeit der ganzen Menge fesselten.

Silver konnte sich nicht erinnern, je einen schöneren Abend verbracht zu haben. Sie tanzte mit Ham, tanzte mit dem General, und schließlich tanzte sie auch mit Buckland. Morgan runzelte die Stirn, als er sie zusammen sah und begann mit einer eleganten schwarzhaarigen Frau mit feurigen Augen und cremeweißer Haut zu tanzen. Wenn Silver nur Morgans Hand an der schmalen Taille der Frau sah, drehte sich ihr schon der Magen um. *Mein Gott, wie konnte dieser Mann nur eine solche Wirkung auf sie haben?*

»Warum machen wir nicht einen kleinen Spaziergang auf die Terrasse?« schlug der Colonel vor. Silver sah zu Morgan hinüber, sah die Art, wie ihm die Schwarzhaarige zulächelte und wie sie ihren roten Spitzenfächer bewegte, der den gleichen Farbton hatte wie ihr Kleid. Sie wollte erst auf sein Angebot eingehen, aber eigentlich hatte sie keine Lust, den Saal zu verlassen. Sie wollte sich nicht den zauberhaften Abend zerstören lassen, was sicher geschehen würde, wenn Morgan sie mit dem Colonel fortgehen sah.

»Wäret Ihr so freundlich, mir ein Glas Punsch zu holen?« bat Silver Buckland statt dessen – in der Hoffnung, ihn abzulenken.

»Aber ich dachte – natürlich, meine Liebe.« Connie ließ sie allein, und Morgan kam schon wenige Augenblicke später zu ihr.

»Amüsiert Ihr Euch?«

»Ja. Vielen Dank, Major.«

»Wofür?«

»Daß Ihr den charmanten Prinzen für mich gespielt habt.«

Morgans Augen wanderten über sie hinweg. »Das Vergnügen war ganz auf meiner Seite, Mylady.« Er nahm ihren Arm und führte sie hinaus auf die Terrasse. Die tropische Nacht umfing sie, der Duft des Hibiskus und Frangipani füllte die Luft mit einem süßen Hauch, der sich hier und da mit einer Andeutung des Parfüms der Damen mischte. Über ihnen leuchteten hell die Sterne neben einer milchweißen Mondsichel. Jenseits der Terrasse lockte ein von einer hohen Mauer umgebener, unendlich gepflegter Garten die Liebenden an, die zwischen den hohen Hecken spazierengehen wollten.

»Was ist mit dem Colonel geschehen?« fragte Morgan und zog damit ihre Aufmerksamkeit wieder auf sich. Das Lächeln blieb in seinen Augen. »Als ich ihn das letztemal sah, hielt er zwei Gläser Punsch in der Hand, von denen eins vermutlich für Euch war.«

Angesichts des spöttischen Klangs in seiner Stimme sah Silver zu ihm auf. »Ich fürchte, ich muß gestehen, etwas hinterhältig gewesen zu sein. Wißt Ihr, es ist nicht die Aufmerksamkeit des Colonels, auf die ich Wert lege.«

»Ach wirklich? Und wer ist es dann, auf dessen Aufmerksamkeit ihr Wert legt?

»Nun« – sie warf ihm ein neckisches Lächeln zu – »Der Mann, an den ich gedacht hatte, ist von deutlich niedrigerem Rang – ein einfacher Major – aber er ist ein Mann, der mir unendlich viel besser gefällt.«

Morgans Hand berührte ihre Wange, seine Finger fühlten sich an ihrem Kinn warm und fest an. »Wenn ich das nur glauben könnte.«

Silver sah ihn jetzt ganz ernst an. »Ich hoffe, daß Ihr es eines Tages tun werdet.«

Seine Hände umfaßten ihr Gesicht und hoben es zu seinem empor. Dabei senkte er den Kopf und streifte ihre Lippen mit einer federleichten Berührung, die sie atemlos machte. Es war ein zärtlicher Kuß, fast schmerzlich sanft.

»Ach, da seid Ihr ja –« unterbrach sie Connie Buckland von der offenen Tür her. Mit schuldbewußtem Zusammenzucken wandte sich Silver ab. Buckland warf Morgan einen mißtrauischen Blick zu, kam durch den Innenhof herüber und reichte Silver ein Glas Punsch.

»Vielen Dank, Connie, das war sehr aufmerksam von Euch.« Doch nach wenigen kleinen Schlucken stellte sie das kristallene Punschglas fort. Sie bemerkte, daß der finstere Ausdruck wieder auf Morgans Gesicht zurückgekehrt war. Im Inneren des Hauses begann das Orchester mit einer neuen Melodie, und die Musik floß in der warmen Abendluft.

»Ich glaube, das ist der Tanz, den mich der Major zu lehren versprochen hat.« Das war eine dreiste Lüge. Sie sah zu Morgan auf, dessen finsterer Ausdruck sich zu einem Lächeln verwandelte.

»So ist es. Würdet Ihr uns entschuldigen, Colonel?«

»Aber natürlich«, sagte der Colonel, sah aber nicht sehr vergnügt aus.

Im Salon drehte sich Silver in Morgans Arme, verstand schnell die neuen Tanzschritte und tanzte dann mit anmutiger Hingabe.

Morgans Augen bohrten sich in die ihren, leuchtendgrün und begehrend. Während er anfangs sein Interesse vorsichtig verborgen hatte, schien sein Ausdruck jetzt voll von hitzigem Besitzdurst, und sein Begehren ließ sich nicht mehr verstecken. Als sie seinen Blick auf ihren Brüsten spürte, wurden sie fest und schwer. Die Hand an ihrer Taille brannte sich in ihr Fleisch. Als sein Blick schließlich auf ihren Mund fiel, mußte sich Silver Mühe geben, ein Stöhnen zu unterdrücken.

Ohne daß sie es bemerkte, schob sich ihre Zunge über ihre Lippen, und Morgans Finger, mit den ihren verschränkt, griffen fester zu.

»Weißt du, wie sehr ich dich begehre?« Um ihr zu zeigen, was er meinte, zog er sie fester an sich. Silvers Augen weiteten sich, als sie die Härte seiner Erregung spürte, die sich durch den dünnen Stoff des Kleides an sie drückte.

Mein Gott, ich begehre dich auch, dachte sie, aber sie würde es nicht sagen. Nicht jetzt. Nicht, wenn noch so viel zwischen ihnen lag. Es hatte eine Zeit gegeben, da hätte sie ihrem körperlichen Verlangen nachgegeben, hätte sich von ihm lieben lassen, ohne an morgen zu denken. Jetzt nicht mehr.

Jetzt wollte sie seine wirkliche Liebe. Wollte, daß er die Person kannte, die sie in ihrem Innern war. Wollte, daß er an sie glaubte. Als der Tanz endete, ging Morgan mit ihr zum Rand der Tanzfläche und General Canales kam zu ihnen herüber.

»Major Trask«, sagte er etwas zu eindringlich. Der besorgte Ausdruck auf seinem Gesicht machte Morgan sofort aufmerksam. »Ich muß mit Euch reden. Könnte ich, *un momento, por favor*?«

»*Ciertamente*. Soll ich Colonel Buckland suchen?«

»Einer meiner Männer wird ihn und Leutnant Riley zu uns bringen.« Der General wandte sich an Silver. »Ich muß Euch um Verzeihung bitten, Señorita Jones.«

»Das verstehe ich völlig.«

»Falls wir noch nicht zurück sein sollten, wenn Ihr den Abend beenden wollt, wird Euch der Bedienstete am Fuß der Treppe Euer Zimmer zeigen.«

»Vielen Dank, General.«

Morgan und Canales ließen sie in der Obhut eines Adjutanten des Generals zurück, eines Mannes in mittlerem Alter von mittlerer Größe und Körperbau, der nur wenig Englisch sprach. Silver tanzte mit ihm und verschiedenen anderen Männern, darunter auch einem faszinierenden schwarzhaarigen Mann namens Don Raúl de la Guerra. De la Guerra war charmant und sah auf eine düstere Weise gut aus, wie sie es noch nie gesehen hatte. Aber seine Aufmerksamkeit war ganz auf die feurige Dame im roten Kleid gerichtet, die früher am Abend mit Morgan getanzt hatte, und Silver konnte es ihm nicht übelnehmen. Sie fragte sich, wie wohl ihre Geschichte aussah, warum sie so eindringlich mit allen Männern außer dem gutaussehenden Don flirtete, doch eigentlich hatte Silver genügend eigene Probleme.

Der Abend ging weiter, aber Morgan kam nicht zurück, und Silvers Hochstimmung begann nachzulassen. Sie war zwar von Dutzenden gutaussehender Männer umgeben, die in ihrem schönen, weichklingenden Spanisch ihre Schönheit über alles priesen, aber ohne Morgan schien das alles keine wesentliche Bedeutung für sie zu haben. So höflich wie möglich entschuldigte sie sich und machte sich auf den Weg zu dem kleinen, dunkelhäutigen Bediensteten, der am Fuß der geschwungenen Treppe stand.

Der kleine Mann lächelte und führte sie nach oben durch einen breiten, ausgedehnten Flur. Kleine Kerzen schimmerten in glänzenden silbernen Armleuchtern, und die dicken Teppiche unter ihren Füßen dämpften die Schritte. Das Haus, das in großzügiger U-Form angelegt war, wirkte formell und eindrucksvoll. Silvers Zimmer lag ganz am Ende eines der langen Flügel.

Der Bedienstete öffnete die Tür, und Silver betrat einen Raum mit hoher Decke, der beherrscht wurde von einem großen, mit einem Himmel überdeckten Bett, über dem ein Moskitonetz hing, das jetzt noch hochgebunden war. Die mit Fensterläden versehenen Fenster standen offen, um die sanfte Brise einzulassen, und der Raum fühlte sich mild und angenehm an.

Sie fragte sich, wer wohl die großzügige Dekoration ausgewählt hatte – Gold und blaßblaue Seide. Wer auch immer es gewesen sein mochte, er besaß einen erlesenen Geschmack. Silver genoß die mit Goldbrokat bezogenen, weißbemalten Sofas und die anderen, passend weiß und gold gehaltenen Möbel. Der Raum wirkte sehr europäisch, ganz anders, als sie erwartet hatte.

Silver, die ihre leere Reisetasche entdeckte, öffnete einen großen, vergoldeten Schrank und stellte fest, daß ihre Kleider sorgsam hineingehängt worden waren. Ihre Haarbürste mit dem silbernen Rücken lag auf dem Toilettentisch, und sie setzte sich davor, um ihr Haar zu bürsten. Aber ihre Gedanken blieben bei Morgan – wie gutaussehend und charmant er in ihrer Begleitung gewesen war.

Die Art, wie er sie angesehen hatte, war etwas Besonderes gewesen, sein Blick enthielt eine Sehnsucht, die ihr neue Hoffnung für ihre gemeinsame Zukunft gab. Wenn er sein Mißtrauen überwinden konnte und die Frau kennenlernte, die sie in ihrem Innern war, dann hätten sie vielleicht noch eine Chance. Was wollte sie von ihm? fragte sie sich erneut, und die Antwort kam schnell und klar.

Sie wollte, daß er sie ebenso liebte, wie sie ihn.

Heute abend war zum allerersten Mal die Tiefe ihrer Gefühle zum Vorschein gekommen. Es war in dem Augenblick gewesen, als sie sich trennten, als das Drängen des Generals Morgan von ihr fortgerissen hatte. In zwei Tagen würde er fortgehen. Er würde fortgehen, um für die gefangenen Texaner zu kämpfen, und für das Leben seines Bruders.

Zum ersten Mal war ihr der Gedanke gekommen, daß er vielleicht nicht zurückkehren würde.

Und im gleichen Augenblick war es ihr klar geworden.

Silvers Finger zitterten auf dem Griff ihrer Haarbürste. Der Gedanke daran, daß Morgan sterben könnte, zog ihr gewaltsam den Magen zusammen, und eine Welle von Übelkeit überrollte sie. Sie hatte nicht vorgehabt, ihn zu lieben, wollte keinen Mann lieben. Was war geschehen, daß sie sich so auf ihn eingelassen hatte?

Silver verfluchte sich selbst, nannte sich eine Närrin, aber dennoch konnte sie es nicht verleugnen. Sie liebte Morgan Trask, ob sie wollte oder nicht. Dann erinnerte sie sich an den Ausdruck seiner Augen – die Leidenschaft, die Zärtlichkeit, die Sehnsucht – und ein weiches Lächeln überzog ihre Lippen. Sie hatte einem Mann viel zu bieten – einem Mann, der klug genug war, das zu sehen.

Und genau so ein Mann war Morgan Trask.

Die Zeit war auf ihrer Seite – und eine körperliche Anziehung konnte nicht einmal Morgan bestreiten. Noch ein paar Abende so schön wie dieser, und Morgan würde vielleicht die Frau unter ihrer harten Schale zu sehen beginnen. Silvers Lächeln wurde breiter. Es war ihr noch recht neu, mit einem Mann umzugehen, aber sie konnte sich auf ihre Instinkte schon verlassen.

Auf ihre Instinkte und ihre neu gewonnene Leidenschaft.

Zusammen würden sie vielleicht dafür sorgen, daß Morgan Trask sich ihr auf dem silbernen Tablett präsentieren würde.

Da sie langsam schläfrig wurde, schob Silver die Gedanken an Morgan beiseite und begann, mit den Knöpfen auf ihrem Rücken zu kämpfen. Dann hörte sie ein Klopfen. Als sie die Tür öffnete, stand dort ein junges mexikanisches Mädchen, das nicht älter als zwölf oder dreizehn war.

»*Yo soy aquí ayurdarle*«, sagte das Mädchen, und Silver verstand nichts, bis das Mädchen Bewegungen machte, als würde sie ihr das Kleid aufknöpfen.

»Vielen Dank. Bitte komm herein.«

Das Mädchen war in eine Bauernbluse und einen einfachen, schwarzen Baumwollrock gekleidet und lächelte freundlich. Sie trug Ledersandalen an ihren kleinen Füßen, hatte glänzendes, schwarzes Haar und interessierte, eifrige Augen.

»*Me llama Cecilia.*« Sie deutete auf sich selbst.

»Mein Name ist Silver.«

»*Dama de Luz*«, sagte das Mädchen, und Silver erkannte den Namen, den ihr die Soldaten verliehen hatten. Cecilia berührte ihr helles Haar, das frisch gebürstet war und ihr weit über die Schultern reichte. Dann bedeutete sie Silver, sich umzudrehen und begann, die kleinen, stoffbezogenen Knöpfe aufzumachen, mit denen das Kleid hinten geschlossen war. Cecilia hatte sie erst zur Hälfte geöffnet, als es zum zweiten Mal klopfte.

»Entschuldige mich«, sagte Silver und hoffte, das Mädchen würde verstehen, daß sie höflich zu sein versuchte.

»*Sí*, Senorita.«

Silver öffnete die Tür und vor ihr im Flur stand Connie Buckland, den federgeschmückten Hut in der Hand.

»Darf ich auf ein Wort hereinkommen, Salena?« Er entdeckte die kleine dunkle Mexikanerin und fügte hinzu: »Allein?«

»Natürlich.« Sie dachte an das Treffen, das gerade zwischen ihm, Morgan und General Canales stattgefunden hatte und fragte sich besorgt, was wohl geschehen sein mochte. Also ließ sie ihn herein und entließ das Mädchen, das diskret hinter der Hand gähnte und ihr ein dankbares Lächeln zuwarf.

»Was gibt es, Colonel?« Silver trat zur Seite, als Connie die Tür schloß. »Ist irgendetwas geschehen?«

»Ich habe mir Sorgen um Euch gemacht, meine Liebe. Ich wollte sicher sein, daß es Euch gut geht.«

»Mir geht es hervorragend, Colonel. Ich weiß Eure Besorgnis zu schätzen, aber –«

Connie kam weiter ins Zimmer, so daß Silver mehrere Schritte rückwärts in Richtung Bett machen mußten, um ihm auszuweichen. »Es gibt Dinge, über die ich mit Euch sprechen möchte, Salena. Dinge von einer gewissen Wichtigkeit. Ihr wißt, wie ich für Euch empfinde. Sicherlich erwidert Ihr diese Gefühle zumindest ein wenig.«

»Ich dachte, Ihr wäret hierhergekommen, weil irgend etwas geschehen ist.«

»Ich bin Euretwegen gekommen.«

»Ich habe Euch schon einmal gesagt, Colonel, ich habe kein Interesse an einer näheren Bekanntschaft mit Euch. Ich dachte, ich hätte das schon ganz klar zum Ausdruck gebracht, als uns damals Major Trask nachts auf Deck begegnet ist.«

Bucklands Arme legten sich um ihre Taille, und er zog sie an sich. »Ich würde nicht bestreiten, daß Ihr recht temperamentvoll seid. Den Schlag, den Ihr mit damals versetzt habt, werde ich nicht so bald vergessen, und ich möchte auch nicht noch einen bekommen.«

»Laßt mich los, Colonel. »Silver versuchte, sich ihm zu entziehen, aber Buckland hielt sie nur noch fester.

»Was ich mir von Euch wünsche, Salena, ist Eure Zuneigung, nicht Eure Verachtung. Ich bin gewillt, noch einmal Euren Zorn auf mich lenken, wenn Ihr mir nur die Gelegenheit gebt, meine Gefühle für Euch zum Ausdruck zu bringen.«

Buckland drängte sie nach hinten zum Bett und dann hinab auf den goldbrokatenen Überzug.

»Ich bin nicht interessiert«, sagte Silver warnend, und ihr Ärger wuchs beständig. »Ich war es damals nicht und bin es jetzt auch nicht. Hört auf –«

Buckland brachte ihren Protest mit seinen Lippen zum Schweigen und drängte seine Zunge zwischen ihre Zähne. Silvers Zorn schwoll, bis sie kaum noch wußte, wo sie war. Das Gewicht des Colonels hielt sie auf der weichen Matratze fest. Sie spürte seine steife Erregung, die sich an ihren Schenkel drückte.

Seine Hände griffen nach ihren Handgelenken, und als sie sich wehrte, hielt er sie überraschend fest. Mit erstaunlicher Leichtigkeit hob er ihr die Hände über den Kopf, hielt sie dort mit einer Hand fest, und ließ die andere Hand nach unten über ihr Mieder wandern, wo sie eine Brust umfaßte. Nur Silvers Zorn dämpfte noch ihr wachsendes Gefühl vor Furcht.

Buckland war größer und stärker als sie gedacht hatte. Wenn sie nicht irgendeine Waffe fand, würde sie ihm nicht Einhalt gebieten können. Silver wand sich und versuchte, sich loszureißen. Bucklands Griff wurde fester, und Silver wehrte sich noch wilder. Sein Mund erstickte ihre Proteste, und sein Körper hielt sie fest nach unten gedrückt. Silver bog sich unter ihm, drehte sich und versuchte, sein schweres Gewicht von sich abzuschütteln. Sie hörte den Stoff reißen, Knöpfe aufplatzen, und ihr Kleid ging plötzlich an der Vorderseite auf, so daß ihr Korsett und ihr weicher, heller Körper, der sich darüber erhob, freilagen. Bucklands Finger schlossen sich um die volle Rundung.

So fand sie Morgan.

»Laßt sie los«, befahl er, und Connie Buckland erstarrte. Morgans Stimme hatte noch nie so todbringend geklungen. Harter, kalter Ärger sprach aus jedem Wort.

Silver sah ihn an der Tür stehen, die er leise hinter sich geschlossen hatte, breitbeinig, die Hände zu Fäusten geballt, und bittere Verzweiflung stieg in ihr auf. *Mein Gott, das darf nicht wahr sein.* Aber es war wahr. Ein Blick auf Morgans angespannte Züge, das harte Kinn, und Silver erkannte die Wahrheit.

Welche Hoffnungen sie auch immer gehegt hatte, jetzt waren sie in einem Augenblick zerstört. Ihre letzte Chance, ihr Verhältnis zu Morgan richtigzustellen, war aufgeflackert und verloschen wie die Glut eines ehemals hochlodernden Feuers.

Sie konnte nichts tun oder sagen, es gab keine Möglichkeit, ihn zu überzeugen. Wie immer würde er das Schlimmste von ihr denken und sie mit jener kalten, harten Verachtung behandeln, die sie kein einziges Mal verdient hatte. Der Kloß in ihrer Kehle drohte, sie zu ersticken. Tränen brannten in ihren Augen, aber sie weigerte sich, zu weinen.

»Weg von ihr, Buckland.« Die Warnung klang so rauh, daß Silvers Schmerz plötzlich aufbrach und aus ihrem Kummer Zorn wurde.

Zur Hölle mit Morgan Trask! sagte sie sich finster. Er würde zwar das Spiel gewinnen, aber dabei verlieren. Als der Griff des Colonels an ihren Handgelenken nachließ, schlang Silver ihm die Arme um den Hals.

»Geht nicht fort, Connie«, sagte sie lockend. »Das hier geht ihn doch gar nichts an.« Silver zog seinen Mund auf ihren herunter, und Connie erstarrte widerwillig. Sie rieb ihre Hüften an ihm, und tief in ihrer Kehle ließ sie leidenschaftliche Seufzer erklingen. Connie bemühte sich, von ihr loszukommen, obwohl sie sich fest an ihn klammerte, dann kam sein Körper ruckartig hoch wie eine Marionette.

»Ich kann nicht mehr für Euch tun, als es zu unterlassen, Euch bewußtlos zu schlagen«, erklärte ihm Morgan, ließ seine Uniformjacke los und stieß ihn zur Tür. Silver zog mit zitternden Fingern ihr Kleid zurecht und stand auf, den Blick fest auf Morgan gerichtet.

»Ich bin der ranghöhere Offizier von uns beiden«, sagte Buckland warnend und rückte mit würdiger Miene seine Uniform zurecht. »Ihr habt mir nichts zu befehlen. Und wenn Ihr kein Militärverfahren riskieren wollt, empfehle ich Euch, mich loszulassen.

»Militärverfahren?« wiederholte Morgan. Die Narbe auf seiner Wange wirkte gespannt und hart. »Ich bezweifle, daß Ihr ein Interesse daran habt, daß diese kleine... Indiskretion... sich herumspricht. Abgesehen davon braucht Ihr mich, Colonel – und das wissen wir beide.«

Buckland sah zu Silver hinüber, die schwer schluckte und zwischen Zorn und Tränen hin- und hergerissen war. Er fluchte leise, drehte sich um und stürmte hinaus, die Tür laut hinter sich zuschlagend. Morgan wandte sich an Silver und durchbohrte sie mit einem undurchdringlichen grünen Blick.

»Ihr könnt auch gleich verschwinden!« Silver richtete sich ganz gerade auf und wandte sich ihm zu.

Einer seiner Mundwinkel hob sich. »Aber jetzt wo der Colonel weg ist, werdet Ihr doch sicher einsam sein.«

»Dank Eurer Hilfe.« Silver hob das Kinn und gab sich trotzig, aber ihre Unterlippe zitterte.

»Ja...«, sagte er, »dank meiner Hilfe.« Irgendetwas lag in seiner Stimme, ein eigentümlicher Klang, der ungewöhnlich war.

Mit arroganter Lässigkeit zog er seine Jacke aus und warf sie auf den Goldbrokatstuhl in der Ecke.

»Ich habe Euch doch gesagt, Ihr sollt verschwinden.«

»Ich bleibe.«

Silver sah ihm voller Unglauben zu, als er sein Halstuch losband, erst die Manschettenknöpfe, dann die Knöpfe löste, bis er sein Hemd schließlich aus dem Hosenbund zog. Mit bloßer Brust ging er zum Stuhl hinüber, setzte sich und zog seine Stiefel aus. Als der zweite mit einem Plumps auf dem Boden landete, löste sich plötzlich Silvers Erstarrung.

»Nun gut«, sagte sie mit kaum beherrschter Wut, Ihr könnt ja bleiben, wenn Ihr wollt – dann gehe ich.« Sie hielt ihr Kleid zusammen so gut es ging und stürmte durch das Zimmer auf die Tür zu. Morgan sprang auf, hielt sie am Arm fest, drehte sie zu sich herum und zog sie fest an seine Brust.

»Du bleibst auch.«

Sie spürte die Hitze seines Körpers, doch das Feuer, das er jetzt in ihr entzündete, entsprang ihrem Ärger, nicht ihrer Lust. Der Kloß in ihrer Kehle drohte sie zu ersticken.Er hatte Bucklands Überfall gesehen und glaubte, er hätte ihr Spaß gemacht, sie hätte ihn sogar ermutigt. »Ihr habt überhaupt nichts zu sagen! Laßt mich los und verschwindet aus meinem Zimmer.«

»Wäre dir Buckland lieber?« fragte er, aber in seiner Stimme lag kein Ärger. Statt dessen lag ein weiches Lächeln um seinen Mund, und seine leuchtendgrünen Augen umfaßten warm ihr Gesicht.

Silver betrachtete ihn vorsichtig. »War das nicht offensichtlich?«

»Ich muß zugeben, daß es für manchen so ausgesehen haben mag.«

»Und für Euch vermutlich nicht.« Sie drückte die Hände gegen seine Brust und versuchte, ihm zu entkommen.

»In meinen Augen sah es aus wie eine schöne junge Frau, die von einem angeberischen, protzigen Esel bedrängt wird.«

»Was?« Silver hörte auf, sich zu wehren. »Ihr stellt Euch auf meine Seite? Ich kann es nicht glauben. Ihr – Ihr sagt das nur, weil Ihr Bucklands Platz einnehmen wollt. Ihr glaubt, Ihr könnt Euch mit süßen Worten in mein Bett mogeln.« Silver wand sich, um ihm zu entkommen, aber Morgans Griff wurde nur fester.

»Ich sage das, weil ich draußen vor deiner Tür gestanden habe. Ich habe jedes Wort gehört, das du zu ihm gesagt hast.«

»Aber –«

»Jedes Wort«, wiederholte er. »Ich war ein Narr, Silver. Ein verrückter, eifersüchtiger Narr; und für die Dinge, die ich gesagt habe, müßte man mich eigentlich nach draußen schleppen und auspeitschen.«

»Du hast ihn gehört? Du weißt, was wirklich geschehen ist?«

»Aus dem Mund des Colonels persönlich.«

Einen Augenblick lang starrte Silver ihn nur an. Dann traten ihr Tränen in die Augen, und sie mußte wegsehen.

Morgan drehte ihr Gesicht mit der Hand zu sich herum und zwang sie, ihn anzusehen. »Ich war ein Narr«, wiederholte er. »Es tut mir leid.«

Silver schlang ihre Arme um seinen Hals und lehnte sich an seine Brust.

»Vergib mir, Silver«, flüsterte er in ihr Ohr. Als sie sich aufrichtete, wischte Morgan ihr die Tränen mit dem Handballen von den Wangen.

»Ich bin nicht wie Charlotte«, sagte sie leise. »Und werde es auch nie sein.«

Endlich küßte Morgan sie mit all der Leidenschaft, die er zurückgehalten hatte. *Mein Gott, er begehrte sie so.* Silver erwiderte den Kuß mit ähnlicher Hingabe, ihre Finger klammerten sich an seine Schultern und glitten dann wieder um seinen Hals. Morgan fuhr mit den Fingern durch ihr Haar und spürte die seidigen Strähnen unter seinen Händen. Er zog ihren Kopf nach hinten, küßte ihre Augen, ihre Wangen, ihr Kinn, dann den anmutigen Bogen ihrer Kehle. Seine Lenden schwollen und wurden hart, sein Schaft wurde dick und schwer und drückte gegen seine Hose.

Durch die offene Rückseite ihres Kleides glitten Morgans Finger über ihre Haut. Er schob ihr das Kleid und den Träger ihres Hemdes von den Schultern und entblößte ihre Brüste. Er spürte, wie sie zitterte, als er ihre schwere Rundung mit seinen Händen umfaßte und anhob, ihre Brustwarze zwischen Daumen und Zeigefinger rollte, bis sie hart war, eine feste, dunkelrote Spitze.

»Morgan«, flüsterte Silver in sein Ohr. Ihre Lippen lagen warm an seinem Hals, dann kehrten sie zu seinem Mund zurück. Ihre Zunge fand den Weg hinein, und ihr süßer Geschmack ließ sein Begehren beinah schmerzlich werden. Mit einem hingebungsvollen Ächzen hob Morgan sie in seine Arme und trug sie zum Bett hinüber.

Als seine Finger sie von ihrer Kleidung befreiten, ruhten seine Augen auf ihrem Gesicht. Die Tränen waren getrocknet und keine glänzende Spur war mehr auf ihren Wangen zu sehen, doch Morgan hatte sie nicht vergessen. Was wäre gewesen, wenn er sie zusammen gefunden und das Schlimmste angenommen hätte, wenn er sie zu Unrecht beschuldigt hätte, genau wie Silver es auch erwartet hatte? Die Freuden, die sie ihm schenken wollte, wären verloren gewesen. Und etwas in ihm sagte ihm, daß er noch ein viel wertvolleres Geschenk verloren hätte.

Morgan zog ihr die letzten Kleider aus und streifte ihre Lippen mit einem Kuß, aber als sie die Arme nach ihm ausstreckte, entzog er sich ihr.

»Du sollst mich nie wieder belügen, Silver«, warnte er sie leise. »Ich weiß, daß ich es verdient hatte, aber ich bitte dich jetzt – bitte – tu das nie wieder.«

Silver hob seine Hand zu ihren Lippen und küßte sanft seine Handfläche. »Nur ganz kleine Notlügen«, versprach sie ihm. »Ich fürchte, die gehören einfach zu meinem Wesen.«

Er drängte sie nicht weiter. Sie war Silver. Sie würde tun, was sie wollte. Dennoch hoffte er, daß seine Worte ihr zu denken geben würden. Er wollte ihr vertrauen, und langsam spürte er, daß er schon damit angefangen hatte. Das war gefährlich, er war sich dessen bewußt. Er war schon einmal verletzt worden. Niemals würde er den schrecklichen Schmerz nach Charlottes Betrug vergessen, die qualvollen Monate, in denen er versuchte, ihr Bild aus seinen Gedanken zu verdrängen, die Erinnerung an ihren Körper, nackt und lustvoll unter einem anderen Mann liegend, auszulöschen.

Wenn er Silver vertraute, bedeutete das, sich ihr zu öffnen und lange verborgene Gefühle wieder zuzulassen. Das war mit einem großen Risiko verbunden.

Morgan lächelte innerlich: Silver Jones war das Risiko wert.

17. Kapitel

Silver sah Morgan mit stiller Faszination zu, als er sich auszog. Das Licht der Lampe spielte auf den harten Ebenen und Tälern seiner Brust, den leichten Vertiefungen an seinen Rippen, den Muskeln an seinen Armen und Schultern.

Seine Taille war schmal, sein Bauch flach. Es juckte sie in den Fingern, die festen, harten Rundungen seines Hintern zu berühren. Die Erinnerung daran, wie sie sich unter ihren Handflächen bewegten, wenn Morgan in sie stieß, ließen einen Strahl von Hitze durch ihren Körper schießen. Dann stand Morgan neben dem Bett, nackt und erregt, band das Moskitonetz los, um die kleinen, fliegenden Nachtgeschöpfe von ihnen fernzuhalten und kam zu ihr auf die weiche Federmatratze.

»Ich habe noch niemals eine Frau so begehrt wie dich«, sagte er leise und senkte seinen Mund, um ihre Lippen zu nehmen. Sein Kuß schien nicht mehr so drängend, aber sie spürte seine Beherrschung in der angespannten Art, mit der er sie in den Armen hielt.

Silver fühlte die Kraft, die er jetzt zurückhielt, erkannte seine Entschlossenheit, ebensoviel Lust zu geben, wie er empfing. Sein Mund legte sich über den ihren, seine Zunge glitt hinein und verlockte ihre Zunge zu einem gemeinsamen Spiel. Die warme, feuchte Höhlung fühlte sich glatt an, sein Atem hatte das Aroma von Weinbrand mit einer Spur von Tabak, die ihr vorher noch nicht aufgefallen war. Und dann war da noch jener kupferähnliche Geschmack, den sie als Ausdruck des Begehrens kennengelernt hatte.

Das war ein Geschmack, der sie zu hellem Feuer entfachte.

Morgans Mund wanderte über ihren Körper abwärts, küßte und knabberte, bis sie sich unter ihm wand. Als er eine ihrer Brüste umfaßte und die Brustwarze in den Mund sog, stöhnte Silver. Er ließ sich Zeit, bewegte sich mit langsamer, beinahe quälender Entschlossenheit.

»Bitte, Morgan«, flüsterte sie, und die Worte, die sie bisher zurückgehalten hatte, gingen ihr leicht von den Lippen. »Ich möchte dich in mir spüren.«

»Bald, süße Hexe.« Sein Mund zog eine brennende Spur von ihrer Kehle zur Schulter.

Nicht bald genug, dachte Silver. Als Morgan weiter abwärts wanderte und seine Zunge in ihren Nabel vergrub, flehte Silver ihn fast an, ihr die Wonne, von der sie wußte, daß er sie ihr geben konnte, nicht länger vorzuenthalten. *Wie lange mußte sie noch warten?*

Wie als Antwort darauf drängte Morgan sanft ihre Beine auseinander und legte sich vorsichtig zwischen ihre Schenkel. Seine Hand wanderte durch das weiche blonde Haar, das ihr Geschlecht bedeckte, dann teilte er die weichen Falten und senkte seinen Mund auf den festen Knopf an ihrem Eingang. Erst spät begriff Silver, was er vorhatte. Erst als sein Mund und seine Zunge mit solcher Entschiedenheit über ihre empfindliche Knospe strichen, daß sie von Wellen der Lust überspült wurde und die Leidenschaft wie ein Dröhnen in ihren Ohren klang. Sie krallte ihre Hände in die Laken und biß sich auf die Unterlippe, um nicht laut aufzuschreien.

Mit dem Aufflackern von glühendem Feuer überströmte sie eine durchdringende Süße, und kleine Sternchen tanzten in ihrem Kopf. Ihr Körper spannte sich, und die Wellen der Lust hoben sie höher und höher.

In diesem Augenblick spürte sie ihn, wie er sanft gegen den Eingang zu ihrem Inneren drängte, sein Schaft dick und pulsierend. Mit wilder Kraft drang er in sie vor, und die Hitze seiner Erregung entzündete ihre Lust von neuem. Er glitt heraus und hinein, heiß und hart und voller Begehren und erfüllte sie mit kopfloser Lust, wie sie sie bisher nicht gekannt hatte.

»Morgan!« schrie sie auf und hob ihm ihren Körper entgegen, um jedem seiner kräftigen Stöße begegnen zu können. Er stieß gegen sie, hob ihren Hintern zu sich empor, stieß zu, immer wieder, und immer noch wollte sie mehr.

Morgan gab es ihr, seine langen, kraftvollen Stöße drangen ein und nochmals ein. Als sie sicher war, die wilde Lust nicht länger ertragen zu können, brachen neue Wellen der Lust über ihr zusammen. Morgan mußte gespürt haben, wie sich ihr Körper um ihn zusammenzog, denn sein heißer Samen ergoß sich tief in ihr Inneres und überflutete sie mit willkommener Wärme.

Silver klammerte sich an Morgans Hals, und er hielt ihren zitternden Körper fest. *Liebe mich*, dachte sie, sagte aber nichts. Sie waren schon so weit gekommen. Im Augenblick war ihr das genug.

Sie lagen eine Weile lang still beieinander, und Morgans Atem wurde langsamer, bis seine Brust sich gleichmäßig hob und senkte. Sie drehte sich zu ihm um und schaute unter gesenkten Wimpern hervor, ob er schlief, aber seine Augen waren geöffnet und betrachteten sie.

Silver zeichnete mit dem Finger Muster auf seine Brust. »Ich habe mir um dich und die anderen Sorgen gemacht«, sagte sie. »Ich hätte Buckland gar nicht hereingelassen, wenn nicht Euer Treffen mit General Canales gewesen wäre. Ich dachte, vielleicht ist etwas Schlimmes geschehen.«

Morgan seufzte müde und schob die Hände unter den Kopf. »Es sieht so aus, als könnte das bald eintreffen. Zentralistische Truppen sammeln sich außerhalb der Stadt. Der Angriff scheint kurz bevorzustehen. General Canales wird also nur ein paar Männer entbehren können.«

Silvers Finger hielt inne. »Was ist mit deinem Bruder und den anderen Gefangenen? Werdet ihr immer noch zu ihnen gehen können?«

»Wir brechen morgen früh auf. Der Rest der texanischen Truppen wird sich mit uns etwas nordwestlich von ihrem Gefängnis treffen. Du gehst zurück zum Schiff. Jeremy Flagg wird das Kommando über eine sehr keine Mannschaft haben. Der Rest wird mit mir kommen.«

»Und die *Savannah* ... wird sie Campeche verlassen?«

»Wenn die Zentralisten die Stadt überrennen, will ich nicht, daß das Schiff im Hafen in der Falle sitzt. Also wird sie Richtung Süden an der Küste entlangfahren, an einem bestimmten Punkt vor Anker gehen, so nah am Gefängnis wie nur möglich. Und sobald die Texaner befreit sind, werden wir uns dort wieder treffen.«

In diesen Worten klang der Plan einfach, obwohl sie wußte, daß er es nicht war. »Ich wünschte, du müßtest nicht fortgehen.«

»Ich auch.«

Silver beugte sich herunter und küßte ihn. Als Morgans Arme sich um sie legten, wurde der Kuß heiß und feurig. Da liebten sie sich noch einmal voller Hingabe und Zärtlichkeit. Dann schliefen sie ein.

Morgan weckte sie sanft vor der Morgenröte. »Du solltest jetzt besser deine Sachen packen. Wir werden bald aufbrechen.

Silver schob ihr vom Schlaf wirres Haar aus dem Gesicht und nickte. Morgan küßte ihre Nasenspitze und ging dann zum Schreibtisch zurück, um sich fertig anzuziehen.

»Wir sehen uns dann beim Frühstück.« Er warf ihr ein letztes, warmes Lächeln zu, während seine Gedanken sich schon mit der vor ihm liegenden Aufgabe befaßten. Er hob den schwarzen, schmiedeeisernen Riegel, öffnete die schwere Holztür und verschwand im Flur.

Mit Cecilias Hilfe zog sich Silver eilig das gelbe Musselinkleid an und ging die Treppe hinunter. Ihr Gepäck wurde nach draußen zur Kutsche gebracht, die sie zum Schiff zurückbringen würde. Im Eßzimmer, lang und schmal, mit Stuckdecke und einem riesigen Rosenholztisch für zwanzig Personen, saß Morgan zur rechten von General Canales. Colonel Buckland saß links von ihm, Hamilton Riley neben Buckland. Alle vier Männer standen auf, als Silver in der Tür erschien.

»*Buenos dias*. Señorita Jones«, sagte der General, der fast genauso könglich wirkte wie am vergangenen Abend. Nur dünne Fältchen der Müdigkeit um seine Augen verrieten, daß er sich Sorgen machte.

»Guten Morgen, General. Meine Herren.«

»Ich hoffe, Ihr habt gut geschlafen«, sagte Canales.

Silver betrachtete sein Gesicht auf der Suche nach einem wissenden Ausdruck, entdeckte aber nichts. »Ja, General. Das Zimmer war sehr hübsch, vielen Dank.«

Morgan zog einen Stuhl für sie zurück, so daß sie neben ihm saß, und ein warmes Lächeln lag auf seinen Lippen. Man servierte ihnen ein Frühstück aus knusprig gebratenen Kartoffeln, Eiern und Chorizo, einer Wurst aus Schweinefleisch, die mit rotem Chili gewürzt war, dazu heiße Tortillas und starken schwarzen Kaffee.

Die Männer griffen mit Appetit zu, doch Silver aß nur wenig von den scharf gewürzten Speisen. Sie machte sich Sorgen wegen der bevorstehenden Kämpfe und der Gefahren, die die Männer erwarteten.

»Habt Ihr keinen Hunger, meine Liebe?« fragte Buckland mit gespieltem Interesse, und es fiel Silver schwer, auch nur ein kleines Lächeln in seine Richtung zu schicken.

»Es ist köstlich«, sagte sie und sprach dabei ihren Gastgeber an, »aber ich mache mir doch etwas Sorgen.«

»Wir alle machen uns Sorgen, Señorita.«

Die Mahlzeit war bald vorüber, es blieb nur wenig zu tun, um für die Reise bereit zu sein. Man verabschiedete sich voneinander, Morgan begleitete sie zur wartenden Kutsche und Hamilton half ihr beim Einsteigen.

»Was ist mit deinen Männern?« fragte Silver Morgan, als sie

durch die staubigen Straßen fuhren. »Ich dachte, sie haben Urlaub bis morgen.«

»Der Urlaub ist schon gestern abend abgesagt worden«, antwortete Ham an seiner Stelle. »Da die meisten der Wirtshäuser in der Nähe des Hafens liegen, waren sie wahrscheinlich nicht allzu schwer zu finden. Ich bin sicher, daß inzwischen alle wieder aufgegabelt wurden.«

»Meine Männer werden zur Stelle sein«, versprach Buckland. »Ich hoffe nur, daß auch all die Galgenvögel von der Insel einsatzbereit sind.«

»Jacques hat bestimmt dafür gesorgt«, sagte Morgan. Und es waren auch wirklich alle da.

Alle außer Farley Weathers, Dickey Green und Jordy Little.

Als sie beim Schiff angekommen waren und davon erfuhren, war Jacques durch die mit Suchen verbrachte Nacht schon recht mitgenommen, sein schwarzes Haar wirr, seine Kleider verknautscht und staubig. »Ich 'abe sie überall gesucht, überall. Ich kann mir nicht vorstellen, daß Jordy durchgebrannt ist, aber –« Er zuckte mit einer verzweifelten Geste die Schultern.

»Ich würde gern selbst nach ihnen suchen, Colonel«, sagte Morgan. »Vielleicht ist etwas passiert.«

Der Colonel wollte zuerst ablehnen, sah dann aber Morgans entschlossenen Gesichtsausdruck. Die Frage des Majors war eine reine Formsache gewesen, er würde in jedem Falle bleiben.

»Ich bringe die Männer schon an Land«, lenkte der Colonel widerstrebend, nicht ohne einen Hauch von Feindseligkeit ein. »Wir holen die Pferde, die Waffen und die Ausrüstung ab und machen uns auf den Weg durch das Osttor der Stadt.«

»Ich werde noch vor Einbruch der Dunkelheit wieder bei Euch sein«, versprach Morgan. »Jacques, du kommst mit mir.«

»*Oui, Capitaine*.«

»Mr. Flagg«, sagte Morgan zum zweiten Maat. »Ist das Schiff segelfertig?«

»Jawohl, Sir.«

»Stellt Euch darauf ein abzufahren, sobald ich zurückkehre.«

»Jordy ist nicht weggelaufen«, sagte Silver zu Morgan, als die anderen aufgebrochen waren. »Kann ich dir helfen, ihn zu suchen?«

»Nein, Jacques und ich werden jeder für sich suchen, und ich werde noch ein paar Männer am Kai engagieren, die mir helfen sollen. Wir kommen schneller voran, wenn wir uns um dich nicht auch noch Sorgen machen müssen.«

»Bitte, Morgan, irgend etwas muß es doch geben, das ich tun kann.«

Morgan lächelte und berührte ihre Wange. »Wenn du sagst ›Bitte Morgan‹, denke ich an ganz andere Dinge als daran, einen abhanden gekommenen Jungen zu suchen.« Er gab ihr einen schnellen, harten Kuß. »Bleib hier, bis ich zurückkomme.«

Das wollte sie auch tun. Das wollte sie wirklich tun. Aber als ein schäbiger kleiner Strolch den Laufsteg heraufgerannt kam, änderte sie ihre Meinung. Er entdeckte sie in der Nähe der Reling und rannte herbei, um an ihrem Rock zu zerren. Er sagte hastig etwas auf Spanisch und deutete in Richtung Kai. Seine kleine, schmutzige Hand hielt ihr ein Stück zusammengefaltetes Papier entgegen. Silver öffnete es schnell.

Liebe Silver,
Ich bin in Schwierigkeiten und brauche Eure Hilfe. Der Junge wird Euch zeigen, wo ich bin.

Euer Freund Jordy

P.S. Bitte sagt Kapitän Trask nichts!

Verdammt noch mal! Morgan würde sich fürchterlich ärgern. Aber was hatte sie schon für eine andere Möglichkeit? Jordy war in Schwierigkeiten. Sie hatte etwas Ähnliches befürchtet, seit sie wußte, daß er fort war. Und falls es so war, würde Morgan diesmal nicht so gutmütig darauf reagieren.

Zwei Dutzend Peitschenhiebe.

Die würde Jordy bekommen. Und Silver konnte den Gedanken nicht ertragen. »Wo ist er?« Sie zeigte auf die Nachricht und dann zum Kai.

»*Está en la cantina*«, sagte der Junge. »*Vamos*!« Er zerrte an ihrem gelben Musselinkleid und zeigte in Richtung Stadt.

Silver sah sich um. Es waren nur wenige Männer an Deck, und Jeremy Flagg war hinuntergegangen. Wenn Jordy nicht weit entfernt war, konnte sie ihn zurückbringen, bevor jemand merkte, daß sie fort war. Jordy konnte sagen, er hätte nichts davon gehört, daß der Urlaub aufgehoben worden war. Dafür konnte ihm niemand einen Vorwurf machen.

Silver eilte den Laufsteg hinunter auf den Kai und eilte neben dem abgerissenen kleinen Mexikaner her. Seine Kleider waren voller Löcher und so schmutzig, daß man kaum noch sagen konnte, welche Farbe sie hatten. Dennoch lag ein breites, strahlendes Lächeln auf seinem Gesicht, und er führte sie mit unermüdlicher Bestimmtheit durch die vielen Menschen in den Straßen der Stadt.

Ringsumher boten Händler geflochtene Strohhüte an, die *jipijapa* genannt wurde, Hanfhängematten und kleine, geschnitzte Holzstatuetten. Der Geruch von fauligem Fisch, Seetang und Tieren – Hühnern, Schweinen, Eseln – erfüllte die Luft. Silver hoffte, daß das Wirtshaus nicht allzu weit entfernt war, aber der kleine Junge hastete immer weiter.

»Wie weit ist es noch?« fragte sie, obwohl sie wußte, daß er sie nicht verstand, aber sie mußte einfach verschnaufen.

»*Andale! Andale*!« sagte er und zerrte an ihrer Hand. Sein Drängen brachte sie wieder in Bewegung, und sie eilte hinter ihm her. Kurz darauf kamen sie in einen noch schäbigeren Teil der Stadt, und der Junge hielt schließlich die mit einem Fell verhangene Tür eines kleinen gekalkten Lehmhauses auf, das etwas abseits von den anderen stand. Sie hörte den Klang von Gitarren und lautes Lachen.

Als Silver das heruntergekommene Gebäude sah, vor dem ein bewußtloser Betrunkener lag, der noch den Krug mit *aquardiente* in der Hand hielt, bekam sie doch etwas Angst. Es war verrückt, daß sie allein hierhergekommen war. Trotzdem war es das Risiko wert, wenn sie Jordy damit helfen könnte.

Sie richtete sich gerade auf und ließ sich von dem kleinen Jungen in das Haus führen. Die Musik brach sofort ab und die Männer in dem Wirtshaus unterbrachen ihre Tätigkeit, um sie anzustarren. Ein paar füllige Frauen, die die Männer bedienten, glotzten sie richtig an, aber der Junge kümmerte sich nicht darum, sondern führte Silver zu einem verblichenen roten Vorhang in der hinteren Ecke des Zimmers. Der Fußboden war aus gestampftem Lehn, und Balken stützten das stohgedeckte Dach.

Silver trat hinter den Vorhang. Das Zimmer war schwach erleuchtet von einem hoch oben in der Wand angebrachten fensterähnlichen Loch. Eine maisstrohgefüllte Matratze lag in einer Ecke, daneben eine heruntergebrannte Kerze in einer zerbeulten Blechtasse. In der gegenüberliegenden Ecke lag Jordy, gefesselt und geknebelt, mit vor Angst weit aufgerissenen Augen auf dem Boden.

»Jordy!« rief Silver und eilte zu ihm. Jordy schüttelte wild den Kopf, zerrte heftig an seinen Fesseln und gurgelte etwas hinter dem Knebel. Silvers Finger nestelten an dem Knoten, der den schmutzigen Lumpen zusammenhielt und versuchten, ihn zu lösen. »Verdammt.« Ein Fingernagel brach ihr ab, aber sie zerrte trotzdem weiter an dem festgeknoteten Tuch.

»Na, wenn das ma' nich' die Kleine vom Major is', die uns hier besuchen kommt.« Farley Weathers lachte leise. Starke Finger bohrten sich in Silvers Schulter, zwangen sie aufzustehen und sich zu ihm umzudrehen. »Ich hab' doch gesagt, die kommt gleich angerannt«, sagte er über seine fleischige Schulter zu Dickey Green.

»*Mi dinero*, Señor«, drängte der kleine Junge und streckte seine kleine braune Hand aus.

»Und noch etwas drauf, weil du dich beeilt hast, wie ich's dir versprochen hab'.« Stormy ließ ein paar Münzen in die ausgestreckte Hand des Jungen fallen. Er lief davon, ohne sich noch einmal umzudrehen.

»Was habt ihr mit Jordy gemacht?« wollte Silver ohne Umschweife wissen.

»Er ruht sich nur'n bißchen aus, weiter nix.«

»Du has' gesagt, daß die kommt und du has' mal wieder recht gehabt.« Dickey Green trat näher heran und Silver spürte, wie sich seine knochige Hand um ihr Hinterteil legte, das sie nicht allzu sanft drückte. »Du wars' immer schon 'n heller Kopf, Stormy.«

Silver riß sich von Weathers los, drehte sich heftig um und schlug den kleinen Engländer klatschend ins Gesicht.

Farley Weathers lachte laut. »Die hat Feuer, was? Die werd' ich mir vornehmen, hart und schnell.«

Dickey Green rieb sich seine Wange, auf der hellrot der Abdruck ihrer Hand erschien. »Nimm 'se dir gut vor, Stormy. Danach werd' ich ihr auch noch den einen oder anderen Trick beibringen.«

»Macht Jordy los und geht uns aus dem Weg«, sagte Silver warnend und wünschte, sie wäre klug genug gewesen, auch eine Waffe mitzubringen.

»Meinste wir ham' uns die ganze Mühe gemacht, nur um dich wieder wegzulassen?« fragte Green.

Weathers rieb sich den Schritt. Sein breiter Handrücken war mit krausen roten Haaren bedeckt. »Ich bin echt scharf auf die Kleine, Dickey. Und ich werd' nich' warten, bis wir hier weg sind. Jetzt hab' ich se schon fast drei Wochen auf dem Schiff 'rumscharwenzeln seh'n, da brauch' ich einfach 'n bißchen Entspannung, und die werd' ich mir holen.«

Silver stürzte auf die Tür mit dem Vorhang zu, aber schon schloß sich Weathers schwerer Arm um ihre Taille wie ein Schraubstock und hielt sie auf. »Laßt mich los«, rief sie warnend und spürte eine Welle von Zorn, der ihr mehr Kraft verlieh. Sie wußte, wozu dies führen konnte, und das durfte einfach nicht geschehen!

Silver stampfte fest auf einen von Stormys großen Füßen, dann auf den anderen, kratzte und schlug um sich wie eine Wahnsinnige. Sie biß ihn in die Hand, trat gegen seine Schienbeine und boxte ihn so fest sie konnte. Stormy Weathers verfluchte sie, verzog das Gesicht, als sie ihm die Fingernägel quer darüber zog, versuchte seine Augen vor ihren drohenden Nägeln zu schützen und versetzte ihr schließlich einen so heftigen Schlag, daß sie zu Boden ging.

Er stürzte sich sofort auf sie, drehte sie auf den Bauch und zog ihr einen Arm hinter den Rücken.

»Laß mich los, verdammter Hundesohn!« Silver bedachte ihn mit jedem erdenklichen Schimpfwort, das ihr einfiel, und das waren mehr als man hätte zählen können.

»Mensch, Stormy, die hier is' keine Lady.« Dickey Greens Augen wirkten größer als die von Farley. »Die verdient echt, was 'se kriegt, nich'?«

»Die is' 'n harter Brocken, das steht fest. Aber ich werd' se schon zähmen.«

Silver wehrte sich weiter, aber Weathers' Knie in ihrem Kreuz, sein ganzes Körpergewicht und der Schmerz in ihrem Arm ließ sie innehalten. Ein Stechen durchzog ihre Schulter, und sie mußte sich zusammenreißen, um nicht laut aufzuschreien. Kleine Steinchen schnitten ihr in die Wange, wo ihr Kopf auf dem Boden lag, und der metallische Geschmack von Blut füllte ihren Mund. Vor dem Zimmer erklangen wieder die Gitarrenmusik und Gelächter. *Bestimmt würde ihr von denen da draußen einer helfen!* Aber Weathers hielt ihren Arm fest, so daß sie lieber still blieb.

Seine Hand wanderte über ihren Körper, ihren Rücken hinunter bis zu ihren Hüften. Er kniff ihr in den Hintern, und der Magen drehte sich ihr um. Dann wanderte seine Hand weiter abwärts, griff nach dem Saum ihres Kleides und zog ihn mit einem Ruck hoch bis zur Taille.

»Ich weiß schon, wie man mit Frauen wie dir umgeh'n muß«, sagte Stormy. »Sie müss'n nur von Anfang an wissen, wer der Herr ist.« Und schon kamen auch ihre Unterröcke hoch. Sie hörte Dickey Greens fröhliches Lachen und Jordys wildes Ringen mit seinen Fesseln. *Oh Gott, laß Jordy das nicht sehen!*

Silver versuchte, um Hilfe zu rufen, aber Weathers zog ihr den Arm noch höher. Der schneidende Schmerz brachte sie zum Schweigen und eine weitere Welle von Übelkeit stieg in ihr auf.

»Die wer'n dir nich' helfen. Selten feigere Typen geseh'n als die.« Er hockte auf den Knien über ihr, und seine große Hand glitt über die Rundung ihrer Hüfte. Mit einem zufriedenen Grunzen kniff er sie durch den dünnen Stoff ihres Höschens mit dem Spitzenrand in den Hintern. Silver wand sich und verfluchte ihn von neuem.

»Also, Stormy, kannst'e nich' 'n bißchen schneller machen? Ich bin echt scharf drauf, diesen knackigen Hintern zu seh'n zu kriegen.« Green lachte wieder, diesmal klang seine Stimme angespannter.

Stormy kümmerte sich nicht um ihn, sondern weidete sich an Silvers Abscheu, während er die beiden Halbkugeln streichelte. »Du wirs' schon lernen, wo du hingehörst«, sagte er. »Ich werd's dir echt gut besorgen. Nich' diesmal – aber da werd' ich mich echt drum kümmern. Beim nächsten Mal tust du, was man dir sagt.«

Mit diesen Worten begann er, die Knöpfe an seiner Hose aufzumachen. Selbst mit dem Kopf auf dem Boden konnte Silver noch die Schwellung erkennen, die seine Hose vorwölbte, und beim Gedanken daran, daß er in sie eindringen würde, wurde ihr schlecht.

»Mein Gott«, flüsterte sie laut, aber Stormy grunzte nur. Eine Hand griff unter ihren Bauch, um das Band ihres Höschens aufzuziehen, dann begann er, es herunterzuschieben.

»Zeit, die Dame loszulassen.« Jacques tiefe Stimme durchschnitt die Luft wie ein Messer. Noch nie war ihr sein weicher, französischer Akzent so willkommen gewesen.

»Das hier is' keine Dame, Kumpel.« Green trat näher an Stormy heran. »Die is' 'ne echte Nutte – wie die redet. Du kommst grade zurecht, um auch 'n Stück abzukriegen.«

»Laß sie los.« Wie aus dem Nichts erschien plötzlich in Jacques' Hand ein Messer. »Und zwar sofort.«

Weathers ließ ihren Arm los und knöpfte sich die Hose wieder zu. Als er aufstand, setzte Silver sich hin und ordnete diskret ihre Kleider. Ihr Gesicht war dunkelrot aus Angst vor dem, was beinah geschehen wäre, aber trotzdem sorgte sie sich zuerst um Jacques und Jordy.

»Geht es Euch gut, *chérie?*« fragte Jacques, der immer noch das Messer in der Hand hielt. Es war zwanzig Zentimeter lang und bedrohlich gebogen.

»Wir müssen Jordy losbinden.«

Jacques sah zu der Ecke hinüber, wo Jordy sich immer noch gegen seine engen Fesseln wehrte.

»Die nimmst'e nich' mit«, sagte Weathers warnend. »Wir sind zwei gegen einen.« Weathers zog auch sein Messer, das noch größer war als das von Jacques, und Green zog einen langen, schmalen Dolch mit einem Horngriff.

»Oh Gott«, stöhnte Silver.

Sowohl Green als auch Weathers stürzten sich fast im selben Moment auf Jacques, ihre Messer durchschnitten die Luft nur wenige Zentimeter vor Jacques' breiter Brust. Jacques sprang zur Seite und stieß ebenfalls mit seinem Messer zu. Es traf mit metallischem Klirren auf Weathers' Messer. Dieser drehte sich zur Seite und Green kam langsam näher. Jacques machte einen Schritt in seine Richtung, drehte sich schwungvoll und stieß zu, wobei sein Messer Greens Fleisch traf, der vor Schmerz aufschrie. Ein roter Streifen überzog seinen Arm, aber er wirkte deswegen nicht weniger entschlossen.

»Das hättst'e nich' tun sollen, Kumpel.«

Silver sah von Jacques zu Weathers, der finster grinste und auf seine Gelegenheit wartete, den anderen umzubringen. Entschlossen, irgendwie zu helfen, sah sich Silver in dem fast leeren Zimmer um nach irgendeiner Art von Waffe. Neben der Tür mit dem Vorhang lag ein zerbrochener Bierkrug. Silver beugte sich vor und griff danach, vorsichtig, um sich nicht an den scharfen Bruchstellen zu verletzen. Jacques sah ihre Bewegung aus dem Augenwinkel.

»'altet Euch besser 'ier 'eraus, *chérie*. Ihr macht die Sache nur schwieriger.«

Vielleicht hatte er recht, vielleicht auch nicht. Sie würde sich die größte Mühe geben, ihn nicht zu behindern, aber sie würde nicht einfach widerstandslos zusehen, wie sie ihn umbrachten.

Dickey Green täuschte nach rechts an und sprang dann nach links – mit einem tiefen Stoß seines Messers verletzte er Jacques' Schenkel. Silver unterdrückte einen Schrei. Jacques kümmerte sich nicht um den Schmerz und das rote Rinnsal, das sich sein Bein hinunterzog. Er drehte sich unter Weathers' Schneide weg, zog sein Messer in einem großen Bogen durch die Luft, und traf Greens Schulter. Das Hemd des Mannes verfärbte sich sofort rot, und sein Gesicht verzog sich vor Schmerz.

»Ich bring dich um, Franzmann«, schwor Green.

In einer neuen Runde wichen die drei Männer den schimmernden tödlichen Messerstichen des Gegners aus, Stahl traf klirrend auf Stahl, und jeder versuchte, in der Enge des Zimmers die Übersicht zu behalten. Dann tat Green etwas Unerwartetes. Er duckte sich unter Jacques' Messer hindurch und stürzte sich stattdessen auf Silver. In dem Augenblick, den Jacques brauchte, um die Bedrohung zu realisieren und um auf die Bewegung zu reagieren, war er dem Angriff von Weathers direkt ausgesetzt.

»Nein!« schrie Silver und schaffte es knapp, dem Messer auszuweichen, das Green auf ihre Brust zustieß. Mit einer drehenden Bewegung kam sie näher an Jacques heran, um seine schutzlose Seite zu decken, dabei stieß sie den spitzkantigen Krug in Weathers' breites, dicklippiges Gesicht.

Sein qualvoller Schmerzensschrei hallte im Zimmer wider, und seine Hände hoben sich zu den blutenden Rissen. Genau diesen Augenblick nutzte Jacques. Seine Schneide stieß zu, drang zwischen Stormys Rippen in seine Brust und dann aufwärts. Genauso schnell zog er das Messer wieder zurück, wirbelte herum und stieß auf die Kehle des Engländers zu, während sein anderer Arm sich in derselben Bewegung um den dünnen Hals des Mannes legte.

»Laß das Messer fallen oder stirb, *anglais*.«

Green hielt es noch für einen Augenblick fest, dann ließ er es zu Boden fallen. »Das war Stormys Idee«, meinte er flehend. »Stormy wollte sie für sich haben, der war noch nie besonders klug.«

»Ich sollte dich umbringen, weil du ein 'undsfott bist.«

»Nein, Jacques.« Silvers zitternde Finger berührten seine Arme. »Bitte bringt ihn nicht um.«

Jacques' blaue Augen betrachteten sie. »Das liegt in Eurer 'and, *chérie*. Aber denkt daran, daß die Mexikaner noch weniger Lust auf einen Mann 'aben, der ihre Frauen bedroht. Sie werden ihn ziemlich rauh be'andeln.«

»Das ist ihre Sache.«

»*Was* ist ihre Sache?« Morgan stand in der Tür, und seine leuchtend grünen Augen waren auf die Schneide gerichtet, die Jacques unter Greens Kinn hielt. Er schaute von Jacques zu Weathers hinüber, der tot auf dem Fußboden in seinem Blut schwamm, dann zu Jordy, der gefesselt und geknebelt immer noch in seiner Ecke lag. Als er sich schließlich Silver zuwandte, sah er, daß ihr Kleid zerrissen, zerknautscht und mit Schmutz bedeckt war. Ihre Haarnadeln hatten sich gelöst, so daß ihr das Haar um die Schultern floß.

Silver kümmerte sich nicht um ihn. Sie wußte, daß ihr peinliche Erklärungen bevorstanden. Mit Schamröte auf den Wangen ging sie zu Jordy hinüber. Sie nahm das Messer, das Green hatte fallen lassen und begann, Jordys Fesseln aufzuschneiden.

»Würde mir bitte jemand erklären, was hier los ist?«

Silver konzentrierte sich nur auf ihre Aufgabe.

Schließlich antwortete Jacques. »Diese beiden Schweine 'aben Jordy entführt und gefangen ge'alten. Silver kam zu seiner Rettung – und zu meiner.«

»Sie sieht nicht so aus, als wenn es ihr selbst dabei allzu gut ergangen wäre.«

»Sie ist in Ordnung«, versicherte ihm Jacques, der die harten Linien in Morgans Gesicht sah und die Gefühle dahinter ahnte, die er zu beherrschen versuchte. »Ich bin nur dankbar, daß ein Mann auf dem Kai gesehen 'at, wie sie ihn wegschleppten. Und er 'at dir ja wohl auch die Nachricht überbracht, wie ich ihm aufgetragen 'atte.«

»Ja.«

Silver bemühte sich, nicht vor dem harten Klang in Morgans Stimme Angst zu bekommen, durchschnitt die letzte von Jordys Fesseln, hob ihn auf und drückte ihn an sich.

»Es tut mir schrecklich leid, Silver. Sie haben mich gezwungen, die Nachricht an Euch zu schreiben.«

»Es war nicht deine Schuld.« Sie drückte ihn noch einmal kurz.

»Aber was sie mit Euch machen wollten . . .«

Silver schaute von Jordy zu Morgan hinüber, traf auf den harten Blick, mit dem er sie ansah und wurde wieder über und über rot.

»Alles in Ordnung, Junge?«

»Ja, Sir.«

»Wir besprechen die Angelegenheit, wenn wir wieder beim Schiff sind. Jetzt gehst du mit Jacques. Und kümmert euch darum, daß dieser Abschaum hier beseitigt wird, ja?«

»Jawoll, Sir, Ihr könnt Euch d'rauf – darauf – verlassen.«

»Und Cookie soll sich dein Bein ansehen«, sagte er zu Jacques.

Der massige Franzose drängte Dickey Green aus der Tür und Jordy folgte ihm. Silver sah auf ihre Füße hinunter, dann auf die rauhe Lehmwand hinter Morgans Schulter, überallhin, nur nicht in sein Gesicht.

Er streckte die Hand aus, nahm ihr Kinn mit unnachgiebigem Griff in die Hand. »Ich hatte dir doch gesagt, du sollst auf dem Schiff bleiben.«

Silver wollte sich abwenden, aber er ließ sie nicht los. »Jordy war in Schwierigkeiten. Ich hatte keine andere Wahl.«

Morgan drehte ihre Wange zum Licht und betrachtete den roten Fleck neben ihrem Auge und den Riß an ihrem Mundwinkel. »Ich will wissen, was mit dir passiert ist. Ich will wissen, was diese Männer getan haben.«

Silver sah ihn einen Augenblick an und bemerkte, daß Besorgnis und Ärger in ihm rangen. Sie dachte an die rauhe Art, in der Stormy sie hatte benutzen wollen, und wieder stieg ihr die Schamröte in die Wangen.

Morgan ließ sie los, und seine Stimme wurde sanft. »Es gibt nichts, was du mir nicht sagen könntest, Silver. Du brauchst dich nicht zu schämen.«

Silver befeuchtete ihre Lippen, die sich plötzlich ganz trocken anfühlten. Sie wollte nicht, daß er wußte, was geschehen war, aber es gab schon genug andere Geheimnisse zwischen ihnen. »Ich habe mit Stormy gekämpft. Er hat mich niedergeschlagen und... er hätte mich mit Gewalt genommen, wenn Jacques nicht noch gerade rechtzeitig gekommen wäre.«

Morgan zog sie in seine Arme und drückte mit der ganzen Handfläche ihren Kopf an seine Brust. »Du mußt irgendwann anfangen, auf mich zu hören, Silver. Dir wird eines Tages noch etwas Schlimmes passieren. Und ich kann dir nicht versprechen, daß immer jemand da sein wird, der dich rettet.«

»Ich wünschte, ich könnte sagen, daß es mir leid tut, aber es tut mir nicht leid. Ich habe jemandem helfen können, also hat sich die Gefahr gelohnt.«

Morgans Hand strich über ihr Haar. »Und du bist sicher, daß es dir gut geht?«

Sie nickte an seiner Brust.

»Green kann von Glück sagen, daß nicht ich das Messer hatte«, murmelte er, und Silver lächelte weich.

18. Kapitel

Es war schon früher Nachmittag, als sie zum Schiff zurückkehrten. Jacques erwartete sie oben am Laufsteg.

»Du hast einen Gast«, sagte er zu Morgan. »Sie erwartet dich im Salon.«

Silver betrachtete Morgan aufmerksam und fragte sich, welche seiner Frauen es wohl sein mochte, aber er drängte sie nur mit festem Griff um ihre Taille auf die Treppe nach unten.

Im Salon lehnte eine Frau an der glatten Eichentäfelung, ihr Gesicht abgewandt. Sie drehte sich um, als die beiden näherkamen. Sie war kaum größer als Silver, ihr glänzendes, schwarzes Haar hatte sie zu einem festen Knoten im Nacken zusammengebunden. Mit verkrampftem Griff hielt sie ihr abgetragenes Fransentuch um die Schultern zusammen. Sie hatte leuchtende, schwarze Augen und glatte, dunkle Haut. Eine weiße, baumwollene Bauernbluse und ein am Saum bunt bestickter, orangener Rock bedeckten ihre vollbrüstige Gestalt mit den wohlgerundeten Hüften.

»Ihr müßt Señor Trask sein«, sagte sie in akzeptablem Englisch.

»Der bin ich.«

Sie lächelte Silver zu. »Und Ihr seid Dama de Luz. Alle sprechen von Eurer Schönheit.«

»Meine Freunde nennen mich Silver.« Silver erwiderte das warme Lächeln der Frau.

»Ich bin Teresa Méndez. Ich bin gekommen, um Euch um Eure Hilfe zu bitten.«

Morgan ging zum Tisch hinüber und zog einen der Eichenstühle darunter hervor. »Warum setzen wir uns nicht?« Teresa setzte sich, Morgan schob Silver den Stuhl zurecht und setzte sich selbst ebenfalls. »Was können wir für Euch tun, Señorita Méndez?«

»Ich habe mit Eurem Freund Señor Hippolyte Bouillard gesprochen. Er war sehr verständnisvoll.« Sie lächelte, und in ihren dunklen Augen war ein Glitzern zu erkennen. »Er hat mir versprochen, ein Wort für mich bei Euch einzulegen, falls Ihr meine Bitte ablehnen solltet.«

Morgans Haltung wurde steif. Sie versuchte, zwei Männer gegeneinander auszuspielen: den einen zu überreden, indem sie ihm von der Unterstützung des anderen erzählte. Das klappte bei Morgan nicht. Dennoch bewunderte Silver das Geschick der Frau.

»Und was ist es genau, was ich für Euch tun soll?« fragte Morgan mit etwas weniger freundlichem Ton.

»Viele Leute wissen von Eurem Auftrag, zum *Rancho de los Cocodrilos* – dem Land der Krokodile – zu fahren. Es ist eine französische Hanfplantage, oder war es, besser gesagt, bevor die Zentralisten eine Festung daraus gemacht haben.«

»Sprecht weiter«, drängte Morgan sie.

»Ihr wollt die texanischen Soldaten suchen, die dort in den Ruinen östlich der großen Hacienda gefangengehalten werden. Aber es gibt dort noch andere Männer von nicht weniger großer Bedeutung. Politische Gefangene, die im Kampf um Campeche gefangengenommen wurden. Mein Vater, Alejandro Méndez, ist auch unter ihnen.«

»Das tut mir leid.«

»Ihr müßt ihn befreien, Señor Trask, zusammen mit den anderen. Er ist ein armer, aber sehr gelehrter Mann. Alejandro Méndez wird von den Menschen hier verehrt. Er hat ihnen oft in diesen schweren Zeiten geholfen.«

»Wir werden alle Gefangenen befreien, die wir befreien können, wer immer sie auch sein mögen.«

»Das ist nicht genug. Ihr müßt mich mit Euch nehmen. Ich habe aus dem Gefängnis gehört, daß er krank geworden ist. Mein Vater ist alt und schwach. Selbst wenn Ihr ihm helft, zu entkommen, wird er ohne mich den Weg zurück nach Campeche nicht überleben.«

»Das ist unmöglich, Señorita. Unsere Truppe besteht aus Dutzenden von Soldaten. Es wird Kämpfe geben. Das ist kein Platz für eine Frau.«

»Unsere Armee ist nicht so wie Eure, Señor. Die *soldados* nehmen oft ihre Frauen mit, wenn sie in den Kampf ziehen. Die Frauen sorgen für sie, kochen, flicken ihre Kleider und leisten ihnen im Bett Gesellschaft.«

»Es tut mir leid, aber es wird leider nicht möglich sein.«

»Ich nehme sie mit.« Jacques' französischer Akzent ertönte von der offenen Klappe zum Deck, von dem er gerade die Leiter herunterkam. »Wenn Ihr erlaubt, werde ich mich um ihre Sicher'eit kümmern.«

Morgan betrachtete seinen Freund eindringlich. Eigentlich war es nicht die Art des Franzosen, sich seinen Wünschen zu widersetzen, aber diese Frau hatte ihn überzeugt, ihn irgendwie für sich eingenommen. Jacques war kein Narr, nicht einmal wenn es um ein hübsches Gesicht ging. Morgan betrachtete Teresa Méndez, sah ihre Hoffnung – und ihre Verzweiflung.

»Ihr glaubt, daß das Leben Eures Vaters von Euch abhängt?«

»Sí, Señor, nur ich kann für ihn sorgen.«

»Ich will nicht grausam sein, Señorita, aber Euch ist doch auch bewußt, daß er vielleicht schon tot ist.«

»Sí, Señor, aber wenn es auch nur eine kleine Chance gibt, dann muß ich sie nutzen.«

»Wir werden innerhalb der nächsten Stunde abfahren. Könnt Ihr dann fertig sein?«

»Ich bin auch jetzt schon fertig, Señor.«

Morgan seufzte müde. Das letzte was er brauchen konnte, war eine Frau, die die Reise aufhielt – aber er wollte nicht für den Tod eines guten Mannes verantwortlich sein, wenn er es verhindern konnte.

»Wir haben einen harten Ritt vor uns, um den Rest der Truppe einzuholen. Wenn wir sie erreicht haben, wird unser Tempo etwas langsamer werden. Wir sollten den *Rancho de los Cocodrilos* morgen am späten Nachmittag erreichen.«

»Sí, Señor. Ich bin dort in der Nähe aufgewachsen. Ich kenne die Gegend gut. Vielleicht werde ich Euch sogar etwas Zeit sparen helfen können.«

Morgans Mundwinkel hoben sich. »Dann wird es mir leichter fallen, meinem großen französischen Freund zu verzeihen, daß er sich so unpassend eingemischt hat.«

Jacques kicherte nur.

»Wir treffen uns in fünfzehn Minuten an Deck.«

Teresa und Jacques verabschiedeten sich von Silver und stiegen die Leiter zum Deck empor.

»Ich nehme an, daß du mich nicht auch mitkommen lassen würdest, oder?« sagte Silver, als die beiden fort waren.

Morgan sah sie mit einem eisgrünen Blick scharf an. »Daran solltest du nicht einmal denken.«

»Ich dachte nur, ich könnte ja Teresa Gesellschaft leisten.«

»Nein.«

»Ich würde euch völlig aus dem Weg gehen und –«

Morgan packte ihre Arme und riß sie an sich. »Verdammt, Silver, ich will dich *einmal* in Sicherheit wissen.«

»Aber vielleicht könnte ich ja helfen.«

»Was denkst du wohl, was für eine Art von Hilfe du sein könntest? Wenn ich an dich denke anstatt an meine Aufgabe, steigt eher die Wahrscheinlichkeit, daß ich dabei umkomme.«

Silvers Brust wurde eng. »Würdest du dir solche Sorgen um mich machen?«

»Ja, verdammt noch mal.«

Sie streckte eine Hand zu seiner Wange aus und strich mit dem Finger über seine Narbe. »Sei vorsichtig!«

Er lächelte über diese Bemerkung. »Zwischen uns ist eine Menge noch nicht abgeschlossen... Ich werde vorsichtig sein.«

Morgan senkte den Kopf und küßte sie, er küßte sie so eindringlich, daß ihr die Knie weich wurden. Sie folgte ihm in seine Kajüte, sah zu, wie er seine Pistole überprüfte und das Messer in der Scheide an seinem Gürtel. Dann nahm er sein Bündel und ging zur Tür.

»Ich werde dich vermissen«, sagte sie und lenkte seine Aufmerksamkeit damit noch einmal auf sich.

Morgan stellte seine Tasche fort, kam durch das Zimmer zurück und zog sie in seine Arme. »Ich komme zurück, meine kleine Hexe. Du sieh nur zu, daß du nicht in Schwierigkeiten kommst, bis ich wieder da bin.«

Nach einem letzten harten Kuß ging er zur Tür hinaus. Silver folgte ihm aufs Deck hinauf und kämpfte mit den Tränen. Dann stand sie an der Reling und sah den verschwindenden Gestalten zu, während Jeremy Flagg Anweisungen gab, das Schiff segelbereit zu machen.

Innerhalb weniger Minuten wurden die Leinen losgemacht, ein steifer Wind straffte die Leinwand der Segel und die *Savannah* glitt aus dem Hafen.

Das Gelände war sogar noch schlimmer als Morgan es sich vorgestellt hatte. Nur eine dünne Erdschicht lag über dem rauhen, felsigen Kalkgestein darunter. Der Wald war mit Gebüsch durchzogen – dornig, dicht und feindselig – der Untergrund flach und so dicht bewachsen, daß sie nichts anderes sehen konnten als den verwilderten Fahrweg, dem sie folgten. Die heiße Sonne verbrannte die Landschaft.

Morgan sah nach seinen beiden Gefährten. Bisher hatte die Frau sich gut gehalten, auch wenn sie eine rauhe Strecke zurücklegten und er sie wirklich vorwärtsgetrieben hatte – aber sie hatte ja von Anfang an gewußt, daß sie einen harten Weg zurücklegen mußten. Er hoffte verdammt, daß sie vor Einbruch der Dunkelheit Buckland und seine Truppen eingeholt haben würden. Die Gefahr, dieses Gelände in der Dunkelheit durchqueren zu müssen, wäre noch zehnmal größer.... »Wie weit ist es noch, bis wir die anderen erreicht haben, Señor Trask?« Teresa Méndez lenkte ihre magere Stute zu ihm herüber. Sie war offensichtlich steif und wundgeritten, und die Innenseite ihres Beins, das unter dem Saum ihres Rockes zum Vorschein kam, war rot und aufgerieben von dem großen spanischen Sattel. Dennoch beklagte sie sich nicht.

»Vielleicht noch eine oder zwei Stunden. Buckland treibt sie hart voran.«

Jacques drängte seinen knochigen weißen Wallach zu ihnen herüber. »Wir würden eine Pause machen, wenn wir es wagen könnten, *chérie*, aber es wird bald dunkel.«

»*Gracias*, Señor Bouillard, für Eure Besorgnis, aber macht Euch keine Gedanken um mich. Ich komme schon zurecht.« Sie warf ihm ein dankbares Lächeln zu und einen prüfenden Blick, der Morgan wohlwollend zu sein schien. Mit seinem dichten, schwarzen Haar, dem gepflegten Bart und dem Schnurrbart war Jacques Bouillard ein gutaussehender Mann. Die Wärme in Teresas dunklen Augen schien das gleiche auszudrücken.

Morgan lächelte innerlich. Da ging etwas vor zwischen den beiden, denn Jacques sah Teresa mit dem gleichen zärtlichen Wohlwollen an – und sogar noch etwas mehr.

Sie ritten noch fast eine Stunde ohne Unterbrechung weiter, aber als sie die Truppen immer noch nicht ausgemacht hatten, zügelte Morgan seinen rotbraunen Hengst, ein schönes Tier aus einem guten Stall, das General Canales ihm gegeben hatte, und ordnete an, daß sie ausruhen und die Pferde tränken sollten.

»Seid Ihr in Ordnung, *chérie*?« fragte Jacques Teresa, als sie sich in den Schatten auf einen Felsen setzte und die Verspannungen an Rücken und Schultern rieb. Papageien kreischten in den Bäumen über ihnen. Eidechsen und kleine Baumkröten huschten hastig davon.

»Es gibt eben wichtigere Dinge als Bequemlichkeit.«

Jacques schob ihre Finger zur Seite und ersetzte ihre angestrengten Bemühungen durch seine mächtigen Hände, mit denen er ihre harten und schmerzenden Muskeln knetete. Teresas Gesichtsausdruck ließ erkennen, daß sie der Meinung war, ein Mann dürfe sie eigentlich nicht in dieser intimen Art berühren, aber das Nachlassen des Schmerzes war die kleine Indiskretion wert.

»Ihr solltet möglichst an meiner Seite bleiben, wenn wir die anderen erreichen«, erklärte ihr Jacques. »Denn Eure *soldados* mögen ja an die Gegenwart einer Frau gewöhnt sein. Doch die anderen sind womöglich nicht so verständnisvoll.«

»Aber Eure Soldaten werden doch sicher ihrem Kommandeur gehorchen, oder?«

»Es sind auch andere darunter, die nicht so sehr daran gewöhnt sind, Befehlen zu gehorchen. Bleibt in meiner Nähe, dann kann Euch nichts geschehen.«

Teresa nickte und akzeptierte Jacques' Worte ohne weiteres.

»Wir werden die Straße bald verlassen«, sagte Morgan, auch wenn diese Straße bisher kaum mehr als ein Trampelpfad in der zunehmenden Dichte des Gebüsches gewesen war. Auch wenn es das Ende der Trockenzeit war, wo der Boden heiß und sehr staubig war, so war Morgan doch dankbar, daß es noch nicht begonnen hatte zu regnen. »Womöglich sind zentralistische Truppen in der Nähe.«

»Sí, Señor.«

Nachdem Jacques die Pferde wieder geholt hatte, hob er die kleine, dunkle Frau in ihren Sattel hinauf, und sein Blick heftete sich auf die olivbraune Haut, die sichtbar wurde, weil ihr Rock sich oben an den Schenkeln bauschte. Sie war genau die Art von Frau, die Jacques mochte. Sie hatte ein mutiges Herz. Eine solche Frau konnte einem Mann starke Söhne gebären. Anders als Morgan hatte Jacques immer die Freuden eines Heims und einer Familie genossen. Morgan fragte sich, ob sein Freund diese Mexikanerin vielleicht zur Frau nehmen wollte.

Nachdem sie wieder aufgesessen waren, ritten sie weitere zwei Stunden. Drüben im Westen wurde die Sonne erst orange, dann rosa und verschwand dann hinter dem Horizont, nur wenige Minuten bevor sie Buckland und die Männer erreichten, ganz wie Morgan vorausgesagt hatte. Die Soldaten, an denen sie vorüberkamen, sahen müde, aber doch kräftig aus. Wenn sie in der Nacht gut schliefen, würden sie morgen für den zweiten Tagesmarsch bereit sein.

»Es wurde auch Zeit, daß Ihr kommt.« Buckland kam auf einem großen schwarzen Pferd herbeigeritten, das ebenfalls der General gestellt hatte. Da es hier in Yucatán so wenig Weideland gab, sahen die anderen Pferde alle dünn und hager aus. Die Söldner und Marinesoldaten legten die Strecke zu Fuß zurück. Pferde besaßen sonst nur Hamilton Riley und zwei mexikanische Soldaten, die ihnen die Föderalisten als Führer mitgegeben hatten.

»Ich habe einen Lagerplatz unten in der Nähe des kleinen Bachs ausgesucht, an dem wir entlanggekommen sind«, sagte Buckland. »Ich gehe doch recht in der Annahme, daß Euch das genehm ist, Major.« Aus seiner Stimme ging hervor, daß Morgan zwar bisher den Ton angegeben hatte, dies aber nun anders werden würde.

»Ich finde ihn ganz in Ordnung«, sagte Morgan und kümmerte sich nicht weiter um die Feindseligkeit des Mannes. »Irgendwelche Anzeichen von zentralistischen Truppen?«

»Bisher nicht. Canales glaubt, daß sie weiter nördlich an der Künste entlangmarschieren und direkt auf Campeche zu.«

»Die Stadt ist besser zu verteidigen als wir. Hoffentlich hat er recht.«

Buckland sah zu Jacques hinüber und entdeckte Teresa zum ersten Mal. »Was in Gottes Namen macht die Frau hier? Selbst Ihr werdet doch wohl nicht so dreist sein und Eure Nutte mitbringen.«

Morgan knirschte mit den Zähnen und bemerkte, daß es Jacques ähnlich ging, der sich in seinem Sattel gerade aufrichtete. »Señora Méndez ist keine Frau, die den Soldaten folgt, Colonel. Sie ist die Tochter eines der Gefangenen aus Campeche.«

»Sorgt dafür, daß sie sofort wieder dorthin zurückgebracht wird. Das hier ist wirklich kein Ort für Frauen.«

»Ich stimme Euch da völlig zu«, sagte Morgan und überraschte damit Buckland und Teresa, die hörbar tief Atem holte. »Genaugenommen habe ich der Dame schon dasselbe gesagt. Unglücklicherweise ist sie aber in der Begleitung von M'sieur Bouillard, und er untersteht nicht Eurem Befehl.«

Bucklands Mund wurde schmal, und seine Hände schlossen sich fester um die Zügel.

Jacques kicherte leise. »Ich werde mich schon um die Frau kümmern, Colonel. Ihr braucht Euch keine Sorgen zu machen.«

Der Colonel murmelte etwas Unverständliches. »Haltet sie den Truppen fern, Bouillard, ich warne Euch.« Er riß sein Pferd herum, grub seine Absätze etwas fester als notwendig in die Flanken des Tiers, und der Hengst stob mit einem Satz davon.

»Ich glaube, Ihr habt Euch einen Feind gemacht«, sagte Jacques.

»Aber nicht erst jetzt«, erwiderte Morgan.

Morgan sah zuerst nach Hamilton Riley und den restlichen Soldaten, die mit ihm an Bord der *Savannah* gekommen waren. Dann fanden Morgan, Jacques und Teresa einen Platz am Rande des Lagers. Morgen würden sie den zweiten Teil der Strecke zurücklegen. Am Dienstag würden sie, wenn alles glattging, das Gefängnis erreichen.

Zum ersten Mal seit Tagen ließ Morgan Gedanken an Brendan zu. *Halte durch, kleiner Bruder. Jetzt komme ich bald.*

Er weigerte sich, sich vorzustellen, daß ihm vielleicht etwas geschehen sein konnte. In wenigen Tagen, höchstens vier, würde Brendan frei und auch der Rest der Gefangenen in Sicherheit sein. Die beiden Marineschiffe, die die Männer hergebracht hatten, würden von Ciudad del Carmen heraufkommen, um sie vor

Champotón aufzunehmen und nach Texas zurückzubringen. Morgan würde zur *Savannah* zurückkehren – und zu Silver.

Er schüttelte den Kopf. Verdammt, aber er vermißte sie schon jetzt – und das, wo er erst einen Tag von ihr getrennt war. Wie, zum Teufel, würde er sich fühlen, wenn er sie mit William in Katonga zurückließ?

Düster gestand sich Morgan ein, daß er gerade drauf und dran war, sich in die unbequeme kleine Hexe zu verlieben. Sie war nicht das, was er bisher immer für seinen Typ von Frau gehalten hatte, sie war nicht die brave, ordentliche und gehorsame Frau, die er gesucht hatte. Sie war weder konventionell noch berechenbar.

Sie war einfach nur Silver.

Sie war nur die mutigste, freigebigste und aufmerksamste Frau, die er je gekannt hatte.

Sie war Feuer und Eis, Verlangen und Schönheit, Leidenschaft und Süße in einer Person. Sie war ein viel größerer Schatz als alles, was er je besessen hatte, und er würde sie nicht einfach gehen lassen.

Morgan horchte auf die Geräusche des Dschungelwaldes. Kleine Feuer, sorgsam eingedämmt, sprenkelten die Lichtung, und Männer kochten daran Kaffee oder saßen in ruhigen Gesprächen beieinander.

Jacques unterhielt sich mit Teresa und lächelte warm, sie erwiderte sein Lächeln. Jacques war schon zweimal verheiratet gewesen, hatte beide Frauen geliebt und um ihren Tod getrauert, und wahrscheinlich würde er noch einmal heiraten. Morgan hatte auch einmal versucht, sich auf etwas Derartiges einzulassen und war kläglich gescheitert.

»Ich bin nicht wie Charlotte«, hatte Silver gesagt. »Und ich werde auch niemals so sein.« Er fragte sich, woher sie von der Frau aus seiner Vergangenheit wußte, aber schließlich fand Silver alles heraus, was sie interessierte, sogar Morgan selbst war nahe daran gewesen, Dinge zu enthüllen, die er nur selten preisgab. Er hatte es nicht getan, weil er erst sicher sein mußte, daß er ihr vertrauen konnte.

Aber vertraute er ihr?

Er wollte so gerne ja sagen. Sehnte sich danach, ohne Zweifel zu wissen, daß die Dinge, die er vermutete, auch der Wahrheit entsprachen – daß Silver Jones alles das war, was sie zu sein vorgab und sogar mehr. Dann dachte er an die Dinge, die sie über William gesagt hatte, der Haß auf ihren Vater, den sie nie wirklich erklärt hatte, die Gründe dafür, daß sie davongelaufen war. Wie sah der Rest ihrer Geschichte aus? Wieviel von dem, was sie ihm erzählt hatte, entsprach der Wahrheit? *Nimm dir Zeit*, sagte eine vorsichtige Stimme in seinem Innern. *Du mußt dir deiner Sache erst sicher sein.*

Und das würde er versuchen. Er würde sie vermissen, gut. Wenn er zurückgekehrt war, würde er mit ihr ins Bett gehen. Aber er würde nicht zulassen, daß er sie liebte – nicht von Herzen – dazu mußte er sich erst ganz sicher sein.

Silver schlief unruhig, voller Sorgen um Morgan und mit dem starken Wunsch, er möge seinen Bruder lebendig vorfinden und ihn und die anderen Texaner befreien können. Bei Morgengrauen stieg sie immer noch müde an Deck und ging nach vorn zur Kombüse, um sich eine Tasse Kaffee zu holen. Jetzt, wo nur noch so wenige Männer an Bord waren, wollte sie nicht, daß sich jemand ihretwegen extra auf den Weg in ihre Kajüte machte.

Zum ersten Mal seit sie an Bord der *Savannah* gekommen war, saß Cookie mit nachdenklicher Miene an dem riesigen Holztisch und stand nicht am Ofen, um in kochenden Kesseln oder brutzelnden Pfannen zu rühren. Sie hatten während ihrer gemeinsamen Wochen auf hoher See nicht viel miteinander geredet, doch jetzt brachten sie die gemeinsamen Sorgen um Morgan und Jacques zusammen.

»Wie ist es mit einer Tasse Kaffee, Cookie?«

Sein grüblerischer Ausdruck verschwand und er lächelte. »Sicher.« Er war freundlicher zu ihr, seit sie sich gestern abend nach dem Abendessen unterhalten hatten und Silver ihm beim Schrubben der großen schwarzen Töpfe geholfen hatte. Jordy war auch eine Weile zu ihnen gekommen, aber da so viele Männer fehlten, hatte er jetzt die gleichen Pflichten wie ein ganzer Matrose. Also hatte er zu viel zu tun, um lange zu bleiben. Wenigstens hatte der Junge sein Verhältnis zu Morgan noch in Ordnung gebracht und ihm erklärt, daß er nicht gemeinsame Sache mit Dickey Green und Stormy Weathers gemacht hatte.

»Ich habe etwas Pökelfleisch und Schiffszwieback für Euch aufgehoben.« Cookie ging zum Ofen hinüber und Silver setzte sich auf die lange Holzbank an der Wand gegenüber.

»Es riecht köstlich«, sagte sie und schnupperte den wohlbekannten Geruch, »aber ich habe keinen großen Hunger. Der Kaffee allein reicht mir.«

Cookie nickte und verstand, daß sie keinen Appetit hatte. Grandison Aimes war ein sehr empfindsamer Mann, hatte Silver festgestellt, auch wenn er seine Gefühle oft hinter seiner rauhen Fassade versteckte.

Er goß ihr einen Becher mit dampfendem Kaffee ein und stellte ihn vor sie auf den Tisch. Silver lächelte, aber das Lächeln wirkte etwas verloren. »Danke.« Sie legte beide Hände um den Becher, trank aber noch nicht daraus.

»Er wird schon zurechtkommen«, sagte Cookie, der sich vorstellen konnte, wie ihre Gedanken aussahen. »Wir haben schon rauhere Meere als diese durchschifft.«

Silver hob den Kopf. »Ich erinnere mich, daß Ihr gesagt habt, Ihr beide hättet schon einmal zusammen gekämpft. Wo war denn das?«

Cookie lachte, und es klang heiser und rauh. »Wir haben schon manche Wirtshaus-Schlägerei zusammen erlebt, aber die zählen eigentlich nicht. Einmal, anno '34, wären wir beide beinah ums Leben gekommen. Das war in Aragón, das ist eine Stadt in Spanien. Wir waren einfach zufällig zur falschen Zeit am falschen Ort. Und da brach der verdammte Krieg um den Thron Spaniens aus. Und es wurde ziemlich blutrünstig, bevor wir herauskamen.«

»Und was habt Ihr in Spanien gemacht?«

»Das gleiche, was wir auch '37 auf dem Niagara gemacht haben, als die Kanadier die *Caroline* versenkten. Wir haben hauptsächlich gehandelt – mit Leuten, die in Schwierigkeiten waren. Das zahlt sich sehr viel besser aus als die meisten anderen Geschäfte. Damals halfen die Vereinigten Staaten den Aufständischen, obwohl ihnen das überhaupt nichts genützt hat. Nur ein verdammt gutes Schiff haben sie dabei verloren.«

»Also hat er diese Art von Arbeit schon öfters gemacht.«

»Seit er damals das erste Schiff kaufte – das war ein Schoner, etwas kleiner als dieses hier. Der Käpt'n ist ein Mann, der seine Fähigkeiten kennt – und auch weiß, wie er sie am besten einsetzt. So wurde er zum reichen Mann. Wenn sein Bruder nicht wäre, würde er jetzt nur noch mit Baumwolle handeln und in seinem schönen Haus in Wohlstand leben.«

»Ich denke, das Leben hier gefällt ihm.«

»Schon«, stimmte ihr Cookie zu. »Aber ich glaube auch, daß er langsam bereit ist, sich niederzulassen.«

Sie fragte sich, was die besondere Betonung in seinen Worten wohl zu bedeuten hatte. »Glaubt Ihr wirklich, daß ihm nichts passieren wird?«

»Der Käpt'n kann verdammt gut mit Gewehr und Säbel umgehen. Ich wünschte nur, er hätte mich auch mitkommen lassen.«

»Und warum hat er es nicht getan?«

Cookie betrachtete sie eindringlich. »Der Käpt'n hat wirklich sehr viel übrig für Euch, Miss. Er hat mich hiergelassen, damit ich aufpasse, daß Euch nichts passiert. Und er weiß, daß ich ihn nicht enttäuschen werde.«

»Aber das Schiff gerät doch wahrscheinlich gar nicht in Gefahr.«

»Wahrscheinlich nicht...« Er griff nach der riesigen blauen

Blechkanne, die hinten auf dem Ofen stand und füllte ihren Becher noch einmal mit Kaffee. Er wollte gerade noch etwas sagen, da lief Jordy in die Kombüse.

»Benson hat Truppenbewegungen ausgemacht.« Benson war der Matrose, der Dienst im Mastkorb hatte. »Sie zieh'n – ziehen – gar nicht nach Norden, sie sind auf dem Weg ins Landesinnere! Sieht aus, als würden sie versuchen, den Major abzufangen.«

»Oh Gott.« Silver stand heftig auf.

»Mr. Flagg möchte dich sehen«, schloß Jordy.

»Wieviel Mann?« fragte Cookie und zwang Jordy, sich etwas zu beruhigen.

»Zweihundert oder dreihundert Mann. Sie reiten mit Speeren und haben Kanonen und Artillerie dabei. Gegen die hat der Käpt'n keine Chance.«

»Doch, schon, wenn wir ihm eine Nachricht schicken«, sagte Cookie.

»Aber wie?« fragte Silver.

»Ich reite ihm nach.« Cookie wirkte plötzlich größer. Man erkannte deutlich die wilde Entschlossenheit in seinem Blick. »Der Käpt'n hat seinen Weg auf der Karte bezeichnet, die er hiergelassen hat. Außerdem sind darauf das Gefängnis und der Weg, auf dem er und seine Männer dorthin gelangen wollen, markiert sowie der Ort, an dem wir uns bei seiner Rückkehr treffen wollten.«

»Aber Ihr werdet Pferde brauchen«, wandte Silver ein. »Und jemanden, der sich hier auskennt.«

»An der ganzen Küste gibt es Mexikaner und Indianer. Wenn man ihnen genügend Geld gibt, läßt sich von ihnen alles bekommen.«

»Ich komme mit Euch«, sagte Silver.

»Nein, Miss, das würde der Käpt'n nicht wollen.«

»Hört zu, Cookie. Es könnte Euch da draußen schließlich etwas passieren. Wir dürfen kein Risiko eingehen. Diese Nachricht muß unbedingt durchkommen, und außer Euch und mir ist niemand an Bord, der abkömmlich ist. Ich kann reiten wie ein Mann und sogar schießen, wenn nötig. Was immer auch passiert, einer von uns beiden wird es schaffen.«

Cookie schien über ihre Worte gründlich nachzudenken.

»Laßt mich an ihrer Stelle gehen«, sagte Jordy zu ihm. »Der Käpt'n wird dir lebendig die Haut abziehen, wenn du Silver mitnimmst.«

»Du hast hier deine Arbeit«, erklärte ihm Cookie. »Sie kann nicht mit Segeln und Seilen umgehen.«

»Aber –«

»Der Käpt'n ist wirklich in Schwierigkeiten, Junge.« Er sah Silver an, die aufrecht und mit entschlossener Miene dastand. »Diese Frau liebt ihn. Sie wird auch dann noch durchkommen, wenn es kein anderer mehr schaffen kann.«

Silver spürte einen harten Kloß in der Kehle schwellen. Waren ihre Gefühle so deutlich erkennbar? »Er hat recht«, sagte sie leise. »Ich muß ihm helfen.«

»Wir werden teuflisch großes Glück brauchen, um ihn zu erreichen, bevor es diese Truppen tun.«

»Mr. Flagg hat gesagt, wir könnten ja flußaufwärts fahren soweit wir kommen«, sagte Jordy.

»Der Champotón. Verdammt gute Idee«, gab ihm Cookie recht. »Das ist wahrscheinlich die einzige Möglichkeit, diesen Hunden zuvorzukommen.« Er hatte es kaum ausgesprochen, da spürte Silver, wie das Schiff bebte und einen anderen Kurs einschlug. Schon nach wenigen Minuten fuhr die *Savannah* in die entgegengesetzte Richtung und durchschnitt das Wasser in Richtung Ufer.

»Es wird nicht lange dauern, bis wir den Champotón erreicht haben. Ich hoffe nur, daß er tief genug ist. Wir werden dem Käpt'n nicht sehr behilflich sein, wenn wir auf Grund laufen.«

»Ich ziehe mich um und komme dann an Deck.« Silver drehte sich um und hastete auf die Leiter zu.

»Ich kümmere mich um den nötigen Proviant«, sagte Cookie zu Jordy, »und rede dann mit Flagg.«

»Aye.«

»Flagg wird das Schiff wieder aufs Meer hinaus bringen, sobald wir an Land sind. Wir müssen uns noch einen Treffpunkt ausdenken. Schließlich wollen wir ja nicht, daß die Soldaten herausfinden, wo es liegt.«

»Nein, Sir«, sagte Jordy. Cookie eilte zur Leiter. »Paßt gut auf Silver auf«, rief Jordy hinter ihm her. »Sie is' – ist – gar nicht so zäh wie sie behauptet.«

Cookie lächelte. »Das weiß ich, Junge. Ich paß' schon auf sie auf. Schließlich ist sie die Frau vom Käpt'n, nich'?«

»Nicht wahr«, korrigierte ihn Jordy.

Cookie knurrte, aber innerlich lächelte er.

19. Kapitel

Die schwierige Fahrt flußaufwärts strapazierte ihre Nerven sehr. Entschlossen, soweit landeinwärts wie möglich zu fahren, prüften die Männer die Flußtiefe von Landungsbooten aus, wenn der Fluß schmaler wurde, und das Schiff segelte weiter. Die Sonne stand schon tief am Horizont, als sie schließlich aufgaben und ein Boot zu Wasser ließen, um Silver und Cookie ans Ufer zu bringen.

»Paßt gut auf euch auf«, sagte Jordy stoisch und Silver drückte ihn kräftig.

Flagg schüttelte ihnen die Hände. »Wir warten auf euch«, versicherte ihnen der schlanke zweite Maat. »Ihr sollt nur den Käpt'n warnen und dann zurück zum Schiff kommen.«

»Aye, Mr. Flagg«, sagte Cookie.

Als sie dann am Ufer waren, konnten sie ohne große Mühe Pferde kaufen, wie Cookie es vorausgesagt hatte. Sie waren zwar nicht viel wert, aber zusammen mit dem kleinen, hakennasigen Maya, der sie ins Landesinnere führen konnte, waren sie ihnen sehr nützlich.

Das kleine Dorf der Eingeborenen hatten sie ein paar Meilen weiter aufwärts gefunden. Es bestand nur aus einer Ansammlung von länglichen, strohgedeckten Häusern, die man *huotoches* nannte und die aus jungen Bäumen gebaut und mit Lehm verputzt waren. Das Dorf stand um ein *cenote* herum, eine tiefe Quelle im Kalkstein, im Schatten einer Baumgruppe.

Gekleidet in Jordys Hemd und Hosen erregte Silver einiges Aufsehen bei den Mayas, die sie umringten, nur um ihr blaßblondes Haar zu betrachten. Auch wenn sie den Menschen willkommen zu sein schienen, war es fast unmöglich, ihnen zu erklären, was sie wollten, da die Indianer nur ihre eigene Sprache sprachen. Dann aber erschien eine füllige Mexikanerin, die mit einem von ihnen verheiratet war und Cookie, der eine ganze Menge Spanisch sprach, konnte ihre Wünsche und die Dringlichkeit ihrer Bitte verständlich machen. Offensichtlich waren die Zentralisten bei der Frau nicht sonderlich beliebt, und der verlockende Glanz des goldenen *Real*, den Cookie ins Sonnenlicht hielt, besiegelte den Handel.

Auf einem mageren, durchgerittenen Pferd folgte Cookie dem Maya, der das Fell eines Jaguars trug und nur eine Kürbisflasche mit Wasser, eine Hanftasche mit Nahrungsmitteln und eine Machete dabeihatte. Silver ritt hinter Cookie her, und sie ritten Richtung Nordosten durch ein Gebiet, das sehr viel tropischer als jedes andere war, das sie bisher gesehen hatten.

Hochgewachsene Farne bedeckten die Erde unter turmhohen Bäumen, und das dichte Gebüsch wimmelte wahrscheinlich von Spinnen und Schlangen. Vögel mit leuchtendbuntem Gefieder kreischten über ihnen, der Hibiskus blühte und Affen ließen aus den Baumwipfeln ihr schrilles Geschrei ertönen. Da der Pfad, dem sie folgten, ziemlich zugewachsen war, mußten sie hintereinander reiten.

Obwohl Silver in Katonga früher viel geritten war – und meistens im Herrensitz – hatte sie seit Monaten, seitdem sie davongelaufen war, nicht mehr im Sattel gesessen. Der ziehende Schmerz in Schenkeln und Waden zeigte ihr, daß sie schlecht in Form war. Glücklicherweise milderte ihre Hose die Reibung an der grobgewobenen Wolldecke ab, die als einziges den knochigen Rücken ihres Pferdes bedeckte. Irgendwann würde ihr Körper sich schon wieder in die vertraute Bewegung hineinfinden.

»Wir müssen dem Großteil der Truppe unbedingt zuvorkommen«, erklärte ihr Cookie. »Ich hoffe nur, daß ich das dem Heiden hier verständlich gemacht habe.«

Das hoffte Silver auch. Morgans Leben stand auf dem Spiel,

und das Leben von Dutzenden anderer Männer. Auch ihres und Cookies.

Sie ritten fast den ganzen Tag, ruhten sich nur kurz aus, drängten die Tiere so schnell wie möglich voran und feuerten einander immer wieder an. Der Maya schien sehr ausdauernd zu sein, und die Pferde waren wesentlich zäher als sie angenommen hatten. Obwohl der Pfad, auf dem sie ritten, in die richtige Richtung führte, war es unglaublich schwierig, den genauen Standort von Morgan und seinen Männern zu finden.

Trotzdem ritten sie weiter. Nie waren zwei Menschen mit mehr Entschlossenheit darangegangen, ihre Aufgabe zu erfüllen.

»Leutnant Riley!« rief Buckland, und der sandblonde Mann ritt nach vorne neben ihn. »Laßt die Männer fünfzehn Minuten ausruhen.« Sie waren schon seit Stunden voranmarschiert, die ganze Zeit brannte die Sonne heiß über dem dichten Blätterdach. Je weiter sie sich nach Südosten bewegten, je dichter und grüner das Blätterwerk wurde, desto heißer und feuchter wurde die Luft.

Morgan zügelte seinen großen Fuchshengst und stieg zusammen mit den anderen ab. Er hätte vielleicht noch etwas weiterreiten können, aber schließlich hatte er ein persönliches Interesse an ihrem Vorankommen. Außerdem hatte Buckland diesmal wirklich recht. Sie hatten immer noch einen ganzen Tagesmarsch vor sich. Um so wichtiger war es, daß sie leistungs- und kampffähig blieben.

Morgan setzte sich auf einen Felsen und trank einen Schluck aus seiner blechernen Feldflasche. Jacques setzte sich neben ihn. »Wo ist Teresa?« fragte Morgan.

»Sie wollte einen Augenblick alleinbleiben«, sagte Jacques und erklärte damit das Bedürfnis Teresas zurückzubleiben. »Sie ist schon eine tolle Frau, *n'est-ce pas*?«

Morgans einer Mundwinkel hob sich. »Und was hast du vor mit ihr?«

Jacques wirkte beunruhigt. »Warum fragst du, *mon ami*? Glaubst du, ich sollte wieder heiraten?« Er schaute finster angesichts dieser Idee. »Ich 'abe zwei sinnliche Frauen ge'abt und 'abe zwei erwachsene Söhne, auf die jeder Mann stolz sein könnte. Was will ich mehr?«

Jacques konnte sich diese Frage nur selbst beantworten. »Was hat sie gesagt, um dich dazu zu bringen, sie mitzunehmen?«

Der Franzose lächelte. »Sie war absolut entschlossen, ihrem Vater zu 'elfen. ›Wenn Ihr mich nicht mitnehmt‹, sagte sie, ›werde ich 'inter Euch 'erkommen. Ich werde dortsein, wenn Ihr das Gefängnis stürmt – mit oder ohne Eure 'ilfe!‹« Er lachte leise. »Das 'ätte sie auch getan. Zumindest war ich fest davon überzeugt und bin es auch jetzt noch.«

Jacques sah zu der Frau hinüber, die jetzt aus einem niedrigen Dorngestrüpp mit leicht wogenden Hüften zu ihnen herüber kam. »Du, *mon ami*, bist voll beschäftigt mit Silver. Hippolyte Jacques Bouillard 'at sein eigenes Problem.«

»Reiter kommen!«

Als der Wachhabende das sagte, standen sowohl Jacques als auch Morgan mit einem Ruck auf. Sie gingen über den felsigen Pfad zum Colonel hinüber, der die beiden Männer erwartete, die jetzt herbeiritten. Einer trug die Uniform der texanischen Marine, die auch schon bessere Tage erlebt hatte, der andere war ein breitschultriger, kräftiger Mann mit glattrasiertem Kopf und einem langen, dünnen, herabhängenden Schnurrbart. Bei seinen schmalen, mandelförmigen Augen wirkte er asiatisch, vielleicht war er Mongole oder Türke. Morgan nahm an, daß er einer der Söldner war, die schon seit längerem zur texanischen Truppe gehörten.

Der jüngere Mann, der Matrose, ergriff schließlich das Wort, »Corporal Nathan Gibbons, Sir.« Mit wenig Energie zwang er sich zu salutieren. »Dieser Mann ist Bayram Sit. Wir überbringen Euch Grüße von Archibald Spray, unserem kommandierenden Offizier.« Der junge Unteroffizier grinste. »Verzeiht mir, wenn ich das so offen sage, Colonel, aber wir sind verdammt froh, Euch zu sehen.«

Der Colonel schien vor Stolz anzuschwellen, fand Morgan. Mit warmen Willkommensworten führte Buckland den Unteroffizier zu einem Baum hinüber und bot ihm Wasser zu trinken an. Der Asiate näherte sich dem Major.

»Seid Ihr Morgan Trask?«

Morgan nickte. »Woher wußtet Ihr das?«

»Ich bringe Euch eine Nachricht von Eurem Burder. Ihr seht ihm ziemlich ähnlich.«

Brendans Haar war braun statt blond und seine Augen nicht grün, sondern blau. Aber die Brüder hatten die gleiche Figur, die gleiche Form der Augenbrauen, den gleichen kantigen Unterkiefer und die gleiche gerade Nase. Brendan hatte allerdings immer viel mehr gelacht. Morgan fragte sich, ob das wohl immer noch so war.

»Wie geht es ihm?«

»Er lebt. Wie gut es ihm geht, kann ich nicht sagen. Wir hören nur gelegentlich von ihnen.«

»Wie kommt Ihr dazu, mir seine Nachricht zu überbringen?«

»Er und ich sind so etwas wie Freunde. Wir haben uns bei der Überfahrt kennengelernt. Mein guter Freund Alexandre du Villier ist ebenfalls mit Euch und Eurem Bruder befreundet.«

Alex du Villier war ein reicher kreolischer Zuckerrohrpflanzer aus New Orleans. Morgan kannte ihn schon seit Jahren. »Bayram Sit.« Morgan rollte den Namen auf der Zunge, der ferne Erinnerungen bei ihm weckte. »Ja, ich habe schon von Euch gehört. Ram, der Widder.« Er war Türke, soweit er sich erinnerte.

Der große Mann lachte leise. »Meine Freunde nennen mich Widder... und vielleicht auch die, die mir schon mal in die Quere gekommen sind.«

»Alex hat öfters von Euch erzählt. Wir haben uns vor vielen Jahren bei irgendwelchen Geschäften kennengelernt. Er ist ein guter Mann.«

»Das sagt er auch von Euch.«

Morgan bedankte sich mit einem Nicken für das Kompliment. »Was habt Ihr sonst noch gehört?«

»Der Rest ist ziemlich unangenehm. Es scheint, daß vor zwei Wochen die Nachricht von Eurer Fahrt nach Campeche das Gefängnis erreichte. General Hernández – er leitet das Gefängnis – wollte etwas über Euer Schiff und Eure Leute in Erfahrung bringen. Sie fingen an, die Gefangenen zu foltern. Trotzdem weigerten sich die Männer, etwas zu sagen. Während der letzten zehn Tage mußten die Gefangenen täglich Lose ziehen. Der Verlierer stirbt durch Erschießen.«

Morgans Magen verkrampfte sich und er biß die Zähne fest zusammen, so daß sich ein Muskel in seiner Wange vorwölbte.

»Ansonsten gibt es kaum etwas zu berichten«, schloß Ram. »Unsere letzte Information lautete, daß Euer Bruder noch am Leben ist. Aber Ihr versteht, wie dringend es jetzt ist, ihn und die anderen zu befreien. Mit jedem Tag, der vergeht, stirbt ein weiterer guter Mann.«

Morgan strich sich mit der Hand durch das dichte, dunkelblonde Haar. »Werden wir bis morgen Eure Leute erreichen?«

»Ja. Das Gefängnis liegt noch einen Tagesritt Richtung Südosten.«

»Wie sehen unsere Chancen aus?«

»Mit den Waffen, die Ihr mitbringt, haben wir durchaus eine Chance. So lange die Zentralisten nicht noch Verstärkung bekommen.«

Morgan streckte seine Hand aus. »Vielen Dank, mein Freund, daß Ihr so weit geritten seid.«

»Macht Euch keine Sorgen. Euer Bruder wird bald wieder frei sein.«

Wenn er nicht das falsche Los zieht.

»Alto!« ertönte ein rauher spanischer Befehl... Der Maya wirkte erstaunt. Cookie und Silver zögerten nur einen Augen-

blick, gruben den Pferden ihre Fersen in die Flanken und stoben in verschiedene Richtungen davon. Sie waren erst ein paar Galoppsprünge weit entfernt, als eine Gruppe von berittenen *soldados* mit Lanzen ihnen den Weg versperrten.

Sie wirbelten abermals herum im Versuch zu entkommen, aber noch mehr Männer ritten herbei, bis sie völlig umzingelt waren. Schließlich umgaben sie zwanzig Mann, die schweigend ihre Flucht verhinderten.

«Was tun wir jetzt?« sagte Silver leise und hielt die Zügel fest.

»Viel können wir nicht tun.« Cookie ließ sein kleines, rotbraunes Pferd näher zu ihr gehen. »Jedenfalls noch nicht. Ihr bleibt einfach ganz ruhig. Wer immer von uns beiden die Möglichkeit sieht, versucht zu entkommen.«

»Das würde ich nicht versuchen, Señor«, sagte eine angenehme Stimme auf Englisch hinter ihnen. Sie ließen ihre Pferde sich drehen, damit sie ihn ansehen konnten.

»Wer, zum Teufel, seid Ihr?« wollte Silver von dem braunhaarigen Mann mit nußbraunen Augen und europäischen Gesichtszügen wissen, der die Uniform eines Offiziers der mexikanischen Armee trug.

»Ich bin Capitán Paulo Carillo, zu Euren Diensten, Señorita Jones.«

Silver ließ sich ihre Überraschung nicht anmerken, als sie ihren Namen hörte. »Welches Recht habt Ihr, drei unschuldige Leute aufzuhalten? Warum verstellt Ihr uns den Weg?«

»Es tut mir wirklich leid, wenn ich Euch Ungelegenheiten bereite, Señorita, aber Ihr müßt alle mit mir kommen.«

»Wohin?« Cookies Hand schloß sich fester um die Zügel, und sein kleines Pferd tanzte nervös unter ihm.

»Ihr werdet zu meinem kommandierenden Offizier auf dem *Rancho de los Cocodrilos* gebracht, wohin ein Teil unserer Truppen unterwegs ist.«

Also werden sie nicht alle Morgan angreifen, dachte Silver. »Was haben wir denn getan, daß Ihr uns so behandelt?«

»Ist es nicht genug, daß Ihr Fremde in meinem Land seid? Daß Euer Schiff den Rebellen Waffen bringt? Wir wissen alles über Euch, Dama de Luz. Ich bin sicher, daß General Hernández sich freuen wird, Euch kennenzulernen. Als Ihr an Bord der *Savannah* Campeche verlassen habt, befürchtete ich schon, dieses Vernügen nicht zu haben. Glücklicherweise hat Euer Ritt landeinwärts mir doch noch die Möglichkeit gegeben.«

»Eure Spione sind sehr leistungsfähig. Doch wie ist es Euch gelungen, mit Euren Truppen so weit vorauszureiten?«

»Ich leite einen Teil der Vorhut. Wir haben Euren Weg flußaufwärts sehr interessiert beobachtet. Zu diesem Zeitpunkt ist auch schon ein Teil unserer Truppen an der Mündung des Flusses, um dafür zu sorgen, daß Euer Schiff keine Gelegenheit zur Flucht bekommt.«

Silvers Herz sank. Waren sie alle dazu verdammt, in Gefangenschaft zu geraten?

»Warum laßt Ihr die Dame nicht frei?« warf Cookie ein. »Sie ist nur eine Frau. Sie wird Euch nicht schaden.«

»Wer seid Ihr?« wollte der Capitan wissen.

»Ihr wollt damit sagen, daß Eure Spione das noch nicht wissen?« antwortete Silver scharf.

»Ich bin Grandison Aimes, der Schiffskoch, und verdammt stolz darauf.«

Capitán Carillo lächelte nur. »Señor Aimes, versucht nicht, mich zum Narren zu halten. Die Frau reitet mit Euch, um den Major vor unserem Angriff zu warnen. Sie ist nicht weniger gefährlich als Ihr.«

Er wandte sich einem seiner Männer zu und sagte etwas auf Spanisch. Der kleine, dunkelhaarige Mann löste ein Stück geflochtener Schnur von seinem Sattelknauf, ging zu Cookie hinüber und fesselte seine Hände sicher hinter seinem Rücken. Silvers Handgelenke wurden vorn gebunden.

»Vamanos!« rief der Capitán, sobald der Mann fertig war. Einer der Soldaten nahm die Zügel ihrer Pferde und führte sie zu

Fuß hinter den anderen her in den Dschungel hinein. Silver fragte sich, wie weit wohl der Rest der Truppen noch hinter ihnen war – und wann sie Morgan einholen würden.

»Mexikanische Truppen, Colonel!« Hamilton Riley galoppierte bis zu Bucklands Seite. Morgan ritt ein paar Meter weiter aus dem Weg. »Ganz sicher zentralistische Truppen.«

»Mein Gott!« sagte Buckland atemlos.

»Wie viele?« fragte Morgan. »Aus welcher Richtung kommen sie?«

»Sieht aus, als wenn es mehr als zweihundert wären. Sie kommen von Südwesten, die meisten beritten. Sie werden in kürzester Zeit hier sein.«

»Wir müssen uns zurückziehen.« Buckland sah nervös zur Nachhut zurück.

»Zurückziehen wohin?« fragte Morgan scharf. »Was wir tun müssen ist, diese Ausrüstung durchbringen. Ham, Ihr nehmt Jacques und Senorita Méndez und den Rest der Berittenen. Sucht zwei Männer aus, die mein Pferd und das des Colonels reiten sollen und dann seht zu, daß ihr hier 'rauskommt.«

»Seid Ihr wahnsinnig?« Bucklands Augen wirkten riesig unter dem Rand seines federbesetzten Filzhutes. »Wir können doch mit dieser Handvoll Truppen nicht zweihundert Mann aufhalten.«

»Wir haben keine andere Wahl. Diese Waffen müssen den Rest der Texaner und die dort verbliebenen föderalistischen Kräfte erreichen. Sie sind unsere einzige Hoffnung, die Männer aus dem Gefängnis zu befreien. Abgesehen davon sind die meisten unserer Männer nicht beritten. Wir können ihnen nicht davonlaufen.«

»Aber – aber –«

»Colonel?« drängte Ham, um die Zustimmung seines Vorgesetzten zu bekommen.

»Wir werden Schutz bei dem Felsenvorsprung dort drüben nehmen«, fuhr Morgan fort, als Buckland nicht antwortete. Der bezeichnete Hügel war kaum mehr als eine graue Erhebung zwischen wirrem Gebüsch und dornigen Yuccas. »Wir haben Mengen von Munition. Wir können sie stundenlang aufhalten und Leutnant Riley damit Gelegenheit geben zu entkommen.«

Buckland schien immer noch unsicher.

»Wir haben nicht viel Zeit, Colonel.« Hams Pferd tänzelte nervös unter ihm.

»Vielleicht solltet Ihr mit ihnen gehen, Colonel«, sagte Morgan – Hauptsache der verdammte Kerl stimmte ihm endlich zu.

Buckland wurde starr. »Ihr habt den Major gehört. Weitermachen, Leutnant.«

»Jawohl, Sir.« Mit einem eleganten Salut wirbelte Ham sein Pferd herum und galoppierte davon. In wenigen Minuten waren die Männer und der Munitionswagen bereit und verschwanden über den felsigen, halb zugewachsenen Pfad. Sie wollten sich ein Stück zurückziehen, dann in großem Bogen dieses Gebiet umgehen und sich wieder auf den Weg zu ihrem Treffpunkt machen.

Jacques ritt mit Teresa zu ihnen herüber. »Seid ihr sicher, daß dies die einzige Möglichkeit ist?« fragte er Morgan.

»Hauptsache, ihr holt Brendan aus dem teuflischen Loch heraus.«

»Wenn es irgendwie möglich ist, werde ich es tun.«

Morgan streckte eine Hand aus. »Das weiß ich.«

Jacques nahm sie mit festem Griff. »Paß gut auf dich auf, *mon ami.*«

»Vaya con Dios.« Teresa zwang sich zu lächeln, aber ihr Gesicht wirkte angespannt und blaß.

»Geht mit Gott, meine Freunde.« Morgan drehte sich um und ging zu den Männern hinüber, die bereits dabei waren, in der Nähe der Hügelkuppe Schutzmauern aufzuschichten. Das dichte Gebüsch würde ihnen helfen, aber es war nicht ein Mann unter ihnen, der nicht wußte, daß ihre Position über kurz oder lang eingenommen werden würde.

»Was, zum Teufel –?« Morgan blieb angesichts von Rams breitem Rücken stehen. Ram war nach vorn gebeugt und hub Erde aus, um sich einen kleinen Schützengraben für den Angriff zu bauen. Er hatte sein Hemd zur Seite geworfen, so daß seine glatte, dunkle Haut erkennbar war, muskulös und schweißglänzend.

»Ich dachte, Ihr könntet meine Hilfe gebrauchen.« Ram leerte eine Schaufel.

»Ihr hattet ein Pferd. Ihr hättet mit den anderen reiten sollen.«

Er zuckte seine starken Schultern. »An meiner Stelle reitet ein anderer. Abgesehen davon war ich die ganzen alten Gesichter leid.«

Morgan lächelte müde. »Danke.«

Morgan und die Männer öffneten lange hölzerne Kisten, in denen Vorderlader, Pulver, Kugeln und Ladepfropfen lagen, und bereiteten sich so auf den Kampf vor. Noch in der gleichen Stunde erreichten sie die mexikanischen Truppen und das Gefecht begann.

Wie Morgan gehofft hatte, machte ihre Position es den Mexikanern schwer zu sagen, wieviele Texaner gegen sie kämpften, und die leichte Erhebung im Gelände war ein weiterer kleiner Vorteil für sie. Stundenlang knallten Schüsse, luden die Männer ihre Waffen neu, und weitere Schüsse durchdrangen die Luft. Morgans Hemd, schweißfeucht und von Schmutz befleckt, klebte an seinem Rücken und seinen Schultern. Nackt bis zur Taille kämpfte Ram finster entschlossen nur in Hosen und Stiefeln.

»Was denkt Ihr, wie lange sie noch warten werden?« fragte Ram.

»Nicht mehr lange. Irgendwann werden sie herausfinden, daß wir weniger sind als sie dachten. Sobald sie ihrer Sache sicher sind, werden sie vorrücken.«

Und so war es auch.

In ihren eleganten rotweißen Uniformen, hohen Federhüten und glänzenden, kniehohen, schwarzen Stiefeln kamen sie erbarmungslos angestürmt, schossen auf alles, was sich bewegte, die langen Bajonette gefährlich glänzend nach vorn gestreckt und todbringend für jeden, der unter ihren Kugeln gefallen war.

»Mein Gott!« schrie Buckland. »Das sind ja Hunderte. Wir haben nicht die geringste Chance!«

Vermutlich waren es ungefähr 150, schätzte Morgan, aber trotzdem viel zu viele für seine ungefähr drei Dutzend Mann. In wenigen Minuten würden die Mexikaner den Hügel überrannt haben. Er hatte sich schon alle möglichen Todesarten ausgemalt, doch diese hatte nicht dazugehört.

Morgan feuerte sein Gewehr ab, der Schuß hallte zwischen den anderen wider. Als er die langläufige Waffe hob, um sie wieder zu laden, glänzte der Lauf silbern im Sonnenlicht.

Silver. Er stellte sich ihr Gesicht vor und dachte zum ersten Mal in den dreißig Jahren seines Lebens ernsthaft daran, daß er sterblich war. Er wollte nicht sterben. Nicht jetzt. Nicht jetzt, wo es etwas so Wertvolles gab, für das es sich zu leben lohnte.

Er nahm das Pulverhorn, das über seiner Schulter hing. So sehr Frau, dachte er. Mehr als er verdiente. Er schüttete eine kleine Menge Pulver in den Lauf, ließ die Kugel hineinfallen, rammte den Ladepfropf hinterher und entsicherte. Warum hatte er bis jetzt gewartet, um zu begreifen, was er an ihr hatte? Dann zielte er sorgfältig, feuerte und löste damit einen Schmerzensschrei bei einem mexikanischen Soldaten aus und dann einen blutroten Fleck auf der breiten Brust des Mannes.

Morgan lud wieder. Er würde heute hier sterben. Das war jetzt beinah sicher. Er fragte sich, ob Silver ihn vermissen würde. Ob sie ihn wohl schon so gern hatte, wie er sie.

Er fragte sich, ob sie ihn liebte.

Morgan stemmte sich das Gewehr an die Schulter und zielte wieder todbringend genau. Sie war so unglaublich schön, dachte er, als er den Abzug drückte und damit einen weiteren Mexikaner erschoß. So verdammt liebevoll und gut. Neben ihm zielte ein junger Marinesoldat und feuerte, und ein weiterer Feind fiel.

Morgan lud neu und zielte mit dem rauchenden Gewehr. *Silver* schrie er in Gedanken, als er den Abzug drückte. Er konnte ihr Gesicht vor seinem inneren Auge sehen, so wie es ihn angelächelt hatte, als sie in seinem breiten Bett lagen und ihr helles Haar seine Schulter kitzelte, so daß er sie von neuem begehrte.

Er dachte an ihr Lachen, den weichen, süßen Klang ihrer Stimme. Er erinnerte sich daran, wie sich ihre Haut auf seiner Hand anfühlte, die volle, warme Rundung ihrer Brust. Wie ihre Augen dunkel wurden vor Leidenschaft und später dann wieder zärtlich und liebevoll.

Wenigstens hörte der Schmerz, mit dem er sie vermißte, auf, wenn er starb.

Morgan lud wieder, hob das Gewehr an die Schulter, zog den Abzug zurück und spürte den schweren Rückschlag der Waffe beim Schuß. Er sehnte sich danach, sie wiederzusehen, sie zu berühren. Er sehnte sich danach, sie noch ein letztes Mal zu lieben. Vielleicht würde er jetzt die Dinge sagen können, die er bisher zurückgehalten hatte, könnte ihr erkären, was er für sie empfand.

Vielleicht würde er das Risiko eingehen.

Da kam ihm der Gedanke, daß Silver vielleicht ebenfalls in Gefahr war. Wenn die Zentralisten den Plan mit dem Angriff auf das Gefängnis gekannt hatten, wußten sie vielleicht auch von der *Savannah*. Vielleicht würden sie irgendwie an Bord gelangen. Sie würden Silver mitnehmen und... Morgan schluckte schwer und konnte den Gedanken nicht fortsetzen. Sich Silver in der Hand der Mexikaner vorzustellen, war unerträglich. Er konnte nicht in Frieden sterben, wenn auch nur die geringste Wahrscheinlichkeit bestand, daß man sie gefangennahm.

»Herr im Himmel«, betete er. »Laß nicht zu, daß sie ihr etwas zuleide tun.« Er wußte, daß es verrückt war, in dieser Situation für Silver zu beten, die sicher an Bord des Schiffes war, während er besser für sich selbst beten sollte. Dennoch konnte er an nichts anderes als an sie denken und daran, daß ihre Sicherheit wichtiger als seine war. *Laß sie nicht um mich trauern*, dachte er weiter. *Laß sie jemanden finden, der sie liebt und beschützt.*

Eine Bleikugel traf den Mann neben ihm. Der Junge kippte mit einem Ächzen nach vorn, die Hemdbrust mit Blut bedeckt. Links von ihm feuerte Ram mit tödlicher Genauigkeit, sein einer Arm blutete von einem Stoß mit dem Bajonett. Noch ein guter Mann würde heute hier sterben.

Silver hätte den Widder gern gehabt. Und Morgan zweifelte nicht daran, daß der kräftige Türke ihr geistreiches Wesen beeindruckend gefunden hätte – etwas, das er selbst erst seit kurzem zu schätzen gelernt hatte.

Ram hätte Silver Jones gern gehabt.

Aber Morgan liebte sie.

Er mußte erst dem Tod ins Auge sehen, um es zuzugeben.

Ein halbes Dutzend Zentralisten durchbrach ihre untere Verteidigungslinie und stürmte schießend und tötend, die Bajonette von Blut glänzend, vor. Mit Triumphschreien kamen sie den Hügel heraufgelaufen. Drei Männer stürmten auf Morgan zu, die anderen drei auf den Türken. Morgan schoß, tötete dabei den einen, wehrte mit dem Lauf des Gewehrs einen zweiten ab, riß dem dritten das Gewehr aus den Händen und stieß ihm das Bajonett in die Brust. Nur wenige Meter unter ihm folgte ein weiteres Dutzend Männer ihren Kameraden nach.

Keine Zeit für Reue, aber dennoch spürte Morgan sie. Trauer um all das, was er ungesagt gelassen hatte, um all die Leidenschaften Silvers, die er noch nicht kannte, um die Kinder, die sie niemals zusammen haben würden.

Gott sei mit dir, Silver, dachte er, als er erkannte, daß die nächsten paar wertvollen Sekunden die letzten seines Lebens sein würden. *Ich liebe dich.*

Blauer Stahl blitzte in den Händen der Feinde. Morgan hielt die rasiermesserscharfe Spitze seines Bajonetts den Heranstürmenden entgegen. Im nächsten Augenblick würden sie ihn erreicht haben – seine Zeit war vorüber. Sein letzter Gedanke blieb bei der Frau, die er liebte.

»Feuer einstellen!« Diese Worte, zuerst auf Spanisch und dann in kaum verständlichem Englisch, hallten über den Dschungel herüber.

Erstaunt duckte sich Morgan in seinen Schützengraben. Ram tat dasselbe, neben ihm drei tote mexikanische Soldaten. Der Ansturm der Kugeln ließ nach, bis nur noch hier und da ein Schuß hallte. Ein paar Meter über ihm ertönte Bucklands unsichere Stimme.

»Feuer einstellen!« befahl er als Reaktion auf die Worte der Feinde, und die letzten Schüsse verklangen. Mehr als ein Dutzend Mann lagen tot oder verwundet auf dem Boden, schrien vor Qual oder wimmerten nur leise. Die restlichen warteten angespannt, um herauszufinden, was die Zentralisten tun würden.

»Ihr seid uns nicht gewachsen!« rief der mexikanische Offizier. »Ergebt Euch, oder Ihr werdet sterben!«

Buckland kroch über dem Boden zu Morgans Graben herüber und erschrak angesichts der blutigen Leiche, die neben ihm im Staub lag. »Was meint Ihr?« flüsterte er. »Wir können sie doch nicht mehr länger aufhalten.«

Morgan atmete erschöpft aus. »Der Himmel weiß, was sie mit uns tun werden. Aber wir haben für Riley und die anderen getan, was wir konnten. Sie haben jetzt wirklich eine Chance, es zu schaffen. Und was uns betrifft... wir werden sicher hier sterben, wenn wir uns nicht ergeben.« *Und ich will leben.* »Aber wenigstens könnten wir sie noch etwas hinhalten.«

»Das stimmt, Major«, sagte Buckland erleichtert.

In Wahrheit war Morgan von dem Angebot überrascht. Die Texaner waren klar geschlagen und nur wenige Minuten vor der völligen Vernichtung entfernt. Und die Zentralisten waren bekannt für ihre blutrünstigen Kämpfe. Höchstwahrscheinlich würden ihnen die Mexikaner ihre Waffen abnehmen, sie in einer Reihe aufstellen und erschießen. Oder aber sie wollten etwas von ihnen.

»So lange wir noch atmen«, sagte Morgan, »gibt es immer noch die Möglichkeit, irgendwie zu entkommen.«

Buckland griff nach Rams herumliegendem weißen Hemd, steckte es auf die Spitze von Morgans Gewehr, hob es in die Luft und schwenkte es wild.

»Werft die Waffen weg!« befahl der Zentralist. »Kommt mit erhobenen Händen heraus.«

»Sollen wir?« sagte Morgan mit einem ironischen Zug um die Lippen. Er warf seine Waffe weg, stand auf und erwartete jeden Augenblick, eine Kugel zu spüren, die ihm die Brust zerschnitt. Er sah zu Ram hinüber, der grinsend neben ihm stand.

»So weit, so gut«, sagte Ram.

Der Rest der Männer folgte ihnen, und die Mexikaner näherten sich vorsichtig. Ihr Anführer, ein finster dreinschauender Mann mit ergrauendem Haar, befahl, sie zu fesseln, und sie wurden ohne jedes weitere Wort davongeführt.

Wohin sie gingen und was mit ihnen geschehen würde, wußte Morgan nicht. Aber im Augenblick war ihm das auch egal. Er wußte nur, daß er noch lebte. Daß es jemanden gab, zu dem er liebend gern zurückkehren würde. Und daß er irgendwie überleben mußte.

20, Kapitel

Was habt Ihr mit Cookie gemacht!« Silver stand in der Tür des eleganten Eßzimmers der großen Hacienda – *Rancho de los Cocodrilos* – dem Land der Krokodile.

Der am Kopf des langen hölzernen Tisches sitzende Capitán Paulo Carillo stand auf und warf ihr ein warmes Lächeln zu. »Euer Freund ist bei den anderen im Gefängnis. Ich versichere Euch, daß er unverletzt ist.«

Man hatte sie in dem Augenblick getrennt, als sie die Hacienda erreichten. Cookie war mit vorgehaltener Waffe abgeführt und Silver ins Haus gebracht und in einem der großen Schlafzimmer eingesperrt worden. Man hatte ihr etwas zu essen und saubere Kleidung gebracht – einen leuchtend gelben Rock und eine bestickte weiße Bauernbluse, die ihre Schultern freiließ, dazu flache Ledersandalen. Man hatte ihr erlaubt zu baden und ihr Haar zu waschen und sie insgesamt eher als Gast denn als Gefangene behandelt.

Dadurch fühlte sie sich nur noch schlimmer.

Carillo zog einen geschnitzten Holzstuhl für sie unter dem Tisch hervor, einer von insgesamt zwölf, die den langen Tisch unter dem schweren schmiedeeisernen Leuchter flankierten. »Bitte, Señorita Jones.« Er deutete an, daß sie sich setzen sollte.

»Was habt Ihr mit mir vor? Warum bin ich zwei Tage lang ohne jedes Wort eingesperrt gewesen?«

Carillo zog eine hellbraune Augenbraue hoch. »Hat man Euch schlecht behandelt?«

»Nein, wie Ihr selbst wißt, nicht.«

»Bitte...« Wieder deutete er auf den Stuhl. »Unser Essen wird kalt.« Auf dem Tisch glitzerten Kristallgläser neben teurem Porzellan. Schweres, verziertes Silberbesteck glänzte neben jedem Teller, und rosa Hibiskusblüten in einer wunderschönen Kristallschale bildeten den duftenden Mittelpunkt der Tafel.

»Was habt Ihr mit mir vor?« wiederholte Silver, die immer noch an der Tür stand.

»Ich?« fragte er freundlich. »Ich wünsche mir nichts außer Eurer Gesellschaft. General Hernández legt Wert auf Eure Gegenwart.«

»Wo ist er?«

»Leider ist er im Augenblick noch nicht hier. Er wird erst morgen ankommen. Ich schlage vor, Ihr genießt inzwischen seine großzügige Gastfreundschaft.«

Silver betrachtete den Tisch, die dampfenden Schüsseln mit Huhn und Rindfleisch, die heißen Tortillas und das Kürbisgemüse, und dachte an die Männer im nahegelegenen Gefängnis. Angesichts des appetitlichen Geruchs kam ihr die Galle hoch.

»Ich möchte nur bei meinen Freunden sein.« Mit diesen Worten drehte sie sich um und kehrte zu ihrem spärlich möblierten Schlafzimmer am Ende des Flurs zurück.

Sie ließ sich auf das flache Holzbett sinken, und ihre Finger wanderten abwesend über die leuchtendrote Wolldecke. Cookie mußte im Gefängnis leiden, zusammen mit Morgans Bruder und der Hälfte der texanischen Truppen. Waren Jordy und die Besatzung der *Savannah* auch gefangengenommen worden? Waren sie auf dem Weg hierher zu den anderen? Und was war mit Morgan? Inzwischen lag er vielleicht schon tot im Dschungel, sein Körper dem Zerfall zwischen der dampfenden Vegetation überlassen.

Nein! Silver weigerte sich, daran zu denken. Sie konnte es einfach nicht glauben. Außerdem brauchte sie ihre Kraft. Sie durfte ihren Mut nicht durch ihre Sorge um Morgan untergehen lassen. Es ging ihm sicher gut, sagte sie sich fest. Und bis sie das Gegenteil erfuhr, würde sie stark bleiben.

Stark für sich selbst. Und stark für Morgan.

Der schreckliche Marsch zum *Rancho de los Cocodrilos* zwang sie fast in die Knie. Zwei Tage Hitze und Insekten, wenig zu essen und noch weniger Wasser und ein Marschtempo, das nur wenige starke Männer ertragen konnten. Morgan, Ram und einige andere zogen Tragen mit verletzten Soldaten. Den Zentralistenführer sahen sie nie, nur seine Männer.

Ein langbeiniger Soldat hatte einen ledernen *romal*, eine kurze, geflochtene Reitpeitsche, mit der gewöhnlich Pferde bestraft wurden. Mit großer Begeisterung ließ er die Lederriemen auf den Rücken der Gefangenen niedergehen, zerriß dabei den Stoff ihrer Hemden und hinterließ Blutspuren. Morgan bekam die Peitsche genauso zu spüren wie die anderen, und sein Schritt wurde langsamer, seine Last schien schwerer zu werden. Immer wieder bekam er harte Schläge mit Fäusten oder Tritte mit Stiefeln von einem *soldado*, der sie fürchterlich beschimpfte. Und sie trotteten weiter und weiter.

Am Nachmittag des zweiten Tages war ihr Ziel in Sicht gekommen – der *Rancho de los Cocodrilos.* Es war ein rauhes, flaches Stück Land, übersät mit den dunkelgrünen Nadeln der Sisalpflanze. In der Ferne, nach Süden zu, wurde die Landschaft feuchter, die Vegetation dichter und noch ungastlicher.

»Vamanos!« brüllte einer der Soldaten und ließ seinen *romal* mit voller Kraft auf dem Rücken des vordersten Gefangenen niedersausen, so daß der kleine Mann lang auf den Boden schlug. Der texanische Soldat neben ihm half ihm wieder auf die Beine, und die Männer marschierten weiter.

Als sie sich der Hacienda näherten, erkannte Morgan ein zweistöckiges Lehmgebäude mit einer von Bögen überdachten Veranda davor. Durch die Bögen konnte er gerade noch die schweren, geschnitzten Holztüren erkennen und den Springbrunnen, der fröhlich plätscherte, ohne sich um den Tod und die Zerstörung in der Umgebung zu kümmern.

»Überlaßt die Verletzten den anderen«, erkärte ihm der langbeinige Soldat und wiederholte diese Worte bei Ram. Einer der Männer stieß Colonel Buckland nach vorn, und ein zweiter fesselte ihnen allen die Arme nach hinten. Morgan, Ram und Buckland wurden zur Hacienda hinübergeführt. Der Rest der Truppe änderte die Marschrichtung, umging das Haus und marschierte weiter nach Osten.

»Warum, glaubt Ihr, haben sie uns von den anderen getrennt?« fragte Ram.

»Ruhe!« warnte ihn einer der Wächter. »Ihr werdet schon bald Gelegenheit zum Reden bekommen.« Er stieß sie grob voran. Sie gingen am Haupthaus vorüber und marschierten auf die Scheune ein Stück dahinter zu. Auch mit Lehmwänden gebaut, im Inneren kühl und dunkel, roch es in dem Gebäude nach Pferden und Getreide. Ein halbes Dutzend Soldaten war im Inneren beschäftigt, einige standen, andere hockten herum. Der größte von ihnen trat vor, als sie hereinkamen.

Er grinste und zeigte dabei seine etwas spitz wirkenden, wolfsähnlichen Zähne, die sogar im Halbdunkel der Scheune zu erkennen waren. »Ich bin Sergeant Renaldo Ruiz«, sagte er auf Spanisch. »Ich bin für Euer Verhör verantwortlich.«

»Was hat er gesagt?« fragte Buckland.

»Silencio!« forderte Ruiz. »Von jetzt an werdet ihr nur reden, wenn ihr gefragt werdet. Und dann erwarte ich, daß ihr die Fragen beantwortet, die wir stellen. Wenn ihr das nicht tut...« Er zeigte nach oben, wo Seile von den Balken herunterhingen. Morgan drehte sich der Magen um. »Bringt die anderen nach draußen. Wir fangen mit diesem hier an.«

Morgan sah zu, wie Ram und der Colonel hinausgingen. Sie sahen beide genauso abgerissen aus wie er. Bucklands Schultern hingen, und seine sonst so makellose Uniform war jetzt zerrissen und mit Dreck beschmiert und hing lose an seinem erschöpften Körper. Rams bloßer Rücken zeigte die Striemen der Peitsche. Morgan sah den Soldaten namens Ruiz an, der auf zwei seiner

Soldaten deutete. Mit hinter dem Rücken gebundenen Händen konnte er kaum mehr tun, als sich von ihnen zu einem Stuhl ziehen zu lassen. Seine Arme wurden noch weiter zurückgezogen und Ruiz begann sein Verhör:

»Wo ist dein Schiff? Wo ist der Rest eurer Truppe? Warum seid ihr hergekommen? Wo sind die Waffen? Wann werden die Truppen gegen uns marschieren?«

Die Fragen prasselten scheinbar endlos auf ihn herab – immer verstärkt durch einen kräftigen Schlag, jeder härter als der Schlag zuvor. Sie wußten mehr über die Bewegungen der Texaner, als er gedacht hatte. Dennoch sagte er nichts. Am Ende des Verhörs waren seine Lippen aufgerissen und blutig, und das Blut rann aus einer Platzwunde an seinem Unterkiefer. Die Schläge in die Rippen hatten sicher einige davon gebrochen, und der Schmerz machte ihm das Atmen schwer.

»Das ist genug für heute«, sagte der Sergeant. »Bringt den Türken 'rein.«

Es war so weitergegangen, einen ganzen qualvollen Tag und die daran anschließende Nacht lang bis zur Bewußtlosigkeit. Jetzt waren Schreie aus der Scheune zu hören – Morgan war überrascht festzustellen, daß es seine eigenen waren. Er hatte Ram und Buckland nicht mehr gesehen, aber er wußte, daß sie genauso gefoltert wurden – es sei denn, sie hatten die Fragen des Sergeanten beantwortet.

Die Zeit schleppte sich endlos dahin, jede qualvolle Stunde schien mit der nächsten zu verschwimmen. Morgan blinzelte und erwachte, als die Sonne aufging. Er hatte geschlafen – nein, er war bewußtlos gewesen. Wo war er jetzt? Der quälende Schmerz in Armen und Schultern, das furchtbare Reißen, das die Haut von den Handgelenken zu schälen schien, zog seinen Blick nach oben. Er hatte Schwierigkeiten, scharf zu sehen und konnte seinen Kopf nur schwer aufrecht halten, aber schließlich sah er das Dach über sich mit den kleinen Nestern aus Stroh, die die Vögel dort gebaut hatten.

Sein Blick wanderte abwärts bis zu dem Seil, das an dem Balken über ihm befestigt war und von dort aus hinunterführte bis zu seinen blutenden Handgelenken. Nackt bis zum Gürtel hing er frei fast einen halben Meter über dem Boden, sein Gewicht nur von seinen schmerzenden, blutenden Armen gehalten, die langsam aus ihren Gelenken gedreht zu werden schienen. Sein Kopf fiel wieder nach vorn. Noch nie in seinem Leben hatte er um den Segen dunkler Bewußtlosigkeit gefleht.

Jetzt betete Morgan darum.

»Holt ihn herunter.«

Das waren die letzten Worte, an die er sich erinnerte, das einzige, was durch den blendenden Nebel des Schmerzes drang, bis er seine Augen im kühlen Inneren des Hauptgebäudes der Hacienda wieder öffnete. Soldaten stützten ihn von beiden Seiten, und der Klang ihrer Schritte hallte durch den langen Flur mit den vielen Türen. Ölgemälde säumten die Wände neben flakkernden Wandleuchtern. Er bemerkte, daß die Fußböden gestampfter Lehm waren, jedoch sauber und glatt gefegt. Die Möbel, massiv und dunkel, schienen aus Europa zu stammen.

Der Franzose, der die große Pflanzung einst gebaut hatte, muß einen teuren Geschmack gehabt haben, dachte Morgan flüchtig. General Hernández hatte gut gewählt.

Am Ende des Flurs, einem von vielen, so schien es Morgan, öffnete jemand die Tür zu einem großen, mit Büchern gefüllten Arbeitszimmer. Als der Mann hinter dem Schreibtisch Morgan mit den Soldaten hereinkommen sah, schob er seinen Stuhl zurück und stand auf. Die Soldaten ließen Morgans Arme los und er mußte sich zur Unterstützung an den Türrahmen anlehnen. Der Rand seines Gesichtsfeldes wurde dunkler, und er bemühte sich angestrengt, den Raum wieder klar zu erkennen.

»*Buenos dias*, Major Trask«, sagte der Mann hinter dem Schreibtisch. Morgan fiel auf, daß sein Gegenüber ein relativ kleiner Mann war, mit dunklen Augen und einem schmalen, stark pomadisierten Schnurrbart. Als er Morgan ein Zeichen machte, sich auf den Stuhl ihm gegenüber zu setzen, fielen diesem seine kräftigen Arme und die breite Brust auf. Morgan kämpfte darum, einen Fuß vor den anderen zu setzen, erreichte schließlich den Stuhl mit der hohen Lehne und ließ sich schwer darauf sinken.

»Wer seid Ihr?« fragte Morgan.

»General Alberto Hernández. Und Ihr seid Morgan Trask.«

»Wohin sind die anderen gebracht worden? Bayram Sit und Colonel Buckland?«

»Gegenwärtig sind sie noch im *establo*, allerdings werden sie bald zum Gefängnis hinübergebracht. Wie für Euch ist auch für sie die Folter beendet.«

»Warum?«

Der General zuckte die muskulösen Schultern. »Es gibt wenig, was der Türke uns sagen könnte, das wir noch nicht wissen, selbst wenn er wollte. Der Colonel war... sagen wir mal – etwas entgegenkommender.«

»Der Hundesohn«, zischte Morgan zwischen seinen zerrissenen, blutenden Lippen hervor.

»Manche Männer eignen sich für dieses Leben, andere eben nicht.«

Morgan antwortete nicht. Sein Kopf schmerzte wieder, und aus Mangel an Nahrung und Wasser fühlte er sich leicht schwindelig. »Warum habt Ihr mich hierher gebracht?«

»Ihr fasziniert mich, Major. Wir haben von Anfang an gewußt, daß Ihr es seid, und nicht etwa Buckland, der dieses Unternehmen kommandiert. Seine Gegenwart war eine reine Fassade – nur von Euch hing Sieg oder Niederlage ab. Ihr habt verloren, Major, aber selbst dabei habt Ihr noch viele unserer Soldaten getötet.«

»So ist es eben im Krieg«, sagte Morgan sarkastisch und bekam dafür einen schweren Schlag in die Rippen. Sein Magen drehte sich um, es würde ihm ziemlich übel, und graue Nebel umgaben ihn.

»Ihr habt keine Angst zu sterben, Major. Darum habe ich Euch herbringen lassen.« Er machte einem der Männer ein Zeichen, der durch das Zimmer zu einer kleinen Tür in der Ecke ging. »Ich habe eine andere Marter für Euch im Sinn.« Er wandte sich dem Mann an der Tür zu. »Bringt sie herein.«

Morgan sah zu, wie die Tür sich langsam öffnete. Es fiel ihm schwer, seine Gedanken festzuhalten. Die Dunkelheit wirbelte nur ein kleines Stück vor ihm und lockte ihn mit dem Versprechen der Schmerzlosigkeit näher heran. In diesem Augenblick sah er sie, ein Bild der Schönheit, silberhaarig und dunkeläugig. Er wußte, daß er jetzt begonnen hatte, Halluzinationen zu bekommen, und doch wollte er nicht, daß der Traum endete.

»Morgan!«

Der die Luft zerreißende Schrei zwang ihn, die Augen weiter zu öffnen. Die Bewußtlosigkeit trat zurück, und sein Blick begann sich zu klären. Trotzdem konnte er sie immer noch sehen, wie sie sich gegen den Soldaten wehrte, dessen Arm ihre Taille umschloß, während ihr das Haar wild um die Schultern fiel.

»Morgan!« Ihre Stimme war von Qual erfüllt – Silvers Stimme – es konnte keine andere sein.

»Silver«, flüsterte Morgan, als er die schreckliche Wahrheit erfaßt hatte. Er betete zu Gott, daß er sich täuschen möge. Silver konnte nicht hier sein. Nicht jetzt. Nicht in diesem Höllenloch! Er versuchte aufzustehen, aber eine rauhe Männerhand drückte ihn in den Stuhl zurück. *Ruhig bleiben*, sagte er sich, bis zum äußersten bemüht, seine Kraft zurückzugewinnen, die Dunkelheit von sich zu schieben. Er mußte Silver helfen. Panik würde ihm dabei nicht weiterhelfen.

»Was habt ihr mit ihm gemacht?« wollte sie wissen und ihre Stimme bebte vor Zorn. Tränen standen ihr in den Augen, aber sie wollte sie nicht zeigen. »Wie konntet Ihr so etwas tun?«

»Wir haben Krieg, Señorita Jones. Der Major war sich der möglichen Folgen durchaus bewußt, als er seine Aufgabe übernommen hat.«

Ruhig bleiben, sagte sie sich. *Du mußt dich beherrschen.* Morgan war verletzt – schwer verletzt, aber zumindest war er am Leben. »Ich fordere, daß Ihr ihn freilaßt.« Es brach ihr das Herz, ihn so zu sehen, die Grausamkeit zu ahnen, die er hatte erdulden müssen.

»Dieser Mann ist in mein Land eingedrungen. Hat den ruchlosen Rebellen, die gegen uns kämpfen, Waffen gebracht.«

»Ihr habt ihn doch bereits völlig hilflos gemacht. Seine Truppen sind sicher schon längst alle gefangen – er ist also keine Bedrohung mehr für Euch.«

»Die Waffen, die er mitgebracht hat, sind noch nicht gefunden worden. Das allein reicht schon aus, um ihn erschießen zu lassen. Ich war also bisher eher großzügig in der Behandlung von euch Fremden.«

Großzügig! Einen Mann zu foltern, das sollte großzügig sein? Sie zwang sich, das nicht auszusprechen. »Ich denke, in gewisser Weise habt Ihr recht. Ihr hättet ihn und die Männer, die Ihr gefangen haltet, auch einfach töten können. Da dieser Mann mein Freund ist, danke ich Euch dafür.«

»Die Frau hat mit der ganzen Sache nichts zu tun«, sagte Morgan, und seine Stimme klang rauh und angestrengt. »Als Ehrenmann werdet Ihr sie sicher gehen lassen.«

Die Lippen des Generals hoben sich unter dem pomadisierten Schnurrbart. »Das glaube ich nicht.«

Silver betrachtete seine Augen, die zufrieden glitzerten, den hungrigen Blick, mit dem er ihren Körper verschlang. Sie sah zu Morgan hinüber, erkannte seinen Schmerz, seinen zerschlagenen, aufgeriebenen Zustand – und traf eine Entscheidung.

»Dieser Mann hat keinen Wert für Euch, General. Aber er ist mein Freund, und sein Leben hat großen Wert für mich. Ich würde mit Euch um seine Freilassung handeln.«

Der General hob eine schmale Augenbraue und drehte sich zur Seite, um sie besser sehen zu können. »Und was ist es, das Ihr mir zum Handel anbietet, Dama de Luz?«

Silver kam näher, ihre Hüften wogten verführerisch, ein weiches Lächeln hob ihre Lippen. »Das Wertvollste, was ich noch besitze, General Hernández – meinen Körper.«

»Nein, Silver!« Morgan sprang auf und ging auf sie zu. Drei Soldaten griffen nach seinen Armen und zerrten ihn auf seinen Stuhl zurück.

»Still, Engländer!« warnte ihn der eine rauh.

Silver warf ihm einen Blick zu, der dasselbe bedeuten sollte.

Der General kicherte leise. »Euer Körper gehört mir bereits, Señorita. Ich werde Euch heute nacht besitzen, ob Ihr wollt oder nicht.«

Morgan sträubte sich gegen den Griff, mit dem ihn die Männer hielten. »Sie hat nichts getan. Ihr müßt sie gehenlassen!«

»Bringt ihn zum Schweigen«, befahl Hernández.

Silver sah hilflos zu, wie sie Morgan die Arme grausam hinter den Rücken rissen und er vor Schmerz zusammensank. Ohne die Besorgnis zu beachten, die sie in seinen Augen sah, ging sie auf den General zu und legte ihre Arme um seinen Hals.

»Ihr könnt mich mit Gewalt nehmen«, sagte sie weich, »aber ich versichere Euch, General, das, was Ihr nehmen könnt, steht in keinem Verhältnis zu dem, was ich geben kann.« Mit warmem, verführerischen Blick beugte sie sich herab und küßte ihn.

Hernández schlang seine Arme um sie, zog sie auf seinen Schoß herab und erwiderte ihren Kuß, drückte ihren Körper an sich, bis sie spürte, wie seine Männlichkeit sich erregt rührte. Morgan wehrte sich und fluchte, bis sie ihn fesselten und knebelten, damit er still war.

Als Hernández sie schließlich losließ, strich Silver mit einem Finger über seine Wange und lächelte in einer schweigenden Geste der Einladung. »Wenn Ihr das für mich tut, wird es Euch sicher nicht leid tun, das verspreche ich.«

Sein Gesicht erwiderte das Lächeln, aber sein Mund wirkte alles andere als angenehm, eher wie das Maul eines Wolfes. »Bringt den Major an den Waldrand und laßt ihn dort frei.«

»Ihr müßt jemanden mit ihm schicken«, sagte Silver nachdrücklich und rutschte von seinem Schoß. »Er ist zu schwach, um allein zu überleben.«

»Nein.«

»Sein Bruder ist hier. Laßt ihn mitgehen.«

»Nein! Diesen einen Mann werde ich freilassen, das ist alles. Ihr solltet Euer Glück nicht allzusehr versuchen, Señorita.«

»Ich muß sehen, daß er frei ist«, sagte Silver. »Ich muß mich eindeutig davon überzeugen, daß er in Sicherheit ist. Veranlaßt das, General Hernández, und dann werdet Ihr heute abend eine feurige Verführerin in Eurem Bett haben.«

Der General zögerte nur einen Augenblick, nickte dann und ließ Morgan aus dem Zimmer bringen. Obwohl er um sich trat, sich sträubte und den Knebel auszuspucken versuchte, gelang es den Soldaten schließlich, ihn hinauszuschaffen.

»Sie werden ihn an den Rand des offenen Geländes bringen und ihn dort freilassen. Ihr könnt vom oberen Balkon aus zusehen. Ich werde auch dorthin kommen.«

Silver nickte und hastete auf die Treppe zu, die sie vom Flur aus gesehen hatte. Sie schloß die Tür hinter sich.

Hernández wandte sich dem Soldaten zu seiner Linken zu. »Beobachtet ihn. Sobald die Frau wieder ins Haus zurückgeht, fangt ihn ein und bringt ihn ins Gefängnis zurück. Sollte das schwierig werden, erschießt ihn.«

Mit gequältem Herzen sah Silver zu, wie Morgan auf eine *carreta*, einen kleinen, zweirädrigen Karren, geladen und fortgebracht wurde. Die beiden braunweißen Ochsen trotteten langsam voran, obwohl der Mann an den Zügeln eine lange, dünne Peitsche über ihren Köpfen knallen ließ. Der Karren rumpelte die Straße entlang, bis sie ihn kaum noch sehen konnte. Dann blieben die Ochsen stehen und sie zogen Morgan vom Wagen herunter.

Als einer der Männer seinen Säbel zog, glaubte Silver, ihr

würde das Herz stehenbleiben. Aber er durchschnitt nur Morgans Fesseln, und seine Arme waren wieder frei beweglich. Der Karren kehrte umständlich auf der Straße um und kam mit den Soldaten wieder zur Hacienda zurück. Morgan stand nur einen Augenblick lang auf dem Weg, dann verschwand er im dichten Gebüsch der Umgebung.

Silver kämpfte gegen die Tränen an. *Lieber Gott, bitte, hilf ihm.* Wenn sie nur sicher sein konnte, daß er gerettet war, würde sie schon irgendwie mit der unangenehmen Aufgabe fertig werden, die sie sich aufgeladen hatte.

»Wollen wir wieder hinuntergehen, Senorita?« Der General nahm ihren Arm, um sie wieder hineinzugeleiten.

Silver entzog sich ihm. »Nur noch einen kleinen Augenblick. Dann gehe ich wieder hinein.«

Der General wirkte ärgerlich. »Ihr braucht Euch keine Gedanken zu machen. Ich werde nicht vor heute abend Eure Gesellschaft in Anspruch nehmen. Bis dahin muß ich meinen Geschäften nachgehen.«

»Ich versichere Euch, General, daß ich daran gerade überhaupt nicht gedacht habe.« Im Inneren haßte sie dieses Theater. Herrgott, sie haßte schon die Vorstellung, sich von diesem Mann voller Begehren berühren lassen zu müssen.

Silver riß ihren Blick vom hungrigen Lächeln des Generals los und richtete ihn auf den zugewachsenen, nur undeutlich erkennbaren Weg. Da sie keine Schüsse oder andere beunruhigende Dinge hörte, fühlte sie sich etwas besser. Trotzdem konnte sie diesen Männern nicht trauen, und jede Sekunde, die verging, bedeutete für Morgan eine größere Chance zu entkommen.

Gott sei mit dir, Liebster, betete sie in der beinah unsinnigen Hoffnung, daß es ihm gelingen möge.

Morgan schlich schweigend durch das Gewirr von Blättern und Ranken. Er konnte hinter sich Schritte hören – Soldaten. Sie hatten nicht die Absicht, ihn entkommen zu lassen.

Verrückte kleine Närrin. Silver glaubte wirklich, daß sie ihn freilassen wollten. Dumme, verrückte, wunderbare kleine Närrin.

Morgan duckte sich ganz tief in eine schmale Schlucht. Der Zorn, der immer noch in seinen Adern tobte, hatte ihm vorübergehend neue Kraft verliehen. Sein Blick war wieder klar, und obwohl seine Rippen ihm unglaublich weh taten, war er jetzt doch sicher, daß keine gebrochen war. Wasser und etwas zu Essen würden ihn schnell beleben – wenn es ihm erst gelänge, den Männern zu entkommen, die ihn verfolgten.

Ein Zweig knackte keine drei Meter von ihm entfernt. *Verdammter Mist!* Sie waren näher als er gedacht hatte. Morgan sah sich um und entdeckte ein Stück verrottenden Baumstamm auf der Erde. Er schob sorgfältig etwas von der Rinde und den abgefallenen Blättern zur Seite, kroch in das dunkle Innere des Stammes, das voll war von Käfern, und bedeckte die noch herausragenden Körperteile mit Erde und Blättern. Dann wartete er auf die gefürchteten Schritte oder gar den Druck eines kalten stählernen Laufs gegen seine Rippen, und sein Herz donnerte, während eine dünne Schweißschicht auf seiner Stirn glänzte.

»Donde esta?« ertönte es rauh. Wo ist er? Der Mann stand kaum einen halben Meter neben ihm.

»Yo no sé. No está aqui.« Ich weiß es nicht. Er ist nicht hier.

»Buscale!« Finde ihn!

Morgan hielt die Luft an und hörte, wie die Männer durch den Dschungel verschwanden. Sie verteilten sich, suchten weiter entfernt und in größerer Breite. Sie erwarteten, daß er davonlief – also würde er es nicht tun. Morgans Kopf dröhnte, seine Rippen schmerzten, er war hungrig und durstig – aber im Augenblick war er frei. Und was auch immer geschehen mochte, er hatte die Absicht, frei zu bleiben.

Silver hatte sich für ihn geopfert. Er würde sie nicht enttäuschen.

Morgan fand sich mit der Unbequemlichkeit ab, kümmerte sich nicht um die krabbelnden, zwickenden Insekten, die über seine Haut krochen und die feuchte Hitze, die seine Kleider durchdrang. Stattdessen schloß er die Augen und zwang sich, zu schlafen. Er war fast die ganze Nacht wach gewesen, Schlaf würde ihm helfen, neue Kraft zu schöpfen. Erst wenn es ihm sicher genug schien, würde er aufbrechen.

Obwohl erst Minuten vergangen zu sein schienen, kam Morgan wieder aus dem Schlaf zurück. Etwas langes, glattes kroch über seinen Arm, hielt inne, schlängelte davon. Morgan atmete erleichtert auf. Durch die Risse im Holz konnte er erkennen, daß die Sonne weitergewandert war, er hatte mindestens drei Stunden geschlafen und fühlte sich steif und wund, aber sein Kopf war klarer und der Schwindel verschwunden.

Er horchte, ob er die Männer noch hören konnte, aber nur das Schreien der Vögel und das Kreischen der Affen war noch zu hören. Er schob die Blätter beiseite und kletterte mit unsicheren Beinen aus dem hohlen Baum. Er fühlte sich wirklich kräftiger. Er würde eine Waffe, Nahrung und Wasser suchen. Dann würde er sich in die Richtung aufmachen, in der er die texanischen Truppen vermutete. Irgendwie hoffte er auch, daß sie nicht dort sein würden. Wenn Buckland den Treffpunkt verraten hatte, wie der General angedeutet hatte, dann wären die Truppen für Hernández' Leute leichte Beute. Vielleicht wurden sie sogar schon jetzt belagert. Das glaubte er allerdings nicht. Es waren noch zu viele Männer der zentralistischen Truppen im Lager.

Morgan schleppte sich weiter voran, kletterte durch Schluchten und Felsspalten, dichte Blätter und Dornengestrüpp. Als er Stunden später endlich eine Lichtung erreichte, waren seine Hände zerrissen und bluteten. Er kroch unter einen überhängenden Granitfelsen und lehnte sich an den riesigen grauen Stein, um einen Augenblick auszuruhen.

»Nun, *mon ami*, zumindest bewegst du dich mit den Schritten eines Mannes, nicht mit denen eines verletzten Panthers.« Jacques starke Arme schlossen sich um ihn, und Morgan umarmte erleichtert seinen Freund.

»Gott sei Dank«, flüsterte er, als sie sich endlich voneinander lösten.

»Ich 'atte schon geglaubt, du wärest tot.«

»Wie hast du mich gefunden?«

»Ich 'abe mit ein paar anderen zusammen das Gefängnis beobachtet. Wir entdeckten ein paar unserer Leute, also wußten wir, daß eure Stellung eingenommen worden war. Doch bis 'eute hat niemand dich noch den Colonel entdecken können.«

»Sie haben uns in der Scheune festgehalten – um uns zu verhören. Scheinbar hat Buckland ihnen den genauen Treffpunkt verraten. Seid ihr denn mit den Waffen durchgekommen?«

»*Oui*. Und weil wir Schwierigkeiten vorausgesehen 'aben, 'aben wir eine neue Stellung bezogen. Sie ist gut versteckt und gar nicht weit von 'ier entfernt.« Seine Augen erfaßten Morgans zerschlagenes und blutiges Gesicht. »Wir 'aben gesehen, wie sie dich aus dem Lager brachten. Wir 'aben dich auch entkommen sehen, konnten dich aber nicht finden. Ich 'abe ge'offt, du würdest in Richtung Treffpunkt gehen.«

»Ich werde von den Soldaten verfolgt. Womöglich entdecken sie die anderen.«

»Ich 'abe sie wieder zurückgeschickt. Wenn ich dich schon nicht finden konnte, traute ich es den anderen erst recht nicht zu.«

Morgan nickte und war froh, Jacques zum Freund zu haben. »Teresa?« fragte er.

»Ist in Sicherheit in unserem Lager. Wir sollten aufbrechen. Ich werde dich tragen, wenn du es nicht schaffst.«

»Ich schaffe es schon«, sagte Morgan, »aber etwas Wasser würde mir guttun.«

»Natürlich.« Jacques gab Morgan seine Feldflasche. »Aber trink langsam.«

Morgan nickte, setzte die Flasche an die Lippen und ließ die belebende Flüssigkeit langsam durch seine Kehle rinnen. Als er fertig getrunken hatte, gab Jacques ihm ein Stück getrocknetes Rindfleisch. Es schmeckte wie erstklassiges Roastbeef. Er aß es, während sie vorsichtig durch das Gebüsch weitergingen. Wie Jacques versprochen hatte, brauchten sie nur ein paar Stunden, um das Lager zu erreichen. Da sie sich dem Gefängnis wieder genähert hatten, nahm Morgan an, daß sie Pläne gemacht hatten, um doch anzugreifen.

»Wann soll es losgehen?« fragte er einen schlanken, grobknochigen Leutnant namens Archy Spray, den einzigen Offizier, der der ursprünglichen texanischen Armee geblieben war, weil er nicht gefangengenommen worden war.

»Morgen, falls Ihr nicht etwas erfahren habt, was die Lage ändert.« Zusammen mit Jacques und Ham saßen sie um eine improvisierte Karte, die sie in den Sand gezeichnet hatten.

»Leider habe ich von dem Gefängnis gar nichts in Erfahrung bringen können«, sagte Morgan. »Es ist mir nicht gelungen herauszufinden, wo es sich genau befindet.«

»Glücklicherweise wissen wir eine ganze Menge darüber«, warf Ham ein. »Einige Männer, die mit den Föderalisten sympathisieren, sind zu uns übergelaufen. Einer von ihnen, ein Mexikaner namens Paco, hat die Hanfplantage geleitet. Er kennt die Gegend wie seine Westentasche.«

»Gut.«

»Mehr als das«, sagte Ham. »Es gibt einen Tunnel. Paco hat ihn schon vor Jahren in der Nähe der mittleren Pyramide entdeckt.«

»Pyramide?« wiederholte Morgan.

Ham grinste. »Offensichtlich werden die Leute in den Ruinen einer Mayastadt gefangengehalten. Eigentlich ist es ganz logisch. Die Wände sind über einen Meter dick, und in keinem der

Räume gibt es Fenster. Und ich nehme außerdem an, daß es ziemlich zugewachsen sein dürfte.«

»Wie alles hier«, sagte Morgan trocken.

»Ja, aber dadurch dürfte für uns diesmal alles einfacher werden«, sagte Archy und zog mit dem Ende eines abgebrochenen Zweiges Linien in den Sand.

»Wollt ihr durch den Tunnel hineinkommen?« fragte Morgan.

»Ja«, antwortete Ham. »Angriff von innen statt von außen.«

Morgan dachte noch über Hams Worte nach, während die vier Männer aufstanden.

»Sind Eure Leute bereit?« fragte er Spray – und meinte den Rest der ursprünglichen texanischen Armee, der der Gefangenschaft bisher entgangen war.

»Mehr als nur bereit, Sir. Voller Tatendrang wäre der bessere Ausdruck.«

»Was würdet Ihr dann zu einer kleinen Änderung des Plans sagen?«

»Als da wäre?«

»Wir gehen heute abend hinein.«

»Da müßten wir das verdammte Gelände im Dunkeln durchqueren«, stellte Ham fest.

»So schnell willst du schon wieder dahin zurück?« fragte Jacques mit besorgtem Stirnrunzeln. »Du mußt dich erstmal erholen und ausruhen.«

Morgans Gesicht wurde finster. »Sie haben Silver.« Er hatte es ihnen nicht sagen können, hätte nicht ertragen, es auszusprechen, so lange er keinen Plan hatte.

»Sacrebleu.« Jacques strich sich mit der Hand über das Gesicht und glättete sich gedankenverloren den Bart.

»Ich will sie da herausholen, bevor... Ich gehe heute abend hinein.«

Jacques, der den entschlossenen Ausdruck auf Morgans Gesicht sah, den er so gut kannte, nickte nur. »Ich werde die Männer vorbereiten.«

»Noch eines«, sagte Morgan. »Wir werden den Hauptteil der Truppe zur Ablenkung einsetzen – sie von vorn angreifen. Es sind zu viele dort, als daß wir sie besiegen könnten, sei es von innen oder von außen. Unsere einzige Chance ist, daß vier oder fünf Männer hineinkommen, die Gefangenen befreien, alle durch den Tunnel nach draußen schaffen und wieder in Deckung gehen. Von hier aus können wir sie uns gut fernhalten. Wenn unsere Position erst sicher ist, werden wir uns nach Süden aufmachen, wie wir es ursprünglich vor hatten. Und da treffen wir die Schiffe und sehen zu, daß wir rauskommen aus diesem verfluchten Land.«

Ham grinste, Jacques auch. »Ich finde, das hört sich verdammt gut an.«

Trotzdem brauchten sie Zeit – zur Vorbereitung der Ausrüstung sowie für die schwierige Strecke zum Gefängnis selbst. Sie konnten es nicht riskieren, vor Sonnenuntergang aufzubrechen, sonst würde man sie eventuell doch noch bemerken. Sie bekamen keine zweite Chance – nicht für Brendan – und nicht für Silver.

Morgan weigerte sich, über die Stunden nachzudenken, die sie bis dahin mit dem General verbringen mußte.

21. Kapitel

Ich muß mit Euch kommen.« Teresa sah Morgan und Jacques flehend an. Nach drei schweren Stunden durch von Wurzeln verschlossene Schluchten und über mit Ranken überhangene Wege in der immer weiter zunehmenden Dunkelheit hatten sie schließlich den Eingang zum Tunnel vor dem Gefängnis erreicht.

»Es tut mir leid, *ma chère*«, sagte Jacques. »*Le capitaine* war schon sehr großzügig, dich überhaupt bis 'ier'er mitzunehmen.«

»Aber mein Vater –«

»Ihr könnt in der Nähe des Eingangs warten«, erklärte ihr Morgan. »Wenn Euer Vater noch am Leben ist, werden wir dafür sorgen, daß er zu Euch kommt.«

Ihre dunklen Augen glitten auf der Suche nach mehr Sicherheit von Morgan zu Jacques.

»Du 'ast mein Wort, *chérie*. Wenn er da ist, werde ich ihn selbst 'erausbringen.«

»Gehen wir.« Morgan drehte sich heftig um, denn er wußte, daß jede Sekunde für ihren Erfolg wichtig war. Morgan, Jacques und drei texanische Marinesoldaten sollten durch den Tunnel hineingehen, unter der Führung von Paco, dem Mexikaner. Der Rest der Truppe würde sich außerhalb der Mauern des Gefängnisses in Belagerungsposition begeben. Da es zu viele Gefangene waren, um unbemerkt entkommen zu können, bestand ihre größte Chance darin, während der durch den Angriff entstehenden Verwirrung den Tunnel zu durchqueren.

Jacques griff sich eine der langen, mit Pech umwickelten

Holzfackeln, die sie eigens für die Tunneldurchquerung hergestellt hatten, drehte sich um und folgte Morgan. Teresa hielt ihn zurück, indem sie ihm die Hand auf die Schulter legte. Als er sich zu ihr umdrehte, kam sie ganz nah zu ihm und umarmte ihn. Jacques' starke Arme legten sich um ihre Taille und drückten sie fester an sich. Sein Mund legte sich auf den ihren und er küßte sie lang und hart. Dann schob er sie von sich.

»*Vaya con Dios*«, flüsterte sie, aber Jacques war schon hinter Morgan im Tunnel verschwunden. Teresa bekreuzigte sich und sprach schweigend ein Gebet für die Männer – und die sichere Rückkehr ihres Vaters.

Im Inneren des Tunnels zündete Morgan seine Fackel an und wartete, bis Jacques und alle anderen bei ihm waren. Es war feucht und moderig, die Luft schwer und der Geruch unangenehm.

»Laßt Paco vorausgehen und bleibt nah beieinander. Vielleicht gibt es noch andere Gänge, die vom Hauptgang abzweigen. Wir wollen nicht, daß sich jemand verirrt.«

Sie gingen ins Dunkel hinein, die Fackeln der anderen Männer folgten mit unheimlichem Flackern Morgans Fackel und warfen eigentümliche Schatten an die Wände. Spinnenweben hingen an ihrer Kleidung und Wasser tropfte von der Decke herunter. Ihre Schritte hallten hohl im Tunnel wider, dann stolperte einer der Männer und fiel mit lautem Rumpeln zu Boden.

»Seid leise!« zischte Morgan. »Verdammt, wir haben nicht die leiseste Ahnung, wer hier noch alles drin ist.«

»Entschuldigung.« Der junge blonde Soldat wurde vor Scham rot.

Während sie weitergingen, huschten Ratten davon und quietschten aus Ärger über die ungebetenen Eindringlinge. In den dunklen Nischen des Tunnels zeigten die Kothäufchen von Fledermäusen, wo die häßlichen schwarzen Tiere zwischen den Steinen der Decke ihre Schlafplätze hatten. Sie waren im Augenblick leer, denn die Nacht war die Zeit ihrer Futtersuche. Dünne, häutige Flügel flatterten über ihren Köpfen, als jetzt die letzten paar davonschossen. Morgan hoffte, daß die Tiere nicht zurückkehren würden, bis die Männer den Tunnel wieder verlassen hatten und ihre Aufgabe beendet war.

Er zog seine Taschenuhr aus der Hosentasche und öffnete den Deckel. Noch zwanzig Minuten, bis die Truppe ihren Angriff beginnen würde. Die Soldaten sollten die Belagerung solange wie nur möglich aufrechterhalten – bis zum äußersten Moment, an dem sie sich noch in Sicherheit zurückziehen konnten. Eine kurze Zeitspanne für Pannen war auch noch eingerechnet.

Morgan kümmerte sich nicht weiter um das Dröhnen in seinem Kopf, die Striemen auf seinem Rücken und die unglaubliche Erschöpfung, die ihm in allen Knochen zu stecken schien. Das einzige, was zählte, war, möglichst schnell in das Gefängnis hineinzukommen und die Menschen zu retten, die er liebte.

Er hoffte nur, daß sich dieser Paco, der ihnen nervös vorausging, wirklich so gut in der alten Mayastadt auskannte, wie er behauptete.

Silver schaute durch das schmiedeeiserne Gitter an ihrem Fenster, das große Ähnlichkeit mit dem Fenster in ihrem Zimmer zu Hause hatte. Was auch immer sie tat, immer wieder schien es ihr zu passieren, daß man ihre Freiheit beschränkte. Heute abend würde sie sogar noch mehr verlieren.

Früh am Nachmittag hatte man sie nach oben in ein Schlafzimmer im ersten Stock gebracht, vermutlich war es näher an den Räumen gelegen, die General Hernández bewohnte. Dieses Zimmer war größer als das untere und viel ausgefallener möbliert. Bodenlange Vorhänge aus teurem, rubinrotem Brokat verdeckten die Fenster, und ein großes, geschnitztes Bett stand an der einen Wand.

Es befanden sich nur wenige persönliche Gegenstände in dem Zimmer. Lediglich eine Bürste mit silbernem Rücken, ein dazu passender Kamm und ein Spiegel lagen auf dem geschnitzten

Toilettentisch neben einer kleinen, herzförmigen, silbernen Schmuckdose. Als sie vorsichtig den Deckel hob, spielte die Spieluhr darin eine bittersüße Melodie, aber die Dose war leer.

Vor einer Stunde hatte man ihr dann ein Bad und neue Kleider gebracht – sie waren ihrer jetzigen Garderobe ähnlich, nur der Rock war nicht verblichen, sondern leuchtend rot. So stand sie nun gebadet und eingekleidet da und wartete auf den Mann, der sie gekauft hatte – wie eine Hure der niedrigsten Art. Und doch, wenn sie alles noch einmal tun müßte, täte sie es wieder genau so.

Silver starrte aus ihrem Fenster. Sie erkannte im Licht der Mondsichel die verlassenen Trockengestelle, auf denen lange Hanfstücke, einst zum Verkauf gedacht, völlig vertrocknet lagen und Stück für Stück vom Wind davongetragen wurden. Obwohl sie im Dunkeln nicht so weit sehen konnte, waren ihr schon früher am Tag die stacheligen Sisalfelder aufgefallen, die sich nördlich der Hacienda endlos nach Norden bis zum Horizont erstreckten, bis sie schließlich übergingen in das flache, dornige Plateau voller Yucatán-Gebüsch. Jetzt nach den Kämpfen und verlassen wie es war, wirkte das Gelände kahl und einsam, ganz wie die Tage, die vor ihr lagen.

Wie lange würde der General sie als sein Spielzeug benutzen wollen? Wie lange würde sie leiden müssen, bis sie die Möglichkeit zur Flucht fand? Sie zweifelte nicht daran, daß ihr das früher oder später gelingen würde. Sie mußte eine Möglichkeit finden, oder die Rebellion würde zu Ende gehen, oder Hernández würde an einen anderen Platz versetzt werden. Sie fürchtete sich nicht vor der Zukunft – sondern vor der Gegenwart.

Silver schaute wieder hinaus. Es war schon seit einer ganzen Weile dunkel, und immer noch hatte der General sie nicht rufen lassen. Was war wohl geschehen, das ihn aufhielt? Mein Gott, wie sehr sie sich wünschte, er möge nicht kommen!

Ein hartes Klopfen ertönte an der Tür. Silvers Herz begann, mit demselben schweren Rhythmus zu klopfen. Mit hölzernen

Bewegungen ging sie durchs Zimmer und wartete darauf, daß das Schloß geöffnet wurde. Als die Tür weit aufging, stand dort die breithüftige Mexikanerin namens Maria – die Frau, die sich seit ihrer Ankunft um ihre Bedürfnisse gekümmert hatte. Mit ihrer steinernen Miene und dem Fehlen jeglichen Mitgefühls machte sie den Eindruck, eine treue Anhängerin der Zentralisten zu sein.

»General Hernández erwartet Euch in seinem Zimmer«, sagte die Frau fast genießerisch in ihrem schwer verständlichen Englisch.

Im Flur standen zwei *soldados* kaum einen Meter von der Tür entfernt. Wie Silver schon befürchtet hatte, betrachteten sie sie eingehend.

»Kommt.« Die Frau ging vor ihr her den Flur entlang und öffnete die erste Tür rechts.

Silver nahm ihren ganzen Mut zusammen und betrat das Zimmer. Das dumpfe Geräusch der sich schließenden Tür ließ ihr eine Welle von Furcht über den Rücken laufen.

Das Zimmer war noch größer und schöner als dasjenige, in dem sie jetzt wohnte, mit massiven, geschnitzten Holzmöbeln, Gemälden an den Wänden und mit Stickereien bezogenen, zu dick gepolsterten Sesseln. Ein riesiges Himmelbett, mit Moskitonetz darüber, stand schräg in einem Winkel des Zimmers. Dicke weiße Kerzen in hohen Messinghaltern gaben weiches Licht.

Am Fuß des Bettes stand General Hernández prächtig in einen bodenlangen, burgunderroten Morgenmantel gehüllt, unter dem nur seine in Hausschuhen steckenden Füße hervorschauten. Er hielt einen Weinbrandkelch in der einen und eine lange Zigarre in der anderen seiner Hände mit den kurzen Fingern.

»*Buenas noches*, Señorita Jones.«

Silver wollte ihm erst antworten, doch ihre Lippen waren so trocken, daß sie sie kaum bewegen konnte, und die Worte blieben ihr irgendwo in der Kehle stecken.

»Ihr hattet doch sicher nicht angenommen, daß ich unsere Verabredung vergessen habe?«

Soviel Glück konnte ich nicht erwarten. »Ich hatte angenommen, daß Ihr durch wichtige Geschäfte verspätet seid«, erklärte sie ihm, als sie ihre Stimme schließlich wiedergefunden hatte.

»Und so war es auch.« *Auf der Jagd nach diesem* bastardo, *den freizulassen du mich überredet hast.* »Aber hier bin ich nun... und Ihr ebenfalls.« Er goß ihr aus einer Karaffe von dem schweren Holztisch neben dem Kamin ein Glas Weinbrand ein und kam durchs Zimmer, um es ihr zu geben.

Die leichte Berührung seiner Finger ließ einen Schauer von Furcht durch ihre Haut strömen. Silver trank einen Schluck der brennenden Flüssigkeit, die sie jetzt brauchte, um sich Mut zu machen, dann einen zweiten.

»Ich würde es vorziehen, wenn Ihr Euch etwas... sagen wir, Bequemeres, anziehen würdet«, sagte der General. Silver folgte seinem Blick zu dem Stück schwarzer Seide, das über der Rükkenlehne eines der zu dick gepolsterten Sessel lag. »Es ist französisch«, sagte er stolz. »Ein Geschenk, das ich für eine befreundete Dame gekauft habe. Jetzt bekommt Ihr es statt dessen.«

Sie konnte sich nicht bedanken. Es ging einfach nicht. Sie nahm das dünne schwarze Kleidungsstück in die Hand.

»Kommt her, *querida*, dann helfe ich Euch beim Anziehen.«

Herrgott im Himmel, hilf mir einen Weg zu finden, wie ich das hier ertragen kann. Sie durfte nicht versuchen, sich gegen ihn zu wehren – wenigstens noch nicht. Dann würde er nur seine Männer hereinrufen, um sie für ihn festzuhalten. Womöglich würde er sie gar mit ihnen teilen. Ihr erster Impuls war zwar, um sich zu schlagen, zu kratzen, zu treten – aber diesmal ging das nicht. Diesmal mußte sie das Spiel mit Geschick spielen, nicht mit Zorn.

»Warum macht Ihr es Euch nicht bequem, General? Würde es Euch nicht Spaß machen, mir zuzusehen?«

Sein Lächeln wurde raubtierhaft. Er setzte sich in einen der bestickten Sessel, nahm einen langen Zug aus der Zigarre und dann einen kräftigen Schluck von seinem Weinbrand. »Auf jeden Fall.«

Sie würde sich nicht gegen ihn wehren, aber sie würde auch nicht um Gnade bitten, denn sie wußte, daß er so etwas nicht kannte.

Mit einem Seufzer der Resignation, von dem sie hoffte, daß er ihn nicht hörte, bückte sich Silver, löste ihre Sandalen und streifte sie von den Füßen. Dann stellte sie sich genau vor ihn, zog langsam die Bauernbluse über den Kopf und warf sie zur Seite. Als ihre Hände begannen zu zittern, zwang sie sich zur Ruhe. Als nächstes kam der Rock und dann der eine dünne Unterrock, bis sie schließlich nur noch in ihrem dünnen Hemd und ihren weichen, baumwollenen Höschen vor ihm stand.

Mit einem Lächeln und einem Nicken drängte Hernández sie fortzufahren.

Du darfst dich nicht von ihm unterkriegen lassen, nahm sich Silver vor. *Du bist aus härterem Holz geschnitzt.* Sie unterdrückte einen Anfall von Übelkeit, griff unter ihr Hemd und löste das Bändchen, das ihre Höschen hielt. Diesmal ließ sich das Zittern ihrer Finger nicht mehr unterdrücken. Sie riß sich zusammen, schob die weiche, weiße Baumwolle über ihre Schenkel hinunter und stieg heraus. Nun stand sie ihm nur noch in ihrem Hemdchen gegenüber, dessen Saum gerade bis unter ihr Hinterteil reichte.

Als sie nach dem schwarzen, seidenen Nachthemd griff und es sich einfach so über den Kopf ziehen wollte, um dann den Rest ihrer Kleidung auszuziehen, hinderte sie die rauhe Stimme des Generals daran.

»Ich möchte gerne Euren ganzen Körper sehen, *querida*. Er scheint mir außergewöhnlich schön zu sein.«

Sie durfte nicht weinen, auf keinen Fall. Sie schaute zu der schmalen Tür hinüber, die auf einen kleinen, schmiedeeisernen Balkon hinausführte. Die Vorhänge flatterten leise in der

Abendbrise, und kein Gitter hätte sie daran gehindert, hinauszugehen. Nichts hätte sie gehindert – nur der untersetzte Mann vor ihr, mehrere hundert Soldaten und endlose Kilometer mörderischen Geländes. Dennoch, wenn sie überzeugt wäre, eine echte Chance zur Flucht zu haben, hätte sie es versucht.

»Beeilt Euch, *querida*, ich werde langsam ungeduldig.«

Silver hob das Kinn und zwang sich, zu ihm hinüberzulächeln. Sie würde es nicht zulassen, daß er sah, wie sehr sie sich fürchtete, die Befriedigung gönnte sie ihm nicht. In einer einzigen, anmutigen Bewegung griff sie nach dem Saum ihres Hemdes und zog es sich über den Kopf. Mit hoch erhobenem Kopf stand sie vor ihm, und nur noch ein paar lose Strähnen ihres nicht zusammengebundenen Haars verbargen ihre bloße Haut vor seinem Blick.

Die Augen des Generals, dunkler als vorher, hefteten sich auf ihre aufgerichteten Brüste. Unter seinem Schnurrbart wölbte ein zufriedenes Lächeln die dünnen, grausamen Linien seines Mundes.

Silver griff nach dem schwarzen Seidennachthemd, sorgsam darauf bedacht, ihren Widerwillen nicht zu zeigen, und zog es sich über den Kopf und die Schultern. Obwohl der tiefe V-Ausschnitt fast ihre ganzen Brüste bis auf die Spitzen zeigte, fühlte sie sich in seinen weichen Falten wieder etwas sicherer – bis sie den General auf sich zukommen sah.

»Heute nachmittag, als Euer Major seine Flucht wirklich geschafft hat, habe ich Euch und unseren Handel verflucht. Jetzt bin ich dankbar dafür – denn ich habe eindeutig das bessere Geschäft dabei gemacht.«

Der Mund des Generals bedeckte den ihren in einem rauhen, brutalen Kuß, seine Zunge drängte sich an ihren Zähnen vorbei bis weit in ihren Mund, aber Silver konnte nur an seine Worte denken. *Als Euer Major seine Flucht wirklich geschafft hat*. Morgan hatte es geschafft! Der General hatte versucht, ihn aufzuhalten, ganz wie sie befürchtet hatte, aber Morgan war ihm entkommen!

Sie spürte eine seiner groben Hände auf ihrer Brust, während die andere ihr Hinterteil drückte und grob knetete. Sein Mund tat weh auf ihren Lippen, und sein Atem schmeckte sauer nach Alkohol und Tabak. Aber das war jetzt völlig unwichtig. Morgan war in Sicherheit!

»Wir müssen uns beeilen«, flüsterte Morgan. »Es wird höchste Zeit.« Sie hatten den gut verborgenen Eingang des alten verlassenen Tunnels in das Gefängnis erreicht, löschten ihre Fackeln und ließen sie für ihren Rückweg durch den feuchten Tunnel an der Seite der Öffnung liegen. Da der Mond nur ganz wenig Licht verbreitete, war es draußen fast genauso dunkel.

»Ihr alle kennt Eure Aufgabe. Jacques wird euch in die verschiedenen Kammern führen. Ihr werdet die Männer befreien und ihnen zum Tunnel helfen. Corporal Saxon, Ihr kommt mit mir.« Saxon war der junge Soldat, der im Tunnel gestolpert war.

»Denkt an die Zeichnung von Paco.« Morgan sah prüfend auf seine Taschenuhr. »Wir wollen, daß die Wachen aus dem Weg geräumt und die Gefangenen zur Flucht zum Tunnel bereit sind, sobald draußen geschossen wird.«

»Mach dir keine Sorgen um deinen Bruder«, sagte Jacques. »Ich werde ihn 'eraus'olen.«

»Das weiß ich. Ich würde keinem außer dir vertrauen.«

Jacques packte seine Hand, und Morgan umfaßte hart die Schulter des großen Franzosen. »Paß gut auf dich auf, mein Freund.« Mit einem letzten kurzen Nicken eilten Jacques und seine Männer davon. Morgan wünschte nur, daß sie zur Flucht bereit waren, wenn der Kampf begann.

Inzwischen mußte er Silver finden. Höchstwahrscheinlich würde sie jetzt bei General Hernández sein, und zwar schon seit einer ganzen Weile. Morgans Magen zog sich zusammen. Er kämpfte eine Vision nieder, in der Silver von dem kleinen, aber muskulösen Mann vergewaltigt wurde und hastete an der rauhen Steinwand der Pyramide entlang, an der der Tunnel endete. In der Nähe der Ecke blieb er stehen.

»Wenn Paco recht hat«, sagte er zu Saxon, »liegen die Räume des Besitzers im ersten Stock des Nordflügels der Hacienda. Da der General ein angenehmes Leben zu schätzen weiß, kann man davon ausgehen, daß er jetzt auch dort zu finden ist.«

Corporal Saxon nickte.

»Folgt mir, möglichst leise und möglichst gebückt.« Sie hatten Hände und Kleidung mit Ruß geschwärzt, damit sie schlechter zu erkennen waren. Während sie weiter durch die Ruinen voranschlichen, sah Morgan zu den glatten Steinwänden der Pyramide auf, die sich hoch über ihnen erhob, blickte zu den einstürzenden Gängen, die von dornigen Pflanzen und Ranken überwuchert wurden, zu den Gräben, die einst ein Teil des Eingangs zu einem Tempel gewesen waren, und dankte Gott auch für diesen kleinen Vorteil. Denn die Ruinen boten ihnen den bestmöglichen Schutz, den sie sich hätten wünschen können. Ja, unheimlich waren sie schon. Übermächtig und geisterhaft ließen sie Menschen neben sich klein erscheinen. Aber sie boten auch Eingänge zu zahllosen leeren Kammern, in die sich ein Mann zurückziehen konnte, leere Verteidigungsgräben, hohe Steinfiguren und riesige Granitbögen – Dutzende von Orten, um sich darin zu verstecken.

Jacques hatte ausgesprochen gute Chancen, die Gefangenen zu erreichen – falls Paco recht hatte, was ihren Standpunkt betraf. Morgans Aufgabe würde schwieriger werden. Er und der junge Corporal mußten das offene Gelände zwischen dem Haus und den Ruinen überwinden. Auf halbem Weg bot ein Wachturm, einst als Wasserturm gebaut, um die Felder vor Feuer zu bewahren, den Blick über das ganze Gelände von oben.

Dennoch gab es Sisalagaven und Trockengestelle, sogar ein paar alte Ballen mit Fasern, mit deren Hilfe sie sich ungesehen anschleichen konnten.

Morgan duckte sich, ohne darauf Rücksicht zu nehmen, daß die geduckte Haltung den Schmerz in seinen Rippen und das Dröhnen in seinem Kopf vervielfachte, und rannte von einer

Deckung zur nächsten. Mit Saxon dicht hinter sich schlich er direkt auf den Turm zu. Er wollte die Männer darin entwaffnen und erst dann weiter zum Haus schleichen. Während er zuerst rannte, dann kroch, dann geduckt schlich, betete er die ganze Zeit im stillen um Silvers Sicherheit.

Sie war klug, sagte er sich fest. Sie würde einen Weg finden, den General in Schach zu halten, bis er sie erreicht hatte.

Sicher wußte sie, daß er kommen würde.

Nur noch eine kleine Weile, dachte er. *Du kannst es schaffen. Ich kenne doch deine verdammte Entschlossenheit.* Morgan fluchte, daß es schon so spät war, schlich weiter, näher heran. Er hoffte höllisch, daß Silver wenigstens dieses eine Mal ihren Jähzorn im Griff behalten und ihre Wut ganz auf den General konzentrieren würde – und nicht etwa versuchte, die ganze mexikanische Armee zu besiegen.

»Kommt«, sagte der General und streckte seine Hand aus, seine Stimme klang vor Begehren ganz rauh.

Silver hob das Kinn und zwang sich, ihn anzulächeln, aber ihre Augen durchsuchten das Zimmer nach irgendetwas – was immer es sein mochte – mit dessen Hilfe sie sich retten könnte. Dann fand sie etwas: einen massiven Messingkerzenständer, der neben dem großen Himmelbett stand. Die Kerze war schon ziemlich weit heruntergebrannt und drohte zu verlöschen. Wenn es ihr gelänge, General Hernández abzulenken, bis sie den Kerzenhalter fassen konnte, könnte sie ihn als Waffe einsetzen.

Also nahm Silver seine Hand und verbarg ihre Abscheu darüber, daß sie sich so feuchtwarm anfühlte. Dann ließ sie sich von ihm zum Bett hinüberführen. Der General schlug die Decken zurück, so daß die glatten, weißen Laken zum Vorschein kamen, setzte sich auf den Rand und zog seine Hausschuhe aus. Silver kletterte auf die Matratze hinauf und versuchte, sich langsam in Richtung auf den Kerzenhalter zur anderen Seite hinüberzuziehen, aber Hernández erwischte ihren Knöchel und zog sie zu sich zurück, so daß die Laken zerwühlt wurden. Sie war noch nicht einmal in die Nähe ihrer Waffe gekommen.

»Möchtet Ihr nicht auch meinen Körper sehen? Ich versichere Euch, daß ich ein recht kräftig gebauter Mann bin.«

Das war das letzte, was sie wollte. »Oh, natürlich, General Hernández.« *Ich kann es kaum erwarten.*

»Es würde mir gefallen, wenn Ihr mich Alberto nennen könntet – zumindest so lange wir unter uns sind.«

»Alberto«, wiederholte Silver weich, während er die Schärpe seines Morgenmantels löste. Ihre Augen weiteten sich, als sie feststellte, daß er darunter nackt war. Nackt und erregt.

Oh Gott. Silver spürte die Röte in ihre Wangen steigen und sah zur Seite. Hernández kicherte nur leise.

»Ich freue mich zu sehen, *querida*, daß Ihr doch nicht ganz so erfahren seid, wie Ihr vorgebt. Es wird mir das größte Vergnügen bereiten, Eure Ausbildung in der Kunst der Liebe noch etwas zu vervollkommnen.«

Obwohl Alberto Hernández nicht sehr groß war, hatte er nicht gelogen, was seine Männlichkeit betraf. Seine breite Brust war mit glänzendem, schwarzem, lockigem Haar bedeckt. Seine Taille und seine Hüften waren kräftig, aber straff und fest mit Muskeln bedeckt. Sein Schaft erhob sich kurz und dick und wirkte hochmütig. Silver kämpfte die aufsteigende Übelkeit nieder.

Er kam langsam zu ihr, küßte sie, drückte sie nieder in die weiche, mit Federn gefüllte Matratze. Silver schob sich ganz langsam rückwärts, zwang ihn, ihr zu folgen, finster entschlossen, möglichst bald den Kerzenständer zu erreichen, der ihre einzige Rettung zu sein schien. Ihre Beine schlugen wild hin und her, und sie stöhnte, aber mit jedem vorgetäuschten Moment der Leidenschaft schob sie sich ein Stückchen weiter nach hinten ans andere Ende des Bettes. Die Hand des Generals drückte ihr Brust zusammen, legte sie bloß, und begann ihre Brustwarze zu streicheln. Mit der anderen Hand schob er das schwarze Seidennachthemd hoch und machte sich daran, ihren Hintern zu kneten.

Silver verfluchte ihn im stillen, aber sie wand und hob sich ihm entgegen und gewann dabei fast einen halben Meter auf dem Weg zu ihrer Waffe. Der General legte ein massiges Bein über ihr schlankes. Silver spannte sich an und schob sich ein Stückchen weiter. Seine Zunge stieß sich weit in ihren Mund hinein, was sie mit Abscheu erfüllte. Nur noch ein kleines Stück, und sie konnte ihn erreichen. Sie ließ sich von ihm küssen, kümmerte sich nicht um seinen bitteren Geschmack, verzweifelt bemüht, ihr Ziel doch noch zu erreichen.

»Laßt sie los.« Der todernste Ton der Stimme wurde noch betont durch das Klicken der entsicherten Waffe. Hernández wandte sich heftig dem Geräusch zu. »Nur eine falsche Bewegung, Hernández, und Ihr seid ein toter Mann.«

Einen Augenblick lang starrte Silver nur bewegungslos zu den beiden Männern hinüber, die am anderen Ende des Zimmers an der Balkontür standen. Hinter ihnen bauschten sich die Vorhänge leicht und die Tür stand weiter offen als vorher. Morgan hatte noch nie finsterer ausgesehen als jetzt. Der General griff nach seinem Morgenmantel.

»Laßt das«, warnte ihn Morgan.

»Ihr wollt aber doch sicher nicht, daß ich –«

»Ich sagte, laßt das!« Widerstrebend ließ der General ihn fallen.

Silver bewegte sich immer noch nicht. Erst als der junge Mann neben Morgan sie mit einem Blick bedachte, der sie an ihre teilweise Nacktheit erinnerte, schluckte sie gegen den Kloß in ihrer Kehle an und ordnete das dünne schwarze Kleid, um sich zu bedecken.

»Bist du in Ordnung?« Die Worte klangen knapp und hart, und Morgans Augen wanderten über das schwarze Seidennachthemd, umfaßten die wirre Fülle ihres Haars und betrachteten dann das zerwühlte Bett. Die Kerze neben dem Bett schimmerte verführerisch, und die Kissen sahen zerdrückt und gebraucht aus.

»Ja«, flüsterte sie, aber ihre Kehle war ganz eng geworden und schmerzte beinah, so daß sie kaum sprechen konnte. Sie wußte, was er jetzt dachte. *Mein Gott im Himmel*, sie wußte es!

Er hob den Morgenmantel des Generals auf und warf ihn ihr zu. »Wir müssen uns beeilen, wir haben keine Zeit.«

Sie zog ihn schnell über und band die Schärpe. Tränen standen in ihren Augen, so daß sie kaum etwas sehen konnte und fast blind quer durchs Zimmer ging. Sie brauchte jetzt so sehr Morgans tröstende Arme um sich. Sie wollte ihm sagen, was geschehen war, wünschte sich, daß er sie verstand, und doch wußte sie ohne jeden Zweifel, daß er sie nicht verstehen würde.

»Ihr werdet scheitern, Major Trask«, warnte ihn Hernández, während der blonde Marinesoldat ihm die Handgelenke zusammenband. »Genau wie schon beim letzten Mal.«

»Nein, diesmal scheitere ich nicht, General.« Der junge Soldat war jetzt auch mit den Füßen des Generals fertig, fesselte ihn an einen Stuhl und stopfte ihm einen Knebel in den Mund.

»Gehen wir«, befahl Morgan. »Corporal Saxon, Ihr übernehmt die Rückendeckung.«

Silver blieb nur kurz stehen, um ihre Kleider zu einem Bündel zusammenzurollen. Dann eilten alle drei schweigend zum Balkon und kletterten das Spalier hinunter auf den Boden. Als Silver über den zu langen Morgenmantel stolperte, griff Morgan nach ihrem Arm, zog sie zur Wand hinüber und riß zuerst ein Stück vom Morgenmantel und dann vom Nachthemd ab.

»Zieh deine Sandalen an.« Jedes Wort klang knapp und kurz. Keine Spur von Wärme war in seiner Stimme zu hören. Mit zitternden Fingern zog Silver die flachen Lederschuhe an und sie begannen den Weg zurück über das offene Gelände zum Gefängnis.

»Was ist mit dem Turm? Werden die Wachen oben uns nicht sehen?«

»Die sind schon ausgeschaltet worden«, sagte er nur.

Sie hatten gerade den Turm erreicht, als die ersten Schüsse fielen. Morgan fluchte laut. »Los, verdammt noch mal! Wir müssen zum Tunnel!«

Mexikanische Soldaten strömten überall aus Zelten und Verschlägen, die ihnen hier als provisorische Baracken dienten. Es war die Hölle los. Jeder versuchte, in Deckung zu gehen oder herauszufinden, in welche Richtung sie zurückschießen sollten. Ein großer mexikanischer Soldat rief etwas auf Spanisch und ächzte plötzlich nur noch, als eine Bleikugel in seine Brust drang. Er fiel zu Morgans Füßen.

Morgan griff nach Silvers Hand, ging um die Leiche herum und zerrte sie gnadenlos durch das Gewirr von halbbekleideten Männern, Pferden, Wagen und der Kanone, die zum Schießen bereitgemacht wurde. Offensichtlich war man sich allerdings noch nicht ganz sicher, in welche Richtung überhaupt gezielt werden sollte.

»Hier entlang.« Morgan zog sie ins dunkle Innere eines eingestürzten Steingebäudes. Saxon drückte sich an die gegenüberliegende Wand direkt hinter der Tür.

»Was ist das hier?« flüsterte Silver, als sie die Hieroglypheninschriften sah, die in die Wände gemeißelt waren – Schlangen und böse dreinschauende Gestalten, die jede ihrer Bewegungen mit übelwollenden Granitaugen zu beobachten schienen.

»Irgendein Maya-Tempel. Steht schon seit Jahrhunderten leer.« Bisher hatte er noch nicht viel gesagt, aber seine Stimme klang so abwesend, daß sie sich noch schlimmer als vorher fühlte.

»Morgan, ich will, daß du weißt –«

»Nicht jetzt.« Mit diesen Worten griff er nach ihrem Arm und führte sie wieder aus dem Gebäude mit dem eingestürzten Dach heraus. Sie wanderten durch Gänge mit Felswänden, dicht überwachsen von Gebüsch und Rankpflanzen und erreichten schließlich die Seitenwand einer Pyramide.

»Bringt sie in den Tunnel und wartet dort auf mich«, befahl Morgan dem Corporal. »Ich sehe nach, was die anderen machen.«

Saxon nickte. Silver sah sich um, entdeckte aber nichts, bis der Corporal auf einen flachen, dunklen Busch zeigte. Als Silver ihn aus dem Weg zog, sah sie eine Öffnung, die etwas über einen Meter hoch war. Sie schauderte bei dem Gedanken, hineinklettern zu müssen, schaute noch einmal zurück zu Morgans breiten Schultern, die gerade um die nächste Ecke verschwanden, duckte sich dann und stieg hinein. Die Schießerei schien kein Ende nehmen zu wollen. Plötzlich hörte sie schnelle Schritte näherkommen.

Innerhalb weniger Minuten begannen die Männer, in den Tunnel zu drängen – einige kamen allein, andere mit der Hilfe von Kameraden, manche lagen auf Tragen. Inzwischen hatte Saxon eine Fackel angezündet, die anderen folgten seinem Beispiel und verschwanden schnell den Gang hinunter. Silver bewegte sich nicht von der Stelle. Sie würde nicht fortgehen, bis Morgan wieder zurück war.

Sie hörte ihn, bevor sie ihn sehen konnte, und seine Stimme klang erleichtert. Drei Männer kamen vor ihm in den Tunnel herein. In dem ersten erkannte sie Jacques, der zweite, ein großer, dunkelhaariger Mann, mußte Morgans Bruder sein, der dritte war Cookie, der von einem Ohr zum anderen grinste.

»Ich wußte, daß der Käpt'n Euch finden würde«, sagte Cookie mit stolzem Ton.

»Gut, daß Ihr in Sicherheit seid, *chérie*.«

»Gehen wir«, drängte Morgan, bevor sie einem ihrer Freunde hätte antworten können. Er griff nach ihrer Hand und zerrte sie durch den Tunnel, wurde immer nur dann langsamer, wenn sie zu fallen drohte. Sie hörte die Ratten, spürte, wie eine ihren Fuß berührte, unterdrückte aber einen Schrei.

»Jetzt ist es nicht mehr weit«, versicherte ihr Morgan mit der gleichen distanzierten Stimme wie vorher. Silver zwang sich, einen Fuß vor den anderen zu setzen und verbannte jegliche Gedanken an Spinnen, Schlangen und Käfer, die in der feuchten Dunkelheit des Tunnels in Mengen herumkrabbelten, aus ihrem Kopf.

Dann roch sie es – einen ersten Hauch von frischer Luft. Augenblicke später standen sie schon vor dem Tunnel, blieben dort jedoch nur kurz. Morgan zog sie mit sich zum Wald hinüber und schwang sie auf den Rücken seines großen, rotbraunen Hengstes, der dort wartete, wo Morgan ihn zurückgelassen hatte. Sein Bruder stieg auf einen Stein und setzte sich hinter sie.

»Bring sie zurück ins Lager«, sagte Morgan zu Brendan.

»Keine Sorge, großer Bruder.« Aber die Leichtigkeit in Brendans Stimme wirkte gezwungen.

»Was ist mit dir?« fragte Silver. »Kommst du nicht mit uns?«

»Ich komme gleich nach.«

Brendan lenkte den Hengst herum, und erst da bemerkte sie, daß sein linker Arm schlaff herabhing. Ihr fiel auf, daß der Mann hinter ihr sich kaum aufrecht halten konnte. Er war verletzt und fast völlig abgemagert.

»Gebt mir die Zügel«, befahl sie. »Legt einfach die Arme um meine Taille und haltet Euch fest.« Einen Augenblick lang schien er unsicher. »Vertraut mir, Brendan. Ich werde uns schon beide hier herausbringen. Sagt mir nur, in welche Richtung wir reiten müssen.«

»Morgan sagt, das Lager liegt in dieser Richtung.« Matt hob er den gesunden Arm und zeigte auf einen Pfad, der nach Nordwesten führte. »Morgan hilft noch ein paar anderen. Er holt uns dann in der Mitte des Weges ein.« Erschöpft von den bisherigen Anstrengungen legte Brendan seine Arme um ihre Taille, und sein Kopf fiel auf ihre Schulter.

Silver kümmerte sich weder um die Gewehrschüsse und die Rufe von Mexikanern, die das Unterholz durchsuchten, noch um die Schreie der Verwundeten, die in der Dunkelheit wimmerten. Sie drängte das große Pferd mit langen Zügeln den überwachsenen Pfad entlang, so daß es selbst entscheiden konnte, wohin es seine Hufe setzte. Wie Morgan versprochen hatte, kam er tatsächlich nach etwa einer Stunde nach und ritt schweigend hinter ihnen, um ihnen den Rücken zu decken. Einige Zeit später erreichten sie das Lager und damit die Sicherheit.

Jacques half Brendan vom Pferd, dann Silver. Morgan war nirgendwo zu sehen.

22. Kapitel

Sie hatten es geschafft, so schwierig es auch erschienen war. Sie hatten erfolgreich die texanischen Gefangenen befreit und waren mit einem Minimum an Verlusten davongekommen.

Alle außer Buckland. Buckland fehlte. Er war nicht unter den Männern im Gefängnis gewesen. Ram, der mit Morgan und Buckland gefoltert worden war, glaubte, daß Buckland für seine ›geschätzte Mitarbeit‹ ein Zimmer in der Hacienda bekommen hatte.

»Der Colonel wird für unsere Flucht herhalten müssen«, erklärte Ram Silver. »Und ich werde nicht um ihn trauern.« Silver hatte den großen Türken, der ein Freund von Morgans Bruder war, gern. Und es war offensichtlich, daß Ram sie auch mochte.

»Ihr erinnert mich an jemanden, eine Dame, der ich einmal in New Orleans begegnet bin«, sagte er. »Auf etwas andere Art als Ihr ist Nicole St. Claire auch so willensstark wie Ihr.« Ram kicherte. »Nur daß ihr Haar kupferfarben leuchtet, nicht silbern wie das Eure.«

Zwei Tage vergingen, bis sie ihre Reise zurück zur Küste antraten. Das reichte, um die Wunden der Männer zu versorgen und sie etwas zu Kräften kommen zu lassen, um sich für den anstrengenden Weg vorzubereiten. Sie wanderten südwärts, in die entgegengesetzte Richtung, aus der Cookie und Silver mit dem kleinen Mayaführer gekommen waren, der allerdings geflüchtet war, sobald er das Gefängnis verlassen hatte.

Cookie hatte sie kurz besucht und sie vor dem Zelt angetroffen, das für sie und Teresa reserviert worden war. Doch die meiste Zeit war er damit beschäftigt gewesen, sich um die Männer zu kümmern. Teresa hatte sich zurückgezogen, überwältigt von der Trauer über den Tod ihres Vaters.

»Es tut mir leid, *ma chère*,« hatte ihr Jacques erklärt. »Dein Papa 'at nicht überlebt.« Teresa weinte bitterlich in seinen Armen, und er schien ihren Schmerz zu teilen. »Weine nicht«, tröstete er sie. »Alejandro Méndez ist als 'eld gestorben. Er war krank geworden. Er wußte, daß er es nicht überleben und seine Frei'eit nicht wiedergewinnen würde. Als ein anderer, jüngerer Mann, der sich mit ihm angefreundet 'atte, den kürzesten Stroh'alm zog, ging dein Vater für ihn in den Tod. Man sagt, er 'ätte den Männern des Erschießungskommandos ins Gesicht gespuckt.«

Teresa klammerte sich fester an ihn, aber in den jugendlichen Zügen ihres Gesichts leuchtete ein Ausdruck von Stolz. Silver überließ die schöne Mexikanerin ihrem Kummer.

Sie mußte mit ihrem eigenen Kummer fertigwerden.

Seit der Nacht ihrer Flucht, nachdem sie sicher das Lager erreicht hatten, kümmerte sich Jacques und nicht Morgan um sie, brachte sie zu Teresas Zelt, holte ihr Decken und half ihr, einen Schlafplatz herzurichten. Auf seine eigene, kraftvolle Art versuchte Jacques, sie zu beruhigen, ohne sich einzumischen.

»Wo ist Morgan?« hatte Silver gefragt, obwohl sie genau wußte, daß er ihr aus dem Wege ging.

»Er braucht etwas Zeit für sich allein«, hatte er gesagt. »Das war für Euch beide eine 'arte Sache.« Er wußte, daß irgendetwas zwischen Silver und Morgan geschehen war, aber er sagte weiter nichts dazu. Und Silver auch nicht.

In den folgenden Tagen hatte Morgan nur kurz mit ihr gesprochen, gefragt, wie es ihr ging, sich erzählen lassen, wie sie von Paulo Carillo und seinen Männern gefangengenommen worden waren, und daß die Mexikaner einen Angriff gegen die *Savannah* und ihre Mannschaft geplant hatte. Sein Gesicht sah zwar immer noch angeschlagen und blau gefleckt aus, und er zuckte gelegentlich zusammen vor Schmerzen in seinem Rücken und den Rippen, aber er ließ es nicht zu, daß sie sich um ihn kümmerte. Nicht ein einziges Mal wurde sein leerer Blick weicher oder der Klang seiner Stimme wärmer.

Und er erwähnte auch nichts von der Szene mit Hernández, die er hatte mitansehen müssen.

»Ich bin dir sehr dankbar für das, was du für mich getan hast«, war das einzige, was er dazu sagte – in knappen, harten Worten, den Blick irgendwo auf den graugrünen Horizont gerichtet.

»Ich wollte dir helfen. Was mit dem General geschehen ist, war nicht –«

»Bitte entschuldige mich, Silver, ich muß mich um die Männer kümmern.«

Und er war fortgegangen. Wann auch immer sie das Thema anschneiden wollte, entschuldigte sich Morgan einfach nur und ging fort. Er war nicht unfreundlich oder unhöflich – er war einfach nur nicht da.

Und diese Leere, die sich zwischen ihnen aufgetan hatte, brach Silver das Herz.

Die fünftägige Wanderung zur Küste schien Wochen zu dauern. Qualvolle Stunden nur gehen und reiten, Lager errichten, Lager abreißen, die Verwundeten versorgen, ihnen zu Essen bringen, zusehen, daß sie sich erholten. Das Gelände südlich des Gefängnisses war feucht und tropisch, die Luft war drückend und von mehr und mehr Insekten erfüllt. Ein Nebel aus Unbequemlichkeit und Verzweiflung schien sie zu umhüllen.

Weil Silver Morgan so vermißte, kümmerte sie sich öfter um seinen Bruder. Brendan war gewöhnlich irgendwo allein unterwegs, still und zurückgezogen und gar nicht mehr der impulsive, fröhliche Mann, als den Morgan ihn beschrieben hatte. Und doch fühlte sich Silver, wenn sie bei ihm war, dem Mann etwas näher, den sie liebte.

»Wie fühlt Ihr Euch?« fragte sie, als sie zu ihm trat. Er saß neben einem Granitvorsprung über einer Schlucht. Er war ein großer Mann mit hellblauen Augen und kaffeebraunem Haar.

Obwohl sein Gesicht mager und abgezehrt wirkte, war er immer noch ein gutaussehender Mann.

»Besser.« *Zumindest äußerlich.* Innerlich fragte sich Brendan, ob er wohl je wieder derselbe sein würde. »Ich fange an, wieder etwas zuzunehmen. Cookie war eben immer schon ein mehr als guter Koch.«

»Ich glaube, Ihr bekommt auch eine bevorzugte Behandlung.«

»Ganz sicher. Und es macht mir nicht das geringste aus.« Eigentlich machte es ihm schon etwas aus, aber im Moment wurden ja alle Männer etwas verwöhnt. Und schließlich verdienten sie es – nach all dem, was sie ertragen hatten, verdienten sie es wirklich.

»Euer Bruder hat sich viel Sorgen um Euch gemacht. Er liebt Euch sehr.«

Ich glaube, er liebt dich auch. Obwohl der verdammte Idiot es wahrscheinlich nicht zugeben will. »Wir haben einander immer schon sehr nahegestanden. Als wir noch jünger waren, hat Morgan alles für mich aufgegeben. Er hat zwanzig Stunden am Tag gearbeitet, nur damit ich alle jene ›Vorzüge‹ bekam, von denen er meinte, daß ich sie verdiente. Meistens habe ich mich dafür mit einer ordentlichen Portion Unsinn revanchiert, aber ich schätze, das hat ihm nichts ausgemacht.«

»Er ist ein prima Kerl«, sagte Silver.

Brendan setzte sich auf dem Felsen etwas anders hin und zuckte zusammen, weil heißer Schmerz in seinen Arm schoß. Er war von einer Bleikugel getroffen worden, kurz bevor sie ihn gefangengenommen hatten, doch einer der Männer hatte sie ihm herausgeholt. Sein Arm hing immer noch schlaff und nutzlos herunter, aber die Wahrscheinlichkeit war groß, daß er sich erholen würde.

Silver mußte gesehen haben, wie er das Gesicht verzog. Sie beugte sich vor, um den Verband zu überprüfen, war damit zufrieden und lächelte. »Es scheint gut zu heilen.«

»Wenigstens habe ich den Arm nicht verloren, wie einige von

den anderen armen Teufeln.« Brendan betrachtete sie eingehend. In ihren dunkelbewimperten Augen lag eine Traurigkeit, die schon seit ihrer ersten Begegnung darin war – damals als sie im Tunnel stand und Morgan mit einer solchen Mischung aus Liebe und Verzweiflung betrachtete, daß Brendan eine Enge in der Brust spürte. In Morgans Augen hatte Bedauern gelegen – und noch etwas anderes, das Brendan nicht genau benennen konnte.

Brendan fragte sich, wie seine Augen wohl jetzt aussehen mochten. Leer vermutlich, stellte er sich vor, nicht mehr leuchtend von jungenhafter Erwartung. Nicht mehr hell vom Traum all der Welten, die er hatte erobern wollen. Er hatte den letzten Rest seiner Jugend in der Enge eines mexikanischen Gefängnisses verloren. Dinge gesehen und getan, von denen er niemals geglaubt hatte, daß er dazu fähig wäre. Er hatte die Angst vor seinem Tod ertragen müssen, hatte um den Verlust seiner Freunde geweint und die Bürde seines Überlebens getragen wie einen schweren Stein auf dem Rücken.

»Hat er – hat Morgan mit Euch über mich gesprochen?« fragte Silver.

Brendan schüttelte den Kopf. »Ihr scheint im Augenblick für ihn kein Thema zu sein.« Brendan hatte versucht, ihn anzusprechen, versucht herauszufinden, was zwischen den beiden geschehen war. Es war offensichtlich, daß Morgan mehr für diese Frau empfand als nur einfache Zuneigung. Aber sein Bruder wollte nicht darüber reden, und die Schwere in Brendans Herz war im Augenblick so groß, daß er nicht den Willen aufbrachte, weiter in ihn zu dringen. »Tut mir leid.«

Silver nickte, und in ihrer Kehle lag ein dicker Kloß. Wenn Brendan sie mit Mitleid und Besorgnis betrachtete, mußte sie sich die größte Mühe geben, die Tränen nicht zu zeigen, die drohten, überzuquellen und über ihre Wangen zu rinnen. Sie wußte, warum Morgan sie verlassen hatte. Es waren nicht nur seine falschen Vorstellungen über ihr Beisammensein mit Hernández. Es war die Tatsache, daß sie sich an ihn verkauft hatte.

Mit ihrem Körper gehandelt hatte wie eine teure Hure. So mußte es für ihn ausgesehen haben – und das würde Morgan ihr niemals verzeihen.

»Ich glaube, jemand ruft mich.« Das war eine Lüge, und sie wußten es beide, aber Brendan nickte nur. Er war ein Mann, der den Wert der Privatsphäre zu schätzen gelernt hatte. »Ich gehe jetzt besser.«

Am Tag bevor sie die Küste erreichten, begann die Stimmung im Lager sich zu verändern. Die Soldaten hatten nicht länger Angst davor, von zentralistischen Truppen angegriffen zu werden, sondern befürchteten jetzt, daß die Schiffe, die sie nach Hause bringen sollten, fortgebracht oder zerstört worden sein könnten. Silver machte sich besonders um Jordy Sorgen.

»Sie werden dort sein«, erklärte ihr Morgan mit mehr Entschlossenheit als Überzeugung. »Jordy und den anderen geht es bestimmt gut.« Es brach ihr das Herz, ihn anzusehen, jetzt wo er derart verschlossen wirkte, daß sie ihn kaum noch als den Mann erkannte, der sie in den Armen gehalten und leidenschaftlich geliebt hatte. Das war in einem anderen Leben gewesen.

Das war ein anderer Mann gewesen.

Das war auch eine andere Frau gewesen.

Und diese Frau liebte ihn so verzweifelt, daß sie an nichts anderes denken konnte als an jenen Mann, der in dieser anderen Persönlichkeit verborgen war – unter diesem Soldaten, dem sie nichts bedeutete. Die Gedanken an ihn erfüllten ihr Denken so vollkommen, daß sie die meiste Zeit schweigend vor sich hintrottete, müde einen Fuß vor den anderen setzte, kaum die riesigen Bäume über sich wahrnahm, auch nicht die drückende Luftfeuchtigkeit, den Regen, der zu fallen begonnen hatte oder das dichte tropische Blattwerk, das sie umhüllte wie ein feuchter, grüner Sarg.

Und dann kletterte die erschöpfte Karawane eines Tages den letzten Hang hinauf und sah hinunter zur Küste in der Nähe der Mündung des Champotón. Ein lautes Freudengeschrei ertönte.

Gar nicht weit vor der Küste lagen schaukelnd drei Schiffe mit hohen Masten vor Anker. Endlich würden sie nach Hause fahren.

»Paß gut auf dich auf, kleiner Bruder.« Morgan nahm Brendan in den Arm und drückte ihn fest.

»Und du auf dich, großer Bruder – und vielen Dank.« Brendan wandte sich Silver zu, die vorsichtig seinem verletzten Arm auswich und sanft seine Wange küßte.

»Gebt nicht auf, um das zu kämpfen, was Ihr haben wollt«, flüsterte er an ihrem Ohr, und sie wußten beide, was er damit meinte. Sie nickte und wischte ihre Tränen weg – die, die sie weinte, weil sie einen neuen Freund verlor, und die, die sie um Morgan weinte.

»Ich werde mich schon um ihn kümmern«, sagte Ram grinsend, und Silver nahm auch ihn in den Arm.

»Auf Wiedersehen, Ram. Ich habe mich gefreut, Euch kennenzulernen.«

Ram berührte ihre Wange. »Ihr seid schon eine ungewöhnliche Frau, Silver Jones.«

Die Texaner – alle bis auf Hamilton Riley und die vier anderen Soldaten, die mit Morgan aus Georgia gekommen waren – stolperten zum Strand hinunter zu den wartenden Landungsbooten. Nur Morgan und seine Mannschaft, der Leutnant und seine Marinesoldaten und die Söldner, die Jacques in Barbados angeheuert hatte, würden an Bord der *Savannah* zurückkehren.

»Sobald wir in Georgia an Land gegangen sind«, erklärte ihr Morgan in seiner neuen Verschlossenheit, »werden Riley und seine Leute nicht mehr unter meinem Kommando stehen. Meine Aufgabe wird erfüllt sein, und ich bin wieder Zivilist.«

Sie fragte sich, ob er sich wohl freute, wieder nach Hause zurückzukommen, doch aus seinem Gesichtsausdruck war nichts zu erkennen. Er entschuldigte sich sofort und arbeitete weiter an den Vorbereitungen für ihre Abfahrt.

»Was ist mit Teresa?« fragte Silver Jacques, der sich noch nicht von der Frau verabschiedet hatte, die ein Stück abseits bei der kleinen Gruppe von föderalistischen Soldaten stand, die sie mit nach Campeche zurücknehmen wollten.

»Sie ist kaum mehr als ein Mädchen«, sagte Jacques, aber sein Gesicht wirkte finster. »Ich 'abe erwachsene Söhne, die fast so alt sind wie sie.«

»Aber sie ist eine Frau«, sagte Silver.

Jacques antwortete nicht. Seine Augen blieben fest auf die kleine, dunkelhaarige Frau gerichtet, deren Röcke von der Meeresbrise um ihre braunhäutigen Beine flatterten. Sie wischte sich über die Augen und wandte sich ab.

»Liebt Ihr sie?« fragte Silver leise.

»Das ist nicht wichtig. Wir passen nicht zusammen.«

»Ich kenne Euch noch nicht lange, Jacques Bouillard, aber für einen Dummkopf habe ich Euch nie gehalten.« Silver strich ein paar Strähnen ihres hellen Haars aus dem Gesicht, hob ihre Röcke und ging den Strand hinunter. Jacques sah nur kurz hinter ihr her. Dann machte er sich mit finsterer Entschlossenheit auf den Weg zu Teresa. Als er sie erreicht hatte, drehte er sie zu sich herum und stellte fest, daß ihr Gesicht tränenfeucht war.

»Warum weinst du, *chérie*? Was 'at dich so traurig gemacht?«

Teresa betrachtete ihn traurig, suchte in seinem Gesicht nach etwas, sah ihm tief in die Augen. Als Jacques nichts weiter sagte, richtete sich Teresa auf. »Ihr wart sehr nett zu mir, Señor. Ich möchte Euch noch für Eure Bemühungen danken, mit denen Ihr versucht habt, meinen Vater zu retten.«

Eine von Jacques' großen Händen hob sich und legte sich um ihre Wange. »Ist das alles? Nur Danke? Kein Abschiedskuß?« Als Teresa sich nicht rührte, senkte Jacques seinen Mund zu ihrem, drückte ihn auf ihre weichen Lippen, kostete ihre Süße, bis er sein eigenes Ächzen hörte. Als er sich schließlich zurückzog, zitterte Teresa, und ihre Augen füllten sich mit neuen Tränen.

»Adios, mi amor«, flüsterte sie in dem Augenblick, in dem sie sich umdrehte, um fortzugehen.

Jacques' Hand auf ihrer Schulter ließ sie stehenbleiben. Er sah sie einen Augenblick an, betrachtete die weibliche Rundung ihrer Hüften und Schultern, ihre glatte, dunkle Haut und ihre großen, dunklen Augen. Irgendetwas rührte sich in ihm. »In Campeche gibt es niemanden, zu dem du zurückkehren kannst«, sagte er leise. »Kein Mann ist dort, der sich um dich kümmert. Was wirst du dort tun?«

»Ich werde schon zurechtkommen.«

»Du brauchst einen Mann.«

Teresa sagte nichts.

Jacques räusperte sich. »Ich wäre gerne dieser Mann, wenn du es mir erlauben würdest.«

»Warum?« fragte Teresa. »Ihr habt schon mehr als genug für mich getan.«

»Du bist eine starke Frau. Eine solche Frau braucht ein Mann an seiner Seite.«

Sie schüttelte nur den Kopf. »Ich will Euer Mitleid nicht.«

Jacques fluchte laut. Als Teresa sich wieder abwandte, packte er ihr Handgelenk und zog sie an sich. »Nicht mein Mitleid möchte ich dir anbieten, sondern meine Liebe. Bitte, *mon coeur*, sag, daß du meine Frau werden willst.«

Teresa starrte ihn an, als hätte sie seine Worte nicht gehört. Dann legten sich ihre Hände um sein Gesicht mit dem schweren, schwarzen Bart, und Jacques' starke Arme drückten sie an sich.

»Te adoro, mi amor«, sagte sie unter Tränen. »Du bist der beste Mann, den ich je gekannt habe. Ich würde mich geehrt fühlen, deine Frau zu sein.«

Jacques lächelte in das glänzende schwarze Haar an seiner Wange. »Ich bin nur ein Seemann, *chérie*. Ich werde manchmal fort sein. Aber ich 'abe etwas Geld gespart, und Morgan hat mir ge'olfen, es zu investieren. Ich werde gut für dich sorgen, und das Meer ruft mich nicht mehr so laut zu sich wie früher.«

»Ich liebe dich. Nichts ist mir so wichtig, wie an deiner Seite zu sein.«

»Wenn Morgan mich nicht mehr braucht, werde ich mit dir nach Campeche zurückkehren und dich 'eiraten.« Jacques lächelte, und das Glück in seiner Brust überwältigte ihn beinah. »Du kannst deine Angelegenheiten regeln und dich von allen verabschieden. Dann fahren wir nach Barbados. Dort ge'ört mir ein Stück Land, und ich 'abe oft daran gedacht, mich dort niederzulassen. Die Insel ist wunderschön, und es gibt dort keine Kriege.«

Teresa lächelte nur und umfaßte seinen Nacken. »Wo immer du bist, wird es schön sein für mich.«

Als das erste Landungsboot von der *Savannah* ankam, sprangen Jordy und Jeremy Flagg hinaus auf den Sand.

»Silver!« Jordy rannte den Strand hinauf auf sie zu. Als er bei ihr ankam, nahm er sie ganz offen in die Arme, wie er es bisher noch nie getan hatte. »Wir ha'm – haben – uns solche Sorgen um Euch gemacht.«

»Gott sei Dank, daß du in Sicherheit bist.« Sie griff nach seiner Hand. »Wie seid ihr ihnen entkommen? Sie haben gesagt, sie würden die Flußmündung blockieren, damit ihr nicht hinausfahren könnt.«

»Sie haben uns wirklich erwartet«, warf Jeremy Flagg ein, der sie jetzt auch erreicht hatte. »Die Sache war nur so, daß wir sie auch erwartet hatten.« Er lachte und deutete auf das Schiff. »Seht ihr die große Fünfpfundkanone in der Mitte des Schiffs?« Silver nickte. »Wir ha'm sie sauber aus dem Wasser gepustet, ehrlich. Flußabwärts segelt es sich verdammt viel leichter als anders'rum.« Er lachte wieder. »Das Schiff ist durch sie durch wie Mais durch eine Gans – Verzeihung, Madam.«

Jordy grinste, und Silver lächelte seit Tagen zum ersten Mal. »Ist schon gut, Mr. Flagg.«

»Es ist nicht gut«, fuhr Morgan ihn an, der dicht hinter Jacques und Teresa zu ihnen getreten war. »Es sind Damen zugegen, Mr.

Flagg. Von jetzt an wäre es besser, wenn Ihr das berücksichtigtet.«

»Mit deiner Erlaubnis, *mon capitaine*«, sagte Jacques mit einem Grinsen, ohne auf Morgans beißende Bemerkung näher einzugehen. »Teresa und ich werden hierbleiben – wenigstens für eine Weile. Sie hat sich bereit erkärt, meine Frau zu werden.«

In Morgans Augen blitzte ein undefinierbares Gefühl auf. Er lächelte, aber sein Gesicht wirkte angespannt. »Herzlichen Glückwunsch.« Es war ihm anzusehen, daß er das wirklich meinte. »Du bist ein glücklicher Mann.«

»Oh Jacques, das ist wunderbar.« Silver drückte den großen Franzosen an sich, drehte sich dann um und drückte auch Teresa. »Wir kennen einander noch nicht lange, aber ich weiß, daß Jacques Euch liebt. Wenn Ihr ihn auch nur halb so sehr liebt wie ich glaube, dann werdet Ihr bestimmt zusammen sehr glücklich werden.«

»Gracias.« Teresa lächelte warm. »Das wünsche ich Euch auch.«

»Danke sehr«, sagte Silver leise und spürte einen Schmerz in der Brust.

»Ihr bleibt hier?« sagte Jordy zu Jacques mit einem derart verlorenen Ausdruck im Gesicht, daß Silvers Verzweiflung zu Sorge um ihn wurde. »Ihr kommt nich' – nicht – mit uns wieder zurück?«

»Tut mir leid, mein junger Freund, aber weiter als bis hier werde ich im Augenblick nicht mitkommen – zumindest diesmal.« Jordy wirkte betroffen. »Sei nicht traurig. Es wird ja nicht für immer sein.«

»Aber ich dachte, ich könnte vielleicht mit Euch zusammen an Bord der Brigantine fahren.«

»Ist schon gut«, tröstete ihn Silver. »Jacques wird eines Tages zurückkommen, und du hast ja noch mich.«

»Ihr werdet ja auch fortgehen, sobald wir in Katonga sind.«

»Nein, das werde ich nicht tun, Jordy. Dorthin gehe ich nicht wieder zurück.« Aber als sie zu Morgan aufsah und seinen finsteren Gesichtsausdruck bemerkte, war sie sich nicht mehr so sicher. *Mein Gott, nicht auch noch das!*

»Ich lasse einen der Männer deine Seemannskiste an Land bringen«, sagte Morgan zu Jacques. »Paßt gut auf euch auf.« Sie verabschiedeten sich endgültig, und das Paar ging Arm in Arm zu den wartenden föderalistischen Truppen hinüber.

»Nun, Mr. Flagg«, sagte Morgan scharf und wandte sich ab. »Worauf wartet Ihr? Ich bin sicher, daß Miss Jones gern zurück an Bord des Schiffes gehen möchte.«

Und dieses Verhalten setzte er auch die nächsten drei Tage fort. Er war unfreundlich und unerreichbar, stand stundenlang am Steuer, ließ sich selten unter Deck blicken und drängte die Männer voran, als wäre er von einem Dämon besessen. Er wirkte zerschlagen und erschöpft und älter als er war. Silver ging ihm aus dem Weg, weil sie es unerträglich fand, ihn zu sehen und zu wissen, was er ihr gegenüber empfand, zu wissen, daß er sich daran erinnerte, wie sich ihr halbnackter Körper unter Alberto Hernández wand und Gefühle zum Ausdruck brachte, die er für Leidenschaft gehalten haben mußte.

Wenn sie sich nur gewehrt hätte, wie sie es doch auch für nur ein paar Augenblicke später geplant hatte! Statt dessen fand er sie eingekeilt unter dem großen Körper des Generals, ihre Hände um seinen Hals geschlungen.

Das war schon einmal so gewesen, doch damals hatte er ihren Erklärungen zugehört, die ihn schließlich an sie glauben ließen. Buckland selbst hatte ja ihre Unschuld bewiesen. Diesmal hatte Morgan genau dasselbe gesehen, was er auch bei Charlotte Middleton gesehen hatte – eine Frau, die ihn in den Armen eines anderen Mannes betrog.

Und selbst wenn Silver ihn hätte überzeugen können, daß nichts geschehen war – und sie wußte, daß sie das nicht konnte – sie hatte ihren Körper für seine Freiheit verkauft, sich hergegeben wie eine gutbezahlte Hure. Morgan wollte jene wohlerzogene Art von Frau, die sich lieber das Leben nahm, anstatt sich von einem Mann benutzen zu lassen – egal aus welchem Grund.

Silver sah aus den Bullaugen hinaus, die über Morgans breiter Koje lagen, erinnerte sich an die Male, als sie sich hier geliebt hatten, manchmal mit feueriger Wut, manchmal mit Zärtlichkeit, aber immer mit brennender Leidenschaft, die sie beide nicht verleugnen konnten. Jetzt schlief er in der kleinen Kabine des Schiffsjungen, hatte darauf bestanden, daß Silver das größere Zimmer nahm und duldete keine andere Lösung. Er tat was er konnte für ihre Bequemlichkeit, und doch spürte sie, wie er sich immer weiter von ihr entfernte. Bald würde sie nicht mehr für ihn sein als irgendeine Frau, die an Bord seines Schiffes reiste, jemand, der mit der üblichen Höflichkeit behandelt wurde, aber nicht mehr.

Vielleicht schaffte Morgan das. Vielleicht konnte er sie hinter sich lassen und niemals zurückschauen. Aber Silver konnte das nicht. Jede Nacht lag sie wach und horchte auf seine Schritte, wünschte sich mit jedem Stückchen ihres Körpers, er möge mit Verständnis zu ihr kommen, ihr wenigstens die Gelegenheit zu einer Erklärung geben. Manchmal warf sie sich stundenlang im Bett herum, wartete, horchte, aber seine Schritte waren erst in den frühen Morgenstunden zu hören. Wenn sie sich zufällig begegneten, blieb Morgan höflich aber zurückhaltend, und er sprach sie nie an, wenn es nicht notwendig war.

Durch das Bullauge sah sie in der Ferne Blitze am Himmel. Auf ihrer Fahrt hierher hatte Morgan ihr bei einer solchen Gelegenheit erklärt, das sei einer der kleinen Frühlingsstürme, die um diese Jahreszeit aus Norden die Karibik überquerten. Dieser Sturm war noch ein ganzes Stück entfernt, aber das Meer wurde schon etwas unruhig, und dunkle Wolken bedeckten den Mond. Es sah schwarz und gefährlich draußen aus, dunkel und deprimierend.

Silver sah dem Sturm zu, und verzweifeltes Schluchzen erhob sich in ihrer Brust. Tagelang war es ihr gelungen, sich zu beherrschen. Sie hatte ihre schrecklichen Ängste zurückgehalten, ihre machtvollen Gefühle der Liebe und der Verlassenheit daran gehindert, sie zu überwältigen. Aber wie der aufkommende Sturm waren sie jetzt nicht mehr weit entfernt.

Zum ersten Mal wurde Silver klar, daß sie sich heute schlimmer fühlte als an dem Tag, als sie Alberto Hernández gegenübergestanden hatte. Damals hatte sie Morgans Liebe besessen – oder wenigstens teilweise besessen. Sie hatte gewußt, daß er frei war, und der Gedanke ließ ihr Herz höher schlagen. Das hatte ihr die Kraft gegeben, die sie brauchte. Daß sie wußte, daß er noch an sie dachte, gab ihr die Kraft, allem entgegenzutreten – selbst den brutalen Annäherungen des Generals. Jetzt, wo sie sicher an Bord von Morgans Schiff war, verließ sie ihre Kraft wie nie zuvor.

Silver stand vom Bett auf und ging abwesend zum Schreibtisch hinüber, den Blick auf Morgans Rasiermesser gerichtet, das neben der Wasserschüssel lag. Ein trauriges Lächeln überflog ihre Lippen, als sie sich daran erinnerte, wie sie ihm einmal morgens beim Rasieren zugesehen hatte. Er hatte so unglaublich gut ausgesehen, wie er mit bloßem Oberkörper dagestanden hatte, so männlich und sogar ein kleines bißchen häuslich. Was für ein wunderbarer Ehemann er wohl war. Voller Zuneigung, Freundlichkeit und Rücksicht. Stur, das schon, aber stolz und achtbar und stark.

Silvers Kehle füllte sich mit einem schmerzenden Kloß, als sie daran dachte, daß eines Tages eine andere, wohlerzogene Dame sein Leben teilen würde. Wie sollte sie ohne ihn zurechtkommen? Wie konnte sie einfach weitermachen als wäre nichts geschehen? Er hatte sie verändert, wurde ihr plötzlich klar, weicher gemacht in einer Art, die sie nicht erklären konnte. Dadurch fühlte sie sich verletzlich und angst machte es ihr auch.

Ich werde es nicht zulassen, sagte sie sich. *Ich habe schon schlimmere Dinge gesehen und sie auch überlebt. Er ist nur einer unter vielen Männern, einfach nur ein Mann, so wie die anderen auch.*

Das war eine Lüge, und das wußte sie. Morgan war wie kein anderer Mann, den sie je gesehen hatte. Er war Macht und Leidenschaft, Kraft und Zärtlichkeit. Morgan war für sie das Licht im Dunkel. Er war ihr Herz und ihre Liebe. Ohne ihn schien das vor ihr liegende Leben dunkel und leer. Für sie konnte es keinen anderen Mann geben.

Mein Gott, ich liebe ihn so.

Silver sah zu Morgans Schreibtisch hinüber, auf dem seine Schreibfeder neben dem Tintenfaß lag. Sein Logbuch lag offen daneben, aber seit dem Tag ihrer Abfahrt aus Mexiko waren keine Einträge mehr gemacht worden. Sie fragte sich, was er wohl denken mochte, fragte sich, ob er vielleicht genauso einsam war wie sie. Das erschien ihr unmöglich. Morgan brauchte nur die Hand auszustrecken, und Silver wäre für ihn da. Sie würde ohne einen Augenblick des Zögerns in seine Arme fallen, weil sie sich ihrer Liebe ebenso sicher war wie der Tatsache, daß sie atmete.

Sie dachte an Jacques und Teresa, daran, welches Glück die beiden teilten. Sie konnten sich verständigen mit nur einem Wort, einer kleinen Berührung. Aber sie und Morgan waren nicht so. Sie waren Einzelgänger, die nur wenig von sich mit anderen teilten. Aber war es das wirklich, was sie wollten? Allein zu leben, in der Angst zu teilen oder zu lieben? Zumindest war es nicht das, was Silver wollte.

Mit plötzlicher Klarheit traf Silver die schmerzliche Entscheidung, die sie von Anfang an hätte treffen sollen. Heute abend würde sie zu ihm gehen, ihm von ihren Gefühlen erzählen, von der Liebe, die ihr Herz erfüllte. Sie würde dazu all ihren Mut aufbringen müssen, die ganze Willenskraft, die ihr zur Verfügung stand. Trotzdem würde sie hingehen.

Obwohl es schon spät war, war Morgan sicher an Deck, wie er es jeden Abend gewesen war, seitdem sie wieder auf dem Schiff waren. Jetzt schien der richtige Moment zu sein, zu ihm zu gehen – jetzt, bevor sie es sich noch anders überlegte. Selbst die nächsten Sekunden waren entscheidend. Ihr augenblicklicher Mut konnte sie jeden Augenblick wieder verlassen.

Silver richtete sich auf und ging auf die Tür zu, doch ihre Hand blieb auf der Klinke liegen. In dem zerbrochenen Stück Spiegel sah sie ihre wenig gepflegte Erscheinung. Ihr Haar, das lose um ihre Schultern hing, war wirr und ungekämmt. Abwesend griff sie zur Bürste und begann, es zu ordnen. Alles nur, um die Aufgabe etwas hinauszuzögern, die ihr bevorstand. Ihre eine Hälfte wollte hinausstürzen, ihm alles sagen, ihre Qual beenden, was immer auch geschehen mochte. Aber die andere Hälfte mahnte zur Vorsicht. *Du weißt, daß er dir nicht zuhören wird. Er hat dir noch nie geglaubt, er wird dir jetzt auch nicht glauben, und selbst wenn, wird das auch nichts ändern.* Er sah sie jetzt anders, sie war seiner Aufmerksamkeit nicht mehr würdig. Und ganz sicher erst recht nicht seiner Liebe.

Was für eine Frau seid Ihr eigentlich? hatte er sie gefragt. Eine Frau, die ihren Körper einsetzte, um seine Freiheit damit zu kaufen. Sie würde nie eine wohlerzogene Dame werden, wie Morgan sie sich wünschte – das hatte sie ohne jeden Zweifel bewiesen. Sie weigerte sich, daran zu denken, daß er sie womöglich zu ihrem Vater zurückbringen würde. Selbst das erschien ihr im Augenblick unwichtig. Alles was zählte war, daß sie ihn irgendwie erreichen mußte, die Leidenschaft zurückgewinnen, die sie geteilt hatten.

Mit zitternden Fingern nahm Silver die schwarze Wollstola, die er ihr gegeben hatte, als sie die ersten Tage an Bord war und legte sie sich um ihre bloßen Schultern. Es war eigentlich nicht kalt draußen, aber kühl und windig.

Nur innerlich war ihr wirklich kalt.

Als sie entschlossen Morgan draußen an Deck suchen ging, peitschte der Wind ihre Röcke. Wie sie gehofft hatte, schliefen die meisten der Männer schon irgendwo an Deck oder in der Mitte des Schiffes. Vorn am Bug sah sie die breiten Schultern eines Mannes vor dem ab und zu zwischen den Wolken sichtbar werdenden Mond und erkannte in ihm sofort Morgan. Eine Welle von Wärme überströmte sie so eindringlich, daß sie fast zu weinen begann.

Mein Gott, gib, daß er mir zuhört.

Er drehte sich um, als sie sich ihm näherte, bewegte sich aber nicht weiter, stand nur da und sah sie aus dem Schatten der Dunkelheit an, und seine sonnengebräunten Finger griffen fester nach der Reling.

»Du bist noch spät auf«, sagte er schließlich, verschlossen wie immer.

»Ja«, flüsterte Silver und mußte das Wort an der Enge in ihrer Kehle vorbeizwingen. »Ich muß mit dir reden.«

»Aha.« Er hob eine dunkelblonde Augenbraue. »Worüber denn?«

Sie konnte es nicht tun. Sie konnte es nicht. Sie mußte es tun. Ihr Atem schien in der Brust gefangen. »Ich weiß, was du von mir denkst. Ich weiß, wie du dich fühlen mußt.«

»Silver –«

»Wenn ich dir jetzt sagen würde, daß nichts geschehen ist, würdest du mich dann immer noch für eine Hure halten?«

Morgan hob plötzlich den Kopf. »Was? Was hast du eben gesagt?«

»Im Zimmer des Generals« – sie beeilte sich weiterzusprechen – »das war gar nicht so, wie es aussah. Ich habe nur versucht, den Kerzenständer zu erreichen, um ihn als Waffe zu benutzen. Noch eine oder zwei Minuten später hätte ich ihn erreicht. Ich weiß, wie das für dich bestimmt ausgesehen hat –«

»Hör auf.«

»Ich weiß, was du denken mußt, aber ich –«

»Hör auf damit!«

Angesichts des rauhen Tons seiner Stimme traten scharfe Tränen in Silvers Augen und flossen über ihre Wangen hinunter. »Ich weiß, daß du das Schlimmste von mir glaubst, daß ich mich wie eine Hure benommen habe –«

»Hure?« wiederholte Morgan. »Hure!« Er machte einen Schritt in ihre Richtung, sein Gesicht von Schmerz verzerrt. »Du kannst doch nicht wirklich glauben, daß ich...« Aber seine Worte verklangen, als er ihren qualvollen Ausdruck sah. »Um Himmels Willen, Silver –« das war beinah ein Flehen. »Wie könnte ich dich für weniger als für eine Heilige halten, wo du dich in solche Gefahr gebracht hast? Du hast dein Leben vor meines gestellt. Wie könnte ich schlecht von dir denken, wenn du dich für mich geopfert hast?«

Silver weinte jetzt, mit leisen gebrochenen Schluchzern, die endlos irgendwo von innen hervorzuströmen schienen. Sie wünschte sich, er möge sie umfassen, wollte so sehr, daß er sie in die Arme nahm, daß sie glaubte, sie könnte daran sterben. *Berühre mich!* schrie ihr Herz. *Liebe mich!*

»Ich bin es, der dir nicht gerecht werden konnte, Silver«, sagte Morgan, und seine Stimme klang rauh vor Schmerz. »Ich kann es nicht ertragen, dir gegenüberzutreten. Ich kann mir nicht verzeihen, daß ich es habe geschehen lassen. Immer wieder sehe ich dich dort unter ihm liegen, aufbegehrend gegen seinen massigen Körper, im Kampf gegen Hernández, obwohl das eigentlich meine Aufgabe gewesen wäre.«

Silver versuchte, seine Worte zu begreifen. Sie konnte das Bedauern auf seinem Gesicht einfach nicht glauben, die Qual die sie in seinen Augen las. »Du bist gekommen, um mich zu holen«, sagte sie und spürte einen winzigen Hoffnungsschimmer. »Man hatte dich gefoltert, du warst geschlagen, und trotzdem bist du meinetwegen zurückgekommen.«

»Ich hätte früher kommen sollen. Ich hätte dich beschützen müssen. Wenn ich dich zurückgebracht hätte nach Barbados, als du dich an Bord des Schiffes versteckt hattest, dann wäre dies alles nicht passiert. Hernández hätte dir nichts tun können.«

»Hernández hatte kein Glück. Du bist gekommen, bevor es dazu kam. Aber selbst wenn er Erfolg gehabt hätte, würde es mir nichts ausmachen. Ich liebe dich«, sagte sie weich. »Und ich würde es wieder genauso machen.«

Morgan sah sie nur an, seine Augen wanderten über ihr tränengezeichnetes Gesicht, die zitternden Finger, die sich in ihrem aprikosenfarbenen Rock festklammerten. Sie war so sehr Frau. So leidenschaftlich und so stark. *Mein Gott, wie sehr liebe ich dich.* Ein plötzlicher Entschluß, den er schon längst hätte fällen sollen, brachte ihn zu ihr, und er zog sie in seine Arme. »Vergib mir, meine liebste Silver. Vergib mir.«

Er küßte ihre Augen, ihre Nase, ihre Lippen, und ihr süßes Aroma nährte ihn, gab seiner leeren und vertrockneten Seele Halt. »Wenn ich gewußt hätte, was du dachtest, wenn ich auch nur einen Augenblick lang geglaubt hätte, daß du dich selbst verantwortlich machst, dann wäre ich gleich zu dir gekommen und hätte dich um Verzeihung gebeten. Ich bitte dich jetzt darum.«

»Ich brauche dich«, flüsterte Silver und küßte ihn mit einer solchen wilden Verzweiflung, daß Morgan ächzte. »Und ich liebe dich so sehr.«

Ich liebe dich noch mehr, dachte er, aber er sprach die Worte nicht aus. Konnte es nicht. Nicht jetzt. Nicht nach all dem, was er ihr angetan hatte. Bedauern wuchs in seinem Herzen, Bedauern, daß er nicht zu ihr gegangen war – und eine so tiefgreifende Erleichterung, daß er sich überwältigt fühlte. Er fühlte sich wie ein Toter, der gerade wieder auferstanden war. In seinen Adern strömte das Leben, nicht nur kahle, schwarze Leere. Die Welt war voller Freude, und diese Freude war Silver.

»Du bist mein, Silver Jones. Du gehörst zu mir, und ich werde dich niemals wieder fortlassen.« Mit diesen Worten hob er sie in seine Arme und trug sie zu seiner Kajüte.

Es hatte Zeiten gegeben, da hätte er sich Gedanken über seine Männer gemacht, hätte Bedenken gehabt wegen des äußeren Scheins und der Korrektheit seines Handelns. Jetzt dachte er nur an Silver. Er hätte wissen müssen, daß sie sich selbst verantwortlich machen würde, daß sie die Verantwortung übernahm für das, was geschah, auch wenn das eigentlich seine Aufgabe gewesen wäre. Er hätte damals in der ersten Nacht schon zu ihr gehen sollen, er wußte, daß es so war, aber er war so erfüllt gewesen von bitterer Reue, daß er ihr nicht hatte gegenübertreten können.

Heute nacht würde er alles wieder gutmachen. Er würde ihren Körper verehren, sich ihr Vergeben verdienen in der einzigen Art, die er kannte. Und morgen würde er die Worte sagen, die sein Herz erfüllten.

23. Kapitel

Silver legte ihre Arme fest um Morgans Hals und ihren Arm auf seine Schulter, als er sie in die Kajüte hinuntertrug.

Sie fühlte sich, als wäre sie endlich nach Hause gekommen.

Morgan drückte die Türklinke herunter, stieß die Tür mit seinem bestiefelten Fuß weit auf und schob sie hinter ihnen wieder zu. »Jede Nacht, wenn ich es mal wieder aufgegeben hatte zu schlafen, bin ich hierher gekommen und habe dich in meinem Bett liegen sehen. Ich begehrte dich so sehr, daß ich meistens doch wieder hinausgegangen bin.«

»Wenn du nur ein wenig früher gekommen wärest, hättest du festgestellt, daß ich immer auf dich gewartet habe.«

Morgan lächelte darüber. »Ich war dumm, daß ich dir dies alles zugemutet habe, aber ich will es alles wieder gutmachen.« Er neigte den Kopf und streifte ihre Lippen, dann drückte er seinen Mund auf den ihren, so daß ihre Lippen vollendet übereinanderlagen.

Morgan ließ ihre Beine los, und sie glitt sanft an seinem Körper entlang abwärts, spürte seine muskulöse Gestalt, seine straff gespannten Schenkel, und schließlich seine harte Erregung. Ihre Finger wanden sich in sein seidiges Haar.

»Ich begehre dich«, flüsterte Silver, spürte Morgans Hände auf ihrer Brust, sie zärtlich umfassend, dann wanderten sie zu ihrem Rücken und den Knöpfen an ihrem Kleid.

»Auf keinen Fall so sehr, wie ich dich begehre.« Nach wenigen Minuten hatte er ihr das Mieder gelöst und ausgezogen. Lange, braune Finger tauchten unter ihr Hemdchen zu ihrer Brust. Dann legte er sie bloß, senkte den Kopf und nahm sanft ihre

Brustwarze in den Mund. Silver schnappte nach Luft, als sie spürte, wie er sanft daran saugte, damit spielte und daran knabberte, bis die Spitze hart wurde und zu ihm drängte. Schauer voller Hitze durchströmten ihren Körper und verzehrten den letzten Rest ihrer Verzweiflung.

Morgan zog ihr alle Kleider aus, so daß sie nackt war, und seine Augen betrachteten sie offen und voller Hunger. Dann hob er sie auf das Bett. Sie war sicher, daß er seine Kleider ausziehen würde, bevor er zu ihr kam, aber stattdessen küßte er sie hart und begann, kleine, feuchte Küsse über ihren Körper zu verteilen, einen feurigen Pfad auf ihr zu zeichnen.

»Morgan?« flüsterte sie, weil sie seiner Absichten nicht ganz sicher war, als er sich zwischen ihre Beine legte.

»Laß mich dich lieben«, flüsterte Morgan. »Laß mich den Schmerz wiedergutmachen, den ich dir zugefügt habe.« Noch bevor sie ihm widersprechen konnte, knabberte sein Mund verführerisch an ihrem Schenkel entlang, und seine Finger glitten in die Feuchtigkeit zwischen ihren Beinen, bewegten sich in sinnlichem Rhythmus ein und aus.

Als seine Zunge seiner Hand folgte, wölbte sich Silver ihm instinktiv entgegen, drängte ihn weiter, hob sich kreisend immer höher und höher. Morgan leckte und streichelte und kostete. Sein Mund erweckte weißglühende Feuer, die über ihre Haut huschten mit so köstlichen Empfindungen, daß sie sie beinah schmecken konnte. Als könne sie das wirklich, befeuchtete ihre Zunge ihre Mundwinkel und sie stöhnte. Eigentlich hätte sie ihn aufhalten sollen, ihm etwas zurückgeben von der Lust, die er ihr schenkte. Sie wollte es wirklich, hatte es fest vor, aber Morgan verhinderte jeden Versuch von ihr, sich ihm zu entziehen, und seine geschickten Bemühungen wirbelten sie schließlich über den Rand des Bewußtseins hinaus.

Silver, die am ganzen Körper zitterte, rief seinen Namen, flehte ihn an, wollte ihn in sich spüren.

Er verließ sie nur für einen Augenblick, dann war er wieder an ihrer Seite und küßte sie, und seine Zunge eroberte ihren Mund in seiner Tiefe. Es war ein uralter Akt des Besitzergreifens, und Silver ließ es überglücklich geschehen. Als sie spürte, wie er mit dem Knie ihre Schenkel auseinanderschob und sich der warmen, feuchten Öffnung in ihrer Mitte näherte, hob sie sich ihm entgegen. Und Morgan drang in einem einzigen, tiefen Stoß ganz in sie.

»Ich werde dich niemals wieder fortlassen«, flüsterte er an ihrem Ohr.

Silver hielt ihn noch fester. »Ich will nie wieder fort von dir.«

Morgan drehte sich auf dem Bett um und zog sie über sich. Sie ritt ihn wie ein feuriger, wilder Hengst, ihr Kopf fiel nach hinten und ihr Haar berührte die empfindliche Haut zwischen seinen Schenkeln.

Sie liebten sich stundenlang, und Morgan zeigte ihr Freuden, die sie niemals geahnt hatte, bereitete ihr höchste Lust und erlaubte ihr, das gleiche für ihn zu tun. Einmal, mitten in der Nacht, spürte sie ein warmes Kribbeln und öffnete die Augen. Morgan lag, wie ein Löffel im anderen, hinter ihr. Er grinste und knabberte an ihrer Schulter, dabei ließ er sich in sie hineingleiten. Silver schnappte nach Luft angesichts der neuen, heißen Empfindungen, seinem harten, festen Körper hinter ihr, der Fülle seines Schafts. Sie schloß die Augen und gab sich den langen, tiefen Stößen hin, die sie erregten, bis sie außer sich geriet, und ließ ihn seinen Zauber weitertreiben.

Sie wünschte, er würde ihr sagen, daß er sie liebte, aber im Augenblick waren Worte nicht wichtig. Morgan war wieder in ihren Armen, und Silver war die glücklichste Frau der Erde.

Morgan erwachte noch vor dem Morgengrauen. Zum ersten Mal seit Tagen fühlte er sich ausgeruht. Er fühlte sich lebendig und erfüllt, und das alles verdankte er Silver. Sie regte sich auf der Matratze neben ihm.

»Guten Morgen.« Er knabberte an ihrem Hals, und weiche Haarsträhnchen kitzelten ihn an der Nase.

Silver lächelte. »Ja, es ist wirklich ein schöner Morgen. Ein phantastischer Morgen sogar.«

Er stützte sich auf einen Ellenbogen, um ihr Gesicht genau betrachten zu können, sah das bezaubernde Leuchten ihres Glücks und spürte plötzlich noch einmal den Rest seiner Schuld in sich hochkommen. »Die vergangenen Tage waren ein Alptraum für uns beide. Ich bin schuld daran. Ich hätte zu dir kommen und versuchen sollen, dir zu erklären, wie ich mich fühlte.«

»Das fällt dir nun mal nicht leicht«, sagte Silver. »Mir ist so etwas auch noch nie leichtgefallen.«

Morgan strich eine Haarsträhne von ihrer Wange. »Das werden wir wohl lernen müssen.«

Sie küßte ihn weich auf die Lippen. »Womit sollen wir anfangen?«

»Wir haben schon gestern abend angefangen. Du bist zu mir gekommen, und jetzt gibt es keine Geheimnisse mehr zwischen uns, keine düsteren Wahrheiten, keine Befürchtungen.«

Silver wandte sich ab.

»Oder doch, Silver?«

Sie zwang sich, ihn anzulächeln. »Nein, natürlich nicht.« Sie wußte, daß sie ihm von ihrem Vater erzählen müßte, denn das war ein Geheimnis, das immer zwischen ihnen liegen würde. Dann dachte sie daran, was er alles sagen könnte, wie er vielleicht empfinden würde... Irgendwann würde sie es ihm vielleicht sagen müssen, aber im Augenblick brachte sie es nicht fertig. Sie hatte nie etwas so Schwieriges getan wie gestern abend, als sie zu ihm gegangen war. Sie hatte nicht die Kraft, schon so bald wieder mit solchen Gefühlen zurechtkommen zu müssen. »Außerdem haben wir ja genug Zeit, einander kennenzulernen. Schließlich sind es noch mindestens zwei Wochen, bis wir in Barbados sind.« Katonga wollte sie jetzt nicht erwähnen. Das würde sie später tun.

»Ja«, stimmte ihr Morgan zu, und sein Blick wanderte über sie hinweg. »Wir haben wirklich genug Zeit.« Aber sein Unterkiefer wurde hart angesichts der Lüge, die er in ihren Augen sah – jener Lüge, die er schon einmal darin gesehen hatte. *Verdammter Mist,* wann würden sie endlich lernen, einander zu vertrauen? Und doch, wie konnte er ihr Vorwürfe machen, nach all dem, was er getan hatte? Wenn Silver nicht zu ihm gekommen wäre, wäre er zu ihr gegangen, um ihr seine Gefühle anzuvertrauen? Sobald sie aus dem Gefängnis zurückgekommen waren, hatte er sich von ihr distanziert, um sich vor seinen eigenen Gefühlen zu schützen.

Nach seiner Erfahrung mit Charlotte hatte er das durchaus gelernt.

»Wir beide sind nicht besonders gut darin, einem anderen zu vertrauen«, sagte Morgan. »Aber wir bedeuten einander etwas – und es scheint sogar sehr viel zu sein. Mit der Zeit wird auch das Vertrauen dazukommen.« Er konnte das Wort *Liebe* noch nicht aussprechen. Er schaffte es einfach nicht – nicht nach ihrer Lüge. Nicht bis er die Wahrheit endlich kannte, die sie schon so lange vor ihm verborgen hielt.

»Und was Hernández betrifft...« sagte Silver leise. »Er hatte sich an jenem Abend bei der Suche nach dir verspätet. Er war noch nicht sehr lange mit mir zusammen, als du kamst.«

Morgan setzte sich neben ihr auf. »Ich bin froh, daß er dir nichts zuleide getan hat, aber selbst wenn er dich besessen hätte, würde das meine Gefühle zu dir nicht ändern. Was auch immer er getan hätte, es hätte niemals erreichen können, daß ich dich nicht mehr begehre.«

Silver hob seine Hand zu ihren Lippen und küßte seine schwielige Handfläche. »Ausreichend, um deine Sachen wieder in dieses Zimmer zurückzubringen?«

»Das wird mir ein Vergnügen sein, Mylady.«

»Du siehst sehr hübsch aus, Delia.« William Hardwick-Jones stand vor dem hohen Fenster an seinem Schreibtisch, die großen

Hände hinter dem Rücken verschränkt. »Fruchtbarkeit scheint dir gut zu stehen.«

Delias Hand hob sich schützend über die verstärkte Rundung ihres Bauches.

»Du weißt, warum ich dich hierhergeholt habe.« Williams harte, schwarze Augen richteten sich auf ihr Gesicht.

»Ich weiß nicht, wo Miss Silver ist. Sie hat nichts gesagt. Der Mann hat nur gesagt, daß er sie wieder zurückbringt.«

»Also hast du keine Ahnung, wohin er sie vielleicht gebracht hat.«

»Nein, Sir.«

»Das glaube ich dir nicht.« William kam um den Schreibtisch herum und trat auf die schlanke Frau in dem verblichenen, blauen Hängerkleid zu, die bei seiner Annäherung langsam rückwärts ging.

»Das stimmt wirklich, ich schwöre es.«

William packte ihr Kinn. »Eine Woche gebe ich dir und dem schwarzen Dämon, den du deinen Mann nennst, noch. Wenn ihr nicht wißt, wohin sie gegangen sind, findet jemanden, der es weiß. Ständig fahren Boote mit den verschiedensten Ladungen in unserem Hafen ein und aus. Irgendwann wird sie doch wohl einmal jemand gesehen haben.« Als er nach ihr griff, wollte Delia ihm ausweichen, aber William packte ihren Arm und zog sie ganz nah an sich.

Seine kalte Hand schloß sich über ihrem Bauch. »Das kleine Bündel da drinnen gehört mir, genau wie du. Finde heraus, wo sie ist, sonst sorge ich dafür, daß es verschwindet, und wie, ist mir egal.«

Delia starrte ihn voller Entsetzen an. Ein Schluchzen drang aus ihrer Kehle, und ihre Finger hoben sich zu den Lippen, damit es nicht hörbar wurde. Als William sie losließ, trat sie zurück.

»Denke an das, was ich dir gesagt habe«, erklärte er ihr. Delia drehte sich um und floh aus dem Zimmer.

»Ich glaube nicht, daß sie etwas weiß.« Sheridan Knowles

erhob sich aus dem gesteppten Ledersessel, in dem er gesessen hatte.

»Vielleicht, aber ich wette, wenn es irgendeiner von den Niggern weiß, wird sie es herausfinden.«

»Ich sage Euch doch, daß sie bei Trask ist. Es gibt Gerüchte, nach denen sie jetzt jeden Tag zurückerwartet werden. Der Franzose, der für Trask Söldner angeheuert hat, sprach von einem Einsatz, der zwei Monate dauern würde. Und die sind fast vorüber.«

»Gut.« William lächelte dünn. »Verdoppelt das Empfangskomitee. Ich will keine Risiken. Ich will, daß sie wieder nach Hause kommt, und zwar sofort.«

In den folgenden Tagen verbrachten Morgan und Silver jeden freien Augenblick miteinander. Sie gingen stundenlang zusammen auf dem Deck spazieren, sprachen über die Zukunft, erklärten einander ihre Träume und Ziele, auch wenn es ihnen beiden nicht leicht fiel.

»Was willst du, Silver?« fragte Morgan, als sie eines windigen Morgens an der Reling standen. Der Himmel war blau, das Meer schäumte und die Sonne schien warm. »Was würde dich glücklich machen?«

Sie lächelte zu ihm auf, bewunderte seine gutaussehenden Züge, sein prägnantes Kinn. »Das habe ich mich noch nie gefragt, bis ich dich kennengelernt habe. Ich habe immer nur daran gedacht, wie es möglich sein könnte, Katonga zu verlassen. Ein kleines Stückchen Glück zu finden, das nur für mich da ist. Der Gedanke, unabhängig zu sein, gefiel mir, selbst wenn das für mich bedeutete, in diesem schrecklichen Wirtshaus zu arbeiten.«

»Ist es denn so wichtig für dich, unabhängig zu sein?« Er sah ähnlich eindrucksvoll aus wie damals am ersten Tag ihrer Bekanntschaft. Er war nicht mehr blaß, seine Augen leuchteten wieder.

»In gewisser Weise ja. Aber jetzt, wo ich dich kenne, weiß ich, daß es auch möglich ist, daß zwei Menschen zusammen und trotzdem unabhängig sein können. Bei dir fühle ich mich, als wäre ich endlich vollständig, Morgan. Kannst du das verstehen?«

Morgan nickte. Er wollte ihr sagen, daß er genau wußte, was sie meinte, daß er sich ein Leben ohne sie überhaupt nicht mehr vorstellen konnte. Aber er tat es nicht. Verdammt, es war schwer, ihr zu sagen, wieviel ihm an ihr lag. »Ich war im Gegensatz zu dir immer allein«, sagte er statt dessen. »Ich war zwölf, als mein Vater starb. Meine Mutter starb kurze Zeit später. Mit fünfzehn habe ich England endgültig verlassen. Mein Bruder ist fünf Jahre jünger, das war eine große Verantwortung, aber sie machte mir nichts aus. Er gab mir das Gefühl, gebraucht zu werden. Als ich älter geworden war, hielt ich das für nicht mehr so wichtig. Jetzt weiß ich, daß es wichtig ist.«

»Ich brauche dich, Morgan.«

Morgan neigte den Kopf und küßte sie mit einem zärtlichen, bestätigenden Kuß, in dem sie sich sicher und warm fühlte. »Nicht mehr als ich dich brauche.«

Sie sprachen über Jacques und Teresa, wie glücklich sie gewirkt hatten. »Ich glaube, er hat sich gleich am ersten Tag, als er sie sah, in sie verliebt«, sagte Morgan. »Sie war ein knackiges, kleines Ding, genau die Art Frau, die Jacques braucht.« Er warf Silver einen hungrigen Blick zu, und ein Mundwinkel hob sich. »Jacques hat auch mich Frauen mit Feuer zu schätzen gelehrt.«

Silver lächelte, wandte sich dann aber zu schnell wieder ab.

Morgan legte seine Hand um ihre Wange und zwang sie, ihn anzusehen. »Was ist los? Sag' es mir.«

»Ich weiß schon, was für eine Art Frau du gern hast«, sagte sie leise. »Und auf diese Beschreibung passe ich wohl kaum.«

»Du täuschst dich, Silver. Du kennst nur das, was ich früher für meine Vorstellung von der richtigen Frau hielt. Ich war dumm. Jetzt ist mir völlig klar, daß Jacques recht hatte. Ich könnte niemals mit einer Frau wie Lydia Chambers oder einer von den anderen, mit denen ich meine Zeit verbracht habe, glücklich sein. Ich brauche eine Frau, die keine Angst hat, mir entgegenzutreten. Eine Frau mit Kraft und Leidenschaft. Ich brauche dich, Salena.«

Silver legte ihre Arme um seinen Hals und küßte ihn mit der ganzen Liebe ihres Herzens.

Widerstrebend entzog sich ihr Morgan schließlich. »Wenn du so weitermachst, zerre ich dich wieder ins Bett.« Er lächelte schelmisch. »Und damit wären wir bei einem anderen Thema: Was hältst du von Kindern?«

Silver lächelte ebenfalls. »Ich liebe Kinder. Delia und ich haben in Katonga, sooft wir uns davonschleichen konnten, bei den Neugeborenen gesessen. Sie waren so süß und hilflos. Ich hätte schrecklich gern einen kleinen Jungen, der so aussieht wie du.«

»Ein kleines Mädchen wie du wäre auch nicht schlecht. Wenn ich mich recht erinnere, warst du der Augapfel deines Vaters.«

Silvers Lächeln erlosch. »Du wirst mich dort nicht wieder hinbringen. Ich meine, du wirst mich doch mit nach Georgia nehmen, oder?«

Morgan nahm ihre Hand. »Ich muß mit William sprechen. Ich hätte gern seine Zustimmung, wenn er sie uns geben möchte. Ich möchte, daß er weiß, daß du gut aufgehoben und sicher bei mir bist und daß ich gut für dich sorgen werde. Als meine Ehefrau wirst du –«

»Ehefrau? Aber wir haben doch bisher noch gar nicht übers Heiraten gesprochen. Du hast mich nicht einmal gefragt.«

Morgan grinste. »Meine liebste Salena, was denkst du, worüber wir die ganze Zeit gesprochen haben? Ich habe auf den richtigen Augenblick gewartet. Ich wollte es diesmal richtig machen.«

Silver wußte nicht, ob sie lachen oder weinen sollte. Natürlich hatte sie darüber nachgedacht, das konnte sie nicht leugnen. Aber war es wirklich eine Ehe, die sie wollte? Er hatte sie schon einmal gefragt, obwohl das damals anders gewesen war – oder nicht? Morgan hatte immer sehr auf Korrektheit geachtet. Von Liebe war noch nicht die Rede gewesen. Und es gab auch noch andere Dinge zu bedenken – wie zum Beispiel die Probleme, die ihr mit ihrem Vater noch bevorstanden.

»Ich will nicht zurück nach Katonga«, sagte sie und ging damit dem Thema aus dem Weg. »Wenn ich erst zurückgekommen bin, wird mich mein Vater niemals wieder fortlassen.«

»Dein Vater und ich waren Freunde, Silver. Die Sache wird längst nicht so schwierig werden, wie du jetzt glaubst.«

Du irrst dich, dachte sie, *du irrst dich ganz schrecklich.* »Du kennst ihn nicht so gut wie ich. Er wird mich nicht gehenlassen.«

Morgan nahm ihre beiden Hände, die zu zittern begonnen hatten, in die seinen. »Das kannst du doch nicht wirklich glauben?«

»Er wird schon eine Möglichkeit finden. Er ist nicht mehr der Mann, den du gekannt hast – das kann gar nicht sein.«

»Hör mir zu, Silver.« Er drückte sanft ihre Hände. »Außer mir sind bei uns an Bord noch fünf Marinesoldaten, vierzehn Männer Besatzung und fast ein Dutzend Söldner. Und wenn ich sie alle einsetzen muß, um dich wieder von Katonga herunterzuholen, dann werde ich das tun. Also willst du mir nicht vertrauen?«

Das hat nichts mit Vertrauen zu tun. »Ich weiß, daß wir dabei nicht einer Meinung sind, aber mir scheint, diese Entscheidung müßtest du mir überlassen. Wenn du mich so gern hast, daß du mich heiraten willst, kannst du doch sicher auch meine Wünsche respektieren.«

Morgans Blick wurde hart. Seine Augen, die noch im Moment zuvor grün geglitzert hatten, wirkten jetzt dunkel und unnahbar, und feine Linien zeichneten seine sonnengebräunte Stirn. »Verdammt, Silver, zwing mich nicht in diese Situation. Ich bin es deinem Vater schuldig.«

Sie wollte ihm widersprechen, schreien, flehen, schimpfen, damit er sie nicht zwang, dorthinzugehen. Aber sie tat es nicht.

»Also gut«, gestand sie ihm schließlich zu, auch wenn es sie bitter machte. »Wir werden es so machen, wie du willst.« *Das war doch immer so, oder?*

Sie verbrachten viel Zeit allein miteinander. Selbst Soggar wurde aus ihrem Zimmer verbannt, was ihm gar nicht recht war. Aber beim Abendessen gesellte sich Hamilton Riley zu ihnen, und manchmal Jeremy Flagg, dessen schnelles Handeln im Kampf mit einer Beförderung zum ersten Maat belohnt worden war. Mr. Flagg war insgesamt gut gelaunt, und Ham froh gestimmt wie immer.

»Ich habe Euren Bruder wirklich gern gehabt«, sagte Ham eines Abends zu Morgan, als sie das letzte Huhn aßen und dazu frischen Kürbis und Früchte, die Mr. Flagg aus einem Mayadorf besorgt hatte. »Soweit ich das beurteilen kann, ist Brendan ein verdammt guter Soldat.«

Während der Wochen, seit sie Georgia verlassen hatten, war Ham wirklich reifer geworden. Er war jetzt ein Mann. Im Kampf hatte er sich ausgezeichnet, seine Männer tapfer angeführt und immer einen klaren Kopf behalten. Morgan hatte vor, eine Beförderung zu empfehlen.

»Um Euch die Wahrheit zu sagen«, meinte Morgan, legte seine Gabel beiseite und nahm das Weinglas, »mache ich mir Sorgen um ihn. Er war sonst immer schwungvoll und energiegeladen. Jetzt wirkt er nur noch grüblerisch und zurückgezogen. Das ist gar nicht seine Art.«

»Er hat viel gelitten«, sagte Silver.

»Es muß schrecklich gewesen sein dort drinnen«, fügte Ham hinzu. »Er hat ein paar sehr gute Freunde verloren, ganz zu schweigen von den körperlichen Qualen, die er erlitten hat.«

»Ich habe eine kleine Kostprobe von dem bekommen, was dort geschah.« Morgan nahm noch einen großen Schluck aus seinem Weinglas. »Ich kann mir vorstellen, was Brendan durchgemacht hat. Verdammt, ich wünschte, ich hätte irgend etwas für ihn tun können, um ihm zu helfen.«

»Wann wird Brendan wieder in Savannah sein?« fragte Silver.

»Er kommt nicht mehr zurück. Das ist noch so eine Sache, die mir Sorgen macht. Brendan hat vor, in Texas zu bleiben. Bevor dies alles geschehen ist, hätte ich angenommen, er bleibt wegen der Herausforderung, die es für ihn darstellt, in einem so weiten, offenen Land seine Flügel richtig auszubreiten, aber jetzt...« Morgan seufzte schwer. »Es gab Zeiten, da hätte ich ihm alles zugetraut. Jetzt bin ich da nicht mehr so sicher.«

»Er wird es schon schaffen«, sagte Silver. »Im Grunde ist Brendan ein sehr starker Mann – ganz wie sein Bruder.«

»Wenn Ihr Euch Sorgen um jemanden machen wollt«, warf Jeremy Flagg mit einem ernsten Blick ein, »dann wäre Master Little die geeignete Person.«

»Jordy?« sagte Morgan. »Was ist denn geschehen mit Jordy?«

»Ich kann's nicht genau sagen, aber in letzter Zeit ist er irgendwie seltsam. Seit Mr. Bouillard das Schiff verlassen hat, ist er richtig melancholisch geworden.«

»Ich habe versucht mit ihm zu reden«, sagte Silver. »Ich glaube, er macht sich Sorgen, was in Zukunft aus ihm wird, wenn wir erst wieder in Savannah sind. Jordy hat keine Familie und niemanden, der sich um ihn kümmert. Morgan hat die Seefahrt schon so gut wie aufgegeben, Jacques ist auch weg und Cookie hat eine Freundin, mit der es ihm ziemlich ernst zu sein scheint. Also was bleibt da Jordy noch?«

»Daran hatte ich so noch gar nicht gedacht. Ich weiß, daß er die Seefahrt liebt. Ich glaubte, er wollte hier auf dem Schiff bleiben.«

»Er ist noch sehr jung, Morgan. So lange die anderen beim ihm waren, hatte Jordy das Gefühl, eine Familie zu haben. Und wenn wir erst in Georgia sind, hat er keinen Menschen mehr.«

Morgan legte seine Hand auf die ihre. »Er hat mich«, sagte er, »und er hat dich. Wir haben ihm das nur in letzter Zeit nicht mehr gesagt.«

Silver lächelte und fühlte, wie ihr ein Stein vom Herzen fiel.

Sobald das Abendessen zu Ende war, gingen sie an Deck, um

nach ihm zu suchen. »Habt ihr Jordy gesehen?« fragte Morgan Cookie, der gerade damit beschäftigt war, Töpfe über den Tisch in der Kombüse zu hängen.

»Er hat seine Arbeit hier fertig gemacht und ist allein weggegangen.« Cookie lächelte Silver zu. »Bekommt Ihr genug zu essen? Nicht, daß Ihr mir zu dünn werdet.«

»Es war köstlich, Cookie. Ich könnte nicht einen Bissen mehr essen.«

Morgan suchte das Deck ab, konnte ihn aber nirgends finden.

»Ich wette, er ist wieder unter Deck gegangen«, sagte Silver.

»In den Lagerraum hinunter? Das kann ich mir kaum vorstellen.«

»Ich habe ihn schon einmal dort gefunden. Mag sein, daß es dort feucht und muffig ist, aber es ist ruhig, und keiner in der Nähe, der etwas von einem will.«

»Das mußt du ja wissen.« Seine Lippen hoben sich zu einem vergnügten Lächeln. »Ich hätte mir dich vornehmen sollen dafür, daß du damals einfach an Bord geschlichen bist, aber in Wahrheit war ich verdammt froh, daß du es getan hast. Weiß der Himmel, wo du jetzt wärest, wenn du damals in Barbados geblieben wärest.«

»Ich bin sicher, die gute Lydia war froh, als ich weg war.«

Morgan kicherte. »Das kann ich ihr nicht übelnehmen. Sie wußte vom ersten Moment an, als sie dich sah, daß sie neben dir keine Chance hat.«

Wie Silver vorausgesehen hatte, leuchtete ein gelbes Licht in einer Ecke, als sie die Leiter in den Lagerraum hinunterstiegen. Mit einem lauten Maunzen kam Sogger auf sie zugelaufen und strich schnurrend um Silvers Beine, als sie weiterging.

»Du konntest noch nie ein Geheimnis für dich behalten«, warf sie ihm vor, aber er schnurrte nur und gähnte.

»Komm weiter.« Morgan nahm ihre Hand und führte sie über die Rippen des Schiffes bis in die Ecke. Jordy legte sein Seefahrtsbuch zur Seite und stand auf. Wenn man berücksichtigte, daß er schwer arbeitete, sahen seine Hosen und sein gestreiftes Matrosenhemd sauber aus, auch wenn seine flachen Stiefel an den Zehen abgestoßen und rauh waren.

»Ist was nicht in Ordnung, Käpt'n?«

»Ja, mein Sohn, stimmt. Aber es ist nichts, was du getan hast. Es ist etwas, das ich getan habe – oder besser gesagt, *nicht* getan habe.«

Jordy schaute verwirrt drein.

»Warum setzen wir uns nicht?« sagte Silver und zeigte auf mehrere leere Kisten, die Jordy zu Sitzplätzen umfunktioniert hatte. Die Laterne flackerte und warf lange, dunkle Schatten an die Wände.

»Findest du's nicht etwas einsam hier unten, mein Sohn?« Jedesmal, wenn Morgan ihn so nannte, blitzte etwas in Jordys Augen.

»Mir gefällt es, weil ich meine Ruhe habe.«

»Seine Ruhe zu haben kann ja auch ganz schön einsam sein.«

Jordy schluckte schwer. »Ich denke, es wird wohl besser sein, wenn ich mich langsam d'ran gewöhne. Schließlich geht Ihr alle weg, wenn wir wieder zurück sind.«

Morgan wirkte plötzlich ernst. Er räusperte sich. »Ich weiß, daß du hart gearbeitet hast, Jordy, ich weiß, daß du Pläne hast, eines Tages einmal selbst ein Schiff zu führen, aber ich – wir, das heißt Silver und ich – wir haben gedacht, du könntest dir vielleicht überlegen, ob du nicht eine Weile aussetzen willst, bevor du wieder zur See fährst.«

Jordy hob den Kopf. Braune Locken fielen in seine Stirn, und er schob sie mit der Handfläche zurück. »Was – was meint Ihr damit? Ihr wollt mich nich' – nicht – anheuern bei der nächsten Fahrt? Aber ich dachte, ich meine, ich weiß, Ihr wart sauer – wütend – wegen dem gestohlenen Geld, aber ich habe es doch nicht genommen. Ich dachte, Ihr hättet mir das geglaubt. Ich dachte –«

»Das habe ich nicht gemeint, Jordy.«

Jordy schluckte schwer und sah aus, als wäre er kurz davor, in Tränen auszubrechen. »Bitte, sagt nicht, daß ich das Schiff verlassen soll, Käpt'n Trask. Ich habe doch keinen anderen Platz, wohin ich gehen kann.«

»Ach, Jordy«, flüsterte Silver und wäre am liebsten zu ihm hingegangen, aber sie wußte, daß dies nicht der richtige Augenblick war.

»Ich möchte, daß du mit uns nach Hause kommst, mein Sohn. In mein Haus in Savannah. Du könntest dort noch ein paar Jahre zur Schule gehen und deine Ausbildung vervollständigen. Und wenn du dann fertig bist, fährst du wieder zur See.«

Einen Moment lang starrte ihn Jordy nur an. »Ihr wollt, daß ich bei Euch wohnen soll?«

Morgan lächelte. »Wenn du möchtest. Ich will mich dir nicht aufdrängen oder mich in dein Leben einmischen, schließlich bist du ein Seemann, aber, nun, ich könnte noch jemanden zum Helfen gebrauchen, und –«

»Oh ja«, sagte Jordy. »Ich werde bestimmt keine Mühe machen – überhaupt nicht – und ich werde mir meinen Lebensunterhalt verdienen und –« Er sah mit einer solchen Sehnsucht zu Morgan auf, daß es Silver fast das Herz brach, »– und wenn Ihr mich Sohn nennt, sollt Ihr dabei stolz auf mich sein.«

Morgan blinzelte und mußte den Blick abwenden. Er machte einen Schritt nach vorn und legte seine Hände fest um Jordys Schultern, dann zog er ihn warm an sich. »Ich war immer schon stolz auf dich, mein Sohn, ich habe es dir nur noch nicht gesagt.«

Silver zog die lange Holzbank in der Kombüse hervor und setzte sich. Dampf stieg aus den kochenden Kesseln mit Brühe auf dem Herd auf. »Er macht es schon wieder, Cookie.« Der stämmige alte Seemann gab ihr einen dampfenden Becher mit Kaffee. »Er trifft Entscheidungen für mich, ohne mich auch nur zu fragen, und das kann ich nicht leiden.«

»Ich habe mich schon gefragt, wie lange er bei Euch wohl die Oberhand behalten kann.« Er kicherte leise.

»Was soll das denn wieder heißen?«

»Das heißt nur, daß, wenn man jemanden liebt, es trotzdem vorkommen kann, daß man anderer Meinung ist als er. Was hat er diesmal wieder gemacht?«

»Er hat mir mitgeteilt, daß ich ihn heiraten werde. Er hat es sogar bei Jordy in gewisser Weise durchblicken lassen.«

»Ich dachte, jede Frau möchte gern heiraten. Meine Mildred will, das weiß ich. Denn das ist so ziemlich alles, worüber sie reden kann.«

»Diese Frau hier ist anders. Auf jeden Fall wollte ich bisher noch nie. Ich wollte mein eigenes Leben leben. Ich will nicht die Regeln irgendeines Mannes ertragen müssen – nicht einmal Morgans.«

»Ihr liebt ihn doch, oder?«

»Die Frage ist: Liebt er mich?«

»Warum fragt Ihr ihn nicht?«

»Werde ich vielleicht auch tun.«

»Vielleicht aber auch nicht.«

Woher wußte er das? »Wenn er mich liebte, würde er es doch bestimmt sagen.«

»Das fällt ihm schwer.«

Es ist mir auch schwergefallen. »Es gibt Dinge, die ich ihm nicht erzählt habe, Cookie. Ich denke, ich hätte es tun sollen. Ich hatte gehofft, es würde nicht nötig sein.«

»Glaubt Ihr, daß es von Bedeutung ist?«

»Ich weiß es nicht.«

»Wir werden morgen, spätestens übermorgen in Barbados sein. Wenn ich an Eurer Stelle wäre, würde ich es mir von der Seele schaffen, solange Ihr ihn noch ganz für Euch habt.«

Silver antwortete nicht, nahm nur einen Schluck von ihrem Kaffee und hielt den Becher dabei mit beiden Händen umfaßt.

»Und wenn Ihr schon dabei seid, kleine Miss, solltet Ihr Euch auch am besten gleich noch überlegen, wie Ihr es mit dem Heiraten halten wollt.«

Silver prustete verächtlich. »Mein Vater hat meine Mutter tyrannisiert. Er war selbstgerecht und unterdrückerisch, grausam und böswillig. Sheridan Knowles – das ist unser Verwalter – geht mit seiner Frau ganz genauso um.«

»Der Käpt'n ist ein Mann. Deswegen muß er ab und zu etwas herrisch sein. Er ist stur, wie er kaum sturer sein könnte, gibt immer den Ton an und ist manchmal richtig streitsüchtig, aber Ihr seid schließlich auch nicht gerade ein süßes kleines Schulmädchen. Es ist schon ein starker Mann nötig, um mit Euch umgehen zu können, Miss. Da solltet Ihr Euch keine Illusionen machen. Höchstwahrscheinlich habt ihr zwei ein paar ziemlich harte Kämpfe vor euch, aber wenn ihr euch wirklich gern habt, werdet ihr es schon schaffen.«

»Wie könnt Ihr so viel über die Ehe wissen?«

»Meine Mama und mein Papa waren die glücklichsten Leute, die Ihr Euch hättet vorstellen können. Es gibt so was, Silver. Und wenn Ihr daran glaubt, gibt es das auch für Euch.«

Silver sah ihn an, dachte über seine Worte nach, dachte an Morgan und wie sehr sie ihn liebte. »Vielen Dank, Cookie.«

Nie hatte sie ihre Worte ernster gemeint. Verdammt noch mal, aber jetzt wußte sie, was los war. Sie liebte Morgan – sehnsüchtig – und hätte ihn beinah verloren. Sie ließ sich von ihm unterdrükken, weil sie ihn nicht noch einmal verlieren wollte. Aber Cookie hatte recht. Ihre Meinung war genauso wichtig wie die von Morgan – und wenn sie ihm nicht wichtig genug war, um sich anzuhören, was sie zu sagen hatte, dann wollte sie ihn nicht.

24. Kapitel

Morgan sah die aufrechte Haltung von Silvers Schultern, eine Art finstere Entschlossenheit. Sie war während des ganzen Abendessens reizbar gewesen und hatte erleichtert gewirkt, als sie schließlich an Deck gingen zu ihrem abendlichen Spaziergang.

Morgan, der die Anspannung in ihrem Gesicht sah, blieb an der Reling stehen und drehte sich zu ihr um. »Warum werde ich das sichere Gefühl nicht los, daß da etwas ist, was du mir dringend sagen willst?« Der Mond, der voll am Himmel stand, erleuchtete den kleinen leeren Platz, auf dem sie am Bug des Schiffes standen. Unter ihnen teilte sich das schäumende Wasser und glitt am Bauch des Schiffes entlang.

Silver hob das Kinn, als mache sie sich zum Kampf bereit. »Werden wir morgen in Barbados ankommen?«

»Ja. Wahrscheinlich irgendwann am frühen Morgen.«

»Dann scheint mir, daß es jetzt ein günstiger Augenblick für dich wäre, mich zu fragen.«

»Dich was zu fragen?«

Silver wurde noch finsterer. »Nun, ob ich dich nicht heiraten will natürlich – falls du das immer noch möchtest.«

»Natürlich möchte ich. Ich dachte, wir hatten das alles schon geklärt.«

»*Du* hattest es schon geklärt. Ich habe aber doch zu der Sache auch noch etwas zu sagen.«

»Du hast auch noch...?« Morgan strich sich mit einer Hand durch das dicke, dunkelblonde Haar. »Verdammt, Silver, du weißt doch, wie schwer mir das fällt.«

»Du hast wenig Schwierigkeiten damit gehabt, mich in den letzten paar Monaten herumzukommandieren, aber schließlich ist *Fragen* einfach schwieriger als Kommandieren.«

Morgan hätte vielleicht gelächelt, wenn sie nicht ein so verdammt ernstes Gesicht gemacht hätte. »Du kleine Hexe, das macht dir auch noch Spaß.«

Silvers finsterer Ausdruck wurde weicher. »Tu einfach so, als wäre ich gar nicht da.«

Darüber mußte Morgan lachen. »Ich schätze, du willst mich auf den Knien sehen.«

»Unter den gegebenen Umständen« – sie sah zu den Männern hinüber, die an der Takelage arbeiteten – »denke ich, daß das nicht nötig sein wird.«

Morgan nahm ihre Hände, warm und weich, in seine dunklen, schwieligen Hände. »Willst du mich heiraten, Silver Jones?«

Einen Augenblick lang überströmte Zärtlichkeit ihr Gesicht, dann war sie verschwunden. »Ich will dich heiraten, wenn du meinen Bedingungen zustimmst.«

»Bedingungen! Was für Bedingungen? Ich hatte gehofft, daß es reichen würde, wenn ich schwöre, dich zu lieben und zu ehren bis daß der Tod uns scheidet.«

»Ich meine es ernst, Morgan. Wir haben noch nie darüber gesprochen, und es ist mir sehr wichtig.«

»Also gut, meine Hexenlady, nenne mir deine Bedingungen.«

»Zuerst möchte ich, daß du mir versprichst, keine Entscheidungen über mein Leben zu treffen, ohne mich nach meiner Meinung zu fragen. Zweitens möchte ich in dieser Ehe gleichviel zu sagen haben wie du. Und schließlich möchte ich, daß du eine Arbeit für mich findest. In deiner modrigen alten Villa zu sitzen, während du unterwegs bist bei der Arbeit, entspricht nicht meiner Vorstellung von einem glücklichen Leben.«

Morgans Mundwinkel zuckten. »Es ist zweifellos keine modrige alte Villa. Genaugenommen ist es eine wunderschöne alte Villa.«

Silver sagte nichts dazu, sondern wartete nur darauf, daß er weitersprach.

»Was deine erste und zweite Bedingung betrifft, scheint es mir eigentlich nur recht und billig, wenn du auch etwas zu sagen hast. Sollten wir uns jedoch einmal nicht einigen können, werde ich das letzte Wort haben.«

Sie dachte darüber nach. »Einverstanden.«

»Und was eine Arbeit für dich betrifft: Wie würde es dir gefallen, wenn du lernen würdest, mit Baumwolle zu handeln?«

Silvers Augen weiteten sich. »Meinst du das ernst?«

»Du hast einen scharfen Verstand, Silver. Ich glaube, du wärest mir eine wirkliche Hilfe – zumindest, bis wir Kinder bekommen. Danach müssen wir sehen, wie es weitergeht.«

Silver betrachtete ihn etwas mißtrauisch. »Du gehst ja wirklich erstaunlich vernünftig darauf ein.«

»Wirklich?« Morgans warmer Gesichtsausdruck verschwand. »Das liegt daran, daß ich auch eine Bedingung habe. Ich möchte den wirklichen Grund dafür wissen, warum du aus Katonga weggelaufen bist. Ich will wissen, welches Geheimnis du bisher vor mir versteckt hast.«

Einen Augenblick lang war sie erstaunt, dann wirkte sie plötzlich elend. Silver wandte sich von ihm ab, und ihre Hände klammerten sich um die Reling. »Ich hatte gehofft, du würdest es nie zu erfahren brauchen. Ich hatte gehofft, wir könnten einfach –« Sie schluckte schwer und sah auf das schäumende Wasser hinaus. »Aber ich denke, es wäre nicht recht, so eine Sache vor dir zurückzuhalten, denn vielleicht werden sich ja dadurch deine Gefühle mir gegenüber ändern.«

»Nichts wird meine Gefühle ändern. Ich möchte, daß du das verstehst.« Sie glaubte es ihm nicht wirklich, das sah er in ihren Augen.

»Erinnerst du dich an das erste Mal, als wir uns geliebt haben?« fragte sie.

Er lächelte weich. »Wie könnte ich das vergessen?«

Silver antwortete nicht darauf. »Ich habe dir von meiner Kindheit erzählt... von dem Mann, der mich... angegriffen hat.«

»Ja.« Sein Lächeln schwand.

»Dieser Mann lebt immer noch auf der Insel. Jeden Tag seit meinem dreizehnten Lebensjahr hat er mich beobachtet, jede Nacht habe ich befürchtet, er würde es wieder versuchen. In der Nacht, bevor das Schiff mit den Siedlern die Insel verließ, hatte er viel getrunken. Ich hatte Angst vor dem, was er vielleicht tun würde, also stahl ich ein Metzgermesser aus der Küche und nahm es mit hinauf in mein Zimmer. Kurz nach Mitternacht kam er herein.« Sie begann zu zittern, und Morgan zog sie an sich.

»Sprich weiter«, drängte er sanft.

»Ich habe ihm gedroht, ihn umzubringen. Das habe ich ernst gemeint, Morgan, und das wußte er. Er hat mich alleingelassen, aber er war unglaublich wütend. Ich wußte, daß er mich am Morgen schlagen würde, wie er es schon so oft getan hatte. Wenn er versucht hätte –« Ihre Stimme brach, und Morgan hielt sie noch fester, drückte ihren Kopf mit einer seiner breiten Hände an seine Brust und streichelte mit der anderen tröstend ihr Haar, um sie zu ermutigen.

»Jetzt ist alles gut, Silver, jetzt kann er dir nichts tun.«

»Dieser Mann war mein Vater, Morgan. William Hardwick-Jones.«

Morgan erstarrte. *Das konnte nicht sein.* Er wollte es bestreiten. Er wollte sagen, daß sie unrecht hatte, wollte, daß sie das zugab. Kein Mann – besonders nicht William – würde so etwas tun. Er spürte, wie sie bebte und leises Schluchzen ihre Gestalt schüttelte. Es war die Wahrheit, das wußte er ohne jeden Zweifel. Mein Gott im Himmel, was mußte sie gelitten haben. Was würde sie womöglich immer noch leiden, wenn er sie dort zurückgelassen hätte.

Mit der Gewalt einer Keule traf ihn dieser Schlag. Er erinnerte sich daran, wie sie sich anfangs verhalten hatte, als sie an Bord der *Savannah* kam, ihre wilden Fluchtversuche, bei denen sie sogar ihr Leben riskierte und sich nicht um die Gefahr kümmerte, in die sie sich brachte. Sie hatte ums reine Überleben gekämpft, um ihre Existenz. *Wenn sie es mir nur gesagt hätte.* Da kam ihm eine zweite Wahrheit zu Bewußtsein: *Du hättest es ihr nicht geglaubt!* Sie hätte dieselben Worte sagen können, und er hätte abgewunken. Er hätte sie nur noch schlimmer behandelt, weil er es für eine Lüge gehalten hätte.

Er drückte seine Wange an die ihre, spürte die Feuchtigkeit ihrer Tränen, die furchtbare Traurigkeit, die ihren Körper erfaßt hatte. Morgan klammerte sich an sie, wollte ihr den Schmerz nehmen, wünschte, er könnte das alles irgendwie wiedergutmachen. Er schaukelte sie zärtlich hin und her, und sein Herz war voller Qual über das, was sie erduldet hatte.

Silver entzog sich ihm, um ihn ansehen zu können, und ihre Finger legten sich warm auf seine Wange. »Du weinst ja«, flüsterte sie.

Das hatte er gar nicht bemerkt, bis sie es aussprach. »Wegen all dem, was du hast erdulden müssen. Wegen all dem, was ich getan habe – oder hätte tun sollen. Wegen der Dinge, die hätten geschehen können. Ich liebe dich, Silver. Ich habe dich vom ersten Augenblick an geliebt, und ich werde dich lieben bis zu dem Tag, an dem ich sterbe.«

Silver legte ihre Arme um seinen Hals. »Ich liebe dich«, sagte sie leise. »Mehr als du je wissen wirst.«

Morgan hielt sie eng an sich gedrückt, tröstete sie, sprach all die liebenden Worte, die er bis zu diesem Augenblick nicht hatte aussprechen können. Aber währenddessen schrie es in seiner Seele wegen des Unrechts, das ihr angetan worden war, und sein Herz wurde hart in kalter, dunkler Entschlossenheit.

Wenn er Katonga erreichte, würde er William Hardwick-Jones töten.

Wie Morgan vorausgesagt hatte, kamen sie am kommenden Morgen in Barbados an. Silver ging mit Jordy an Land und befolgte damit Morgans strenge Anordnung, alles Nötige für die kommende Hochzeit zu kaufen. Ein Mann wurde zu Lady Grayson geschickt, um die Sachen abzuholen, die sie dortgelassen hatte, während Morgan seiner Arbeit nachging und alles noch Notwendige für die Zeremonie erledigte.

Morgen wollten sie dann die sechs Meilen südöstlich nach Christ Church fahren und dort getraut werden. Silver stellte zu ihrer großen Freude fest, daß sie es kaum erwarten konnte.

»Ihr solltet das hier tragen, Silver.« Jordy stand neben ihr in dem kleinen Putzmacherladen in der Tudor Street und deutete auf einen wunderschönen, cremefarbenen Spitzenschleier, der besetzt war mit Saatperlen und kleinen Satinblüten.

Silver berührte vorsichtig den zarten Netzstoff. »Er ist wirklich schön.«

»Welche Farbe hat denn Euer Kleid?« fragte die sehr englisch wirkende Angestellte mit der spitzen Nase hinter der Ladentheke. Der Laden war bis zum Bersten gefüllt mit Hauben aller Farben und Größen, mit Blüten, Federn und Spitzen verziert. Es gab Sonnenschirme mit Troddeln daran, handgemalte Fächer und Bänder in allen Breiten und Farben.

»Das Kleid ist blaßblau, mit cremefarbener Spitze besetzt, etwa von der gleichen Farbe wie der Schleier.«

»Dann solltet Ihr ihn wirklich nehmen, meine Liebe«, sagte die Ladenangestellte.

»Jordy?«

»Ihr werdet die hübscheste Braut aller Zeiten sein.«

»Also gut, ich nehme ihn.«

Sie machten alle ihre Einkäufe und waren gerade wieder auf dem Rückweg zum Schiff, als sich ein großer, grobknochiger Mann mit weiten Segeltuchhosen vor sie stellte.

»Tag, Miss Jones.« Er hatte kurzgeschnittenes Haar und besonders lange Ohrläppchen – jemand hatte ihr schon einmal gesagt, so sähen die Ohrläppchen von Verbrechern aus.

Silver blieb stehen und fragte sich, wie es wohl sein konnte, daß der Mann ihren Namen kannte. »Guten Tag.« Sie wollte wieder weitergehen, aber der Mann rührte sich nicht von der Stelle. »Wenn Ihr uns bitte vorbeilassen würdet…«

»'tschuldigung, Ma'am, aber das kann ich nicht machen.« Der Mann sah auf das Papier hinab, das er in der Hand hielt, ein Papier, das Silver nur allzu gut kannte – den Steckbrief mit dem Stich von ihrem Gesicht darauf. Sie drehte um und wollte fliehen, aber der große Mann packte sie, zog ihr einen schweren Sack über den Kopf und zerrte sie in die Gasse. Silver versuchte ihn zu treten und sich zu befreien, aber er hielt sie fest.

»Laßt sie los!« schrie Jordy, schlug den Mann mit den Fäusten auf den breiten Rücken, boxte ihn, versuchte seine großen Hände von ihr wegzuziehen. Ein zweiter Mann, der fast so groß wie der erste war, stürzte sich auf ihn und traf ihn mit einem kräftigen Schlag, von dem Jordy gegen die Wand eines kleinen Holzhauses am Straßenrand geworfen wurde.

»Jordy!« Als Silver das Getümmel hörte, trat sie erneut aus, wand sich, um ihre Arme aus dem harten Griff zu lösen, der sie gefangen hielt und gab sich die größte Mühe, den rauhen Sack abzuwerfen, der ihr hinab bis zu den Hüften reichte. Sie machte sich Sorgen um Jordy. Außerdem war sie sicher, daß ihr Vater wieder für ihre Entführung verantwortlich war und hatte schreckliche Angst, er könnte diesmal Erfolg haben.

Sie schrie im Innern des Sackes in der Hoffnung, jemand würde sie hören, aber die Hände des Mannes und der schwere Sack erstickten ihre Schreie. Sie kämpfte hart darum, sich loszureißen, versuchte noch einmal zu schreien, dann traf etwas Schweres ihren Kopf und ihre Knie gaben unter ihr nach. Als sie langsam in eine noch tiefere Dunkelheit versank, dachte sie an Morgan und die Hochzeit, die sie jetzt versäumen würde: *Lieber Gott, gib, daß er mich findet, bevor es zu spät ist.*

»Sie haben sie entführt, Käpt'n!« begann Jordy schon zu schreien, noch bevor er am oberen Ende des Laufstegs angekommen war. Blut strömte aus einer Platzwunde an seiner

Stirn. »Sie haben uns überfallen! Sie woll'n sie nach Katonga bringen!«

Morgan ließ die Papiere fallen, die er gerade las und rannte über das Deck zu Jordy hinüber. Er griff sich den Jungen an den Schultern, als er das Blut auf seinen Kleidern, die häßliche rote Schwellung neben seinem Auge, sein zerrissenes Hemd und die schmutzbedeckten Kleider sah.

»Immer langsam, mein Sohn.« Er mußte sich die größte Mühe geben, selbst ruhig zu bleiben. »Laß dir Zeit und erzähl mir genau, was passiert ist.«

»Zwei Männer – riesige Männer – wahrscheinlich Seeleute, so wie sie aussahen. Sie haben sie mitgenommen. Bestimmt wollten sie die Belohnung.«

»Verdammter Mist! Ich dachte, inzwischen hätte sich langsam herumgesprochen, daß die Belohnung schon jemand bekommen hat.«

»Es muß die Belohnung gewesen sein, Käpt'n. Sie hatten einen von den Steckbriefen dabei und ham' uns dort erwartet.«

Diesmal korrigierte Morgan Jordys Fehler nicht. »Wie lange ist das jetzt schon her?«

Jordy wirkte sogar noch betroffener. »Drei, vielleicht auch vier Stunden. Sie haben mich wirklich fest geschlagen, Sir. Ich wäre sicher immer noch bewußtlos, wenn mich nicht ein Seemann gefunden hätte.«

Morgan untersuchte Jordys zerschlagenes Gesicht. »Jetzt gehst du besser erst einmal unter Deck und läßt dich von Cookie untersuchen.«

»Was ist mit Silver?«

Morgans Griff um die schmale Schulter des Jungen wurde fester. »Wir wissen, wohin sie sie bringen.« Seine Hände ballten sich zu Fäusten. »Also fahren wir einfach nur etwas früher als geplant nach Katonga.«

Zum ersten Mal fiel ihm der Papierbeutel auf, den Jordy fest in seinen Fingern hielt. Dunkel getrocknetes Blut klebte an seinen

Knöcheln, und Morgan dachte mit einem finsteren Lächeln, daß der Junge ihm sehr viel ähnlicher war, als er gedacht hatte. »Was ist das?« fragte er.

Jordy öffnete die Tüte und zog den cremefarbenen Schleier heraus. »Das hat sie für Eure Hochzeit gekauft.«

Morgan biß die Zähne zusammen. Er nahm den Schleier mit etwas unsicherer Hand, drehte sich um und ging fort, um das Schiff zum Segeln startklar machen zu lassen.

Jordy holte ihn wieder ein. »Sie werden ihr doch nichts tun, oder? Ich meine, wenn sie erst zu Hause ist, wird man ihr doch nicht weh tun oder so was?«

»Nein, mein Sohn«, versprach Morgan und betete, daß es auch die Wahrhein sein möge. »Wir werden dort sein, bevor jemand die Möglichkeit dazu hat.«

»Ich vermute, du hast es genossen, dein kleines... Abenteuer, oder?« William Hardwick-Jones zog den geschnitzten Stuhl mit der hohen Rückenlehne am Kopf des eleganten Mahagoni-Tisches im Eßzimmer hervor. Über ihnen flackerten die langen, weißen Kerzen im Kristallkronleuchter und warfen dunkle Schatten auf die goldverzierten Wände.

»Genaugenommen ja, ich habe es wirklich genossen«, erwiderte Silver. »So sehr, daß ich mich darauf freue, schon bald ein weiteres zu erleben.« Sie sollte ihn nicht provozieren – es war gefährlich, das wußte sie – aber sie schien einfach nicht anders zu können.

Die Hand ihres Vaters schloß sich fester um die Lehne ihres Stuhls. »Ich glaube, meine Liebe, du bist jetzt erst einmal genug gereist für eine Weile.«

Silver antwortete nicht, setzte sich schweigend ans Ende des Tisches, während er sich an das gegenüberliegende Ende setzte. William wirkte immer noch genauso dunkel und bedrohlich wie sie es in Erinnerung hatte, aber makellos gekleidet wie sonst auch. Er trug seine festliche, schwarze Abendkleidung, die burgunderfarbene Brokatweste, und die breite, weiße Rüsche auf seiner Brust glänzte im Kerzenlicht.

Silver trug ein Kleid aus rüschenbesetzter, goldschimmernder Seide, das für sie ausgewählt und sorgfältig am Fußende ihres Bettes ausgebreitet worden war.

Sie war in Katonga am frühen Nachmittag des Tages nach ihrer Entführung angekommen, mit einem schrecklichen Kopfschmerz, einer Beule am Hinterkopf und nach wie vor in ihrem inzwischen sehr verknautschten seidenen rosa Tageskleid. Sie war wieder zu Bewußtsein gekommen nicht lange, nachdem der kleine Kahn ihrer Entführer die Carlisle Bay verlassen hatte. Er war jedoch schon zu weit draußen auf See, als daß sie mehr hätte tun können als nur den kleinen Punkt der Insel am Horizont verschwinden zu sehen.

Sobald sie dann zu Hause ankamen, brachte man sie direkt nach oben in ihr Zimmer, schloß sie ein und befahl ihr, sich auszuruhen, was sie beim besten Willen nicht tun konnte. Als Millie, das Zimmermädchen vom oberen Stockwerk – von ihrem Vater persönlich ausgewählt – mit einem Tablett mit Essen zu ihr kam, stand Silver am Fenster und starrte durch die schmiedeeisernen Stäbe hinaus aufs Meer. Sie hatte schreckliche Angst vor dem, was vor ihr lag, hoffte jedoch, daß Morgan inzwischen bemerkt hatte, was geschehen war und wußte, wohin man sie gebracht hatte. Sie betete darum, daß Jordy nicht verletzt worden war.

Silver sah zum anderen Ende des Tisches hinüber, der mit glitzerndem Kristall, schwerem, graviertem Silberbesteck und goldumrandeten Porzellantellern gedeckt war. Sie stellte fest, daß ihr Vater sie mit dunklen, kalten Augen beobachtete.

»Willst du mir davon erzählen?«

»Wovon?« fragte Silver mit gespielter Lässigkeit und trank einen kleinen Schluck Wein. »Meine Fahrt nach Georgia oder meine Reise nach Mexiko? Die erste war ausgesprochen unangenehm, das kann ich dir versichern. Die zweite jedoch war... faszinierend... um nicht mehr zu sagen.«

»Und Major Trask?«

Sag' es nicht. Tu's nicht! »Wir werden heiraten.«

William lachte laut, ein rauhes, beißendes Geräusch. »Das hat er dir gesagt? Daß er die Absicht hat, dich zu heiraten? Ich hätte nicht erwartet, daß er sich aufs Betrügen verlegt, um sich deine Zuneigung zu erschwindeln.«

»Glaub, was immer du willst. Morgan wird kommen und mich holen.«

William betrachtete sie scharf und zuckte dann mit seinen dick mit Muskeln besetzten Schultern. »Soll er doch kommen«, sagte er mit kühlen Ton, obwohl er dann die Serviette mit mehr Kraft als unbedingt nötig aus dem silbernen Ring zog. Er glättete sie über seinen starken, langgliederigen Oberschenkeln. »Ich bin dein gesetzlicher Vormund. Du bist nichts als eine Frau, du hast auch nicht mehr Rechte als die Nigger draußen auf den Feldern. Ich werde seinen Heiratsantrag ablehnen – falls er wirklich dabei bleiben wird. Ich werde die Ehe verbieten und ihn wegschikken.«

»Das kannst du nicht machen.«

Sein Mund wurde schmal. »Ach ja? Wie schnell du vergißt. Ich bin das Gesetz in Katonga. Du wirst hier bei mir bleiben.«

Eine eisige Angst durchfuhr sie. Ihre Hand zitterte, als sie ihr Weinglas hob, um noch einen beruhigenden Schluck zu trinken. »Warum? Warum willst du mich gegen meinen Willen hierbehalten?«

William lächelte, und seine schwarzen Augen glänzten hart. »Wir wissen beide warum, Salena. Nach deinem... Abenteuer... mit dem Major müßtest du das noch viel besser als vorher verstehen können. Eigentlich müßte ich mich bei ihm bedanken.«

»Wofür?«

Seine Augen wanderten über ihr Gesicht abwärts und weiter, indem sie ihren Körper prüfend betrachteten, dann kehrten sie wieder zu ihren Brüsten zurück. »Es ist nur allzu deutlich erkennbar, daß du keine Jungfrau mehr bist. Obwohl das nicht genau dem entspricht, was ich mir vorgestellt hatte, stehen uns jetzt zumindest deine Empfindlichkeit bei diesem Thema nicht mehr im Weg.«

Silver starrte ihn voller Entsetzen an. »Weißt du, was du da sagst?« Ihre Stimme hob sich weiter mit jedem Wort. »Das ist – das ist eine Sünde. Unnatürlich. Was für ein Mann kann denn Lust auf sein eigenes Fleisch und Blut haben?«

William schaute nur nachdenklich, als träfe er gerade eine unangenehme Entscheidung. »Falls dein Gewissen dadurch beruhigt wird: Wir beide sind nicht blutsverwandt.«

»Was? Wir sind nicht... willst – willst du mir damit sagen, daß du nicht mein Vater bist?«

»Nicht im körperlichen Sinne. Wir werden jedoch beide weiterhin so tun als ob.«

»Das glaube ich dir nicht.«

»Glaube es ruhig, meine Liebe. Die Einzelheiten sind unwichtig. Wichtig ist, daß du mir gehörst, daß du mir immer gehört hast und mir immer gehören wirst. Du bist mein Eigentum, Salena. Und weder Morgan Trask noch irgend ein anderer Mann wird das ändern.«

»Du bist wahnsinnig.« Doch an irgendeiner Stelle glaubte sie ihm. Erleichterung durchströmte sie, so intensiv, daß es ihr beinah schwindelig davon wurde. William war nicht ihr Vater! Oder war dies nur ein neuer Versuch, sie – diesmal mit Worten – zu verführen?

»Ich kann dir versichern, daß ich ziemlich normal bin. Wenn du deine Position als meine Geliebte erst einmal akzeptiert hast, wirst du feststellen, daß dein Leben sich wesentlich angenehmer gestalten wird. Ich werde dafür sorgen, daß du alles bekommst, was du dir nur wünschen kannst – Kleider, Schmuck. Wir werden Reisen machen, wenn du das wünschst. Europa kommt nicht in Frage, aber wir können nach Amerika fahren oder vielleicht den Fernen Osten besuchen.«

Das Zimmer schien sich um sie zu drehen. Dies konnte nicht Wirklichkeit sein. Es war zu viel, um es zu begreifen, zu viel, was sie nicht einordnen konnte.

»Was ist mit meinem wirklichen Vater?«

»Dein Abendessen wird kalt«, sagte William und ignorierte absichtlich ihre Frage. »Diese Gans ist wirklich köstlich.« Er schnitt sich noch ein saftiges Stück ab und hob es zu seinen Lippen.

Silver konnte nicht einen Bissen herunterbekommen. Er würde sicher in ihrer Kehle steckenbleiben und sie ersticken. »Ich habe leider nicht viel Hunger.«

William legte sein Messer zur Seite. »Du wirst essen, Salena, sonst werde ich dich für deinen Ungehorsam bestrafen müssen. Da du eigentlich schon mehr als genug in dieser Richtung getan hast, schlage ich vor, daß du diesmal besser tust, was ich sage.«

Silver hielt sich am Tisch fest, um nicht zu schwanken. Dies war der Mann, den sie kannte, kalt und berechnend und von qualvoller Grausamkeit. Vom andern Ende des Tisches herüber glitzerten sie seine Augen erwartungsvoll an. Grausamkeit machte ihm Freude. Angst war wie ein Liebestrank für ihn. Sie hob die Gabel, nahm ein Stückchen von dem dampfenden, gebutterten Mais auf ihrem Teller, hätte beinahe würgen müssen, aber spülte ihn schnell mit einem Schluck Wein hinunter.

»So ist es besser«, sagte William und machte ein triumphierendes Gesicht wie immer, wenn sie nachgab. Lieber ertrug sie diesen Ausdruck, als die befriedigte Miene, die er immer zeigte, wenn sie sich gegen ihn wehrte.

»Deine... *Freunde*... lassen dich grüßen«, sagte er.

Silver befeuchtete ihre Lippen, die sich plötzlich trocken anfühlten. »Quako und Delia? Sind sie – geht es ihnen gut?«

»Quako hat deinetwegen schon einmal die Peitsche zu spüren bekommen. Der Frau ist das gleiche dank deiner rechtzeitigen Rückkehr erspart geblieben.«

»Aber Delia ist doch schwanger.« Silver drehte die Serviette herum, die sie krampfhaft im Schoß hielt. »Du würdest doch bestimmt nichts tun, was ihr schaden könnte.«

William betrachtete sie kalt. »Ich glaube, daß ich das dir überlasse.«

»Mir?«

»Deine... Mitarbeit, Salena, wird Delias Wohlergehen sicherstellen. Das kannst du natürlich entscheiden, aber wie auch immer, ich werde am Ende dadurch gewinnen. Auf welche Weise, das liegt ganz in deiner Hand.«

Silver starrte ihn nur an. Wenn er in ihrer Erinnerung grausam war, so konnte sie das jetzt nur noch als harmlose Bezeichnung betrachten. »Mein Gott, du bist ein Ungeheuer.«

»Und du, meine Liebe, bist das bezauberndste Wesen, das ich je gesehen habe. Ich habe dich schon begehrt, seit die allerersten Knospen deiner Weiblichkeit zu sehen waren. Ich war bisher schon viel zu geduldig. Wenn ich diesen Schritt früher getan hätte, wären uns eine Menge Unannehmlichkeiten erspart geblieben. Du hättest schon lange dein Schicksal als Frau akzeptiert. Finde dich damit ab, Salena, und laß es uns hinter uns bringen.«

Silver saß wie erstarrt in ihrem Stuhl. Wer war dieser Mann, der vorgab, ihr Vater zu sein? Wo war ihr wirklicher Vater? Wo war Morgan?

»Iß dein Abendessen, Salena. Es wird langsam spät, und ich habe heute abend noch eine Menge mit dir vor.«

Seine Augen wanderten über ihre Brüste, die sich mit jedem ihrer zu schnellen Atemzüge über dem tiefen Ausschnitt ihres Kleides hoben und senkten. Unbewußt schlossen sich ihre Finger um den Griff des Buttermessers, das neben ihrem Teller lag. Wenn es nur das rasiermesserscharfe Metzgermesser wäre, das sie beim letztenmal genommen hatte, um sich gegen ihn zur Wehr zu setzen.

Jahrelang hatte er sie nun schon mit seiner bösen Art gequält, hatte sie belogen über seine Identität und war brutal mit ihr umgegangen. Jetzt wo sie die Wahrheit kannte, konnte sie ihn ohne jede Spur von schlechtem Gewissen töten.

Ein Geräusch vom Eingang her lenkte ihre Aufmerksamkeit dort hinüber. Sie hörte laute Männerstimmen streiten. Glas zerbrechen und Füße scharren. Dann betrat Morgans hohe Gestalt das Zimmer. Sein Unterkiefer war hart, sein Mund eine schmale, dünne Linie. Kerzenlicht beschattete die Narbe auf seiner Wange, so daß er rauh und gefährlich wirkte, und in seinen grünen Augen glitzerte der Zorn.

»Morgan«, flüsterte Silver, schob den Stuhl zurück und stand auf.

»Silver!« Morgan kam auf sie zu, seine Augen betrachteten sie voller Sorge. Silver sah ihn durch einen Nebel unvergossener Tränen näherkommen. »Geht es dir gut?« fragte er, als er den feuchten Schimmer in ihren Augen bemerkte.

»Jetzt, wo du hier bist, ja.«

Sein Arm legte sich schützend um ihre Taille und er zog sie an sich. »Es wird alles wieder gut.«

Silver nickte nur. Der Kloß in ihrer Kehle war zu dick, um etwas zu sagen.

»Wo ist er?« Auf der Suche nach dem Grafen betrachtete Morgan das andere Ende des Tisches, schaute an der schwarzgekleideten Gestalt vorbei, die sie mit hochmütiger Bedrohlichkeit betrachtete.

William schob seinen Stuhl zurück und stand langsam auf. »Also waren Eure Absichten doch ehrenhaft«, sagte er. »Das kann ich Euch nicht vorwerfen.«

»Wer, zum Teufel, seid *Ihr* denn?«

»Ich hatte gehofft, Sheridan hätte Euch überreden können, wieder fortzugehen – natürlich nur zum Besten von Silver.«

»Knowles muß sich um seinen gebrochenen Unterkiefer kümmern. Und was Euch betrifft, ich bin an Eurem Geld nicht interessiert. Ich will wissen, wer Ihr seid und wo ich den Grafen finden kann.«

Silver wollte etwas sagen, aber Morgans warnender Blick brachte sie zum Schweigen.

Ohne die Fragen zu beantworten, wandte sich William dem kleinen schwarzen Diener zu, der an der Tür stand. »Bolen, hole mir die beiden Säbel, die über meinem Schreibtisch hängen.«

»Ja, Massa.« Der Diener ging fort, und William heftete seinen Blick auf Morgan. »Ihr, Major Trask, habt meine Tochter entehrt. Ich fordere Satisfaktion.«

»Eure Tochter?« wiederholte Morgan noch bevor Silver etwas sagen konnte. »Sie ist Williams Tochter. Ich will jetzt wissen, wo er ist.«

»Diese Information, bin ich glücklich feststellen zu können, starb schon vor einigen Jahren. Heute abend seid Ihr dran.«

Silver klammerte sich an seinen Arm. »Tu es nicht, Morgan.«

»Ist das der Mann, den du bisher für deinen Vater gehalten hast?«

»Ja. Aber ich weiß jetzt, daß er es nicht ist.«

»Dein Vater war ein Ehrenmann, Silver. Dieser Mann – wer immer er sein mag – verdient es zu sterben.«

Der Diener erschien wieder mit den beiden gebogenen Waffen, deren silberne Griffe im Kerzenlicht glänzten. Bolen streckte sie beide William hin, der den einen Säbel aus der Scheide zog und dann dem Schwarzen ein Zeichen gab, den anderen zu Morgan zu bringen.

Silvers Griff wurde noch fester. »Du verstehst das nicht. Schwertkampf ist meines Vaters – dieses Mannes – Leidenschaft. Er ist ein Meister darin.«

»Gut«, sagte Morgan, zog den zweiten Säbel aus der Scheide und versuchte, wie er in seiner Hand lag. »Dann wird es mir um so mehr Freude machen, ihn zu töten.«

William zog seine Abendjacke aus und hängte sie über die Rückenlehne eines Stuhls. Morgan trug nur sein loses weißes Leinenhemd, enganliegende braune Hosen und kniehohe Stiefel. William löste seine Halsrüsche und legte sie zur Seite, und die beiden Männer gingen an Silver vorbei in die geräumige Eingangshalle mit dem Marmorfußboden.

William bewegte den Säbel durch die Luft, stellte sich in die korrekte Position und wandte sich Morgan zu.

»En Garde.«

25. Kapitel

Mit dem Klingen von Stahl auf Stahl krachte Morgans Säbel auf den von William. Es waren erst ein paar Wochen vergangen, seit Morgan in Yucatán gekämpft hatte. Sein Kampfarm war stark, und er hatte immer schon eine natürliche Geschicklichkeit beim Fechten besessen.

Heute war er verdammt froh darüber. Der Mann, der sich als der Graf von Kent ausgab, war ein Meister, ganz wie Silver es gesagt hatte.

Während sie vor und zurück fochten, trafen die langen, scharfen Waffen immer wieder aufeinander. Der Kampf zog sich von der Eingangshalle durch den schmalen Flur und wieder zurück, die schweren Schläge hallten schrill von den Wänden des hohen Raumes wider.

»Na, werdet Ihr schon langsam müde, Major Trask?« spottete William, machte einen Satz nach vorn, zwang Morgan zu parieren und schlug mit solcher Kraft zu, daß die Schwingungen aus dem Griff des Säbels bis zu Morgans Schulter hinaufreichten.

»Im Gegenteil. Ich fange gerade erst an, Spaß an der Sache zu finden.« Morgan stieß zu und machte einen Satz vorwärts. William trat einen Schritt zurück, parierte, und sein nächster Schlag durchschnitt von oben die Luft zu Morgans linker Hand. Morgan parierte und tänzelte zur Seite. Wieder trafen sie aufeinander, Klinge auf Klinge. Angriff, Angriff, Angriff, Parieren, Rückzug, Angriff.

Silver sah ihnen voller Ehrfurcht zu, voller Angst um Morgan, aber doch fasziniert von seinem Wagemut und der tödlichen Eleganz seiner Bewegungen. Auch wenn beide Männer mit Geschick und Klugheit kämpften, ging eine Macht und Schönheit von Morgans Gestalt aus, die Williams Ausstrahlung übertraf. Trotzdem, William war ein Meister, und seine jahrelange Erfahrung gab ihm einen kleinen Vorteil.

Unwillkürlich hob Silver die Hände an die Kehle, als Williams Klinge nur wenige Zentimeter vor Morgans Kopf die Luft durchschnitt und sich dann mit einem hohlen Widerhall in den Türrahmen bohrte. William riß ihn wieder heraus, da kam bereits Morgans Klinge auf ihn zu und er konnte gerade noch den Schlag abwehren, der sicher tödlich gewesen wäre.

»Ihr seid ein würdiger Gegner, Major«, sagte William. »Hier auf der Insel ist das schwer zu finden.«

»Euer *letzter* Gegner«, erklärte Morgan und ließ einen so kräftigen Schlag niedergehen, daß es weithin hallte.

William parierte den Schlag, machte einen Sprung nach vorn und Silver schrie auf, als Morgans Ärmel sich rot färbte von Blut.

»Schon des Spiels müde geworden?« spottete William. »Warum macht Ihr es uns nicht beiden etwas leichter?« Er lächelte, und sein Mund wurde schmal und grausam.

Aber gerade als er seinen Säbel hob, machte Morgan einen Sprung nach vorn und nutzte Williams fehlende Deckung aus – auf eine solche Gelegenheit hatte er nur gewartet. Seine Klinge stieß zu und drang dicht unter den Rippen in Williams Brust ein. Einen Augenblick lang schien Williams Säbel noch in der Luft zu schweben. Dann fiel er ihm aus der Hand, drehte sich und landete klirrend auf dem Boden. William schlug hart gegen die Wand und rutschte langsam hinunter zum Marmorboden, eine breite Blutspur hinter sich herziehend.

Morgan legte die Spitze seiner Klinge an Williams Kehle und fragte ihn: »Wer seid Ihr?«

William wollte lachen, zuckte aber statt dessen zusammen, als ihn ein scharfer Schmerz durchfuhr. »Ihr könnt Euch immer noch nicht an mich erinnern? Aber damals wart Ihr auch kaum mehr als ein Junge.«

Morgan betrachtete ihn kühl, versuchte, ihn sich jünger vorzustellen, schlank und straff und ohne das Grau im Haar. »Ballantine.«

William nickte fast unmerklich. »Geoffrey Ballantine. Ich habe diesen Namen jetzt seit fünfzehn Jahren nicht mehr ausgesprochen.« Er hustete und ein dünnes Blutrinnsal floß von seinen Lippen.

»Ihr wart Williams Verwalter. Der Angestellte, dem er am meisten vertraute. Ihr und Eure Frau seid mit William und Mary nach Katonga ausgewandert.«

»So ist es, Major Trask. Nur, daß William und Mary niemals das Schiff erreicht haben. Sie hatten unterwegs einen unglücklichen... *Unfall.* Meine Frau Althea hatte das Kind, Salena, gern, und so nahmen wir sie mit, um sie als unser eigenes Kind aufzuziehen. Wir kamen als William und Mary nach Katonga.«

»Ihr habt sie ermordet?« fragte Silver, die endlich ihre Stimme wiedergefunden hatte. »Ihr habt meine Eltern ermordet?«

»Das war eine einmalige Gelegenheit für uns.« Er hustete wieder. »Die Gelegenheit, zu Reichtum zu gelangen, der unsere kühnsten Träume noch übertraf. Ich hatte es damals eigentlich nicht wirklich geplant. Die Dinge ereigneten sich einfach so. Die Dienerschaft ließ uns am Tag, bevor das Schiff ankam, im Hafen allein. Ich wußte, daß Althea und ich in Sicherheit waren, sobald das Schiff eingelaufen war und Segel gesetzt hatte – zumindest solange wir auf Katonga blieben. William und Mary ahnten nichts. Ein einfacher Schlag auf den Kopf, abgedämpfte Schüsse in einer Gasse, und wir waren sie los. Ich habe ihre Leichen mit Steinen beschwert und sie in den Fluß geworfen.«

»Mein Gott«, flüsterte Silver, und ihre Augen glänzten von Tränen.

Morgan warf seinen Säbel mit einem Klirren zur Seite und kam zu ihr, und sie lehnte sich an ihn. Zusammengesunken auf dem Boden neben ihren Füßen hustete der Mann, den sie so viele Jahre lang gehaßt hatte, noch mehr Blut, schloß die Augen und starb schweigend.

»Er – er hat sie getötet.« Silver drehte sich in Morgans Arme und schluchzte an seiner Schulter.

»Deine Eltern haben dich geliebt, Silver«, sagte Morgan leise. »Mary war lieb und sanft, und William war mutig und entschlossen. Ich glaube, du hast von ihnen beiden das Beste geerbt.«

»Mein Vater hat mich geliebt«, wiederholte Silver, die die Wahrheit noch immer nicht fassen konnte. »Er hat mich geliebt.«

»Sie beide haben dich geliebt. Ich hoffe, daß sie, wo immer sie auch jetzt sein mögen, wissen, daß du jetzt in Sicherheit bist und ich von jetzt an für dich sorgen werde. Vielleicht werden sie jetzt in Frieden ruhen können.«

»Ach, Morgan« – Silver klammerte sich noch fester an ihn – »wenn ich sie nur gekannt hätte.«

»Ich habe sie gekannt. Wenn du soweit bist, kann ich dir alles über sie erzählen. Wir werden unseren Kindern erzählen, was sie für gute Großeltern hatten.«

»Ja«, flüsterte sie. »Das würde ihnen bestimmt gefallen.« Sie spürte den Druck seiner Wange an ihrem Haar.

»Da bin ich ganz sicher. Aber noch mehr als das hätten sie gewollt, daß du glücklich wirst.«

Silver drehte sich um und sah ihn an. »Ich werde diesen Ort hier verkaufen, Morgan. Ich möchte, daß die Arbeiter freigelassen werden. Sie sollen die Wahl haben: Sie können bleiben und für den neuen Besitzer arbeiten oder fortgehen und leben, wo immer sie möchten. Das dürfen sie selbst entscheiden.«

Er nickte. »In Ordnung.«

»Ich möchte auch, daß sie einen Anteil vom Erlös bekommen, genug, daß sie woanders neu anfangen können. Und Quako und Delia – ich möchte, daß sie genug Geld bekommen, um sich ein eigenes Heim schaffen zu können.«

»Ich werde mich darum kümmern, sobald wir in Savannah

sind. Inzwischen werde ich mit Knowles reden... Ich glaube, er wird vernünftig sein.«

»Vielen Dank«, sagte Silver leise und blinzelte, weil ihr wieder Tränen in den Augen standen.

Morgan wischte sie mit einem seiner gebräunten Finger weg. »Ich liebe dich, Lady Salena«, sagte er zärtlich. »Und ich weiß, wo immer sie auch jetzt sein mögen, deine Mutter und dein Vater sind sicher stolz auf dich.«

Epilog

Meer und Sonne glitzerten blaugrün in der Ferne, wo die *Savannah* friedlich vor Anker lag. Über ihnen am Himmel kreisten immer wieder die Möwen, flogen vergnügt immer höher und ließen sich wieder zur Erde hinuntergleiten.

Über alle, die sich zu dem freudigen Anlaß versammelt hatten, wurde mit den immer gleichen, zeitlosen Worten der Segen gesprochen. Ein Chor von Stimmen antwortete mit »Amen«.

Der Pfarrer fuhr mit der Zeremonie fort und fragte dann: »Wer vergibt diese Frau, auf daß sie mit diesem Mann getraut werden möge?«

Der grauhaarige Mann trat vor. »Ich tue das, Grandison Aimes.« Mit einem warmen Lächeln und einem feuchten Schleier in seinen harten, alten Augen legte Cookie Silvers Hand in die Hand von Morgan. Sie standen auf einem windigen Hügel hinter einer kleinen Pfarrkirche in Kingston auf St. Vincent, der Insel, die Katonga am nächsten lag.

Der kleine, hellhäutige Pfarrer in seinem fadenscheinigen, schwarzen Rock sah von den Seiten seines Traubuches auf. Er lächelte sie beide an, richtete seinen Blick dann aber auf den hochgewachsenen, blonden Major.

»Wollt Ihr, Morgan, diese Frau, Salena, zu Eurer angetrauten Ehefrau nehmen? Wollt Ihr sie lieben und ehren, in guten und in schlechten Zeiten, in Krankheit und Gesundheit, und keine andere außer ihr lieben, bis daß der Tod Euch scheidet?«

»Ja«, antwortete er laut und klar und sah Silver so voller Liebe an, daß sie einen Schmerz spürte, der in ihrer Kehle aufstieg.

»Wollt Ihr, Salena, diesen Mann, Morgan, zu Eurem angetrauten Ehemann nehmen? Wollt Ihr ihn lieben und ehren, in guten und in schlechten Zeiten in Krankheit und Gesundheit, und keinen anderen außer ihn lieben, bis daß der Tod Euch scheidet?«

»Ja«, sagte sie weich und klammerte sich etwas fester an ihren schönen, weißen Brautstrauß. Neben ihr stand Delia in Silvers schnell geändertem rosa Seidenkleid und nahm ihre Hand, drückte sie. Massig, schwarz und stolz lächelte Quako ihnen beiden zu, und die Muskeln seiner Schultern und Oberschenkel lagen dicht an dem Stoff eines schwarzen Gehrockes und der dazugehörigen Hosen, die ihm eigentlich viel zu eng waren. Er blinzelte Silver zu und grinste.

»Habt Ihr den Ring?«

Jordy, der aufrecht zu Morgans Seite stand, gab Morgan den glitzernden Ring mit den Diamanten und Rubinen, den er vor drei Tagen in Barbados gekauft hatte. Eines von Jordys Augen war immer noch dunkelblau und geschwollen, seine Lippe stand etwas vor, aber er lächelte ihnen voller Liebe zu.

»Gebt Ihr, Morgan, diesen Ring als Zeichen Eurer Treue?«

»Ja.« Morgans Stimme klang rauh.

»Dann werdet Ihr mir nachsprechen.« Der Priester sprach die uralten Worte.

»Mit diesem Ring nehme ich dich zur Frau«, wiederholte Morgan mit einem leichten Klang des Besitzerstolzes, der kaum zu überhören war. Er sah unglaublich gut aus in seiner dunkelblauen Majorsuniform, mit glänzenden Messingknöpfen und wirkte sorgloser und heiterer, als Silver ihn je erlebt hatte.

»Ihr könnt Salena den Ring an den Finger stecken.«

Als Morgan ihre zitternde Hand hob und die glitzernden Steine über ihren Finger schob, sammelten sich Tränen in ihren Augen.

»Wie Ihr, Salena, und Ihr, Morgan, vor dem Angesicht Gottes und dieser Gemeinde es versprochen habt, erkläre ich Euch nun im Namen des Vaters, des Sohnes und des heiligen Geistes zu Mann und Frau. Was Gott zusammengefügt hat, das soll der Mensch nicht scheiden. Ihr dürft jetzt die Braut küssen.«

Aber Morgan hatte nicht erst auf die Erlaubnis gewartet. Er hatte schon den wunderschönen cremefarbenen Schleier vor dem Gesicht seiner Frau gehoben und sie in seine Arme gezogen.

»Ich liebe dich, Mrs. Trask«, sagte er, und sein Mund senkte sich auf den ihren.

Silver spürte seine Hitze und vergaß für einen Augenblick den Pfarrer, vergaß Delia und Quako – die als nächstes an der Reihe waren – vergaß Hamilton Riley und seine Marinesoldaten und die ganze Mannschaft der *Savannah*, die um sie herumstand.

Als sie sich schließlich voneinander trennten, war sie ganz außer Atem. »Ich liebe dich, mein liebster Mann – und werde dich immer lieben.«

Morgan küßte sie ein zweites Mal – diesmal noch länger, so daß ihr Versprechen ebenso innig von ihm erwidert wurde.

Und Silver konnte es kaum erwarten.

Anmerkung der Autorin

Es gibt keine Berichte über Aktivitäten der texanischen Marine auf der Halbinsel Yucatán. Es ist jedoch bekannt, daß immer wieder texanische Schiffe mit Soldaten an Bord die Küstengewässer blockierten, während die junge Republik noch um den Erhalt ihrer Unabhängigkeit von Mexiko kämpfte.

Texas unterstützte auch die föderalistischen Streitkräfte, und obwohl der Aufstand niedergeschlagen wurde, trugen ihre Bemühungen dazu bei, daß die Briten die Republik Texas als unabhängige Nation anerkannten. Dies ist in den Augen vieler ein wesentlicher Grund dafür, daß das Land schließlich Mitglied der Vereinigten Staaten werden konnte.

Ich habe mir gewisse Freiheiten mit den Farben der Uniformen der texanischen Marine erlaubt, da ich leider keinen Bericht darüber fand, welche Farben sie tatsächlich hatten. Ich hoffe jedoch, daß Sie es ebenso genossen haben, Silvers und Morgans Abenteuer zu lesen, wie ich es genossen habe, sie zu schreiben.

GOLDMANN

Bestseller

Tom Clancy und Sidney Sheldon, Utta Danella und Danielle Steel, Heinz G. Konsalik und Marie Louise Fischer, Colleen McCullough und Gillian Bradshaw, Charlotte Link und Irina Korschunow – internationale Weltbestseller garantieren Spannung und Unterhaltung auf höchstem Niveau.

Barbara Taylor Bradford, Des Lebens bittere Süße 9264

Johanna Kingsley, Traumlichter 8975

Judith Krantz, Skrupel 6713

Sandra Paretti, Die Pächter der Erde 9249

Goldmann · Der Bestseller-Verlag

GOLDMANN

Danielle Steel

Sensible, subtile Töne, lebendige Figuren in vielgestaltigen Welten, mitreißende Geschichten aus dem ganzen Spektrum menschlicher Emotionen sind kennzeichnend für Danielle Steel, eine der erfolgreichsten Autorinnen der Welt.

Sternenfeuer,
Roman 42391

Alle Liebe dieser Erde,
Roman 6671

Väter,
Roman 42199

Der Ring aus Stein,
Roman 6402

Goldmann · Der Taschenbuch-Verlag

GOLDMANN TASCHENBÜCHER

Das Goldmann Gesamtverzeichnis erhalten Sie im Buchhandel oder direkt beim Verlag.

Literatur · Unterhaltung · Thriller · Frauen heute
Lesetip · FrauenLeben · Filmbücher · Horror
Pop-Biographien · Lesebücher · Krimi · True Life
Piccolo Young Collection · Schicksale · Fantasy
Science-Fiction · Abenteuer · Spielebücher
Bestseller in Großschrift · Cartoon · Werkausgaben
Klassiker mit Erläuterungen

* * * * * * * * * * *

Sachbücher und Ratgeber:
Gesellschaft / Politik / Zeitgeschichte
Natur, Wissenschaft und Umwelt
Kirche und Gesellschaft · Psychologie und Lebenshilfe
Recht / Beruf / Geld · Hobby / Freizeit
Gesundheit / Schönheit / Ernährung
Brigitte bei Goldmann · Sexualität und Partnerschaft
Ganzheitlich Heilen · Spiritualität · Esoterik

* * * * * * * * * * *

Ein Siedler-Buch bei Goldmann
Magisch Reisen
ErlebnisReisen
Handbücher und Nachschlagewerke

Goldmann Verlag · Neumarkter Str. 18 · 81664 München

Bitte senden Sie mir das neue kostenlose Gesamtverzeichnis

Name: ______________________________

Straße: ______________________________

PLZ / Ort: ______________________________